Christian v. Ditfurth, geboren 1953, ist Historiker und lebt als freier Autor in Berlin und in der Bretagne. Er veröffentlichte zahlreiche Sachbücher und Krimis, u. a. die Reihe um den Historiker Josef Maria Stachelmann. Seit 2014 ermittelt sein eigenwilliger Kommissar Eugen de Bodt in einer Thriller-Reihe, die hoch gelobt und mit dem Stuttgarter Krimipreis ausgezeichnet wurde. *Endzeit* ist der siebte und letzte Band der gefeierten Reihe.

Die *De-Bodt*-Reihe in der Presse:

»Eine Krimi-Reihe mit Suchtfaktor.« *Ruhr-Nachrichten*

»Ditfurth feuert seine smarten, schnellen Sätze so lässig hinaus wie seine Protagonisten die Kugeln ihrer Waffen.« *Literaturblog Künter Keil*

»De Bodt zählt zu den originellsten Protagonisten der internationalen Spannungsliteratur.« *Landshuter Zeitung*

»Diesen Mix aus Hochspannung und faszinierenden Protagonisten mit lässig-ironischen Dialogen zu präsentieren – das macht Christian v. Ditfurth hierzulande kein anderer Autor nach.« *CrimeMag*

»Rasant erzählte, spannende Unterhaltung, die auch zum Nachdenken über internationale politische Entwicklungen und Zusammenhänge anregt.« *Hamburger Abendblatt*

»V. Ditfurth zündet ein Feuerwerk von Intrigen und Gegenintrigen und bedient sich virtuos aus der einschlägigen Literatur, inklusive der polit-thriller-typischen Maulwurfsjagd.« *Deutschlandradio Kultur*

»Scharf, schnell und bissig wie eh und je ist die Prosa von Christian v. Ditfurth.«. *Stuttgarter Zeitung*

»Ditfurth hat mit Eugen de Bodt einen Ermittler kreiert, der aus der Masse der literarischen Kommissare heraussticht.« *NDR Info*

»Ditfurth liefert Action mit Anspruch. Die beste Art, einen klugen Politthriller zu schreiben.« *Westdeutsche Allgemeine Zeitung*

Außerdem von Christian v. Ditfurth lieferbar:

Das Dornröschen-Projekt · *Tod in Kreuzberg* · *Ein Mörder kehrt heim* · *Böse Schatten* · *Heldenfabrik* · *Zwei Sekunden* · *Giftflut* · *Schattenmänner* · *Ultimatum* · *Terrorland* · *Tanz mit dem Tod*

Christian v. Ditfurth

Endzeit

Ein De-Bodt-Thriller

PENGUIN VERLAG

Weitere Informationen über dieses Buch: www.cditfurth.de

Dieses Buch ist ein Roman und kein Tatsachenbericht. Das Beschriebene hat sich so nicht ereignet. Trotz der vom Autor in künstlerischer Freiheit gewählten fiktiven Handlungsabläufe mögen im Einzelfall Anklänge an Verhaltensweisen lebender oder verstorbener Personen oder an öffentlich bekannte Unternehmen nicht immer vermeidbar gewesen sein; dies ist aber von der grundgesetzlich geschützten Freiheit der Kunst umfassend geschützt.

Das Zitat auf S. 6 stammt mit freundlicher Genehmigung aus:
Bertolt Brecht, Leben des Galilei, in: ders., Werke.
Große kommentierte Berliner und Frankfurter Ausgabe, Band 5: Stücke 5.

MIX
Papier aus verantwortungsvollen Quellen
FSC® C014496
FSC www.fsc.org

Klimaneutral*
Druckprodukt
ClimatePartner.com/14044-1912-1001

Penguin Random House Verlagsgruppe FSC® N001967

1. Auflage 2022

Redaktion: Claudia Alt
Umschlaggestaltung: Hafen Werbeagentur gsk GmbH
Umschlagabbildungen: © Damien Aubert/EyeEm/Getty Images;
© Jose A. Bernat Bacete/Getty Images; © Westend61/Getty Images
Satz: Uhl + Massopust, Aalen
Druck und Bindung: GGP Media GmbH, Pößneck
Printed in Germany
ISBN 978-3-328-10850-4

www.penguin-verlag.de

Für Chantal

Wenn die Wahrheit zu schwach ist, sich zu verteidigen,
muss sie zum Angriff übergehen.

Bertolt Brecht

Prolog

De Bodt hatte seinen Dienstausweis in der Hand. Ihm folgten Salinger und Yussuf. Bis de Bodt Yussuf rausschickte. »Schau dich um. Vielleicht bestaunt der Täter sein Kunstwerk.« Es war mehr ein Vorwand, um Yussuf den Anblick zu ersparen. Die Moschee war in sich zusammengebrochen. Eine riesige Wolke aus Rauch und Staub stand über ihr in der Windstille. Weiter hinten brannte es.

»Das war eine Riesenbombe. Die Moschee bestand nicht aus Legosteinen«, sagte Salinger. »Und sie war groß.«

»Die Kollegen der Spurensicherung müssen den Schuttberg durchsieben«, sagte de Bodt. Er stand neben einem Kopf, den ein paar Sehnen noch mit dem Körper verbanden. Auf dem Rückweg Richtung Görlitzer Bahnhof versuchten sie, nicht auf Körper, Hände, Arme, Beine zu treten.

»Die haben sich den richtigen Augenblick ausgesucht«, sagte Salinger. »Das Abendgebet.«

Die Einsatzleitung stand vor dem Bahnhof. Ein Polizeibus. De Bodt erkannte den Polizeipräsidenten. Tilly stand neben ihm. Weitab Krüger, der Uniformierte anschnauzte. Wie immer, wenn er die Nerven verlor.

»Sie wissen bestimmt schon, wer es war«, sagte der Polizeipräsident zur Begrüßung.

»Ja«, sagte de Bodt.

1.

Sie hörte die Schritte. Schnell. Die Füße des einen ploppten auf dem Asphalt. Tap-tap-tap. Weite Sätze. Der andere trippelte. Schneller, kürzer. Tip-tip-tip.

Sie blickte sich um. Es war Nacht, es regnete. Hier war sie nie gewesen, obwohl es keine fünf Minuten vom Haus entfernt war. Sie hatte sich schon fremd gefühlt, als sie es verließ. Dabei war sie seit fast zwei Jahren hier. Sie rannte, immer weiter. Wohin? Sie wusste schon nicht mehr, wie sie zurückkehren könnte. Dorthin, wo der Tod sie erwartete. Die Knie wurden weich, der Atem raste. Weiter, weiter. Das Stampfen näherte sich, das Tippeln folgte. Sie sah die Gasse, rannte hinein. Haken schlagen. Dann nach links. Vorbei an Häusern. In denen Licht brannte.

Seitenstechen. Sie lahmte. Stolperte zu einer Haustür. Klingelte. Klingelte. Klingelte. Zog an der Tür.

2.

»Schöne Scheiße«, sagte die Zander. Sie kniete neben der Toten. »Vielleicht zwanzig, vielleicht jünger. Stranguliert, mit einem Draht. Einer Garotte. Dünn, hat sich tief eingeschnitten. Habt ihr einen Draht gefunden?« Sie blickte nicht mal auf.

»Wir haben nichts gefunden«, sagte Uhlenhorst. »Und du, schon eine geniale Eingebung?« Blickte de Bodt an.

Der betrachtete die junge Frau. Sie lag auf dem Rücken. Auf der Straße, neben einem Gully, am Bürgersteig. Der Rock hochgerutscht. Roter Slip. Eine junge Frau, mit schwarzen Haaren und hellbrauner Haut. Asiatin. Vielleicht von den Philippinen. Oder Thailand. »Ich habe den Fall schon gelöst«, sagte er. Es klang wie: Lass mich in Ruhe.

Uhlenhorst warf ihm einen Blick zu. Hob die Brauen. Blickte Salinger an. Sie blinzelte und schüttelte kaum merklich den Kopf.

Yussuf verkrümelte sich zur Oberkommissarin Baumann. Bis Krüger auftauchte. »Das ist mein Fall«, sagte er.

»Gern«, erwiderte de Bodt.

Salinger wechselte einen Blick mit Yussuf. Eine tote Frau in einem Villenviertel in Dahlem. So ein Fall interessierte den Chef nicht. Eifersucht, Raubmord, das Übliche. Er hätte widersprechen können. Schließlich hatte der Kollege vom Notruf de Bodt als Ersten informiert. Aber der Kriminalrat Tilly hatte sich für Krüger entschieden. Beide kauten noch an der Demütigung, die de Bodt ihnen bereitet hatte. Als er das Attentat auf den US-Präsidenten vereitelte. Ein Attentat, an das nur de Bodt geglaubt hatte. Und natürlich Salinger und Yussuf. Die es sich angewöhnt hatten, ihrem Chef die verrücktesten Geschichten abzunehmen.

Da tauchte Tilly auch schon auf, mit Blaulicht auf dem Dienst-Benz. Als wäre seine Anwesenheit nötig gewesen.

Er eilte auf de Bodt zu. »Lassen Sie den Kollegen Krüger den Fall übernehmen.« Klang wie: Der braucht das jetzt, nachdem er monatelang das Coronavirus gejagt hat. Es machte keinen Spaß, tausendmal am Tag Bekloppten zu erklären, dass sie sich nach Hause verpissen, Abstand halten und eine Maske tragen sollten.

De Bodt hatte sich in dieser Zeit in Quarantäne begeben, und niemand hatte gewagt, ihm das auszureden. Ihn zu fragen, ob er infiziert sei oder in Kontakt mit Virusträgern gewesen. Er hatte hin und wieder mit Salinger und Yussuf telefoniert und Hegel gelesen. Kriminalistische Weiterbildung. Salinger war stinksauer gewesen, weil de Bodts Quarantäne sie und Yussuf unter Krügers Fuchtel gebracht hatte. Tilly hatte sich zwei-, dreimal erkundigt, ob es dem Kollegen besser gehe. Er hatte sich offenbar eingeredet, dass de Bodt krank sei. So kam er am besten mit dieser Frechheit seines Untergebenen klar. Er hatte sich vorgestellt, was er dem Polizeipräsidenten erklären müsste. Wenn er die Wahrheit sagte. Dass de Bodt einfach nicht mehr gekommen war. Sie haben Ihre Leute nicht im Griff, wäre der geringste Vorwurf gewesen. Aber Tilly hatte ein Elefantengedächtnis mit einem Sonderfach für Kränkungen. Da war alles gelagert, was de Bodt ihm während der letzten Jahre angetan hatte. Der Tag der Abrechnung nahte. Wenn keine Kanzlerin mehr de Bodt schützte. Warte, warte nur.

3.

Lebranc zählte. Wie viele Tage er noch im Dienst war. Er hätte sich in Quarantäne zurückziehen können, weil sein Assistent sich infiziert hatte. Hatte Floire endlich was genutzt. Aber natürlich war die Krankheit mild verlaufen. Bald verkündete Floire seinem Chef, er sei genesen und jetzt wenigstens eine Weile immun gegen das Virus. Eine der traurigsten Nachrichten dieser Zeit. Nicht dass er Floire den Tod gewünscht hätte. Aber wehtun hätte es schon dürfen. Außerdem erklärte Floire, er habe im Zwangsurlaub viel Hegel gelesen. Wie de Bodt in Berlin. »Wenn man sieht, wie der seine Fälle löst…« Das hatte geschmerzt wie ein Dolch, der einem im Bauch umgedreht wurde. Nach Ende der Ausgangssperrenserie war Floire in der Präfektur aufgetaucht, als wäre nichts gewesen. Nur schien Lebranc, dass sein Assistent so was wie einen erleuchteten Eindruck machte. Ein mildes Lächeln im Gesicht. Das auch bei Rüffeln nicht verschwand. Wie früher diese Verehrer indischer Gurus, die noch im Schlaf lächelten und verziehen, bevor ein böses Wort gefallen war. Aber Floire hatte nicht nur die Hegelei von de Bodt übernommen, sondern auch dessen Arroganz. Es waren nicht die Worte, es war der Gesichtsausdruck. Wenn er verständnisvoll lächelte, wann immer Lebranc ihn anschiss. Das hatte er früher provozierend kühl ertragen. Aber jetzt lächelte er. Als wollte er sagen: Ich weiß, Chef, Sie sind nicht mehr auf der Höhe. Reif für die Rente. Aber ich will Ihnen die letzten Tage nicht vermiesen. Im Alter verbittert mancher. Versteh ich doch.

Floire saß im Vorzimmer an seinem kleinen Schreibtisch, als das Telefon klingelte. Er nahm ab, hörte zu. Legte auf. Klopfte und betrat Lebrancs Büro. Der war im Halbschlaf. Öffnete die Augen, erst erschreckt, dann wütend.

»Leiche auf der Place Dalida«, sagte Floire. »Junge Frau. Mehr weiß ich nicht.«

4.

»Gibt es eine Vermisstenmeldung?«, fragte Salinger.

»Bis jetzt nicht«, erwiderte Yussuf. Blickte zum Stuhl neben dem Eingang. Wo sonst de Bodt saß. Aber der war wieder nicht erschienen.

Die Zander hatte einen kurzen Bericht gemailt. Keine Vergewaltigung. Das Mädchen war Jungfrau. Alter siebzehn bis einundzwanzig. Las Yussuf vor.

»Jungfrau und junge Frau, nicht Mädchen«, sagte Salinger.

»Ist ja gut. Die sieht aus wie ein Mädchen. Die Klamotten stammen aus Berlin. H&M. War nicht reich, die Kleine.«

»Hat die in Berlin gewohnt? Vielleicht Touristin? Schick das Foto an die Streifen. Die sollen in Hostels und Hotels nachfragen. Vielleicht hat jemand die Frau gesehen.«

»Medien?«

»Nein, zu früh«, sagte Salinger. »Stell dir vor, die Eltern schlagen die Zeitung auf …«

»Stell dir vor, der Mörder wartet auf dem Flugplatz …«

»Krügers Sklaven belästigen im BER gerade alles, was zwei Beine hat.«

»Und ihr sitzt hier herum«, sagte Krüger. Stand in der Tür und blickte herrisch. Wie Cäsar, als ihm Vercingetorix das Schwert vor die Füße warf.

»Wir arbeiten«, sagte Salinger. »Versuchen uns ein Bild vom Opfer zu machen.«

»Dann schaut euch die Fotos vom Tatort an.«

»Die kennen wir. Wir fragen uns, ob sie aus Deutschland stammt. Oder aus Asien. Philippinen, Thailand, Vietnam.«

»Woher wollt ihr das wissen? Da hilft nicht mal die Genetik. Eltern vielleicht in Manila geboren, sie in Düsseldorf. Glaubst du, du findest in den Proben der DNS Spuren des Umzugs… oder der Flucht?«

»Sie ist offenbar vor ihrem Mörder geflohen«, sagte Yussuf. »Wir fahren noch mal zum Tatort. Angeblich hat niemand was gesehen oder gehört.«

Salinger nickte. Gute Idee. Krüger vor der Nase wegfahren.

5.

Dalidas von Männerhänden polierte Bronzebrüste glänzten in der Sonne. Vor der Fünf-Quader-Säule unter der Büste lag eine schlanke Frau. Fast nackt. Der Fetzen eines blauen Kleides neben ihr auf dem Gehweg. Der Rechtsmediziner saß auf einer kleinen Stelenmauer und rauchte. Lebranc hatte ihn schon mal gesehen, erinnerte sich aber nicht seines Namens. Stellte sich vor ihn. »Und?«

»Ermordet in dieser Nacht. Erwürgt. Vorher vergewaltigt, wie es aussieht. Aber nicht hier. Hier wurde sie abgelegt. Das Kleid hat der Mörder hiergelassen, damit wir glauben, es wäre hier geschehen. Asiatin, woher auch immer zwischen Paris und Singapur.«

»Warum nicht hier ermordet? Haben Sie Beweise?«

»Sie wurde über einen Holzboden geschleift. Wir haben Splitter im Gesäß gefunden. In der Pathologie finden wir mehr davon. Ich glaube, sie wurde in einem Zimmer vergewaltigt und erwürgt. Dann hergefahren und hier abgelegt.«

»Warum gerade unter der Dalida-Büste?«

»Keine Ahnung.«

»Um das sexuelle Motiv zu unterstreichen«, sagte Floire.

»Sie meinen, der Mörder wollte uns ein bisschen Arbeit abnehmen?«

»Könnte man fast glauben. Es handelt sich aber kaum um ein sexuelles Motiv. Sondern um den Versuch, uns irrezuführen.«

Der Arzt nickte. »Schlaue Idee. Aus Ihnen wird mal ein Polizist.«

»Schön, dass Sie das so sehen. Ich lerne jeden Tag von meinem Chef.«

Der war der Einzige, der begriff. Dass Floire ihn gerade durch den Kakao zog.

6.

Yussuf klingelte. Nichts. Er klingelte noch einmal. Lang. Schlurfen. Ein Klacken. Die Sicherheitskette. Die Tür öffnete sich. Ein Mann, um die siebzig. Mönchsglatze, ängstlicher Blick. »Ja?«

Salinger hielt ihm den Dienstausweis vor die Augen. »LKA Berlin.«

»Ja?«

»Wir würden uns gern mit Ihnen unterhalten.«

»Worüber?«

»Sie lassen uns rein, oder Sie kriegen eine Vorladung ins LKA«, sagte Salinger.

Die Tür schloss sich. Die Kette klackte leise. Dann öffnete sich die Tür. »Man weiß ja heute nicht mehr, wer …«

»Wir sind nur die Polizei«, sagte Yussuf.

Eine Frau erschien im Flur. Krummer Rücken, am Stock. »Kommen Sie ins Wohnzimmer, bitte. Tee, Kaffee, Wasser?«

»Danke, nein. Nur Antworten. Wir haben keine Zeit«, sagte Salinger.

Die Frau humpelte vorweg, ihr Mann bildete die Nachhut. Das Wohnzimmer musste schon den Führer gekannt haben. Kein freier Quadratzentimeter ohne Kitsch und Nippes.

»Nehmen Sie bitte Platz.« Sie deutete mit ihrem Stock auf ein riesiges Sofa. Worin Yussuf und Salinger versanken.

Nachdem sie den Polstergrund erreicht hatte, fragte Salinger: »Quasi vor Ihrer Haustür wurde letzte Nacht eine junge Frau ermordet. Haben Sie etwas gesehen? Gehört?«

Sie hatten auf den beiden Sesseln Platz genommen, die sich am Tisch gegenüberstanden. Der Alte blickte seine Frau an. Schüttelte den Kopf.

Yussuf roch die Lüge, bevor einer von den beiden den Mund öffnete.

»Nein«, sagte die Frau. »Wir haben da bestimmt schon geschlafen.«

»Und wenn ich unsere Spurensicherung bitte, an Ihrer Haustür nach Fingerabdrücken zu suchen?«, fragte Yussuf. Ein Schuss ins Blaue.

Schweigen.

»Ja, da machte sich jemand an unserer Tür zu schaffen.«

Sie blickte auf den Plüschteppich.

»Hat jemand was gerufen?«, fragte Salinger.

»Ich …«, sagte die Frau.

»Ja«, sagte der Mann. »Die hat uns Angst gemacht.«

»Ich wette, die Fingerabdrücke an Ihrer Tür stammen vom Opfer«, sagte Yussuf.

Der Mann blickte ihn lange an. Zuckte die Achseln. »Sie können sich nicht vorstellen, wie es ist, alt zu sein. Wir sind zu schwach« – deutete zur Haustür – »für das da draußen. So viele Kana… Ausländer. Wir haben Angst. Ach ja, ich hatte mal einen schwarzen Kollegen im Ingenieurbüro, der war nett. Aber …«

»Es war also eine Frau, die gerufen hat?«, fragte Salinger.

Die beiden Alten wechselten einen Blick.

»Ja«, flüsterte sie.

»Und vor der hatten Sie Angst?«

Sie nickte. »Wir haben vor allem Angst… da draußen.«

»Sie wissen, dass die Frau ermordet wurde?«

Der Alte nickte. Sie saß starr.

»Hätten Sie die Tür geöffnet… die Polizei gerufen …«, sagte Yussuf.

»Dann hätten die uns umgebracht, bevor das erste Polizeiauto hier gewesen wäre.«

»Sie haben die also gesehen?«, fragte Salinger.

»Ich habe im Büro aus dem Fenster gelinst, hinterm Vorhang.«

»Und Sie fanden es nicht nötig, die Polizei zu rufen?«

Sie schwiegen.

»Das ist unterlassene Hilfeleistung, eine Straftat. Sie werden vom Staatsanwalt hören«, sagte Yussuf. Salinger merkte seiner Stimme an, dass er sich kaum beherrschen konnte. »Warum haben Sie uns nicht angerufen?«

»Ich weiß nicht«, sagte er. »Ich weiß nicht.« Flüsternd.

»Aber Sie konnten sich den Mord seelenruhig ansehen. War's wie im *Tatort*?«

Schweigen.

Der Alte räusperte sich. »Es waren zwei. Ein kleiner, schlanker. Und ein Großer, korpulent, kräftig. Araber, Türken oder so was.«

»Beide?«, fragte Yussuf.

»Beide.«

»Und dann?«

»Dann?« Der Alte blickte auf den Boden. »Der Schlanke hat sie an den Schultern gepackt, vorn. Der Große hat ihr was um den Hals gelegt. Von hinten. Dann hat er gezogen, bis ihr Körper schlaff wurde. Sie haben sie fallen lassen und sind abgehauen.«

»Und das haben Sie sich angesehen, ohne auch nur ans Telefonieren zu denken?«

»Die hätten ja …«

Salinger schickte Krüger eine SMS.

Du hast morgen, 9.00, Besuch von zwei Zeugen des Mordes. Es geht um deren Aussagen und unterlassene Hilfeleistung. Schalte den Staatsanwalt ein.

Darunter stand unsichtbar *de Bodt*.

»Wir brauchen Personenbeschreibungen. Sie kommen morgen früh Punkt neun Uhr ins LKA 1 in der Keithstraße. Da machen wir Phantombilder.« Sie legte ihre Visitenkarte auf den Tisch.

Er nickte betrübt. »Was hätten wir denn machen sollen?«

»Die Frau ins Haus lassen. Dann die 110. Oder andersherum. Ganz einfach. Jedenfalls nicht glotzen.«

7.

»Unter der Dalida. Da haben die sich ja einen schönen Platz ausgesucht«, brummte der Doc. Er hatte sich wieder eine angezündet.

»Die?«, fragte Floire.

»Sie wurde vermutlich zweimal vergewaltigt. Sie hat unterschiedliche Druckspuren auf den Knöcheln und den Handgelenken. Massive Verletzungen an der Vagina. Deshalb glaube ich, dass es mindestens zwei waren.«

»DNS-Proben?«

»Die haben wohl Kondome benutzt. Vorbildlich. Aids oder Tripper kriegt sie nicht mehr …« Hob die Hand. »Ich habe ein paar Holzsplitter gezogen. Buche, gebeizt. Müsst ihr nur noch das Zimmer finden.«

Der Untersuchungsrichter Carlo erschien. Schnaufte. Blieb stehen. Blickte sich um. Beugte sich zum Doc. Flüsterte was mit dem. Stellte sich an Lebrancs Seite. »Haltet die Medien raus.«

Lebrancs Daumen zeigte über der Schulter nach hinten. In diesem Augenblick blitzte es.

»Kein Wort zu denen«, sagte der Richter.

Lebranc nickte. Drehte sich um. Sah Floire an der Absperrung lebhaft in ein Gespräch verstrickt. »Floire!«, brüllte Lebranc.

Der zuckte die Achseln, drehte sich um und ging gemächlichen Schritts zu seinem Chef.

»Kein Wort an die Aasgeier«, sagte Lebranc. »Pressesperre, Anweisung vom Untersuchungsrichter.«

»Das war kein Aasgeier, sondern ein Freund. Und der leitet ein Zahnlabor und kein Fernsehstudio. Wenn Sie sich mal die Zähne richten lassen wollen … Er macht Ihnen bestimmt einen Sonderpreis.«

Lebranc erstarrte innerlich. Einem eine Frechheit dermaßen perfide zwischen die Rippen zu jubeln, das schaffte nur Floire.

»Und was treibt Ihren … Freund …«

»Sein Labor liegt hinter der Absperrung. Vielleicht könnten Sie ihm eine Ausnahmegenehmigung … Ich würde ihn auch zur Tür begleiten und aufpassen …«

»So weit kommt's noch, dass … Freunde von Flics … Machen Sie nur weiter so, bald bietet Ihnen einer ein Bündel Euroscheine für einen kleinen Gefallen.«

»Aber, Chef!«

Lebranc winkte ab.

»Darf ich jetzt meinen Freund …?«

»Sie helfen den Kollegen der Kriminaltechnik. Und geben mir am Nachmittag einen ausführlichen Bericht.«

»Klar, Chef.« Zog ab.

»Dein schwerster Fall«, sagte der Untersuchungsrichter.

Lebranc sah Floire nach. »Ganz sicher. Aber bisher habe ich noch jeden Fall geknackt. Der Floire ist nur besonders widerborstig. Aber das wird schon.«

»Und die da?« Blickte zur Leiche. Bedeckt von einem weißen Tuch.

»Keine Ahnung. Sexualverbrechen. Der Freund, der Geliebte, der Freund des Geliebten. Neunzig Prozent.«

Der Richter nickte. »Hoffen wir, dass es nicht die anderen zehn Prozent sind.«

8.

»Du musst uns helfen«, sagte sie. Klang wie: Rette uns vor Krüger.

De Bodt hörte ihren Atem im Hörer. »Das ist Krügers Fall. Wenn ich mich einmische …«

»Ich weiß doch …« Schnaufte. »Krüger hat nicht die blasseste Ahnung, wir haben keine Spuren. Wissen nur, dass zwei Typen … der eine hat sie festgehalten, der andere sie erwürgt. Mit einem Stahlseil. Das ist kein Beziehungsdrama.«

»Ehrenmord?«, fragte de Bodt.

»Vielleicht, glaub ich aber nicht. Hast du schon von einem Ehrenmord mit Garotte gehört?«

»Alles hat es irgendwann zum ersten Mal gegeben.«

»Danke«, sagte sie trocken.

»Das ans Handeln gehende Individuum scheint sich also in einem Kreise zu befinden, worin jedes Moment das andere schon voraussetzt, und hiermit keinen Anfang finden zu können, weil es sein ursprüngliches Wesen, das sein Zweck sein muss, *erst aus der Tat* kennenlernt, aber, um zu tun, *vorher den Zweck* haben muss.«

Sie schwieg einen Augenblick. »Du nervst, erstens. Zweitens kann man den Kern der Kriminalistik nicht besser ausdrücken.« Sie lachte. »Du druckst den Spruch aus, und wir hängen den gerahmt ins Büro.«

Er lachte kurz mit. »Und was ist der Zweck, den wir aus der Tat kennenlernen? Das Motiv? Das vor der Tat steht, sich in ihr aber ausdrückt?«

»Leider haben die Täter vergessen, ihre Persos liegen zu lassen.«

»Warum hält einer eine Frau fest, damit ein anderer sie strangulieren kann? Warum machen die das mitten auf der Straße? Weil sie es eilig haben.«

»Kannst die anderen Fragen auch gleich beantworten.«

»Es war keine Affekthandlung. Der Täter hatte das Mordwerkzeug bei sich. Der andere dürfte es gewusst haben. Du hältst sie fest, ich nehm die Garotte. Das wäre eine Absprache. Arbeitsteilung. Ein Plan. Wie wahrscheinlich ist es, dass zwei Männer spontan losziehen, um unter höchstem Risiko eine Frau zu erdrosseln? Kennen wir vergleichbare Fälle? Nein«, sagte er. »Wir hatten einen Fall, wenn ich mich recht erinnere. Das war vor hundert Jahren, da war ich noch in Hamburg. Der Fall hat damals ziemlich Wellen geschlagen, in Hamburg allemal. Da war es ein Zuhälter, der eine Nutte ermordet hat.« Er verkniff sich hinzuzufügen: die bei der Polizei um Schutz gebeten hatte.

»Nachdem du den Fall so gut wie gelöst hast, könntest du die Adressen der Mörder rausrücken.«

»Morgen Nachmittag im *Café Eliza*. Bring Ali mit.«

»Mist, ich dachte schon, es geht um was Ernstes.«

9.

»Ist die Sache erledigt?«, fragte der Mann hinterm Schreibtisch. Die Klimaanlage summte leise. Ein riesiges Fenster öffnete den Blick aufs Meer. Weit entfernt begegneten sich zwei Containerschiffe. Noch weiter weg ein Tanker. Richtung Süden.

Der Uniformierte nickte. Verschwendete keinen Blick aufs Meer. Blickte seinem Chef in die Augen. »Ja, ist erledigt.« Er legte eine Speicherkarte auf den Tisch.

»Es gibt keine Kopien?«

»Unwahrscheinlich. Aber garantieren kann ich es nicht.«

Beim Verlassen des Büros blickte er sich noch einmal um. Der Chef hatte seinen Stuhl gedreht. Schaute aufs Meer. Als gäbe es nichts anderes. In gewisser Hinsicht stimmte es auch.

10.

Sie saßen an einem Tisch im Schatten. Yussuf zankte sich gerade mit Anne, als de Bodt eintraf. »Die will heute keine Bruchstücke rausrücken«, maulte Yussuf.

»Ich kann mir keine Geschenke mehr leisten. Hab noch Corona-Schulden.«

»Geiz, wohin das Auge blickt«, sagte Yussuf. »Dann nehm ich gar nichts außer einer Schokotorte und einem Cappuccino. Das haste nun davon. Und das auch nur, weil der Chef zahlt.«

»Danke für die Information«, sagte de Bodt. Bestellte grünen Tee, dritter Aufguss. Dazu Kekse, deren Schicksal in diesem Augenblick besiegelt war.

»Der kriegt Kekse«, sagte Yussuf.

»Der bezahlt sie auch. Und du willst schnorren«, erwiderte Anne.

»Ich nehme einen Cappuccino und auch Kekse. Dazu ein Hackmesser …«, sagte Salinger.

Als Anne sie erstaunt anblickte: »Um meine Kekse gegen den da zu verteidigen. Wollte ohnehin mal wissen, wie man sich ohne Finger in der Nase bohren kann.«

»Fieses Pack.« Yussuf fummelte eine Zigarette aus der Packung, erhob sich und zündete sie an. Ging ein paar Schritte.

»Schön, dass er wieder normal tickt. Nachdem die Sache mit Jasmin in die Brüche ging, war er nicht auszuhalten«, sagte Salinger.

»So schnell klappt das nicht. Es bleibt immer etwas«, sagte de Bodt.

»Da spricht einer aus Erfahrung.«

»Was hat die Vernehmung gebracht?«, fragte de Bodt.

»Es war grässlich. So die Mischung aus ›Wir sind unschuldig. Wie hätten wir wissen können?‹ bis ›Meine Frau hat mir verboten, die Tür zu öffnen‹ und ›Vor Kurzem hat es einen Einbruch gegeben, die haben auch an der Tür geklingelt‹.« Salinger hob die Brauen. »Es hat in der Tat vor sechzehn Jahren so was wie einen Einbruch gegeben. Ein paar Straßen weiter. Zwei Betrunkene haben geklingelt und dann die Bude verwüstet, das Geld und Schnapsflaschen mitgenommen. Wurden gleich festgenommen. Konnten kaum auf den Beinen stehen. Hatten die Beute fast leer getrunken.«

»Habt ihr Phantombilder hingekriegt?«, fragte de Bodt.

»Nee, einer war groß, der andere korpulent und kleiner. Die Straßenlaterne flackerte. Ich hab's überprüft und gleich beim Bezirksamt gemeckert. Ändert aber nichts. Nach den Aussagen der beiden könnten wir halb Berlin verhaften.«

Anne trug ein Tablett an den Tisch. Sie hatte eine Papierserviette über eine Untertasse gelegt. Bruchstücke. »Sind für den.« Deutete auf Yussuf, der gerade angefangen hatte zu telefonieren. Und sich noch eine Zigarette ansteckte.

Er setzte sich an den Tisch, das Telefon am Ohr. Er radebrechte auf Französisch und trennte das Gespräch. »Das war Floire. Die haben auch eine Frauenleiche. Vergewaltigt. Fundort Dalida, Tatort unbekannt.«

»An der Place Dalida?«, fragte de Bodt.

»Hab ich so verstanden.«

»Vergewaltigt«, sagte de Bodt. »Irgendwo, und dann dort abgelegt. Unter der Büste mit den glänzenden Brüsten, angetatscht von Millionen.«

»Zufall? Oder irgendeine perverse Botschaft?«, fragte Salinger.

»Keine Ahnung«, sagte Yussuf. »Sie könnte aus den Philippinen stammen oder sonst woher in Asien … oder Ihre Vorfahren.« Sein Telefon klingelte. Er hatte dafür einen Muezzin mit Quakstimme ausgesucht.

Salinger hielt sich die Ohren zu. »Der macht das nur, um zu nerven.«

»Ruhe, das nennt sich Religionsfreiheit.« Yussuf nahm das Gespräch an. »Was?« Er hörte zu. Steckte das Telefon in die Tasche. »Die Zander. Sagt, dass die Frau einen Ring trug. Mit einem Kreuz auf der Innenseite. Außen sah er aus wie ein Ehering. Die war Christin.«

De Bodt blickte ihn an. Grübelte. »Frag den Floire, ob das Opfer in Paris auch ein religiöses Symbol trug. Kette, Ring … ach, er soll seinen Chef grüßen.«

Yussuf rief an. Nickte de Bodt zu. Hielt die Hand aufs Mikrofon. »Ein Bauchnabelpiercing. Ein Kreuz.«

Nachdem Yussuf fertig war, sagte de Bodt: »Achtzig Prozent, dass die beiden Filipinas waren. Dreißig Prozent, dass sie sich kannten.«

11.

»Da habt ihr mir ja zwei Blinde geschickt. Die Zeugenaussagen der beiden sind fürn Arsch!« Krüger war sauer. Vielleicht besonders, weil de Bodt im Büro aufgetaucht war. »Filipinas also. Verraten Sie mir, woher Sie diese Weisheit beziehen … sofern Sie es uns Sterblichen anvertrauen wollen.«

»Gern«, sagte de Bodt. Er saß auf dem Stuhl neben der Tür. »Die Philippinen waren lange spanische Kolonie. Sie wurden missioniert. Wie üblich mit Überzeugung, Bestechung und Gewalt. Warum ist Mexiko ein katholisches Land, katholischer als Spanien heute? Weil es spanische Kolonie war. Die Spanier haben sich in Asien auf die

Philippinen gestürzt, wie sie sich auf Peru, Ecuador, Chile und so weiter gestürzt haben.«

»Danke für die historische Aufklärung. Warum das Kreuz auf der Ringinnenseite in Berlin und das Nabelpiercing in Paris?«

Tilly betrat das Büro. »Gibt es Fortschritte, Herr Krüger?«, fragte er.

»Der Kollege de Bodt gibt gerade einen Kurs in spanischer Geschichte.«

»Beide sind demnach Filipinas. Beide haben an Orten gearbeitet, wo man seinen christlichen Glauben besser verbirgt«, sagte Yussuf.

Tilly blickte de Bodt an. »Sie sprechen auch vom Opfer in Paris?«

»Genau. Die beiden kannten sich vielleicht. Es ist womöglich kein Zufall, dass sie fast gleichzeitig ermordet wurden. Jedenfalls haben sie dort gearbeitet, wo das Christentum nicht geduldet wird. Sonst hätten sie Kettchen mit Kreuz getragen.«

»Ein bisschen viele Vielleicht«, sagte Tilly.

»Beginnt nicht jede Ermittlung mit einem Vielleicht? Oder mehreren?«, fragte de Bodt. »Bei mir ist das jedenfalls so.«

»Sie wissen schon, dass es mein Fall ist«, sagte Krüger.

»Das muss Sie nicht daran hindern, Ideen zu prüfen. Auch wenn sie nicht von Ihnen stammen.«

12.

»Schön, dass es dich doch noch gibt. Und schon in Bestform. Tilly notiert gerade in seinem schwarzen Buch: De Bodt wieder böse gewesen«, sagte Salinger.

De Bodt lächelte. Gar nicht schlecht, wieder im Büro zu sein. Er grinste Salinger an. Die grinste zurück. Krüger hatte es nicht gewagt, sie loszuschicken. Obwohl Tilly ihm Salinger und Yussuf unterstellt hatte. Nach seinen letzten Erfolgen war de Bodt unantastbar geworden. Ihm hatten sie es zu verdanken, dass buchstäblich und bildlich Hektoliter Champagner über der Berliner Polizei ausgeschüttet wurden. Gemäß der Rangfolge: das meiste auf den Innensenator, dann den Generalbundesanwalt, den Generalstaatsanwalt, die Geheimdienstchefs, den Polizeipräsidenten, schließlich Tilly. De Bodt sollte angeblich zum Kriminalrat befördert werden. Aber das hatte dann jemand vergessen. Obwohl er alle vorm Ertrinken gerettet hatte. So lange war der letzte Fall noch nicht her. Seine Beliebtheit unter den Kollegen hatte das nicht erhöht. Aber sein Draht zur Kanzlerin war ein paar Zentimeter kürzer geworden. Noch war sie im Amt. Danach würde man sehen. De Bodts Erfolge hatten die Kollegen gedemütigt. Sie hatten ihn für bekloppt erklärt, aber er hatte recht behalten. Mal wieder. Glück hatte jeder Bekloppte mal, so viel Glück wie de Bodt konnte aber niemand haben. Auch de Bodt hatte schon danebengelegen. Aber er war der Erste, der es merkte. Und einem Irrtum keine Sekunde anhing. Und jetzt begann er sich für einen Fall zu interessieren. Es zeichneten sich Zusammenhänge ab. Das fixte ihn an.

»Krüger führt gerade einen Freudentanz auf«, sagte Yussuf.

De Bodt saß auf seinem Stuhl neben dem Eingang. Und war weit weg. Nachdem sein Hirn gelandet war, wiederholte er: »Unterstellen wir, es sind Filipinas. Dann sind sie wohl Katholikinnen. Beide müssen ihren Glauben verbergen. Welchen Sinn sollen die versteckten Kreuze sonst haben?«

»Sie arbeiten bei Atheisten«, sagte Yussuf. »Oder bei Moslems, strengen Moslems.«

»Genau«, sagte de Bodt.

»Ich frag, ob die jemand vermisst«, sagte Salinger. Telefonierte. Legte auf. Schüttelte den Kopf. »Nach unserem Opfer hat niemand gefragt, sagt die Vermisstenstelle.«

»Ruf in den kommenden Tagen …«

»Schon klar. Ist zwar nicht unser Fall …«

»In muslimischen Haushalten arbeiten Hausmädchen, oft aus Asien. Oft beschissen behandelt.« Yussuf überlegte. »Ich ruf Floire an. Vielleicht vermisst jemand deren Opfer.«

13.

Er liebte das Schaukeln auf dem Rücken des Dromedars. Hinaus in die Wüste. Weit hinter ihm seine Beschützer, auf Kamelen. Bewaffnet mit G36-Gewehren aus Deutschland. Er wollte die Getreuen nicht hören, nicht sehen. Sein Telefon hatte er zu Hause gelassen. Er wollte sich wenigstens vorstellen, allein zu sein. In den sanften Hügeln und Tälern. Ocker vor Blau. Keine Wolke am Himmel. Er genoss diese Stunden. Er bedachte, was sie geplant, was sie erreicht hatten. Es war nicht schlecht. Aber sie waren noch weit entfernt vom Ziel. Ihm machte das zu schaffen. Ungeduldig, wie er war. Er kannte seine Schwäche: Immer alles. Sofort. Er sollte mehr auf seine Berater hören. Er sollte neue Berater einstellen, die ihm auch mal widersprachen. Er hatte dieses seltsame Buch gelesen. Machiavelli: *Der Fürst.*

Er würde in die Geschichte eingehen. Als Führer seiner Welt. Als Befreier. Oder als Verlierer. Als Urheber einer Niederlage, die den Lauf der Geschichte wenden würde. Gegen ihn, gegen sein Volk. Gegen seine Welt. Die Verantwortung raubte ihm oft den Schlaf. Konnte er sich auf seine Verbündeten verlassen? Würden sie zurückweichen, wenn Gegenschläge folgten? Vertrauen war keine Währung, auf die er sich verließ. Aber vielleicht würde sich nie wieder eine Gelegenheit wie diese ergeben. Er musste seine Chance nutzen. Die Lage war einmalig, sie konnte sich nur verschlechtern. Die Geschichte rief ihn. Jetzt.

14.

Lebranc blickte auf. Floire stand vor seinem Schreibtisch. Der Kommissar deutete auf den Stuhl vor seinem Schreibtisch.

Floire setzte sich. »Danke, Chef.«

Hinter der Höflichkeit lauerte die Bereitschaft, ihn zu verspotten. Dieser Dreckskerl nahm ihn nicht ernst.

»Was gibt's?«

»Es gibt keine Vermisstenanzeige … wegen der Toten an der Place Dalida.«

»Es ist doch viel zu früh, um danach zu fragen.«

»Wenn jemand sich Sorgen macht, sind ihm unsere Fristen vielleicht egal.«

»Aha.«

»Ich war bei den Kollegen. Sie hätten sich den Fall notiert, sogar wenn sie eine Vermisstenanzeige für verfrüht gehalten hätten.«

»Aha.«

Schweigen.

Floire erhob sich. »Das wollte …«

Lebranc deutete auf den Stuhl. Floire erstarrte, setzte sich wieder.

»Wir haben zwei Fälle, die sich deutlich voneinander unterscheiden«, sagte Lebranc. Man musste diesem Belämmerten alles erklären. Und das in dem Wissen, dass er Perlen vor die Säue warf. »Die eine wurde stranguliert, mit einer Garotte. Die andere, unsere, wurde vergewaltigt und erwürgt. Mit den Händen. Ist bei Sexualverbrechen oft so. Was die beiden Opfer gemein haben, ist wenig: Sie sind Asiatinnen, sie sind jung. Wie viele junge Asiatinnen gibt es in …«

»Beide waren Katholikinnen«, warf Floire ein.

»Vermutlich. Geschenkt«, sagte Lebranc. »Wir werden dem nachgehen. Aber wie Sie natürlich noch nicht wissen können, besteht die Ermittlungsarbeit zu achtzig Prozent aus der Verfolgung falscher Spuren. Daran wird sich nie etwas ändern. Aber Sie schweben gewiss schon in einer Science-Fiction-Welt, in der alle Verbrechen schnurstracks im Labor gelöst werden.«

»Das würde ich sehr begrüßen«, sagte Floire mit Strebermiene. »Aber bis dahin müssen wir auch den schwächsten Spuren folgen.« Und fügte hinzu: »Die Wahrscheinlichkeit verliert gegen die Wahrheit allen Unterschied von geringerer und größerer Wahrscheinlichkeit; sie sei so groß, als sie will, ist sie nichts gegen die Wahrheit.« Blickte seinen Chef mit geneigtem Kopf an. »Hat der Kollege de Bodt mal gesagt. Zitiert. Hegel.«

Floire erhob sich vorsichtig. Jederzeit bereit zu erstarren.

Aber Lebranc schwieg.

»Ich geh telefonieren ...«, sagte Floire.

Lebranc tat, als hörte er es nicht. Er fühlte sich, als zöge ihm jemand den Stuhl unterm Hintern weg. Oder gleich den Fußboden. Sie hatten keine Spuren. Keine Zeugen. De Bodt hatte immerhin zwei. Obwohl die nichts taugten. Er versuchte Floire per Telefon zurückzurufen. Aber bei dem war besetzt. Lebranc rief die Sekretärin an. Floire möge sofort beim Chef erscheinen.

»Ja, Chef?« Floire steckte den Kopf durch den Türspalt.

»Was sagt Ihnen die Tatsache, dass es weder in Berlin noch bei uns Spuren gibt? Eine Vergewaltigung ohne Spuren. Keine Hautreste unter den Fingernägeln, keine Kopf- oder Schamhaare am Opfer. Als wäre es nicht berührt worden.«

»Das hat mich Yussuf auch gerade gefragt. Sein Chef zerbricht sich den Kopf darüber. De Bodt glaubt, die beiden Fälle seien miteinander verbunden. Obwohl die Taten sich stark unterscheiden. Die Gemeinsamkeiten: christliche Symbole, Asiatinnen, vermutlich Filipinas als Opfer. Und keine Spuren. De Bodt sagt, die Vergewaltigung solle womöglich das Motiv vertuschen. Und dann noch, dass die Unterschiede in der Tatausführung die Gemeinsamkeiten nur unterstreichen.«

Lebranc blickte ihn fragend an.

»Was immer das heißt«, sagte Floire. »De Bodt will arabische Haushalte in Berlin abklappern. Und im Außenministerium nachfragen.«

»Im Außenministerium?« Lebranc blickte Floire streng an. »Sie haben sich nicht verhört?«

15.

»Eugen, du bist es! Welch Zufall!«

»Hallo, Laura. Du arbeitest im Auswärtigen Amt?«

»Hab die Schnauze voll gehabt von Versicherungen. Und hab im Vorzimmer der Kanzlerin gefragt, ob sie was hätten. Sie hatten.

Immerhin haben wir zusammen der Kanzlerin den Po gerettet. Protokollabteilung im Außenministerium. Besuch mich doch mal.«

De Bodt sah, wie Salingers Gesicht einfror. Laura, die er im Kofferraum seines später gesprengten Privatautos aus Berlin herausgeschmuggelt hatte. Sie hatte sich nach dem Fall immer mal wieder gemeldet, bis sie verstand.

»Ihr betreut die Diplomaten in Berlin, glaube ich.«

»Richtig geraten. Unter anderem. Wenn sich die Bußgeldbescheide mal wieder häufen. Die natürlich nie bezahlt werden. Diplomatische Immunität. Die hätte ich auch gern. Ich wüsste, wem ich ungestraft den Hals umdrehen würde.«

»Wir haben einen Fall. Junge Frau, Asiatin, vielleicht Filipina …«

»Ach die! Hab ich in der *Abendschau* gesehen.«

»Was du nicht weißt: Sie trug einen Ring. Auf der Innenseite war ein Kreuz eingraviert. Sie war wohl Katholikin.«

»Du meinst, eine Katholikin, die in einem streng muslimischen Haushalt arbeitete. Du hast recht, in solchen Familien arbeiten viele Asiatinnen. Billig, fleißig, und wenn der Hausherr auf Mädchen steht …«

»Du hättest dich beim LKA bewerben können«, erwiderte de Bodt lachend. »Sie musste ihr Christentum verbergen. Ein anderer Grund fällt mir nicht ein.«

»Vielleicht gefiel ihr der Ring. Vielleicht wollte sie ihren Glauben für sich behalten. Mal in einen Club gehen, ohne angemacht zu werden.«

»Klar, aber irgendwo müssen wir anfangen zu graben.«

»In der Glotze hat sich aber dein Kollege Krüger als Leiter der Ermittlungen verkauft.«

»Ist er auch. Aber wir haben einen ähnlichen Fall in Paris. Und seitdem sind es meine Ermittlungen. Der Kollege weiß das nur noch nicht.«

Laura prustete. »Nächstenliebe ist doch was Geiles.«

16.

Salinger sagte kein Wort, als de Bodt aufstand. Ihr Gesicht verriet Eifersucht und Wut. »Helft Krüger. Vielleicht haben die was herausgefunden«, sagte de Bodt, als er in der Tür stand.

Yussuf grinste.

Laura war hübsch und lebhaft wie eh und je. »Grüner Tee, dritter Aufguss, oder war's der vierte?« Deutete auf eine Kanne in der Besucherecke. Daneben zwei Tassen. »Ich wollte die Brühe immer schon mal versuchen.«

Sie setzten sich gegenüber an den Tisch. Stühle aus Leder und Chrom. Laura goss ein.

»Du verwaltest also die ausländischen Diplomaten in Deutschland.«

»Kann man so sagen.« Sie goss Tee ein.

De Bodt nahm die Tasse, trank einen Schluck.

»Wir haben schon besondere Erfahrungen mit Diplomaten aus arabischen oder anderen muslimischen Ländern. Mit Arabern: Golfstaaten, Katar, Kuweit, vor allem Saudi-Arabien. Wo Mörder wie dieser Mohammed bin Salman al-Saud das Sagen haben. Aber solche Gestalten stellt ja keiner vor Gericht. Die Leute empören sich immer nur über die Schlächter der anderen Seite. Warum sollte MbS besser sein als Assad? Dem Ölprinzen küssen sie die Füße, weil er ihnen Waffen und Autos abkauft. Assad dagegen ist ein böser Bube. Kauft ja auch keine Waffen bei uns, sondern bei den Russen. Du kannst dir nicht vorstellen, wie mir diese Heuchelei auf den Geist geht.«

De Bodt nickte. In ihrem moralischen Rigorismus erinnerte sie ihn an Salinger. »Die Moral kann ihre Grundsätze insgesamt auch in concreto, zusamt den praktischen Folgen, wenigstens in möglichen Erfahrungen geben, und dadurch den Missverstand der Abstraktion vermeiden«, flüsterte er vor sich hin.

»Ach, ich erinnere mich, du bist ja ein Zitatenkiosk. Oder sagt man heute Zitatenstreamingdienst? Hegel-Netflix.«

»War Kant«, erwiderte de Bodt. »Wenn ich behaupte, dass unser

Opfer Dienstmädchen in einem vermutlich reichen arabischen Haushalt war …«

»Dann liegst du womöglich richtig. Am Golf ist es normal, dass billige Asiatinnen angeheuert werden. Dienstmädchen, Kindermädchen, Mädchen für alles. Sexuelle Übergriffe und sonstige Gewalt eingeschlossen. Darüber regt sich bei uns aber niemand auf. Die Frauen sind rechtlos. Sie geben den Pass ihrem Arbeitgeber. Kündigen ohne dessen Einverständnis geht nicht. Sie sitzen in der Falle. Auch in Berlin haben wir immer wieder mit solchen Fällen zu tun. Die Frauen werden hergelockt, Pass weg, eingesperrt im Haus. Keine Freizeit, Prügel, Vergewaltigung. Wenn es sich um Diplomatenfamilien handelt, haben wir kaum eine Chance. Von den meisten Fällen erfahren wir nichts. Und wenn doch, reden wir den Diplomaten ins Gewissen. In den Arsch treten dürfen wir ihnen leider nicht. Wenn du wissen willst, wie sich Ohnmacht anfühlt, mach ein Praktikum hier.«

»Es ist eine subjektive Ohnmacht der Vernunft«, sagte de Bodt.

»Der Streamingdienst …«

De Bodt nickte. »Was gibt es sonst an Arabern in Berlin?«

»Liest du keine Zeitung mehr? Berühmt sind die libanesischen Clans. Die meisten sind aber Flüchtlinge. Des libanesischen Bürgerkriegs, längst eingelebt. Zuletzt Syrer, natürlich. Könnte sein, dass euer Opfer für Libanesen gearbeitet hat. Oder Marokkaner, Algerier …«

»Aber warum melden die ihr Hausmädchen nicht als vermisst?«, fragte de Bodt.

»Weil sie schlechte Erfahrungen mit der Polizei gemacht haben, sorry.«

De Bodt winkte ab. Wenn er sich etwas vorstellen konnte, dann das.

»Andere werden glauben, dass die einfach abgehauen ist. Kann man ja verstehen. Anderen wiederum ist das Leben einer Ungläubigen wurst. Oder sie haben sie selbst umgebracht. Vielleicht hatte sie keinen Bock mehr auf Vergewaltigung und/oder Prügel?« Sie lächelte ihn an.

»Du verbreitest Hoffnung.«

»Wenn ihr den Fall nicht heute Abend gelöst habt, seid ihr Flaschen.«

»Sind wir sowieso. Du hast nichts gehört? Du redest doch viel mit Diplomaten. Da hat sich niemand beklagt, dass das Hausmädchen abgehauen ist?«

Laura schüttelte den Kopf. Wischte eine Locke von der Stirn. »Das wäre auch nichts, was die mit uns klären wollten.«

»Aber die haben den Pass unseres Opfers?«

»Wenn sie den haben, wozu gibt es Kaminöfen?« Sie legte den Kopf schief. »Und wenn das eine Touristin wäre, die auch arabische Staaten besucht hat? Tochter reicher philippinischer Eltern. Und Papa schenkt ihr zum Abschied einen Ring mit dem Kreuz. Der soll Glück bringen. Die Tochter an den Glauben gemahnen oder so was?«

»Du lässt uns schon noch bis übermorgen?«

»Die Bullen sind auch nicht mehr das, was sie mal waren.«

17.

Der Mann im Anzug schwitzte. Obwohl die Klimaanlage lief. Fünfundzwanzig Grad. Ein milder Lufthauch. Er nippte an seinem Mokka. Wischte sich mit einem Tuch die Stirn trocken.

»Die Kompensation«, sagte er. »Natürlich, die Kompensation.« Als hätte er sie fast vergessen.

Sein Gegenüber lächelte ihn freundlich an. Natürlich, die Reise, die Hitze, der Prunk. Das hatte schon andere verunsichert. Aber er kannte den Mann zu gut, um ihm Verunsicherung abzukaufen. Es war das Spiel. Wie auf dem Basar. Nur dass es nicht um Kürbiskerne ging.

»Es gibt dort Öl, viel Öl«, sagte der Anzug. »Die Hälfte, Ihre Majestät.« Obwohl er diesen Vorschlag schon mal gemacht hatte.

Sein Gegenüber lächelte fortwährend in seinen Zehn-Tage-Bart. Wahrscheinlich tat er es auch, wenn er die Leute in den Tod schickte. Fremde, die eigenen. »Sie wissen, dass der Ölmarkt zusammengebrochen ist. Er wird nie wieder wie vorher sein. Vor zwei Jahren hätten Sie mit diesem Vorschlag vielleicht meinen Pagen beeindrucken können.« Er beugte sich nach vorn. »Vergessen Sie nicht, Sie wollen etwas von uns.«

»Das werde ich nie vergessen«, sagte der Anzug. »Aber Sie wollen auch etwas von uns. Sie leben am Fuß des Vulkans, nicht wir.«

Der Mann nickte versonnen. »Sie geben uns, was wir von Anfang an gefordert haben. Dann kann es losgehen. Meinetwegen können Sie es überwachen.«

Der Anzug hob die Brauen. Nickte. »Ich werde etwas ausarbeiten. Aber von uns haben Sie das nicht.«

»Wir haben großartige Wissenschaftler im Land. Und es gibt Länder, die einem helfen. Wenn man sie angemessen bezahlt. Keine Sorge, wir halten das geheim. Wir können das.«

18.

»Der Kollege Krüger glaubt, dass Sie sich in seine Ermittlungen einmischen«, sagte der Kriminalrat Tilly.

De Bodt hielt Sicherheitsabstand zum Gummibaum am Fenster, an dessen Bank er lehnte. Tilly hinterm Schreibtisch.

»Nein, ich überprüfe eine Idee.«

»Das höre ich nicht das erste Mal von Ihnen.«

»Glücklicherweise. Nur kann das den Kollegen Krüger schlecht stören. Meine Mitarbeiter arbeiten ihm zu. Und ich denke nach«, erwiderte de Bodt.

»Als Einziger«, sagte Tilly spöttisch. Seit wann konnte er spotten? Vielleicht hatte das Virus sein Hirn angegriffen?

»Ich hoffe nicht«, sagte de Bodt.

»Was hat denn das Nachdenken ergeben?«

»Ein paar Ermittlungsansätze.«

»Ein paar gleich? Haben Sie das dem Kollegen Krüger schon mitgeteilt?«

»Das erledigen meine Mitarbeiter«, log de Bodt.

»Sehr gut. Und was für Ansätze, wenn Sie es mir auch verraten wollen?«

»Erstens, es handelt sich um eine Touristin. Finde ich unwahrscheinlich. Ich halte es für schwer vorstellbar, dass zwei Touristinnen, wohl aus den Philippinen, fast gleichzeitig in Paris und in Berlin ermordet werden. Beide Katholikinnen, die ihren Glauben verborgen haben. Wohl verbergen mussten. Was man sich in einem europäischen Staat schwer vorstellen kann.«

»Französischer Laizismus, vielleicht ist es das?«, fragte Tilly.

»Vielleicht, vielleicht nicht. Verbergen mussten sie den Glauben unter Muslimen. Vermute ich. Das waren keine Touristinnen, sondern Dienstmädchen, Kindermädchen. Wie das in vielen arabischen Haushalten üblich ist.«

»Davon habe ich gehört«, erwiderte Tilly.

»Ich war im Auswärtigen Amt. Betreuung der Diplomaten in Berlin. Da geht es nicht nur um unbezahlte Strafzettel. Es gibt viele Fälle von Gewalt, Freiheitsberaubung und so weiter in Diplomatenfamilien. Und eine Dunkelziffer. Die meisten Opfer wenden sich nicht an unsere Behörden. Sie wissen, dass wir kaum eingreifen können. Da könnte jemand ein Hausmädchen zersägen und irgendwo vergraben …«

»Wie Khashoggi, den Journalisten«, sagte Tilly.

»Inzwischen gehört diese Knochensäge vermutlich zur Grundausstattung jedes saudischen Diplomatenhaushalts. Erspart Transportprobleme.«

»Seien Sie nicht so zynisch.«

»Zynismus ist die einzige Form, in der gemeine Seelen an das streifen, was Redlichkeit ist; und der höhere Mensch hat bei jedem gröberen und feineren Zynismus die Ohren aufzumachen und sich jedes Mal Glück zu wünschen, wenn gerade vor ihm der Possenreißer ohne Scham oder der wissenschaftliche Satyr laut werden.«

»Ja, ja, Hegel …«

»Nietzsche«, sagte de Bodt. »Und es passt. Wer den Zynismus unserer Wirklichkeit nicht einmal erahnt, wird diesen Fall nie verstehen. Sogar wenn man ihm die Mörder vors Haus trüge.«

»Sie meinen nicht zufällig den Kollegen Krüger? Und mich …?«

»Zwei Morde geschehen in derselben Nacht an zwei unterschiedlichen Orten. In Hauptstädten. Es trifft zwei junge Frauen aus Asien, vermutlich Philippinen. Beide verbergen ihr christliches Bekenntnis. Wer da den Zusammenhang nicht sieht…«

»Touristinnen?«

»Die brauchen viel Geld, um hierherzureisen. Und um sich hier durchzuschlagen. Die Philippinen sind nicht Monaco oder Katar. So waren sie auch nicht gekleidet. Und geschminkt. Nur das Piercing und der Ring. Den die Täter ihnen gelassen haben. Da haben sie geschlampt. Sie haben das Piercing und den Ring nicht mitgenommen, beide aus Gold. Sie hätten auch anderen Schmuck mitgenommen. Offenbar gab es den aber nicht.«

»Vielleicht waren die Opfer mit Diamantenringen und Brillantencolliers…« Tilly winkte ab. »Schon klar. Was schlagen Sie als Nächstes vor? Dass ich Ihnen den Fall übertrage?«

19.

»Wir müssen zur Polizei.« Die junge Frau tippte auf die Zeitung. Wo sie gerade von dem Mord gelesen hatte. In der *Abendschau* kam es auch.

»Bist du wahnsinnig? Zu Hause werden wir geköpft…«, sagte ihre Freundin. Sie hatten ihren freien Tag. Den einzigen im Monat.

Sie blickte ihre Freundin an. Nickte. Verstand. Trauer in den Augen.

20.

De Bodt rief Lebranc an. Nachdem sie genug Höflichkeiten verschwendet hatten, fragte de Bodt: »Ich nehme an, Sie suchen bereits den Laden, der ihr das Piercing gemacht hat.«

»Natürlich«, sagte Lebranc. »Aber wenn Sie wüssten, wie viele *Künstler* so was anfertigen…«

»Es können nicht mehr sein als in Berlin.«

»Da haben Sie gewiss recht.«

»Wenn wir die Herkunft des Piercings und des Rings fänden …«

»Das wäre ein großer Schritt. Leiten Sie jetzt die Ermittlungen? Floire sagte, dass Ihr Kollege Krüger …«

»Ich mach es jetzt.«

21.

Krüger war ins Büro geplatzt. Aber seine Empörung war nur zum Teil echt gewesen. Es war eine Sauerei, dass de Bodt sich erst verpisst hatte, um sich dann doch den Fall unter den Nagel zu reißen. Der Herr Erste Hauptkommissar hielt sich für was Besseres. Doch Krüger war auch erleichtert, den Fall los zu sein. Wer hatte schon gern das Scheitern in der Personalakte stehen? Und jetzt diese Theorie. Zwei Asiatinnen, ermordet in Berlin und Paris. Wegen eines Rings und eines Piercings.

Im nächsten Seminar an der Polizeischule würde Krüger es auskosten. Von Fällen erzählen, deren Ermittler Spuren nicht von Spinnerei unterscheiden konnten. Er würde keine Namen nennen, aber seine Zuhörer lernten es gerade, Schlüsse zu ziehen. Und lasen Zeitung.

Aber der Empörungsauftritt war dennoch wichtig. Es war und blieb eine Sauerei.

»Beschwer dich bei Tilly!«, hatte Salinger gesagt.

De Bodt hatte am Schreibtisch gesessen, ausnahmsweise, und nur kurz den Blick gehoben. Um dann weiterzulesen.

»Ich kann deine Wut schon verstehen«, sagte Yussuf. Das Gesicht samt Blondschopf hinterm Monitor versteckt. »Aber du bist ja nicht raus aus dem Fall. Du sollst uns mit deinen Leuten nach Kräften unterstützen. Hat der Kriminalrat gesagt.« Das wusste Yussuf nicht, aber er kannte Tilly. Er hätte ihn zum Verwechseln nachäffen können. Die schnellen Schritte. Die Angst in der Stimme.

Krüger stierte ihn an. Machte auf dem Absatz kehrt und zischte ab. Die Tür ließ er offen. Was so viel bedeutete wie Türknallen. Einheit der Gegensätze. De Bodt grinste.

22.

»Wir sollten Fotos vom Piercingring rausgeben. Und den Hersteller suchen«, sagte Floire.

»Ist das auf Ihrem Mist gewachsen?« Lebranc lauerte.

»Leider nicht. De Bodt. Die machen das in Berlin so.«

»Ich weiß das schon. Am deutschen Wesen soll die Welt genesen«, sagte Lebranc auf Deutsch.

»Wie bitte?«

»Ich dachte, Sie sprechen *chleuh*?

»*Chleuh?*«

»So haben unsere Vorfahren die deutschen Besatzer genannt und deren Sprache. Die freundliche Variante von *boches*.«

»Was Sie wissen!«

Spätestens jetzt ahnte Lebranc, dass sein Assistent ihn mal wieder hochnahm. »Mein Vater hat das miterlebt.«

»War er in der Résistance?«, fragte Floire. Sein Großvater war nicht im Widerstand gewesen. Sondern einer jener Kollaborateure, die sich mit allen Seiten gut gestellt hatten. Er hatte im Rathaus von Toucy gearbeitet und die Befehle der Deutschen ausgeführt. Als die Juden, keine zwanzig, verfrachtet wurden, war Floires Großvater verschwunden. Um am Tag darauf wieder aufzutauchen. Niemand hatte ihn vermisst. Die Gestapo nicht, die Milizen nicht.

»Das geht Sie … Der Präfekt sagt, wir sollten eine PK veranstalten«, erwiderte Lebranc. »Fotos vom Piercingring, von allen Seiten vergrößert. Das ist unser einziger Anhaltspunkt. Beten wir, dass die Frau den Schmuck in Frankreich gekauft hat. De Bodt macht das Gleiche in Berlin.«

23.

Diesmal war der Andrang lau. De Bodts vorherige PK waren überfüllt gewesen. Aber wen kratzte schon eine erwürgte Asiatin? Die Leute von den Krawallmedien saßen in der ersten Reihe im Konferenzsaal des Präsidiums. Dahinter verloren sich weitere Journalisten.

Eine Mitarbeiterin des Pressesprechers hatte jedem einen Satz Fotos ausgehändigt. Von der Toten. Vom Ring mit dem versteckten Kreuz.

»Und wenn die junge Frau ihren Glauben nur nicht so … demonstrativ … könnte ja abschrecken. Im Berghain mit Betschwesternring …«, sagte eine junge Reporterin. Die Sumpfpresse war zwar da, aber sie hatte die Anfänger geschickt.

Der Pressesprecher saß allein mit de Bodt vorn. Blickte den Kommissar an.

»Ich spekuliere nicht«, sagte de Bodt. »Ich zeige Ihnen, was wir haben. Das ist wenig. Aber wenn Sie die Bilder veröffentlichen, könnten Hinweise kommen.«

»Aber es gab immerhin Tatzeugen«, sagte ein junger Mann. Die Kurzhaare vorn nach oben gebürstet und mit Pattex fixiert.

»Es war Nacht. Die Leute hatten Angst. Sie haben wenig bis nichts gesehen.«

»Haben sie die Polizei gerufen?«

De Bodt beantwortete die Frage nicht. »Um es allen klarzumachen. Wir müssen wissen, wer diesen Ring hergestellt und verkauft hat. Es ist zweifellos eine Sonderanfertigung auf Kundenwunsch. Es gibt irgendwo einen Goldschmied oder eine Schmuckverkäuferin, die sich an diesen Ring erinnert. Wir müssen sie schnell finden. Sollte es Zeugen für die Tat gegeben haben, mögen die sich bitte melden. Und wenn sie noch so weit vom Tatort entfernt waren. Wer diese junge Frau in letzter Zeit gesehen hat, bitte melden. Was einem Zeugen unwichtig erscheinen mag, kann für uns der Schlüssel sein. Die Frau hat sich offenbar einige Zeit in Berlin aufgehalten …«

»Woher wollen Sie das wissen?«, fragte ein Grauhaariger in der letzten Reihe.

»Ich weiß gar nichts«, sagte de Bodt.

»Darf ich das zitieren?«

»Seltsame Frage, das ist eine PK. Sie dürfen aber hinzufügen, dass Sie noch weniger wissen als nichts. Diejenige Unwissenheit, welche nicht in einem bloßen Nicht-Wissen, sondern in einem fehlerhaften Wissens-Zustande besteht, ist der durch einen Schluss herbeigeführte Irrtum. Schon Aristoteles kannte dieses Phänomen.«

Der Mann grinste und schrieb in seinem Notizbuch.

24.

»Ich will aber nicht, dass jemand etwas erfährt«, sagte die Stimme am Telefon. Auf Englisch.

Sie verabredeten sich an der Weltzeituhr auf dem Alex. Wie Touristen. Sie war klein, dünn, mit einem Kindergesicht. Sie erkannte ihn. Hatte de Bodt im Fernsehen gesehen. Sie fuhren den Fernsehturm hoch und fanden einen Platz. Sie blickte sich immer wieder um.

»Ich wollte erst nichts … ich musste auf Ben aufpassen, den einzigen Sohn. Da hab ich Sie in der *Abendschau* gesehen. Sonst darf ich nicht fernsehen. Ins Wohnzimmer darf ich nur, wenn ich auf den Kleinen aufpassen muss. Oder putzen. Sonst bin ich in der Küche. Ich koche für die Familie. Wenn ich nichts zu tun habe, muss ich in meinem Zimmer sein. Im Keller, es ist winzig. Einmal im Monat darf ich das Haus verlassen. Sonst nur, wenn ich einkaufen gehe für meine Familie.« Übergangslos: »Ich kannte Ala … die tote Frau.«

»Woher?«

»Wir sind zusammen aus Manila hergeflogen. Man hat uns gleich die Pässe weggenommen. Die Flugkosten werden vom Lohn abgezogen. Das dauert. Miete muss ich ja auch bezahlen.«

De Bodt musterte sie. Er hatte über diese moderne Version der Sklaverei gelesen. Üblich in arabischen Staaten, vor allem am Golf. Wo die Welt zusah, wie Sklaven Fußballstadien und sonstige Betonriesen bauten. Wo Dienstpersonal missbraucht wurde. Aber nicht nur dort.

»Wer sind diese Leute, die Sie … beschäftigen?«

Sie legte die Hand vor den Mund. »Kein Wort … Sie müssen es versprechen.«

De Bodt nickte. »Arabische Familie? Reiche Leute?«

Sie nickte zögernd.

»Und Ala?«

»Sie auch. Sie arbeitete für den Botschafter Saudi-Arabiens, einen Neffen von Mohammed bin Salman.«

Es traf de Bodt wie ein Schock.

»Aber bitte nichts verraten.«

»Hat sie deshalb diesen Ring getragen …?«

»Mit dem Kreuz auf der Innenseite? Ja, klar. Stellen Sie sich vor, sie hätte die Familie nach Riad begleiten müssen. Und jemand hätte gemerkt, dass sie Ungläubige war? Sie hätten sie geköpft.«

»Sind Sie auch Katholikin?«

Sie nickte.

»Aber Sie tragen keine religiösen Zeichen?«

»Nein. Aber ich bin auch nicht so … gläubig wie Ala.«

»Hat Sie etwas erzählt von ihrer Arbeit?«

»Nicht viel. Es muss schrecklich gewesen sein. Der Botschafter hat …«

»Vergewaltigt?«

»Er hat sie betatscht. Überall. Unter der Kleidung. Und noch schlimmer.« Wieder die Hand vor dem Mund.

De Bodt versank einen Augenblick in sich. Wie viele solcher Schicksale mochte es in Berlin geben? Als wollte er es nicht glauben: »Der saudische Botschafter?«

Sie nickte.

»Und Sie?«

»Mich gibt es nicht. Bitte. Einverstanden?«

De Bodt nickte. Er schob seine Visitenkarte über den Tisch.

Sie prägte sie sich ein und ließ sie liegen. Erhob sich und ging. Tränen in den Augen.

25.

»Yussuf hat angerufen!«, sagte Floire, als er Lebrancs Luxusbüro betrat. Geklopft und gleich die Tür aufgerissen.

»Das ist ja sensationell. Herr Yussuf hat angerufen! Selbstverständlich gibt Ihnen dieses weltumwälzende Ereignis das Recht, hier reinzuplatzen.« Wandte sich an seine Besucherin, die Floire übersehen hatte. »Tut mir leid. Bei manchen Kollegen ist es mit den guten Manieren nicht weit her.«

»Pardon, Madame!«, sagte Floire. Zum Kommissar: »Das Opfer in Berlin war Hausmädchen beim saudischen Botschafter in Berlin … dem diplomatischen Vertreter von Mohammed bin Salman, Sie wissen schon, der, welcher Leute mit der Knochensäge losschickt und seine Helfer nach vollbrachter Heldentat zum Teufel jagt. Dankbarkeit 2.0 …«

Die Frau blickte ihn entsetzt an. Mittleren Alters, mit Hut, Brille, Bein übergeschlagen.

»Ich weiß, was ein Botschafter ist«, sagte Lebranc.

»Natürlich, Chef.«

»Dann überprüfen Sie jetzt das Personal der Saudis in Paris.«

»Bin schon dabei. Aber die mauern«, sagte Floire.

»Wenden Sie sich ans Außenministerium, Visa-Abteilung. Die wissen, wen die hier beschäftigen.«

»Das mauert auch. Fürchtet um saudische Investitionen, wir wollen denen Panzer und Flugzeuge verkaufen.«

»Das hat der Chef der Visa-Abteilung gesagt?«, fragte Lebranc.

Die Augen der Frau flogen hin und her.

»Nicht ganz so präzise. Er sprach von Wirtschafts- und Sicherheitsinteressen.«

»Ihre Interpretationen brauch ich nicht.«

»Klar, Chef.« Frisch wie der junge Tag. Knallte die Tür zu.

»Ich beneide Sie um Ihren Mitarbeiter. Er hat Initiative, Witz und ist, wie's scheint, recht intelligent«, sagte die Besucherin.

»Der erste Eindruck trügt oft.«

»Wie schade. Wollen Sie ihn mir abtreten? Ich kriegte das schon hin. Die DGSE braucht solche Leute. In meiner Abteilung …«

»Dass der Auslandsnachrichtendienst über gute Beziehungen zum Außenministerium verfügt … gut … aber ich soll ihn zu einem brauchbaren Polizisten machen. Dafür fühle ich mich verantwortlich. Sie verstehen das gewiss.«

»Natürlich.«

»Kommen wir zurück zu unserem Problem, Madame Haussmann. Unsere Kollegen in Berlin glauben …«

»Ich weiß. Wenn Ihr Opfer auch für einen Diplomaten gearbeitet hat, wird es schwierig.«

»Wir könnten die Visa überprüfen. Daraus sollte der Wohnsitz hervorgehen.«

»Das ist heikel. Wollen Sie zum saudischen Botschafter gehen und ihn fragen, ob er sein Hausmädchen hat umbringen lassen? So was machen die feinen Herren ja nicht selbst.«

26.

»Du kommst mir zuvor, Eugen«, sagte Laura. »Ich habe die Passbilder mit den Aufnahmen der Toten in der Zeitung abgeglichen. Deine geheimnisvolle Zeugin hat wahrscheinlich recht. Eure Tote heißt demnach Ala Quirino. Arbeitete im Haushalt des saudischen Botschafters Ahmed Zaki Fahd. Der ist nur einer der gefühlt zehntausend Neffen und Onkel des Königs. Genauer gesagt des Tattergreises, für den MbS die Geschäfte führt, einschließlich Krieg, Mord und Totschlag. Falls du den Botschafter verhaften willst, versuch's gar nicht erst.«

Es stimmte also, was die Zeugin im Fernsehturm berichtet hatte. De Bodt lachte. Ihm war nicht danach zumute. Aber er war Laura dankbar. Ihr Sarkasmus passte. Und sie hatte die Privatadresse des Botschafters.

27.

Dahlem. Eine Villa, umzäunt, Stacheldraht und Kameras. Vor der Stahltür zum Grundstück stand ein Polizeiwagen. Ein Beamter stieg aus, als de Bodt sich der Tür näherte. Bewaffnet mit einer Aktentasche.

»Weisen Sie sich aus!«, befahl der Polizist.

»Kennen Sie das Wort mit den beiden T wie bei Mitte, nur vorn ein B?«

»Werden Sie nicht unverschämt.«

»Sie sind unverschämt«, sagte de Bodt. Hielt ihm seinen Dienstausweis vor die Nase.

Der Beamte schrak zurück. »Ich konnte doch nicht wissen …«

»Sie wollten damit andeuten, dass sich Ihre Höflichkeit auf Erste Hauptkommissare und darüber beschränkt?«

Der Mann schnappte nach Luft.

»Wenn ich Ihnen einen guten Rat geben darf: Seien Sie höflich, und zwar zu jedem. Wenn Sie mir noch einmal auffallen, beschwere ich mich beim Polizeipräsidenten. Rüpel haben bei uns nichts zu suchen. Kapiert!?«

»Jawohl, Herr Erster Hauptkommissar … de Bodt.« Bei dem Namen fiel ihm was ein. Das war doch dieser Kommissar, der … um Himmels willen

»Setzen Sie sich in Ihr Auto und lassen Sie mich meine Arbeit machen.«

»Jawohl, Herr …«

De Bodt wischte den Rest des Satzes weg.

Kein Name an der Tür. Er klingelte.

»Ja?«

»Post. Ich habe ein Express-Einschreiben für Frau Ala Quirino.«

Schweigen. Dann: »Warten Sie.«

Es dauerte. Dann hörte de Bodt Schritte auf hartem Untergrund. Die Tür öffnete sich. Ein Mann, kurze Haare, sportlich. Er lächelte freundlich: »Ich kann den Brief für Frau Quirino entgegennehmen. Sie ist leider unabkömmlich.« Auf Deutsch.

»Tut mir leid«, sagte de Bodt. »Dieses Einschreiben muss ich persönlich aushändigen. So sind die Vorschriften.«

Der Mann nickte. Lächelte eher gezwungen. »Warten Sie.«

Die Tür schloss sich.

De Bodt lehnte sich an die Mauer neben der Tür. Es war heiß, der Himmel wolkenlos. Er wusste, dass die Kamera über der Tür ihn beobachtete. In Zeiten des Terrors gedeiht die Paranoia. Vor allem in Diktaturen, wie Saudi-Arabien eine war. Diktatoren hatten keine Grundlage außer der Macht, die sie sich angeeignet hatten. Und die jederzeit gebrochen werden konnte, wenn sie jede Unterstützung im Volk verlor. »Die am wenigsten bevölkerten Länder sind für die Tyrannei am meisten geeignet; nur in Wüsten herrschen wilde Tiere«, sagte de Bodt in Richtung der Kamera. »Stammt von Rousseau, falls Ihnen der Name was sagt.«

Die Kamera antwortete nicht.

Nach einer kleinen Ewigkeit öffnete sich die Tür wieder. Eine junge Frau mit Kopftuch und schwarzem Rock lächelte ihn an. »Frau Quirino ist doch … tot. Im Fernsehen …«

»Laut ihres Visums wohnte sie hier.«

»Sicher, aber sie hatte einen Schlüssel und konnte das Gelände jederzeit verlassen. Das hat sie getan und ist nicht zurückgekehrt.«

»Aber sie hat ihren Pass und ihr Visum nicht mitgenommen. Die liegen im Safe …« De Bodt deutete auf das Villendach, das sich über der Festungsmauer erhob.

»Wie kommen Sie darauf? Selbstverständlich kann jeder unserer Angestellten Haus und Grundstück mit seinen Papieren verlassen. Wir halten uns an die Gepflogenheiten des Gastlandes.«

»Also in Deutschland ist es verboten, Hausangestellte zu misshandeln.« Die Zander hatte ihm einen Bericht geschickt. Verletzungen, vor allem auf dem Rücken. Peitschenhiebe vermutlich.

Sie blickte ihn unsicher an.

»Frau Quirino wurde also nicht ausgepeitscht? Werden Sie geschlagen?«

Schweißperlen auf der Stirn, das Gesicht färbte sich rosa. »Wie kommen Sie darauf? Ich finde, Sie gehen zu weit.«

»Sollten Sie Hilfe brauchen …« Er reichte ihr seine Visitenkarte.

Sie zögerte, nahm sie. »Sie sind also von der Polizei … Ich werde sie Seiner Exzellenz geben. Ich will unserem Botschafter nicht vorgreifen, aber er hätte allen Grund, sich über Sie zu beschweren. Niemand wird hier misshandelt.« Sie hätte jetzt kehrtmachen und die Tür zuknallen müssen. Sie blieb aber stehen.

»Wenn Frau Quirino außer Haus war, wohin ging sie?«

»Keine Ahnung. Was junge Leute heutzutage …«

»Wussten Sie, dass sie Katholikin war?«

Die Frau stutzte. »Wie ich Ihnen bereits gesagt habe, halten wir uns an die Gesetze des Gastlandes …«

»Sieht man vom Autoverkehr ab.«

»Wie bitte?«

»Bei unserer Verkehrspolizei stapeln sich einhundertsiebenunddreißig Bußgeldbescheide und Anzeigen. Das Geringste ist Falschparken. Das beeindruckendste Mandat hat Ihr Kollege Ali Sharif erworben. Zweihundertsiebenunddreißig auf der Stadtautobahn.«

»Ich werde den Botschafter unterrichten. Seine Exzellenz wird zweifellos das Notwendige veranlassen.«

De Bodt bewegte sich, bis er zwischen ihr und der Kamera stand. Sein Rücken verdeckte seine Hände und sein Gesicht vor der Kamera. Er deutete auf die Visitenkarte und tippte auf der Handfläche wie auf einem Telefonbildschirm. »Dann danke ich Ihnen sehr für dieses Gespräch …«

Sie nickte, Angst in den Augen.

»Ach so, hätte ich fast vergessen. Es gibt bestimmt Habseligkeiten von Frau Quirino im Haus. Die hätte ich gern.«

»Die wird Ihnen morgen ein Bote bringen. Wohin?«

»LKA 1, Keithstraße.«

Sie musste es nicht mitschreiben.

»Ich würde gern das Zimmer von Frau Quirino sehen.«

»Diesen Wunsch verstehe ich. Ich werde Seine Exzellenz fragen.«

28.

92, rue de Courcelles, im 17. Arrondissement von Paris. Nicht weit vom Arc de Triomphe. Wo es teuer und schick war. Auf dem gegenüberliegenden Gehsteig sammelten junge Leute Unterschriften. *Amnesty International* stand auf T-Shirts und Westen. Eine junge Frau stellte sich Floire in den Weg. Der unterschrieb für die Freilassung eines Journalisten, der wegen weniger als Nichts zehn Jahre im Gefängnis sitzen sollte. Lebranc schob die Frau zur Seite. Ging zur Tür der Botschaft und klingelte.

»Ja, bitte?« Eine Männerstimme.

»Wir sind von der Pariser Kriminalpolizei und haben Fragen zum Tod von Frau Chloe Flores.«

Floire hatte mit Yussuf telefoniert und sich dann auf die Visa gestürzt. Nach einer Viertelstunde fand er das Visum, dessen Bild zweifellos das Gesicht des Mordopfers zeigte.

»Warten Sie.«

Die Tür öffnete sich. »Kommen Sie bitte herein.« Ein Blick zum gegenüberliegenden Bürgersteig. Der Mann schüttelte den Kopf. »Diese Leute haben keinen Respekt vor unserer Kultur.«

Lebranc erwartete so was wie »Kopf ab« von Floire. Aber der hielt die Klappe. »Laut unseren Unterlagen arbeitete eine Frau Chloe Flores im Haushalt Ihres Militärattachés, Ihrer Exzellenz Mohammed ibn Abd al-Aziz. Sie wissen bestimmt, dass Frau Flores ermordet wurde.«

»Das ist ja furchtbar!«, sagte der Mann. Knetete die Hände. Verzog sein Gesicht, bis es traurig aussah.

»Kannten Sie Frau Flores?«

Er schüttelte den Kopf.

Der Mann hatte die Statur. Groß, stark, durchtrainiert. Für seinen König oder dessen Stellvertreter auf Erden hätte er alles getan.

»Und Sie wissen nicht längst, dass sie umgebracht wurde?«

»Nein, wirklich nicht.«

»Sie lesen keine Zeitung, niemand in der Botschaft hat es Ihnen gesagt?«

Der Mann nickte.

»Ich möchte Ihren Militärattaché sprechen«, sagte Lebranc.

»Selbstverständlich. Aber es ist leider unmöglich. Er ist in Riad.«

»Wann kommt er zurück?«

»Vermutlich Anfang kommender Woche. Aber ich kenne seinen Terminkalender nicht.«

»Vielleicht kennen Sie jemanden, der den Terminkalender kennt?«, fragte Floire.

Der Mann stutzte. Überlegte. »Am besten wäre es, Sie geben mir Ihre Karte. Ich bitte den Herrn Attaché, Sie sofort anzurufen, sobald er nach Paris zurückgekehrt ist.«

Sie verließen die Botschaft, gingen ein paar Schritte. »Wir müssen herausfinden, ob die Opfer sich gekannt haben«, sagte Floire.

29.

»Sie stammen beide aus Manila. Steht zumindest in den Visa. Aber Manila, das ist ein Moloch«, sagte Yussuf.

»Ruf bei den Kollegen dort an«, sagte de Bodt. »Du findest bestimmt einen, der Englisch spricht. Wenn es nicht direkt geht, Interpol.«

»Ich kann gleich bei Herrn Duterte anklingeln. Dem Killer-Präsidenten.«

»Versuch es. Oder soll ich hinfliegen?«, fragte de Bodt.

»Du willst doch nur eine Lustreise abgreifen«, sagte Salinger.

»Du errätst meine geheimsten Wünsche.«

Sie zeigte de Bodt den Mittelfinger. »Sieh zu, dass du mit Laura klarkommst. Die hat sich heute früh schon wieder gemeldet.«

»Der Botschafter hat höchstpersönlich bei mir angerufen … okay, es war mein Telefon. Er war ziemlich sauer. Die Botschaft bedaure den Mordfall. Frau Quirino sei eine vorbildliche Mitarbeiterin gewesen. Es werde schwierig sein, einen gleichwertigen Ersatz zu finden … laber, laber … Aber die Botschaft habe mit der Sache nichts zu tun.

Das Auswärtige Amt möge die Botschaft vor weiteren Belästigungen und Anfeindungen schützen«, sagte Laura.

»Das hast du ihm natürlich hoch und heilig versprochen«, sagte de Bodt.

»Bei Allah und seinem Propheten. Was glaubst du denn?«

»Hast du ihm etwas übers zweite Opfer erzählt?«, fragte de Bodt.

»Bin doch nicht blöd.«

Stimmte.

»Und was macht ihr jetzt?«, fragte Laura in de Bodts Schweigen.
»Wir sollten mal wieder 'ne Kofferraumtour machen.«

»Damals hast du aber gemault.«

»Niemals!«

»Ich bestell ein Nagelbrett, und dann geht's los.«

»Wunderbar!«

Er trennte das Gespräch. »Der Botschafter wird nervös.«

»Wundert mich nicht«, sagte Salinger. »Sein König könnte mit ihm schimpfen, weil er seinen Schwanz nicht in der Hose halten kann. Dabei, so eine Ungläubige … was soll man da groß reden?«

30.

»Die Polizei hat in beiden Botschaften nachgefragt. Es war nur eine Frage der Zeit, bis sie einen Zusammenhang finden«, sagte Harun al-Rashid.

»Solange es der falsche ist, kann es uns recht sein. Wenn die weiterbohren, müssen wir uns was einfallen lassen. Aber wir können das in Ruhe verfolgen.«

»Jawohl, Eure Hoheit!«

Der Kronprinz lächelte. »Ist alles gut. Mach dir keine Sorgen. Allah ist mit uns.« Nickte. Harun al-Rashid verbeugte sich, ging ein paar Schritte rückwärts und drehte sich erst an der Tür um.

Der Kronprinz blickte durchs Fenster, wo ein Stallknecht seine Stute sattelte. Er würde wieder hinausreiten in die Wüste. Mit ein paar Leibwächtern, die sich weit hinter ihm halten würden. Nichts und niemand konnte sich unbemerkt annähern. Die Drohne, die ihn töten würde, war noch nicht gebaut.

Draußen, in der Wüste, mit ihren Hügeln und Tälern hatte er die besten Ideen. In seinem Kopf formte sich ein Bild. Ein geniales.

31.

Der Mann betrat das LKA 1 und fragte an der Pforte nach dem Ersten Hauptkommissar de Bodt. Der Mann trug braune Slipper, aus Italien, wie ein Kenner feststellen würde. Dazu eine weiße Hose wie frühere Tennisstars, importiert aus Paris, und ein Seidenhemd mit der Andeutung eines Wappens auf der Brusttasche. Über der Schulter der Riemen einer Gucci-Tasche.

»Was soll ich dem Hauptkommissar sagen? Er ist schwer beschäftigt derzeit …« Der Pförtner freute sich, dass er mit jemandem sprechen konnte.

»Es geht um den Mord an dieser Frau … Quirino. Ich möchte mich stellen …«

Der Pförtner blickte ihn aus großen Augen an. »Sie waren das?«

»Ja, ich war das.«

Der Pförtner telefonierte.

Er wurde von zwei Beamten in Handschellen in de Bodts Büro geführt.

Der deutete auf den Stuhl vor seinem Schreibtisch.

Der Mann setzte sich.

Zu den Uniformierten: »Nehmen Sie ihm die Handschellen ab.«

Zum Mann: »Haben Sie einen Ausweis dabei?«

Der eine Uniformierte legte ihn auf den Schreibtisch.

»Sonst was in der Tasche?«, fragte Salinger.

»Was man braucht, wenn man in U-Haft geht.«

32.

»Der Täter hat sich gestellt«, sagte Floire, »also, der in Berlin.«

»Der hat auch mehr Glück als Verstand, der werte Kollege«, sagte Lebranc. »Unsere rennen uns nicht die Bude ein.«

»Vielleicht taucht der Typ auch noch auf. Die Hoffnung stirbt zuletzt.«

33.

De Bodt nahm den Pass. Blätterte. Viele Visa, USA, Kuweit, Saudi-Arabien, Neuseeland.

»Sie heißen Achmed Malawi, sind britischer Staatsbürger und auf Dienstreise?« Auf Englisch.

»Zweimal ja, einmal nein. Ich bin Tourist.«

»Sure 3, Vers 28«, sagte Yussuf.

Der Gefangene drehte seinen Kopf. Yussuf saß in seinem Rücken.

»Die Gläubigen sollen sich nicht die Ungläubigen anstatt der Gläubigen zu Freunden nehmen. Anders ist es, wenn ihr euch vor ihnen wirklich fürchtet.«

Als der Gefangene nichts erwiderte, sagte Yussuf: »In Deutschland nennen wir das *Notlüge.* Sie sind Mitarbeiter der saudischen Botschaft, wenn nicht des saudischen Geheimdienstes.«

Der Gefangene dachte lange nach. »Sie haben recht. Der Botschafter hat mir befohlen, mich den deutschen Behörden zu stellen. Er hat mir auch den Diplomatenstatus entziehen lassen. Insofern bin ich nur noch … Tourist.«

»Sie gestehen also, Frau Quirino ermordet zu haben?«

»Ja. Jedenfalls sah sie aus wie die in der Zeitung.«

Krüger kam herein. Lehnte sich neben Salingers Stuhl an die Wand.

»Warum haben Sie die Frau umgebracht?«, fragte Yussuf.

»Sie hat mich zurückgewiesen … in einem Club.«

»Was heißt zurückweisen?«

»Ich wollte ihr einen Drink ausgeben, aber sie hat mir den Rücken zugewandt. Obwohl ich neben ihr saß, an der Bar.«

»Was ist daran so schlimm?«, fragte Yussuf.

»Ich fühlte mich zurückgesetzt. Sie hätte wenigstens sagen sollen: Nein, danke, oder: Ich warte auf meinen Freund. Das hätte mich nicht verletzt.«

»Die Ehre also.«

Der Mann nickte. »So was gibt es ja nicht mehr bei Ihnen.«

»Doch«, sagte Yussuf. »Aber wir erwürgen deshalb keine Menschen. Schon gar nicht feige von hinten.«

»Es war eine Frau, Ungläubige …«

»Schildern Sie uns exakt, wie Sie die Frau ermordet haben.«

»Ich bin ihr gefolgt. Dann habe ich ihren Hals mit den Händen von hinten umfasst und zugedrückt. Sie hat sich gewehrt. Aber es ging schnell. Sie hat nicht gelitten …«

»Und Ihr Mittäter?«

Der Mann blickte de Bodt blöd an.

»Ich dachte, Sie haben Zeitung gelesen. Da stand etwas von einem Mittäter. Außerdem wurde sie nicht mit den Händen erwürgt, sondern mit einer Stahlschlinge.«

»Sagte ich doch, Stahlschlinge.«

»Ihr lernt nichts dazu. Ich dachte, seit ihr Khashoggi zersägt habt, hätte es eine Fortbildung gegeben«, sagte de Bodt.

Der Mann starrte ihn verständnislos an. Vermutlich hatte er geglaubt, die Polizisten fielen ihm um den Hals und stellten keine weiteren Fragen.

»Wie heißt Ihr Mittäter?«, fragte Salinger.

»Ich hatte keinen.«

»Wir haben Zeugen.«

»Die irren sich.«

»Trugen Sie Handschuhe?«

Der Mann zögerte. Schüttelte den Kopf.

»Wir werden einen DNS-Abstrich nehmen. Dann reden wir weiter.«

»Wie lange dauert das?«

»Das geht schnell«, log de Bodt. »Wenn wir keine DNS-Spuren von Ihnen an der Leiche finden, lassen wir Sie laufen.«

»Ich habe doch gestanden!« Mehr Unverständnis konnte es nicht geben.

»Warum sind Sie hier, obwohl Sie es nicht waren?«, fragte de Bodt. »Wer hat Ihnen befohlen, sich als Täter zu stellen?«

Der Mann schüttelte den Kopf. Langsam, verzweifelt.

»Sie fürchten um Ihr Leben, wenn wir Sie laufen lassen«, sagte de Bodt.

Keine Antwort.

»Ich werde die saudische Botschaft unterrichten, dass Sie sich als Täter ausgeben wollten.«

»Ich bin britischer Staatsbürger.«

»Die rufen wir danach an.«

»Ich habe mit den Scheiß-Saudis nichts zu tun.«

»Sie sind nicht der Einzige, der seine Chefs für bekloppt, wenigstens für geistig minderbemittelt hält.« Grinste innerlich. Tilly würde sich die Aufzeichnung ansehen und verstehen.

Der Mann schwieg.

»Herr Malawi, wir geben Ihnen Ihren Pass zurück und beschützen Sie, bis Sie im Flugzeug sitzen. Aber eine Hand wäscht die andere. Wir können Sie auch noch eine Weile festhalten. Und auf einer Pressekonferenz erzählen, wir hätten einen Selbststeller, den die Saudis uns geschickt hätten«, sagte de Bodt.

»Natürlich werden die Medien das breit auswalzen. Zuallererst die Frage, wie man so blöd sein kann, jemanden zu schicken, der versagt und der Polizei wichtige Hinweise gibt«, sagte Salinger.

Malawi schwitzte. Er war vielleicht nicht Einstein. Aber sogar ein Idiot würde kapieren, dass er in Teufels Küche marschiert war. Voller Freude auf sein Märtyrerdasein. Gewiss, dass seine Auftraggeber ihn bald austauschen würden. Sie würden ihre Versprechen halten. Aber jetzt sah alles anders aus, als er es sich ausgemalt hatte.

»Die lassen Sie fallen. Ihr feiner Kronprinz wollte ein paar Leute köpfen lassen. Für ein Verbrechen, das er ihnen befohlen hatte. So sind die«, sagte de Bodt.

»Ich habe das Recht auf einen Anruf.«

»Gern, soll ich Ihnen die Nummer suchen?«, fragte Yussuf.

»Nein. Ich möchte ungestört telefonieren. Nicht abgehört werden.«

»Aber natürlich«, sagte Salinger. »Wir sind doch nicht in Saudi-Arabien.«

34.

Floire hatte die Telefonaktion vorgeschlagen.

»Ausnahmsweise mal eine gute Idee«, hatte Lebranc geätzt. Deutete mit dem Daumen aufs Vorzimmer.

Seitdem rief Floire alles an, was ihm arabisch erschien. Er begann mit der saudischen Botschaft. Verschickte eine Mail mit dem Foto des Opfers im Anhang. Die Antwort ließ auf sich warten. Gut, die mussten das Foto in den Verteiler der Botschaft geben. Und sich überlegen, ob sie zugeben sollten, was Floire längst wusste. Laut Visa war Chloe Flores Angestellte des Militärattachés. Ähnlich wie die Quirino in Berlin. Er rief Yussuf an. Fragte nach der Heimatadresse des Berliner Opfers. Stand im Visum, war aber vielleicht falsch. Yussuf hatte die Polizei in Manila angerufen. Die würden die Adresse der Eltern finden. Doch seine Hoffnung schwand. Was sollte die herausfinden? Dass Jobvermittler den Frauen das Paradies versprochen hatten.

35.

Es klopfte an der Bürotür. Merkow steckte den Kopf in den Türspalt. De Bodt saß auf seinem Stuhl neben der Tür.

Merkow reichte de Bodt die Hand. Katt folgte ihm ins Büro. »Überraschung«, sagte Merkow.

»Wo Sie auftauchen, ist das Unglück nicht weit«, sagte Salinger.

Merkow grinste. »Wir sind gekommen, um Ihnen das Gegenteil zu beweisen.«

De Bodt deutete auf die Stühle vor und hinter seinem Schreibtisch. Bot Tee, Kaffee, Wasser an. Merkow winkte ab. Katt setzte sich auf de Bodts Besucherstuhl. Zeigte keine Regung.

»Herzlich willkommen«, sagte de Bodt.

»Danke. Wir stören?«, fragte Merkow.

»Bei der Arbeit? Nein. Wir haben einen nicht alltäglichen Fall. Aber der ist politisch eher unbedeutend ...«

»Die Hausmädchen, hier und in Paris?«

»Was Sie mal wieder wissen!«, sagte Salinger.

»Zeitunglesen bildet«, erwiderte Merkow.

»Kommt drauf an. Manche machen auch blöd ...«

»Warum sollen Sie es besser haben als wir«, erwiderte Merkow.

»Und Sie kommen ganz zufällig vorbei, während wir den Hausmädchenmörder suchen?«, fragte Salinger.

»Ich war's nicht. Dachte, Sie haben ihn schon.«

»Wir haben einen, der es unbedingt gewesen sein will. Es aber nicht war.«

Merkow blickte sie fragend an. Nickte. Das kannte er. Dass Leute sich selbst bezichtigten. Obwohl sie unschuldig waren. Geil auf Ruhm, Schlagzeilen. Zehn Jahre Arbeitslager für ein paar Minuten im Fernsehen. »Wir sind auf Inspektionsreise. Besuchen die Kollegen in den europäischen Botschaften. Heute ist Berlin dran. Vielleicht darf ich Sie heute Abend zum Essen einladen?«

»Gern«, sagte de Bodt.

»Ich hab schon einen Termin«, sagte Salinger.

»Schade«, erwiderte Katt.

»Und du suchst weiter in Manila, Ali. Okay?«

Ali seufzte. »Ich mach den Türken.«

»Man kommt nicht aus seiner Haut«, sagte Salinger trocken.

Normalerweise wäre sie jetzt unter einem Berg von Büroklammern erstickt. Aber sie hatten Gäste. Er würde es ihr später heimzahlen.

»Also, bis heute Abend«, sagte Merkow. »Ich weiß schon, wo.«

36.

Natürlich kannte sonst niemand eine Chloe Flores. Nur der Militärattaché. Aber der war auf Reisen. Floire war genervt. Musste raus. Draußen war es heiß und laut. Seine Lebenszeit verkürzte sich im Minutentakt in der Abgaswolke. Er lief zur Métrostation Châtelet. Nahm die 1, stieg am Arc de Triomphe aus. Schlenderte zur Rue Daru. Bis er vor dem Haus stand, das dem Militärattaché als Unterkunft diente. Nur ein paar Meter von der Botschaft entfernt. Praktisch. Mit dem Oberbefehlshaber über Bombenangriffe im Jemen am Telefon plaudern, zum Mittagessen heim, danach einen Kaffee trinken und ein Dienstmädchen quälen. Perfekte Entspannung. Floire konnte sich nicht erinnern, jemals so grimmig gewesen zu sein. Vielleicht tat er dem Mann unrecht, aber das war ihm egal. Er hatte mit Yussuf telefoniert. Bei denen hatte sich einer gestellt. Die junge Frau hatte im Haushalt des Botschafters gearbeitet. In Paris war es der Militärattaché. Und es hatte sich niemand gestellt.

Er warf einen Blick aufs Klingelschild. Nur Nummern. Hinter denen die Reichen sich versteckten. Er überlegte, ob er mit der Concierge sprechen sollte. Stellte es aber zurück. Vielleicht war die oder der schwatzhaft. Er lief ein Stück weiter. Sein Traum war es nie gewesen, Filmstar zu werden. Schon gar nicht in einem Überwachungsvideo. Hundert Meter weiter machte er auf erschöpft. Paris war die Hölle in diesem Spätsommer. Die Touristen holten nach, was ihnen die Coronakrise genommen hatte. Er lehnte sich an eine Fassade. Hatte das Haus im Blickwinkel. Knipste Fassaden mit dem Handy.

Er wartete lang. Entfernte sich vom Haus, wartete an der Abzweigung der Rue Pierre le Grand. In Richtung Botschaft würde er niemandem folgen. Zu viele Kameras, und in der Botschaft war sein Bild längst rumgegangen. *Vorsicht vor dem Flic! Keine Gespräche! Bleiben Sie höflich!* Oder so ähnlich.

Die Tür der 92 öffnete sich. Ein Mann im Anzug. Er ging Richtung Botschaft. Vielleicht war es der Attaché, der angeblich auf Reisen war. Egal.

Sein Telefon klingelte. Lebranc. Er nahm nicht ab. Akkus leeren sich manchmal wie von selbst.

37.

»Herr Malawi, wir haben keine DNS-Spuren von Ihnen an der Leiche gefunden«, sagte de Bodt. Genauer gesagt: Er hatte die Zander nicht einmal danach gefragt. »Freuen Sie sich, Sie sind unschuldig.«

Malawi freute sich nicht. Er sackte in seinem Stuhl zusammen.

»Möchten Sie was trinken, essen …?«

Malawi schüttelte den Kopf.

»Haben Sie es sich überlegt …?«

Er schüttelte den Kopf.

»Wir dürfen Sie nicht festhalten. Sie sind ein freier Mann. Jedenfalls was die Berliner Polizei angeht.«

»Wo soll ich hin?«, fragte Malawi.

»Wo wohnen Sie?«

»Im Hotel.« Malawi schüttelte wieder den Kopf.

»Sie arbeiten für die Saudis?«

»Ich bin ein Spion. Nehmen Sie mich fest.«

»Solange Sie nichts ausspionieren …«

»Warum, ist Spionage nicht strafbar in Ihrem Land?«

»Spionage ist eine Tätigkeit. Und Sie haben nichts in der Hinsicht getan. Gut, Sie wollten die Ermittlungen in einem Mordfall in die falsche Richtung lenken. Aber wegen so was gibt's weder Prügel noch Gefängnis.«

»Die Prügelstrafe haben die angeblich abgeschafft«, sagte Salinger.

»Ich weiß«, erwiderte de Bodt. »Aber vorher haben sie die Wahrheit abgeschafft.«

Malawi blickte ihn verzweifelt an.

»Sie haben eine Chance, nur eine. Ich lasse Sie bis morgen früh in Ihrer Zelle. Wenn Sie mir dann zweifelsfrei erzählen, wer Sie zu welchem Zweck zu uns geschickt hat, verschaffe ich Ihnen eine Anklage wegen Behinderungen der Ermittlungen. Und wegen Spionageverdachts kommen Sie in Untersuchungshaft. Das klingt doch nicht schlecht, oder?«

Malawi blickte ihn an. Todmüde.

38.

Floire sah sie, als sie auf den Bürgersteig trat. Eine zierliche Gestalt mit schwarzen Haaren. Einen Einkaufskorb in der Hand.

»Komm her, in meine Richtung«, flüsterte er.

Sie tat ihm den Gefallen. Sie beeilte sich. Als sie die Abzweigung querte, marschierte Floire los. Als käme er zufällig aus der Straße. Folgte der Frau auf dem gegenüberliegenden Bürgersteig. Er sah am Straßenende sofort, wohin sie wollte. Zum Carrefour-Supermarkt. Sie verschwand im Eingang. Floire folgte ihr mit Abstand. An der Auslage für Obst und Gemüse trat er an sie heran. Zeigte ihr verdeckt seinen Dienstausweis. »Sprechen Sie Französisch?«

Sie erschrak.

»Keine Sorge, ich will mich mit Ihnen nur unterhalten. Haben Sie jetzt Zeit? Es gibt ein Café am Boulevard Haussmann. Dort wären wir ungestört. Wann müssen Sie zu Hause sein?«

Sie sank in sich zusammen. So viele Fragen. So viel Angst.

»Ihr Chef erfährt nichts von unserem Gespräch. Ich will den Mord an Chloe aufklären.«

»O Gott«, sagte sie auf Französisch.

»Sie sprechen also Französisch?«

Sie nickte.

»Wenn Englisch Ihnen leichter fällt …«

»Nein, nein.« Sie blickte sich um, als wäre sie gehetzt.

»Haben Sie Ihren Ausweis dabei?«

»Den habe ich nicht …«

»Er wurde Ihnen abgenommen?«

Sie nickte. »Heute geht es nicht.«

»Wenn Sie plötzlich Zahnschmerzen kriegen? Morgen?«

Sie überlegte, nickte.

»Werden Sie überwacht?«

Sie taten beide, als suchten sie Äpfel und Karotten. Stück für Stück. Ohne faule Stellen.

»Nein, glaube nicht. Aber man weiß ja nie.«

»Morgen kriegen Sie Zahnschmerzen und vergessen, Ihr Handy mitzunehmen.«

Sie nickte.

»Wir treffen uns um 15 Uhr im *Café de Paris.* Kennen Sie das?«

»Nein.«

»45, Avenue de Friedland, nahe dem Arc de Triomphe.«

»Da war ich schon mal, also nicht in dem Café … Ich werde es finden.«

»Sie sind eine mutige Frau. Wie heißen Sie?«

»Canares, Sophia Canares.«

»Ich heiße Floire.« Gab ihr seine Visitenkarte. Schrieb seine Handynummer auf die Rückseite. »Sie können mich jederzeit anrufen. Oder eine SMS schicken.«

»Danke.« Betrachtete die Karte, steckte sie ein und zog weiter.

Floire blieb noch kurze Zeit an der Auslage. Sah sich unauffällig um. Entdeckte nichts und niemanden. Wenn jemand sie beschattete, war sie in Lebensgefahr. Und er war schuld.

39.

Yussuf ballte die Faust. Die Kollegen in Manila hatten eine Pause beim Dealertotschießen gemacht und ihm die Telefonnummer von Ala Quirinos Eltern gemailt. Er rief an. Es hob jemand ab.

»Hier ist Yussuf von der deutschen Polizei. Sprechen Sie Englisch?«

»Warten Sie«, auf Englisch. Eine kaum verständliche Frauenstimme.

Ein junger Mann: »Sie sind von der deutschen Polizei?«

»Kriminalkommissar Ali Yussuf, Landeskriminalamt Berlin. Ala Quirino ist Ihre Tochter?«

»Meine Schwester. Ist ihr etwas passiert?«

»Ja, leider. Sie wurde ermordet.«

Langes Schweigen. Dann: »Rufen Sie bitte morgen wieder an.«

»Danke, gern. Ich habe nur eine kurze Frage: Kannte Ihre Schwester eine Chloe Flores?«

»Chloe, ja, das war ihre beste Freundin. Die ist in Paris.«

»Haben Sie die Telefonnummer ihrer Eltern?«

»Warten Sie bitte.«

Nach zwei Minuten: »Ja, schreiben Sie mit.« Nach einer Pause fragte er: »Sie haben die Nummer notiert? Ich hoffe, ihr ist nichts passiert.« Er weinte.

»Vielen Dank«, sagte Yussuf. »Ich rufe morgen wieder an.«

Er wählte die andere Nummer. Aber niemand hob ab. Es war jetzt nach Mitternacht in Manila.

Er würde in dieser Nacht kaum schlafen. Bevor er das Büro verließ, schickte er de Bodt und Floire eine SMS.

Die beiden Opfer kannten sich. Waren offenbar miteinander befreundet. Morgen mehr.

40.

Die Bezopfte grinste sie an. »Geht die Welt mal wieder unter?« Das Lächeln schwand.

»Warum?«, fragte de Bodt.

»Wenn die beiden« – Blick zu Merkow und Katt – »auftauchen, ist der Weltuntergang nicht weit.«

De Bodt lachte. »Stimmt. Aber diesmal ist nichts.« Während er es sagte, hatte er ein blödes Gefühl.

Mit Merkow und Katt im *Nest*. Im kleinen Zwischenraum, die beiden größeren Säle waren leer. Vor der Tür drängten sich Touristen auf Bänken. Hier hatten sie manches Mal gesessen. Hier waren sie beschossen worden und hatten überlebt.

»Ich hoffe, Ihre Botschaftsinspektionen entpuppen sich als Vergnügungsreise«, sagte de Bodt. Grinste breit.

»Hier ja, dort nein«, erwiderte Merkow. Und grinste zurück.

Merkow suchte eher Ostereier, als Botschaften zu inspizieren. De Bodt verkniff sich die Frage, wo der Kollege schon gewesen sei. Salinger hätte so was wissen wollen.

»Und jetzt interessieren Sie sich für ermordete Filipinas?«

Merkow hob die Brauen.

Die Bezopfte stand am Tisch. »Auf den Philippinen war ich auch schon. Tolles Land, nette Leute. Sieht man vom Präsidenten und euren Kollegen ab. Was soll's denn sein?«

Sie bestellten Salate und Pasta. Wein, dazu Wasser und grünen Tee für de Bodt.

»Schade, dass ich die Brühe nicht mag, sonst würde ich mir die ersten beiden Aufgüsse unter den Nagel reißen. Hast du mal den vierten Aufguss versucht? Ist wie bei der Homöopathie. Dann erinnert sich das Wasser an den Tee. Weil Wasser ein Gedächtnis hat.«

»Den vierten Aufguss habe ich eine Zeit lang probiert, aber das Gedächtnis war zu schwach.«

Sie flitzte zum Tresen.

»Von den Morden haben wir natürlich gehört. Sie sind damit befasst?«

»So in etwa.«

»Also wie immer«, sagte Merkow.

»Ungefähr.«

»Und jetzt fragen Sie sich, ob die Geschichte von den Botschaftsinspektionen stimmt.«

Katt warf Merkow einen Blick zu.

»Nein. Sie stimmt nicht«, sagte de Bodt.

Merkow lachte. »Ich hoffe, Sie wechseln nicht zum BND. Dann decken Sie alle unsere Geheimnisse binnen eines Tages auf.«

»Da müssen Sie sich keine Sorgen machen. Wenn das LKA mich feuert, lese ich nur noch Hegel.«

»Die Philosophie aber muss sich hüten, erbaulich sein zu wollen«, sagte Merkow.

»Jetzt schwindeln Sie mich nicht nur an. Klauen mir auch meine Rolle«, sagte de Bodt. »Steht in der *Phänomenologie*...«

»Habe ich Sie wenigstens nicht auf dem falschen Fuß erwischt.«

Die Bezopfte brachte die Getränke.

De Bodt hob den Teebecher und stieß mit Merkow und Katt an. »So oder so, schön, dass Sie mich besuchen. Also steckt mehr hinter den Morden an den jungen Frauen aus Manila.«

Merkow blickte sich um. Niemand hörte zu. »Vielleicht. Wir haben einen Verdacht.«

»Welchen?«

Merkow hob die Hände. »Entschuldigung. Aber ich glaube, Sie können mit meiner Feststellung etwas anfangen.«

De Bodt nickte. Konnte er. Wenn russische Geheimdienste auch ermittelten, berührte das deren Interessen. Aber was berührte nicht deren Interessen?

»Wollen wir ein Ratespiel machen?«, fragte de Bodt.

»Nein. Das darf ich nicht. Ich sage nur noch, was mir ein gut informierter Kollege in Moskau gesagt hat: Es wird etwas Schreckliches geschehen. Etwas, das die Welt härter trifft als jede Viruspandemie.«

»Fürchterliche Erlebnisse geben zu raten, ob der, welcher sie erlebt, nicht etwas Fürchterliches ist«, erwiderte de Bodt. »Hab ich gestern Nacht bei Nietzsche gelesen.«

»Wie schön, dass Sie sogar dafür ein Zitat haben«, sagte Katt. »Wenn wir Pech haben, gibt es bald keine Zitate mehr.«

41.

»Unsere russischen Freunde sind aufgetaucht. Hat was mit den Morden zu tun. Glaubt jedenfalls mein Chef. Und der hat bekanntlich auch recht, wenn er sich irrt.«

Floire lachte. »In dieser Hinsicht ähneln sich unsere Chefs. Nur hat deiner meistens wirklich recht, meiner eigentlich nie. Und nun?«

»Keine Ahnung«, sagte Yussuf. »Ich hatte gehofft, wir hätten mal einen halbwegs gewöhnlichen Fall. Aber um die kümmert sich mein Chef nicht. Eckt überall an. Aber solange die Kanzlerin ihn geschützt hat …«

»Nur, was können unsere Mordfälle mit den Russen zu tun haben? Oder mit deren Interessen?«

Schweigen.

Die Bürotür öffnete sich. Tilly. Bevor er fragen konnte, legte Yussuf seine Hand aufs Telefonmikro. »Der Herr Erste Hauptkommissar de Bodt ist dienstlich abwesend.«

Tilly wusste, dass Yussuf ihn veräppelte. Wie sollte er sich wehren? Schuld an diesen Frechheiten war ohnehin de Bodt. Der Tag würde kommen …

»Er soll sich bei mir melden. Am besten gestern.«

»Das ist aber nicht möglich, wenn man die Zeit-Raum-Konstellation richtig interpretiert …«

»Gewöhnen Sie sich Manieren an. Sie können hier nicht ewig vom Babybonus leben. Klar?«

»Selbstverständlich, Herr Kriminalrat. Nicht vom Babybonus leben. Ich merk's mir.«

Tilly knallte die Tür zu.

Yussuf beendete das Gespräch. Die Tür öffnete sich wieder. Salinger erschien. In letzter Zeit verschwand sie und tauchte wieder auf. Ohne Erklärung.

»Was gibt's?«, fragte sie.

»Der Herr Kriminalrat hat mir aufgetragen, nicht mehr vom Babybonus zu leben …«

»Da hat er recht. Du wirst nie erwachsen.«

Der Radiergummi traf sie an der Schulter.

»Blattschuss«, sagte er.

Sie tat so, als breche sie auf ihrem Stuhl zusammen. Erwiderte aber das Feuer mit einem seitlich geschlenzten Kugelschreiber, der Yussuf am Kopf traf.

»Feige Hinterlist. Übrigens hat sich die Materialbeschaffung beklagt über unseren Verschleiß an Radiergummis, Kulis und Büroklammern. *Sie haben doch Computer.*« Letzteres mit weinerlicher Stimme. »Ich habe ihr gesagt, die seien überlebenswichtig.«

Salinger lachte. »Wenn die wüssten, dass wir dieses Zeug nur noch als Wurfgeschosse benutzen.«

»Die führen eine Ausgabenkladde. Ein Schulheft mit Karoseiten. Echt.«

Ihm lag die Frage auf der Zunge, warum Salinger immer wieder abtauchte. Aber eine innere Stimme verbot es ihm. Besser nicht daran rühren.

42.

Floire kam zu früh. Im kleinen Rucksack trug er ein Rezept über Paracetamol mit Kodein. Er hatte es seinem Zahnarzt abgeschwatzt. Sie kannten sich schon länger, und der Zahnarzt fuhr gern zu schnell. Floire hatte mit dem Kollegen im Kommissariat des Arrondissements telefoniert, der für Verkehrsdelikte zuständig war. »Das Rezept wird nie eingelöst. Und die Flics sind dir zu ewiger Dankbarkeit verpflichtet.«

»Aufschneider! Beim nächsten Mal zieh ich dir die Zähne ohne Spritze.« Und hatte das Rezept ausgestellt. Auf den Namen Sophia Canares. Und falls irgendein Araber nach ihr fragte: Klar, sie war seine Patientin.

»Man hat ja schon einiges gehört. Aber dass ihr *poulets* so korrupt seid … nur weil du dich mit der Dame verlustieren willst. Betonung auf *tieren.*«

Floire hörte sich den Sermon ruhig an. Während der Behandlungen beruhigte das Dauergewäsch. Wie Hypnose.

Er setzte sich in den fast leeren Innenraum. Die Plätze vor dem Café waren besetzt, drinnen war es zudem sicherer. Er bestellte einen Kaffee und Kekse. »Falls Sie welche haben.«

»Aber ja doch, Monsieur«, sagte die Bedienung. Ließ die Stirnlocke wedeln und zischte ab.

Floire blickte auf seine Uhr. 13 Uhr 58. Sie würde das Café nicht gleich finden. Es zweigten zu viele Straßen vom Kreisverkehr um den Triumphbogen ab. Auf den ersten Blick war eine wie die andere. Touristenströme und hektische Pariser mischten sich zu Knäueln, durch die man sich hindurchkämpfen musste. Die Überquerung der Straßen war nur sicher, wenn der Verkehr sich staute. Dafür aber war es zu früh.

Die Kellnerin brachte Kaffee und Butterkekse, einzeln verpackt. »Kommen aus der Notreserve.«

Floire verstand nicht, was sie sagen wollte. Egal. Es war vierzehn Uhr zwei, und er hatte ein Scheißgefühl im Magen. Wenn jemand sie gestern im Supermarkt beobachtet hatte?

»Hallo!«, sagte sie. Außer Atem. »Ich habe Haken geschlagen wie ein Hase … Sagt man das so?«

Floire lachte. »Ja, sagt man so. Schließlich leben wir in einem Land, dessen Präsident die Jäger liebt und begünstigt.«

»Ach ja?« Sie setzte sich.

Die Bedienung kam und sah aus, als gäbe es keine Kekse mehr. »Mademoiselle?«

»Wie er«, sagte sie.

»Die Kekse müssen Sie sich aber teilen. Kaffee haben wir aber noch genug.« Verschwand.

»Jetzt ist sie eifersüchtig«, sagte Floire. »Die Arme.«

Sophia blickte ihn neugierig an.

Er legte das Rezept auf den Tisch. »Wenn jemand Sie ausfragt, sagen Sie ihm, er soll den Zahnarzt anrufen. Der ist in Ordnung und weiß Bescheid.«

Schon war der Kaffee da. Floire schob den Teller mit Keksen zu Sophia. Sie packte einen aus und aß ihn.

»Kannten Sie Chloe Flores?«

»Natürlich. Sie wurde ermordet. Ich bin mit ihr aus Riad hergeflogen. Sie hat auch beim Attaché gearbeitet.«

»Ala Quirino?«

Sie schüttelte den Kopf. »Das Opfer in Berlin?«

»Können Sie sich vorstellen, dass Ala und Chloe sich kannten?«

»Sie kannten sich. Chloe hat von ihr gesprochen. Sie haben sich in Riad getroffen, als ihre Familien dort auf Urlaub waren.«

»Also die Familie des Botschafters in Berlin und des Pariser Militärattachés?«

»Genau. Die sind irgendwie miteinander verwandt. Solange die dem Kronprinzen oder König gehorchen, können die sich alles rausnehmen. Der Militärattaché zum Beispiel ist stinkfaul. Er sitzt seine Zeit im Büro ab oder geht einkaufen. Am 14. Juli lässt er sich bei der Parade sehen, das war es.«

»Ich glaube, dass er oder einer seiner Kumpane verantwortlich ist für die Morde an Chloe und Ala.«

»Warum? Was hätten die davon?« Falten auf der Stirn.

»Keine Ahnung. Sie haben nichts Ungewöhnliches mitgekriegt?«

Sie überlegte. Schüttelte den Kopf.

»Hat er sich an Sie rangemacht?«

»Was? Versteh ich nicht.«

»Man hört einiges von Übergriffen auf Frauen. Hausmädchen …«

Sie nickte kaum sichtbar. Hustete. »Also, der kommt pünktlich nach Hause. Trinkt Tee. Setzt sich vor den Fernseher und wartet, bis das Essen auf dem Tisch steht.«

»Hat er Kinder?«

»Einen Sohn. Der ist in England. Auf einem Internat. Scheint genauso faul und verwöhnt zu sein wie sein Vater. Gesehen habe ich ihn nie. Aber gehört, wie seine Mutter ihn am Telefon beschimpft. Schlechte Noten. Fehlt oft. Treibt sich in London herum. Bars. Trinkt wahrscheinlich Alkohol. Vielleicht nimmt er Drogen. Die Mutter jedenfalls fürchtet das Schlimmste.«

»Was ist Ihre Aufgabe?«

»Ich mach die Hausarbeit und koche. Die Frau macht nichts. Sitzt rum. Telefoniert den halben Tag mit Freundinnen und beklagt ihr Schicksal.«

Floire lachte. »Was ist daran so schlimm?«

»Ich weiß es nicht. Aber wenn ich die Andeutungen und Bemerkungen richtig verstehe, hat ihr Mann keine Lust auf Sex. Jedenfalls nicht mit ihr. Ich habe schon überlegt, ob er schwul ist. Das darf er natürlich nicht sein. In Saudi-Arabien ist das ein Verbrechen.«

»Bei uns nicht. Gott sei Dank. Ich dürfte sogar heiraten«, sagte Floire.

Sie blickte ihn lang an. »Entschuldigung«, sagte sie leise.

»Wofür?«

»Ich habe Sie hoffentlich nicht beleidigt.«

»Wie denn?«

»Entschuldigung, ich bin es nicht gewohnt, mit …«

»In Europa ist es … normal. Bei euch ist es auch nicht verboten.«

»Laut Gesetz. Aber die meisten Leute sind katholisch. Und er ist nicht schwul. Seit Kurzem macht er sich an mich ran«, sagte Sophia.

»Um Himmels willen. Verschwinden Sie von dort.«

»Wie? Er hat meinen Pass.«

»In die Botschaft der Philippinen.«

»Die lassen mich gar nicht erst rein. Könnte ja jeder behaupten, philippinischer Staatsbürger zu sein. Ich fürchte, die wollen sich keinen Ärger mit den Saudis einhandeln. Oder die sind schon gekauft von denen.«

»Haben Sie eine Idee, warum Chloe und Ala ermordet wurden?«

Sie überlegte. Versuchte, einen Eindruck in Worte zu fassen. »Sie haben sich Nachrichten geschickt, über WhatsApp.«

»Wir haben kein Telefon bei der Toten gefunden. Die Kollegen in Berlin haben auch keines erwähnt. Sie haben mir den kriminaltechnischen Bericht geschickt. Kein Handy. Fällt mir erst jetzt auf«, sagte Floire.

»Und Sie glauben, Chloe wurde wegen irgendwas in ihrem Handy ermordet?«, fragte sie.

»Kann sein …«, sagte Floire.

Sie nickte. »Ich habe Wortfetzen gehört. Er hat rumgeschrien. Normalerweise schreit er nicht. Selbst dazu ist er zu faul. Aber er hat so laut gebrüllt, dass ich was verstanden habe. Es ging um Spionage. *Für wen spionierst du? Wann hast du das fotografiert?*«

»Dann ist dem also Chloes Telefon in die Hände gefallen.«

»Sieht so aus. Oder er hat sie überrascht. Über die Schulter geguckt, während sie tippte. Sie war offensichtlich nicht vorsichtig. Hat ihn unterschätzt. Er ist faul, aber nicht blöd«, sagte sie.

»Was könnte sie fotografiert haben?«

»Weiß ich nicht. Ich habe sie gefragt. Sie saß auf ihrem Bett, hat geheult und gezittert. ›Die bringen mich um. Die bringen mich um.‹«

»Hatte sie ihr Handy noch?«

Sophia überlegte. Schüttelte den Kopf. »In der Nacht habe ich Schritte gehört. Ihr Zimmer lag meinem gegenüber. Nachher habe ich mir vorgestellt, wie Typen gekommen sind, um sie abzuholen. Ich hätte rausgehen sollen. Ich hätte es verhindern müssen.«

Floire legte seine Hand auf ihre. »Dann hätten sie dich auch umgebracht.«

»Das tun sie sowieso. Sie sind seitdem unglaublich misstrauisch. Ich musste ihm mein Handy geben. Er hat es durchsucht, aber nichts gefunden. Filipino kann er nicht. Und ich habe keine Dokumente fotografiert …«

»Dokumente?«

»Ich bilde mir ein, in dem Gebrüll etwas darüber gehört zu haben. Ich glaube, sie hat Geheimpapiere abfotografiert und ihrer Freundin geschickt.«

»Warum? Das machen nur Leute, die für Geheimdienste arbeiten.«

»Vielleicht fand sie etwas, das sie nicht für sich behalten konnte. Weil sie … empört war. Oder es stand was über Ala drin … Ich weiß es nicht. Vielleicht stand in dem Papier, dass Ala Spionin sei. Ich habe lang darüber nachgedacht. Ein Hausmädchen als Spionin. Ich käme an vieles ran.«

Schweigen.

»Willst du noch was? Frankreich lädt dich ein.« Er lachte.

»Ich fühle mich geehrt«, sagte sie. Zwang sich ein Lächeln ab.

»Ob du für mich … uns, die Polizei …«

» … spionieren will?«

43.

»Es geht mal wieder um Spionage«, sagte Yussuf. Statt eines Guten Morgen, als de Bodt mittags im Büro auftauchte. »Floire hat mir von einem Gespräch mit einer Hausangestellten des saudischen Militärattachés in Paris berichtet.«

De Bodt zwinkerte Salinger zu und setzte sich auf seinen Stuhl neben der Tür. Tilly hatte unlängst angemerkt: »Wenn wir mal einen Schreibtisch brauchen, können wir uns ja Ihren ausleihen.« De Bodt hatte es überhört.

»Ich verstehe«, sagte er. »Die Saudis haben ein Geheimnis, das sie bewahren wollen. Wofür sie sogar Menschen umbringen. Aber was könnte es sein?«

»Floire sagt, dass er eine Quelle in der Botschaft aufgetan hat.«

»Ich kann mir vorstellen, wer das ist. Hoffentlich finden die nicht bald ihre Leiche.«

44.

Merkow und Katt hatten sich diesmal in einem Berliner Viersternehotel am Gendarmenmarkt eingebucht. Wo es vor Touristen wimmelte. Die Leute in der Botschaft mussten nichts wissen von ihrer Anwesenheit.

»Wir haben eine Quelle … mehr muss ich über sie nicht sagen.« Der General hatte seinen Rücken gestrafft und die Hände auf den Schreibtisch gestützt. An dem saß er nun auch schon fünfzehn Jahre. Wenn er oder seine Leute keinen Mist bauten, würde er bis zur Rente im Kreml sitzen. Oder auf dem Stuhl sterben.

Merkow und Katt hatten vor ihm gestanden, bis er auf die Besucherecke deutete. Der General blieb hinter seinem Schreibtisch. Als sie saßen, sagte er: »Ihr kennt die Weltlage. Sie hatte sich verbessert. Jetzt versuchen die Amerikaner aber wettzumachen, was

Dump aufgegeben hat. Sie wollen sich wieder überall festsetzen. In Asien, in Nordafrika, am Golf natürlich. In Europa. Sie machen jetzt schon die Erfahrung, wie schwer es ist, Verlorenes zurückzuholen. Weggeben, verlieren: das geht flott. Zurückgewinnen: das ist schwer, manchmal unmöglich. Es sei denn, mit Gewalt. *America first* war *lonesome America.* Wie in den alten Western. Kennt ihr *Weites Land*? Natürlich nicht. Ich mag die alten Western. Klare Verhältnisse, klare Ergebnisse.« Er schüttelte den Kopf. »Wir müssen wieder lernen, das Gras wachsen zu hören. Katastrophen melden sich oft unscheinbar an. Irgendwas passiert irgendwo. Harmlos, nicht der Rede wert. Aber dann wird aus dem Schneeball eine Lawine. Aus der kleinen Verschiebung einer Erdplatte erwächst ein Tsunami, der ein halbes Land wegspült.«

Merkow blickte Katt an. Die erwiderte den Blick. Sie war genauso ratlos wie er. Seit wann verplemperte der General Zeit mit Geschichten? Vielleicht war es das Alter? Merkow musterte ihn. Ja, ein paar Falten hatten sich vertieft. Die letzten schwarzen Haarsträhnen waren weiß geworden. Aber die Augen waren lebhaft wie eh und je.

»Unsere Kameraden in Berlin und Paris haben eins und eins zusammengezählt. Erstaunlich. Ein Mord an einem philippinischen Dienstmädchen in Berlin, ein zweiter an einem philippinischen Dienstmädchen in Paris. Beide arbeiteten in Haushalten von saudischen Diplomaten. In Berlin sogar beim Botschafter, in Paris beim Militärattaché. Alle miteinander verwandt in der Familie dieses Königs. Der seine Macht aus der Ölblase bezieht, auf der er wegen einer Verrücktheit der Geologie sitzt.«

»Haben wir Informationen, also mehr, als in den Zeitungen steht?«, fragte Merkow.

»Nichts Handfestes«, sagte der General. »Es raunt. Dass sich was vorbereitet, ein großes Unternehmen. Aber es raunt immer. Mehr kann ich dir nicht sagen. Dürfte ich auch nicht.«

»Warum sollen wir suchen, wenn der SWR überall seine Leute sitzen hat?«, fragte Katt.

»Weil ihr einen besseren Zugang zu den deutschen Ermittlungsbehörden habt. Oder ist eure Freundschaft mit diesem de Bodt vorbei?«

»Nein, General«, sagte Merkow.

»Zapft ihn an.«

»Haben wir ihm etwas anzubieten, das ihm bei seinen Ermittlungen hilft?«

»Nein. Solltest du Fragen haben, kannst du den Kulturattaché in unserer Berliner Botschaft ansprechen. Wenn nicht gerade ein Irrer dort den Heizungskeller sprengt… Ideen haben manche Leute…«

Merkow entsann sich seines Erstaunens. Im letzten Fall hatten die Idioten vom SWR die Heizung der eigenen Botschaft gesprengt. Diversion. Um zu zeigen, dass sie nicht die Täter, sondern Opfer waren. Ganz verstanden hatte er die Wahnsinnsaktion nie. Aber das ging ihm öfter so bei Operationen der *befreundeten Geheimdienste.* So herzlich befreundet, dass man den anderen am liebsten ins Messer laufen ließ.

Sie legten sich aufs Bett. Liebten sich kurz und heftig. Nachdem sie geduscht hatten, verließen sie das Hotel. Fanden einen freien Tisch vor einem Café. Bestellten Tee. Warteten, bis er kam. Als die Bedienung gegangen war, sagte Merkow: »Unsere Chefs wissen mehr über die Filipinas-Geschichte. Sonst hätten sie uns nicht hergeschickt. Sie sind beunruhigt.«

Katt nickte. Trank. »Was könnte uns an diesen Morden interessieren? Dienstmädchen? Aber offenbar haben die beiden etwas getan oder gewusst…«

»Oder jemand hat ihnen unterstellt, etwas getan oder gewusst zu haben. Und jetzt fürchtet jemand so was wie den Weltuntergang«, sagte Merkow.

45.

Dasselbe Café, nur dass es dieses Mal regnete. Wolkenbruch wie in den Tropen.

Floire hatte Sophia ein Handy gegeben. Prepaid, auf seinen Namen. Sie sollte es nur im Notfall benutzen. Sie hatte nichts geschickt und auch nicht angerufen. Also würde sie kommen. So hatten sie es vereinbart. Jeden zweiten Dienstag im Monat.

Aber sie kam nicht.

Er bestellte noch einen Espresso. Saß mit dem Rücken zur Wand. Blick auf Eingang und Bürgersteig. Wo Menschen versuchten, sich gegen den Wasserguss zu schützen, der sie binnen Sekunden durchnässte.

Ein Pärchen setzte sich an den Nachbartisch. Sahen aus, als wären sie bekleidet in die Seine gesprungen. Die Kellnerin ließ sich nichts anmerken.

Wo blieb Sophia?

Vielleicht hatte sie plötzlich einen Auftrag erhalten. Oder hatte sich untergestellt. Oder das Telefon war kaputt. Oder sie konnte es nicht bedienen. Oder der Akku war leer. Oder sie war nicht allein. Oder sie hatte es sich anders überlegt, weil die Angst sie aufgefressen hatte.

Mist!

Gleich das erste Treffen scheiterte. Das fing gut an. Er hatte sich vorgestellt, wie er mit einer Enthüllung zu Lebranc käme. Wie der ihn erst anschiss, weil Floire sich irgendwo herumgetrieben habe. Um dann mit einer Information zu kontern, die den Alten noch älter aussehen ließe. Aber offensichtlich blieb vom Traum nur der Anschiss.

46.

»Wenn man bedenkt, dass die einen Kritiker erwürgen, zersägen und verschwinden lassen. Was machen die dann mit Frauen, die für Ungläubige arbeiten? Das saudische Königshaus hat nichts dagegen, mit ungläubigen Waffenherstellern und deren Politlobby auf gut Freund zu machen. Aber für Ungläubige in den eigenen Reihen heißt es Kopf ab.« Salinger schlug mit der Handkante auf den Tisch.

»Floire hat eine Nachricht geschickt. Kontakt abgerissen. Sein Dienstmädchen ist nicht am Treff aufgetaucht.«

»Hoffentlich lebt sie noch.«

»Er hat die Kollegen an den Flughäfen gebeten, auf Kisten zu achten, die als Diplomatengepäck aufgegeben werden. Und die Personalien von Sophia Canares durchgegeben. So heißt sie. Vielleicht trauen die sich nicht, sie in Paris zu ermorden, und verlegen die Tat nach Saudi-Arabien.«

De Bodt erschien.

»Irgendwann kannst du mal eine Liste durchreichen. Gründe, warum der Herr Erste Hauptkommissar seinen Dienst nicht pünktlich angetreten hat«, sagte Yussuf. »Ich habe keine Lust, wild in der Gegend herumzulügen. Wenn Tilly mich erwischt …«

»Du hast recht«, sagte de Bodt. »Ich werde künftig regelmäßig auftauchen. Wenn ich nicht da bin, bitte den Kriminalrat, mich auf dem Handy anzuklingeln. Dann lüg ich ihn selbst an.«

»Ähnliches gilt für die Frau Oberkommissarin Salinger. Soll ich dem auch deine private Handynummer geben?«, fragte Yussuf.

Salinger lief rosa an. Schüttelte den Kopf. »Er soll Eugen anrufen.«

Yussuf blickte von ihr zu ihm, von ihm zu ihr. Salinger war auch schon abwesend gewesen, wenn de Bodt im Büro saß. Das war es also nicht. Was war es dann?

47.

»Nennen wir es Amtshilfe«, sagte Floire und legte seinen Dienstausweis auf den Tresen. »Ich muss Ihren Chef sprechen.«

Die Frau am Schalter nahm den Ausweis und las ihn Millimeter für Millimeter. Dann hob sie den Telefonhörer, tippte auf einen Knopf. »Chef, ein *poulet* für Sie … Nein, nur wenn Sie Kannibale wären, soll's ja geben. Ich schicke ihn zu Ihnen. Aber essen Sie ihn nicht auf. Es gäbe eine Riesensauerei. Und wie ich Sie kenne, müsste ich sie beseitigen.« Sie lachte trocken und legte auf. Ihr Finger flog um die Ecke. »Sehen Sie die Tür. Da gehen Sie rein. Der Nächste bitte.«

Am späten Nachmittag trug Floire eine Postuniform und ein

Päckchen unterm Arm. Darin ein Wörterbuch Englisch–Französisch. Keine Namen an der Tür. Nur Nummern und eine Tastatur, um einen Code einzutippen. Er klingelte bei *Concierge*. Er blickte zur Kamera hoch und lächelte. Der Türöffner summte.

Blaumann, schütteres Haar, die Hand an der Tür. Die er nur einen Spalt geöffnet hatte.

»Guten Tag«, sagte Floire.

»Guten Tag«, erwiderte der Mann.

»Ich habe ein Paket für Frau Canares. Sie lebt im Haushalt von Herrn ibn Abd al-Aziz, dem Militärattaché.«

Der Mann streckte ihm die Hand entgegen.

»Nein, leider nicht. Ich brauche ihre Unterschrift.« Zeigte eine Art Handy. Auf dessen Bildschirm konnte man den Empfang bestätigen.

»Ich kann für sie unterschreiben.«

»Das verstieße gegen das Gesetz. Ich mach so was nicht.«

»Sie sind wohl neu.«

»Ja, ich habe mich spät für den Postdienst entschieden. Aber es befriedigt mich, Menschen hin und wieder eine Freude zu bereiten. Ausgenommen Rechnungen und Todesanzeigen.«

Der Hausmeister zwang sich ein Lächeln ab. »Darf ich Ihren Ausweis sehen?«

Floire zog den Polizeiausweis aus der Tasche. »Sie lassen mich jetzt rein und halten die Klappe. Wenn Sie irgendwen informieren über mich, können Sie Ihren Job vergessen. Dann lad ich Sie so oft auf die Polizeipräfektur vor, bis die sich hier einen neuen Concierge suchen. Und eine Anzeige wegen Behinderung polizeilicher Ermittlungen setzt es dazu. Kapiert?«

48.

»Sie wollten mich vorgestern vernehmen. Seitdem sitze ich in dieser Scheißzelle rum.« Malawi blickte de Bodt finster an.

»Ich hatte den Eindruck, dass Nachdenken Ihnen nicht schaden könnte. Das braucht Zeit. Seien Sie dankbar. Oft denkt man nicht lang genug nach, und schon ist man erledigt.«

»Ich habe nachgedacht. Ich erzähl Ihnen, was ich weiß. Und dafür komme ich ins Zeugenschutzprogramm.«

»Das kann ich erst zusagen, wenn Sie mir alles erzählt haben. Ich muss in diesem Fall den Berliner Generalstaatsanwalt Robert Zecher überzeugen. Das ist nicht so einfach, wie Sie vielleicht denken.«

Malawi trocknete mit dem Ärmel seine Stirn. »Ich habe die Saudis um einen Anwalt gebeten. Aber die kennen mich nicht. Sagen sie. Einen Anruf vergeudet. Alles verpfuscht, da kommt es darauf auch nicht mehr an.«

»Da haben Sie aber richtig Pech gehabt. Sie können es sich aussuchen. Ich kann Sie wegen Beihilfe zum Mord oder wenigstens Behinderung unserer Ermittlungen vor Gericht bringen. Der Staatsanwalt wird Sie in aller Öffentlichkeit zur Sau machen. Oder Sie packen restlos aus. Dann kümmere ich mich um Ihren Schutz.«

Er hatte nicht die geringste Idee, wie er das anstellen sollte.

»Mich hat einer angesprochen.«

»Wer, wo?«

»Blöde Frage. Glauben Sie, solche Leute geben einem ihre Visitenkarte. Der Typ nannte sich Ali. Es war in der großen Moschee in Kreuzberg.«

»In der Omar-Ibn-Al-Khattab-Moschee?«, fragte de Bodt.

Der Typ blickte ihn an. Nickte. »Genau dort.«

»Gehen Sie immer dort beten?«

»Ich bete normalerweise in der East London Mosque. Dort fing es an …«

»Wirres Gerede«, sagte de Bodt.

Die Tür öffnete sich. Salinger setzte sich neben de Bodt. Malawi beglotzte sie.

»Alles noch mal von vorn. Schritt für Schritt. Sie vergeuden unsere Zeit.«

Salinger blickte ihn an. Normalerweise ließ de Bodt die Leute reden. Erwiderte nichts, fragte nur, bis der Redestrom floss. Viele Leute hielten Schweigen nicht aus und redeten dagegen an. Zumal wenn sie in einem Vernehmungsraum saßen und versprochen hatten auszupacken.

»In dieser Londoner Moschee war ich fast jeden Tag. Man lernt dort diesen und jenen kennen. Einer hieß Hussein und sagte, er habe einen Job für mich. Ich hatte rumgefragt, ob jemand einen Job für mich hätte… ich war blank. Arbeitslos. Und da sagte Hussein: Ich geb dir ein Flugticket für Berlin. Du gehst zur Omar-Ibn-Al-Khattab-Moschee in Kreuzberg und fragst nach einem Ahmed Abdulrahman. Den kennt dort jeder. Er wird dich dann ansprechen. Du kriegst auch ein Taschengeld für Berlin. Nimm ein gutes Hotel und warte, bis Ahmed dir den Job anbietet. Du wirst einen Haufen Geld verdienen.«

Er beglotzte Salinger. Blickte de Bodt in die Augen. Darin stand: Ich bin doch nicht bescheuert und lass mir so einen Job durch die Lappen gehen. Klar?

De Bodt nickte.

»Sie glaubten also, irgendjemand würde Sie furchtbar gern mit Geld zuschütten?«, fragte Salinger.

»Ich hab gedacht, hab ich endlich eine Glückssträhne. Hatte ich nie…«

»Vielleicht tut's auch Arbeit. Sie haben zwei Hände und einen Kopf, der einen Baustellenhelm tragen könnte.«

De Bodt drückte ihr unter dem Tisch die Hand.

»Die haben mir…«

»Die? Ich dachte, es war Hussein?«, fragte de Bodt.

»Mir war schon klar, dass es nicht um ein Privatvergnügen von Hussein ging. Der gehörte zu einem… Netz. Ich sah ihn mit anderen Männern reden. Und er hatte ja diesen Draht nach Berlin.«

»Und da haben Sie sich gedacht: Vielleicht ist das 'ne Mörderbande, die gern Geld verschenkt.« Salinger blickte ihn streng an.

»Sie verdrehen mir die Worte im Mund. Ich habe mir gedacht, dass die einen suchen für einen Job, der vielleicht nicht ganz legal ist. Aber nichts Schlimmes. Bis mir Ahmed endlich erklärt hat, was ich tun soll. Da wär eine Nutte aus Manila. Die würde zu viel quatschen. Ich war erschrocken, dachte schon, die wollten, dass ich die…«

»Umbringen soll?«, warf Salinger ein.

»Ja.«

»Da hätten Sie gleich zum Telefon gegriffen und die Polizei gerufen, nicht wahr?«

De Bodt erhob sich. Lehnte sich in Malawis Rücken an die Wand.

»Ja, natürlich. Aber die war schon tot. Ahmed hat mir vor der Moschee eine Zeitung gezeigt. Ich verstehe kein Deutsch. Aber das Bild vom Sarg und dem Leichenwagen am Tatort … das sagt doch alles. Die war schon tot.«

»Wie schön«, sagte Salinger.

Malawi blickte sie verwirrt an.

»Und dann?«, fragte sie.

»Dann hat er mir Geld gegeben. In bar. Einhunderttausend Dollar. Die sollte ich bei Western Union an meine Familie überweisen. Meinen Vater …«

»Wo lebt der?«

»In Bahrain.«

»Und dafür gehen Sie lebenslang ins Gefängnis?«

»Lebenslang? Ich dachte, wenn man sich … reuig zeigt … in Deutschland.«

»Sie haben zugegeben, einen Menschen absichtlich und heimtückisch ermordet zu haben. Sie verschweigen den Namen Ihres Komplizen …«

»Ich war doch allein!«

»Die Rechtsmedizin hat längst herausgefunden, dass es zwei Täter gab. Einer hat sie festgehalten, der andere hat ihr die Stahlschlinge um den Hals gelegt. Es brauchte zwei, um ein zierliches Mädchen umzubringen.«

»Sie war doch erwachsen!«

»Ach, das wissen Sie immerhin. Junge Frau also.«

Malawi senkte den Blick. »Stand in der Zeitung.«

»Sie bleiben dabei, dass Sie Frau Quirino umgebracht haben? Zusammen mit einem Komplizen? Allein können Sie es nicht gewesen sein. Und dafür gehen Sie so etwa zwanzig Jahre in den Knast. Bei guter Führung.«

Er schüttelte den Kopf. »Meine Familie braucht das Geld. In Bahrain ist es schlimm für sie. Wir sind Schiiten. Sie können sich gar nicht vorstellen … Und jetzt in der Krise, sie hungern. Wenn sie etwas zu essen haben wollen, werden sie geschlagen. Wir gelten dort fast schon als Ungläubige.«

»Das Geld ist schon überwiesen?«, fragte de Bodt.

Malawi drehte sich halb zurück. »Ja.«

»Ihr Vater hat es bestätigt?«

»Ja.«

»Wenn Sie Ihrem Vater mitteilen könnten, das Land zu verlassen. Er könnte in den Iran gehen.«

Malawi nickte.

»Wir behalten Sie so lange in U-Haft, bis Ihre Familie ausgereist ist. Wenn die das über Frankfurt machen wollen, könnten wir helfen. Dann könnte Ihr Vater das Geld behalten, und Ihnen würde erst mal nichts passieren. Danach sehen wir weiter.«

Malawi blickte in Salingers Augen. Hoffnung lag darin.

»Aber es gibt eine Bedingung. Sie packen aus. Sie zeigen uns Ahmed Abdulrahman. Außerdem, ist die Omar-Ibn-Al-Khattab-Moschee nicht eine sunnitische Moschee? Sie sind Schiit.«

»Ich weiß nicht. Ich weiß auch nicht, ob Abdulrahman Schiit oder Sunnit ist.«

»Könnte der Tarnung dienen«, sagte de Bodt. »Aber egal. Steht der Deal?«

49.

»Der Verfassungsschutz kennt diesen Ahmed Abdulrahman nicht. Ich habe auch mit Floire telefoniert. Der hat erklärt, die Sicherheitsbehörden in Frankreich hören den Namen zum ersten Mal«, sagte Yussuf.

»Welche Schlussfolgerung ziehen wir daraus?«, fragte de Bodt.

»In Wahrheit willst du nur wissen, welche Schlussfolgerung du daraus ziehst. Bloß keine Ratespiele«, sagte Salinger.

»Es geht nicht um einen Terroranschlag. Die benutzen keine Moscheen des feindlichen Glaubens. Der Terrorismus ist ja auch und gerade eine religiöse Angelegenheit. Bevor Schiiten und Sunniten miteinander paktieren, gehen sie sich an die Kehle. Es handelt sich um eine Geheimdienstoperation eines sunnitischen Staats.«

»Der Malawi ist zu dumm für so was«, sagte Yussuf.

»Warum? Der Krüger hätte ihm das erst mal abgekauft. Was die Ermittlungen für Monate in die falsche Richtung geführt hätte«, sagte Salinger.

»Für wie blöd hältst du mich eigentlich?«, fragte Krüger. Dem man das Geschick nicht absprechen konnte, immer wieder im falschen Augenblick in der Tür zu stehen.

50.

Floire stand vor der Wohnung 37. In der Tür ein Spion. Über der Tür eine winzige Kamera. Die er erst auf den zweiten Blick erkannte. Er klingelte.

Schritte, gedämpft. Die Tür öffnete sich langsam. Sie war schwer. Stahlplatte, mit Holz ummantelt. Die Kette knackte. Durch den Spalt blickte ihn eine Frau an. Mittleres Alter, Kopftuch.

»Ich habe ein Päckchen für Frau Sophia Canares.« Er blickte auf den Adressaufkleber, als müsste er sich erinnern. »Kommt von den Philippinen.«

Die Frau streckte ihre Hand durch den Spalt.

»Sind Sie Frau Canares?«

Sie blickte ihn reglos an.

»Are you Miss Canares?«

Sie schüttelte den Kopf.

»Ist Frau Canares da? Ich muss es ihr persönlich übergeben.« Langsam, auf Englisch.

Die Frau schüttelte den Kopf.

»Wo ist Frau Canares?«

»Home. Manila«, sagte die Frau.

»Haben Sie eine Adresse, wohin ich das Paket schicken könnte?«

»Mir geben. Ich schicke.«

»Haben Sie eine Vollmacht von Frau Canares, dass Sie Postsendungen von ihr annehmen dürfen?«

Die Frau schüttelte den Kopf.

»Dann muss ich Ihnen diese Benachrichtigungskarte geben. Entweder Frau Canares holt das Paket selbst ab, dann soll sie bitte einen Ausweis mitbringen. Oder sie stellt jemandem eine Vollmacht aus. Ist auf der Rückseite der Karte. Aber wir brauchen dafür eine Vollmacht, unterschrieben von Frau Canares, und eine Kopie ihres Ausweises. Haben Sie das verstanden?«

Die Frau nahm die Karte und schloss die Tür.

Floire verließ das Haus, setzte sich in die nächste Bar und bestellte einen doppelten Cognac. Sophia war tot, ihr Leichnam verschwunden. Und er war schuld.

51.

Yussuf blickte auf sein Telefon. »Du hast dich verhört«, sagte er zu Krüger, während er las. »Ist auch nicht die feine Art, heimlich zu lauschen. Menschen mit Manieren klopfen an.« Er stutzte. »Mist, ein drittes Opfer. Floire schreibt gerade. Er hatte ein Dienstmädchen überredet, für ihn zu spionieren. Jetzt ist sie verschwunden. Floire hat keinen Zweifel, dass sie tot ist.«

»So eine Scheiße«, sagte Salinger. »In seiner Haut möchte ich nicht stecken.«

»Die bringen jeden um, der auch nur im Verdacht steht, mit diesem Projekt in Berührung zu kommen. Die planen was …«, sagte de Bodt.

»Wie schön, dass Ihre Fantasie funktioniert wie geschmiert«, sagte Krüger.

»Ich bemühe mich«, sagte de Bodt. »Besser als nichts.«

»Fällt dir was Schlaueres ein?«, giftete Salinger Krüger an.

»Bei uns ist das so: Wir ermitteln, dann ziehen wir Schlussfolgerungen. Ihr arbeitet genau umgekehrt. Das hier ist kein Büro, sondern eine Märchenstube«, erwiderte Krüger.

»Woher hast du denn dieses schöne Wort? Aus der Bar gestern Nacht?«, fragte Salinger.

Krüger schüttelte den Kopf. Sein Gesichtsausdruck sagte: Euch ist nicht zu helfen. Sein Mund sagte: »Wenn ihr den Täter habt, gebt bitte kurz Bescheid, ja?«

52.

Floire überlegte, ob er sich einen weiteren Cognac verpassen sollte. Nein, er brauchte einen klaren Kopf. Sah auf der Telefonanzeige drei Anrufe von Lebranc. Den Anschiss kriegte er sowieso. Er konnte machen, was er wollte. Sogar wenn er den Mörder verhaftete. Lebranc hasste alle jungen Polizisten. Die so viel schlauer waren als er. Die mit der Technik jonglierten, die Lebranc überforderte. Dauernd war sein Handy kaputt. Dabei hatte er es nur falsch bedient. Schuld waren immer die anderen, im Notfall ein Telefon, das Internet und so weiter. Er wusste, im Präsidium wurde spekuliert. Ob Floire es bis zu Lebrancs Pensionierung schaffte. Kinderspiel. Viele Leichen waren auf Lebrancs Karrierenfriedhof beerdigt. Seine nicht.

Hoffnung schien auf. Vielleicht hatten sie Sophia nur rausgeschmissen. Oder sie hatte es mit der Angst gekriegt und war zur philippinischen Botschaft gegangen. Aber in Wahrheit stimmte das nicht. Sophia war tot. Und wurde per Diplomatenpost nach Riad geflogen. Wo die Leiche verschwinden würde. Unter Wüstensand oder im Salzsäurebad.

Es gab keine Hoffnung. Und er war schuld. Er winkte dem Wirt und zeigte auf sein Glas.

53.

Es klopfte. Kaum war Krüger mit einem Grinsen verschwunden, betraten Merkow und Katt das Büro. Salinger verglühte sie mit Blicken. Yussuf hob lässig die Hand zum Gruß. De Bodt setzte sich hinter seinen Schreibtisch, Merkow davor. Katt auf den Stuhl neben der Tür. Dessen Sitzfläche sich in ein Nagelbrett verwandelte. Folgte man Salingers Wunschtagtraum.

»Wir haben einen dritten Fall. Einen zweiten in Paris. Beim saudischen Militärattaché. Kennen Sie einen Mohammed ibn Abd al-Aziz?«

Merkow tippte den Namen auf der Telefontastatur. »Ich erkundige mich. Vielleicht haben die Kollegen was über den.« Sofern der FSB gewillt war, ihm zu helfen. Was mehr als fraglich war. Vielleicht musste Merkow den General anrufen.

»Drei Haus- oder Kindermädchen aus Manila. Das ist kein Zufall mehr«, sagte de Bodt. »Auch wenn der saudische Kronprinz ein Schlächter ist. Sogar der ließe nicht mal schnell drei Frauen in Europa umbringen.«

»Wie kommen Sie auf MbS?«, fragte Merkow.

»Glauben Sie, dessen Leute wagen es, vor unserer Nase Leute umzubringen? Wo denen die Polizei auf den Füßen steht. Schließlich wissen wir, wo die Frauen gearbeitet haben. Mir scheint, die wagen es.«

»Und wenn es jemand anders war, dem die Saudi-Verbindung in die Karten spielt?«, fragte Merkow.

»Einer Ihrer Geheimdienste zum Beispiel«, sagte Salinger.

»Zum Beispiel«, erwiderte Merkow gelassen. »Suchen wir also nach dem Motiv.«

»Was glauben Sie, was wir hier tun?«, fragte Salinger.

»Mit dem Computer spielen, nehme ich an.«

»Der Erste hier, der begreift, was in unseren Büros passiert«, sagte Yussuf. »Ich habe gerade ein sowjetisches U-Boot versenkt.«

»Die gibt's doch gar nicht mehr.« Merkow lachte.

»Heute Nacht ziehe ich mir ein neues Spiel. In dem gewinnt, wer die meisten Russen killt.«

»Solange das nur auf dem Bildschirm passiert…«, sagte Katt. Und grinste. Tatsächlich. Merkow traute seinen Augen nicht.

»Wir haben einen Mann in U-Haft. Der hat behauptet, dass er Frau Quirino in Berlin umgebracht hat. Der war aber schlampig präpariert. Entweder kann der saudische Nachrichtendienst nichts. Oder sie haben überstürzt gehandelt. Weil er nicht auf die Situation vorbereitet war.«

»Letzteres«, sagte Salinger.

»Was bedeutet, dass die auf irgendwas bei Quirino gestoßen sind und sofort handeln mussten«, sagte Merkow.

»Ihnen würde so was natürlich nicht passieren«, sagte Salinger.

»Stimmt«, erwiderte Merkow. Lächelte.

»Was ist so wichtig, dass man seinen Ruf aufs Spiel setzt, die Beziehungen zu den Gastländern der Botschaften dazu?«, fragte de Bodt.

»Die haben keinen Ruf zu verteidigen. Der ist ihnen egal. Solange sie Öl haben und die Welt es braucht. Solange sie Milliarden für Rüstung ausgeben und die Industrievertreter ihre Schleimspur in Riad hinterlassen. Solange Regierungen die Folter, das Köpfen und den Krieg ganz schrecklich finden. Und trotzdem die Drecksäcke hofieren«, sagte Yussuf.

»So was Ähnliches könnte man auch über Ihre Regierung sagen«, sagte Salinger mit Blick auf Merkow.

»Wir sind üble Nachrede gewohnt«, erwiderte der.

»Stimmt, Sie haben ja eine Musterdemokratie mit einem Musterdemokraten als Präsidenten.«

»Ist doch schön, dass es einen ehemaligen Bundeskanzler gibt, der die Dinge differenzierter sieht als Sie«, sagte Merkow.

»Reden Sie sich nicht auf dubiose Gestalten raus. Die gibt es überall.«

»Was könnten die Saudis befürchten?«, fragte de Bodt.

»Die Revolte«, erwiderte Katt. »Zuallererst den Sturz der Monarchie. Deshalb sind die bis an die Zähne bewaffnet.«

Merkow nickte. »Es gibt Widerstand. Die einen werfen MbS und Familie vor, in Saus und Braus und westlichem Luxus zu leben. Den wahren Islam zu verraten. Die anderen fordern Meinungsfreiheit und die Gleichberechtigung der Frauen. Und die Herrschenden fürchten, dass demnächst weniger Leute ihr Öl brauchen. Jahrzehntelang haben die Gestalten in Riad die Ölpolitik in der Welt bestimmt. Sie diktierten die Preise. Sie kürzten die Versorgung oder erhöhten die Lieferungen. Davon ist nicht viel geblieben. Der Absatz stagniert, der Ölpreis steigt und fällt, vor allem Letzteres. Sie wollten durch Preissenkungen die USA aus dem Markt schießen. Bis vor Kurzem waren die Amis von den Lieferungen aus Riad abhängig. Heute zählen sie dank Fracking zu den größten Ölexporteuren. Die Dollarreserven der Saudis schmelzen weg. Der Krieg im Jemen kostet und kostet. Statt ihren Günstling dort zu stützen, geraten sie selbst ins Visier. Iran, Kuweit, Hisbollah, diverse Islamistengruppen. Die ihnen auch vorwerfen, Mekka und Medina nicht schützen zu können. Die Lage ist gefährlich für die Saudis.«

»Lange Rede, kurzer Sinn: Die planen was, und die offenbar miteinander befreundeten Hausmädchen haben was aufgeschnappt. Nur habe ich nicht den Hauch einer Ahnung, worum es geht«, sagte de Bodt.

»Dass ich das miterleben darf: Unserem Chef fällt nichts mehr ein. Müssen wir uns Sorgen machen?«, fragte Salinger.

54.

Es war eine Art internationale Konferenz. Mit dem Unterschied, dass niemand davon wusste. Außer den Teilnehmern und ein paar Leuten, die mit der Vorbereitung beschäftigt waren. Im fensterlosen Raum saßen acht Männer aus drei Ländern um einen Tisch. Die Klimaanlage summte leise. Es präsidierte ein Mann in einem weißen Anzug. Die Falten um den Mund verrieten, dass er gern lächelte.

»Meine Herren, ich sehe, dass alles gut läuft. Wir hatten eine kleine… Krise. Aber das Leck ist gestopft. Der Schlag erfolgt wie geplant. Wir müssen nun die Öffentlichkeit vorbereiten.«

»Dafür werden wir sorgen, wie bei der letzten Konferenz besprochen«, sagte ein Mann in einem grauen Anzug.

Sie erinnerten sich der Charts, die der Mann auf den riesigen Bildschirmen an den Wänden gezeigt hatte. Ein genauer Plan. Wer tut wann was. Überzeugend, dieses Projekt. »Sobald ich nach Hause zurückgekehrt bin, lassen wir etwas durchsickern über die finsteren Absichten unseres Feindes.«

»Aber machen Sie es geschickter als beim letzten Mal«, sagte ein Mann, eher klein, Marathonfigur.

»Nur wer dumm ist, macht den gleichen Fehler zweimal.«

Gelächter in der Runde.

»Allerdings«, sagte der Mann mit dem Lächeln im Gesicht, »können wir ein Problem in Berlin bekommen. Sie erinnern sich an den Anschlag auf den US-Präsidenten? An den Versuch, das Berliner Trinkwasser zu vergiften? An die Aufklärung des Anschlags auf diesen Assistenten?«

Die meisten Männer in der Runde nickten.

»Er genießt immer noch die Gunst der Kanzlerin«, sagte der Mann im weißen Anzug. »Das erledigt sich von selbst nach den Bundestagswahlen. Aber der Mann verfolgt schon eine Spur, die uns nahkommen könnte.«

»Vielleicht hätten Sie besser aufpassen sollen. Hoheit, wenn Sie mir die Bemerkung gestatten: Ihre Leute sollten sich von unseren ausbilden lassen. Ihre hinterlassen keine Spuren, sondern Trampelpfade. Sie haben der Berliner Polizei einen Täter zugespielt. Wie lange hält der durch? Weiß der wirklich genau, was er tun soll? Glauben Sie ernsthaft, dieser Kommissar nimmt dem das Märchen ab? Wenn der umfällt und den Verbindungsmann verrät, dann schnappen die den. Und wenn der Verbindungsmann nicht dichthält, sondern zum nächsten Glied in der Kette führt? Haben Sie diese Risiken bedacht?«

Seine Hoheit lächelte aus dem Bart. »Sie haben vollkommen recht. Wir haben einen Fehler gemacht, und wir werden ihn beseitigen.

Und dies in einer Art, die den Feind verwirren wird. Er hat mit allem Möglichen gerechnet, damit nicht.«

55.

Sie saßen in einem Transporter. Die Fenster des Laderaums getönt. Wiener Straße. Hinter ihnen Hallenbad und Feuerwehr. Vor ihnen der Görlitzer Bahnhof. Ein Zivilwagen der Polizei hatte in der Nacht dort gestanden und dann den Parkplatz für den Transporter geräumt. Sie hatten die Omar Ibn Al-Khattab-Moschee gut im Blick. Malawi saß neben de Bodt im Führerhaus und beobachtete den Eingang mit einem Fernglas. Yussuf hatte ein Fenster des Laderaums so weit aufgeschoben, dass sein Teleobjektiv durchpasste.

Salinger saß neben ihm auf der Bank. »Nachher erscheint der Typ nicht, und wir werden umsonst gegrillt.«

»Grillen wäre direkte Hitze, das hier nennt sich Schmoren im eigenen Schweiß«, sagte Yussuf.

»Da!«, sagte Malawi. Er deutete auf einen Mann. Groß, schlank. Mit einem Aluminiumkoffer. Er betrat die Moschee.

»Sicher?«, fragte de Bodt.

»Ja, er wird beten, und dann kommt er wieder raus.«

»Wann?«

»Halbe Stunde mindestens, meist länger.«

»Hast du Fotos gemacht?«

»Nein, ich habe nach weiblichen Reizen Ausschau gehalten. Und sie geknipst«, sagte Ali.

Salinger rammte ihm den Ellbogen in die Rippen.

»Au! Chef, ich beantrage die Suspendierung dieser Kollegin. Die hat die Tollwut.«

»Prima«, sagte de Bodt. »Schick die Fotos an Krüger. Der soll den festnehmen. Mit MEK und Tralala.«

»Warum Krüger? Hast du Mitleid?«

»Nein, ich will nicht, dass uns jemand sieht. Abdulrahman dürfte nicht der einzige Kandidat sein, mit dem wir es hier zu tun bekommen. Stell dir vor, da gibt's eine Zelle und die sehen uns. Da können wir künftig niemanden mehr beschatten. Außerdem fördert es das Betriebsklima im LKA.«

Yussuf schickte Krüger de Bodts Weisung und die Fotos. »Hoffentlich erkennt er ihn. Blind, wie er ist.«

»Keine Sorge«, sagte de Bodt. »Wir überwachen das und sagen ihm Bescheid, sobald unser Freund die Moschee …

Es knallte, grollte, wummerte. Die Fenster der Moschee platzten auf die Straße. Das Dach hob und senkte sich, um vom Gemäuer in Zeitlupe herunterzurutschen. Auf der Kreuzung knallte es blechern. Autos versuchten auszubrechen, aber sie verwickelten sich mit anderen zu einem Blechknäuel. Der Transporter wurde durchgeschüttelt, als bebte die Erde. De Bodts Handy fiel auf den Boden. Yussuf wäre fast gestürzt. Er klammerte sich am Fensterrahmen fest. Die Kamera war durchs Fenster gerutscht und auf den Fahrzeugboden geknallt. Salinger war leichenblass. Sie umklammerte de Bodt. Um ihn zu beschützen.

56.

»Was ist das?«, fragte Katt. »Eine Explosion?«

Merkow nickte. »Hoffentlich waren es nicht wir.«

Sie saßen im *Café Eliza.*

»De Bodt wird nicht kommen. Der hat andere Sorgen.« Er nahm sein Telefon. Schon waren die Schlagzeilen da. Er las vor: »Explosion in der Kreuzberger Moschee am Görlitzer Bahnhof.« Er zeigte zum Park. »Da, der Rauch. Es brennt.«

Anne kam heraus. »Was ist los?«

»Jemand hat die Moschee weggesprengt«, sagte Merkow.

»Immer wenn ihr da seid, knallt es«, erwiderte Anne. »Entschuldigung!«

»Sie haben ja recht«, erwiderte Merkow.

Katt blickte ihn wütend an. »Wir haben nichts damit zu tun.«

Merkows Telefon summte. De Bodt sagte das Treffen ab.

Wollen Sie zum Görlitzer Bahnhof kommen? Schauen Sie sich das an. Moschee ist explodiert.

Merkow zahlte. Dann rannten sie durch den Görlitzer Park. Sogar die Drogendealer waren verschwunden. Unzählige Menschen glotzten. Es hupte, die Alarmsirenen jaulten in einem wilden Konzert. Blinklichter überall. Polizei, Feuerwehr, Krankenwagen, Notärzte.

»Wer sprengt eine Moschee in Berlin in die Luft?«, fragte Merkow.

Glassplitter. Leichen, Leichenteile. Steinsplitter. Zertrümmerte Autos.

De Bodt hatte seinen Dienstausweis in der Hand. Ihm folgten Salinger und Yussuf. Bis de Bodt Yussuf rausschickte. »Schau dich um. Vielleicht bestaunt der Täter sein Kunstwerk.« Es war mehr ein Vorwand, um Yussuf den Anblick zu ersparen. Die Moschee war in sich zusammengebrochen. Eine riesige Wolke aus Rauch und Staub stand über ihr in der Windstille. Weiter hinten brannte es.

»Das war eine Riesenbombe. Die Moschee bestand nicht aus Legosteinen«, sagte Salinger. »Und sie war groß.«

»Die Kollegen der Spurensicherung müssen den Schuttberg durchsieben«, sagte de Bodt. Er stand neben einem Kopf, den ein paar Sehnen noch mit dem Körper verbanden. Auf dem Rückweg Richtung Görlitzer Bahnhof versuchten sie, nicht auf Körper, Hände, Arme, Beine zu treten.

»Die haben sich den richtigen Augenblick ausgesucht«, sagte Salinger. »Das Abendgebet.«

Die Einsatzleitung stand vor dem Görlitzer Bahnhof. Ein Polizeibus. De Bodt erkannte den Polizeipräsidenten. Tilly stand neben ihm. Weitab Krüger, der Uniformierte anschnauzte. Wie immer, wenn er die Nerven verlor.

»Sie wissen bestimmt schon, wer es war«, sagte der Polizeipräsident zur Begrüßung.

»Ja«, sagte de Bodt. »Es waren die gleichen Täter, welche die Hausmädchen umgebracht haben.«

»Sie meinen, die Saudis sprengen Moscheen in die Luft?«

»Vielleicht nicht sie selbst. Aber es geht auf ihr Konto. Erinnern Sie sich an den Angriff auf Mekka 1979 …?«

Der Polizeipräsident schüttelte den Kopf. Tilly starrte ihn an.

»Islamisten haben damals geschätzt tausend fromme Muslime umgebracht, darunter Prediger. Ich weiß nicht, wie viele Muslime unter den Opfern der Anschläge auf die beiden Türme in New York waren. Überhaupt sind Muslime die größte Opfergruppe bei islamistischen Anschlägen. Aber für uns im Westen zählen die nicht. Es gibt sogar Holzköpfe, die glauben, islamistischer Terror und Islam wären die gleiche Soße. Nach dieser Überzeugung zu urteilen, begehen die dauernd Suizid. Wir haben nichts verstanden von der islamischen Welt. Wir kennen sie nur als Terroristen oder Waffenkäufer.«

»Nun übertreiben Sie mal nicht, Herr Kollege«, sagte der Polizeipräsident. Bedächtig. Weil ein Polizeipräsident so was sagen musste. »Haben Sie schon die Kollegen in Paris informiert?«

»Kommissar Yussuf hat das getan. Wird übrigens Zeit, dass Sie ihn befördern.«

Der Polizeipräsident nickte. Aber er war abwesend. Wie sollte er den Anschlag dem Generalstaatsanwalt und dem Innensenator erklären? Dem BKA und dem Generalbundesanwalt? Er fühlte sich fast, als hätte er die Bombe selbst gelegt. Anschlag auf eine Moschee in Berlin, das versprach Ärger. In den Büros. Auf den Straßen. Was sollte er auf der PK sagen? Natürlich das Übliche: Wir ermitteln in alle Richtungen. Und so weiter.

57.

Malawi saß im Bus, das Gesicht in den Händen. Er schluchzte.

»Wir müssen herausfinden, ob Abdulrahman zu den Tätern oder den Opfern gehört. Schick ein vernünftiges Fantombild an die Fahndung«, sagte de Bodt.

»Hab ich schon gemacht«, erwiderte Yussuf.

»Perfekt«, sagte de Bodt.

Salinger hätte jetzt so etwas sagen müssen wie: Manchmal wird

Unmögliches wahr. Oder: Vielleicht wirst du doch noch mal ein richtiger Polizist. Aber ihnen war der Humor vergangen.

»Ich bin schuld«, sagte Malawi. »Wenn ich nicht zur Polizei gegangen wäre … die haben es gewusst.«

»Aber Sie sollten zur Polizei gehen. Sie sollten gestehen, um uns in die Irre zu führen«, sagte de Bodt.

»Ist mir nicht gelungen … ich habe versagt. Hätte ich nicht versagt …« Die Mischung aus Jammern und Nuscheln war kaum verständlich.

»Schuld sind diejenigen, welche die Bombe gelegt haben. So einfach ist das.«

»Und Ahmed? Ist der auch tot?«

»Das wissen wir nicht«, sagte de Bodt. »Kann sein, dass er vorn rein- und hinten rausgegangen ist. Eine bessere Tarnung gibt es nicht. Alle glauben, ihn hat es erwischt, doch er treibt weiter sein Unwesen. Wenn er nicht geopfert wurde. Oder sich selbst geopfert hat. Sie sind nur eine Marionette in einem großen Spiel.«

De Bodt bat Yussuf, Malawi in die U-Haft zurückbringen zu lassen. Als Malawi draußen war, sagte er: »Natürlich haben die Täter die Moschee wegen ihm gesprengt. Irgendwie haben die spitzgekriegt, dass wir Malawi den Blödsinn nicht abkaufen. Oder sie haben das von vornherein gewusst, und die Moschee hätte so oder so dran glauben müssen. Diversion nennt man das.« Er überlegte. »Die planen was, und sie sind so schlau, uns fette falsche Spuren anzubieten. Die ganze Polizei inklusive Generalstaatsanwalt, Generalbundesanwalt stürzt sich jetzt auf die Sprengung. Politisch hoch sensibel. Wenn Nazis das verbrochen haben, na, dann danke schön. Dann konnte die Berliner Polizei die Moschee nicht schützen. Schuld sind nicht die Täter, sondern die Bullen. Es sei denn, sie klären den Fall schnellstmöglich auf.« Er überlegte. »Ziemlich schlau. Sie schicken uns einen Depp namens Malawi, der führt uns zu einem Phantom namens Abdulrahman, und dann fliegt uns die Scheiße um die Ohren.« Er war sauer. Da wollte ihn jemand hinters Licht führen. Und der Jemand glaubte, das könnte klappen. Er schüttelte den Kopf. »Nicht mit mir.«

Salinger starrte ihn an. Aber de Bodt schwieg.

»Das BKA wird ermitteln, und wir dürfen Amtshilfe leisten«, sagte Yussuf. »Da muss ich mich nicht als Prophet verkaufen.«

»Kannst du sowieso vergessen. Propheten sind alt und klug«, sagte Salinger.

»Das bringt uns keinen Millimeter weiter«, sagte de Bodt. »Sollten die Kollegen Abdulrahman finden, wären wir weiter. Der weiß ja, wer ihm den Auftrag gab, in der Moschee zu erscheinen. Vielleicht um sie zu sprengen. Vielleicht auch nicht. Wär doch zu schön, eine Streife in Kreuzberg schnappte sich den Burschen halb zugedröhnt in einer Shishabar, und der würde plaudern wie die Engel …«

Merkow und Katt sahen gehetzt aus. Sie betrachteten das Chaos. »Um Himmels willen«, sagte Merkow. »Um Himmels willen. Wer richtet so etwas an? Und warum?« Verletzte schrien. Sanitäter trugen Verwundete zu Krankenwagen. Ärzte knieten auf dem Boden. Wiederbelebungsversuche.

»Der Druck der Explosion muss ungeheuer gewesen sein«, sagte Merkow. »Das war keiner mit einem Sprengstoffgürtel. Da hat jemand im Keller oder Erdgeschoss nahe einer tragenden Wand eine mächtige Bombe gezündet.«

Uhlenhorst rannte zu de Bodt. »Meine Leute glauben, dass die Bombe im Gebetsraum oder darunter detonierte. Die haben das gesamte Gebäude rasiert. Und das war solide gebaut. Das war irgendwas Militärisches. Oder ein Geheimdienst. Vielleicht auch Islamisten, die sich so eine Bombe besorgt haben. Näheres später im Bericht der Kriminaltechnik.« Uhlenhorst war blass, verschwitzt. »Ich weiß gar nicht, wo ich anfangen soll.«

Der BKA-Chef stellte sich dazu. »Hätte nicht gedacht, so bald wieder mit Ihnen zu tun haben.«

»Ich hatte ehrlich gesagt gehofft, nie wieder, Herr Becker«, erwiderte de Bodt.

»Haben Sie schon eine Idee? In welcher Richtung würden Sie ermitteln?«

»Schön, dass Sie mich für allwissend halten.«

»Das sind Sie doch, oder?«

»Zweifellos, aber manchmal dauert es ein bisschen länger.«

Becker lachte. »Passen Sie auf sich auf, wenn die Kanzlerin abtritt. Sie können sich Ihre … Spielchen doch nur leisten, weil sie ihre Hand über Sie hält. Wie in der griechischen Sagenwelt.«

»Haben Sie in der auch schon ermittelt?«

»Kann man so sagen.«

»Mein Platz ist am Eingang des Hades. Ist er schon immer gewesen.«

Sie standen nebeneinander und beobachteten. Merkow und Katt waren verschwunden. Salinger und Yussuf halfen Uhlenhorst. Yussuf fotografierte und schickte Bilder an Floire. *Passt auf, dass die bei euch nicht auch was sprengen.*

58.

Lebranc bestarrte die Fotos. Das Tablet lag auf seinem Schreibtisch. Floire scrollte.

»Haben Sie eine Ahnung, wie viele Moscheen es in Paris gibt?«, fragte Lebranc.

»Viele«, sagte Floire. »Viel zu viele, um sie alle schützen zu können. Aber vielleicht läuft das nicht parallel. Uns haben sie ja auch keinen geschickt, der unbedingt gestehen will, Chloe Flores ermordet zu haben. Und sie wurde vergewaltigt, das Berliner Opfer nicht.«

»Und Ihr *indic* ist verschwunden, als hätte es die Dame nie gegeben. Sie haben nicht einmal ein aktuelles Foto von ihr. Nur das vom Visumsantrag. Dafür haufenweise welche von diesem Gemetzel.« Lebranc schob das Tablet von sich weg.

Floire nahm es und verzog sich ins Vorzimmer. Er fühlte sich mieser denn je. Er war schuld, wenn Sophia tot war. Vielleicht hatten die Typen sie nach Riad verschleppt, um herauszufinden, was sie verraten haben könnte. Wie konnte er sie retten, wenn sie noch lebte?

Er rief die philippinische Botschaft an. Zum soundsovielten Mal. Die Frau am anderen Ende blieb dennoch freundlich. Vermutlich hielt sie Floire für einen Verehrer. Dem die Geliebte davongelaufen war. »Nach unseren Informationen arbeitet Frau Canares beim Militärattaché Saudi-Arabiens. Aber das wissen Sie ja.«

»Sie ist aber dort nicht auffindbar.«

»Ich weiß«, sagte die Frau. »Es tut mir leid, aber Frau Canares kann verreisen, wohin sie will. Sie muss sich nicht bei uns melden.«

»Wohin könnte sie verreist sein?«

»Vielleicht nach Manila. Aber, junger Mann, ich weiß es nicht. Woher …?«

»Könnten Sie Ihre Vertretung in Saudi-Arabien unterrichten, dass die Pariser Kriminalpolizei sie sucht? Nicht als Verdächtige oder Zeugin, sondern als Vermisste.«

»Das habe ich sofort nach Ihrem ersten Anruf veranlasst. Wenn ich persönlich werden darf: Das ist eine junge Frau. Offenbar will sie was sehen von der Welt. Vielleicht, ich will Sie nicht verletzen …«

»Das ist nichts Persönliches. Wirklich nicht.«

»Gut, Herr Floire, ich habe Ihre Mail-Adresse und Ihre Telefonnummer. Sobald sich etwas tut, melde ich mich sofort. Einverstanden?«

Floire saß noch lange reglos auf seinem Bürostuhl. Lebrancs Sekretärin hämmerte auf der Tastatur, als wäre sie eine alte Schreibmaschine.

59.

Sie hatten Malawi ausgequetscht, aber es kam nicht mal Zitronensaft. Der Mann war fertig. Verlangte eine neue Identität, die Ausreise in ein sicheres Land. Aber welches ihm sicher erschien, verriet er nicht.

De Bodt war spät im Büro aufgetaucht. Salinger und Yussuf stöberten im Intranet nach Erkenntnissen der Kriminaltechnik und der Gerichtsmedizin. Offenbar war HMX verwendet worden, auch »Oktogen« genannt. Wirksamer als TNT.

»Ein guter Chemiker müsste HMX herstellen können«, sagte Salinger.

»Zumal wenn es in einem Militärlabor geschieht«, sagte de Bodt. »Immerhin waren sie schlau genug, nichts zu verwenden, das nur aus staatlichen Laboren kommen kann.«

Uhlenhorst erschien. Yussuf hatte ihm eine Nachricht geschickt. »Ihr seid zwar nicht das BKA, das mich versklavt hat…«

»Ich sag gleich Amnesty Bescheid. Aber erst die große Enthüllung«, erklärte Salinger.

»Da werde ich Sklave bleiben müssen. HMX beziehungsweise 1,3,5,7-Tetranitro-1,3,5,7-tetrazocan. Klingt gut, nicht?«

»Musik in meinen Ohren«, sagte Yussuf. »Kannst du das wiederholen, bitte? Aber ohne es vom Blatt abzulesen.«

Uhlenhorst tippte sich an die Stirn.

»Worin verpackt?«

»Vermutlich in einem Aluminiumkoffer. Die wollten sichergehen. Die Hälfte hätte auch gereicht.«

Yussuf hob den Finger, blickte auf den Bildschirm. »Die Zander meldet gerade, dass das BKA von mehr als vierhundert Opfern ausgeht. Es sind auch viele außerhalb der Moschee umgekommen. Wie gut, dass nicht Ramadan ist. Dann wären es noch mehr.«

Tilly erschien. »Das BKA macht eine PK. Becker fragt, ob Sie mit aufs Podium wollen. Besser gesagt, Sie müssen. Sonst gibt es wieder diese Schlagzeilen…«

»Sie können gern auf Ihrer PK mitteilen, dass wir das BKA unterstützen. Ich habe das mit Becker abgesprochen. Aber ich weiß kein Molekül mehr als das BKA. Eher weniger. Und nur um Schlagzeilen zu verhindern, verschwende ich meine Zeit nicht.«

»Sie wissen doch, wie das ist«, sagte Tilly.

»Eben deshalb. Die Krawallpresse schreibt sowieso, was sie will. Schlagzeilen gibt es jeden Tag. Ich bin immer froh, wenn ich nicht darin auftauche.«

Tilly stand noch einen Augenblick. Seine Kiefer mahlten. Dann drehte er sich abrupt um und verließ das Büro. In dem blieb sein letzter Gedanke: Warte, bis die Kanzlerin weg ist. Dann bist du fällig.

»Was haben wir?«, fragte de Bodt.

»Ach nee«, sagte Salinger. »Wir sind keine Wiederkäuer.«

»Ich schon«, sagte de Bodt. »Wir haben zwei ermordete Filipinas in Berlin und Paris. Beide jung und bei saudischen Diplomaten beschäftigt. Wir haben eine dritte, die in Paris verschwunden ist. Sie hat beim Militärattaché gearbeitet. Wir haben Malawi, der behauptet, die Frau in Berlin ermordet zu haben. Er stammt aus Bahrain, das eine Art saudische Kolonie ist. Wir wissen dank der Zander und von zwei Zeugen, dass die Frau nicht von Malawi umgebracht wurde, sondern von zwei Männern. Das Opfer in Paris wurde vergewaltigt und, sagen wir, symbolträchtig unter der Dalida-Büste in Montmartre abgelegt, aber woanders ermordet. Und wir haben schließlich den Bombenangriff auf die Moschee in Kreuzberg.«

»Alles richtig«, sagte Salinger. »Aber das wussten wir schon.«

»Welche Zusammenhänge ergeben sich aus diesen Tatsachen? Geht es um einen Streit in Saudi-Arabien, der in Europa ausgetragen wird? Dort gibt es Islamisten, die auf Kriegsfuß mit dem Königshaus stehen. Geht es um einen Streit zwischen Paris, Berlin und Riad? Nur wer hat dann die Moschee in die Luft gejagt? Handelt es sich bei der Sprengung und den Morden um Handlungen mit unterschiedlichen Tätern? Die nichts miteinander zu tun haben?«

»Dagegen spricht die Malawi-Geschichte«, sagte Yussuf.

»Dann hätten die uns wider Willen auf eine Spur gesetzt, die nach Riad führt«, erwiderte de Bodt.

»Auf die wir sowieso gekommen wären, schließlich haben die drei Frauen für saudische Diplomaten gearbeitet«, sagte Salinger.

»Aber wie passt die Moschee ins Bild?«, fragte Yussuf. »Natürlich gibt es unter Sunniten und Schiiten Leute, die sich am liebsten gegenseitig in die Hölle befördern würden. Aber die Gründer dieser Moschee stammen aus dem Libanon und wollen mit den Streitereien nichts zu tun haben. Sicher ist aber, dass Schiiten die nicht mögen. Frage mich bitte niemand, warum.«

»Wenn die Schiiten die nicht mögen, käme auch die Iran-Fraktion ins Spiel«, sagte de Bodt. »Aber warum sollte in Teheran jemand auf die Idee kommen, eine Moschee in Berlin in die Luft zu jagen, nur weil libanesische Schiiten die Saudis nicht mögen? Das klingt absurd«, sagte de Bodt.

»Was ist an diesem Fall nicht absurd?«, fragte Salinger.

60.

»Wo waren Sie schon wieder? Sie treiben sich überall herum, nur nicht an Ihrem Platz«, maulte Lebranc. Der hinter seinem Schreibtisch saß und keine Ahnung hatte, worum es ging. Er hatte einen Stapel von Berichten auf dem Tisch. Die meisten von der Gendarmerie, welche die Sache übernommen hatte. Seit die Berliner Moschee gesprengt worden war. Sie stellten vor jede Moschee Gendarmen, CRS-Leute und Soldaten. Der Chef der Gendarmerie, General Lacourte, ließ die Muskeln spielen. Als ob das je was genutzt hätte.

»Ich habe die vielen Soldaten bewundert, die jedem Terroristen Angst einjagen sollen. In Wahrheit verhindern Soldaten keinen Anschlag, sondern sind Ziele für jeden Terroranfänger. Wenn man dem Staat eins auswischen will, bringt man mal schnell einen Soldaten um«, sagte Floire.

»Was Sie so alles wissen«, sagte Lebranc. Insgeheim stimmte er Floire zu. Die Soldaten sollten dem Volk zeigen, dass der Staat aufpasste. Einen Terroristen gefangen hatten sie nicht.

»Mein Onkel schaut gleich vorbei. Natürlich nur, wenn es Ihnen recht ist.«

So eine Frechheit. Ohne zu fragen, hatte Floire den Oberst der Direction Générale de la Sécurité Extérieure um einen Besuch gebeten. Natürlich würde Floire behaupten, der Onkel vom Auslandsnachrichtendienst habe sich selbst eingeladen.

»Ich hoffe, der weiß mehr als wir oder die Berliner Kollegen«, murrte Lebranc. So mies hatte er sich noch nie gefühlt. Als säße er in einem Loch. Er sah nichts, wusste nichts. Hatte nicht einmal eine Achtelidee, was Sache war. Es beruhigte ihn nicht, dass es de Bodt und Kollegen nicht besser erging. Sonst waren die immer vorn. Diesmal standen sie alle bei einer roten Null.

»Um die Wahrheit zu sagen, Chef...«

»Das ist ja mal eine Abwechslung.«

»Mich hat das Verschwinden von Frau Canares geschockt. Ich fühle mich verantwortlich, wenn ihr etwas passiert.«

»Wenn ich mich für den Tod jedes *indic* der Polizei verantwortlich fühlte, könnte ich mir selbst eine Guillotine bauen.«

»Schön, dass Sie solche Sorgen nicht haben. Ich glaube jedenfalls, dass der Militärattaché bis zum Hals in der Sache drinsteckt. Vielleicht gibt es eine Art Frauenhandel bei den Saudis. Ich leih dir mein Hausmädchen aus, du mir deines.«

Lebranc blickte ihn lang an. Nickte. Das war wenigstens eine Idee, gestand er sich insgeheim ein. »Blühende Fantasie, Floire. Wir müssen jedoch wissen, ob da was dran ist. Aber sprengen Frauenhändler eine Moschee in die Luft? Die Tat passt nicht zu Ihrer Erklärung.«

»Stimmt«, sagte Floire und ließ den Kopf hängen. »Ich besorge mir alle Namen und Fotos der Leute, die noch im Haushalt des Militärattachés arbeiten. Wie die in Berlin. Yussuf hat mir das vorgeschlagen.«

61.

Laura hatte schnell geliefert. Offenbar hatte sie sich den Amtsweg erspart. *Bitte nix verraten,* hatte sie auf den Umschlag geschrieben. Jetzt lagen elf Kopien der Visa aller Mitarbeiter des saudischen Botschafters auf de Bodts Schreibtisch. Es war spät am Abend. Yussuf hatte geklärt, dass Tilly und Krüger schon mit dem Feierabendbier beschäftigt waren. Wenn Lauras Hilfe herauskam, konnte sie zur Arbeitsagentur gehen.

»Mannomann«, sagte Salinger. »Der Typ und seine Frau sind stinkfaul. Wahrscheinlich haben die auch jemanden, der den Köter ausführt.«

»Masseurin, Schminktante, Butler, Koch, Serviererin. Und ein neues Kindermädchen. Fragt sich nur, ob die allein für das Kind zuständig ist.«

»Die haben einen Jungen, sieben Jahre alt. Braucht es also noch einen Lehrer.«

»Wir müssen einen von denen ausquetschen«, sagte de Bodt. »Vorher müssen wir klären, wer das Haus verlassen darf. Wann und mit welchem Ziel. Und dann sorgen wir dafür, dass einer redet.« Er erklärte den Plan.

»Du spinnst«, sagte Salinger.

»Toll!« Yussuf strahlte. »Ich habe auch einen Kumpel bei den Straßenbullen. Der ist mir noch was schuldig.«

Stellte sich die Frage, wer in der Berliner Polizei Yussuf nicht noch was schuldig war. Sofern sie Amateurkicker waren.

»Die genießen keinen diplomatischen Schutz, sobald sie die Wohnung verlassen«, sagte Salinger. »Wir machen es wie Yussufs Freund in Paris.«

»Was schiefgegangen ist. Die Frau ist verschwunden, nachdem sie sich mit Floire treffen wollte«, sagte de Bodt. »Was heißt, dass sie oder er oder beide überwacht wurden. Ich tippe darauf, dass er überwacht wird. Die Geheimdiensttypen in der Botschaft haben ihn als gefährlichsten Ermittler in diesem Fall ausgeguckt. Und finden Verräter in den eigenen Reihen, indem sie Floire überwachen.«

Schweigen.

»Wie kommst du darauf?«, fragte Salinger.

»Floire hat Yussuf geschrieben, dass er genau darauf geachtet habe, ob Canares verfolgt wurde. Der ist ja nicht blöd. Sie wurde nicht verfolgt. Weil es nicht nötig war. Der Spitzel hat sie erwartet, weil er Floire überwacht hat. Kleines Richtmikro, und er hat alles verstanden.«

Yussuf tippte auf seinem Telefon.

»Was heißt das für uns?«, fragte Salinger.

»Ich laufe ein paarmal an der saudischen Botschaft vorbei und stell mich vor die Garageneinfahrt des Botschafters. Dann haben die mich im Sucher. Wenn ich nicht schon darin bin, seit ich Postbote gespielt habe. Und ihr beide kriegt heraus, wer mich verfolgt. Und schnappt euch den. Kapiert?«

»Und dann quetschen wir den aus?«, fragte Salinger.

»Klar«, sagte de Bodt. »Nur kenn ich die Antworten jetzt schon. Wenn du es versuchen willst…«

»Wir erklären ihn zum Tatverdächtigen im Fall Quirino«, sagte Yussuf.

»Dafür kriegen wir nicht mal einen halben Haftbefehl vom Richter«, erwiderte de Bodt. »Aber wir spielen ein bisschen mit ihm. Vielleicht fällt er darauf rein.«

»Ich sage dem Aufpasser-Bullen an der Villa Bescheid, dass sie dich in Ruhe lassen sollen«, sagte Yussuf.

62.

Floire schlug sich an die Stirn. Las Yussufs SMS noch einmal. Er hatte den Gegner unterschätzt. Und nicht darauf geachtet, ob ihm jemand auf den Fersen war. Er hatte nicht einmal daran gedacht. Ein Fehler, der Sophia Canares vielleicht das Leben gekostet hatte. Floire versuchte sich zu erinnern. Ging zur Bar, setzte sich hinein. Bestellte einen Café au lait. Blickte immer wieder aufs Telefon. Vielleicht hatte sie ihm eine Botschaft vom Handy geschickt, das er ihr gegeben hatte. Natürlich nichts. Er schaltete die Kamera ein. Selfie-Modus. Blickte über seine Schulter. Zwei Tische weiter saß ein Mann. Basecap tief ins Gesicht gezogen. Immer die gleiche Masche. Aber mit ihm hatte sie ja geklappt. Der Typ hatte an einem anderen Tisch gesessen, als er sich mit Sophia getroffen hatte. Ohne Yussufs Mail hätte er ihn übersehen. »Ich Idiot«, entfuhr es ihm leise. »Ich Idiot.« Er machte Fotos von dem Typ. Für den sah es aus, als würde Floire durch die Scheibe auf die Straße knipsen.

Er erinnerte sich, dass das Café einen Hinterausgang hatte. Er legte sieben Euro auf den Tisch. Schob sie unter den Unterteller. Erhob sich und ging zu den Toiletten. Ohne den Mann mit der Mütze zu beachten.

Er öffnete die Hintertür, betrat einen Hof. Eilte zum nächsten Eingang. Durchquerte einen Flur. Verließ das Haus. Er ging die Straße hinunter, lehnte sich an eine Hauswand und behielt den Eingang des

Cafés im Blick. Es dauerte nicht lang, und der Mann trat auf die Straße. Er blickte sich um. Floire zog seinen Kopf zurück.

63.

De Bodt parkte den Dienst-Passat auf dem gegenüberliegenden Gehsteig. Der uniformierte Kollege beachtete ihn nicht. De Bodt stieg aus. Gab der Videokamera alle Chancen, ihn zu filmen. Er bewegte sich entlang des Zauns und näherte sich dem Eingang. Tat so, als kontrollierte er die Sicherheitsmaßnahmen. Die bestanden vor allem aus Stacheldrahtreihen, oben nach außen geknickt. Und Videokameras. An zwei Pfosten waren Kästen angeschraubt, doppelt so groß wie ein Handy. Vermutlich Bewegungsmelder. De Bodt tippte auf einen. Stellte sich vor, wie im Haus ein Alarmsignal ertönte. Erreichte den Polizeiwagen. Drehte den Rücken zur Kamera. Der Fahrer blickte ihn geradezu demonstrativ nicht an. Das Seitenfenster war offen. »Jetzt kommen Sie her und fragen mich scharf, was ich hier zu suchen hätte. Als hätten Sie mich bis jetzt nicht gesehen. Ich antworte Ihnen, und dann schicken Sie mich weg. Haben Sie ein Handy?«

Der Mann stieg aus, baute sich vor den Bodt auf. »Ja«, sagte er leise durch seinen Schnauzbart.

»Dann knipsen Sie jeden, der binnen der nächsten fünf Minuten aus der Garage fährt. Ich brauche das Nummernschild. Klar?«

Der Mann war schlau. Er gestikulierte und zeigte auf de Bodts Auto. Tat so, als stellte er einen Strafzettel aus. De Bodt drehte sich zur Überwachungskamera an der Tür. »Ich geh ja schon.« Spazierte zu seinem Passat. Setzte sich auf den Fahrersitz. Schnallte sich umständlich an. Startete den Motor und rollte langsam los. Im Rückspiegel sah er, wie sich das Garagentor öffnete. Ganz weit hinten rollte ein Motorroller los. Yussuf folgte dem Verfolger.

64.

»Was machen wir mit ihr?«

»Wir schaffen sie nach Riad und verurteilen sie zum Tod«, sagte der Militärattaché. »Dann ist der Fall erledigt. Einverstanden, Eure Exzellenz?«

Botschafter Abbas Ahmed Atwi nickte. »Wenn Ihre Hoheit, unser Kronprinz, es wünscht.«

Mohammed ibn Abd al-Aziz lächelte. Der Botschafter wusste, dass der Militärattaché den kurzen Draht zu MbS hatte. Und dass er nicht zögern würde, ihn zu benutzen. Er fühlte sich als Vertreter des Kronprinzen in Paris. Der Botschafter wagte nicht, es zu bezweifeln.

»Immerhin hat sie versucht, uns für die französische Polizei auszuspionieren. Außerdem ist sie eine Ungläubige. Das reicht.«

»Gut, aber lassen Sie sich nicht erwischen«, erwiderte der Botschafter.

65.

Yussuf hielt Abstand zum E-Klasse-Benz. Er hatte mit Floire telefoniert. Der folgte gerade einem Spitzel. Der allerdings zu Fuß unterwegs war. Floire war auf sich allein gestellt. Wogegen in Berlin de Bodt Lockvogel spielte und den Verfolger an der Nase herumführte. Bis der seine Überraschung erleben würde.

Er erinnerte sich seiner letzten Verfolgung auf einem Roller, zum Flughafen Tegel. Den es nicht mehr gab. In Berlin geschahen doch Wunder.

De Bodt bestimmte das Tempo. Er tat so, als sähe er den Verfolger nicht. Obwohl der fast an seiner Stoßstange klebte. Als Ergebnis von Dummheit, Übereifer, Angst vor dem Chef oder von allen dreien.

Kantstraße, Charlottenburg. De Bodt fand eine Parklücke. Der Verfolger musste ihn passieren. So war es, wenn man zu dicht auffuhr. Yussuf fuhr in eine Hauseinfahrt, rollte zurück und wartete in Fahrtrichtung.

Sein Telefon summte.

Wollen es dem nicht zu leicht machen. Schnappen ihn uns im Grunewald. Zwischen Meißener Porzellan und kuwaitischer Botschaft.

Schrieb de Bodt, Kopie an Salinger.

Der nächste Malawi, dachte Yussuf.

De Bodt stand in einem Geschäft für Gärtner, nahe am Savignyplatz. Und tat so, als interessierte er sich für Rasenmäher, Spaten und Harken.

»Kann ich Ihnen helfen«, fragte ein Mann mit Schürze.

»Danke, nein, ich komme zurecht.«

Der Mann nickte freundlich und verzog sich.

De Bodt simste an Laura.

Nachher kommt eine Anfrage über den diplomatischen Status eines Ganoven aus der saudischen Botschaft. Kannst du dir mit der Auskunft bitte ein paar Tage Zeit lassen?

Die Antwort kam prompt:

Du hast Nerven! Wir haben Computer. Weißt du, was das ist? Und was so ein Computer kann? Binnen ein paar Sekunden alle möglichen Namen finden. Aber ich lass mir was einfallen, mein Prinz.

Er lächelte. Das würde klappen.

Yussuf stand im schattigen Eingang. De Bodt würde noch Zeit verplempern, weil das den Verfolger nervös machte. Yussuf hatte seinen Blick schweifen lassen, den Typen aber nicht gesehen. Parken war hier schwierig. Wahrscheinlich stand er weiter vorn in der zweiten Reihe. Das würde ihn noch nervöser machen.

Ein Toyota Camry erschien. Er schlich, bis er in der zweiten Reihe hielt. Durch die Lücke zweier parkender Autos sah Yussuf den Mann. Der guckte sich um. Wartete. De Bodt verließ den Laden. Ging zu seinem Auto. Beachtete den Camry nicht. Yussuf simste:

Mit dem Typen im Toyota wartet noch einer auf dich. Oder auf seine heimliche Geliebte. Vielleicht bist du die ja. Welch Verirrung.

De Bodt antwortete:

Wir folgen dem Fahrplan. Wenn sie zu zweit sind, muss ich den Camry bald loswerden.

Yussuf antwortete:

Yep.

66.

Floire schickte die Bilder seines Verfolgers an den Chef der Fahndung, Julien Colmar.

Schau bitte nach, ob der ein Visum hat. Saudische Botschaft.

Er sah den Mann fluchen. Erkannte es an dessen Bewegungen. Wie er den Kopf nach vorn warf, ihn schüttelte. Knapp vor der Gehirnerschütterung. Floire zog rasch seinen Kopf zurück. Der Mann drehte sich um. Floire schaltete die Knipse seines Telefons an, hielt es an die Wand und schob es zwei Zentimeter über deren Rand hinaus. Beobachtete. Der Typ marschierte. Schnell. Blickte sich nicht um. Sein Hirn war damit beschäftigt, eine Entschuldigung zu finden. Warum er versagt hatte. Wie es geschehen konnte, dass der Polizist entkam. Hinten raus, blöder ging's nicht. Und er war drauf reingefallen.

Floire folgte nicht zu dicht. Er klebte fast an den Fassaden. Um sich jeden Augenblick wegducken zu können. In einem Hauseingang, einer Bar, einem Laden. Er sah den Typen telefonieren. Mit der anderen Hand fuchtelte er in der Luft herum. Vielleicht rief er Verstärkung herbei. Vielleicht sprach er mit seiner Frau. Sie solle die Koffer packen. Er habe es vermasselt. Vielleicht überlegte er, ob er abtauchen sollte. Und diskutierte es mit einem Kumpel.

Das Telefon brummte. Eine SMS von Colmar.

Salaheddine Bassir. Hat ein Visum. Arbeitet in der saudischen Botschaft seit vorigem Jahr. Als was er dort arbeitet? Keine Ahnung. Vielleicht als Flic-Verfolger?

67.

Ein aufgeblasener 3er BMW älteren Baujahrs und ein tiefergelegter Golf mit Breitreifen und einem Rennstreifen auf der Motorhaube rasten am Camry vorbei. Der BMW hielt an, der Golf blockierte die Gegenspur. Die beiden Fahrer stiegen aus und beschimpften sich. Yussuf fuhr durch die Lücke, die sie gelassen hatten. Der Camry hupte. Erst einmal, dann mehrfach, schließlich durchgehend. Die Fahrer achteten nicht darauf. Der Verkehr staute sich in beiden Richtungen. Ein Hupinferno. Dazu Geschrei und Flüche. Plötzlich endete der Streit. Die beiden Fahrer stiegen in ihre Angeberkarren und gaben Gas. Sie waren so schnell verschwunden, wie sie gekommen waren.

Yussuf behielt den Benz im Blick. »Den anderen sind wir losgeworden. Kostet mich einen Elfer und ein Abseits«, sagte er trocken ins Mikro an seinem Helm.

»Das kriegst du locker hin«, sagte de Bodt. »Danke!«

Im Rückspiegel sah er Yussuf auf seinem Roller. Weit hinter dem Benz. Der folgte de Bodt. Der es nicht eilig hatte. Salinger Zeit ließ. Er fühlte, wie der Verfolger nervös wurde. Kurz Gas gab, bremste. Wie ein Rennpferd vor dem Start. De Bodt fuhr nicht auf direktem Weg zum Ziel.

Endlich erreichte er den Grunewald. Sah Salinger in einem Opel Astra. Sie saß im Auto und schien mit ihrem Telefon beschäftigt. Er fuhr an ihr vorbei. Der Benz folgte. Mit Yussuf im Schlepptau. Salinger startete, bevor Yussuf auf ihrer Höhe war. Gab Gas. Setzte sich direkt hinter den Benz. De Bodt stellte seinen Wagen quer. Salinger klemmte ihn von hinten ein. Yussuf stellte seinen Roller hinter ihr ab. Hängte den Helm an den Lenker. Ging zur Fahrertür des Benz. Klopfte ans Fenster. Zeigte seinen Dienstausweis. Flüchtig. Trat einen Schritt zurück. Richtete seine Pistole auf den Fahrer.

Der stieg aus. Hob die Hände. »Ich verhafte Sie wegen Mordverdachts«, sagte Yussuf. De Bodt und Salinger standen neben ihm. Sie betrachteten den Mann. Schmal, Bart rund um den Mund. »Drehen Sie sich um und legen Sie die Hände aufs Wagendach«, befahl Yussuf.

»Ich bin Diplomat.«

Yussuf tastete ihn ab. Pistolenhalfter unter der Achsel. Darin eine Glock 19. Yussuf zog die Pistole aus der Tasche. »Das ist Ihr Verhandlungswerkzeug.«

»Selbstschutz.«

»Vor wem?«

»Straßenräubern, die sich als Polizisten ausgeben.«

»Sie wollten also damit auf unseren Kollegen schießen?«

»Bringen Sie mich ins … Revier und informieren Sie die saudische Botschaft. Oder setzen Sie mich gleich dort ab.«

»Haben Sie Ihren Diplomatenpass im Auto versteckt?« In der Kleidung fand sich nur ein Portemonnaie. »Sie haben nicht einmal die Fahrzeugpapiere dabei. Einen Führerschein finde ich auch nicht. Irgendwo im Auto?«

Salinger setzte sich in den Benz. Öffnete das Handschuhfach. Fand ein Schnappmesser und einen 38er Colt. »Schöne Sammlung. Vielleicht finden wir noch eine Drahtschlinge.« Sie brachte die Funde zu ihrem Wagen. Öffnete den Kofferraum des Benz. »Vielleicht liegt da die Knochensäge, die man bei Gestalten wie Ihnen vermuten muss.«

Der Mann schwieg.

De Bodt rief eine Streife und ließ den Mann zum LKA 1 in der Keithstraße fahren. Vorher hatte er den Streifenführer zu sich gewunken. »Passen Sie gut auf, dass er nichts anstellt. Der Typ ist gefährlich.«

68.

Der Typ marschierte nun schneller. Am Rond-Point Champs-Élysées auf der Avenue Matignon Richtung Nordosten. Bog gleich ein in die Rue Rabelais. Merkwürdige Strecke. Als würde der Typ einen Umweg machen. Floire achtete darauf, jederzeit unsichtbar zu werden. Der Typ lief dreihundert Meter vor ihm. Und glaubte nicht, verfolgt zu werden. Dennoch hatte Floire ein blödes Gefühl. Sah immer wieder über die Schulter. Wenn das eine Falle war?

Wieder blickte sich Floire um. Schaute geradeaus. Der Typ war verschwunden. Er war auf dem linken Gehsteig gelaufen. Floire wechselte die Straßenseite. Er erstarrte eine Zehntelsekunde, als er die Flagge sah, die am Haus hing. Weiß, zwei waagerechte Streifen in Blau, mittig zwischen ihnen der Davidstern.

69.

»Entweder ist der verrückt geworden. Oder ich«, sagte Yussuf. Legte sein Telefon auf de Bodts Schreibtisch. »Das ist die israelische Botschaft in Paris. Und darin ist der Typ verschwunden, dem Floire gefolgt ist.«

Schweigen.

»Ich versteh gar nichts mehr«, sagte Salinger.

De Bodt starrte die Decke an.

70.

Floire war bis zum Ende der Rue Rabelais gelaufen und hatte ein Taxi herbeigewunken. Während der Fahrt rief er in der Zentrale der DGSI an, verlangte seinen Onkel. Der aber in einer Besprechung saß. Zehn Minuten später klingelte sein Telefon.

»Was ist denn so wichtig?«, fragte der Onkel.

»Kannst du dir vorstellen, dass ein Typ aus der saudischen Botschaft in die israelische marschiert? Ohne Bombe … Mehr sag ich dir in fünf Minuten. Bin auf dem Weg.«

Der Onkel legte auf. Er wusste, dass sein Neffe kein Spinner war. Wenn der es dringend fand, war es dringend.

Es dauerte doch länger, bis das Taxi Levallois-Perret erreichte. Der Fahrer setzte Floire an der Zentrale ab. Stellte eine Quittung aus. Floire trat an die Pforte. »Der Oberst wartet schon auf Sie«, sagte der Pförtner. Winkte einen Mann herbei, noch jünger als Floire. »Bringen Sie den Kollegen zum Oberst.«

Der begrüßte ihn mit einem Nicken. »Was gibt's denn?«

Floire erzählte ihm, was er erlebt hatte.

»Du bist sicher, dass der Mann nirgendwo anders verschwunden ist als in der israelischen Botschaft?«

»Absolut. Ich habe ihn vielleicht eine Zehntelsekunde nicht im Auge gehabt. Er hatte das Haus erreicht. Und war weg. Es gibt nur zwei Möglichkeiten: Entweder kann der sich in Luft auflösen. Oder er ist in die Botschaft. Kannst du mir das erklären? Bin ich zufällig auf einen arabischen Agenten des Mossad gestoßen? Typen wie der führen keine diplomatischen Gespräche.«

»Der Mossad ist gut, effizient und im Zweifelsfall skrupellos. Natürlich führt er arabische Agenten. Er weiß zum Beispiel Bescheid, was bei den Palästinensern läuft. Natürlich hat er Quellen in arabischen Ländern.« Er lehnte sich zurück. »Du meinst, der Mossad hätte die eine Frau umgebracht und die andere verschwinden lassen?«

Floire blickte ihn aus großen Augen an. »Darauf bin ich noch gar nicht gekommen … der Mossad?« Floire überlegte. »Warum sollten die so was machen?«

»Oder vielleicht war die Flores israelische Agentin?«

»Ein Grund mehr, ihren Mörder für einen Araber zu halten.«

»Nicht wenn man glaubt, dass die Frau überlaufen wollte.«

»Dann bringen die einfach jemanden um?«

»Nicht nur die.« Der Onkel blickte ihn düster an. »Vielleicht war sie Doppelagentin. Und die Saudis oder die Israelis glaubten, dass sie für die andere Seite arbeitete.«

»Und die Frau in Berlin, Quirino? Und Sophia Canares, mit der ich gesprochen habe?«

»Vielleicht waren die drei Frauen eine Agentenzelle.«

»Solche Filme gucke ich mir nicht mal im Fernsehen an«, sagte Floire. »Ein bisschen Glaubwürdigkeit darf schon sein.«

Der Onkel nickte. »Klar. Ist unwahrscheinlich. Aber zu meinem Job gehört es, Unmögliches für möglich zu halten.«

»Der Berliner Kollege de Bodt würde jetzt seinen Mönch Ockham anführen, dessen Rasiermesser alle abseitigen Erklärungen abschneidet. Wenn ein Fußball auf die Straße rollt, dann ist der nicht eine Bombe von Außerirdischen, abgeschossen aus einer anderen Raumzeit und -dimension. Man sollte besser schon mal bremsen, weil der vermeintlichen Bombe ein ganz irdischer Junge hinterherrennen wird.«

Der Onkel lächelte. »So ist es wahrscheinlich. Wir von der Spionageabwehr aber müssen auch für möglich halten, dass in dem Ball eine Wanze eingebaut wurde. Weil der Junge Sohn eines Ministers ist. Oder dass es wirklich eine Bombe ist. Weil dessen Mutter auf einer Facebook-Seite auf den Like-Button geklickt hat. Klingt vielleicht überzogen. Aber es gibt eine Sache, die viele Diktatoren antreibt. Angst. Einmal die Rechnung vorgelegt zu bekommen. Denk an Mussolini, Saddam Hussein, Gaddafi … Stalins Massenmorde sind ohne Paranoia nicht zu erklären.«

»Du meinst, die in Riad haben die Hose voll?«

»Denen bröckelt gerade einiges weg. In der Familie Rebellion. Das Öl verliert an Bedeutung. Das Volk kann sich nicht mehr auf die Gaben des Königshauses verlassen. Es drohen Aufstände, nicht nur der schiitischen Minderheit, die mies behandelt wird. Der Graben wird tiefer. Das Königshaus mit seiner Armee von Prinzen und sonstigen Verwandten verschwendet Milliarden, wogegen vielen Arbeitslosigkeit und Hunger drohen. Der endlose Krieg im Jemen schlägt aufs Land zurück. Die Herren hatten versprochen, die Sache dauere ein paar Wochen. Sie dauert Jahre. Und kostet Milliarden. Die saudischen Reserven schmelzen weg wie das Eis am Nordpol. Es ist ihnen auch nicht gelungen, die US-Konkurrenz auf dem Ölmarkt kaputt zu machen. Unsere Dienste betrachten es mit großer Sorge. Die Saudis sind Dreckskerle, aber auch ein Anker des Westens im Nahen Osten.«

»Hübsche Verbündete. Aber was ist nun mit meinem Mann? Habt ihr eine Akte über Salaheddine Bassir?«

Der Onkel notierte den Namen auf einem Zettel. Trug ihn ins Vorzimmer. Kehrte zurück, schloss die Tür. »Warte ein paar Minuten.«

71.

»Fangen wir mit den Formalitäten an.« Salinger musterte den Mann.

De Bodt lehnte hinter ihr an der Wand und blätterte in einer Akte. Er verglich die Visafotos mit dem Mann. Beim siebten Visum blickte er ein paarmal den Mann an und das Passbild. Er war es. Bakary Gassama hieß er. Mitarbeiter der Botschaft. In Wahrheit gehörte er zum saudischen Geheimdienst. Sonst würde er niemanden verfolgen.

»Ich verlange, bei meiner Botschaft anzurufen. Und einen Rechtsanwalt.«

»Später«, sagte de Bodt. »Sie sagen mir Ihren Namen, Wohnsitz und Ihren Beruf. Wir haben Sie ohne Papiere aufgegriffen. Sie sind illegal Auto gefahren. Sie haben gegen die Ausweispflicht verstoßen. Gegen das Waffengesetz sowieso. Wir haben keinen Waffenbesitzschein bei Ihnen gefunden.«

»Ich sag Ihnen gar nichts. Vorher will ich meine Botschaft anrufen.«

»Sie gucken zu viel Fernsehen«, sagte Salinger. »Wir sind nicht verpflichtet, Sie telefonieren zu lassen. Bevor Sie einen Anwalt rufen dürfen, brauchen wir Angaben zu Ihrer Identität.«

Der Mann schwieg. Kratzte sich am Kopf. Wurde sich der Geste bewusst und legte die Hand in den Schoß. Hielt sie mit der anderen fest.

»Sie heißen Bakary Gassama und arbeiten für den al-Muchabarat al-'Amma as-Sa'udiyya. Ich hoffe, ich spreche den Namen Ihres Geheimdienstes richtig aus. Berichtigen Sie mich gern«, sagte de Bodt.

Gassama stierte de Bodt an. »Sie kennen jetzt meinen Namen. Lassen Sie mich anrufen.«

»Auf keinen Fall«, sagte Salinger. »Damit Sie Ihre Kumpane warnen können. Sie wurden bei einer Geheimdienstmission festgenommen. Sie besitzen keine Papiere. Sie sind bewaffnet. Kein Problem, einen Haftbefehl zu bekommen. Verstanden?«

Gassama blickte de Bodt lang an. In seinem Kopf arbeitete es. Wie ihn seine Leute behandeln würden, wenn die Polizei ihn gehen ließe. Er wusste es nicht. Aber er würde verdächtigt werden, etwas verraten zu haben. Obwohl er nichts wusste. Es blieb immer ein Makel des Scheiterns. Er hatte es nicht mal geschafft, einen Polizisten zu beschatten. Stattdessen war er verhaftet worden. Keine Pluspunkte in der Personalakte.

»Warum sind Sie meinem Kollegen gefolgt?«, fragte Salinger. »Wer gab Ihnen den Auftrag? Wer gab Ihnen die Waffe? Wem gehört das Auto, das Sie gefahren sind?«

»Ich gebe nachher eine Pressekonferenz und werde erklären, dass wir einen weiteren Mitarbeiter des al-Muchabarat al-'Amma as-Sa'udiyya gefasst haben. Sie kennen Malawi?«, fragte de Bodt.

Gassama schüttelte den Kopf. Immerhin so was wie eine Antwort.

»Das ist der Mann, der den Mord an der Filipina begangen hat, die bei Ihrem Botschafter gearbeitet hat. In exakt dem Haus, aus dem Sie gekommen sind, um meinen Chef zu beschatten. Sie kennen Malawi also«, sagte Salinger.

Gassama schüttelte wieder den Kopf.

»Soll das heißen, dass Malawi ins Haus gerufen wurde und wieder ging, während Sie abwesend waren?«

Gassama nickte.

»Vorhin konnten Sie sprechen. Ihr Englisch ist gut«, sagte de Bodt.

Gassama zuckte die Achseln.

De Bodt tippte eine Nachricht auf seinem Telefon.

Salinger sagte: »Packen Sie aus, und wir ersparen Ihnen die Anklage wegen Spionage.«

»Ich genieße diplomatische Immunität.«

»Immerhin können Sie wieder sprechen. Kennen Sie einen Ahmed Abdulrahman?«

»Wer soll das sein?«

Schweigen. Gassama kratzte sich am Kopf. Hielt wieder die Hand fest. Begann zu schwitzen.

Es klopfte. De Bodt öffnete die Tür. Ließ Yussuf herein. Und Malawi. Die Hände in Handschellen auf dem Rücken.

De Bodt betrachtete Gassama. In dessen Augen es zuckte.

Malawi sagte etwas auf Arabisch. Gassama schnauzte ihn an. Bedrohte ihn offenbar. Beide waren überrascht durch die Gegenüberstellung.

»Ist doch schön, wenn man alte Freunde trifft, Herr Malawi.«

72.

Die Sekretärin öffnete die Tür und gab dem Onkel eine Akte.

»Danke.«

Sie verschwand, schloss die Tür. Der Onkel las in der Akte.

»Wir kennen deinen Salaheddine Bassir, sofern es keine Namensverwechslung ist.« Zeigte ein Foto.

»Das ist er«, sagte Floire.

»Hm. Wenn ich wüsste, was der Typ bei den Israelis zu suchen hat. Nach dem, was in der Akte steht, wollte er denen keinen Freundschaftsbesuch abstatten. Eher würde er die Botschaft sprengen. Was er aber nicht getan hat. Hast du gewartet, bis er wieder rausgekommen ist?«

»Die Botschaft ist gespickt mit Überwachungskameras. Er ist länger als eine Stunde dringeblieben. Ich wollte nicht weiter warten.«

Der Onkel nickte. »Was läuft da, verdammt? Erst bringen sie Hausmädchen … ein Hausmädchen um, dann turteln sie mit dem Mossad. Beim Botschafter wird der Typ kaum gewesen sein.« Er blickte wieder in die Akte. Bassir hatte so viel Dreck am Stecken, dass der nicht mal mit Rohrreiniger zu entfernen wäre.

»Mist, ich hätte länger warten sollen«, sagte Floire.

»Ach Quatsch. Er wäre rausgekommen und brav in die saudische Botschaft marschiert. Dafür brauche ich keinen Augenzeugen.«

Zurück in der Polizeipräfektur, starrte ihn Lebranc an, als wäre ein Alien vor seinem Schreibtisch gelandet. Eigentlich wollte er Floire zur Sau machen. Aber das vergaß er schlagartig, als der berichtete.

»Was ist das für eine teuflische Geschichte?«, fragte er. »Schicken Sie das nach Berlin.«

Floire verkniff sich die Antwort, dass er das schon getan habe.

73.

Sie lagen nebeneinander auf dem Hotelbett. »Es lebe die Ahnungslosigkeit«, sagte Katt.

»Das Einzige, das wir wissen, ist, dass wir nichts wissen«, erwiderte Merkow.

»So ein Spruch hat mir gerade noch gefehlt.«

»Deswegen habe ich ihn ja zitiert.«

»Vielen Dank! Was sagen die Kollegen in Paris?«

»Eine Quelle dort behauptet, ein saudischer Geheimagent habe die israelische Botschaft betreten. Das hätte ich bis vor einer Stunde ausgeschlossen.«

»Vielleicht ein Doppelagent, ein Maulwurf des Mossad bei den Saudis?«

»Und der marschiert einfach so am Tag in die Botschaft? Nein. So blöd kann man nicht sein. Nicht mal der saudische Geheimdienst.«

Katt lächelte. Was sie mühsam erlernt hatte seit den Tagen, als das KGB ihr Vater und Mutter gewesen waren.

»Was macht dich so fröhlich?«

»Die Lächerlichkeit der Konkurrenz.«

»Du lachst zu früh. Die haben die Frauen nicht ohne Grund ermordet oder verschwinden lassen. Die Saudis haben nicht umsonst Kontakte zu israelischen Stellen, zum Mossad, schätze ich. Und über den würde ich nicht lachen. Der General war dicht davor, mich einweisen zu lassen, als ich ihm die Nachricht schickte. Ich dachte, er wüsste es schon. War offenbar nicht der Fall. Er hat gefragt, ob ich eine Erholungspause bräuchte.«

»Und?«

»Ich habe geantwortet, dass wir der Sache nachgehen und die Nachricht von den SWR-Kollegen stamme. Mag er die ins Sanatorium schicken.«

Diesmal lachte Katt.

Er zog sie am Ohr.

»Wie stellen wir es an?«

»Wir fahren nach Paris. Und fragen Floire.«

74.

Malawi war bleich. Er schwitzte. Gassama blickte geradeaus. Malawi saß ihm schräg gegenüber. Neben Salinger.

Yussuf war ins Büro zurückgekehrt. De Bodt simste ihm, er solle jemanden auftreiben, der Arabisch verstehe. Um Missverständnisse zu vermeiden. Es müsse da doch Kollegen geben. Und verfluchte sich, nicht gleich darüber nachgedacht zu haben. Er rief zwei Kollegen.

»Passen Sie auf die beiden Herren auf.« Er schaltete das Aufnahmegerät nicht aus.

Sie gingen in die Cafeteria, nahmen sich Filterkaffee und bezahlten an der Kasse. Sie waren fast die Einzigen. Setzten sich in eine Ecke. De Bodt ließ Verdächtige gern langsam garen. Hielt die Spannung hoch, indem er die Ungewissheit wachsen ließ. Sein Telefon vibrierte. Yussuf leitete das Bild von Salaheddine Bassir weiter, das Floire ihm geschickt hatte.

Bitte auf DIN A4 ausdrucken.

Tippte de Bodt auf seinem Telefon.

»Ob das was bringt?«, fragte Salinger.

»Wenn nicht das, dann was anderes. Wir brauchen dringend Indizien. Wir haben zwar diese ungewöhnliche Geschichte in Paris, aber was verrät sie uns?«

»Alles und nichts«, sagte Salinger.

Habe Araber gefunden. Wohin mit dem?

Ins LKA. Hat der eine Handynummer?

Erwiderte de Bodt. Yussuf schickte die Handynummer. Und:

Der wartet in unserem Büro.

»Mann, ist der schnell«, sagte de Bodt.

»Bald überholt er uns alle. Außer dich natürlich, großer Meister.«

»Klar«, sagte de Bodt. »Es schadet ihm aber, dass er für mich arbeitet.«

»Was anderes wünscht er sich nicht.«

»Dass du lebenslang Oberkommissarin bleibst, weißt du schon?«

»Dich haben sie doch auch befördert«, widersprach Salinger.

»Auf Befehl … äh … Wunsch von ganz oben. Mit der Hilfe der Kanzlerin brauchen wir nicht mehr zu rechnen. Dann wird es kompliziert. Vielleicht sollte ich kündigen, bevor sie über mich herfallen.«

Sie wurde blass. »Das machst du nicht.«

»Meine Mutter ist gestorben, wie du weißt. Sie hat mir was hinterlassen. Genug, um eine Weile nicht mehr zu arbeiten.«

»Und deine Ex samt den Töchtern?«

»Die hat mir eine Karte geschrieben, dass sie meinen Vater heiraten werde. Sie lebten ja schon länger wie Mann und Frau, da könnte man das ja auch formell machen. Sie will auch keine Alimente mehr. Was heißt: Lass uns in Ruhe. Hausverbot.«

»O Gott, was für ein Schmierentheater.«

»Gewiss, aber es ist logisch. ›Nichts gilt als Wunder, was im gewöhnlichen Lauf der Dinge geschieht.‹ Man muss es nur sehen.«

»Und wieder ein Hegel«, sagte Salinger.

»Nee, Hume mit einem Schuss de Bodt.«

»Na, danke schön. Das schluckst du einfach?«

»Es ist der Lauf der Dinge. Nichts daran überrascht mich. Es passt zu meinem Vater, es passt zu Elvira.«

»Und deine Töchter?«

»Die werden die beiden mit Geld und Liebe überschütten. Ich gönne es ihnen. Von mir hatten sie nichts. Ich bin der schlechteste Vater der Welt. Eigentlich gar keiner, sieht man von der Biologie ab.«

»Gerade wollte ich dich anflehen, eine Familie zu gründen. Aber das lass ich lieber.« Salinger lachte. »Ich und Mama, das wäre ein Witz.«

Er grinste. »Ich sah dich schon Babys wickeln.«

Sie deutete einen Boxhieb an.

Yussuf erschien in der Kantine. In der Hand das Foto. »Schön, dass wenigstens einer arbeitet«, sagte de Bodt. Das Foto war verrauscht, aber brauchbar. »Unser Israelfreund. Hoffentlich erfährt das der Scheich Abdurrahman ibn Abdulaziz as-Sudais nicht.«

»Seit wann kannst du so einen Namen aussprechen?«, fragte Salinger. »Und wer ist das?«

»Zweite Frage: der übelste Judenhasser in Saudi-Arabien. Großer Gelehrter. Liebt den Kronprinzen, und der Kronprinz liebt ihn. Weil er ihm die anderen Fundis vom Leib hält. Erste Frage: Du solltest nicht von dir auf andere schließen, schon gar nicht auf mich. Wollen wir üben? Sprich mir nach: Abdurrahman ibn Abdulaziz as-Sudais.«

Salinger lachte.

»Die Wahhabiten in Saudi-Arabien sind die Hüter des Glaubens. Ohne das Bündnis mit der Königsfamilie gäbe es Saudi-Arabien nicht«, sagte de Bodt. »Das Königshaus fährt einen riskanten Kurs. Die Amerikaner sind ihre besten Verbündeten und Waffenlieferanten. Wir sind da auch nicht schlecht. Aber die Amis und wir sind Ungläubige. Lebten wir in Saudi-Arabien ...«

»Und wenn die jetzt mit den Israelis was anfangen, ist das hundertmal schlimmer«, sagte Yussuf. »Die sind für Wahhabiten mindestens die Ausgeburt des Teufels. Wenn es nicht Floire wäre, ich hielte jeden, der so was behauptet, für bekloppt.«

»Mich also auch«, sagte Salinger.

»Dich als Erste«, sagte Yussuf.

Sie griff ein Zuckertütchen und warf es ihm an die Stirn.

»Chef, rette mich vor der Irren«, jammerte Yussuf.

»Später, wenn ich Zeit habe. Wir zeigen jetzt unseren Freunden im Vernehmungsraum das hübsche Foto. Ist der Dolmetscher da?«

»Das ist ein Kollege vom LKA 2. Ich kenn den. Spricht astrein Deutsch und Arabisch«, sagte Yussuf.

»Wen kennst du eigentlich nicht?«, fragte Salinger.

»Dich. Du wirst mir ewig ein Rätsel bleiben.«

75.

»Nett, dass Sie mich besuchen. Und zum Essen einladen.«

Sie saßen nahe der Tür. Unterhielten sich auf Englisch. Was Katt noch wortkarger werden ließ als sonst. Merkows Englisch war gut. Mit russischem R.

Floire fragte: »Sie kommen wegen des Saudis, der die Israelis mit seinem Besuch beehrte. De Bodt hat Ihnen was gesteckt.«

»Stimmt beides«, sagte Merkow. »Ich verstehe das nicht.«

»Aber Sie wissen etwas über die Geschichte, um die es geht. Etwas, das ich nicht weiß. Wir erzählen uns, was wir nicht wissen. Einverstanden?« Floire zweifelte keine Sekunde, dass Merkow und Katt ihn nicht in die Geheimnisse der russischen Nachrichtendienste einweihen würden. Aber ein paar Happen mochten reichen. »Wir sollten uns auch mit den Berlinern zusammentun. Die Geschichte ist verwickelter als alles, was ich bisher bearbeitet habe. Und da waren ein paar heftige Rätsel zu lösen.«

Merkow nickte. »Haben Sie eine Spur von Frau Canares gefunden?«

»Nein. Aber der Typ, der die Israelis besucht hat, hängt mit drin. Er hat uns in dem Café beobachtet, in dem ich mich mit Frau Canares getroffen habe.«

»Wollen Sie ihn festnehmen?«

»Kann ich nicht ohne Genehmigung meines Chefs. Und der ist stinksauer. Sitzt wie eine fette Kröte in seinem Büro und lungert der Rente entgegen.«

»Und wenn wir uns den Typ schnappen?«

Floires Augen begannen zu strahlen. Er nickte. »Ich weiß von nichts. Haben Sie eine Idee, wo Sie ihn festhalten können?«

Merkow nickte.

»Wenn Lebranc uns sähe, würde er mich nach Mayotte versetzen lassen.«

»Schön warm wenigstens«, sagte Merkow.

»Danke, mir reicht der Brutofen von Paris. Aber nun zur Sache …«

Der Kellner erschien mit Getränken und dem ersten Gang. Ein Meeresfrüchtesalat für Katt, geräucherter Lachs in Senfsoße für Merkow und *foie gras* für Floire.

Floire steckte sich ein Stück Baguette in den Mund und sagte: »Ich weiß nicht viel. Aber ich fürchte, dass die Saudis und die Israelis was vorhaben.«

Merkow nickte. »Das glaube ich auch. Nur was? Und warum die Morde an Dienstmädchen?«

»Die haben was mitgehört oder gesehen, das sie nicht mitkriegen sollten«, sagte Floire. »Oder fällt Ihnen eine bessere Erklärung ein?«

»De Bodt glaubt das auch«, sagte Merkow. »Vielleicht geht's um einen Friedensvertrag. Geheimverhandlungen. Es gibt ja keine diplomatischen Beziehungen zwischen Saudi-Arabien und Israel.«

»Nachdem die Israelis ein Drittel des Palästinensergebiets annektiert haben, ist dieses Thema der Welt ohnehin egal«, sagte Floire. »Ihrem Präsidenten offensichtlich auch. Schwamm drüber, und der Frieden ist gemacht. Dass sich ein paar Palästinenser betrogen fühlen, wen kratzt es?«

Merkow musterte ihn. »Wir sollten uns mit de Bodt zusammensetzen. Sobald wie möglich. Diese Idee mit den Geheimverhandlungen ist gut. Die würden einen Skandal in der arabischen Welt auslösen, wenn sie herauskämen. Und in Saudi-Arabien selbst. Wenn MbS so ein Ding wagt, dann wackelt der Thron.«

»Aber die Amerikaner würden ihn dafür lieben«, sagte Katt.

»Gut«, sagte Merkow. »Nehmen wir das als Arbeitsgrundlage. In Berlin sitzen gerade zwei Saudis ein, die in die Sache verwickelt sind. Aber de Bodt wird sie bald laufen lassen müssen. Die Typen haben natürlich Diplomatenpässe. Umso wichtiger, dass wir uns Ihren hier vornehmen. Haben Sie ein Bild von ihm?«

»Moment.« Floire zückte das Handy und schickte Merkow eines seiner Fotos, die er im Café geschossen hatte.

Merkow betrachtete den Mann und nickte. »Und jetzt müssen wir ihn nur noch aus dem Bau locken. Wir machen es wie de Bodt. Sie lassen sich verfolgen. Wir sorgen für den Rest.«

Katt klopfte mit den Fingerknöcheln auf den Tisch.

76.

Gassama und Malawi blickten sich nicht an. Salinger saß neben Malawi. De Bodt lehnte an der Wand. Neben der Tür stand ein uniformierter Beamter.

»Sie kennen sich natürlich«, sagte Salinger. »Das schließe ich aus Ihrer freundlichen Unterhaltung von vorhin.«

»Nein«, sagte Gassama.

»Ja«, sagte Malawi.

Es klopfte. Die Tür öffnete sich. »Ich bin der Dolmetscher«, sagte der Mann in Zivil. »Darf ich?«

Salinger deutete auf den Platz ihr gegenüber.

Der Mann setzte sich nicht. Er zog eine Pistole. Schoss auf Malawi. Zweimal. Auf Gassama. Zweimal. Richtete die Waffe auf de Bodt. Aber der war schneller. Traf den Mann in der Brust.

Der Uniformierte an der Tür war erstarrt.

»Rufen Sie den Notarzt, die Zander und Uhlenhorst. Los!«

Salinger saß und starrte. Der Mann hatte Gassama und Malawi von den Plätzen geschossen. Ihre Leichen lagen auf dem Rücken. Malawi hatte die Beine angewinkelt, als wollte er springen. Beide hatten Treffer im Kopf und in der Brust. Ein Profikiller.

Die Tür öffnete sich. Kollegen mit Pistolen in der Hand.

»Macht Platz für die Spusi. Uns geht es gut. Danke, zurück in die Büros«, befahl de Bodt.

Kaum waren die Kollegen verschwunden, erschien Tilly.

»O Gott! O Gott!« Er schlug die Hand vor den Mund. »Gut, dass Ihnen nichts passiert ist.«

Der Kollege an der Tür taumelte, stürzte aus dem Raum. Sie hörten, wie er sich im Flur erbrach.

Ein Kopf steckte im Türspalt.

»Was wollen Sie?«, schnauzte Tilly.

»Um Himmels willen! … Ich bin der Dolmetscher.«

»Gehen Sie zurück in Ihr Büro. Bleiben Sie am Platz. Wir brauchen Ihre Aussage.«

Kaum war der Mann verschwunden, erschien Yussuf. Er betrachtete die Szene. »Wir hätten daran denken müssen. Ich hätte daran denken müssen.«

»Woran?«, fragte Salinger.

»Dass die uns abhören.«

77.

Hinterm Schreibtisch Abbas Ahmed Atwi, Pariser Botschafter Seiner Majestät, des Königs von Saudi-Arabien, das aber längst vom Kronprinzen regiert wurde. Mohammed bin Salman. Der auf Fotos so freundlich lächelte und jetzt am anderen Ende der Leitung war. Der Botschafter hatte das Telefon laut gestellt, damit auch der Militärattaché zuhören konnte.

»Majestät, wir arbeiten an der Canares-Sache. Allah wird uns helfen.«

»Ihr müsst das Feld bereinigen. Dieser Floire ist kein kleiner Fisch. Er arbeitet offenbar auch für seinen Onkel. Der ist ein hochrangiger Offizier der DGSI. Ihr dürft Floire nichts antun. Das gäbe Ärger mit Paris. Ihr müsst aber alle gefährlichen Kontakte ausforschen. Sofort melden. Floire hat zurzeit Besuch aus Moskau. Zwei ungläubige

Drecksäcke, die für einen russischen Geheimdienst arbeiten. Beseitigt diese Leute. Sofort und spurlos. Ohne jedes Aufsehen. Ich weiß, es ist schwierig. Aber mit Allahs Hilfe wird es euch gelingen.«

»Selbstverständlich, Majestät. Mit Allahs Hilfe. Haben wir Fotos von den Russen?«

»Erhaltet ihr per Mail.«

Abbas Ahmed Atwi legte auf. Schnaufte einmal durch. Schloss die Augen. »Er macht es sich leicht.«

Mohammed ibn Abd al-Aziz, Militärattaché des Königreichs, seufzte. »Es hat sich viel geändert, seit MbS das Sagen hat. Möge ihm Allah helfen, weise Entscheidungen zu treffen.« Es klang nicht wie Hoffnung. Es klang wie Verzweiflung. Seit MbS regierte, ging es drunter und drüber, und das in ohnehin schwieriger Zeit. »Exzellenz, haben Sie eine Idee, was unser Herr plant?«

»Vielleicht den großen Frieden. Vielleicht hat er gemerkt, dass es erbärmlich ist, Krieg gegen Arme zu führen. Dass man heutzutage nur ins Geschichtsbuch kommt, wenn man Frieden schafft. So, wie es Allahs Wille ist.«

Atwi blickte ihn lange an. Sie bewegten sich haarscharf an der Grenze des Aufruhrs. Aber so wie sie dachten viele in den führenden Kreisen. Die über den Rand des Korans hinausblickten. Oder ihn richtig lasen.

Das Telefon klingelte. Noch einmal wurde der Botschafter mit seinem Herrn verbunden. Dessen Stimme war scharf. »Ihr werdet es gleich überall lesen. Es ist uns gelungen, die Verräter in Berlin auszuschalten. Sie sind beide tot. So straft Allah die Untreuen.«

»Jawohl, Majestät. Ich bin hocherfreut, es zu hören.« Atwi legte auf.

»Sie haben Malawi und Gassama getötet.« Er seufzte, stöhnte. »Er versteht nicht, dass diese Siege in Wahrheit Niederlagen sind. Er kennt allein die Sprache der Gewalt. Sogar wenn es um den Frieden geht.«

78.

Merkow spielte den Lockvogel. Er lungerte vor der saudischen Botschaft herum. Hätte sich einen Campingstuhl mitnehmen sollen.

Floire kam vorbei. »Die müssten Sie längst in aller Schönheit auf den Aufnahmen haben.«

»Nachher stelle ich mich noch vor das Haus mit der Wohnung des Militärattachés. Die sollen glauben, ich suche Frau Canares. Die werden bald nervös.«

»Passen Sie gut auf sich auf. Ich hoffe, Sie sind bewaffnet.«

Merkow lachte. »Darauf darf ich Ihnen keine Antwort geben. Und vergessen Sie nicht, Katt passt auf mich auf.«

»Ich werde es auch tun. Aber allein.«

Merkow nickte. »Mal sehen, wann die so richtig sauer auf mich werden. Hoffentlich bald. Herumstehen gehört nicht zu meinen Lieblingsbeschäftigungen.«

»Sie lassen sich lieber erschießen?« Floire grinste.

»Übertreiben Sie nicht. Passen Sie auf sich auf. Einen Vorteil hat die Sache auf jeden Fall. Wenn jemand mich angreift, dann wissen wir, wer dahintersteckt. Oder glauben Sie, dass die Leute umbringen ohne den Segen Ihrer Majestät?«

79.

Der Dolmetscher vom LKA 2 hieß Mohammed Müller. Er saß aschfahl in de Bodts Büro vor dessen Schreibtisch. Die Hände zitterten. Schweiß auf der Stirn.

»Sie können nichts dafür«, sagte de Bodt. »Mindestens eines unserer Telefone wird abgehört.«

Yussuf war unterwegs zum Präsidium, um neue zu besorgen. Sonst hätte der Austausch ewig gedauert.

»Wie ist das möglich?«

»Wir vermuten, dass ein Geheimdienst dahintersteckt. Die gleichen Leute, die unsere beiden Zeugen ermorden ließen. Und dafür gesorgt haben, den Täter nun mit zweiundsiebzig Jungfrauen zu beglücken.«

»Ersparen Sie mir diese Witze.«

»Entschuldigung«, sagte de Bodt. Der Mann hatte recht. Und er war den Ton im Büro nicht gewöhnt.

»Mein Telefon?«

»Wird nicht abgehört. So schnell geht das nicht. Die kennen Sie nicht. Wussten nur, dass ein Dolmetscher angefordert war. Und haben blitzschnell geschaltet und den Killer geschickt. Der hat beim Pförtner erklärt, ich hätte ihn gerufen. Der Pförtner war informiert, dass wir einen Dolmetscher erwarteten und es eilig hatten. Also hat er den Mann durchgewinkt.«

»Der war uniformiert?«

De Bodt schüttelte den Kopf. »Trotzdem ist der Pförtner nicht schuld. Ich habe hier einen Affentanz veranstaltet und alle auf Trab gebracht, den Pförtner eingeschlossen.«

»Dass hier einfach einer reinkommt und die beiden Verdächtigen erschießt…«, sagte Müller.

»Wir lernen draus«, sagte de Bodt. »Nicht zuletzt, dass wir auf einer Spur sind. Wo die hinführt, weiß nur Allah.«

»Ich hab eben schon gesagt, dass Sie mir die Sprüche ersparen sollen.«

»Das war keiner. Die Morde sind eine Spur. Breit wie ein Trampelpfad.«

»Dann freue ich mich für Sie, dass Sie zufrieden sind.« Erhob sich und ging grußlos.

Langes Schweigen.

»Haben wir was über den Mörder?«, fragte de Bodt.

»Das BKA hat gepasst. Geht gerade bei Interpol und Europol rum. Vielleicht haben die was«, sagte Yussuf.

Uhlenhorst betrat das Büro.

»Hast du was?«, fragte Salinger.

»Der hatte keine Brieftasche, kein Portemonnaie. Die Kleidung stammt von irgendwoher. Fingerabdrücke unbekannt. DNS folgt.

Aber ich tippe jetzt schon darauf, dass er unbekannt ist wie ein Säugling im Kreißsaal.«

»Spricht für Geheimdienst, den saudischen«, sagte de Bodt. »Als Nächstes werden sie uns angreifen.«

»In den Sachen von Frau Quirino war übrigens nichts, das uns hilft. Sonst hätte die Botschaft es nicht geschickt«, sagte Salinger.

Yussuf spielte mit seinem Handy. Der Hertha-Wimpel zitterte mit seinen Double-Bass-Soli auf dem Boden.

80.

Merkow verließ seinen Beobachtungsposten.. Er hatte nichts beobachtet, sondern sich beobachten lassen. Eigentlich war es Blödsinn. So offensichtlich. Aber eben so lästig wie ein Trupp schlecht gelaunter Wespen. Er schlenderte zum Haus des Militärattachés.

»Ja, bitte?«, sagte die Sprechanlage.

»Frau Canares hätte ich gern gesprochen. Ich bin Ihr Verlobter.«

Stille, dann ein Knacken.

Er kannte Staaten, wo die Polizei die Wohnung gestürmt hätte. Um sich später für den diplomatischen Vorfall zu entschuldigen.

Er ging zum Café, wo sich Floire mit Canares hatte treffen wollen. Tatsächlich erschien zwanzig Minuten später Salaheddine Bassir. Offenbar hatten die Merkow beschattet. Und jetzt schickten sie den Killer. Eine SMS an Floire und Katt.

Bassir ist hier im Café.

Merkow trank ruhig einen Café au lait. Schob einen Fünf-Euro-Schein unter die Untertasse. Berührte den Griff seiner Makarow PMM. Das beruhigte ihn.

Ich gehe jetzt los.

Er ging zu den Toiletten, öffnete aber die Tür zum Hinterausgang. Rannte über den Hof zum gegenüberliegenden Haus. Öffnete dessen Hintertür und betrat den Gang. Alles, wie Floire es beschrieben hatte. Er drückte sich an die Wand neben der Tür und zog die Makarow. Schon hörte er die Schritte. Die vordere Haustür öffnete sich fast gleichzeitig mit der hinteren. Merkow zielte auf die Stelle, wo der Verfolger sichtbar würde. Der Mann rannte an ihm vorbei. Floire kam von vorn, die Pistole im Anschlag. Bassir hob die Waffe, aber Merkow schlug ihm den Pistolengriff hart von hinten auf den Schädel. Bassir stand starr, taumelte und fiel. Sein Kopf schlug auf den Steinboden.

Floire und Merkow packten ihn unter den Schultern und schleiften ihn durch die vordere Haustür nach draußen. Katt hatte den Kofferraum geöffnet. Sie legten den Mann hinein, fesselten Arme und Beine mit Paketband. Floire schlug den Kofferraumdeckel zu.

Irgendwo schrie eine Frau. Floire setzte sich ans Steuer, Merkow auf den Beifahrersitz, Katt auf die Rückbank. Floire startete den Wagen und schaltete das Blaulicht samt Sirene ein. Und raste los.

81.

»Die haben den Beschatter in Paris erwischt. Offenbar haben unsere russischen Freunde geholfen«, sagte Yussuf.

»Der wird sowieso nichts sagen«, erwiderte Salinger. »Vielleicht hätten sie den Katt überlassen sollen. So ein Bügeleisen bewirkt Wunder …«

»So kannte ich dich nicht«, sagte Yussuf.

»Es ist Zeit, sich zu ändern. Jedenfalls für mich. Du solltest es gar nicht versuchen.«

»Warum?«

»Du würdest vollends unerträglich.«

»Wenn die Änderung damit anfängt, dass ich erst mittags im Büro auftauchen muss, bin ich dabei«, sagte Yussuf.

Salinger blickte de Bodt an. Ihr Gesicht färbte sich rosa. »Sitz du mal schön deine Dienststunden ab. Manche brauchen länger.«

»Witzig. Ich habe gefühlt hundert Millionen Überstunden. Ich müsste gar nicht mehr erscheinen in diesem Jahr. Aber ich opfere mich ja auf für euch. Ohne mich kämt ihr keinen Millimeter weiter.«

»Chef, kannst du ihm nicht bis Weihnachten freigeben? Dann könnten wir ungestört arbeiten. Und wir hätten jemanden, der über die Feiertage die Stellung hält.«

»Heute brauchen wir ihn vielleicht noch«, sagte de Bodt.

»Danke, Eugen, dass du mir meine Unentbehrlichkeit bescheinigst«, sagte Yussuf.

»Das habe ich mit keinem Wort getan. Wir haben nur keinen anderen für den Quark ...«

»Fällst du mir auch in den Rücken. Ich geh zu Tilly und beschwer mich.«

»Vergiss nicht, die Tür von außen zu schließen.«

»Ich glaub's nicht. Ist schon auf Facebook. Kommt her, ihr faulen Säcke.«

Auf Yussufs Bildschirm wackelte ein verrauschtes Video. Merkow und Floire waren kaum erkennbar. Katt gar nicht. Man sah sie nur von hinten. Von schräg, an Katt vorbei, hatte jemand sein Handy draufgehalten. Der Kofferraumdeckel geöffnet. Die Füße eines Mannes, der hineingelegt wurde.

»So verhaftet man solche Drecksäcke!«, sagte Salinger.

»Die Änderung deiner Persönlichkeit nimmt einen Irrweg«, sagte Yussuf. »Einen gefährlichen.«

»Sicher ist nur eines. Die fackeln nicht lang. Uns schießen sie zwei Zeugen weg. In Paris legen sie sich mit der Polizei an«, sagte Salinger.

82.

»Sie haben Bassir erwischt. Wir müssen ihn ausschalten«, sagte der Militärattaché. »Er hatte Kontakt zu den Israelis. Er ahnt vielleicht, welchen Plan wir haben.«

»Wir hätten ihn mit solchen profanen Dingen wie einer Beschattung nicht betrauen dürfen«, erwiderte der Botschafter. »Wir haben zu wenig Leute. Zu wenig gute Leute.«

»Und jetzt?«

»Wir wissen von nichts. Wir schicken ihm einen Anwalt, der ihm unsere Befehle erläutert. Gegenüber den Franzosen weisen wir alles zurück. Wir bedauern natürlich, dass ein saudischer Staatsbürger möglicherweise in eine Straftat verwickelt ist. Instruieren Sie die Presseabteilung.«

83.

»Vielleicht ist es das letzte Mal, dass wir uns sehen, jedenfalls unter diesen Umständen. Ich soll Sie von meinem Mann grüßen. Sie wissen, er ist Ihnen dankbar«, sagte die Kanzlerin. »Zu gehen tut mir zum einen leid. Zum anderen bin ich so müde. Besuchen Sie mich gern. Wir schicken Ihnen eine Einladung, wenn ich abgetreten bin.«

Sie saß immer noch in der Kaserne im Wedding. Sie wäre fast umgekommen, als Terroristen das Kanzleramt in Mitte in die Luft gesprengt hatten. Jetzt war der BER fertig, das Kanzleramt aber immer noch nicht. Es war von neuen Sicherheitsmaßnahmen die Rede. Der Bau sollte so sicher werden wie ein Atomkraftwerk, dessen Betonglocke auch Flugzeugabstürze überstehen konnte. Allerdings sollte man es dem Kanzleramt nicht ansehen. »Es gab in Berlin schon mal jemanden, der sich in einen Bunker verdrückt hat«, hatte ein Journalist in einem Leitartikel geschrieben.

Sie standen nebeneinander am Fenster, das auf den Parkplatz des Supermarkts zeigte. Trostlos.

»Was ist das wieder für eine Geschichte?«, fragte sie.

»Die Saudis planen was. Und so, wie ich die kenne, kann es nichts Gutes sein.«

»Nach Meinung meiner Berater wollen sie den Nahostkonflikt bereinigen. Zu Lasten der Palästinenser. Frieden mit Israel und eine engere Zusammenarbeit der arabischen Staaten. Sie wollen nicht zuletzt die Front gegen den Iran schließen. Vielleicht Assad in Syrien stürzen. Dabei würden auch die Türken mitmachen. Die Russen nicht. Es wird brenzlig. Es fehlt nur noch jemand, der das Feuerzeug an die Zündschnur hält.«

»Und deshalb bringen die Frauen um. Dienstmädchen. Seit MbS das Sagen hat, kennen die keine Grenzen mehr. Müssten nicht die Staaten der Welt, die UNO, die Saudis isolieren? Dann bräche die Herrschaft der Mörderbande zusammen.«

»Schön, dass Sie sich nicht in die Politik verirrt haben«, sagte die Kanzlerin.

»Finde ich auch. Aber unsere Rüstungsindustrie liefert denen auch alles Mögliche.«

»Wir müssen. Reden Sie mal mit Chefs und Betriebsräten von KWM und Rheinmetall. Da werden selbst friedensbewegte Sozialdemokraten zu Militaristen.«

De Bodt lächelte. Er hatte es erlebt.

»In Israel zerstört die Rechte den Rechtsstaat im Namen des Rechtsstaats. Wenn es so weitergeht, waren die Israelis bald die einzige Demokratie im Nahen Osten. Schauen Sie sich an, mit wem wir dort noch zu tun haben. Es ist – Entschuldigung! – zum Kotzen. Und jetzt drehen also die Saudis wieder durch. Ich dachte nach der Khashoggi-Sache, die hätten wenigstens was gelernt. Gehen Sie nie in die Politik. Sie müssten blutige Hände drücken. So oft können Sie sich die gar nicht waschen.«

Sie setzte sich aufs Sofa und deutete auf einen Sessel, der gegenüber einem weiteren am Tisch stand. »Man hört von diesen Morden. Denkt: schrecklich, aber das ist was für die Kripo. Und prompt hat man es mit einer Krise zu tun. Von der man nicht mal weiß, worum es geht. Wie sieht es in Paris aus? Nicht dass die mich nicht informieren, aber …« Sie wischte den Rest des Satzes weg. »Sie haben einen Verdächtigen verhaftet. Ob sie ihm was beweisen können, weiß ich nicht. Der Verdächtige hat einen Diplomatenpass. Sie werden ihn laufen lassen müssen. Es sei denn, sie bearbeiten den Fall außerhalb der Routine …«

Sie nickte. »Wenn ich mich richtig erinnere, haben Sie das auch schon einmal versucht.«

»Sie sind falsch unterrichtet, Frau Bundeskanzlerin.« De Bodt lachte.

»Wäre nicht das erste Mal«, sagte sie. Nickte, grinste. »Haben Sie herausgefunden, wer Ihre Zeugen erschossen hat?«

»Natürlich nicht. Kleidung ohne Etiketten. Kein Portemonnaie, nur einen gefälschten Dienstausweis der Berliner Polizei. Aber wir wissen, dass er für die Saudis arbeitet.«

»Seien Sie vorsichtig. Kein Wort an die Öffentlichkeit, bevor das bewiesen ist.«

»Natürlich. Aber für uns gibt es keine Zweifel, dass er für die Saudis gemordet hat. Die hatten Angst, die beiden würden was erzählen. Malawi hatte es schon. Er wurde in der Kreuzberger Moschee angesprochen. Von einem Mann, der sich Ahmed Abdulrahman nennt. Ob das sein richtiger Name ist, weiß nicht mal Allah.«

Sie blickte ihn an, hob die Brauen.

»Aber das sind alles kleine Fische. Der Hai schwimmt fröhlich durchs Meer. Und niemand weiß, wo. Und niemand weiß, was er vorhat.«

»Aber vielleicht die Hausmädchen, mit deren Ermordung der Fall begann«, sagte die Kanzlerin. »Weshalb sie ermordet wurden.«

»Ja, wir hoffen, dass die vielleicht eine Freundin hatten, die sich tot stellt, um nicht auch ermordet zu werden.«

»Unser Außenminister hat übrigens den saudischen Botschafter zu sich gebeten. Nichts Offizielles. Er hat ihm von mir ausgerichtet, dass sie die Grenze überschritten haben. Sollten die in Deutschland noch was anrichten, hätte es Folgen. In Paris haben sie zur gleichen Zeit das Gleiche veranstaltet.«

»Das hat den Botschafter bestimmt tief beeindruckt. Er hat unter Tränen um Verzeihung gebeten. Und versprochen, ab sofort brav zu sein.«

»So ungefähr«, sagte die Kanzlerin. »Vielleicht sollte ich Sie auf meine letzten Tage als Botschafter nach Riad schicken.«

»Sie erraten meine geheimsten Träume.«

»Wusste ich es doch.« Sie trank einen Schluck Wasser. »Und wie geht es jetzt weiter?«

»Zunächst hoffe ich, dass der Mörder vom LKA überlebt. Er liegt auf der Intensivstation. Das kann dauern, bis der spricht.«

»Vielleicht hätten Sie ihm die Pistole aus der Hand schießen sollen? Hab ich zuletzt in einem Krimi gesehen.«

»Die letzte Übung im Schießstand habe ich versäumt. Ich bin froh, überhaupt getroffen zu haben.«

»Sie veräppeln mich, Herr Erster Hauptkommissar.«

84.

»So, Herr Bassir. Ich hoffe, es fehlt Ihnen an nichts«, sagte Merkow.

Sie hatten vereinbart, dass Floire sich nicht zeigen sollte. Katt hatte gezwinkert. Nein, damit wollte Floire nichts zu tun haben. Und es verbieten? Sie waren zwei, er einer. Und der Typ hatte vermutlich Sophia umgebracht. Er hatte zwar ein beschissenes Gefühl, aber Mitleid würde er es nicht nennen.

Bassir saß auf einem Stuhl in einem Keller. Als er aufwachte, hatte er sich umgesehen. Und die Angst war ihm in die Glieder gefahren. Es waren zwei. Mit Masken, die nur die Augen und den Mund aussparten. Immerhin. Hätten die keine getragen …

Auf einem Campingtisch lagen Werkzeuge. Bassir erkannte Messer, Zangen und ein Bügeleisen. Eingeschaltet. Die Nummer zwei war eine Frau. Sie hatte einen Tauchsieder in der Hand. Ließ ihn wie zufällig dicht an Bassirs Gesicht vorbeigleiten. Der zuckte zusammen, als er die Hitze fühlte.

»Wir machen es Ihnen leicht«, sagte Merkow auf Englisch. »Sie verstehen Englisch?«

Bassir nickte vorsichtig. Mit Blick auf Katt. Die spuckte aufs Bügeleisen. Es zischte.

»Wenn Sie gut mitarbeiten, werde ich meine Freundin zurückhalten. Ich mag so was auch nicht.« Deutete auf den Tisch. »Aber wenn

Sie wüssten, wie schwierig es ist, diese Frau daran zu hindern, ihrem Hobby nachzugehen ...«

»Ich heiße Salaheddine Bassir. Ich bin Mitarbeiter der saudischen Botschaft ...«

Katt nahm das Bügeleisen in die Hand und näherte sich Bassir.

»Ich bin Agent des saudischen Nachrichtendienstes.«

Katt tat einen Schritt zurück.

»Sehr gut«, sagte Merkow. »Vielleicht erzählen Sie uns, was Sie in den letzten beiden Tagen getan haben. Schlafen, Frühstück ersparen Sie uns.«

Bassir überlegte. »Vorgestern saß ich im Büro, als mein Chef hereinkam ...«

»Der Militärattaché namens Mohammed ibn Abd al-Aziz«, sagte Merkow.

»Ja. Der ist der Resident und erhält seine Befehle direkt von Harun al-Rashid ...«

»Dem Chef des al-Muchabarat al-'Amma as-Sa'udiyya.«

Bassir nickte. Allmählich begriff er, dass dieser Typ viel wusste. Ob der vom Mossad war? Ob der ihn testen sollte?

»Abd al-Aziz hat Ihnen also einen Befehl gegeben.«

Bassir nickte. »Ja.« Leise.

»Welchen?«

»Ich sollte den französischen Polizisten überwachen. Ob er sich mit jemandem traf. Wenn ja, sollte ich die andere Person ausforschen. Name, Adresse, Funktion. Wenn nicht, sollte ich den Mossad-Chef in Paris aufsuchen und melden, dass wir ein Leck haben. Ich sollte die auffordern, uns zu helfen, das Leck zu stopfen.«

»Was bedeutete, den französischen Polizisten zu töten.«

»Nein, nur wenn es unvermeidlich war. Aber wir glaubten nicht, dass er etwas wusste. Und wenn, nichts, das er beweisen könnte.«

»Und der Mossad?«

»Der kannte diesen Floire nicht. Aber sie haben versprochen, auch nach dem Leck zu suchen.«

»Warum arbeitet Ihr Dienst mit denen zusammen? Das sind doch Juden.«

Bassir überlegte. »Das habe ich mich auch gefragt. Aber Befehl ist Befehl. Ist doch bei Ihnen genauso.«

»Du bist ja ein ganz Schlauer«, sagte Katt.

Bassir erschauderte. »Sie sind vom Mossad, geben Sie's zu.«

»Der soll Ihnen helfen, ein Leck zu finden. Und wenn der Mossad glaubt, dass Sie das Leck sind? Was sollen wir mit Ihnen machen?«

»Bitte, ich sag Ihnen alles, was ich weiß.«

»Also, dann erzählen Sie uns, warum Sie mit den Israelis zusammenarbeiten.«

»Ich weiß nicht viel…«

Das Bügeleisen näherte sich seinem Nacken.

Bassir schrie auf. »Es geht um den Frieden. Mein Herrscher will eine große Konferenz einberufen. Israel anerkennen. Frieden machen.«

»Und die Palästinenser, die Brüder, deren Sache ihr euch verpflichtet habt?«, fragte Merkow. »Kein Frieden ohne Staat für die Palästinenser.«

»Ich weiß nicht, was meinen Herrscher… antreibt. Ich glaube, die Palästinenser sind ihm nicht mehr wichtig.«

»Das glaube ich schon lange«, sagte Merkow. »Und wegen dieser Friedenskonferenz bringt ihr Dienstmädchen um?«

Bassir erbleichte.

»Waren Sie das?«

Bassir schwieg.

Das Bügeleisen strich über seinen Nacken. Er schrie lauter, als es der Schmerz hergab.

»Du wolltest uns alles sagen.« Merkow wusste, was in Bassirs Kopf vorging. Wussten die was? Fehlte denen nur seine Bestätigung? Dann würden sie ihn foltern, bis er auspackte. »Kürzen wir die Prozedur ab. Sie packen sowieso aus. Fragt sich nur, in welchem Zustand.« Merkow wusste, dass Folteropfer am Ende gestanden, Bruder des Teufels zu sein.

»Der Befehl kam aus Riad. MbS. Der Militärattaché hatte eingestanden, dass er eine Akte auf dem Wohnzimmertisch hatte liegen lassen. Einen Nachmittag lang.«

»Hat jemand die Frau beim Lesen erwischt?«

Bassir schüttelte den Kopf.

»Habt ihr sie überprüft? Befragt?«

»Ja. Wir haben auch das Handy kontrolliert. Sie hatte eine WhatsApp-Gruppe mit den anderen Frauen von den Philippinen.«

»Die Namen?«

»Eine in Berlin … den Namen hab ich vergessen. Zwei in Paris. Sophia Canares heißt eine.«

»Habt ihr denn was gefunden? Hat sie sich in der Gruppe zur Akte geäußert?«

Bassir schüttelte den Kopf.

»Trotzdem habt ihr sie umgebracht?«

»Man kann in WhatsApp ja auch löschen.«

»Ihr habt die beiden Frauen umgebracht, ohne zu wissen, ob Chloe Flores die Akte überhaupt gesehen hat?«

»Der Militärattaché hat mit Riad telefoniert. Mit Harun al-Rashid. Nach einer halben Stunde hat der zurückgerufen. Liquidieren …«

»Also hat MbS das befohlen.«

»Wer sonst?«, fragte Bassir.

»Und Sophia Canares?«

»Die wird mit einem der nächsten Flüge nach Riad geschafft. Soll vor Gericht gestellt werden. Angeblich.«

»Die beiden Morde haben Aufsehen erregt«, sagte Merkow. »Deshalb wird sie nach Riad gebracht.«

»Ja.«

»Also Kopf ab.«

Bassir zuckte die Achseln.

»Wir machen eine Pause«, sagte Merkow.

Er prüfte die Fesseln und winkte Katt nach draußen. Sie strich Bassir über die Haare. »Wir machen gleich weiter, mein Lieber. Keine Sorge.« Sie stopfte ihm ein Tuch in den Mund, verklebte es mit Paketband.

Merkow rief Floire an. »Kommen Sie sofort. Wir treffen uns an der Ecke, in der Bar. Sie erinnern sich?«

85.

»Warum machen die das?«, fragte die Kanzlerin. »Wegen eines Friedensplans?«

»Kann schon sein«, erwiderte de Bodt. »Die Saudis geraten in Teufels Küche, wenn das vorzeitig rauskommt. Ihre Feinde brandmarkten sie als Verräter. Alle Gotteskrieger würden das Königshaus bekämpfen. Und im Königshaus gäbe es wohl eine Revolte. Auch weil MbS nicht davor zurückgeschreckt ist, sogar Verwandte einzusperren.«

»Die Sache könnte MbS den Kopf kosten«, sagte die Kanzlerin. »Gelingt es ihm aber, in geheimen Vorabsprachen die wichtigsten Verbündeten und Neutralen einzubeziehen oder wenigstens zu schmieren, damit die stillhalten, könnte es ein Überraschungscoup werden. Und aus dem Mörder wird plötzlich ein Friedensengel. Nicht schlecht, die Idee. Aber doch vielleicht ein bisschen naiv?«

»Jetzt sitzen die Geheimdienste aller Welt an der Sache. Damit hätte er rechnen müssen«, sagte de Bodt. »Aber vielleicht hat er damit gerechnet. Vielleicht ist der schlauer, als wir glauben.«

86.

Nach dem Gespräch mit Merkow raste Floire zum Flughafen Charles de Gaulle. Unterwegs schilderte er seinem Chef die Lage. Endete mit: »Ich brauch Verstärkung. Schicken Sie mir Gendarmen. Vielleicht lebt sie ja noch. Terminal 3.«

Er rief seinen Onkel an. Drängte darauf, sofort durchgestellt zu werden, fluchte, drohte, schimpfte. Als der Onkel endlich abhob: »Schick jeden, der laufen kann. Gib denen das Bild mit.«

»Ich fürchte, du verwechselst mich mit einem deiner Kollegen.«

»Warum?«

»Natürlich haben meine Leute das Foto auf dem Handy. Nur musst du die Dame überzeugen, dass sie nicht nach Saudi-Arabien will.«

»Ich brauch einen Ausweis, mit dem ich überallhin kann auf dem Flughafen. Schick einen zum … Ausgang 3 in Halle 3.«

Der Onkel lachte. »Zu Befehl, mein Neffe.«

Der nächste Flug startete in zweieinhalb Stunden. Vielleicht war sie längst weg? Schweiß brach aus allen Poren. Er war wahnsinnig. Wie konnte er glauben, die würden Sophia einfach so in den Flughafen führen? Die hatten sie längst in einer Kiste verstaut und als Diplomatengepäck verschickt. Aber das wäre aufgeflogen. Die Kiste wäre gescannt worden. Wenn nicht vom Sicherheitspersonal, dann von der DGSI. Das wäre den Saudis böse auf die Füße gefallen. Blieb nur, sie zum Flughafen zu bringen. Und wenn der Kronprinz eine Privatmaschine geschickt hatte? Wenn Sie nach Deutschland oder Belgien geschafft worden war? Längst beerdigt. Er sah im Geist einen saudischen Diplomaten einem belgischen Bestatter fünfzigtausend Euro in die Hand drücken. Um die Asche in die Urne eines jüngst Verstorbenen zu kippen. Verschwunden für immer. *Wenn du auch nur ein Wort über die Sache verlierst, bist du ein toter Mann.*

»Nein!«, sagte Floire zum Lenkrad. Sie werden sie auf legalem Weg rausschaffen. *Wir bringen deine Familie um, wenn du nicht mitspielst. In Riad kommst du in Hausarrest und wirst gut behandelt. Wenn alles vorbei ist, kriegst du eine Belohnung und ein Ticket nach Manila.*

Leute, die vor Angst sterben, lechzen nach Hoffnung. Ein Funke nur. Immerhin, sie hatten sie nicht getötet wie Chloe. Vielleicht war es wirklich eine Überreaktion? Oder Chloe wollte sie tatsächlich erpressen. Dass sie ihr Wissen den Medien verkaufen würde. *Aber du warst brav. Und du weißt ja auch gar nicht, was du ausplaudern könntest.* Sie würde sich der WhatsApp-Nachricht von Chloe entsinnen. Die sie sofort löschen sollte. Dann das Telefon auf den Werkzustand zurücksetzen. Und alles neu installieren. Sie hatte es übertrieben gefunden. Floire versuchte sich vorzustellen, was in Sophias Kopf vorgehen mochte. Sie wusste etwas. Sie hatte eingewilligt, sich noch einmal mit ihm zu treffen. Aber dieser Bassir hatte sie abgefangen.

Floire raste durch das Straßenlabyrinth in dem Betonmoloch, das den Namen des Generals trug. Terminal 3. Er stellte den Wagen neben dem ersten Eingang ab. Im Halteverbot. Legte das Polizeischild aufs Armaturenbrett und setzte das Blaulicht aufs Dach. Er rannte in die Halle. Die *Sortie 3* war nicht weit.

Dort stand ein Mann mit einem Schild. Als holte er einen Fluggast ab. *Floire* stand darauf. Der zeigte ihm seinen Dienstausweis. Der Mann gab ihm eine eingeschweißte Karte. »Sie sind nun Leutnant der DGSI mit Sondervollmacht im Flughafen. Bitte hier quittieren. Vernichten Sie die Karte in spätestens einer Woche.«

Floire unterschrieb einen Zettel, ohne ihn zu lesen. »Gruß an meinen Onkel!« Rannte los. Mit dem Ausweis in der Hand. Im Kopf die Stationen, die er rückwärts abarbeitete. Eine Chance mehr, Sophia zu erwischen. *Einen der nächsten Flüge*, hatte Merkow gesagt. Das Telefon klingelte. »Ja.«

»Einsatzgruppe der DGSI. Wir kontrollieren die Eingänge zum Terminal 3.«

»Sehr gut. Wie viele sind Sie?«

»Sieben, mit mir.«

»Kommen noch mehr?«

»Wenn ich sie anfordere.«

»Dann tun Sie das. Die sollen den Diplomateneingang überwachen. Und die normale Sicherheitskontrolle.«

Überall die gleichen Idioten. Floire drängte sich an der Flughafeninformation nach vorne. Leute protestierten, bis Floire seinen Dienstausweis hochhielt. »Polizeieinsatz.« Zur Frau am Schalter. »Ich brauche sofort jemanden, der wie ich Zugang zu allen Bereichen des Flughafens hat und sich vor allem überall auskennt.«

Die Frau telefonierte. Hielt die Hand vor ihren Mund, flüsterte. Floire verstand nur das Wort *Polizei*, und dann *eilig*. Sie legte auf. »Monsieur Lecomte ist in fünf Minuten hier. Bitte warten Sie dort.« Deutete an die Seite des Infostands.

87.

»Haben Sie eine Ahnung, wie der Mann heißt? Hat er Angehörige in Berlin?«, fragte der Arzt. Er trug eine dicke Brille auf einer kleinen Nase. Sie waren in der Elisabeth-Klinik am Potsdamer Platz.

»Die Botschaft Saudi-Arabiens ist für den zuständig«, erwiderte de Bodt. »Wann kann ich mit ihm sprechen?«

»Jetzt«, sagte der Arzt. Blickte auf die drei Uniformierten. »Muss der Patient beschützt werden?«

»Ja. Und er darf nicht verschwinden«, sagte de Bodt.

»Das dürfte schwierig werden. Er hat eine Lungenverletzung. Die Kugel hat sie gestreift. Wir haben sie geflickt. Aber er dürfte kaum die Kraft haben, sein Bett zu verlassen.« Trockener als ein Toastbrot aus der Steinzeit.

De Bodt winkte einen uniformierten Oberkommissar zu sich. »Wie heißen Sie?«

»Arnold Schneider.«

De Bodt gab ihm die Hand und hielt die des Kollegen einen Augenblick fest. »Passen Sie gut auf. Vielleicht will jemand den Mann umbringen oder entführen. Vielleicht gibt's eine Wunderheilung, und er flieht in ein paar Tagen. Das ist der Mörder vom LKA.«

Schneiders Augen weiteten sich. Er pfiff leise.

»Immer zwei Mann an der Tür. Schicken Sie einen Kollegen in die Kantine, da gibt's Stühle. Oder fragen Sie einen Krankenpfleger. Wenn Sie drinnen was hören, schauen Sie hinein. Wenn sich einer vom Krankenhaus beschwert…« Reichte ihm die Visitenkarte. »So was wie eine Feuerleiter oder Balkone gibt's hier nicht. Wenn einer den Patienten umbringen will, muss er durch die Tür. Sie stellen die beiden Kollegen jetzt neben die Tür. Dann besorgen Sie sich Ausweiskopien von jedem Arzt und jeder Schwester der Intensivstation. Mindestens von jedem, den Sie nicht schon kennen, also gecheckt haben. Verstanden?«

»Klar«, sagte der Mann. »Hätten Sie mir nicht erklären müssen, Kollege.«

De Bodt gefiel der unaufgeregte Ton. »Lieber einmal zu viel als einmal …«

»Ich weiß. Sagt mein Chef auch immer. Der hält Sie übrigens für Superman.«

»Wenigstens einer, der mich enttarnt hat.«

Sie lachten.

De Bodt legte dem Mann kurz die Hand auf die Schulter. »Sie kriegen das hin.«

Er betrat das Krankenzimmer. Ließ Salinger und Yussuf vor der Tür. Er nahm den einzigen Stuhl und schob ihn neben das Bett.

Der Mann blinzelte.

»Sie wissen, wer ich bin?«, fragte de Bodt.

»Ein Hundesohn.«

»Freut mich, dass es Ihnen besser geht«, erwiderte de Bodt.

Der Mann wendete den Blick ab, dann sah er de Bodt in die Augen.

»Wie heißen Sie?«, fragte de Bodt.

»Hadschi Halef Omar Ben Hadschi Abul Abbas Ibn Hadschi Dawuhd al Gossarah«, flüsterte der Mann. Lächelte.

»Das habe ich als Kind gelesen. Sie auch?«, fragte de Bodt.

»Mein Vater liebte Karl May. Er sprach perfekt Deutsch. Deshalb hat er mich so genannt.«

»Und Ihr richtiger Name?«

»Hadschi Halef Omar Ben Hadschi Abul Abbas Ibn Hadschi Dawuhd al Gossarah.«

»Sie arbeiten für die saudische Botschaft?«

»Nein«, sagte er. »Haben Sie ein Diplomatenvisum für Hadschi Halef Omar Ben Hadschi Abul Abbas Ibn Hadschi Dawuhd al Gossarah gefunden?«

De Bodt lächelte. Der Mann lag halb tot auf der Intensivstation und riss Witze. »Warum haben Sie Ihre beiden Landsmänner im LKA getötet?«

»Sie haben Allah verraten und den Tod verdient.« Er schloss die Augen und verzog das Gesicht. Atmete vorsichtig, regelmäßiger.

Öffnete die Augen. »Geht Ihnen dieser Piepston nicht auch auf die Nerven. Er beweist, dass ich lebe, wenigstens mein Herz.«

»Wer hat Ihnen den Auftrag gegeben?«

»Allah, gepriesen sei sein Name.«

»Per Telefon?«

Das Lachen schmerzte. »Sie sind ja richtig komisch. Allah schickt seinen Gläubigen die richtigen Ideen. Und diese Idee war: Die beiden Mistkerle arbeiten für die Ungläubigen.«

»Wie Ihr Freund Bassir, der für die Israelis arbeitet?« Kein Schuss ins Blaue, ein Artillerieschlag.

Der Mann im Bett runzelte die Stirn. »Wer, bitte?«

»Salaheddine Bassir.«

»Den kenne ich nicht. Will ich auch nicht kennen. Sie haben recht, es gibt Muslime, die sich mit dem Teufel einlassen. Den dreckigen Zionisten, den Kindermördern. Allah möge sie vernichten.«

»Kennen Sie überhaupt jemanden in Deutschland?«

»Nein.«

De Bodt zog sein Telefon aus der Tasche und fotografierte das Gesicht. Diesmal hatte er den Mann ohne Namen überrumpelt.

»Scheißkerl«, sagte der.

»Da Sie nicht EU-Bürger sind, oder …?«

Der Mann erwiderte nichts. Schloss die Augen.

»[illegible] werden wir Ihre Visumsunterlagen finden. Sie können das abkürzen …«

»Raus«, sagte der Mann. »Ich bin erschöpft.« Er drückte die Klingel, die über seinem Bett hing. Eine Krankenschwester erschien. »Schicken Sie ihn raus.«

»Bitte«, sagte die Schwester.

»Selbstverständlich«, sagte de Bodt. »Ihr Patient kann sich ausschlafen. Draußen stehen Polizisten, das Fenster ist verriegelt, falls er *diesen Gedanken* haben sollte.«

De Bodt schickte Laura das Foto.

Schön, dass ich nützlich bin …, erwiderte sie per SMS.

In der Krankenhauskantine warteten Salinger und Yussuf. De Bodt berichtete. Als er Laura erwähnte, zog Salinger eine Schnute. Entspannte sich aber gleich.

Yussuf berichtete, dass Floire nach Sophia Canares fahndete. »Vielleicht wollten die nicht schon wieder die Leiche eines philippinischen Hausmädchens hinterlassen. Sie merken, dass ihnen das schadet. Sie hatten es sich zu einfach gemacht. Jetzt wollen sie das Opfer nach Riad schaffen.«

De Bodt überlegte. »Ich fürchte, wir stehen vor einer Glaswand. Wir sehen sie nicht. Aber sie macht uns blind, obwohl sie durchsichtig ist.« Er tippte auf den Tisch. »Sobald aber ein Nagel in die Wand geschlagen, irgendeine Ungleichheit auf ihr gemacht wird, sogleich, und nur dann und nur an solcher Stelle kommen Farben zum Vorschein.«

»De Bodt?«, fragte Salinger.

»Hegel. Hat wie immer recht. Wir müssen irgendwo Nägel in eine unsichtbare Wand schlagen. Oder sie zertrümmern. Aber wie soll man zerstören, was man nicht sieht?«

»Du sprichst in Rätseln, Meister«, sagte Yussuf lächelnd.

»Ist ja nichts Neues«, sagte Salinger.

»Damit ihr es versteht: Wir haben einen Ermittlungserfolg nach dem anderen. Oben liegt ein Doppelmörder. Merkow hat sich offensichtlich diesen Bassir geschnappt. Wir hatten Malawi und Gassama am Wickeln, bis sie erschossen wurden. Wir werden auch Ahmed Abdulrahman auftreiben, falls er die Explosion in der Moschee überlebt hat. Ich halte es für möglich, dass er die Bombe gelegt hat. Immerhin haben wir Fotos und fahnden nach ihm. Unter den Toten ist er bisher nicht aufgetaucht. Kann aber sein, dass sein Gesicht zerfetzt wurde. Gut, gehen wir davon aus, dass wir den kriegen. Was wird er uns erzählen? Dass Allah, sein Name sei gepriesen, ihm befohlen habe, die Moschee dieser Abtrünnigen zu sprengen? Dass ist das Nervige bei diesen Ermittlungen: Wir bohren immer tiefer im Vakuum.«

»Floire und Lebranc kommen auch nicht weiter. Wenn er die Frau findet, vielleicht weiß die was«, sagte Yussuf.

»Salinger und ich fliegen morgen früh nach Paris.« Er wandte sich an Salinger: »Ruf bitte die Engel an wegen der Tickets und einem Hotel nahe der Polizeipräfektur.«

»Und ich?«, fragte Yussuf. »Einzelzimmer oder Doppelzimmer?«

88.

»Warum beschränken Sie die Suche nicht auf den Diplomatenausgang?«, fragte der Flughafenangestellte. Ein junger Mann mit Vollglatze. »Lecomte, Sie suchen mich.« Ein Lächeln.

»Dort sind Kollegen. Ich glaube, dass die Saudis uns täuschen. Dass sie glauben, wir würden das tun, was Sie gerade vorgeschlagen haben. Während Sie die Frau als Touristin durch die Sicherheitskontrolle bringen. Mit perfekt gefälschten Papieren aus dem Land von Tausendundeiner Nacht.«

»Um Himmels willen!«, sagte Lecomte. »Ihren Beruf möchte ich aber nicht haben.«

»Ich auch nicht.«

Sein Telefon klingelte. Der Einsatzleiter der Gendarmen. Er habe seine Leute an der Sicherheitskontrolle postiert.

»Das ist mir zu auffällig. Es gibt nach der Kontrolle nur zwei Richtungen, in die man weitergehen kann. Rechts oder links. Versammeln Sie Ihre Leute dort. Sie dürfen von der Sicherheitskontrolle aus nicht gesehen werden. Stellen Sie ein paar Gendarmen so auf, dass auch der Rückweg aus der Sicherheitskontrolle gesperrt werden kann.«

Lecomte grinste. »Man muss denen alles erklären. Die hellsten sind unsere *poulets* nicht.«

»Gut, dass Sie das herausgefunden haben«, sagte Floire. »Und jetzt machen wir einen Schnellrundgang im Terminal.«

Lecomte hielt seinen Dienstausweis in der Hand. Öffnete eine Seitentür. Sie waren allein. Ein langer Flur. Türen, Türen, Türen. Die letzte öffnete Lecomte mit seiner Karte. Die er auch dem Mann vors Gesicht hielt, der an der Tür stand. »Hier geht es zur Gepäckabfertigung.«

Floire stellte sich einen Moloch aus Transportbändern vor. Wo Koffer durcheinandergewürfelt wurden. Ein Wunder, dass die meisten dort landeten, wo sie landen sollten. Floire hatte sich bei Flugreisen ein Riesenchaos vorgestellt. Was er sah, war schlimmer. Männer und Frauen hetzten sich ab. Schweiß stand in der Luft. Sie scannten die Gepäckanhänger. Luden Koffer auf Packwagen, ließen andere auf dem Band. Die ein paar Meter weiter wieder gescannt wurden.

»Hier kommt kein Passagier rein«, sagte Lecomte.

»Außer Leuten, die sich Arbeitsklamotten anziehen. Ich habe gelesen, dass es Typen gelungen ist, bis hierhin zu kommen.«

»Stimmt. Seitdem haben wir die Kontrollen verbessert. Aber auch früher kam man von hier nicht in die Kabine eines Flugzeugs. Ihre Kunden wollen ja ausnahmsweise keine Bombe in einem Koffer einschleusen.«

»Stimmt«, sagte Floire.

Sie überprüften die Eingänge fürs Personal. Floire zeigte das Bild. Notierte Handynummern, wohin aus Lebrancs Vorzimmer das Foto per SMS verschickt wurde. Floire schärfte jedem, den sie trafen, ein, was er als Bild im Kopf trug. Mindestens zwei Männer, vermutlich Araber, dazu eine zierliche Frau asiatischer Herkunft. »Die Männer sind gefährlich. Lassen Sie sich auf nichts ein. Wenn Sie einen Kollegen von mir sehen, rufen Sie ihn. Wenn nicht…« Er verteilte seine Visitenkarten wie Flugblätter. Als er keine mehr hatte, kritzelte er seine Nummer auf Zettel. »Sie können auch die Nummer anrufen, von der Sie das Foto geschickt bekommen.«

Floire zwang Lecomte zum längsten Dauerlauf seines Lebens. Er stoppte abrupt bei jedem Flughafenmitarbeiter. Und raste weiter. Lecomte hechelte. Floire auch, aber er merkte es nicht. Er hatte nur einen Gedanken: Ich muss meinen Fehler ausbügeln. Ich kann nicht mit der Vorstellung leben, dass ich sie umgebracht habe. Er sah seine Hand zittern, wenn er Telefonnummern schrieb.

»Das Wichtigste haben Sie gesehen!«, rief Lecomte. Weit hinten. Floire hatte ihn abgehängt. War ziellos gelaufen. Er begriff es sofort. Lecomte hatte ihn aus dem Tunnel gezogen.

89.

Laura simste.

Hübsche Visage. Bist du bei der Schönheitschirurgie gelandet? Mann ist bei uns unbekannt. Keine Visumsunterlagen. Europol? Interpol?

Hatten sie schon abgeklappert. Nichts. Hadschi Halef Omar gab es nur bei Karl May. Sonst nicht, auch nicht unter einem anderen Namen. Da knallte einer im LKA zwei Leute ab, und er stand in keiner Datenbank.

Salinger saß auf dem Mittelsitz. De Bodt mühte sich, seine Beine nicht zu verknoten. Und nicht zur Stolperfalle fürs Personal zu werden. Am Fensterplatz saß eine alte Dame, in ein Buch vertieft.

Floire hatte am Morgen geschrieben, er sei am Flughafen, um das dritte Hausmädchen zu finden.

»Wie kommt er darauf?«, hatte Salinger gefragt.

»Keine Ahnung, wer ihm das geflüstert hat.«

Die Antwort konnten sie sich denken, als Floire am Ausgang stand. »Merkow und Katt sind da.«

»Ach du lieber Himmel!«, sagte Salinger.

Floire starrte sie an. »Warum?«

»Später«, sagte de Bodt. »Schicken Sie mir das Foto von der Frau aufs Handy.«

»Hab ich schon«, sagte Floire. »Auf deins auch, Silvia.«

Die beiden betrachteten das Bild. Versuchten es sich einzuprägen.

»Sie haben bestimmt alles organisiert. Sagen Sie uns, was wir machen sollen.«

»Einhundertvier Augen sehen mehr als hundert. Wenn Sie vielleicht Ihrem … Instinkt folgen. Die Ausgänge werden überwacht. Sämtliche Eingänge. Jede Tür, jede Schleuse. Wir achten aber darauf, dass man uns nicht sieht.«

»Ist klar«, sagte de Bodt. »Wollte schon immer mal in einem Raumschiff aus Beton bummeln.«

Salinger blickte ihn kurz an. »Das Ding kann aber nicht fliegen.«

»Was nicht ist …«, erwiderte de Bodt. »Früher hätte niemand geglaubt, dass Schiffe aus Stahl schwimmen würden.«

Floire blickte zu ihr, zu ihm. Sagte nichts. Winkte kurz und ging.

»Wie würdest du eine junge Frau in ein Flugzeug schleppen?«, fragte de Bodt.

»Wenn ich den Diplomatenausgang nicht benutzen darf?«

»Darfst du schon, aber das wäre dumm.«

»Danke, fast hätte ich es vorgeschlagen. Ich würde Touristengruppe spielen. Zwei, drei Männer, die Frau.«

»Und ich würde noch ein paar Begleiter nehmen, die nicht mitfliegen. Die den Weg bis zur Sicherheitskontrolle decken. Und bewaffnet sind«, sagte de Bodt.

»Ich würde der Frau einen gefälschten Pass geben. Einen saudischen …«

»Oder bahrainischen«, sagte de Bodt.

»Glaubst du, dass Floire das nicht weiß?«

»Doch, aber der arbeitet in der Fläche, und das ist richtig. Er kann hier jede Ritze abdichten. Es würde nicht helfen, wir würden uns anschließen.« Er blickte auf sein Telefon. »Ali hat mir die Liste aller Fluggesellschaften geschickt, die direkt von Paris nach Saudi-Arabien fliegen. Wir klappern die ab, sofern sie heute noch einen Flug haben.«

Von Delta, Gulf Air, Oman Air, KLM, Singapore Airlines, Batik Air, SilkAir und Daallo Airlines blieben KLM und Delta. KLM um 18 Uhr 45, Delta um 23 Uhr 30. »Die werden sich die Bordkarten online besorgt haben. Koffer zum Aufgeben haben sie auch nicht. Was heißt, dass sie direkt zur Sicherheitskontrolle gehen. Das macht die Sache einfach. Hinter der Kontrolle wartet Floire mit seinen Leuten. Wir könnten im Terminal vor der Kontrolle Ausschau halten und Floire vorwarnen. Ich hoffe, er hat die Eingänge der Botschaft und des Militärattachés im Blick.«

Er simste die Frage an Floire.

Klar

war die Antwort.

De Bodt rief Merkow an. »Wusste gar nicht, dass Sie in Paris sind.«

»Ich wusste auch nicht, dass Sie in Paris sind.«

»Ich frage jetzt nicht, was Sie hier getan haben«, sagte de Bodt.

»Man muss nicht nach Dingen fragen, die man kennt.«

»Stimmt«, sagte de Bodt. »Vielleicht haben Sie Lust, am Flughafen einen Tee zu trinken? Charles de Gaulle.«

»Immer.«

»Bis gleich.« De Bodt blickte auf seine Uhr, dann zu Salinger. »Die kommen auf den letzten Drücker. Machen auf verspätet. Gegenüber der Sicherheitskontrolle gibt's so was wie ein Café. Von dort haben wir alles im Blick. Ich ruf Lebranc an. Vielleicht will der auch kommen.«

Kaum hatte er das Gespräch beendet, vibrierte das Telefon.

Yussuf: »Die haben versucht, Hadschi Halef Omar zu ermorden. Fünf Typen in Weißkitteln haben Schneider erstochen, dann wollten sie ins Krankenzimmer. Das war aber abgeschlossen. Bevor die den Schlüssel fanden, tauchte die Kollegin Baumann auf, und der Kollege kam vom Kaffeeholen zurück. Den Kollegen haben sie verletzt, aber die Baumann hat gleich geschossen. Einer von den Angreifern ist tot. Ein zweiter verletzt. Den haben wir verhaftet. Er liegt im Gefängniskrankenhaus in Moabit. Als die Meldung beim Notruf ankam, waren die schon verschwunden. Fahndung läuft. Ich hab sofort Leute zur Saudi-Botschaft geschickt, um sie abzufangen. Aber dort sind sie nicht aufgetaucht. So blöd sind die nicht.«

Salinger schob ihm ihr Telefon rüber. Schlagzeile: *Blutbad im Elisabeth-Krankenhaus.*

90.

Yussuf fühlte sich wie erstarrt. Als wäre er schuldig. Woher wusste das Mordkommando, dass Hadschi Halef Omar in der Elisabeth-Klinik lag? Hatten Sie alle Krankenhäuser angerufen? Auf der Suche nach einem Araber, schwer verletzt. Aber die Polizei hatte das Personal vergattert, die Klappe zu halten. Hatte Krüger was durchgestochen? Hatte er das Ölgeld der Saudis gerochen? Es war sinnlos rumzufragen.

Er raste zur Klinik. Wo Uhlenhorst und die Zander schon arbeiteten. Die Leiche von Schneider war inzwischen abtransportiert. Der verletzte Kollege wurde in der Notaufnahme versorgt.

Die Zander sah Yussuf. »Das waren Spezialisten. Die haben keine Sekunde vergeudet.«

»Unsere Kollegen hatten keine Chance«, sagte Uhlenhorst. Er trug den Ganzkörperanzug der Kriminaltechniker. »Es ist eine Riesenscheiße. Ich habe das dumme Gefühl, dass die anderen Mörder längst verschwunden sind.«

»Direkt zu verschiedenen Autos, um die Gruppe zu trennen. Und dann über europäische Flughäfen zu verschiedenen Zielen. Überallhin, nur nicht nach Riad«, sagte Yussuf. »So würde ich es machen. Und darauf sind die auch gekommen. Die Kollegen sammeln Zeugenaussagen. Vielleicht reicht es für ein oder zwei Phantombilder. Wir jagen ohnehin nur Phantome.«

»Woher wussten die, dass der Typ hier liegt?«, fragte die Zander.

Tilly tauchte auf, gleich danach Krüger. Tilly stellte die gleiche Frage.

»Durchgestochen«, sagte Yussuf.

Becker erschien. Der große Auflauf. »Wo steckt der Herr de Bodt?«

»Auf Dienstreise«, sagte Yussuf.

»Darf man Genaueres erfahren?«, fragte Tilly.

»In Paris.«

»Wie bitte? Ich habe keinen Dienstreiseantrag gesehen.«

»Der liegt bestimmt bei Ihnen im Vorzimmer«, sagte Yussuf. »Oder ist bei uns hängen geblieben.«

Sie suchten sich draußen ein Café. Yussuf und Becker. Der BKA-Chef hätte lieber mit de Bodt gesprochen, aber im Notfall nahm er auch den Assistenten. Zumal er über diesen Assistenten erfahren hatte, dass der ein Talent sei. Vielleicht konnte man ihn zum BKA abwerben. Aber das war jetzt nicht seine Sorge.

»Ihr Chef ist bei der französischen Polizei.«

»Ja«, sagte Yussuf. »Offenbar haben die jemanden aufgespürt, der mehr weiß. Zum Beispiel, dass das dritte Hausmädchen noch lebt und womöglich über den Flughafen Charles de Gaulle nach Riad verschleppt werden soll.«

»Und jetzt ist er dort und sucht die Frau.«

»Ja«, sagte Yussuf.

»Ich hätte gern mit ihm gesprochen. Offen gesagt, wir stecken in der Sackgasse. Ich begreife in diesem Fall nichts mehr. Die Hypothese Ihres Chefs ist ja, dass Riad zusammen mit anderen arabischen Staaten den großen Frieden mit Israel will.«

»Das ist eine Hypothese«, sagte Yussuf. »Die wahrscheinlichste, glaubt mein Chef.«

»Und was glauben Sie?«

»Dass er wie immer recht hat. Und wenn er sich irrt, hat er am Ende doch recht.«

Becker lachte. »Diese Haltung erwarte ich seit Jahrzehnten von meinen Mitarbeitern. Aber das wird nichts mehr.«

Yussuf lachte mit. Becker gehörte zu den wenigen Bullen, mit denen es auszuhalten war. Erstaunlich, dass der Karriere gemacht hatte. Das sprach für einen starken Durchsetzungswillen und das Glück, die richtigen Chefs im richtigen Augenblick gehabt zu haben.

»Was ist, wenn die Hypothese nicht stimmt?«, fragte Becker.

»Ich bin sicher, dass im Hirn meines Chefs ein paar Ideen herumschwirren. Von denen eine uns auf die Spur zu den Tätern bringen wird.«

»Vorher würde ich gern wissen, wie die Täter diesen Hadschi Halef und so weiter gefunden haben.«

»Vielleicht hat es jemand durchgestochen. Gegen Geld. Vielleicht haben die Leute geschickt, um die großen Berliner Krankenhäuser abzuklappern. Um das Zimmer zu finden, das bewacht wurde. Wir hätten besser zwei Beamte *ins* Zimmer gesetzt.«

Becker blickte ihn an. Nickte. »Vielleicht haben wir den Mann auf dem Gewissen. Weil wir ihn hätten beschützen müssen. Ihrem Chef fiele dazu gewiss ein Spruch ein.«

91.

De Bodt sah Merkow und Lebranc. Als wäre er nie jung gewesen. Merkow war so höflich, ihm nicht wegzulaufen. Statt einer Begrüßung zog Lebranc einen Stuhl zurück und setzte sich. Merkow klopfte auf den Tisch.

»Sie haben jemanden zum Reden gebracht«, sagte de Bodt.

»Gelegentlich entpuppen sich Leute als Schwätzer«, sagte Merkow. »Wenn man ihnen hilft.«

De Bodt hob die Brauen. Katt war nicht da. Er erinnerte sich, wie sie vor ein paar Jahren die Leichen des Polizisten in Berlin gefunden hatten. Verstümmelt mit Haushaltsgeräten. Bügeleisen, Tauchsieder. Es gab keinen Beweis, aber auch keinen Zweifel, wer das angerichtet hatte. Merkow würde es leugnen, wenn er ihn fragte. Ob Katt gerade Hausfrau spielte. Auf ihre Weise.

»Er war in der israelischen Botschaft«, sagte de Bodt.

Merkow nickte. »Mal sehen, was er dazu sagt.«

»Nein«, sagte de Bodt. »Bitte nicht.«

Merkow legte die Stirn in Falten. Nickte. Tippte auf seinem Telefon. Steckte es in die Tasche. Bestellte ein Mineralwasser, als der Kellner an den Tisch trat.

»Es ist besser, ich frage die Israelis selbst«, sagte de Bodt.

»Da!«, flüsterte Salinger.

De Bodt folgte ihrem Blick. Eine Gruppe: fünf Männer, durchweg mit kräftiger Statur. Dazu eine zierliche, vollverschleierte Frau. Ein Mann hielt sie am Oberarm.

»Bleibt hier! Silvia, schick Floire eine SMS. Lebranc, kommen Sie mit. Beeilen Sie sich«, sagte de Bodt. Erhob sich und schlenderte scheinbar ziellos Richtung Sicherheitskontrolle. Lebranc hatte trotzdem Mühe, ihm zu folgen. Die Gruppe reihte sich in der Schlange ein. De Bodt flüsterte in Lebrancs Ohr. »Zeigen Sie dem Kontrolleur Ihren Polizeiausweis.«

Der Mann, schwarz und jung, betrachtete den Ausweis. Winkte einen Mitarbeiter zu sich. An dem die Uniform schlabberte. »Führen Sie diese beiden Polizisten bitte vor zur Sicherheitskontrolle.«

Der Mann nickte. »Kommen Sie bitte mit.«

Er brachte sie zu einer unscheinbaren Tür. Sie betraten einen Flur. Letzte Tür links. Vor ihnen das erste Laufband. Mit Personal und einer Schlange von Leuten, die sich ihrer Gürtel, Jacken, Mäntel, Hüte entledigten. In Plastikkörbe legten. Die durch den Sicherheitsscanner gingen, während ihr Gepäck durchleuchtet wurde. Sie hatten Zeit. De Bodt sah bald die Gruppe in der Schlange.

»Sehen Sie die fünf Männer mit der verschleierten Frau? Nicht auffällig hingucken. Lassen Sie Ihren Blick über die Leute streifen, als fielen die Ihnen nicht auf.«

Der Mann blickte sich um. »Ja, ich sehe die. Die Frau wird sich entschleiern müssen.«

»Das ist nicht unser Problem. Ich möchte, dass die Gruppe in die Schlange vor diesem Transportband geführt wird. Ist das machbar?«

»Klar«, sagte der Mann und eilte davon.

Die Sicherheitsschleuse mündete in einer Passage. In Form eines T. De Bodt betrat die Passage. Sah Floire und hob den Daumen. Der nickte. Hinter ihm standen uniformierte Gendarmen mit Maschinenpistolen. Die Gesichter hinter Masken verborgen.

De Bodt erkannte den Flughafenmitarbeiter, der sich von hinten durch die Schlange drängte, bis er die Gruppe überholt hatte. Mit dem Körper blockierte er den Weg zu den anderen Schleusen. Zeigte zur ersten Schleuse wie ein Verkehrspolizist auf einer Kreuzung. De Bodt tat so, als unterhielte er sich mit Lebranc. Zwei Geschäftsleute, die sich im Flughafen trafen. Er blickte hin und wieder wie zufällig über die Schulter seines Kollegen. Hatte die Gruppe aber immer im Augenwinkel. Der Flughafenmitarbeiter kehrte zurück.

»Danke«, flüsterte de Bodt. »Bringen Sie sich in Sicherheit. Unauffällig. Wir finden selbst hinaus.«

»Ich darf …«

»Ziehen Sie sich in den Flur zurück. Es kann hier alles Mögliche passieren.«

Der Mann verschwand. Lebranc steckte de Bodt seine Pistole in die Jacketttasche. Und folgte der Schlabberuniform.

Keine Feigheit, nur Einsicht. De Bodt hätte es nicht gewagt, ihn wegzuschicken. So war er dankbar, dass Lebranc begriff, was er sich zumuten konnte. Er steckte sich die Pistole im Rücken unter den Gürtel, wo das Jackett sie verdeckte.

Sie kamen näher. Blickwechsel mit Floire. De Bodt schüttelte den Kopf. Fast unmerklich. Floire nickte.

Zwei Männer der Gruppe blieben zurück. Mit Waffen kämen sie nicht durch die Kontrolle. Es war wie erwartet. Die Schlabberuniform erschien und schickte die beiden weg. Sie blockierten den Durchgang. De Bodt las den Missmut in ihren Gesichtern. Langsam zogen sie sich zurück. Den Rest der Gruppe im Auge.

De Bodt lehnte weiter an der Wand. Als wartete er auf seinen Geschäftspartner. Der vielleicht die Toiletten benutzte. Er beobachtete, wie sich Männer in Zivil in der Schlange nach vorn drängten. Sah über deren Köpfe hinweg, wie Kriminalpolizisten die beiden Araber verhafteten. Geschickt, wie sie die sofort aus dem Blickfeld zogen. Die Schlabberuniform sperrte die erste Schleuse mit einem Band. De Bodt erkannte, dass das Personal an den Schleusen die Schlange blockierte. Indem die Kontrolleure den nächstbesten Fluggast zwangen, das Handgepäck auszupacken. Schuhe wurden per Handscanner untersucht. Die armen Opfer wurden mehrfach durch den Personenscanner geschickt. Dann abgetastet. Dann wieder zurückgeschickt. Die Leute begannen zu murren. Irgendwer schimpfte laut. Sofort war ein Kontrolleur bei ihm und schickte ihn weg. Das schüchterte die Leute in der Schlange ein paar Minuten ein.

Währenddessen schoben sich die drei Männer mit der Frau nach vorn. Sie blickten zu den anderen Schleusen. Wechselten Blicke. Hinter ihnen standen nun die Zivilbeamten, die de Bodt gleich als Kollegen erkannt hatte. Sie drängten sich neben die Männer. Nun erschien Floire mit seinen Gendarmen. Sie sperrten den Schleusenausgang ab. Die Zivilbeamten zwangen den letzten in der Gruppe in Handschellen. Dann die beiden anderen. Es erfolgte ohne jeden Lärm. Sachlich. Die Verdächtigen wehrten sich nicht. Sie wussten, wann sich ein Kampf lohnte und wann nicht.

Floire trat vor die Frau. Diskutierte mit ihr. De Bodt verstand nicht viel. Nur dass Floire sie bat, den Schleier abzulegen. Was die Frau sofort tat. Sie war jung und schön. Aber keine Asiatin.

92.

Harun al-Rashid legte auf. Er war zum einen zufrieden. Zum anderen stinksauer. Er betrachtete das Video. Sah den schlaksigen Typen an der Wand lehnen. Das Video zeigte den Ablauf der Operation. Er erkannte einen beleibten Mann, viel älter als der Schlaks. Ein Polizist. Und der Schlaks auch. Er kannte ihn. Was trieb ein Berliner Polizist hier? Die Hausmädchenmorde. Sie waren fast gleichzeitig erfolgt. Und die französischen wie die deutschen Polizisten hatten einen Zusammenhang hergestellt. Kein Kunststück. Aber sie hatten die Canares nicht gefunden. Sie hatten sie im Flughafen hereingelegt. Es belustigte ihn. Er sah die Gesichter, als Fatima den Schleier ablegte. Die Sekretärin des Militärattachés. Die nach dem Flop der Polizisten breit lächelnd zum Flugsteig marschierte, umgeben von ihren Begleitern. Denen der Triumph aus den Augen strahlte. Und dann in der ersten Klasse nach Riad. Wo eine Belohnung sie erwartete. Und Urlaub. Fatima würde endlich ihren Verlobten heiraten. Und die Canares würde sterben.

93.

Die Kanzlerin hatte es ermöglicht. Vom Flughafen fuhr de Bodt in die israelische Botschaft in Schmargendorf, während Salinger ins Büro zurückkehrte. An der Pforte zeigte er seinen Dienstausweis. Er wurde erwartet. Federnd lief ein junger Mann die Treppe hinunter. Enger Anzug, keine Krawatte. Militärischer Haarschnitt.

»Herr de Bodt, ich bringe Sie zum Botschafter.«

Der entpuppte sich als Weißhaariger. Ein guter Kontrast zum sonnengebräunten Gesicht. Auf der Fahrt im Taxi hatte de Bodt sich über ihn informiert. Der Mann war über sechzig, hatte rasch Karriere gemacht im diplomatischen Dienst. Sprach perfekt Deutsch. Seine Großeltern waren in Treblinka vergast worden. Die Familie hatte davor lange in Stuttgart gelebt.

Aber es war kein Hauch Schwäbisch übrig geblieben. »Ich habe von Ihnen gehört«, sagte der Botschafter. Sie saßen in der Besucherecke seines Büros. »Möchten Sie etwas trinken, essen? Sie kommen ja direkt aus Paris.«

De Bodt bat um ein Glas Wasser. Die Klimaanlage im Flugzeug, im Taxi.

»Sie haben es eilig«, sagte der Botschafter. »Wegen Ihnen habe ich einen wichtigen Gast ausgeladen. Aber wenn die Kanzlerin anruft…«

»Danke«, sagte de Bodt. Offenbar hatte der Botschafter sich unterrichten lassen.

»Das ist ein schrecklicher Fall«, sagte der Botschafter. »Ari hat mir rasch ein paar Informationen gesucht.« Deutete aufs Vorzimmer, wo der sportliche Assistent geblieben war.

»Ja, und wenigstens Ihre Botschaft in Paris ist in die Sache verwickelt. Vielleicht.« Er blickte den Botschafter an. »Kennen Sie einen Herrn namens Salaheddine Bassir?«

»Vielleicht ist es eine Verwechslung. Aber mir scheint, den Namen in diesen Papieren gelesen zu haben.« Tippte auf den Papierstapel vor ihm.

De Bodt nickte. Der Name war in französischen Medien genannt worden. Wer immer das durchgestochen hatte. »Er hat Ihre Botschaft in Paris aufgesucht. Das sagt ein guter Polizist, dessen Angaben über jeden Zweifel erhaben sind.«

»Der in diese Geheimnisse Eingeweihte gelangt nicht nur zum Zweifel an dem Sein der sinnlichen Dinge, sondern zur Verzweiflung an ihm«, sagte der Botschafter lächelnd.

»Hegel, *Phänomenologie des Geistes*«, erwiderte de Bodt.

»Ich wollte Ihnen einen kleinen Gefallen tun. Damit Ihr Besuch hier nicht gänzlich umsonst war.«

»Ich frage mich, was hat ein Mörder aus Saudi-Arabien in Ihrer Botschaft verloren?« De Bodt war die Eierei leid.

»Ich weiß es nicht«, sagte der Botschafter.

»Vielleicht könnten Sie Ihren Kollegen in Paris fragen.«

»Der wurde schon befragt. Er hatte Besuch von einem« – er blätterte, hielt dann ein Papier in der Hand – »französischen Kollegen von Ihnen, einem Herrn Floire.«

De Bodt verbarg sein Erstaunen. Das Floire immer wieder bei ihm weckte. Je mehr Lebranc abbaute, desto deutlicher wurde Floires Brillanz. Wie Ali. Kein Wunder, dass die beiden sich gut verstanden.

»Ich glaube, dass Ihre Regierung verdeckt mit den Saudis zusammenarbeitet.«

»Das werde ich natürlich nicht bestätigen. Aber meine Regierung hält Riad für einen Anker der Stabilität in unserer Region.«

»Ihre Regierung arbeitet insgeheim an einem Friedensvertrag mit weiteren arabischen Staaten. Diplomatische Anerkennung, normale Beziehungen, keine Unterstützung für Terroristen.«

Der Botschafter lächelte gern. »Ich darf dazu nichts sagen. Sie kennen das doch. Es gibt viele Fragen, die wir nicht beantworten. Entweder weil wir es nicht dürfen oder weil es nichts zu sagen gibt. Wir sind gut gefahren damit.«

»Glaubst du nun bei dieser Alternative, es würde einer, wenn er beides darstellen könnte, sowohl das nachzuahmende Original wie das Schattenbild davon, sich im Ernst auf die Erzeugung von Schattenbildern legen und diese sich zum Ziele seines Lebens setzen in dem Glauben, als habe er den besten Teil erwählt?«, erwiderte de Bodt.

»Schöne Retourkutsche. Plato schätze ich sehr.« Der Botschafter überlegte. »Stimmt schon, dass wir lieber Schattenbilder erzeugen. Ich glaube, Plato hat sich geirrt. Ich sage jetzt nichts über eine konkrete Lage: Aber wenn wir alles aussprächen, was wir wüssten …«

»… würde der Nahe Osten in einem Gemetzel versinken.«

»Das glauben Sie. Aber nicht einmal darüber darf ich sprechen. Aber Sie sind ja klug genug, mich zu verstehen, auch wenn ich nichts sage.«

De Bodt nickte. »Wenn Sie die Verhandlungen öffentlich machen würden, würde das saudische Königshaus gestürzt. Und ohne Anker bräche das Chaos aus. Der Wahhabismus bestraft Ungläubige, und jüdische Kinderblutsäufer sind die Schlimmsten«, sagte de Bodt.

»So kann man es zusammenfassen. Würde jemand diesen Hass überwinden, es wäre die Wende im Nahen Osten. Aber ich bestätige natürlich nicht, dass jemand es versucht. Aber sofern es Verhandlungen gäbe, würde ich Ihrer Annahme zustimmen. Unter der genannten Voraussetzung wäre ich verrückt oder ein Verbrecher, würde ich Ihnen etwas verraten.«

»Ein Gespräch für Freunde des Konjunktivs«, sagte de Bodt. »Die Sache ist viel einfacher. Wir suchen die Mörder der Hausmädchen in Paris und hier. Bei den Ermittlungen hat besagter französischer Kollege herausgefunden, dass einer der mutmaßlichen Mörder Gast Ihrer Botschaft war.«

»Ich weiß nicht, ob jemand dort ihn eingeladen hat. Eher nicht.«

»Er ist lange geblieben«, erklärte de Bodt. »Lang genug, um zu behaupten, dass er nicht abgewiesen wurde.«

»Das müssen Sie bitte mit dem Botschafter in Paris klären.«

»Der weiß nichts«, sagte de Bodt.

Der Botschafter legte den Kopf schief. Blinzelte. »Es bleibt dabei. Wenn Ihnen das rätselhaft erscheint, wenden Sie sich bitte an das Außenministerium in Paris.«

Salinger und Yussuf saßen sich gegenüber an de Bodts Schreibtisch, als er das Büro betrat. Sie blickten ihn an.

»Nichts, wie erwartet«, sagte de Bodt. »Wir haben die … Ich habe die Ermittlungen gegen die Wand gefahren.«

»Wir haben immerhin zwei Tatverdächtige.«

»Alle beide verletzt und zurzeit nicht aussagefähig. Behauptet der Gefängnisarzt in Moabit«, sagte de Bodt.

»Dann haben wir eine Fahndung nach Ahmed Abdulrahman laufen. Der ist offenbar eine Art Hintermann. Und dieser Bassir scheint deiner Freundin Katt in die Krallen gefallen zu sein«, sagte Yussuf.

De Bodt sagte eine Weile nichts. »Hat sich die Zander gemeldet? Vielleicht kann sie uns erklären, ob Abdulrahman unter den Toten der Moscheesprengung ist.«

»Hab mit ihr telefoniert. Sie sagt, man könne ein paar Opfer nicht identifizieren.«

»Sie können wenigstens DNS-Proben zum BKA schicken.«

»Da das BKA den Fall übernommen hat, haben die schon sämtliche Proben abgeglichen. Es fanden sich zwei Gesuchte wegen Terrorismusverdacht, aber nicht unser Mann.«

»Na toll«, sagte Salinger. »Und jetzt?«

94.

Merkow hatte Schlimmeres befürchtet, als er in den Keller zurückkehrte. Nicht ohne sich zu vergewissern, dass ihm niemand folgte. Katt und Bassir schienen fast Freunde geworden zu sein. Er saß am Tisch und trank aus einer Wasserflasche. Sie saß in der Ecke. Die Makarow lässig in der Hand, die auf dem Knie lag.

»Alles klar?«, fragte sie.

»Nichts. Die haben uns verarscht.« Auf Russisch. Bassir blickte sie erstaunt an. Bisher hatten sie Englisch gesprochen. Ausländerenglisch, aber Bassir hatte den Akzent nicht einordnen können.

»Sie sind Russen«, sagte er. Vom eigenen Erstaunen überrascht.

»Halt's Maul!«, sagte Katt auf Englisch.

95.

Floire nahm ab. Es meldete sich ein Flic aus Saint-Denis. »Wir haben hier einen Typen gefunden, der dem Phantombild von Bassir entspricht. Er lag neben Müllcontainern …«

»Lebt er?«

»Ja, aber es ist kritisch. Der Notarzt ist in zwei Minuten hier. Irgendeine Droge. Zu viel, nichts Neues.« Die Lakonie der Vorstadt-Flics. Die *banlieue*, wo Frankreich seine Ärmsten zusammenpferchte und ausgrenzte. Dessen Politiker sich gern erstaunt zeigten über die Verrohung der Hilflosen. Über Gewalt, Drogen und Bandenkriege. Was herauskommt, wenn man Menschen die Hoffnung raubte.

Der Flic nannte den Centre Hospitalier de Saint-Denis. Er werde dort auf Floire warten.

Das Licht auf dem Festnetztelefon leuchtete auf. Rot für Lebranc. Floire klopfte an und stürzte ins Büro seines Chefs. »Die Kollegen in Saint-Denis haben offenbar Bassir gefunden. Ob er überleben wird, ist unklar. Der Notarzt wird ihn ins Krankenhauszentrum einliefern. Ich muss jetzt gleich los …«

»Nun mal langsam. Vorher erklären Sie mir, was Sie in den letzten Tagen getrieben haben. Ohne mich zu informieren …«

»Das wissen Sie doch, Chef. Sie haben es gesehen. Mit eigenen Augen.«

»Vor der Riesenpleite am Flughafen.«

»Ich habe diesen Bassir beschattet. Der jetzt im Krankenhaus liegt.« Wenn Lebranc gewusst hätte, dass Merkow und Katt ihn durch die Mangel gedreht hatten: Entweder kriegte Lebranc einen Herzinfarkt. Oder Floire flog raus. Floire überlegte, ob er es darauf ankommen lassen sollte. Ein Herzinfarkt würde ihn von der Knute Lebrancs befreien. Aber der war zäher, als er aussah.

»Warum? Ich habe keinen Bericht gelesen, in dem etwas darüber stand.«

»Werde ich nachliefern. Hatte keine Zeit. Wie jetzt.«

Und weg war er.

Wenn ein Krankenhaus das freundlichste Gebäude in einer Vorstadt ist, sagt dies alles über die Vorstadt. Floire traf am Eingang einen Uniformierten, der sich eine Zigarette angesteckt hatte. Zeigte seinen Dienstausweis. »Dieser Bassir, wo liegt der, Kollege?«

»Dritter Stock, Zimmer 37.«

»Das vergessen Sie jetzt, sofort. Wenn jetzt jemand zu Bassir möchte, dann soll der mich anrufen.« Gab dem Mann seine Karte.

Floire eilte die Treppe hinauf. Der Aufzug war voll gewesen. Vor dem Zimmer standen zwei Beamte, die sich über den PSG unterhielten, den FC Katar. Dessen Ausgaben vom Ölstaat unter Werbungskosten verbucht wurden.

»Sie passen hier auf, bitte. Wir brauchen den Mann als Zeugen. Oder als Verdächtigen. Rechnen Sie mit allem. Rufen Sie Ihren dritten Mann zurück. Fürs Rauchen haben wir keine Zeit.«

Lief weiter, bis er das Krankenpflegerzimmer fand. Hielt seinen Dienstausweis hoch. In alle Richtungen, wo Weißkittel ihn anstarrten. »Wo ist der Arzt?«

»Ich bin der Arzt«, sagte ein bauchiger Mann älteren Datums. Erhob sich. Mit Glatze und schweißnasser Stirn, die er sich nun abwischte. »Dr. Vault.«

Er bat den Mann in den Flur. »Sie müssen den Patienten von Zimmer 37 sofort verlegen. Und die neue Zimmernummer geheim halten. Überhaupt verschweigen, dass der Mann in Ihrem Krankenhaus liegt.«

Dr. Vault starrte ihn an. Nickte.

»Er ist Zeuge in einem Fall von nationaler Bedeutung. Oder ein Mörder.«

»Um Himmels willen. Warum haben die ihn nicht in ein Gefängniskrankenhaus gebracht? Sie gefährden alle anderen Patienten.«

»Wie geht es dem Mann?«

»Wie jemandem, der zu viel Heroin und Propofol abbekommen hat.«

»Überlebt er?«

»Ich hoffe es.«

»Prognose?«

»Ich wette nicht.«

»Ist er ansprechbar?«

»Schauen Sie selbst nach. Aber bleiben Sie ruhig.«

Drei Polizisten und Floire bewachten das Zimmer. Floire hatte darauf bestanden, dass der Mann ins oberste Stockwerk befördert wurde. »Dort können wir ihn besser bewachen.«

»Aha«, sagte Vault.

Sie mussten eine Frau samt ihres meuternden Blinddarms in ein anderes Zimmer verlegen. Das Zimmer vorbereiten.

»Hier kommt niemand rein außer Dr. Vault. Kein anderer Arzt, keine Schwester. Verstanden?«

Er erntete einen überraschten Blick, dann nickten sie. »Gut, Monsieur«, sagte einer.

Floire betrat das Zimmer. Hell, steril. Die Fenster umrahmten die Betonkulisse draußen. Der Mann im Bett hing an Schläuchen. Ein Gerät piepte regelmäßig. Das Herz schlug gemächlich. Floire schob den einzigen Stuhl neben das Bett. Musterte das Gesicht. Keine Verletzungen außer einer kleinen Schramme neben dem Auge. Er ahnte, wie die Russen ihn zum Reden gebracht hatten. Ihm grauste. Er würde es nicht beweisen können. Die einzigen Zeugen waren Merkow und Katt.

Floire tippte dem Mann auf die Schulter. Nichts.

Piep, piep, piep.

Vor der Tür ein Getümmel. Eine Frau schrie. »Arschlöcher, Bullenpack …«

96.

Er linste ihn an. Mit einem Auge seiner zerschossenen Visage. Grinste. »Wo haben Sie Ihre Mitarbeiterin gelassen?«, fragte Robert Wedenstein alias Bob.

»Die hat mich bedrängt, sie mitzunehmen. Aber Sie kennen mich ja.«

»Eifersucht, klar.«

»Sie haben wie immer recht. Werden Sie gut behandelt?«

»Im Prinzip schon. Nur das Essen …«

»In U-Haft hätten Sie es sich aus dem *Adlon* bringen lassen können. Aber im Vollzug geht es nicht. Ich kann es nicht ändern.«

»Eine Torte mit Feile und Knarre?«

»Das hat schon vor fünfzig Jahren nicht geklappt.«

»Die Welt ist schlecht.«

»Ein bisschen besser, seit Sie einsitzen im Hotel Moabit.«

Bob schüttelte den Kopf. »Ich habe nie verstanden, dass Sie Ihre Vorurteile über mich nicht überwinden können.«

»Tut mir leid«, sagte de Bodt.

»Wir müssen das Vorurteil für das Vortreffliche haben, dass es sich in den Gebrauch setze und beliebt mache.«

»Hegel?«, fragte de Bodt.

»Ich habe in der Bibliothek ein Buch von ihm gefunden. Titel habe ich vergessen. Wie überhaupt alles, was auf den ersten fünfzehn Seiten stand. Das begreift kein Schwein.«

»Menschen schon, wenn auch nicht alle.«

»Sie sind jetzt aber nicht gekommen, um mich mit Ihren Sprüchen zu langweilen. Dagegen ist die Bibel ein Krimi. Echt.«

»Nein.« Er blickte ihn an. Das zerstörte Gesicht. Wie das eines Kriegsopfers. Was Bob in gewisser Hinsicht war. Mehr noch aber war er Täter. Den de Bodt nicht nur einmal gestellt hatte. Wedenstein war seine Heimsuchung gewesen in allen Fällen, seit de Bodt in Berlin war. Wedenstein, der Meisterverbrecher, der Stratege, der ehemalige Söldner, der seine Kenntnisse verkaufte. Und der am Ende anerkennen musste, dass dieser Berliner Kriminalkommissar ihn überführt hatte. Wedenstein war intelligent und kannte alle Tricks seines Metiers. Ein Grund, um sich mit ihm zu unterhalten. Zumal Bob nur wenige Menschen so achtete wie de Bodt.

»Sie wollen über diese Dienstmädchengeschichte reden«, sagte Bob.

De Bodt nickte. »Die Täter haben wir. Sie sind tot. Sie können uns nicht mehr helfen, die Drahtzieher zu finden. Ich glaube, es ist der saudische Geheimdienst. Aber warum sollte der Dienstmädchen ermorden?«

»Die beiden waren Freundinnen. Und die eine hat der anderen etwas verraten, das sie entdeckt hatte. Bei ihrem Arbeitgeber. Vielleicht wussten die beiden nicht, dass sie vor dem Tor der Hölle standen.«

»Vermutlich. Solange man glaubt, die beiden würden nicht für einen Nachrichtendienst arbeiten. Oder ein Verbrechersyndikat.«

»Glaub ich nicht. Obwohl es nicht blöd wäre, Dienstmädchen zu rekrutieren. Deren Ruf ist an Harmlosigkeit nicht zu übertreffen.«

»Ausschließen kann man es nicht«, sagte de Bodt. »Aber ich halte es für unwahrscheinlich. Es gibt noch ein drittes Dienstmädchen, in Paris.« Berichtete ihm von Sophia Canares.

»Die ist längst tot«, sagte Bob.

De Bodt hob die Brauen und schwieg. Dann: »In Paris liegt ein Saudi im Krankenhaus. Er hatte es auf Canares und einen Kollegen abgesehen. Er wurde gefunden, vollgepumpt mit Drogen.«

»Ich wette ein Monatsgehalt, dass der Mann vorher nie was genommen hat«, sagte Wedenstein.

»Sie gehen ja voll ins Risiko. Ein Knast-Monatsgehalt! Ich glaube, der saudische Geheimdienst arbeitet mit dem Mossad zusammen, um den großen Frieden mit Israel zu machen. Neue Bedrohungen, neue Koalitionen.«

Bob nickte. »Eines von beiden Dienstmädchen hat zufällig was mitgekriegt und es mit der Freundin geteilt. Ein Sicherheitsfritze hat eines der Handys kontrolliert und die Nachricht gefunden. WhatsApp oder so.«

»Zwei oder drei Dienstmädchen sind nichts im Vergleich mit dem großen Frieden.«

»Wenn man die Leichenzahl vergleicht, stimmt das sogar. Also die Leichen, die ein Friedensschluss verhindert.«

»Theoretische Leichen also.«

Bob lachte.

»Haben Sie eine Idee, was wirklich dahintersteckt?«

»Woher soll ich das wissen? Ich sitze dank Ihnen im Knast.«

»Anders gefragt, wie würden Sie es machen?«

»Was?«

»Eine Operation, um das Friedensprojekt abzusichern.«

»Ich würde die Gegner des Projekts suchen und sie ausschalten. Sofern das möglich ist.«

»Den Iran mitsamt seinen Verbündeten. Wie soll man den ausschalten?«

»Man könnte ihn angreifen. Aber dann müsste man auch Katar, die Hisbollah und so weiter ausschalten. Das gäbe keinen Frieden, sondern den nächsten Nahostkrieg. Ich glaube nicht, dass die Saudis Lust darauf haben. Sie hassen die iranischen Raketen noch mehr als den Iran. Und wenn MbS einen islamischen Staat angreift, dann würden wenigstens die Schiiten den Aufstand wagen. Im Irak sind sie schon an der Macht. Es gäbe dort eine Unterdrückungskampagne gegen die sunnitische Minderheit. Die betrachtet die Regierung heute schon als Feind. Die Amis waren so blöd, Saddam zu stürzen. Nun haben sie auch den Irak gegen sich.«

»Spätere Historiker werden sich an den Kopf fassen. Und eine Erklärung suchen. Aber es gibt keine außer Dummheit.«

Bob grinste. Sein Auge blinzelte. Das andere hatte er verloren, eine Klappe verdeckte das Loch. Zu groß für ein Glasauge. »Was wollen Sie machen als Polizist? Davon abgesehen, das ist doch BKA-Sache, Bundesanwaltschaft. Eine Nummer zu groß für einen Hauptkommissar im LKA 1 in Berlin.«

»Die lassen mich in Ruhe. Sie haben gemerkt, dass es besser ist, auch für sie.« De Bodt schüttelte den Kopf. »Aber die finden auch nichts.«

Er hatte am Morgen mit Becker telefoniert. Von den Ereignissen in Paris berichtet. Und vom Stillstand in Berlin erfahren. Sie mussten nicht aussprechen, dass die Ermittlungen gescheitert waren, bevor sie abgeblasen wurden. »Unsere Hoffnung hängt an drei Gangstern. Der eine wurde mit Drogen vollgepumpt und liegt in einem Krankenhaus in Saint-Denis. Die beiden anderen sind Ihre Nachbarn. Der eine wollte den anderen umbringen.«

Was de Bodt nicht sagte: Er glaubte, dass Merkow und Katt Bassir neben den Müllcontainern abgelegt hatten wie einen Sack Abfall. Jetzt waren sie schon so weit, dass sie auf Auskünfte von Freunden der Folter hofften. Wie tief würde er noch sinken?

97.

General Harun al-Rashid drückte seine Zigarette aus. Er hatte längst aufhören wollen zu rauchen. Aber es schien ihm wahrscheinlicher, dass er sein Leben ohne Kopf beendete als durch Lungenkrebs. Er hatte seine Getreuen um sich versammelt. Die Abteilungschefs für Auslandsspionage, Operationen und die Spezialisten für die schiitischen Feinde Iran und Katar. Es waren erfahrene Mitarbeiter. Bewährt in Unternehmen gegen Dschihadisten wie die Wahnsinnigen, die vor einigen Jahren Mekka angegriffen hatten. Wie bin Laden, Sprössling einer saudischen Unternehmerdynastie und glücklicherweise mausetot. Aber er hatte Anhänger. Je mehr Riad sich mit dem Westen einließ, desto gefährlicher wurde es. Die Behüter der heiligen Stätten des Islam, Mekka und Medina, entpuppten sich als Verräter an Allah. So dachten viele. Bis hinein in die königliche Familie.

Al-Rashid suchte nach einem Befreiungsschlag. Es genügte nicht, die äußeren und inneren Feinde zu finden und auszuschalten. Es wuchsen welche nach wie Unkraut nach einem Regenguss.

Er gab einen Überblick. Und endete mit den Worten: »Es hat Fehler gegeben. Wir haben Leute beauftragt, und sie haben versagt. Ich hatte nichts anderes erwartet. So trennt sich die Spreu vom Weizen. Immerhin gelang es, die Löcher zu stopfen. Allerdings hat das die Polizei auf den Plan gerufen. In Paris einen Knaben namens Floire. Den hatten wir nicht auf der Liste. Ein kapitaler Fehler. Und in Berlin natürlich diesen de Bodt. Mit dem haben wir gerechnet. Es sind nur wenige, die bohren, aber sie sind im richtigen Stollen.«

»Soll ich die beiden ausschalten?«, fragte der Chef der Sonderabteilung, Almoez Abdulla. Gegründet gegen Attacken des Mossad, führte sie längst ein Eigenleben. Wie es so ist mit Staatsapparaten.

War auch ihr Sinn entfallen, sie lebten weiter. Fanden neue Gründe ihrer Existenz.

»Ich weiß nicht«, sagte der Chef. »Erzeugt das nicht zu viel Aufregung?«

»Die sind schon aufgeregt. Wäre der günstigste Moment. Es herrscht Chaos, da passen Anschläge hinein. Die wissen ohnehin nicht, wo ihnen der Kopf steht«, sagte Abdulla.

Al-Rashid schätzte ihn. Ein ruhiger Mann, besonnen. Seine Operationen waren gut geplant und klappten meistens. »Wenn wir sie ausschalten, wird jeder uns verdächtigen. Weil sie es als Bestätigung eines Verdachts verstünden, den sie ohnehin gehegt hatten.«

Abdulla nickte. »Wir werden es jemand anderem anhängen. Und damit den Verdacht gegen ihn lenken.«

»Den Mossad?«

Abdulla nickte. »Es sei denn, die Situation verlangt eine andere Tarnung.«

98.

»Arschlöcher, Bullenpack …«

Floire wartete eine Sekunde, bis der Schlüssel des Krankenzimmers sich gedreht hatte. Der Flur voller Leute. Alle starrten ihn an. Die beiden Uniformierten standen und hatten die Hand am Pistolenhalfter.

»Darf ich fragen, was Sie wollen?«, fragte Floire.

»Ihr habt wieder einen zusammengeschlagen, und jetzt behauptet ihr, er sei ein Junkie.«

»Nichts davon ist wahr«, sagte Floire. »Wer hat das behauptet?«

»Facebook, überall.«

»Facebook lügt, überall. Wir haben einen Mann bei den Müllcontainern gefunden und sofort ins Krankenhaus gebracht. Der Mann ist vollgepumpt mit Heroin. Wir glauben nicht, dass er sich das Zeug selbst verpasst hat.« Er hielt seinen Dienstausweis hoch. »Ich bin von der Kripo aus Paris. Ich habe mit den Kollegen hier nichts zu tun.«

»Bulle ist Bulle«, sagte eine Stimme im Hintergrund.

»Muslim ist Muslim«, erwiderte Floire. »Algerier ist Algerier… Soll ich weitermachen?«

Seine Ruhe begann zu bröckeln.

»Wir untersuchen ein Kapitalverbrechen!«, rief Floire. »Und glauben, dass der Mann hier damit was zu tun hat.« Sein Daumen zeigte zur Zimmertür. »Dass er wenigstens als Zeuge dienen kann. Das Verbrechen geschah mitten in Paris, nicht hier.«

»Lügner!«, brüllte einer.

»Haben Sie von dem ermordeten philippinischen Dienstmädchen gehört?«

Ein paar Leute blickten ihn an, nickten.

Eine Trillerpfeife ertönte. »Verschwindet hier!«, brüllte einer. Ein Trupp Gendarmen.

Floire reckte seinen Dienstausweis in die Luft. »Ich unterhalte mich gerade mit den Leuten. Wenn hier einer verschwindet, dann Sie. Wer hat Sie gerufen?«

»Jemand vom Krankenhaus«, sagte der Anführer mit südfranzösischem Akzent.

»Machen Sie Pause. Aber draußen bitte. Ich möchte diese Unterhaltung fortsetzen.«

»Wenn Sie es sagen.« Schlug mit dem Knüppel in die Hand. Der Trupp zog ab.

»Kennen Sie die?«, fragte Floire.

»Das ist die Prügelgarde von Saint-Denis. Und wir sind der Abschaum.«

Floire nickte. »Bombardieren Sie den Präfekten und den Abgeordneten mit Protestbriefen. Vielleicht hilft das. Machen Sie jeden Übergriff öffentlich, ob der Innenminister das mag oder nicht. Fotos, ein paar Zeilen, und ab ins Internet.«

Alle Augen auf ihn gerichtet.

»Ich behaupte, einer von Ihnen gehört nicht dazu. Einer hat eine Waffe dabei und will den Patienten umbringen. Er benutzt die anderen als Deckung.«

»Was behaupten Sie da? Unverschämtheit«, sagte eine Frau.

Ein Mann in der Menge drehte sich um und ging davon. Immer schneller. Dann rannte er.

»Das ist er, und den fangen wir jetzt. Los.« Floire wandte sich an die Wache: »Ihr beiden bleibt hier. Schließt euch mit dem Patienten ein.« Er sprintete Richtung Treppe. Alarmierte unterwegs die Gendarmerie. Hoffentlich war der Schlägertrupp noch unten. »Ich brauche den lebend. Das ist ein Befehl!«

In diesem Augenblick erkannte er, dass er einen Fehler machte. Er ließ Unbewaffnete einen Killer jagen. Schon hörte er die Schüsse. Mit dem Widerhall in den Betonschluchten.

»Hierher!«, brüllte ein Gendarm. Floire sah den Mann stürzen und sich am Boden wälzen. Liegend schoss er auf eine Gestalt, weit entfernt, aber mit der Pistole in der Hand. Der andere zielte, aber es folgte kein Schuss. Floire erkannte, dass der Schlitten hing. Magazin leer. Er rannte. Während der Mann hektisch in seinen Taschen das Ersatzmagazin suchte. Als er es in der Hand hatte, schoss Floire auf die Beine. Sofern man mit einer Pistole auf hundert Meter überhaupt was traf. Und das ausgepumpt, schwer atmend. Floire blieb stehen. Sah den anderen das Magazin in die Waffe schieben. Der Schlitten schnellte nach vorn. Floire hielt dem Atem an. Atmete langsam aus. Nach zwei Dritteln der Luftmenge hielt er den Atem wieder an. Sah den anderen zielen und drückte ab. Dreimal. Der Mann schrie auf, stürzte. Ließ die Waffe fallen. Schon waren Floire und ein Gendarm bei ihm. »Auf den Bauch!«, befahl Floire.

Der Mann verlor das Bewusstsein. Der Gendarm sicherte die Glock 17. Floire rief einen Notarzt und die Rechtsmedizin. Fand zwei Treffer in den Beinen. Eine Wunde hatte das Schienbein zertrümmert. Die zweite im Oberschenkel blutete stark. Floire zog dem Mann den Gürtel aus und klemmte das Bein ab. Die Blutung versickerte. Er stellte sich auf. Formte mit den Händen einen Lautsprecher. »Gibt es Verletzte?«

99.

Merkow bestellte einen Kaffee, de Bodt grünen Tee, dritter Aufguss. Was er nicht hätte erklären müssen. Die neue Bedienung im *Café Eliza* war schon programmiert.

»Sie haben Bassir gefoltert«, sagte de Bodt.

»Warum sollen solche Schweine unbehelligt bleiben, wenn sie sonst Leute umbringen?«

»Man nennt es Zivilisation. Das ist die Mauer zwischen denen und uns. Wir foltern nicht, weil wir Mitleid mit denen hätten. Wir foltern die nicht wegen uns. Weil wir keine Folterer sein wollen.«

»Den Sermon kenn ich«, sagte Merkow. »Wir haben Bassir gezeigt, was möglich wäre. Und er hat gestanden. Wir mussten ihn nicht foltern. Wenn wir es hätten tun müssen, hätten Sie die Erkenntnisse zurückgewiesen.«

»Vermutlich«, sagte de Bodt. »Weil Gefolterte alles tun, damit die Folter aufhört. Zumal wenn es sich um Profis handelt.«

»Aber der war ein Waschlappen. Katt hat ihm die Instrumente gezeigt …«

»Gut«, sagte de Bodt. »Schießen Sie los.«

»Bassir gehört zum saudischen Geheimdienst. Gemeinsam mit dem Mossad und der CIA bereiten Sie einen Coup vor …«

»Den großen Friedensschluss, ich weiß. Neu ist mir nur die CIA«, sagte de Bodt.

»Immerhin.«

»Neu ist mir auch, dass ich den Glauben daran verliere. Was wird aus den Palästinensern? Geben die Israelis zurück, was sie annektiert haben?«, fragte de Bodt.

»Sieht so aus. Israel hat zugesagt, den Palästinensern ein eigenes, zusammenhängendes Staatsgebiet zu überlassen. Statt des Flickenteppichs«, erwiderte Merkow.

»Wie kommt es nur, dass ich denen das nicht glaube. Sie haben seit Jahrzehnten darauf hingearbeitet, einen Palästinenserstaat zu verhindern. Alle Welt hat den Versicherungen der israelischen Regierung offiziell geglaubt. Aber in Wahrheit hat jeder gewusst, wohin die Reise geht. Für die Israelis wäre der Frieden ein schlechtes Geschäft. Sie haben den unerklärten Kriegszustand vorgezogen. Sie haben von der Radikalisierung der Palästinenser profitiert. Die sie zum Teil selbst erzeugt haben. Wenn man den Leuten alle Hoffnung raubt, kann man nicht mit deren Unterwürfigkeit rechnen. Sie hatten einen Bösen, mit dem sie alles Mögliche rechtfertigen konnten. Warum sollten sie darauf verzichten?«

»Wenn sie mehr gewinnen würden, dann schon. Der Frieden mit der arabischen Welt ist mehr«, sagte Merkow.

»Und dafür machten sie die Einverleibung eines Drittels von Palästina rückgängig?«

»Immerhin sind sie dereinst aus Gaza abgezogen«, sagte Merkow.

»Aus einem Gebiet, das ohne Israel nicht lebensfähig ist. Und dazu dient, die Terroristen als Dauerbedrohung vorzuführen.«

»Ihren Pessimismus möchte ich nicht haben.«

»Es ist der romantische Pessimismus in seiner ausdrucksvollsten Form, das letzte große Ereignis im Schicksal unserer Kultur.« De Bodt grinste. »Kannten Sie nicht. Nietzsche.«

100.

Sie hatten Glück gehabt. Kein Zivilist verletzt, aber ein Gendarm. Streifschuss am Oberarm. Die anderen hatten sich beim ersten Schuss in Deckung gebracht. Und kamen jetzt daraus hervor. Sie beglotzten den Mann. Er lag gefesselt auf dem Boden. Ein Arzt drängte sich zu ihm durch. Versorgte ihn. Der Schütze nahm es wortlos hin. Gendarmen schirmten ihn ab. Floire schickte zwei ins Krankenhaus, um Bassir zu bewachen. Vier Flics waren besser als zwei.

Bassir war sein einziger Zeuge. Offenbar wichtig genug, um einen Killer anzulocken. Und der war jetzt Zeuge Nummer zwei.

»Den Herrn bringen Sie zur Polizeipräfektur in Paris. Fragen Sie nach dem Commissaire divisionnaire Lebranc. Ich werde den Kollegen vorwarnen.«

Der Chef der Gendarmen grüßte militärisch. »Transportfähig?«, fragte er den Arzt.

Der nickte.

Floire rief Lebranc an.

»Wo stecken Sie nur wieder? Ich habe Sie nicht gebeten, in der Gegend herumzustreunen. Unter Polizeiarbeit fällt das nicht.«

»Ich habe einen Mann festgenommen, der Bassir ermorden wollte. Er wird« – die Uhr zeigte kurz vor sechs – »in gut einer Stunde bei Ihnen abgeliefert. Hoffe ich.«

Lebranc schwieg eine Weile. »Und Sie erscheinen hier auch.«

»Mit Ihrer Erlaubnis etwas später. Ich muss schauen, wie es Bassir geht. Vielleicht ist er vernehmungsfähig.«

Bassir war vernehmungsfähig. Vielleicht war er so allergisch gegen Polizeiuniformen, dass es ihn aus dem Dämmerzustand riss.

»Durst«, sagte er.

Floire warf die Gendarmen raus und drückte die Klingel. Ein Krankenpfleger erschien.

»Darf er trinken?«, fragte Floire.

»So viel wie möglich.«

»Dann bitte ich um eine Flasche Wasser mit zwei Bechern. Oder, wenn Sie für mich einen Kaffee hätten.«

»Kriegen wir hin.«

»Vielleicht wollen Sie schon mal anfangen«, sagte Floire.

»Diese beiden Typen haben mich in die Mangel genommen. Vor allem die Fotze. Mit ihrem Bügeleisen. Pervers.«

»Wir fahnden«, sagte Floire.

»Bringt nichts. Mit mir als Zeugen? Ohne Folterspuren. Außer ein paar Hieben in die Fresse und der Giftspritze. Die habe ich mir natürlich selbst gesetzt.«

»Immerhin hat Ihr Humor nicht gelitten. Ich bin froh, dass Sie leben. Ich war Ihnen lang auf der Spur.«

Die Tür wurde aufgestoßen. Ein Servierwagen. Die Schwester bahnte sich ihren Weg. »Bitte sehr, meine Herren. Wie lange bleiben die Gorillas vor der Tür?«

»Weiß ich nicht«, sagte Floire.

»Dann schicken Sie welche, die Manieren haben.« Ohne Erläuterung verschwand sie. Draußen ein kräftiges *»Putain!«*.

Bassir grinste.

»Wenn es wieder geht, kommen Sie ins Gefängniskrankenhaus. Und kriegen Ihre Anklageschrift. Wenn Sie kooperieren, wird der Richter mild sein. Wenn nicht …«

»Lassen Sie das, kenne ich alles.«

»Woher?«

»Aus Filmen.«

»Sie heißen Salaheddine Bassir und sind Staatsbürger Saudi-Arabiens?«

»Ja. Ich genieße diplomatische Immunität.«

»Wenn Sie mir Ihren Diplomatenausweis gezeigt haben, glaube ich Ihnen.«

»Der ist in der Botschaft. Rufen Sie dort an.«

»Dazu bin ich nicht verpflichtet. Für mich sind Sie zuerst jemand, der sich mit Heroin fast in die Umlaufbahn geschossen hätte. Dazu kommt Propofol. Heroin ist verboten, Propofol ist Medikamentenmissbrauch. Ich muss davon ausgehen, dass Sie sich auch das Medikament illegal beschafft haben. Davon abgesehen, verdächtige ich Sie, bei der Ermordung von Sophia Canares geholfen zu haben.«

»Ich kenn die nicht …«

»Weshalb haben Sie die dann beschattet? Soll ich Ihnen die Fotos zeigen?« Er zückte sein Handy.

Bassir winkte ab.

»Sie waren in der israelischen Botschaft, bevor Sie … verschwanden.«

»Verschwanden? Sie haben einen merkwürdigen Humor.«

»Israelische Botschaft?«

»Ich habe einen Kumpel besucht.«

»Sie, als saudischer Diplomat, haben einen Freund bei den Israelis. So was kommt doch raus. Kopf ab in Riad.«

»Sie haben Vorurteile. Wie die meisten im Westen.«

»Auf die Zusammenarbeit mit den Zionisten steht die Todesstrafe«, sagte Floire.

»Es sei denn, man hat einen Auftrag …«

»Welchen Auftrag?«, fragte Floire.

»Sie glauben doch nicht im Ernst …«

»Stellen Sie sich vor, wir stecken Sie in den Knast. Und in einer Zeitung steht, Sie seien ein Spitzel der Juden.«

Bassir blickte ihn lange an. »Sie sind nicht besser als diese Frau mit dem Bügeleisen.«

»Hab ich das behauptet? Ich bin schlimmer.«

101.

»Was haben wir?«, fragte die Kanzlerin. Der Konferenzraum war militärisch karg ausgestattet. Die Kanzlerin musterte Becker. Der den Generalbundesanwalt.

»Nichts, Frau Bundeskanzlerin, außer ein paar … Hypothesen.«

»Gibt es Bekenner wegen der Moschee?«

Becker schüttelte den Kopf. »Ich glaube mit Herrn de Bodt, die haben die Moschee gesprengt, um abzulenken. Sie haben vermutlich Ahmed Abdulrahman gemeint, der den oder die Mörder von Frau Quirino geführt hat. Wir suchen nach ihm. Bisher nichts. Weder unter den Opfern noch in freier Wildbahn. Ich nehme an, er hat sich nicht mit in die Luft gesprengt … Oder doch.«

Der Innenminister legte die Hände auf seinen Bauch und ließ die Daumen umeinanderkreisen. Eine dynamische Raute.

Der dünne Außenminister saß mit geradem Rücken wie ein Pennäler. Verfassungsschutz und BND tuschelten. Der Berliner Generalstaatsanwalt Zecher fühlte sich unwohl. Es war der Nachfolger. Der Vorgänger war mit Erleichterung in die Pension verabschiedet worden.

»Und bei Ihren Islamistenfreunden? Freudenfeste?«

»Keineswegs. Die einen glauben, dass der Mossad die Moschee angegriffen hat. Die anderen sind auch böse und suchen jemanden, an dem sie sich rächen können. Sie glauben nur, dass der Iran dahintersteckt. Der wird ja auch verdächtigt, den Angriff auf Mekka angezettelt zu haben. Dies war nur ein kleiner Auszug aus den Verschwörungstheorien, die gerade umgehen. Jede Minute eine neue.«

Die Kanzlerin lehnte sich zurück. Schloss die Augen. »Wir haben zwei ermordete Dienstmädchen von den Philippinen. Ein drittes ist verschwunden. Vermutlich auch tot. Irgendeine von den drei Frauen hat etwas mitgekriegt, das sie besser nicht mitgekriegt hätte …«

»Oder die Mörder glauben, dass sie etwas mitgekriegt haben«, sagte de Bodt.

»Schön, dass Sie es noch komplizierter machen.«

De Bodt blickte sich um. Sah die Erschöpfung und Ratlosigkeit. Sie alle wurden gemessen an der Aufklärung dieses Falls. Das Publikum gewährte keine mildernden Umstände. Die Kanzlerin mochte für sich denken, dass sie es in ein paar Wochen hinter sich hatte. Aber wollte sie am Ende scheitern? Was hatte sie alles hinter sich gebracht? Die Finanzkrise, den Irren in Washington, Putin, den Libyenkrieg, das Coronavirus. Aber das letzte Scheitern überstrahlte alles. Genauso wie einer eine Niederlage an die andere reihen konnte. Wenn er aber am Ende eine große Nummer hinlegte, würde ihr Glanz ihm zeitlebens anhaften. Falsche Reihenfolge, dachte de Bodt.

»Und nicht mal unserem Genie fällt etwas ein?«, fragte der Innenminister.

»Wir verdanken dem Kollegen einige Erfolge. Wenn auch nicht den Durchbruch«, sagte Becker. »Ich würde dringend darum ersuchen, Herrn de Bodt eigene Ermittlungen führen zu lassen. Seine Zusammenarbeit mit dem BKA ist hervorragend.«

Da musste de Bodt doch innerlich grinsen.

»Sieht man davon ab, dass nichts herausgekommen ist«, sagte der Verfassungsschutz spöttisch.

»Wir hatten die Mörder des Berliner Opfers und haben den, der sie umgebracht hat.«

»Sie wurden vor den Augen unseres Ersten Hauptkommissars erschossen.«

»Wir haben den Täter, aber sonst nichts. Er kennt Karl May und nennt sich Hadschi Halef Omar und so weiter.«

Der BND grinste.

»Wir haben sein Bild in alle Fahndungslisten gestellt, die es gibt. Vielleicht meldet sich jemand. Aber Hadschi und so weiter entstammt vermutlich der Märchenwelt.«

»Ich hoffe, Sie haben sich nichts vorzuwerfen wegen der Sache. Zwei Tatverdächtige im LKA …«, sagte der Generalstaatsanwalt. Offenbar, um auch etwas zu sagen.

De Bodt schwieg. Der Generalstaatsanwalt blickte ihn böse an. Und schwieg auch.

Der Generalbundesanwalt aus Karlsruhe sagte: »Wenn ich es richtig verstehe, sind diese Morde Gefechte auf einem Nebenkriegsschauplatz. Im Kern geht es um einen Frieden von arabischen Staaten mit Israel, ausgenommen in jedem Fall Katar.«

»Ja, ja, ja«, unterbrach der Innenminister. »Das haben wir alles schon gehört.«

»Sie haben ganz recht«, sagte de Bodt. »Wir haben die Ermittlungen gegen die Wand gefahren. Das müssen wir hier jetzt nicht weiter ausbreiten.«

Er erhob sich und verließ den Raum.

102.

»Was haben die in Paris?«, fragte de Bodt, zurück im Büro.

»Bassir, den Typen, der Floire verfolgt hat. Und der die israelische Botschaft aufgesucht hat. Offenbar eine größere Nummer. Chauffeure und Putzfrauen schicken die jedenfalls nicht zu anderen Botschaften«, sagte Yussuf. »Der hat einen Freundschaftsbesuch bei Katt und Merkow überlebt und liegt jetzt als armes Drogenopfer im Krankenhaus. Floire und Kollegen haben bereits einen Mordanschlag abgewehrt. Den Attentäter haben sie lebend. Wäre noch ein Zeuge, der hoffentlich überlebt.«

De Bodt öffnete die Tür zum Vorzimmer. Drückte die Telefongabel runter. »Besorgen Sie mir bitte einen Flugschein für morgen früh. Nach Paris. Kein Rückflug.« Er blickte die Engel an. »Dem Wellensittich Ihrer Tante geht es gut, hoffe ich.« Schloss die Tür.

Salinger blickte ihn vorwurfsvoll an.

»Ihr kümmert euch um Hadschi Halef Omar. Vielleicht ist er ja gesprächiger.«

Salingers Laune besserte sich.

»Wir können jetzt schon anfangen.« Blickte zu Yussuf.

Der rief den Gefängnisarzt an. Legte auf und nickte.

Hadschi und so weiter grinste sie an. Salinger schob einen Stuhl dicht ans Bett. »Wir haben beschlossen, Sie als schwulen Zionistenfreund in U-Haft zu schicken. Sie werden binnen Sekunden zum beliebtesten Häftling in Moabit.«

»So sieht das also aus mit dem Rechtsstaat«, sagte Hadschi ruhig. »Heben Sie mal das Kopfteil an und verriegeln Sie es. Ich mag es nicht, wenn Leute auf mich herabblicken.«

»Gern«, sagte Yussuf. »So recht?«

Hadschi nickte.

»Wenigstens hier soll es Ihnen an nichts fehlen«, sagte Salinger. »Für später kann ich Ihnen das nicht versprechen.«

»Sie sind Heuchler«, sagte Hadschi. »Menschenrechte am Megafon und Folter im Knast.«

»Kann man so sehen«, sagte Yussuf. »Aber es ist mir egal, wenn man es mit Typen wie dir zu tun hat.«

»Ich habe das Recht auf einen Anwalt. Sofort!«

»Gar nichts hast du«, sagte Yussuf. »Wir können einen Deal machen. Du erzählst uns, wer dich geschickt hat. Und wir ersparen dir Probleme im Knast. Kriegst eine Einzelzelle …«

»Das ist mein Recht …«

»Für einen Mörder kennst du dich gut aus. Du kannst ja klagen, wenn wir dich in eine Viermannzelle stecken. Das dauert. Arabische Terroristen sind hier wirklich beliebt.«

Allmählich schien sich Hadschi seine Lage vorzustellen. »Ob mich meine Leute umbringen oder welche im Knast, es ändert nichts.«

»Ein logischer Gedanke«, sagte Salinger. »Wir können dich schützen. Gegen beide. Deine Auftraggeber und die bösen Jungs im Knast.«

Hadschi schloss die Augen. Er war blass, die Stirn glänzte. Er war nicht blöd genug, um seine Lage rosig einzuschätzen.

103.

Zurück im Büro. De Bodt saß noch am Schreibtisch. »Fahrt schon mal nach Hause. Ich habe noch was vor.«

»Bob?«, fragte Salinger.

Yussuf hatte das Telefon am Ohr. Er sprach offenbar mit Jasmin. Seiner Freundin, die es nicht aushielt mit ihm, sich aber immer wieder meldete. »Das ist heute so«, hatte Salinger ihn belehrt. »Jedenfalls bei jungen Leuten.«

»Ja, Omi« hätte ihm eine rechte Gerade in die Rippen eingebracht. Aber das war vor dem Fall.

»Bob«, sagte de Bodt.

»Nimm mich mit.«

»Seit wann stehst du auf den Typen?«

»Wenigstens ein richtiger Mann. Weckt archaische Gefühle. Mammutjäger kommt blutüberströmt heim, und Mami hat schon das Feuer angefacht.«

»Wir gehen mal Grillen in den Görli. Das ist fast genauso«, sagte de Bodt.

Auf dem Weg nach Moabit kam ihnen ein Containerlaster entgegen. Der Fahrer fuhr schnell, zwang Salinger auszuweichen. »Das man mit so einem Monster überhaupt in die Stadt darf.« Als sie parkten, rangierte der Lkw rückwärts Richtung Knast. Fünfhundert Meter vor dessen Tor hielt er.

»Schön, dass er uns nicht umfahren will.«

De Bodt blieb eine Weile stehen und betrachtete das Monster. Ein Auto quetschte sich an dem vorbei, mit Blaulicht. Sicherte die Straße. Nicht elegant gelöst, die Aufgabe.

Robert Wedenstein saß schon im Besprechungsraum. Am Fuß angekettet. In der Hand eine Zigarette. Vor sich einen Becher Kaffee.

»Schon wieder. Ohne mich willst du auch nicht sein. Du solltest mich hier rausholen, und wir feiern Hochzeit auf den Seychellen.«

»Davon hab ich letzte Nacht geträumt. Und bin schweißgebadet aufgewacht. Scheiß Albtraum.«

»Ich lese gerade Freud. Traumdeutung. So viel hab ich kapiert: In Wahrheit sehnst du dich nach mir. Willst es dir aber nicht eingestehen. Dein Über-Ich kämpft noch dagegen. Aber vergeblich.«

»Wir diskutieren das später«, sagte de Bodt.

»Eifersucht, was?«

»Klar«, sagte de Bodt. »Aber zuerst was Geschäftliches. Wir schicken Ihnen einen Saudi in die Zelle …«

»Kommt nicht infrage. Das ist meine Zelle.«

Sie war behindertengerecht ausgestattet. Um das hinzukriegen, hatte die Verwaltung zwei Zellen zusammengelegt. Es lohnte sich, schließlich hatte Wedenstein lebenslänglich mit Sicherheitsverwahrung.

»Sie tun was für uns, wir tun was für Sie.«

»Was soll ich tun, und was springt raus?«

»Wir kennen nicht mal den Namen von dem Typen. Er ist ins LKA hereinspaziert. Hat sich als Dolmetscher ausgegeben und vor meinen Augen zwei Zeugen erschossen.«

»Wow … Da stand was in der Zeitung, und im Radio haben sie was gebracht. Aber die haben die wichtigsten Dinge nicht erzählt.«

»Nun wissen Sie, mit wem Sie es zu tun haben. Der Typ ist eiskalt. Wir glauben, er arbeitet für den saudischen Geheimdienst. Wenn Sie dem was entlocken können, rede ich mit dem Staatsanwalt und dem Knastdirektor. Regelmäßig Ausgang, natürlich in Begleitung …«

»Wenn Salinger …«

»Einmal, versprochen«, sagte sie.

»Wie lang hab ich den an der Backe?«

»Höchstens zwei Wochen. Je schneller Sie ihn zum Trällern bringen, desto kürzer. Sie könnten ihn schon morgen, übermorgen los sein.«

»Und der ist gefährlich.«

»Ja.«

»Ich brauch ein Messer.« Klopfte auf die Lehne des Rollstuhls.

De Bodt überlegte.

Salinger sagte: »Sie spinnen wohl?«

»Reicht ein angespitzter Schraubendreher?«, fragte de Bodt.

Bob nickte.

»Solange Sie den haben, bleibt die Knasttür verschlossen. Wenn Sie uns erpressen wollen und Hadschi Halef Omar das Ding an den Hals halten, erschieße ich Sie. Ob Hadschi dabei was abkriegt, ist mir egal. Sie geben die Waffe danach durch den Türschieber ab. Ich hole sie mir persönlich zurück. Das alles vorbehaltlich der Zustimmung des Direktors. Und der wird den Justizsenator fragen. Der den Regierenden Bürgermeister. Der die Bundeskanzlerin und die den lieben Gott. Mal sehen, was der dazu sagt.«

»Ohne Waffe wird es nichts. Der Typ ist gefährlich. Ich sitze im Rollstuhl. Kapiert?«

»Okay.«

»Klingt nach einem Deal. Normalerweise verpfeife ich keinen. Aber dieses Terrorpack geht mir auf den Keks. Das soll in der Hölle braten.«

»Mal sehen, wann wir Hadschi in die Zelle verlegen können. Zurzeit kuriert er eine Schussverletzung aus. Ich sag Ihnen rechtzeitig Bescheid.«

Es knallte, rumste, die Wände wackelten. Risse in der Wand. Noch ein Schlag, als etwas zusammenstürzte.

104.

Harun al-Rashid drückte die Zigarette aus. Er brauchte mehrere Versuche. Ihn beherrschte eine Mischung aus Wut und Angst. Nordin Amrabat betrachtete seinen Chef. Seit dem Angriff auf Mekka hatte er ihn nicht mehr so aufgebracht erlebt.

Amrabat war Chef des Sondereinsatzkommandos. Einer geheimen Kampfeinheit. Ausgebildet von den Navy Seals der Amerikaner, bewaffnet mit allem, was gut und teuer war. Amrabat hatte eine Biografie über Napoleon gelesen, dessen Expedition nach Ägypten. Er sah seine Männer als kaiserliche Garde, obwohl sie nur einen König schützte. Amrabat liebte den Rückgriff auf Ruhmestaten der Geschichte. Die Garde, die sich in Waterloo abschlachten ließ, weil Aufgabe ihr ein unbekanntes Wort war. Die Garde stirbt, aber sie ergibt sich nicht.

Im Notfall musste man beim Sterben helfen. Deshalb hatte Nordin Amrabat einen Container-Lkw aus Kasachstan nach Berlin geschickt. In Polen bestückt mit einer Boden-Boden-Rakete Marke Eigenbau. Genauer: Nachbau einer Scud A im Maßstab eins zu zwei. Die hatte man in Einzelteile zerlegt, in Holzkisten verpackt und als Agrarmaschinenteile nach Tschechien gebracht. In eine verlassene Lagerhalle in einem Kaff namens Mahouš. Dort hatte man die Waffe wieder zusammengebaut und alle Funktionen getestet außer dem Start. Sie hatten das Dach des Containers herausgetrennt und es mit Scharnieren an der Kopfseite versehen. Ein Elektromotor und hydraulische Kolben würden es anheben, damit die Rakete abgefeuert werden konnte. Was ferngesteuert geschah.

Es war nicht schwer herauszufinden, wo al-Kahled lag: in der Krankenabteilung des Moabiter Gefängnisses. Die Entfernung zwischen dem Container und dem Gefängnis betrug fünfhundert Meter. Da gab es nichts zu rechnen. Die Rakete würde treffen und das Gebäude zerstören.

Al-Rashid blickte auf den riesigen Bildschirm an der Wand. »Da, das Chaos.«

Sie sahen Aufnahmen aus einem Hubschrauber. Dann die ehemalige Front des Gefängnisses. Reporter im Wettlauf mit Polizei, Feuerwehr und Krankenwagen. Ein Inferno aus Blinklichtern und Sirenen. CNN war zuerst vor Ort. Die Reporterin versuchte, die Katastrophe in Worte zu fassen. Eine Rauchwolke zog über sie hinweg. Sie hustete und stotterte. Es war die sinnvollste Weise, das Geschehen wiederzugeben.

105.

Salinger fasste de Bodt an der Hand.

»Schließen Sie die Scheißhandschellen auf!«, schrie Bob.

Der Besprechungsraum hatte Risse abgekommen. Die Tür klemmte. De Bodt trat dagegen. Beim dritten Mal öffnete sie sich. Die Decke des Flurs war teilweise runtergebrochen. Unter einem Trümmerberg ragten Hände und Beine heraus.

»Roll unseren Freund an den Tisch und fessele ihn wieder.« Salinger erledigte es, während de Bodt anfing, den Schutthaufen wegzuräumen. Sie kehrte zurück und half. Als sie das Gesicht freigelegt hatten, sahen sie, dass der Mann tot war. Sie gingen weiter in den Gang. Er führte zum Ausgang, war aber zugeschüttet. Der Boden war nur noch ein Loch. Die Decke hatte es teilweise gefüllt. Vorsichtig querte de Bodt die Lücke. Fiel auf die Knie, fluchte vor Schmerzen, erreichte aber die andere Seite. Wo der Boden nur stabil aussah und nachgab. De Bodt sprang zurück. Der Boden, auf dem er gerade gestanden hatte, stürzte ein.

»Wir gehen zurück in den Besprechungsraum und warten, bis uns jemand rausholt.« Salinger rief Yussuf an. »Alle deine Hoffnungen trügen, wir haben überlebt.«

»Puuuh!« So laut, dass die anderen es hörten.

»Unser Freund Wedenstein ist schön angebunden wie ein Kettenhund auf dem Bauernhof.«

»Das Mitleid übermannt mich.«

»Scheißkerl!«, sagte Bob.

»Komisch, der mag mich nicht. Ich sag Bescheid, dass die euch einen Bagger schicken. Oder sollen wir uns Zeit lassen, weil ihr es gerade so gemütlich habt?«

De Bodt blickte zur Decke. Wo sich ein neuer Riss entlangzog.

»Die sollten sich beeilen, bevor uns die Decke auf den Kopf fällt«, sagte Salinger.

106.

»Verfluchte Scheiße!«, rief Floire. »Verfluchte Scheiße!«

»Benehmen Sie sich gefälligst!«, brüllte Lebranc.

»Verfluchte Scheiße!«, wiederholte Floire. »Die haben das Moabiter Gefängnis in Berlin gesprengt. De Bodt und Salinger sind in den Trümmern begraben.«

»Verfluchte Scheiße!«, entfuhr es Lebranc. »Bringen Sie Bassir in Sicherheit. Am besten nach Guantanamo.«

»In einem Militärbunker«, erwiderte Floire. Rief seinen Onkel an. Der wiederum jemanden anrief. Bis es bei Floire klingelte. Ein Oberst Gilbert aus dem Generalstab des Heeres.

»Wir haben in Fontainebleau das, was Sie suchen. Es existiert nicht mehr. Verstanden?«

»Verstanden. Ich schicke Ihnen das Paket in einem gepanzerten Wagen mitsamt Arzt, Schwester und einer Kompanie CRS. Um das Krankenbett nicht zu vergessen.«

»Wir können binnen einer Stunde einen Bunkerraum in eine Krankenstation verwandeln, keine Sorge. Wir haben das geübt.«

Lebranc hörte zu. Erlebte, wie sein Assistent Heerscharen hin und her schob. Unfassbar. Nur wegen dieses Onkels und der Gnade des Präsidenten. Jede und jeder wusste, dass Floire Günstling des Präsidenten war, seit er dessen Frau gerettet hatte. Niemand zweifelte an einer steilen Karriere, die gerade erst begonnen hatte. Und niemand wollte aufs falsche Pferd setzen. Das Lebranc hieß.

Ein alter Atombunker der Armee. Es muffte. Wassertränen an den Wänden. Die Pforte war schon geöffnet. Sie lag zwei Meter unter der Erde. Es ging steil hinab. Sie hielten Bassirs Trage fest, damit sie sich nicht selbstständig machte und gegen das Tor raste. Immerhin mussten sie ihn nicht hinuntertragen. »Früher gab es einen elektrischen Seilzug, der eine Art Lore bewegte. Um schwere Lasten zu transportieren«, sagte der Onkel. Der wie ein Derwisch aus dem Nichts aufgetaucht war. »Ein paar Meter und Türen weiter gibt es noch einen Gefechtsstand. Der funktioniert nicht mehr. Zu unserem Glück. Mein lieber Neffe hätte bestimmt gern ein bisschen mit der *Force de dissuasion* gespielt, die Zivilisten gern *Force de frappe* nennen.«

Der Bunker hatte eine Krankenstation, wo bereits zwei Soldaten an Geräten hantierten.

Ein General erschien. Begrüßte den Onkel. Der seinen Neffen herbeiwinkte. Der General blickte aus seinem knochigen Gesicht zu Floire herunter. Der kein Zwerg war. »Von Ihnen habe ich gehört. Nur Positives.«

»Danke, Herr General.«

Der ließ ihm die zivile Ansprache durchgehen.

»Darf ich Ihnen die Einrichtung und den Gefangenen zeigen, *mon général?*«, fragte der Onkel.

»Na ja, die Einrichtung kenne ich noch. Die ersten Übungen haben wir hier veranstaltet. Leider konnten wir nicht verhindern, dass der Iwan am Ende seine Zehen in den Atlantik steckte. Und Mama und Papa beweinte, die in Moskau oder Leningrad den Atomtod gefunden hatten.«

»Welch Glück, dass der Iwan trotz Ihrer Übung zu Hause blieb«, sagte Floire.

Der General lachte. »Wenn Sie wüssten, was wir damals durchgespielt haben, Sie wären gleich so grauhaarig wie ich.« Setzte wie zur Bestätigung die Uniformmütze ab, fuhr sich durch die Stoppelhaare und setzte die Mütze wieder auf.

Als sie die Krankenstation betraten, lag Bassir schon darin. Er trank Wasser aus einem Becher.

»Wir haben noch Notfalldosen, die könnt ihr aufessen«, sagte der General grinsend. Ihm schien das Spektakel Spaß zu machen.

Er stellte sich an den Fuß des Bettes und machte ein ernstes Gesicht. Der Onkel stand in Uniformpracht neben ihm.

Floire beobachtete Bassir. Wie dessen Gesicht erbleichte.

»Wir können hier mit Ihnen veranstalten, was wir wollen«, sagte der Onkel. Astreines Englisch. »Niemand hört Sie hier. Wir könnten Sie ein paar Gänge weiter im Leichenraum in einem Zinksarg verschweißen. Und niemand fragt nach Ihnen.« Er wartete, um zu sehen, ob seine Ansprache Eindruck machte. Die Blässe in Bassirs Gesicht mochte von dessen Verletzung herrühren. Oder vom Schreck.

Der Onkel wandte sich an Floire. »Wir überlassen euch das Fünf-Sterne-Hotel. Wenn was nicht funktioniert, anrufen. Das Tor lässt sich elektrisch öffnen und schließen, sogar mit einer Fernbedienung.« Drückte Floire eine Kiste in die Hand. »Macht die nicht kaputt. Sonst kommt ihr nicht mehr raus. Und drinnen gibt es kein Funknetz. Wenn du also nicht willst, dass euch Frühhistoriker in zweitausend Jahren hier finden … Batterien für die Fernbedienung habe ich auch mitgebracht. Und eine Flasche Cognac. Falls dir langweilig wird.« Reichte Floire zwei Tüten. Der legte die Fernbedienung auf den Boden. Nahm die Tüten. Dann packte er die Fernbedienung in die Tüte mit dem Cognac und bedankte sich.

Der Onkel tippte an den Mützenrand und folgte dem General, dessen Silhouette sich in der Nacht verlor. Weit, weit weg leuchtete Paris im Himmel.

107.

»Die haben die Krankenstation angegriffen. Ihr Hadschi dürfte tot sein. Wenn wir Teile von ihm finden. Die sich vermutlich mit den Molekülen des anderen Killers verschmolzen haben. Hier ist alles Staub und Fetzen«, sagte die Zander am Telefon. »Ich dachte immer, das Abfeuern von Raketen wäre nur an Silvester erlaubt.«

»Schön, dass Sie mich auf die Strafbarkeit dieser Attacke hinweisen. Die können nicht abgehauen sein?«

»Nein. Sie wurden doppelt bewacht, sagt der Direktor. Die Kollegen hat es auch erwischt. De Bodt, Sie ziehen Trümmerfelder an wie Motten das Licht. Sie wissen, ich mag Sie. Aber vielleicht lassen wir die Gangster mal eine Weile in Ruhe. Seit Sie hier sind, ebnen irgendwelche Verrückte Berlin nach und nach ein. Ich sage nur Oberbaumbrücke, Kanzleramt, LKA 1 und jetzt die Moschee und der Knast. Bevor Sie kamen, haben diese Leute höchstens mal einen Mülleimer angesteckt.«

»Vielleicht sollte ich in Frühpension gehen …«

»Aber bitte mit PK und Tamtam. Damit es auch jeder kapiert. Und danach lade ich Sie zu einem Espresso ein.« De Bodt sah sie um ihre Kaffeemaschine herumtanzen wie Komantschen um den Marterpfahl. »Allein diese Aussicht beflügelt meinen Abgang in die Frühpension.«

»Sagen Sie denen, die sollen Sie zum Kriminalrat befördern, dafür würden Sie abtreten.«

»Was wäre ich ohne Ihre Ratschläge? Stellvertretender Chef der Asservatenkammer oder wieder Streifenbulle.«

»Endlich haben Sie's kapiert. So, ich muss jetzt wieder Leichenteile suchen.« Legte auf.

So verarbeitete die Zander Druck und Trauer. Es gab schlechtere Methoden.

»So, du willst also in Frühpension«, sagte Salinger.

De Bodt lächelte. »Glaubst du, ich würde den Idioten Ostern und Weihnachten zusammen bescheren?«

»Nee. Ich dachte nur, du wärst vernünftig geworden. Was ich bedauert hätte.«

Es knirschte von weit her. »Der Bagger«, sagte Salinger. »Man muss sich das mal vorstellen: Um Hadschi Halef Omar und den anderen Haudrauf auszuschalten, jagen die mal schnell das Gefängnis in die Luft. Statt einen Mörder zu schicken oder einen Knasti zu kaufen, gehen sie auf Nummer sicher.«

»Nein«, sagte Bob. »Die hatten es eilig. Die mussten sie ausschalten, bevor sie reden konnten. Da ist so eine Rakete ein tolles Ding. Wenn man sie gerade zur Hand hat.«

»Was verrät uns das?«, fragte de Bodt. »Wenn sich jemand mit so was auskennt …«

»Ich tippe auf eine Scud A oder einen Nachbau. Geringe Reichweite, geringe Treffsicherheit, aber wenn man das Ding aus ein paar hundert Metern mit direktem Richten abfeuert, klappt das«, sagte Wedenstein.

»Wenn Sie eine Kurzstreckenrakete brauchten, wo würden Sie die kaufen?«, fragte de Bodt.

»Die gibt es überall, angefangen von ehemaligen Sowjetrepubliken, in arabischen Ländern wie Syrien, Libyen oder dem Irak. Jedenfalls überall dort, wo der Westen den Traum von Freiheit und Demokratie herbeigebombt hat. Aber ich würde das Teil bei den Russen kaufen. Neu, im Bestzustand.«

»Die verkaufen Raketen an Privatpersonen?«, fragte Salinger.

Die Decke knirschte, zitterte. Ein Riss schoss diagonal über ihnen durch die Decke.

»Wenn es Ihnen nutzt, verkaufen die Ihnen alles.«

»Und verschicken es dann per DHL …«

»DHL wurde ja auf den Hund gebracht. Eher UPS … Scherz beiseite, die liefern das über verwirrend viele Stationen. Vielleicht über Kasachstan, Belarus, Serbien. Oder man muss sich das Gerät in Syrien abholen. Was weiß ich? Ist auch eine Frage des Preises.«

»Was kostet so eine Rakete?«, fragte de Bodt.

Von Weitem hörten sie Stimmen, gedämpft durch Schutt und Mauerreste.

»Rollen Sie mich in diese Ecke da.« Zeigte hin. »Stellen Sie sich neben mich, dicht an die Wand. Die Decke kommt in der Mitte runter, nicht an den Seiten.«

Kaum standen sie an der Wand, ächzte die Decke. Holzbalken rissen. Es knallte, rumpelte. Ein weiterer Riss kreuzte den vorherigen. Dann krachte die Decke herunter.

De Bodt und Salinger drehten die Gesichter an die Wand. De Bodt bedeckte Bobs Gesicht mit der Hand.

Sie standen in einer Staubwolke. Husteten.

»Hängt davon ab, wo Sie das Ding kaufen. Es ist ein politischer Preis. Bei Putin kostet eine Scud A vermutlich um eine Million Dollar. Im Irak ein Zehntel. Es gibt Raketen für die Reichen und für die Armen. Die Welt ist nicht gerecht.«

Als Erstes sahen sie Yussufs Gesicht. Der blickte Bob an. »Sie schließe ich von meiner Wiedersehensfreude aus.«

Bob grinste.

Sanitäter drängten sich durch das Loch. Dann die Zander. Weißbestäubt, Schneewittchen als Oma.

»Wie viele Opfer?«, fragte de Bodt.

»Alle in der Krankenstation. Manche Stationen waren dagegen kaum betroffen. Ein paar Knastis sind abgehauen. Aber das ist unwichtig. Ihr habt keine Zeugen mehr. Namenlos sind sie im Nichts verschwunden.«

»Wenn kein Wissbares vorhanden ist, so gibt es auch kein Wissen, denn es wäre das Wissen von Nichts. Aber wenn auch kein Wissen besteht, so hindert dies nicht das Bestehen des Wissbaren.«

Die Zander schaute ihn an.

Bob begann zu lachen. »Wenn der stirbt, müsst ihr sein Maul extra totschlagen.«

»Für bildungsferne Schichten: Das ist Aristoteles und die Wahrheit.« De Bodt zwängte sich durch das Loch. Salinger und Yussuf folgten.

Draußen stand eine Horde Schließer herum. »Suchen Sie Wedenstein eine schöne Zelle, falls es seine erwischt hat. Er mag's gemütlich. Aber nicht dass er euch wegrollt.«

108.

»Die Freilassung wäre das Schlimmste, was dir passieren könnte«, sagte Floire.

Bassir saß auf einem Stuhl neben dem Krankenbett in der Mitte des Raums. Er hatte die Betonwände angesehen. Die ihm erklärten, dass er nicht den Hauch einer Chance hatte, hier herauszukommen. Es sei denn, der Flic ließ ihn laufen. Aber es war richtig. Seine Leute würden ihn behandeln wie einen Aussätzigen. Und ihn umbringen. Weil sie sich nicht vorstellen konnten, dass er so lange in den Händen des Feindes bleiben konnte, ohne sie zu verraten. Sonst wäre er nie freigekommen. Er konnte machen, was er wollte: er war verloren.

»Ich habe der Frau mit dem Bügeleisen alles gesagt, was ich weiß.«

»Ich kenne nur eine Frau mit einem Bügeleisen, meine Mutter. Und die hat Sie nicht befragt.«

Bassir schwieg lange.

»Canares, wo ist sie?«, fragte Floire.

»Keine Ahnung.«

»Aber Sie kennen sie?«

Bassir nickte. »Ja.«

»Lebt sie noch?«

»Keine Ahnung.«

»Wurde sie außer Landes gebracht?«

»Keine Ahnung.«

Floire holte nicht aus, sondern schlug dem Mann unvermittelt auf die Nase.

Bassir brüllte auf. Dann sank er in sich zusammen.

»Wo ist Canares?«, fragte Floire.

»Ich weiß es nicht.«

»Wenn man Sie zu den Israelis schickt, sind Sie kein Laufbursche. Sie wissen mehr, als Sie zugeben.«

Bassir blickte auf. Das Auge begann rot anzulaufen. »Ich weiß …« Er blickte auf Floires Faust. Fürchtete den nächsten Schlag aus dem Nichts. »Ich glaube, dass sie noch hier ist. Sie wird vernommen.«

»Wenn sie stirbt, stirbst du auch«, sagte Floire. Finsternis im Gemüt. »Du solltest dich bemühen. Wir können dir helfen, mit neuen Papieren. Du kannst abtauchen. Aber nur, wenn ich Canares lebend finde.« Groll kam dazu. Und Erschrecken über sich selbst. Seine Seele zeigte ihm ihre schwarze Seite. »Der Zinksarg steht schon bereit. Ich verspreche dir, es wird kein muslimisches Begräbnis geben. Du kannst alle Märtyrerträume in der Pfeife rauchen. Du bist ein kleiner, mieser Spitzel …« Er suchte nach Worten und hatte plötzlich de Bodt im Ohr. Der immer sagte: »Textet die Leute nicht zu. Die meisten fürchten die Stille. Wenn sie auf sich zurückgeworfen sind. Wenn sie sich aushalten müssen. Wenn das nicht funktioniert, könnt ihr immer noch auf Reden umschalten.«

Floire erhob sich und verließ den Raum.

»Ich muss pissen!«, hörte er noch.

109.

»Jedes Ereignis ist eine Information«, sagte de Bodt.

Sie saßen in ihrem Büro und blickten ihn fragend an.

Uhlenhorst trat ein: »Scud A, könnte sein. Wir haben kyrillische Buchstaben gefunden. Die Abschussrampe ist allerdings Marke Eigenbau. Container auf einem Laster. Die Decke wurde angehoben, die Tür geöffnet, und dann startete die Rakete. Ferngesteuert alles. Vorbeischießen war unmöglich.«

De Bodt nickte.

Es erschienen Becker und Tilly.

Becker stellte sich neben de Bodt. »Lassen Sie sich krankschreiben«, flüsterte er. »Nehmen Sie die Attacke nicht auf die leichte Schulter. Ich kenn so was. Nachher sitzt man monatelang beim Hirnverdreher. Und der fragt Sie nach Mami und Papi. Und Sie fragen sich, wann der endlich damit aufhört.«

De Bodt lachte. »Ich komm drauf zurück, wenn der Wahn sich meldet.«

»Passen Sie auf Ihre Kollegin auf. Die tut immer so, als steckte sie alles weg. Tut sie aber nicht. Tut keiner. Und irgendwann bricht sie zusammen. Oder stellt was an.«

»Danke«, sagte de Bodt.

Tilly beäugte die beiden.

»Jetzt haben wir nur noch Bassir«, sagte de Bodt.

»Den haben die Franzosen«, sagte Tilly.

»Dann werden Salinger und ich ihn dort vernehmen.«

110.

Harun al-Rashid wusste es. Was mit Leitern geschah, die versagten. Die Befehle von MbS mussten befolgt werden. Scheitern gab es nicht. Der Kronprinz würde sie raushauen, wenn sie ihm folgten. So hatte er Khashoggis Mörder zum Tod verurteilen lassen. Um dann der Familie des Opfers deren Leben abkaufen zu lassen. Wie die Scharia es befahl. Alles ein Zirkus, um das Gesicht nicht zu verlieren. Und ein Eingeständnis, dass er der Schreibtischmörder war. Was aber im Westen niemanden kratzte, Menschenrechte hin und zurück.

Es ärgerte ihn, dass ausgerechnet eine beschissene Filipina ihnen auf die Spur kam, ungläubig und auch sonst nichts wert. Sie hatten sich gegen alle Geheimdienste abgesichert. Und dann das. Oder waren die drei Agentinnen? Nicht mal in einem schlechten Film. Aber manchmal war das Leben schlechter als der schlechteste Film.

MbS hatte ihn freundlich behandelt beim letzten Gespräch. Und Harun al-Rashid hatte den Unterwürfigen gegeben. *Jawohl, Eure Majestät, jawohl, Eure Majestät.*

Beide wussten, was sie von dem Schauspiel zu halten hatten. Nur hatte MbS die Macht, seinem Untergebenen den Kopf abschlagen zu lassen.

»Wir müssen Bassir ausschalten. Um jeden Preis.«

»Jawohl, Eure Majestät.«

»Finden Sie ihn, nehmen Sie sich so viele Leute, wie Sie brauchen. Ich unterstelle Ihnen unser Botschaftspersonal in Paris. Ausgenommen den Botschafter.«

Der Kronprinz gab ihm alle Mittel. Und verlangte Erfolg.

»Fahren Sie selbst hin. Leiten Sie die Operation vor Ort.«

»Dazu hatte ich mich gerade entschlossen, Eure Majestät.«

»Bericht jeden Abend.«

Harun al-Rashid buchte die erste Maschine nach Singapur. Von dort nach Paris.

111.

Sie saßen in Lebrancs Büro. Der hatte Floire in das Bistro gegenüber geschickt. Und dieser hatte im Flur einem Flic zwanzig Euro in die Hand gedrückt und die Einkaufsliste dazu.

Lebranc hatte seinen Assistenten mit einem bösen Blick durchlöchert, als der gleich zurückkehrte. Mal wieder.

»Die müssen ihn finden und ausschalten. Sie gehen davon aus, dass er vielleicht schon alles verraten hat. Aber ein toter Zeuge ist besser als ein lebender. Kann Bassir nicht widersprechen, dann hat er diese Lügen nur erzählt, weil wir ihn gefoltert und unter Drogen gesetzt oder sonst was haben. Dann war es wieder der Mossad oder die CIA oder beide zusammen«, sagte de Bodt.

»Vielleicht ist das ja gar nicht falsch?«, fragte Lebranc.

Salinger saß neben de Bodt, verstand kaum ein Wort und wusste doch, was diskutiert wurde.

»Machen Sie sich keine Sorgen, Bassir ist atombombensicher untergebracht. Eine Rakete käme an den nicht heran wie in Berlin. Und sogar wenn, sie würde nichts ausrichten«, sagte Floire.

»Sehr gut. Aber ich will, dass die den suchen. Und ich will, dass die ihn finden. Denjenigen, der Bassir spielen wird. Also mich.«

Er wiederholte es auf Englisch.

»Du bist wahnsinnig!«, sagte Salinger.

»Wen nehmen wir sonst als Lockvogel? Dich? Ali? Floire?«

Sie blickte ihn lange an: »Mich.«

»Es gibt Leute, die behaupten, dass man sein Geschlecht willkürlich wählen könne. Ich gehöre nicht dazu. Bassir bestimmt auch nicht, so als echter Macho. Sehr freundlich von dir, aber wir benötigen einen Mann als Gefangenen. Mich.«

Floire blickte ihn an. Nein, er durfte sich nicht als Lockvogel melden. Sie brauchten ihn, um Bassir weiter unter Druck zu setzen.

»Sie lassen durchsickern, dass Bassir unter Polizeiarrest in der Präfektur steht. Dass er in einer Zelle sitzt und fortlaufend vernommen wird. Wenn in der Zeitung stünde, dass Experten nicht an sein Durchhaltevermögen glaubten, umso besser. Am allerbesten wäre es, wenn von schockierenden Enthüllungen die Rede wäre.«

Lebranc machte Halsgymnastik. Was der schon wieder vorhatte. Im Geist sah sich Lebranc ein paar Tage vor der Rente gekündigt.

»Wir gucken auch, ob sich ein Containerlaster in der Gegend herumtreibt«, sagte Floire lachend.

»So schnell sind die nun auch wieder nicht. Wir brauchen an der Pforte einen korrupten Flic, der absolut zuverlässig ist. Der wird einem Journalistendarsteller stecken, in welcher Zelle ich sitze. Und die Mitarbeiter des Darstellers nicht daran hindern, in den Keller zu steigen und mich zu ermorden.« An Lebranc gewandt: »Ich nehme an, Sie haben eine Stahltür vor dem Gang mit den Zellen.«

»Selbstverständlich.«

»Dann brauchen wir nur noch verwackelte Bilder von einem Araber namens Bassir, der zur Vernehmung zur Präfektur gebracht und zum Hintereingang hineingeführt wird. Der Mann bin ich. Ich nehme an, Floire kann verwackelte Videos liefern.«

»Stabi ausschalten«, sagte der. »Krieg ich hin.«

»Und dann kommen die, drei bis fünf Mann. Stürmen in den Keller, wo ein Idiot die Tür offen gelassen hat. Und dann haben wir sie.«

Salinger blickte ihn an. Tippte sich an die Stirn. »Du musst doch nicht in der Zelle sein!«

»Sie werden nach mir rufen. Wenn keiner antwortet, hauen sie wieder ab. Im schlimmsten Fall erschießen sie unterwegs noch ein paar Polizisten.«

»Du willst dich mit denen im Zellentrakt einsperren lassen.«

»Ja, klar«, sagte de Bodt.

112.

Als er in Paris-Roissy landete, schaltete al-Rashid sein Telefon ein. Viele Nachrichten. Aber nur eine war wichtig. Internet-Portale meldeten, dass der mutmaßliche Terrorist in der Polizeipräfektur vernommen und festgehalten werde. *Nachts sitzt er in seiner Zelle und bittet immer wieder um einen Koran..*

Er nahm ein Taxi zur Botschaft. Der Fahrer fluchte fortlaufend über den Verkehr und die Idioten, die alles falsch machten.

»Sie kriegen zwanzig Euro extra, wenn Sie still sind. Ich muss nachdenken.«

Die Aussicht auf das Geld veränderte das Verhalten des Fahrers schlagartig. Und al-Rashid lehnte sich zurück. Grübelte. Immerhin wusste er, wo sich Bassir aufhielt. Sie mussten ihn so schnell wie möglich erwischen. Befreien oder töten.

In der Botschaft rief er den Militärattaché und die Sicherheitsleute zusammen. Erklärte ihnen die Lage. In ihren Gesichtern las er, dass sie ihn verstanden. Dass sie eine wichtige Operation ausführen mussten. Dass eine Belohnung sie erwartete. Dass das Unternehmen gefährlich war. Dass er, Harun al-Rashid, die Operation leiten werde. Und der erste Schritt sei, dass der Militärattaché sich mit seinem Diplomatenpass und einem Koran bewaffne. Die er dem Gefangenen in der Präfektur aushändigen wolle. Und dass er herausfinden müsse, in welcher Zelle der sitze. Dann solle er versuchen, einen Polizisten zu bestechen. Der solle ihm die Schlüssel überlassen. Was aber unwahrscheinlich sei. Es genüge, die Tür zum Arresttrakt nicht abzuschließen. Für zwanzig-, meinetwegen hunderttausend Euro bar auf die Hand sollte sich das machen lassen. Harun al-Rashid straffte sich. Er war groß, schlank und muskulös. »Wir können nicht viel vorbereiten. Es muss schnell gehen. Auch ich würde eine bessere Planung wie in Berlin vorziehen. Wir werden improvisieren müssen. Wir werden rücksichtslos jeden Widerstand brechen. Allah ist mit uns.«

»Allah ist groß!«, murmelten die Männer.

113.

Um das Klischee zu erfüllen, hatte Floire einen weißen Seidenanzug für de Bodt besorgt. Mit roten Flecken. Blut. Das Gesicht war bis auf die Augen verbunden. Sie führten ihn an Handschellen über den Hof. Langsam, die Fußfesseln ließen de Bodt mehr stolpern als gehen. Floire filmte mit seinem Telefon. Live über Facebook und Instagram. Sensation. Ein Terrorist in der Polizeipräfektur. Der Mann, der zwei junge Frauen auf dem Gewissen hatte. Auf die Wahrheit kam's nicht an. Ein Terrorist, mutmaßlich Mitarbeiter des saudischen Geheimdienstes. Floire verstellte die Stimme, sprach undeutlich. Aber die Botschaft kam durch. Presse und Fernsehen fuhren vor. Der Pressesprecher der Polizei sah aus, als hätten sie ihn gerade aus dem Bett geholt. Das war genauso falsch wie die Idee, die Polizei wolle mitten in der Nacht einen Schwerverbrecher in die Präfektur überführen, ohne dass jemand es merkte. Natürlich ließ sich der Pressesprecher am Eingang blicken. Sah so aus wie jemand, der seinen Lottoschein mit sechs Richtigen verloren hatte. Allmählich zog die Meute ab. Pressekonferenz morgen, elf Uhr, versprochen.

Derweil machte es sich de Bodt in der Zelle bequem. Wechselte die Kleidung. Prüfte die Waffen. Eine H&K MP5, eine SIG-Sauer-Pistole. Eine Eierhandgranate, eine Rauchgranate, eine Blendgranate. Erstere für den Notfall.

Salinger hatte ihm in den Ohren gelegen. »Du musst da nicht den Helden spielen. Die stürmen auch in den leeren Trakt.«

»Nein, die riechen die Falle und ballern sich den Rückweg frei. Das gäbe ein Massaker.«

»Du kannst doch kein Arabisch.«

»Yussuf hat mir eine Art Sprachlabor aufs Handy geschickt. Ich brauche nur zwei, drei Sätze. Die übe ich jetzt. Und deswegen verschwindest du ganz schnell.«

Sie stellte sich vor ihn und küsste ihn auf den Mund. »Warum musste ich mich in einen Bescheuerten verlieben?« Und lief weg.

De Bodt erstarrte. Sie hatten viel verpasst. Vielleicht hätten sie es wagen sollen.

Ihn überkamen Zweifel. Vielleicht hätte er Floires Angebot annehmen sollen. Zu zweit in der Zelle wären sie stärker gewesen. Aber er wollte dessen Leben nicht auf dem Gewissen haben. Nicht mal als Leiche. Die Zellen konnten per Kamera überwacht werden. Was, wenn die Angreifer die Monitore entdeckten? Obwohl der Raum verschlossen war. Sie hatten eilig eine Stahlplatte und ein Riegelsystem einbauen lassen. Das zu öffnen kostete Zeit. Die die Angreifer nicht hatten. Solche Unternehmen klappten schnell oder gar nicht. Bevor Verstärkungen eintrafen, Straßensperren errichtet wurden.

De Bodt hatte alles bedacht, und Floire hatte alles möglich gemacht. Lebranc hatte genickt. Wenn de Bodts Idee funktionierte, war es ein Tritt in Lebrancs Gesäß. Floire hatte das Risiko übernommen. Für Lebranc sprach nur, dass er nicht gebremst hatte. Aber es war Floire, der vor aller Augen die Aufgaben verteilte. Im Namen seines Chefs. Das war genauso, wie der Papst im Namen Gottes entschied. Und jeder wusste, dass er es aus eigener Macht tat.

De Bodt nahm sein Handy mit in die Zelle. Kopfhörer in den Ohren. Den Bildschirm im Blick. Die arabischen Sätze, die er nachsprach. Auswendig lernte. Die Angst bewirkte, dass er seine Waffen immer wieder kontrollierte. Sie lagen hinter der Toilettenschüssel, wo das Guckloch in der Tür einen toten Winkel hatte. Die kugelsichere Weste war unbequem. Floire hatte darauf bestanden. Jetzt war de Bodt ihm dankbar.

Floire hatte dem Pförtner hinter seiner schusssicheren Scheibe am Eingang befohlen, den Angreifern den Weg zu zeigen. De Bodt eine SMS zu schicken. Und sich dann unsichtbar zu machen. In den Räumen im ersten Stock warteten Spezialeinsatzkräfte der Armee, eine Einheit des *Commandement des opérations spéciales.* Sie war gerade aus Mali zurückgekehrt. Geladen mit Hass auf Islamisten. Floire hatte dem Kompaniechef eingebläut, dass sie Gefangene brauchten. »Um jeden Preis.«

»Und in der Zwischenzeit werfen die Handgranaten durch die Essensklappe in die Zelle«, hatte der Capitaine gesagt.

»Die haben wir von innen verriegelt. Unser Mann kann sie von innen öffnen, wenn er will. Es funktioniert nur das Guckloch. Aber das hat einen toten Winkel. Außerdem sieht der Mann in der Zelle, was auf dem Flur geschieht. Wir haben über der Trakttür eine winzige Funkkamera befestigt. Die schickt ihr Bild auf unsere Handys. Und auf das von Herrn de Bodt. Außerdem funktionieren die Überwachungskameras. Doppelt hält besser.«

Der Capitaine nickte. »Sehr gut.«

Sie besprachen die möglichen Gefahren. Wissend, dass immer etwas passieren konnte, womit sie nicht gerechnet hatten. Sie wussten auch, dass dieser Tag ihr Leben versauen konnte bis zum Tod.

114.

Merkow und Katt lagen auf dem Bett. Sie schwiegen. Überlegten. Bassir war verschwunden. De Bodt nicht erreichbar. Yussuf erklärte am Telefon, er habe mal wieder keine Ahnung, wo sein Chef oder Salinger sei. Er bearbeite mit Uhlenhorst und Fachleuten des BKA die Spuren der beiden Explosionen. Die der Moschee seien längst nicht ausgewertet. In den Trümmern des Gefängnisses habe man gerade angefangen.

»Sie könnten herkommen und Trümmermann und Trümmerfrau spielen«, sagte Yussuf und legte auf.

»Da ist was im Busch«, sagte Katt.

»Klar, alle abgetaucht«, erwiderte Merkow. »Außer Lebranc. Mit dem habe ich vorhin gesprochen. Der weiß nichts. Oder tut so. Die haben Bassir von uns vernehmen lassen und ihn dann irgendwo verstaut. Und sich nicht mal bedankt.«

»Was machen wir jetzt?«, fragte Katt.

»Wir vertreiben uns die Zeit.«

115.

De Bodts Laune verschlechterte sich mit jeder Minute. Sie hatten etwas übersehen. Die kamen nicht. Die trauten sich nicht. Die glaubten, sie könnten Bassir anders loswerden. Sie brauchten ihn nicht mehr zu töten, weil sie ihren großartigen Friedensplan schon morgen herausposaunen würden. Was interessierten da Laufburschen wie Bassir?

Er saß auf der Pritsche und starrte auf den Bildschirm seines Telefons. Dann fragte er sich wieder, wie es Gefangene schafften, ihre schmutzigen Fantasien und Verwünschungen auf die Wände zu kritzeln. Nachdem die Flics sie gefilzt hatten. Schreibwerkzeuge galten als Waffen. Um sich selbst abzustechen oder den Schließer.

Es musste klappen, verdammt. Wenn nicht, zögen die Medien

über sie her. Seine Vorgesetzten rieben sich die Hände. Sie hatten alle Trümpfe in der Hand. Hatte de Bodt Erfolg, würden sie den einstreichen und sich auf Pressekonferenzen in aller Bescheidenheit auf die Schulter klopfen. Teamarbeit! Wir sind stolz auf unsere Kolleginnen und Kollegen! Wenn er scheiterte, schöben sie es ihm in die Schuhe. Und sie würden der Kanzlerin noch eine mitgeben. Sie habe ihre Hand über ihn gehalten, also trage sie eine Mitverantwortung. Weil ohne ihren Schutz de Bodt niemals hätte auf eigene Faust ermitteln dürfen.

116.

Sie hatten sich im Konferenzsaal der Botschaft aufgestellt. In Straßenkleidung. Manche im Anzug, manche in Jeans und T-Shirt. Eine Touristengruppe. Neun Mann mit ihrem Chef. Harun al-Rashid. Er hatte den Kronprinzen über die Vorbereitungen unterrichtet. Und der war zufrieden gewesen. »Möge Allah uns beistehen.«

Bei aller Gläubigkeit wusste al-Rashid, dass Allah ihm nur half, wenn er keinen Fehler machte. Allah bestrafte die Dummen. Sie hatten es wieder und wieder durchgekaut. Und geübt. Hatten den Keller der Botschaft gestürmt, wie sie den Arresttrakt stürmen würden. Hatten Pistolen mit Schalldämpfern benutzt, um die Leute an der Pforte auszuschalten. Eigentlich drohte von dort keine Gefahr. Harun al-Rashid selbst hatte die Präfektur nachts betreten und den Pförtner per Klingel geweckt. Niemand erwartete, dass ein Kommandotrupp ein Polizeirevier oder ausgerechnet die Präfektur stürmte. Die Überraschung war ihr Freund. Er hatte es seinen Leuten wieder und wieder gesagt. Rein, beim Pförtner die Schlüssel kassieren, runter in den Keller, während zwei Mann den Pförtner in Schach hielten. Dann Bassir befreien und mit ihm verschwinden. Den Pförtner mit einer Kugel im Kopf zurücklassen. Vor der Präfektur würden ein Transporter und ein E-Klasse-Benz auf sie warten. Die sie hergebracht hatten. Schwarz, Scheinwerfer ausgeschaltet.

Es würde klappen, es musste klappen.

Er blickte auf die Uhr. Null Uhr dreißig. Er gab den Befehl zum Aufbruch. Im Hof der Botschaft setzten sie sich in die Autos und fuhren los. Gemächlich glitten sie durch die Pariser Nacht. Harun al-Rashid sah die Schaufenster, Paare, die schlenderten. Einen Elektroroller beim Slalom. Entweder dem Geschick geschuldet oder einer Ladung Alkohol oder beidem. In seinem Kopf rollte der Angriff ab wie ein Video im Wiederholungsmodus.

117.

Salinger spürte, wie sich der Magen verkrampfte. Angst. Sie saß mit Lebranc in dessen Büro. Dem schien es egal zu sein, was geschah. Es hätte sie nicht gewundert, wenn er mit einem muffigen *au revoir* verschwunden wäre. Seit ihrem letzten gemeinsamen Einsatz war er gealtert. Nicht im Aussehen, im Kopf. Er hatte den Widerstand gegen Floire aufgegeben. Sich den Dingen gefügt. Seit Floire die Frau des Präsidenten gerettet hatte.

Floire spielte jetzt Pförtner. Er hatte darauf bestanden. Man konnte nicht irgendeinen Kollegen ausbaden lassen, was sich de Bodt, Salinger und Floire ausgedacht hatten. Was, wenn es schiefging, Opfer kosten würde? Und vermutlich auch, wenn es klappte?

Salinger fühlte sich hilflos. Hätte noch gefehlt, dass der alte Fettsack gemütlich diniert hätte am Schreibtisch. Er wusste vermutlich nicht einmal, was geplant war.

Ihr Handy vibrierte.

Hadschi Halef unter den Toten identifiziert. Vom anderen noch keine Spur.

Von Yussuf. Alles andere wäre auch ein Wunder gewesen. Sie hätten Hadschi & Co. auch in einem Bunker verstecken sollen. Hätte der wenigstens nachträglich einen Sinn bekommen.

Sie kommen. Ein Lieferwagen, ein Benz.

Das stammte von Floire. Den wiederum der versteckte Posten vor der saudischen Botschaft informiert hatte. Die mussten sich sicher sein. Sonst hätten sie sich woanders getroffen.

118.

Floire fühlte einen Druck im Magen. Er tastete nach den Waffen, die er auf einen Stuhl gelegt hatte, dessen Sitzfläche unter dem Tresen versteckt war. Tippte gegen das Panzerglas. Sie hatten es am Morgen vor das andere geklebt. Es gab auch kein Loch mehr in der Scheibe. Sprechen konnte man über ein Mikrofon.

»Das hält auch MG-Kugeln auf. Sie sehen zwar dann nichts mehr vor lauter Einkerbungen und Rissen, aber Sie sind sicher.«

Dennoch würde Floire die Pforte sofort verlassen, wenn der Trupp auf dem Weg nach unten war. Sollten die einen am Eingang postiert haben, mussten Floire und Salinger den unschädlich machen. Dann den Kollegen helfen. Und hoffen, dass de Bodt überlebte.

Salinger hatte sich schon gefragt, ob de Bodt suizidgefährdet war. Immer wieder begab er sich in Gefahr. Aber dann sagte sie sich, dass er nur seine Mitarbeiter schützen wollte. Wenn ein Fall nur durch eine Wahnsinnsaktion zu lösen wäre, konnte er schlecht andere vorschicken. Sie hatte ihm vorgeschlagen, eine Puppe in die Zelle zu legen. Aber er erwiderte, dass die vielleicht einen schickten, an die Tür zu klopfen. Eine Puppe konnte sich nicht freuen über ihre Befreier. Er beruhigte sie, dass in den anderen Zellen zivil gekleidete Bullen auf ihren Einsatz warteten. Die nicht wie er geschminkt waren. Er sah Bassir wirklich erstaunlich ähnlich. Wenn er auf der Pritsche lag. Stand er auf, fiel der Längenunterschied sofort auf. Die Beamten in den Zellen hatten Gasgranaten. Und sie alle hatten Masken neben den Türen versteckt. Wie de Bodt auch.

119.

Salinger ging in den ersten Stock. Stellte sich auf den Treppenabsatz. Linste runter. Das Telefon auf leise gestellt.

Noch zwei Minuten.

Meldete ein Posten an der Straße. Er würde nun zur Polizeipräfektur rennen. In den Seitenstraßen warteten CRS-Brigaden in voller Montur. Bereit für den Zugriff.

120.

Die vier Männer im Benz schwiegen. Sie waren alle in Schwarz gekleidet. Mit Sturmhauben. Und FAMAS-F1-Sturmgewehren, die fast so kurz waren wie Maschinenpistolen. Die Frankreich an die Saudis geliefert hatte und die nun ins Ursprungsland zurückgekehrt waren. Die Männer wussten, was sie zu tun hatten. Drei würden die Schlüssel an der Pforte fordern und den Polizisten erschießen, sobald die Zellentrakttür offen war. Al-Rashid würde ihnen in den Keller folgen. Er kannte als Einziger Bassir persönlich. Nicht dass die Franzosen ihnen den Falschen unterjubelten. Obwohl die auf keinen Fall mit einem Angriff rechneten. Angriff auf die Polizeipräfektur: Wer traute sich das?

121.

Die Klingel ging ihm durch Mark und Bein. Er drückte auf den Türöffner. Gleich stand ein schwarz gekleideter Mann vor ihm, hielt ihm die Pistole vors Gesicht, nur getrennt durch die Scheibe.

Floire schaltete das Mikrofon ein. »Was wollen Sie?«

»Den Schlüssel zum Zellentrakt.«

Floire nahm einen Schlüssel und legte ihn in die Schieblade, wie man sie von Banken kannte.

Der Mann nahm den Schlüssel und gab ihn einem anderen. Genauso gekleidet. Es strömten weitere Kämpfer vom Haupteingang nach. Drängten die Kellertreppe hinunter. Blickten zu dem Mann, der Floire in Schach hielt. Floire spielte den Ängstlichen, was ihm nicht schwerfiel. Er hatte Angst. Sein Hirn erklärte ihm wieder und wieder, dass die Scheibe selbst Gewehrschüsse abhielt. Er kannte seinen Fluchtweg. Der von außen verriegelt war. Er hatte sich mit Waffen versorgt, falls was schiefging. Es ging immer was schief.

122.

De Bodt hörte, wie die Trakttür sich öffnete. Sie knallte gegen die Wand. Schritte. Stimmen. Arabisch. Er öffnete die Essensluke und rief im antrainierten Arabisch. »Hier! Bassir ist hier!« Schloss die Essensluke wieder. Hörte Rufe. Schreie. Schüsse. Er öffnete seine Luke noch einmal und warf die Rauchgranate, schloss die Luke. Zog die Gasmaske über. Spätestens jetzt hatten die Angreifer gemerkt, dass sie in der Falle steckten. Die anderen Zellentüren öffneten sich. Männer mit Pistolen und Gasmasken drängten sich in den Gang. Die Eindringlinge wurden an der Rückwand zusammengedrückt. Ein Mann brüllte. »Gebt auf oder ihr sterbt.« Auf Englisch. Dann auf Arabisch.

123.

Sein Bewacher schoss sein Magazin leer. Beglotzte die Scheibe, die standgehalten hatte. Floire grinste. Drückte den Knopf, um den Haupteingang zu öffnen. Es drang eine Hundertschaft CRS ein. Der Mann versuchte nicht, sich zu wehren. Er ließ die Pistole fallen. Zwei Polizisten brachten ihn aus dem Gebäude zu den Fahrzeugen. Die anderen drängten die Treppe hinunter. Wo die Sondereinheit die Arbeit schon erledigt hatte.

»Abziehen!«, befahl eine Stimme.

De Bodt verließ seine Zelle. Folgte der Truppe. Es hatte einen Polizisten leicht erwischt. Die Operation war erfolgreich gewesen. Jetzt würden sie sich die Typen vornehmen. Mal sehen, wann der Erste das Schweigen brach.

124.

Die Vernehmungen begannen sofort. Floire führte sie. Zusammen mit de Bodt und Salinger. Die hatte ihn lang gehalten. Sie wischte sich die Augen trocken. Tränengas und vielleicht nicht nur das.

»Jetzt quetschen wir sie aus wie Zitronen«, sagte sie. »Es hat keinen Verletzten gegeben. Bis auf einen, dem ein Kollege die Schulter ausgerenkt hat. Ist schon wieder drin.«

Es waren zehn. Sie nahmen sich einen nach dem anderen vor. Ließen sie fotografieren. Wo sich einer weigerte, wurde er festgehalten. Wer eine Grimasse zog, kriegte erst eine Ohrfeige. Wenn das nicht half, einen Tritt zwischen die Beine. Die Flics waren sauer und auch sonst nicht zimperlich. Polizeiübergriffe bei Demos waren normal. Die CRS schlugen gern zu. Die Polizisten im Land der Menschenrechte führten sich auf wie sadistische Unteroffiziere auf dem Kasernenhof. Entsprechend mies war ihr Ruf im Volk. Sie nahmen den Gefangenen Fingerabdrücke ab und eine Speichelprobe. De Bodt hatte alles beobachtet. Wie die Kollegen mit den Gefangenen umgingen. Wie die Gefangenen miteinander umgingen, jetzt und als sie aufgaben. Hatte die scharfe Stimme im Ohr. Des Typen im Keller, der befahl aufzugeben. Fand den Typen, der ihr Anführer war. Fotografierte ihn insgeheim.

So vorbereitet, warteten die Gefangenen im Zellentrakt auf ihre Vernehmungen. Noch immer reizte das Gas ihre Augen.

Wer ins Vernehmungszimmer kam, sah aus wie verheult.

Der Erste war ein drahtiger Mann. Erweckte wenigstens den Anschein, als triebe er regelmäßig Sport. Kampfsport im Zweifelsfall.

De Bodt lehnte an der Rückseite des Raums an der Wand. Schien nur mit sich selbst beschäftigt.

Der Typ grinste, als er Salinger sah. Frauen als Polizisten. Wenn das nicht die Verderbtheit des Westens zeigte, was dann? Sie zog seinen Blick dennoch an.

»Sie heißen?«, fragte Salinger.

»Das geht Sie nichts an.«

»Sie kommen direkt aus der saudischen Botschaft?«

»Ich komme von den Champs-Élysées. Bin gebummelt.«

»Wie schön. Wir haben Zeugen.« Sie blickte ihn an.

»Die bestätigen, dass Sie aus der Botschaft gekommen sind. Dass Sie vor der Polizeipräfektur zusammen mit anderen aus einem Bus und einem Pkw ausgestiegen sind«, sagte Floire.

»Die sind gekauft, die Zeugen.«

Salinger zog ihr Handy aus der Tasche. Betrachtete die Anzeige. Tippte. Richtete es plötzlich auf den Gefangenen. Es blitzte.

Der nahm es gleichmütig hin. »Ich scheine Ihnen zu gefallen. Wollen Sie es rahmen und in Ihrem Schlafzimmer aufhängen?«

»Sie haben meine geheimsten Wünsche erraten.« Schickte Yussuf das Foto. Das war schneller, als die offiziellen Porträts abzuwarten. Die wenig brauchbar waren.

Sie blickte ihn an. »Sie wissen, dass Sie Ihre Lage bessern können, wenn Sie auspacken. Es bliebe unter uns.«

Er lachte. So richtig fröhlich klang es nicht.

»Versuchter Mord bringt Ihnen …« Blick zu Floire.

»Fünfzehn Jahre. Unsere Knasts sind leider nicht sehr … bequem. Wir werden regelmäßig von Gerichten dazu verurteilt, unsere Gefängnisse zu modernisieren«, sagte Floire. »Leider haben wir dafür kein Geld. Und, offen gesagt, auch keine Lust. Spätestens seit der Coronakrise haben wir andere Sorgen, als unseren Gefangenen ein schönes Leben zu spendieren.«

Der Mann zuckte die Achseln.

»Wer hat Ihnen den Auftrag gegeben, Bassir umzubringen?«

»Wen?«

De Bodts Handy vibrierte.

Macht ihr einen Fotowettbewerb? Dieser geht angesichts der miesen Qualität der vorgelegten Werke ohne Sieger aus. Aber die Fotos von dir, Salinger, und das Knastfoto zeigen Harun al-Rashid. Chef des saudischen Geheimdienstes. Knochensägentransporteur. Persönlicher Schleimkriecher des unvergleichlichen MbS. Allah möge ihm ein kurzes Leben bescheren.

De Bodt bat um eine Unterbrechung der Vernehmung. Zwei Beamte führten den Gefangenen in seine Zelle. »Keine Lust mehr?«, fragte der.

»Wir müssen uns erst Mut antrinken, weil du uns solche Angst machst«, erwiderte Salinger.

Der Gefangene spuckte auf den Boden.

Als er draußen war, sagte de Bodt: »Wir haben einen Sechser im Lotto gewonnen.«

125.

»Was?«, fragte der Kronprinz. »Die wurden alle festgenommen? Alle? Kampflos?«

Jamal Mubarak, al-Rashids Stellvertreter, stand stramm vor dem Kronprinzen. Der hinter einem mächtigen Schreibtisch saß. »Ja, Herr.«

»Das heißt, dass der Mann, der alle unsere Geheimnisse kennt, in der Hand des Feindes ist.«

»Ja, Herr.«

Ein langer, wütender Blick. »Was gedenkst du zu tun?«

Wenn MbS seine Untergebenen duzte, wurde es gefährlich.

»Wir arbeiten an einem Plan, ihn zu befreien …«

»… oder zu töten«, ergänzte MbS. »Du hast alle Vollmachten, das Problem zu lösen. Ich hoffe für dich, dass es gelingt.«

»Mit Allahs Hilfe.« Verbeugte sich tief und verließ das riesige Büro. Rückwärts gehend. Das Gesicht zum Boden geneigt.

126.

Sie kehrten in den Vernehmungsraum zurück. Salinger und Floire setzten sich dem Gefangenen gegenüber. De Bodt lehnte sich in dessen Rücken an die Wand. »Sie sind Harun al-Rashid, Chef des saudischen Geheimdienstes al-Muchabarat al-'Amma as-Sa'udiyya.«

Der Mann drehte den Kopf nach hinten. Sah de Bodt lächeln.

»Wie kann man nur so überheblich und dumm sein, sich selbst in die Hand des Feindes zu begeben. Ein Ruhmesblatt in der Geschichte Ihres Geheimdienstes. Ihr formidabler Herrscher lässt Sie einen Kopf kürzer machen, ob Sie hier auspacken oder nicht«, sagte de Bodt.

Der Gefangene drehte wieder den Kopf nach hinten.

»Es liegt in Ihrer Hand, wie Sie aus der Nummer rauskommen«, sagte Floire.

»Wir bieten Ihnen ein neues Leben als Staatsbürger eines westlichen Landes. Neuer Name, neuer Pass. Geld«, sagte de Bodt.

»Wir könnten Ihre Frau rausschleusen. Und Ihre Kinder«, sagte Floire.

»Meine Frau wird mich verdammen, wenn ich mache, was Sie verlangen.«

»Dann haben Sie die Falsche geheiratet«, sagte Salinger.

»Führt den Mann in eine Isolierzelle. Ich möchte nicht, dass er von anderen beim Nachdenken gestört wird. In genau vierundzwanzig Stunden erwarten wir eine Antwort. Ich rate Ihnen, unseren Vorschlag anzunehmen. Fünfzehn Jahre in einem französischen Knast sind schlecht fürs Gemüt«, sagte de Bodt.

Floire nickte. »Ich fürchte, mein Kollege hat recht. Sie könnten Ihre Strafe auch in Deutschland absitzen. Dort sind Leute besonders beliebt, die andere einfach so umbringen. Der Anschlag auf die Moschee und auf den Knast hat Ihnen viele neue Freunde beschert. Vor allem die Moschee in Kreuzberg. Dort kriegen Sie lebenslänglich … Danach dürfen Sie Ihre Strafe bei uns absitzen, falls Sie den Knast in Deutschland überleben. Der Auslieferungsantrag aus

Deutschland liegt uns schon vor.« Er blickte al-Rashid eine Weile an. Dann wandte er sich an den Uniformierten neben der Tür. »Abführen!«

127.

Floire kannte ein Restaurant in Montmartre. Er hatte reserviert, auch für Merkow und Katt. Seine Frage gleich nach der Begrüßung: »Haben Sie was über Harun al-Rashid?«

Merkow pfiff leise. »Sie haben den?«

Floire nickte. »Dazu einen Trupp hauptamtlicher Killer. Sie wollten Bassir befreien oder umbringen. In welcher Reihenfolge auch immer.« Er schickte ein Grinsen hinterher.

»Wenn al-Rashid auspackt, möchten wir den Mitschnitt. Als Gegenleistung für unsere Hilfe bei Bassir.«

»Sie kriegen den, sofern nicht französische oder deutsche Sicherheitsinteressen berührt sind. Und wenn Sie uns Ihre Daten über den Mann geben«, sagte Floire.

»Sie können ja peinliche Passagen für Berlin und Paris rausschneiden«, sagte Katt.

»Soll ich Ihnen was über die schicke Kathedrale von Salisbury erzählen?«, fragte Salinger.

»Ist gut«, sagte Merkow. »Wir machen es wie besprochen und schweigen darüber.«

De Bodt nickte.

Die Spannung wich während des Essens. Sie wurden sich bewusst, dass sie einen Erfolg verzeichnen konnten. Mochte der auch durch die Dummheit des Widersachers möglich geworden sein.

»Sie sollten al-Rashid und seine Leute an unterschiedlichen Orten festhalten. Vor allem al-Rashid muss unsichtbar werden. Wenn Sie nicht wollen, dass jemand mit einem Containerlaster kommt und Ihre schöne Polizeipräfektur in einen Trümmerhaufen verwandelt. Die alten Scuds gibt es auf fast jedem Flohmarkt«, sagte de Bodt.

»Wir haben das schon erledigt. Der Kalte Krieg hatte auch Vorteile. Jedenfalls haben wir genug Bunker in der Landschaft«, erwiderte Floire.

Lebranc erschien. Sie hatten einen Stuhl für ihn frei gelassen.

»Gratuliere auch Ihnen zu diesem Ermittlungserfolg«, sagte de Bodt.

Lebranc blickte ihn fragend an. *Willst du mich auf den Arm nehmen?* »Danke!« Es klang trist. »Was hilft uns das?«

»Wir haben den Chef des saudischen Geheimdienstes gefangen«, sagte Floire.

Irgendwas bohrte in de Bodts Hirn.

»Der hat sich einfach so gefangen nehmen lassen?«

»Nein«, sagte Floire. »Wir haben die Angreifer überwältigt. Wie Hannibal in Cannae. Wir haben den Feind eindringen lassen und ihn dann von den Flanken her zusammengedrückt.«

»Das nennt man moderne Polizeiarbeit … Hannibal … Cannae.« Lebranc schüttelte den Kopf. »Ist Ihnen die Idee gekommen, dass die uns reingelegt haben könnten?«

»Wie das, Chef?«

»Denken Sie mal darüber nach. Vielleicht fällt Ihnen was auf oder ein.«

Salinger ließ de Bodt übersetzen. Sein Mund dicht an ihrem Ohr. Sie blickte ihn entsetzt an.

De Bodt nickte. Er begriff, was Lebranc andeutete. De Bodt war bereit, die absurdesten Thesen zu durchdenken. Aber das war verrückt. Nein, Lebranc hatte unrecht. Man verschenkt nicht seinen besten Mann an den Feind. Nur um den abzulenken.

»Was meinen Sie?«, fragte Lebranc.

»Ich meine, dass die Pariser Polizei einen großen Erfolg erzielt hat. Nun müssen wir die Nuss knacken. Al-Rashid zum Sprechen bringen. Seine Helfer sind unwichtig. Sie müssen vernommen werden. Aber ich erwarte mir nicht viel von ihnen.«

»Du kannst ihn ja dem Bügeldienst überlassen«, sagte Salinger.

128.

So schnell ging das auch in Saudi-Arabien nicht. Einen Diplomatenpass gab es auch dort nicht bei Gucci an der Kasse. Harun al-Rashid hatte also keinen. Obwohl er es behauptet hatte.

»Geben Sie einem hier eine Vollmacht, und wir holen ihn ab«, sagte de Bodt. Er lehnte an der Wand. Während Salinger und Floire dem Gefangenen gegenübersaßen.

Wache Augen, schnelles Hirn. Auch die Saudis machten keinen Deppen zum Geheimdienstchef. Eine harte Nuss.

Al-Rashid winkte ab. »Sie suchen doch nur einen Grund, um meine Wohnung zu filzen.« Astreines Englisch. Stimmt, der Mann hatte in Oxford studiert. Linguistik und Politikwissenschaften. Floire hatte de Bodt eine Akte in die Hand gedrückt. Die französischen Kollegen hatten schnell gearbeitet.

»Sie hätten in Oxford bleiben sollen«, sagte de Bodt.

»So sprechen nur vaterlandslose Gesellen.«

»Gut gelernt, den Spruch.«

»So, wie es schlecht ist, sein Vaterland zu verraten, die Eltern zu verletzen, die Tempel zu plündern, wo das Schlechte in der Tat liegt, so ist es auch schlecht, sich zu fürchten, zu trauern, wollüstige Gedanken zu hegen, auch wenn keine entsprechende Tat nachfolgt.«

Al-Rashid lachte.

»Cicero«, sagte de Bodt. »Passt nicht ganz zur Kopf-ab-Theologie, die bei Ihnen gepredigt wird.«

Al-Rashid drehte sich um. »Sie sind de Bodt. Unhöflicherweise haben Sie sich nicht vorgestellt.«

»Hoffentlich tragen Sie es mir nicht nach.«

»Wir Muslime sind großherzig, wie Allah es uns befiehlt.«

»Aber zu selten«, sagte Salinger trocken.

»Bei Ungläubigen hört die Großherzigkeit in der Tat auf«, sagte al-Rashid freundlich und gelassen. »Das Gerede von der Toleranz ist Heuchelei. Es gibt für euch nur drei Zustände: Bekehrung zum wahren Glauben, die völlige Unterwerfung, den Dhimmi-Status oder das Schwert.«

»Landen wir wieder auf der Erde. Wer hat die Ermordung der philippinischen Frauen befohlen? In Paris und in Berlin? Wo ist Sophia Canares?«, fragte Floire.

»Viele Fragen, junger Mann.«

»Sie werden Sie verstanden haben und nicht vergessen. Strengen Sie sich an«, sagte Salinger.

»Gern«, erwiderte al-Rashid. »Aber ich muss Sie enttäuschen. Ich habe auf keine Frage eine Antwort. Was ich außerordentlich bedaure.«

»Warum wollten Sie Bassir umbringen? Und labern Sie nicht rum. Ich habe Ihren Überfall und Ihre Suche nach Bassir aufgezeichnet. Dazu die Kameras im Arresttrakt«, sagte Floire.

»Wir wollten unseren Landsmann befreien. Was glauben Sie denn?«

In de Bodts Hirn blitzte eine Idee auf. Der Mann hat die Ruhe weg. Er hält uns hin. Er raubt uns unsere Zeit. »Also, die französischen Kollegen haben bei Ihnen Verschiedenes gefunden: einen Text, den Bassir handschriftlich abschreiben sollte. Die Begründung, warum er nach seiner Befreiung Selbstmord begangen habe. Weil er mit seiner Schuld, seinem Verrat am Vaterland und am König nicht weiterleben könne. Er danke aber für seine Befreiung. Bei der Durchsuchung ihrer Rücksäcke und Kleidung haben wir zwei Spritzen mit Heroin gefunden. Die vierfache Überdosis, mindestens. Sicherheitshalber hatten Sie sogar die Frechheit, eine Knochensäge mitzubringen. Sie lagern so was offenbar in Ihrer Botschaft. Was für unsereinen der Regenschirm ist, ist für Sie und Ihre Kumpanen die Knochensäge. Durch die Flughafenkontrolle wären Sie damit nicht gekommen. Hätte sich Bassir gewehrt, von Ihnen befreit zu werden, hätten Sie ihn in seiner Zelle geköpft. Das Messer dafür hatten Sie dabei.«

Harun al-Rashid lachte. »Das beweisen Sie mir mal.«

De Bodt überlegte, dann: »Ihr könnt gern weiterreden. Nächstes Thema: das Wetter. Es ist verdammt heiß, morgen soll es … dies nur als Anregung. Ich fahre jetzt zu Bassir und spiele ihm die Aufzeichnung vor.« Tippte auf sein Telefon. Ließ die letzten dreißig Sekunden des Gesprächs ablaufen.

Al-Rashid lachte nicht mehr.

129.

Lebranc saß auf der Rückbank seines Dienst-Peugeot, Salinger am Steuer, de Bodt auf dem Beifahrersitz.

De Bodt grübelte. »Ich krieg einen Gedanken nicht aus dem Kopf. Da veranstaltet irgendwer ein Theaterstück. Führt uns was vor. Aber im richtigen Leben … um zu verbergen, worum es geht. Die Saudis schicken ihren Geheimdienstchef. Wo hat es das schon gegeben? Sie schicken ihn, um eine wilde Operation zu unternehmen. Die nur schiefgehen kann. Aber im Scheitern liegt vielleicht der Erfolg. Wer ist schon Bassir …?«

»Immerhin ein Verbindungsmann zu den Israelis.«

»Vielleicht sollen wir das glauben, Silvia. Bassir hat mich nicht beeindruckt. So ein Würstchen soll der Verbindungsmann zum Todfeind sein? Da denke ich an ein anderes Kaliber. Und warum sollten beide Staaten gerade in Europa miteinander kungeln? Warum nicht in Dubai, Ägypten, im Oman? Ich fürchte, die beschäftigen die Sicherheitsorgane in Europa, um uns woanders mit einem großen Ding zu überraschen.«

Sie verfielen ins Schweigen. De Bodt folgte seinen Gedanken, suchte nach Gründen dafür, dagegen. Es war ein Elend.

Bassir ging es besser. Die DGSI hatte einen Arzt geschickt, dazu einen Krankenpfleger von beeindruckender Statur.

De Bodts zog einen Stuhl neben das Bett. Spielte die Aufnahme ab. Noch einmal. »Sie kennen die Stimme.«

Bassir blickte ihn aus großen Augen an.

»Ich will Ihnen sagen, was ich weiß und erraten habe. Sie und sogar al-Rashid sind nur Figuren in einem Schachspiel. Sie sind ein Bauer. Al-Rashid ist ein Turm. Wir wissen nur nicht, wer die Figuren setzt. MbS? Wer sonst? Der König in einem letzten Kraftakt, und MbS ist nur noch Fassade? Während ein anderer Prinz auf die Nachfolge vorbereitet wird? Das Königshaus kann nicht mehr leugnen, dass es im Inneren knallt und kracht. MbS lässt Konkurrenten einsperren. Wann kommt der Rückschlag? Wann kriegt MbS die Rechnung? Der Jemenkrieg, der nur ein paar Wochen dauern sollte, aber bis heute nicht beendet ist. Und die Finanzreserven auffrisst. Raketen auf Riad, eigentlich unvorstellbar, aber wahr. MbS hat sich gleichzeitig mit den Religionswächtern angelegt. Lässt Frauen Auto fahren. Erlaubt Kinos. Das missfällt vielen.«

»Was soll ich dazu sagen?«, fragte Bassir.

»Was Ihnen einfällt vielleicht?«

Bassir lächelte. »Wenn ich Ihrer fantasiereichen Erzählung folge, dann ist alles, was ich Ihnen sage, Teil des Ablenkungsmanövers. Was soll es bringen?«

»Sie sollen mir erzählen, was dahintersteckt. Sie sind ein intelligenter Mann. Was soll das Theater? Nicht mal die GRU ist so blöd, Dienstmädchen in aller Öffentlichkeit umzubringen.«

»Die GRU ist nicht blöd. Sie möchte für blöd gehalten werden. Könnte glatt sein, dass die demnächst ein Haustiermassaker anrichten. Und sich der Präsident drauf rausredet, dass er doch Tierfreund sei. Selbst Hunde habe. Die leider nicht auf die Gegenliebe Ihrer Kanzlerin gestoßen sind. Und während sich alle Welt fragt, warum die auf Hunde- oder Katzenjagd gehen, lachen die sich kaputt und schießen aus Versehen einen Hundebesitzer ab. Der aber von Anfang an ihr Ziel war.«

De Bodt nickte. Das zeigte vor allem, dass Bassir nicht dumm war. Vielleicht war er kein Bauer, sondern ein Läufer. »Die haben Sie benutzt. Uns zum Fraß vorgeworfen.«

Bassir nickte.

»Und wenn Sie diesen Bunker verlassen, sinkt Ihre Lebenserwartung auf null. Egal wo, im Knast, in einem anderen Land. Die finden Sie. Nur wir können Sie schützen. Wir geben Ihnen eine neue Identität, eingeschlossen eine Gesichtsoperation erster Klasse. Sie kriegen einen gut bezahlten Job. Sagen wir in Australien oder Neuseeland. Was halten Sie davon?«

Bassir überlegte. »Viel. Nur, ich kann Ihnen im Austausch nicht viel bieten. Ich glaube wie Sie, dass die mich benutzt haben. Soll es ja nicht nur bei denen geben.«

De Bodt nickte.

»Al-Rashid gehört zur MbS-Fraktion. Loyal bis in den Tod. Der Mann ist intelligent, denkt strategisch und schreckt vor nichts zurück. Er hat im Auftrag von MbS den Khashoggi-Mord geplant und durchgezogen«, fuhr Bassir fort.

»Das war ja kein Ausweis von Intelligenz«, sagte de Bodt.

»Natürlich nicht. Aber von Treue. MbS ist skrupellos, aber kein Genie. Seine Religion ist Gewalt. Mich wundert, dass er al-Rashid erlaubt hat, nach Europa zu fliegen. Vielleicht wollte er ihn loswerden. Aus welchem Grund auch immer. Oder er hat es auf Anraten von al-Rashid selbst getan. Weil das vermeintlich beweist, dass die Ermordung der Dienstmädchen und alles andere hier die Hauptaktion ist. Dabei kommt die noch.«

Die Tür öffnete sich. Floire trat ein. Genervt. »Ich habe schon ein bisschen gelauscht.« Blickte Bassir an. »Stimmt, hier gibt es eine Kamera und ein Mikro. Man hört draußen jeden Furz, den Sie lassen. Um die gemütliche Stimmung zu stören. Ihre Vereinbarung trage ich nur mit, wenn Sie mir verraten, wo sich Sophia Canares aufhält. Falls sie nicht tot ist. Falls Sie weiter schweigen, können Sie Ihr Testament schreiben.«

130.

Sie waren zurück in Berlin. Merkow war sauer. Er fragte im Chiffrierraum der Botschaft den General in Moskau. Doch der Chef des Sicherheitsdienstes antwortete nur:

Finde es selbst heraus.

»Ich frage mich, was unser Dienst eigentlich tut. Er sieht nichts, er hört nichts, er sagt nichts.«

Katt hatte im Chiffrierraum wieder mit dem Leutnant geflirtet. Diesmal ärgerte sich Merkow. Diese Spielchen, während sie rettungslos versumpften. Hätten sie sich schenken können. Merkow war selten schlecht gelaunt. Aber jetzt er hatte die Schnauze voll. Sie waren wieder auf sich allein gestellt. Und baten sie um einen Hinweis aus Moskau, kriegten sie eine Frechheit als Antwort. Wie zu KGB-Zeiten, als die Chefs vor Selbstherrlichkeit fast geplatzt wären. Die Franzosen hatten Bassir versteckt. Zu zweit hatten sie keine Chance, ihn zu finden. Geschweige denn, ihn zu befragen.

Der Moskauer Kulturattaché in Berlin war vor allem Resident des SWR und überließ seinem Stellvertreter die russische Kultur. Merkow und Katt staunten, dass der Attaché nicht unter einem Vorwand abgetaucht war. Seine Mittagspausen waren legendär. Er kam auf Gummiknien zurück und schlief auf seinem Bürosofa. Sein Vorzug lag darin, dass sein Vater des Präsidenten Lieblingsonkel war. Ja, ja, die Jugend muss sich austoben. Nur war die Jugend gerade fünfunddreißig geworden, aber kein bisschen älter. Als Merkow und Katt erschienen, war er immerhin halbwegs nüchtern. Ließ Tee servieren.

Der Kulturattaché wusste auch nicht mehr als der General in Moskau. Also nichts. Die Franzosen hatten Merkow und Katt kurz gebraucht. Und jetzt meldeten sie sich nicht mehr.

In diesem Augenblick vibrierte Merkows Handy. »Entschuldigung!« Er las de Bodts Nachricht und war gleich ein, zwei Jota besser gelaunt.

131.

»Sie ist in der Berliner Botschaft.« Bassir blickte de Bodt an. »Die Operation auf dem Flughafen in Paris war ein Ablenkungsmanöver. Da saß die Canares längst im Auto nach Berlin.«

»Warum gerade Berlin?«

»Weil die in die Operation eingeweiht sind. Weil die Nachrichtenleute dort direkt MbS unterstellt sind. Wenn Sie die Canares suchen, suchen Sie hier am falschen Ort.«

De Bodt erschien es glaubwürdig. Aber nichts war nachweisbar. Insofern konnte Bassir auch lügen, dass sich die Balken bogen. Aber er schien auskunftsfreudig zu werden. Keine Lust zu sterben. Und er wusste, dass er von den französischen Sicherheitsbehörden abhing. »Worum geht es bei dem Unternehmen? Haben die Dienstmädchen was aufgeschnappt, das sie nicht wissen durften?«

»Ja, aber das wissen Sie doch längst.«

»Klar, aber ich weiß auch, dass niemand so ein Theater wegen zwei oder drei Dienstmädchen veranstaltet, von denen eines gelauscht oder gespickt hat. Was plant MbS?«

Bassir blickte ihn eine Weile an. »Er will Frieden schließen. Mit den Israelis. Und um seinen Friedenswillen zu beweisen, will er den Krieg im Jemen beenden.«

»Einen militärischen Rückzug, der die Frage aufwirft, ob nicht der Krieg in Gänze sinnlos war. Den will er nun nutzen, um sich als Friedensfürst preisen zu lassen.«

»Wenn Sie das so verstehen wollen …«

»Wenn er sich aus dem Jemen zurückzieht wie ein verprügelter Hund, werden ihn seine Untertanen fragen, warum er die Staatsfinanzen ruiniert und so viele Opfer verursacht hat. Wenn er seinen Krieg nicht einmal gewinnen kann.«

Bassir nickte. »Ja, er müsste den Krieg gewinnen. Aber er schafft es nicht. Also muss er einen Rückzug inszenieren, der sein Volk daran hindert, ihn zu stürzen. Oder eine Palastrevolte … Er hat sich im Jemen verrannt. Er hat seinen Ruf in der Welt geschändet. Er steht da wie der Mann, der Kritiker ermorden lässt, der ein anderes Volk in Grund und Boden bombt, weil er glaubt, die Huthis dort seien iranische Stellvertreter. Was sie nicht sind. Auch die Ressourcen Saudi-Arabiens sind endlich. Wenn die Preise und Steuern steigen, wird das Volk aufsässig.«

»Haben Sie Chloe Flores umgebracht?«

»Ich habe niemanden umgebracht.«

»Sie nehmen mir es aber nicht übel, wenn ich Ihnen das nicht glaube?«

»Ist mir egal.«

»In welcher Funktion haben Sie in der Botschaft gearbeitet?«

»Spezialaufträge des Botschafters, Auskünfte einholen, Verbindungen knüpfen …«

»Zum Beispiel zu den Israelis?«

»Ja«, sagte Bassir. »MbS will Frieden schließen mit ihnen. Wir haben gemeinsame Interessen, gemeinsame Feinde, und Riad kauft gern Hightech ein. Da sind die Israelis vorne dabei.«

»In der Politik zählen allein Interessen«, sagte de Bodt.

»Genau.«

»Sie haben Chloe Flores umgebracht … vergewaltigt und umgebracht.«

»Nein. Und wenn Sie noch so oft fragen. Ich habe gehört, dass zwei Männer beauftragt wurden, die Flores auszuschalten.«

»Von wem?«

»Dem Militärattaché. Der so was nicht tut, wenn er nicht von Riad dazu aufgefordert wird.«

»Harun al-Rashid?«

»Mindestens. MbS kümmert sich auch gern um die Details. Er hält sich für ziemlich großartig und weiß alles besser.«

»Sie meinen, der Kronprinz hat womöglich den Befehl gegeben, die Dienstmädchen umzubringen?«

132.

»Harun al-Rashid hat einen schweren Fehler begangen. Er hat das Königshaus entwürdigt. Schweigt er wenigstens?« Die Frage war an niemanden gestellt.

Jamal Mubarak stand still. Neben dem Innen- und dem Außenminister.

»Jeder redet irgendwann«, beantwortete MbS die eigene Frage.

»Wo wird er festgehalten? Können wir ihn befreien? Haben wir bei der französischen Regierung angefragt? Wir schenken denen eine Million Barrel oder kaufen Dassault eine Jahresproduktion ab …« Er lachte bitter. Winkte ab.

»Ich habe beim Außenminister in Paris angefragt. Er gewährt unserem Botschafter morgen früh eine Audienz.«

MbS musterte ihn ausdruckslos. »Was dabei wohl herauskommt? Wir sollten die DGSI ansprechen. Wir arbeiten mit denen seit Jahren gut zusammen. Wir haben ihnen wertvolle Informationen geliefert. Stimmt's?« Der Blick traf Mubarak.

»Jawohl, Eure Majestät.«

»Warum blicken Sie mich so missmutig an?«

»Verzeihung, Eure Majestät. Mit Allahs Hilfe werden wir Harun al-Rashid befreien. Meine Männer suchen schon. Wir suchen auch Bassir … immer noch.«

»Ich frage mich, ob der al-Muchabarat al-'Amma as-Sa'udiyya nicht Geldverschwendung ist. Sie haben uns mit falschen Informationen über den Jemen und die Huthis versorgt. Allah möge sie in der Hölle schmoren lassen.«

Mubarak zuckte zusammen. Erst nach ein paar Sekunden begriff er, dass nicht er in der Hölle schmoren würde. Noch nicht. »Ich bitte um Verzeihung … die Lage dort ist schwierig, die Huthis tarnen sich. Und die verfluchten Iraner liefern Waffen und Ausbilder.«

»Wäre es nicht die Aufgabe Ihres Dienstes, derlei Bewegungen zu verhindern?«

»Ja, natürlich, Eure Majestät.« Der Pudel war nicht begossen. Der hier war kurz vorm Ertrinken.

Die beiden Minister nickten. Dabei hätte der Innenminister einigen Grund gehabt, ebenfalls um seinen Kopf zu fürchten. Und der Außenminister auch. Schließlich unterstanden ihm die Botschaften.

Aber diesmal traf Mubarak der Zorn seines Herrn. »Ich will, dass Sie diese Sauerei in Paris und Berlin aufräumen. Und das bis gestern. Verstanden?«

133.

Sie erwischten den letzten Flieger nach Berlin. Kaum saßen sie, nahm Salinger seine Hand und ließ sie nicht mehr los. Sie schlief ein. Ihr Kopf sackte an seine Schulter. Es fühlte sich gut an.

Er überdachte die Vernehmung. Sie waren nach der Befragung Bassirs nach Paris gefahren und hatten Harun al-Rashid gesagt, dass Sophia Canares in der Berliner Botschaft Saudi-Arabiens festgehalten werde. Auf der Fahrt hatte de Bodt Laura Zorn angerufen. Ihr erklärt, dass nichts und niemand aus der saudischen Botschaft herausdürfe. Das sei mit der Kanzlerin abgesprochen. Nur verriet er nicht, dass die Kanzlerin die Operation im Nachhinein absegnen musste.

»Ihr dürft zwar nicht in die Botschaft, aber ihr könnt die Autos durchsuchen, welche die Botschaft verlassen. Allerdings nur im Notfall. Wenn der Diplomat ein Verbrechen begehen will, zum Beispiel. Natürlich dürft ihr diplomatisches Gepäck nicht öffnen. Ausgenommen, ein philippinisches Kindermädchen steckt im Koffer. Wärmemessgeräte sind nicht verboten. Und Entführung mit der Absicht, das Opfer zu ermorden – das dürft ihr verhindern. Gibt trotzdem einen Riesenärger. Aber du hast ja den Segen der Kanzlerin. Was machst du eigentlich, wenn die weg ist?«

»Dann werde ich Rosen züchten!«

Laura lachte und legte auf.

Al-Rashid war nicht mehr so selbstbewusst gewesen, als sie die Vernehmung fortgesetzt hatten.

Floire und Salinger wieder am Tisch, de Bodt an der Wand im Rücken al-Rashids. Vermutlich stellte der sich vor, dass ihn in einer saudischen Vernehmungszelle plötzlich ein Schlag von hinten treffen würde. Er blickte sich immer wieder um. De Bodt tat so, als merkte er es nicht.

»Bassir hat gesungen wie ein Vögelchen auf Brautsuche. Sie sitzen in der Patsche«, sagte Floire.

»Ich möchte mit der DGSE sprechen«, sagte al-Rashid.

»Die sind nicht netter als wir. Mit wem Sie sprechen dürfen, bestimmen wir«, sagte Floire.

»Sophia Canares wird also in der Berliner Botschaft festgehalten«, sagte Salinger. In einem Ton, als interessierte sie al-Rashids Antwort nicht mehr.

Der blickte sie an. Nickte. Schwieg.

»Was wollen Sie der DGSE erzählen?«, fragte Salinger.

Schweigen.

»Morgen können Sie in allen Medien eine Nachricht bestaunen. Der Chef des saudischen Geheimdienstes hat bestätigt, dass Sophia Canares in der saudischen Botschaft in Berlin gefangen gehalten wird, um sie nach Saudi-Arabien zu schaffen und zu ermorden. Was nicht in den Medien steht: Über Deutschland, über keinen Flughafen der EU werden Ihre Leute die Frau nach Riad verschleppen. Wir werden jedes Auto, das Ihre Berliner Botschaft verlässt, kontrollieren, auch mit Wärmebildkameras«, erklärte de Bodt.

»Das dürfen Sie nicht!«

»Doch, wenn der dringende Verdacht auf ein Kapitalverbrechen besteht. Wenn dieses nur durch eine solche Kontrolle verhindert werden kann. Da mag dann Ihr schicker Prinz den deutschen Botschafter nach Hause schicken oder irgendwas und irgendwen boykottieren. Das kratzt uns hier nicht.«

»Wie heißt Ihr Stellvertreter in Riad?«, fragte Salinger.

»Jamal Mubarak.«

»Rufen Sie ihn an. Sagen Sie ihm, wie die Lage ist. Dass er zuerst die Frau freilässt. Dann gibt es keine Schlagzeilen. Und dann reden wir weiter«, sagte de Bodt.

Al-Rashid drehte sich um. Blickte de Bodt lange an. Legte eine Hand aufs Genick, das zu schmerzen begann. »Dann kann ich nie wieder zurück nach Riad.«

»Das können Sie so oder so nicht. Ich dachte, Sie hätten es schon begriffen.«

Salinger bewegte den Kopf. Blinzelte ihn an. Drückte seine Hand.

Yussuf dürfte inzwischen alles organisiert haben. De Bodt hatte noch im Flughafen Becker am Telefon informiert. Dem fiel erst gar nichts ein. Dann: »Wenn das mal gut geht.«

Danach hatte de Bodt Glück und bekam die Kanzlerin ans Telefon. »So, das habe ich also genehmigt. Es wird Zeit, dass ich abtrete. Mein Gedächtnis lässt nach. Meine Referentin wird Ihnen eine Vollmacht als PDF schicken. Ich sage dem Innenminister Bescheid. Und dem Außenminister natürlich auch. Obwohl es dem lieber wäre, danach den Ahnungslosen spielen zu können. Becker wird die Bundespolizei einsetzen. Der Generalbundesanwalt und der Berliner Generalstaatsanwalt sind auch neugierig. Sie haben meiner Referentin den Abend vermiest. Ich glaube, sie hatte was vor.«

»Dafür lade ich sie zum Siegesfest ein. Wie bei Asterix.«

»Fragt sich nur, wer am Baum gefesselt und geknebelt wird. Hoffen wir also, dass uns der Himmel nicht auf den Kopf fällt.«

Er hatte noch nie so schnell eine so große Operation auf die Beine gestellt. Ohne Kanzlerin wäre das unmöglich gewesen. Sie stand in seiner Schuld, und er nutzte es aus. Bisher hatte es ihr aber nicht geschadet.

Als das Flugzeug in Schönefeld landete, entdeckte er die MP3-Datei auf seinem Telefon. Es war der Mitschnitt eines Telefonats auf Arabisch. Er schickte die Datei an Yussuf mit der Bitte, es schnell übersetzen zu lassen. »Aber Genauigkeit vor Schnelligkeit.«

Yussuf erwartete sie am Ausgang. Blaulicht auf dem Dach.

»Danke für die Mail. Ist schon in Arbeit.«

»Danke auch«, sagte de Bodt.

»Zur saudischen Botschaft?«, fragte Yussuf.

134.

Harun al-Rashid lag auf dem Zellenbett. Starrte die Decke an. Bedachte die Vernehmung. Sein Telefonat mit Mubarak. In dem er gefordert hatte, diese Filipina freizulassen. Die Sache würde die Beziehungen zwischen Riad und den wichtigsten Staaten Europas belasten. Es sei in letzter Zeit ohnehin genug passiert. Vielleicht habe die Canares was aufgeschnappt, aber was konnte es in Wahrheit schon sein?

»Exzellenz, Sie wurden in Paris verhaftet. Die französische Polizei erlaubt Ihnen, mit mir zu reden?«, sagte Mubarak.

»Exakt«, sagte al-Rashid.

»Ich werde Ihren Vorschlag an höchster Stelle zur Entscheidung vorlegen.«

»Ich danke Ihnen. Bitte grüßen Sie meine Frau und meine Kinder. Sagen Sie ihnen, dass ich meine Pflicht tue.«

»Selbstverständlich. Das muss man ihnen nicht sagen. Jeder hier weiß, was Sie auf sich nehmen.«

Al-Rashid wiederholte die Worte lautlos. Er hatte sich jede Silbe eingeprägt. Er tat manchmal so, als wäre er vergesslich, fast schlampig. In Wahrheit vergaß er nichts. Und wenn er ein Chaos anrichtete, dann nur, um eine Ordnung zu verstecken. Er bedachte jedes Wort. Lächelte. Und drehte sich auf die Seite.

135.

Ben Gott hasste seinen Namen. Er hatte alle Witze schon hundertmal gehört. Nur einen fand er immer noch gut. »Gott hat angerufen.«

Diesmal über den VPN-Kanal nach Riad. Den schon sein Vorgänger als Mossad-Chef benutzt hatte. Es wurde gerade viel telefoniert in den und im Nahen Osten. »Herr Oberst, wie ich hörte, wurde Ihr Chef in Paris verhaftet. Das finde ich bedauerlich.«

Mubarak lachte leise. »Wir natürlich auch. Und Bassir hat ausgepackt. Die Deutschen und die Franzosen wissen jetzt alles. Der große Friedensplan, dessen Geheimhaltung wir mit allen Mitteln schützen. Tut mir leid, aber so was kommt irgendwann raus. Nicht mal Allah kann es verhindern.«

»Ich fürchte, er wollte es nicht. Ich kann Ihnen nur zustimmen. Allahu akbar.« Nach dem Gespräch saß Gott noch eine Weile hinter seinem Schreibtisch. Und lächelte. Seine Finger trommelten einen fröhlichen Marsch auf die Tischplatte.

136.

Das, was sich die Saudis als moderne Architektur vorgestellt hatten, sah in Wahrheit aus wie ein Bunker. Die Fensterscheiben über dem massigen Halbturm wie Schießscharten. In der Tiergartenstraße, neben der Akademie der Konrad-Adenauer-Stiftung, südlich die Herz-Jesu-Kirche, ein paar Meter östlich das jesuitische Canisius-Kolleg. Umzingelt von Ungläubigen in ihrer schrecklichsten Erscheinungsform. Eine Prüfung für die Botschaftsmitarbeiter.

Aber jetzt war hier überall Polizei. Beamte patrouillierten auf der Straße. Das Botschaftsgelände hatte zwar nur eine Ausfahrt, doch war auch die Mauer rundherum bewacht. Niemand kam ungesehen hinaus oder hinein.

De Bodt klingelte am Tor. Die saudische Flagge hing schlaff in der Nacht. Ein Licht in der Glasfront. Ein Mann verließ das Gebäude, das Handy am Ohr. Er steckte das Telefon in die Tasche und blickte durchs Gitter.

»Ich möchte Sophia Canares abholen. Ihre Eltern freuen sich schon auf sie«, sagte de Bodt. Auf Englisch.

»Erstens handelt es sich um eine Botschaft. Wenn Sie hier eindringen, begehen Sie ein Verbrechen, das äußerst ernsthafte Folgen hätte.« Perfektes Upper-Class-Englisch. Die Arroganz eingeschlossen.

»Sie halten Frau Canares gegen ihren Willen hier fest. Ich möchte die Frau sehen. Und das jetzt.«

»Ich kann Ihnen niemanden zeigen, den es nicht gibt.«

Der Morgen graute. De Bodt war hundemüde und schlecht gelaunt. Salinger zog ihn einen Schritt zurück.

»Gehen Sie in Ihren Überwachungsraum. Bestaunen Sie, was die Kameras Ihnen zeigen. Das Gelände ist umstellt.«

»Das widerspricht internationalem Recht.«

»Keineswegs«, sagte de Bodt. »Da wir Ihr Gelände bisher nicht betreten haben. Bisher.«

Ein Hubschrauber flappte heran. Stand dicht über der Botschaft. Der Co-Pilot machte Fotos.

»Ideales Fotolicht, kurz vor Sonnenaufgang«, sagte Yussuf. Auf Englisch.

De Bodt stellte sich vor, wie Riad gerade versuchte, jemanden im Auswärtigen Amt zu erwischen. Es gab in dieser Nacht nicht einmal die Notbesetzung. Jedenfalls nicht für Anrufe aus Saudi-Arabien oder dessen Botschaft. Die wurden in der Telefonzentrale abgewimmelt. Die Kanzlerin hatte es angeordnet. Und ihr Außenminister hatte es abgenickt. Der wegen Auschwitz in die Politik gegangen war. Und seitdem alle Diktatoren zittern ließ.

Ein fetter Benz rollte aufs Tor zu. Mit Standarte. Der Wagen bremste. Der Fahrer stieg aus. Riss die hintere Tür auf. Es erschien Ahmed Zaki Fahd, Saudi-Arabiens Botschafter in Berlin. Er ließ sich von einem Beamten zeigen, wer die Operation leitete.

Während er vor Zorn bebend vor de Bodt stand, überprüften Beamte das Auto. Ließen den Kofferraum öffnen. Schoben Wärmemessgeräte unter den Fahrzeugboden. Yussuf stand daneben. Ein Beamter reckte den Daumen nach oben.

»Das werden Sie teuer bezahlen, de Bodt.«

»Für Sie bin ich der Erste Hauptkommissar de Bodt, Herr Fahd. Geben Sie die Frau heraus.«

»Wie kommen Sie auf diese ungeheuerliche Unterstellung?«

»Die freundliche Auskunft erhielt ich von Mitarbeitern Ihres Geheimdienstes, nicht zuletzt von dessen Leiter.«

»Sie haben den Mann gefoltert oder gekauft.«

»Solche Methoden überlasse ich gern Ihnen.«

Polizisten umringten sie.

Der Botschafter blickte sich um. »Lassen Sie mich in meine Botschaft gehen.«

»Warten Sie noch ein bisschen.«

Salinger stand neben ihm, das Telefon in der Hand.

137.

Schwarz gekleidet wie Ninjas, mit Rucksäcken. FAMAS-Sturmgewehre mit Schalldämpfer. Es waren zwei, ein Mann und eine Frau. Zuerst schossen sie zwei Überwachungskameras blind. Dann lehnten sie eine Leiter gegen die Mauer. Sie waren auf der Rückseite des Botschaftsgeländes. Nachdem de Bodt den Beamten befohlen hatte, den Kreis auszuweiten. Sich auf die Zufahrtsstraßen zu konzentrieren.

Der größere der beiden Ninjas stand auf der Leiter. Ließ kurz eine gedämpfte Taschenlampe aufblitzen. Sah den dünnen Draht. Bewegungsmelder.

»Draht auf der Mauer. Nicht anfassen«, flüsterte er.

Die zweite Gestalt kletterte hoch. Berührte den Draht nicht. Sprang aufs Grundstück. Ließ sich abrollen. Sprang auf wie eine gespannte Feder. Der Größere hatte die Leiter hochgezogen. Sie nahm sie an. Lehnte sie an die Wand. Er kletterte hinunter. Sie hatten kein Geräusch erzeugt. Aber im Morgengrauen waren sie leicht zu entdecken. Sie rannten zum Gebäude. Fanden einen Hintereingang. Verklebten ein Fenster mit Paketband. Zerschossen es mit einer Salve. Der Größere griff in das Loch und zog die Scheibe nach außen. Sie hörten den Krach am Vordereingang. Polizeisirenen heulten. Blaulicht zuckte. Irgendwer schrie.

Sie kletterten durchs Fenster. Er holte ein neues Magazin aus dem Rucksack. Steckte es ans Gewehr. Lud durch. Sie schienen eine Idee zu haben, wo sie suchen sollten. Die eine Gestalt öffnete die Türen, während der Größere die Waffe bereithielt. Für die abgeschlossene Tür benutzte sie einen Elektrodietrich. Kurzes Rattern, dann war die Tür auf. Er sicherte währenddessen. Eine Tür führte nicht in einen Raum, sondern zu einer Treppe in einen Keller. Sie blickte auf die

Uhr. Winkte hektisch. Rannte die Treppe hinunter. Heizungskeller, nicht abgeschlossen. Ein Vorratsraum. Eine Stahltür war von außen doppelt verriegelt und hatte ein Guckloch. Der Größere sah durch. Nickte. Die Kleinere zog die Riegel zurück und erblickte eine junge Frau. Die Augen starr vor Angst.

138.

De Bodts Telefon vibrierte. Während der Botschafter zornig auf ihn einredete. Fehlte noch, dass Seine Exzellenz zugeschlagen hätte. Der Mann hatte Angst. Yussufs Handy vibrierte ebenfalls. Er blickte aufs Telefon und grinste. Verschwand. Und kehrte zurück mit Sophia Canares. Der Botschafter erstarrte. Yussuf legte seinen Arm um Sophia. Winkte Kollegen zu sich, um sie zu schützen.

Fahd reagierte schnell. »Wer ist diese Frau?«

»Das ist Frau Canares. Die wir suchen. Wie Sie ja wissen. Da Sie die Frau ja nicht eingesperrt haben, können Sie sie nicht kennen, nicht wahr?«

Der Botschafter zeigte Verachtung. »Nein, ich kenne sie nicht. Außerdem pflegen Botschafter Ihrer Majestät niemanden einzusperren.«

»Nein, sie zersägen sie gleich«, sagte Yussuf.

»Sagen Sie Ihren Leuten, sie sollen verschwinden. Ich bin durchaus bereit, dieses … Missverständnis auf sich beruhen zu lassen. Wenn Sie es auch tun.«

»Ja, wäre schlechte Presse«, sagte de Bodt.

139.

»Wie Sie das gemacht haben, will ich nicht wissen«, sagte die Kanzlerin. Lächelte.

»Dann ist der Fall ja geklärt«, sagte der Innenminister. »Jedenfalls für die Polizei.«

»Wir haben noch einen Mord aufzuklären. Wie die Pariser Kollegen«, erwiderte de Bodt.

Becker nickte.

»Wir wissen hier doch alle, dass die Mörder in Riad mit Orden behängt wurden und jetzt Urlaub in Dubai machen«, sagte der Innenminister. »Der Verfassungsschutz wird den Spuren folgen. Der BND wird helfen. Aber wir kommen nicht an die heran. Die werden nicht so blöd sein, sich in ein Land zu begeben, das einen Auslieferungsvertrag mit uns hat.«

»Wir sollten uns zuerst mit dem Motiv befassen«, sagte de Bodt.

Der Berliner Generalstaatsanwalt Robert Zecher kratzte sich am Ohr. »Ich dachte, das wäre klar. Der große Frieden im Nahen Osten. Der platzen würde, wenn vorher was durchsickert.«

»Vielleicht sollten wir noch mal darüber nachdenken«, sagte de Bodt. Blickte den Außenminister an. Dann den BND.

Letzterer schnäuzte sich die Nase. Betrachtete das Taschentuch, steckte es in die Hosentasche. »Hat der Herr Erste Hauptkommissar die erforderliche Sicherheitsstufe, um an diesem Gespräch teilzunehmen?«

»Das klingt ja so, als wüssten Sie was«, sagte de Bodt.

Die Kanzlerin blickte ihn strafend an. »Ja, er hat die Sicherheitsstufe. Die Formalitäten erledigen wir später. Ich darf Sie vielleicht daran erinnern, dass Herr de Bodt, natürlich mit dem Einverständnis von Herrn Becker und des Generalbundesanwalts, die bisherigen Ermittlungsergebnisse quasi im Alleingang erreicht hat. Mit Unterstützung der französischen Kollegen …«

Der Innenminister murrte lautlos. Der Außenminister saß gerade wie eine Kerze. Becker versuchte, ein Lächeln zu verbergen.

Der Generalstaatsanwalt nickte. »Lassen wir doch die Formalitäten.«

»Das von Ihnen zu hören …« Der Innenminister schüttelte den Kopf.

»Gut«, sagte das BKA. »Im Nahen Osten geschehen derzeit erstaunliche Dinge. Uns scheint, dass die Saudis sich aus dem Jemen zurückziehen wollen. Der Krieg dort ist Riads Vietnam oder Afghanistan. Sie müssten sich mit den Iranern einigen. Deren Rolle im Jemen gern übertrieben wird. Aber ohne Waffen und logistische Unterstützung aus Teheran hätten die Huthis es schwer, ihre Position dort zu halten. Nur, wer kann sich vorstellen, dass die Saudis mit den Iranern zusammenarbeiten? Als würde Satan sich mit dem lieben Gott verbünden.«

»Hat denn Frau Canares inzwischen erzählt, warum sie festgehalten wurde?«, fragte die Kanzlerin.

»Sie weiß es nicht«, erwiderte de Bodt.

Becker nickte. »Ich habe auch mit ihr geredet. Eine sehr intelligente Person. Die sich den Kopf darüber zerbrochen hat, was sie in diese Lage brachte.«

Die Kanzlerin schüttelte den Kopf. »Wenn wir ihr glauben können, wissen wir noch weniger als vorher.«

140.

Sophia war gefasst, ließ sich die Angst der letzten Tage nicht anmerken. Fast. Sie hatte ein Papiertaschentuch in der Hand. Sie saß auf dem Besucherstuhl in de Bodts Büro. »Sobald ich dieses Büro verlasse, bringen die mich um«, sagte sie.

De Bodt saß hinter seinem Schreibtisch. Lächelte sie an. »Warum auch immer die Leute in Riad Sie als Bedrohung gesehen haben, nach deren Logik haben Sie jetzt ausgepackt. Es wäre also dämlich, Sie umzubringen. Ich kann Ihnen versichern, dass diese Leute vor nichts zurückschrecken. Aber blöd sind die nicht. Immerhin führen die uns schon eine Weile an der Nase herum.«

Sophia lächelte. »Ohne Arbeitsstelle verfällt meine Aufenthaltserlaubnis.«

»Ich kläre das nach unserem Gespräch. Kein Problem. Wenn Sie wollen, setzen wir Sie auch in ein Flugzeug nach Manila …«

»Nein, bitte nicht. Dieser Schlächter verkauft mich glatt an die Saudis. Ich meine unseren Präsidenten.«

De Bodt nickte. »Gut, lösen wir das Problem anders.« Griff zum Telefonhörer.

»Laura, du hast von der wundersamen Befreiung der jungen Frau von den Philippinen gehört …«

»Natürlich.«

»Haben die Saudis eigentlich einen Einbruch in Ihrer Botschaft bei euch angezeigt?«

»Nö. Den hat es wohl nicht gegeben. Sonst könnten sie ja gleich zugeben, dass sie ein hauseigenes Gefängnis betreiben. Das wird Allah nicht mögen.«

De Bodt lachte. »Die Frau braucht eine Verlängerung Ihres Aufenthaltstitels.«

»Wie elegant wir uns wieder ausdrücken. Sie kriegt einen Status als anerkannter Flüchtling ohne Ortsbegrenzung. Was Schöneres kann ich nicht anbieten. Ich muss allerdings noch bei meinem Chef nachfragen. Aber wie ich den kenne …«

»Im Notfall kannst du ihm sagen, dies geschehe auf persönlichen Wunsch der Kanzlerin.«

»Weiß die das?«

»Noch nicht. Wenn du das brauchst, ruf ich sie an.« Er erinnerte sich, wie empört sich die Kanzlerin gezeigt hatte auf der letzten Sitzung. Natürlich nur für eine Sekunde. Rekordlänge für ihre Verhältnisse.

»Was machst du eigentlich, wenn deine Mutti in die Uckermark abhaut?«

»Gute Frage. Zumal ich sie nie gewählt habe. So wenig wie ich ihren Nachfolger wählen werde. So, jetzt besorg bitte dieses Papier. Im Eilverfahren. Per Kurier ins LKA, bitte.«

»Ich brauch Fotos …«

»Hast du schon. Guck mal in den Visumsantrag.«

»Du gäbst einen guten Mafiaboss ab.«

»Bestimmt«, sagte de Bodt. »Danke!«

»Kostet dich ein Abendessen ohne deine Kollegin.«

De Bodt lachte wieder. »Unter uns Mafiosi. Ist gebongt.« Legte auf.

Salingers Augen bohrten unterdessen Löcher in die Tischplatte.

De Bodt erklärte Sophia auf Englisch, dass sie eine unbegrenzte Aufenthaltserlaubnis erhalten würde. »Solange Sie sich bedroht fühlen, passen wir auf Sie auf. Was Sie am besten schützen würde, wäre eine Pressekonferenz. Danach trauen die sich nicht mehr an Sie heran. Es wird Sie niemand besser beschützen als die Saudis. Die haben genug Ärger an der Backe.«

»Eine Pressekonferenz? Ich?«, fragte Sophia.

»Ja, die Saudis würden alles abstreiten. Sie könnten offiziell nichts gegen Ihre Befreier unternehmen. Da Sie nie im Botschaftskeller eingesperrt waren.«

Nun lachte sie. Zum ersten Mal seit Langem.

»Ich suche immer noch einen Grund, weshalb die Sie eingesperrt haben«, sagte Yussuf. »Vielleicht darf ich Ihr Handy …«

»Das haben die mir abgenommen.«

»Klar«, sagte Yussuf. »Dumme Frage. Könnte aber sein, eine Ihrer Freundinnen, Ala oder Chloe, hat was aufgeschnappt. Der Botschafter hat was am Telefon gesagt, was er nicht hätte sagen sollen.«

»Was glauben Sie, worüber ich seit den Morden nachdenke? Ich wurde entführt und sollte … ermordet werden, nur weil ich die beiden kannte. In deren Handys konnten die Typen leicht sehen, mit wem Ala und Chloe befreundet waren. Das war ich …«

»Gibt es noch eine Freundin, die den beiden so nahegestanden hat wie Sie?«

Sie überlegte, nickte. »Elizabeth Santos, die arbeitet in der Familie des iranischen Kulturattachés hier in Berlin … Kindermädchen.«

De Bodt griff zum Telefon.

»Du schon wieder. Ist fast eine Anmache«, sagte Laura.

»Elizabeth Santos, philippinische Staatsbürgerin, arbeitet im Haushalt des iranischen Kulturattachés in Berlin. Ich möchte nur wissen, ob sie noch lebt.«

»Wie kommst du darauf? Die Saudis und die Iraner hassen sich wie die Pest.«

»Nur um sicherzugehen. Kannst du die ins Auswärtige Amt oder ein Konsulat bestellen, um was mit ihrem Visum zu klären?«

»Du bist pervers«, sagte Laura.

»Nein, ich versuche mich, in die Hirne von Perversen zu denken.« De Bodt legte auf.

»Danke!«, sagte Sophia.

»Wann haben Sie Elizabeth das letzte Mal gesehen?«

»Das ist lang her.«

»Hat Elizabeth Sie nach Einzelheiten Ihrer Arbeit gefragt?«

Sophia überlegte, schüttelte den Kopf. »Wir haben über ... Persönliches gesprochen. Natürlich auch über das Verhalten unserer Arbeitgeber.«

»Was hat Elizabeth darüber gesagt?«

»Blöde Witze über Frauen. Sie wird schlecht bezahlt, außerdem muss sie Miete und Essen bezahlen. Da bleibt nicht viel vom Lohn.«

»Und Ihren Pass musste sie abgeben?«

»Ja. Ausbeutung gibt's auch bei den Iranern.«

»Ihr Pariser Arbeitgeber weiß von Ihrem Kontakt zu Elizabeth? Und dass die bei den Iranern arbeitet?«

»Davon gehe ich aus«, sagte sie.

»Dann könnte es doch sein, dass Ihre beiden Freundinnen ermordet wurden, weil sie mit Elizabeth Kontakt hatten. Und die Saudis glaubten, sie hätten es mit einem iranischen Agentenring zu tun.«

Das Telefon klingelte.

»Elizabeth Santos erscheint morgen früh um zehn Uhr in der Konsularabteilung. Kannst du nicht deine philippinische Geisel mitschleppen? Die kennt die doch.«

»Zu gefährlich, aber wir schalten eine Skype-Verbindung. Das dürfte reichen, um Frau Santos zu identifizieren.«

Die Tür öffnete sich. Merkow und Katt betraten das Büro.

»Guten Tag.« Merkow nickte Canares zu. »Ihnen geht es gut?«

Sophia erhob sich und umarmte Merkow, dann Katt. Sagte kein Wort.

»Es ist immer nett, von jungen Schönheiten umarmt zu werden«, sagte Merkow.

»Sexist«, sagte Salinger.

141.

»Die Saudis sind zufrieden«, sagte Gott. »Wäre auch ein Wunder, wenn nicht. Ich hätte denen so eine Operation nicht zugetraut.«

»Ich auch nicht«, sagte der Premierminister. »Jetzt haben wir es in der Hand, die Geschichte neu zu schreiben.«

»Dieses Pathos nervt«, sagte Gott.

142.

»Ich wollte Sie bitten, al-Rashid zu vernehmen. Gemeinsam mit meinem Onkel. Wir brauchen dringend Ihren Spürsinn und Ihre Erfahrung.«

Schöner konnte Floire nicht zugeben, dass er sich in die Scheiße geritten hatte. Oder dass er mit Lebrancs Eitelkeit spielte. Oder beides. Und immer dieser verfluchte Onkel vom Inlandsgeheimdienst DGSI.

»Ich habe das Protokoll der letzten Vernehmung gelesen«, sagte Lebranc. Nickte. »Der Typ spielt mit Ihnen.«

»Das fürchten wir auch.« Ja, immer den Onkel mitdenken.

»Dann wollen wir mal.«

Harun al-Rashid saß schon auf seinem Stuhl im Vernehmungsraum. Er hatte einen Kaffee vor sich stehen. Dazu einen Teller mit Keksen. Und schien fast vergnügt zu sein.

Lebranc setzte sich ihm gegenüber. Er hatte Floire samt Onkel gebeten, ihn erst einmal allein machen zu lassen. Leider gab es die nur von einer Seite durchsichtige Scheibe nicht, die in fast jedem Film zur Grundausstattung von Vernehmungszimmern gehörte. Aber sie übertrugen das Kamerabild ins Nebenzimmer. Wo Onkel und Neffe zusehen konnten.

Lebranc war allein mit dem Verdächtigen und dem Uniformierten neben der Tür. Im Flur standen fünf weitere Polizisten, falls es al-Rashid nach zweiundsiebzig Jungfrauen dürstete. Für Lebranc war der Mann ein Rätsel. Diesen Angriff konnte man auch als Selbstauslieferung an die Polizei verstehen. Getarnt. Wenn es so sein sollte, warum?

Er hatte in der Nacht mit de Bodt telefoniert. Es gab also eine Filipina im Haushalt des Kulturattachés der Iraner in Berlin. Und die Idee, dass die Saudis glaubten, ihre Dienstmädchen spionierten für die Iraner. Weil diese Elizabeth Santos mit ihnen befreundet war.

Al-Rashid lächelte ihn an.

»Schön, dass Sie sich wohlfühlen«, sagte Lebranc.

»Danke, ich kann mich nicht beklagen.«

»Sie haben vielleicht gehört, dass Sophia Canares befreit wurde. Sie haben den Befehl erteilt, sie zu entführen.«

»Unfug.«

»Sie wollten Bassir befreien, das steht fest. Sie sind bewaffnet mit einer Horde schießwütiger Gangster in die Polizeipräfektur eingedrungen. Ich fürchte, eine Anklage wegen Mordversuchs ist Ihnen sicher.«

»Ich bin Diplomat.«

Am Morgen hatte Lebranc erfahren, dass die Saudis al-Rashid nachträglich zum Diplomaten ernannt hatten. »Zu spät. Das Papier rettet Sie nicht. Alberner Versuch. Aber so erfahren wir immerhin, dass für Ihre Regierung bewaffnete Überfälle zum Diplomatenhandwerk gehören.«

»Ich habe nichts und niemanden überfallen.«

Lebranc lachte laut. »Märchen aus dem Morgenland.« Er putzte sich die Nase. »Erzählen Sie weiter, ich bin ganz Ohr.«

»Ich fürchte, wir haben nicht den gleichen Literaturgeschmack.«

»Hier geht's eher um Schauspielerei.«

»Bedenken Sie die Möglichkeit, dass dieser verrückt scheinende Überfall zum Plan gehört und al-Rashid sich für irgendwas opfert«, hatte de Bodt am Telefonat gesagt.

143.

»Da hat sich der Chef persönlich an einem Überfall auf die Pariser Polizei beteiligt. Das erscheint unbegreiflich. Dafür hat so ein Geheimdienst doch seine Spezialisten«, sagte de Bodt.

Bob nickte. Trank einen Schluck aus dem Kaffeebecher, den de Bodt mitgebracht hatte. Beglotzte Salinger Quadratzentimeter für Quadratzentimeter. Griff nach einem Stück Schokoladenkuchen. Schob es in den Mund. Leckte sich die Finger ab. Trocknete sie am Hosenbein.

»Dieser … wie hieß er noch … ach, egal, Rashid ist entweder verblödet oder Teil eines Plans.«

»Hatten Sie mit den Saudis mal was zu tun?«, fragte Salinger.

Bob schüttelte den Kopf. Unter der Augenklappe nässte es. Bob hob sie an, trocknete es mit einem Taschentuch. Rückte die Klappe zurecht. »Daran sind Ihre Leute schuld«, sagte er.

»Sie und die Saudis. Ich stelle mir gerade vor, dass es Ihnen in Riad gut gefallen hätte.«

»Nee, die sind mir zu fanatisch.«

»Sie wollten nicht genug bezahlen für Ihre unschätzbaren Dienste?«

»Damals schwammen die in Kohle. Gegen sie war Onkel Dagobert Hartz-IV-Anwärter. Nein, wirklich, dieses religiöse Rumgebelle. Und heute? MbS bringt die eigenen Leute um, wenn es ihm nützlich erscheint. Vielleicht gefällt es diesem Rashid in einem französischen Knast besser als in seiner Luxusvilla in Saudi-Arabien.«

»Glaube ich nicht«, sagte de Bodt. »Die wollten Bassir, den Zeugen, umbringen. Und der Geheimdienstchef hat es persönlich übernommen. Das beweist nicht zuletzt seine Loyalität gegenüber dem Königshaus. Dort herrscht offenbar gerade Familienkrieg. Auch nicht gemütlich. Al-Rashid hat sich sichtbar auf die Seite von MbS gestellt. Er glaubt, dass der am Ende gewinnt. Vielleicht rechnet er damit, dass die Saudis ihn bald aus dem Knast holen, wenn sie ein paar Rafales bei Dassault kaufen.«

Bob überlegte. »Und dieser Bassir? Was bringt er?«

»Die Vermutung, dass der Mossad und über ihn die israelische Regierung mit drinhängt. Er hat die israelische Botschaft in Paris aufgesucht. Normalerweise nähmen ihn die Saudis fest, weil er mit Ungläubigen verhandelt hat«, sagte Salinger.

»Hat er verhandelt?«, fragte Bob.

»Es sieht so aus, als würden die Saudis ihren Friedensplan mit allen Mitteln geheim halten wollen«, erwiderte Salinger. »Sie fürchten den Druck anderer arabischer Länder. Und einen Aufstand der Schiiten. Was der Königsfamilie Kopf und Thron kosten könnte.«

»Ja, ja«, sagte de Bodt. »Immer die gleiche Geschichte. Die konnten das Volk ruhigstellen, indem sie es mit Geschenken beglückten. Nun geht denen die Knete aus, jedenfalls nach saudischen Maßstäben. So ein Friedensplan wird sofort zerredet und bekämpft, wenn was rauskommt. Die wollen aber erst an die Öffentlichkeit, wenn sie das Papier unterschreiben. Vor den Kameras. Dann werden zwar ein paar Schiiten irgendwas anstellen, aber einem Friedensfürsten verzeihen viele viel. Die gesamte wahhabitische Geistlichkeit wird ihren Segen erteilen. Was wiederum andere Fundis unter Druck setzt. Und die Menschen im Nahen Osten haben die Schnauze voll von all den Kriegen. MbS ist ein schlauer Hund, keine Frage.« Er blickte Bob ins Auge. »Kennen Sie einen Geheimdienstchef, der sich freiwillig in Gefangenschaft begibt und sich dem Risiko aussetzt, im Einsatz erschossen zu werden? Die hatten keine Chance, Bassir zu befreien. In dessen Zelle saß ich. In den anderen Kollegen.«

»Die von der Bürgerkriegstruppe CRS?«, fragte Wedenstein. »Könnte sein, dass dieser Rashid einen originellen Weg gesucht hat, um überzulaufen. Vielleicht fürchtete er, in Riad seinen Kopf zu verlieren.«

»Gute Idee«, sagte Salinger. »Und das aus einer zerschossenen Birne.«

»Bei mir funktionieren die wesentlichen Reflexe immer noch. Du bist herzlich eingeladen, es auszuprobieren.«

»Früher hätte ich es mir nicht mal im Albtraum vorstellen können. Und jetzt kommt noch die Visage dazu. Hätte nicht gedacht, dass man eine Ferkelfresse verunstalten kann.«

»Geht es nicht um die inneren Werte?«

»Die sind Hinderungsgrund Nummer eins. Darüber möchte ich nicht mal reden.«

»In Wahrheit sind Sie in Ihren Boss verliebt wie ein Schulmädchen.«

»Dafür gäbe es wenigstens Gründe. Ich nähme Sie als Trauzeugen, dürften Sie den Knast verlassen. Geht leider nicht.«

»So ein Mist auch«, erwiderte Wedenstein.

De Bodt lehnte sich zurück und lächelte. Er wusste, dass Bob diese Spielchen liebte. Und warum sollte man sie ihm nicht gönnen?

»Vielleicht schenkst du mir ein Foto von dir. Mit ordentlichem Ausschnitt, du weißt schon.«

»Keine schöne Vorstellung, als Wichsvorlage zu dienen.«

»Mein Gott, ist die prüde.«

»Wenn ich mich ins Gespräch einschalten darf, obwohl es sich seinem Höhepunkt nähert«, sagte de Bodt. »Harun al-Rashid könnte übergelaufen sein. Er könnte überzeugt gewesen sein, dass nur er so eine Operation leiten kann. Er könnte anderen Leuten, möglichen Verrätern, mit seinem Vorgehen eine Botschaft geschickt haben.«

Wedenstein nickte. Biss vom Kuchen ab. »Beim nächsten Mal gedeckten Apfelkuchen, bitte.«

»Ist notiert«, sagte de Bodt.

»Bassir wird singen wie eine Nachtigall«, sagte Wedenstein. »Insofern hätten die Saudis das Gegenteil von dem erreicht, was sie wollten. Wenn sie das wollten, was wir glauben. Bassir wird die Franzosen um Schutz anbetteln. Lebenslang. Dafür wird er mit Informationen bezahlen. Nur weiß ich nicht, was er erzählen kann.«

»Ich fürchte, nicht viel.« Bisher waren Floires Nachrichten dünn gewesen. »Bassir ist ein Befehlsempfänger, der nur weiß, was man ihn wissen lässt«, sagte de Bodt.

»Immerhin haben die Saudis ihn zu den Israelis geschickt«, sagte Wedenstein.

»Vielleicht nur als Postboten«, sagte Salinger.

»So jemand ist kein einfacher Befehlsempfänger, sondern Offizier des Geheimdienstes«, sagte Wedenstein. »Dafür ist der Auftrag zu wichtig.«

De Bodt nickte. »Aber auch Offiziere sind Befehlsempfänger.«

»Klar«, sagte Wedenstein. »Die müssen Bassir für zuverlässig gehalten haben.«

Schweigen. Bob beglotzte Salinger. Sie starrte auf die Tischplatte. De Bodt lehnte sich an die Wand hinter Bob. Sah zum Fenster hinaus. Milchglas verwandelte das Bild in Schemen. »Erzählen Sie mir, was Sie täten. Wenn Sie die Operation planten. Wann gingen Sie selbst an die Front?«

»So eine martialische Sprache hätte ich bei Ihnen nicht vermutet.«

»Ich auch nicht«, entgegnete de Bodt. »Das Volk liebt die Ruhe und liebte darum bescheidene Fürsten, und die Soldaten liebten einen kriegerisch Gesinnten, einen, der übermütig und räuberisch und grausam war.«

»Ach, die Hegelei«, sagte Bob. »Das bringt doch nichts.«

»Das ist Machiavelli und bringt eine Einsicht. Es zeigt, wie sich die Waagschale neigt. Im saudischen Königshaus zum Krieg, betrachtet man die Taten. Im Volk zum Frieden. Kein Volk wünscht den Krieg. Und so spielen die Saudis vielleicht auf zum großen Friedenstanz, weil sie Krieg führen. Um die Unterstützung der Bevölkerung zu gewinnen. Jetzt tun sie vielleicht nur so, als wollten sie den großen Frieden. In Wahrheit wollen sie vielleicht nur den Jemenkrieg abwickeln und nicht das Gesicht verlieren. Wenn das Volk glaubt, der Krieg sei verloren, dann hätten MbS und Konsorten jedes Recht, um ihr Leben zu zittern.«

»Mann, sind Sie kompliziert«, sagte Wedenstein.

»Ich bin zum ersten Mal Ihrer Meinung«, sagte Salinger.

»Das ist doch schon mal ein Anfang«, erwiderte Wedenstein.

Sie saßen noch eine Weile im Auto vor den Resten des Moabiter Gefängnisses.

»Das ist der verrückteste Fall, den wir je hatten. Es gibt für alle Fragen Antworten. Leider mehrere. Und widersprüchliche«, sagte de Bodt.

»Stimmt das eigentlich, was Bob sonst noch gesagt hat?« Sie wendete sich zu ihm, zog ihn an sich und küsste ihn auf den Mund.

144.

Die Sonne ließ die Klimaanlagen zur Höchstform auflaufen. In Langley, wo die CIA ihr Hauptquartier hatte. Dort gab es immer etwas, das einen beunruhigen konnte. Aber diesmal war der Wirrwarr perfekt. Die Nahost-Abteilung hatte viele Quellen und viele Erfolge zu verbuchen. Ihr Ansehen im Wettbewerb der Abteilungen war gestiegen. Und mit ihm die Anforderungen. Erst das Irak-Chaos, angestiftet von Dilettanten im Pentagon. Dann das Gezücht, dass aus dem Irak-Chaos erwuchs: der IS. Und der Krieg in Syrien. Wo die Agenten der Nahost-Abteilung die Aufgabe aller Positionen der USA mit ungezügeltem Zynismus kommentierten. Der Wahnsinnige im Weißen Haus hatte die USA binnen vier Jahren außen- und innenpolitisch kastriert. Die Feinde lachten sich einen ab. Sie waren arbeitslos oder mussten höchstens hier und da etwas oder jemanden anschubsen, der oder das schon am Abgrund stand.

Und jetzt begannen die Saudis zu spinnen. Natürlich hatte die CIA Quellen im Königshaus und im Mossad. Natürlich überwachte die NSA Internet und Telefone weltweit. Aber in dem Berg der Informationen gab es nicht eine, welche die jüngsten Ereignisse erklären konnte. Warum überfiel der saudische Geheimdienstchef die Pariser Polizeipräfektur? Sie kannten Harun al-Rashid. Hielten ihn für einen Freund. Der CIA-Chef hatte ihn mehrfach in die USA eingeladen. Der Leiter der Nahost-Abteilung, Fred Woronski, hatte sich mit al-Rashid angefreundet. Sie telefonierten regelmäßig miteinander. Teilten Informationen über den IS und andere Terrorbanden. Der Saudi war ein kluger Mann und keiner dieser nutzlosen Typen, die gerade als MbS-Günstlinge Karriere machten. Und dieser al-Rashid tauchte höchstpersönlich in Paris auf, um die Polizei zu überfallen. Als Woronski die Mail aus Paris las, tippte er sich an den Kopf. Der Pariser Resident war offensichtlich durchgeknallt. Aber dann forschte er im

Internet. Wobei »forschen« nicht das richtige Wort war. Im Netz überholten sich Berichte und Gerüchte. Der CIA-Resident in Paris war nicht durchgeknallt. Er hatte untertrieben. Eine ganze Truppe des saudischen Geheimdienstes war in die Polizeipräfektur eingedrungen.

Das Telefon klingelte. »Kannst du schnell ins Konferenzzimmer kommen?« Ein als Frage verkappter Befehl der Sekretärin. Dort warteten schon der CIA-Präsident Carl Bolden, sein Vize Gerald Heatman und ein dritter Mann, den Woronski nicht kannte. Er drückte diesem die Hand und stellte sich vor. Der Mann erwiderte: »Paul Chapman, wir hören Ihr Telefon ab und lesen Ihre Mails.«

Woronski blickte ihn eine Sekunde verblüfft an. Dann lachten sie. Der NSA-Chef.

Woronski setzte sich an die Seite des Tisches. Es präsidierte Carl Bolden.

»Kommen wir gleich zur Sache«, sagt er. »Wir haben es mit merkwürdigen Vorfällen in Europa zu tun, die ihren Ausgang im Nahen Osten haben. Sie haben den Bericht gelesen. Endlich mal ein Bericht, in dem nicht nur geschwafelt wurde, um sich wichtig zu tun. Unser Freund Paul hat unseren Eindruck bestätigt. Die Saudis und Israelis telefonieren viel. Aber sprich selbst.«

»Danke.« Chapman beugte sich nach vorn. »Die Telefonate sind verschlüsselt. Wir können den Code derzeit nicht knacken. Die Israelis sind wirklich clever. Aber aus der Regelmäßigkeit und Häufigkeit lassen sich auch Schlüsse ziehen. Es sind im Schnitt fünf bis sieben Gespräche pro Woche. In jüngster Zeit stieg die Häufigkeit. Und zwar während der Wahnsinnsaktion unserer saudischen Freunde in Paris. Offenbar sind die Israelis auf dem Laufenden. Die wichtigsten Gespräche laufen zwischen den Verteidigungsministern. Die Sache ist also wichtig. Nun sind beide Minister mit unserer Regierung befreundet. Unser Kollege Carl Bolden hat sein Glück bei beiden Seiten versucht. Wenn ich dich richtig verstanden habe, Carl …«

Der nickte.

»Hast du beiden Seiten gesagt, was du denkst? Dass dort eine große Operation vorbereitet wird.«

»Ja. Sicher ist nur, dass die sich nicht gegen Riad oder Jerusalem richtet. Von deutschen und französischen Freunden konnten wir nur erfahren, was in deren Medien spekuliert wird. Der große Frieden, der insgeheim vorbereitet werden muss. Weil sonst der Kopf von MbS rollt«, sagte Bolden. »Ich bin mir mit unserer Regierung und den Kollegen der NSA einig, dass dieses Vorgehen höchst ungewöhnlich ist. Beide Regierungen haben uns stets über ihre Absichten informiert. Diesmal nicht.«

»Weiß unsere Regierung Bescheid?«

»Woronski hat uns auf diese Entwicklung hingewiesen. Und wir haben sie in den Bericht ans Weiße Haus gepackt. So, wie Fred es ausgewertet hat.«

Woronski nickte. »Kann ja sein, dass auch der neue Präsident nur Lobhudeleien auf sich liest und keine Zeit hat für unsere Warnungen.«

»Und der Sicherheitsberater?«, fragte Chapman.

»Antwortet nicht«, sagte Bolden.

»Was heißt, er weiß was.«

Bolden nickte.

»Ich kann mich nicht erinnern, dass die Regierung uns fallen lässt. Einfach so. Wie sollen wir unseren Job machen, wenn wir nichts erfahren? Dabei glühen im Nahen Osten die Drähte.«

»Zu starke Codes, sagst du?«

»Ja«, sagte Chapman, »jeder Code ist knackbar. Es ist nur eine Frage der Zeit. In diesem Fall von Jahrzehnten.«

»Irgendwas wird passieren. Irgendwo und irgendwann. Es wird beschissen sein. Mindestens«, sagte Bolden. »Vielleicht sollte ich vorher hinschmeißen. Ich hatte so gehofft, dass nach dem Präsidentendarsteller alles besser wird. Für uns jedenfalls nicht. Der alte ließ uns verhungern und kümmerte sich einen Scheiß um unsere Berichte. Konnte nicht mehr als fünf Zeilen pro Tag lesen. Und der Nachfolger will offenbar den Weltfrieden ein für alle Mal retten. Und übersieht Leute, für die der Frieden die Pest ist.«

145.

Laura rief an: »Nein, unsere Freunde aus Saudi-Arabien können keine Auskunft über Frau Canares geben. Sie sei abgereist. Sie haben mir geraten, mich mit den philippinischen Behörden ins Benehmen zu setzen.«

»Das ist ja nett von denen«, sagte de Bodt.

Yussuf grinste. Er hatte über einen Freund von einem Kumpel eine leere Wohnung gefunden. In Neukölln. Der Mieter war in die Türkei gereist. Ein Trauerfall, und an den schloss sich ein Urlaub an. Yussuf hatte gefragt, ob er seine Freundin einquartieren könne. Der Typ hatte gelacht. »Klar! Aber lass die Bude heil.« Die lag im Reuterkiez, Hobrechtstraße. Fünfter Stock im Hinterhof. Ruhig und von der Straße abgeschirmt. Wenn Sophia das Haus verlasse, solle sie sich verschleiern, das würde in der Gegend nicht auffallen. Sie dürfe kein Wort Englisch sprechen, Filipino sowieso nicht. Sie solle ihm per SMS die Einkaufslisten schicken. Er würde alles besorgen und vorbeibringen. Nachdem er unzählige Haken geschlagen hatte in seinem Privatauto. Einem verbeulten Golf, der schönere Tage erlebt hatte. Aber er hatte noch ein Jahr TÜV, und der Rest war egal.

»Was machen wir nun? Wir kennen die Mörder, die verschwunden sind. Sofern sie nicht Malawi heißen.« De Bodt blickte Salinger an. Die zwinkerte ihm zu. Dann Yussuf.

»Du meinst, Malawi war es nicht?«, fragte der.

»Fragen können wir ihn nicht mehr.«

»Und die Fahndung nach Ahmed Abdulrahman?«, fragte Salinger.

»Die ist im Sand verlaufen. Der ist von der eigenen Bombe zerfetzt worden, nehme ich an. Oder schon in Riad. Hadschi Halef und sein Möchtegernkiller sind tot. Bassir hat nicht viel zu verraten.«

»Außer dass die Israelis mit im Boot sitzen.«

146.

Dienstags und donnerstags kam Silvia später ins Büro. Sie verriet nicht, warum. Was Yussufs Neugier erst recht weckte. Wenn es eng wurde, erschien sie auch an einem der beiden Tage früh. Yussuf beschloss, es herauszufinden. Er hatte da so eine Idee. Er wartete ab sieben Uhr morgens in seinem Golf, die Haustür im Blick. Endlich erschien sie. Sie verließ das Haus. Gähnte und lief los. Vorsichtig kroch Yussuf aus dem Wagen. Nichts peinlicher, als dass sie ihn erwischte. Sie bog an der Kreuzung rechts ab. Richtung Schlesische Straße. Er blieb weit hinter ihr. Wenn sie abbog, rannte er los. Linste um die Ecke. Lieber sie verlieren, als ertappt zu werden. Er wechselte auf die andere Straßenseite. Sie rechts, er links. Als sie den Kanal erreichte, bog sie ab. Parallel zum Kanal. Er versteckte sich hinter einem Strauch. Aber in ihrer Stimmung würde sie ihn wohl nie entdecken. Sie war ernst, fast bitter. Sie öffnete eine Vorgartentür. Stieg drei Treppenstufen hoch. Klingelte. Die Tür öffnete sich sofort. Wie bei einer Arztpraxis. Als sie im Flur verschwunden und die Tür zugefallen war, rannte er los.

Berthold Schneider
Psychotherapie / Psychoanalyse
Sprechstunden nach Vereinbarung
– Alle Kassen –

Er lief schnell weiter. Eugen wusste es. Das war offensichtlich. Er hatte die Therapiesitzungen während der Dienstzeit genehmigt. Sonst hätte Silvia diesen Schneider nicht aufsuchen können.

Er lief zurück zu seinem Golf. Fuhr zum LKA in der Keithstraße. Und fühlte die Schwermut, die ihn umkreiste. Um nach ihm zu greifen.

147.

De Bodt saß am Schreibtisch, als Yussuf erschien. Sonst war Yussuf längst da, wenn der Chef auftauchte.

»Morgen«, sagte Yussuf.

»Guten Morgen«, erwiderte de Bodt.

»Wo ist Silvia?«, fragte Yussuf. Und fühlte sich gleich mies.

»Unterwegs«, erwiderte de Bodt.

»Wo?«

De Bodt zuckte die Achseln und las weiter in einer Akte. Er blickte Yussuf an. »Was Neues von Floire?«

»Nein. Dieser Bassir muss mehr wissen.«

Es klopfte. Merkow und Katt. »Ich hoffe, wir stören nicht«, sagte er.

Sie lächelte.

»Nein, ich habe gerade an Sie gedacht. Wir reden über Bassir …«

Katt lächelte wieder.

»Wir fragen uns, ob er alles ausgesagt hat, was er weiß.«

»Hat er«, sagte Merkow trocken.

»Wir kommen nicht weiter. Unsere Zeugen werden ermordet. Und was sonst passiert, lässt sich nicht einordnen. Außer in dieser Geschichte vom großen Frieden. Um das Geheimnis zu wahren. Ich fürchte, die Leute sind nicht so blöd, da nichts zu riechen. Journalisten …«, sagte de Bodt.

»Wer ein Geheimnis wahren will, versteckt es. Sodass es niemand findet. Vielleicht vergräbt er es im Wald. Vielleicht stellt er einen Baum zwischen andere Bäume, sodass niemand den neuen Baum sieht. Vielleicht enthüllt er vermeintlich ein Geheimnis, damit sich andere daraufstürzen. Um das wirkliche Geheimnis zu schützen. Ich glaube, es handelt sich um Letzteres.« Merkow putzte sich die Nase, als wollte er so seine These unterstreichen.

»Seit dem Angriff auf die Polizeipräfektur in Paris bin ich auch schwer im Zweifel. Sie lenken die Aufmerksamkeit zu stark auf diesen Friedensplan.«

»Offensichtlich finden sie genug Leute, die sich am Verwirrspiel beteiligen. Sich opfern wie al-Rashid. Der von vornherein wissen musste, dass er sich glücklich schätzen konnte, wenn er in einer Zelle landete statt in einem Sarg. Er lebte im besten Viertel von Riad, hat eine Frau und zwei Kinder. Sohn und Tochter. Er hatte ein gutes Leben. Hat sich im Kleinkrieg des Königsclans auf die Seite von MbS gestellt. Genießt dessen Vertrauen. Verdient sich dumm und dusselig. Hat einen Landrover, einen Benz und einen Ferrari in der Garage. Personal im Haus. Und so einer zieht plötzlich los, um eine Schwachsinnsaktion anzuführen.« Merkow hob die Brauen.

Die Tür öffnete sich. Salinger. Sie setzte sich hinter ihren Schreibtisch. »Gibt's was Neues?«

»Kann man sagen«, erwiderte de Bodt. »Herr Merkow klärt uns gerade über die Lebensverhältnisse von Harun al-Rashid auf. Und glaubt, dass der nicht den geringsten Grund hatte, sich an der Spitze eines Spezialkommandos mit der Ermordung von Bassir zu beschäftigen. Zumal er hätte wissen müssen, dass wir Bassir beschützen wie die Königin von England ihre Krone.«

»Einer der seltenen Fälle, in dem ich mit Herrn Merkow einer Meinung bin«, sagte Salinger. »Außer dass ich nicht al-Rashid ausgeforscht habe.« Schmiss ihren Rucksack neben den Schreibtisch. Setzte sich dahinter. Legte die Füße darauf.

Mann, ist die schlecht gelaunt, dachte Yussuf.

»Halten wir schlicht fest, dass wir die Ermittlungen gegen die Wand gefahren haben«, sagte de Bodt. »Jetzt machen wir erst einmal eine Pressekonferenz.«

»Du weißt schon, dass der Pressesprecher dagegen ist. Tilly auch, in Tilly-Manier: soll er machen oder auch nicht.«

»Immerhin hat das Präsidium meine Einladung verschickt.«

»Du reizt es noch mal aus, bevor die Kanzlerin abtritt«, sagte Salinger.

148.

»Ich wurde in einem Auto nach Berlin verschleppt. Neben mir saßen zwei bewaffnete Männer. Auf dem Beifahrersitz ein weiterer Bewacher. Auch der Fahrer trug eine Waffe.« Sie saß zierlich, mit gestrafftem Rücken im Konferenzsaal des Präsidiums am Tempelhofer Feld.

Ein junger Mann meldete sich als Erster. »Handelte es sich bei den Männern um Leute aus Saudi-Arabien?«

Sie überlegte. »Es waren auf jeden Fall Araber.«

»Wenn ich nachfragen darf: Haben Sie einen dieser Männer schon mal gesehen?«

Sie schüttelte den Kopf.

De Bodt saß neben ihr und schickte Floire eine SMS.

Wir brauchen die Videos von allen Tankstellen auf der schnellsten Strecke von Paris nach Berlin. Sie bis zur Grenze. Wir übernehmen den Rest.

Setzte Yussuf cc. Dass man eine PK brauchte, um auf die einfachste Idee der Welt zu kommen!

»Herr Hauptkommissar, hat es etwas zu sagen, dass wir den Pressesprecher heute nicht sehen? Haben Sie jetzt auch die Medienarbeit für die Polizei übernommen?« Eine Dame mit strenger Brille.

»Ich habe für heute die Moderation übernommen. Ich hoffe, ich mach es nicht allzu schlecht.«

»Zu meiner eigentlichen Frage«, sagte die Dame. »Warum setzen Sie diese junge Frau Gefahren aus?«

»Frau Canares wird Ihnen heute alles erzählen, was sie weiß. Danach gibt es keinen Grund mehr, sie zu bedrohen.«

»Müssen wir also hoffen, dass der saudische Geheimdienst sich nichts von der GRU abgeguckt hat.«

»Frau Canares verschwindet nach dieser PK im Zeugenschutz. Wenn Sie noch richtige Fragen haben …«

»Sie wurden also nach dem Tod von Chloe Flores in der saudischen Botschaft in Paris gefangen gehalten?«

»Es begann mit einer Beschattung. Nachdem ich mich mit einem Polizisten getroffen hatte, wurde ich in der Botschaft eingesperrt. Im Keller. Sie haben extra einen Raum freigeräumt, ein Stahlbett und eine Chemietoilette hineingestellt. Und einen Eimer Wasser.«

»Warum haben Sie sich mit einem Polizisten verabredet?«, fragte ein altersloser Glatzkopf.

»Er hatte mich angesprochen. Weil zwei philippinische Dienstmädchen ermordet worden waren. Eine in Paris, die andere in Berlin. Freundinnen von mir.«

De Bodt bewunderte die junge Frau. Abgeklärter konnte man nicht sein. Ihr Englisch war perfekt trotz ihres Akzents.

Bevor de Bodt dem Nächsten das Wort erteilte, sagte Sophia: »Der Polizist hatte mich vor der Wohnung des Militärattachés der saudischen Botschaft in Paris abgepasst. Er suchte jemanden, der Chloe Flores kannte. Das Pariser Opfer …«

»Wie ist der Polizist auf Sie gekommen?«

»Das weiß ich nicht. Ist auch egal.«

»Wichtiger ist, dass ihr ein Mann gefolgt ist, ein Mann aus der saudischen Botschaft. Der inzwischen in Frankreich einsitzt«, sagte de Bodt auf Englisch. »Er heißt Salaheddine Bassir und ist Mitarbeiter der saudischen Botschaft in Paris. Offensichtlich arbeitet er für deren Geheimdienst. Er hat, wie man so schön sagt, ausgepackt. Der saudische Geheimdienst hat ein Spezialkommando geschickt, um diesen Zeugen zu befreien oder zu töten, wenn Ersteres nicht möglich war. Der Überfall ist gescheitert. Seitdem sitzt der Chef des saudischen Nachrichtendienstes im Gefängnis. Sein Name ist Harun al-Rashid. Soll ich Ihnen die Namen buchstabieren?«

Einige Köpfe nickten. De Bodt buchstabierte.

Was hatte Mao dereinst gesagt? Lasst hundert Blumen blühen. Er hatte vergessen anzufügen: Damit wir ihnen den Kopf abschlagen können, sobald sie sich zeigen. De Bodt ließ hundert Blumen wachsen. In der Wüste Arabiens. Damit jeder dort verstand. Was immer einer verstehen wollte. Das konnte der saudische Kronprinz nicht auf sich sitzen lassen. De Bodt wollte sie herlocken, die Killer des Königssohns. Mit oder ohne Knochensäge.

»Und was steckt dahinter? Ich verstehe nur Bahnhof«, sagte eine kleine dünne Frau.

»Gute Frage«, erwiderte de Bodt. »Angeblich wollen sie einen Geheimplan schützen. Den großen Frieden der arabischen Welt mit Israel.«

»Sie behaupten, die Saudis begehen Morde und Überfälle, um einen Friedensplan geheim zu halten?« Wieder die Dame.

»Ja«, sagte de Bodt. Hörte das Klingeln in den Ohren sämtlicher Vorgesetzter und der Bundesregierung. Umsatzeinbruch der Rüstungsindustrie. Bald würde es heißen: Mit dieser Mörderbande macht man keine Geschäfte, wenn man morgens noch in den Spiegel gucken will. »So ein Friedensplan würde hier natürlich Arbeitsplätze kosten.«

»Wie konnte Frau Canares die saudische Botschaft verlassen, in der sie nach Ihrer Darstellung gefangen gehalten wurde?«

De Bodt erkannte die Kamera mit dem Schild *RT*, Russlands Lügensender.

»Das kann ich Ihnen aus ermittlungstaktischen Gründen nicht sagen.«

»Die saudische Botschaft hat erklärt, dass sie keine Sophia Canares kenne. Geschweige, dass sie jemanden in der Botschaft eingesperrt hätten. Weshalb auch niemand habe befreit werden können.«

»Unsinn.«

149.

»Sind Sie völlig durchgeknallt?«, schrie Tilly. Nachdem er ins Büro gestürmt war wie ein Trupp wütender Elefanten. In seinem Zorn war Tilly fähig, sich zu vervielfältigen. »Mich haben der Polizeipräsident, der Innensenator, der Generalstaatsanwalt, der Innenminister angerufen, um zu fragen, wie ich dazu käme, einen Wahnsinnigen von der Leine zu lassen.«

»Ich finde die Metapher falsch. Vielleicht käme es besser, wenn Sie von einem tollwütigen Hund sprächen. Wegen der Leine, meine ich. Nicht einmal bei uns hält man Wahnsinnige an Leinen.«

Tilly stockte: »Ich hoffe, Sie lesen Zeitung oder gucken Nachrichten im Fernsehen. Da können Sie sich bewundern auf Ihrer PK. Wahnsinn!«

»Es ist aber immer auch etwas Vernunft im Wahnsinn.«

»Nietzsche«, sagte Yussuf.

»Richtig geraten«, sagte de Bodt.

Es klopfte. Becker.

»Wie finden Sie das, Herr Becker? Diese PK?«

»Weiß ich noch nicht. Mal sehen, was jetzt passiert.«

Tilly blickte ihn an wie ein getretener Hund. Schüttelte den Kopf und knallte die Tür zu. Von außen.

»Hoffentlich geht das gut«, sagte Becker. Der sich mit jedem Fall mehr an de Bodt gewöhnt hatte. Zumal der ihn nicht einbezog in seine Kamikaze-Aktionen. »Selbst wenn Sie mit dieser Methode was erreichen, wollen die Ihre Haut.«

Die, dachte de Bodt. Hyänen, die sich zu Löwen aufblasen.

»Sie können sich leicht vorstellen, dass jetzt der Druck wächst, die Beziehungen zu Riad mindestens einzuschränken. Politisch sind Sie ein Idealist oder Naivling, was auf das Gleiche hinausläuft.«

»Unsere Ermittlungen hätten schon einen kleinen Erfolg erzielt, wenn unsere Regierung diese Herren in Riad als Mörderbande behandelte. Ich fürchte aber, dass eine Empörungswelle übers Land geht, und dann ist alles wieder wie vorher.«

»Auf jeden Fall haben Sie die Saudis jetzt am Hals«, sagte Becker. »Glauben Sie bloß nicht, die hätten nichts gelernt aus der Khashoggi-Sache und der Schwachsinnsaktion in Paris.«

»Das war keine Schwachsinnsaktion. Das gehörte zum Plan. Und dabei geht es nicht um Frieden.«

Yussuf druckte etwas aus. Legte es auf de Bodts Schreibtisch. »Kommt von Floire.« Standbilder von einer Tankstelle. *Valenciennes, Carrefour Aulnoy.* »Die haben kurz vor der belgischen Grenze die A2 verlassen, sind zum Supermarkt gefahren, haben getankt.« Yussuf tippte auf einen Mann im Anzug, der den Benz betankte. »Ein anderer ist zum Supermarkt.« Tippte auf einen zweiten Anzugträger. »Hier kommt er zurück, Plastikflaschen in der einen Hand, eine Tasche in der anderen.«

»Wie kommen Sie darauf, dass es Ihre Leute sind?«, fragte Becker.

»Frau Canares hat sie gut beschrieben«, sagte Yussuf. »Benz, besetzt mit vier Männern und ihr. Floire hat dazugeschrieben, dass man auf dem Video die fünf Personen schemenhaft erkennen kann. Als der Wagen die Tankstelle verlässt Es ist der Hinterkopf einer Frau im Rückfenster.« Er tippte auf dem nächsten Ausdruck auf das Auto. Das sich offenbar Richtung A2 bewegte. »Die Kollegen von der Autobahnpolizei finden vielleicht noch was.«

»Und die Kreditkartennummer fürs Tanken?«, fragte Becker.

»Schickt Floire noch, samt Namen und Adresse.«

»Wetten, dass es sich um unantastbare saudische Diplomaten handelt?«, sagte Salinger.

»Die Wette hast du schon gewonnen«, erwiderte Yussuf.

»Stellt sich nur die Frage, ob wir von einer Autobahnraststätte was kriegen. Die filmen doch auch das Nummernschild, und zumindest Fahrer und Beifahrer müssten drauf sein. Falls jemand Sprit klaut«, sagte Salinger.

»Die Oberkommissarin Baumann ruft alle Raststätten und Autohöfe an«, sagte Yussuf. Manchmal entfloh sie Krügers Knechtschaft und half.

Schon stand sie in der Tür. »Ich hab sie.«

150.

Gotts Gesicht leuchtete wie eine Laterne mit Farbstich. Rot. »Sind Sie zu blöd, auf ein Thai-Mädchen aufzupassen …«

»Filipina«, sagte der Mann vor seinem Schreibtisch.

»Ist doch scheißegal und sowieso eine Soße.« Gott blickte seinen Besucher an. »Die deutsche Polizei hat einen Affentanz aufgeführt vor der Botschaft, damit auf der Rückseite zwei Figuren eindringen konnten, um das Mädchen zu befreien!« Er wiederholte den Satz noch zweimal. In den gleichen Worten, in der gleichen Reihenfolge. Wie bei einer Rollenprobe.

»Und wer sind die Supermänner, die unbemerkt in eine Festung eindringen und jemanden herausbringen konnten?«

»Ein Superman und eine Superwoman«, sagte der Mann. »Das zeigen die Kameras.«

»Aha.« Gott wollte noch was sagen, schwieg aber lieber.

»Wir rechneten mit einem Überfall von vorn und haben alle Wachen nach vorn geschickt. Und hinten abgeschlossen.«

»Und hinten abgeschlossen«, murmelte Gott. »Die haben Panik erzeugt und den Gegner ausgekontert. Und jetzt können sich Ihre Leute nicht mal beschweren. Die Gefangene hat es ja nie gegeben.« Gott lachte. »Ich hab schon so eine Idee, wer euch vorgeführt hat. Da gab es in den letzten Jahren Fälle, da war Unmögliches auch möglich.«

»Daran haben wir gedacht«, sagte der Besucher.

Gott überlegte. »Gut, das ist eine Blamage. Zumal dieser Polizist die Pressekonferenz veranstaltet hat. Nur um uns zu provozieren. Wir können weitermachen, trotz allem. Aber viel darf nicht mehr passieren. Das ist die erste Lehre. Die zweite ist …«

»Dieser Polizist muss weg.«

»Ein Unfall wäre am besten. Aber das nimmt uns niemand ab. So einen Zufall gibt es nicht. Glauben die Leute. Wir dürfen sie aber nicht auf unsere Spur führen. Sondern auf eine andere. Es muss ins Gemälde passen. Wir erschaffen etwas, das die schon für ausgelöscht halten. Aber die Inszenierung muss echt sein. Wir gucken mal in unseren Gefängnissen, wer sich dafür eignet. Und Sie tun das bitte auch.«

»Und Gott erschuf …«

Der winkte ärgerlich ab. »Lassen Sie den Quatsch.«

Am liebsten würde ich dir den Kopf abschlagen, dachte der Besucher. Lächelte aber. Erhob sich. »Bis bald. Gespräche mit Ihnen sind immer lehrreich.«

»Ich weiß«, sagte Gott.

Der Besucher setzte sich in seinen Toyota Camry und fuhr zurück nach Tel Aviv. In den Import-Export-Laden. Der nichts exportierte und nichts importierte. Den das saudische Königshaus mit Israels Duldung als Pseudobotschaft unterhielt.

151.

Woronski hatte sich mit seiner Frau gestritten. Sie hatte ihn in seiner schwachen Flanke getroffen. Sie hasste die CIA und hatte einen Berg von Gründen dafür. »Würde mich nicht wundern, deine Freunde wären in die Scheiße in Paris verwickelt.«

»Dich würde in dieser Hinsicht gar nichts wundern. Nicht mal, was offensichtlich falsch ist.«

Sie hatte aufgelacht. Gekünstelt, wie man über einen misslungenen Scherz lachte. »Wir könnten von meinem Geld gut leben. Kümmere dich um den Garten. Da machst du dich um die Menschheit verdient.«

Er konnte den Anfang ihrer Streitereien genau datieren. Es war, als der Außenminister von Bush junior vor die Kameras trat. Und erklärte, die Iraker hätten ein Geheimarsenal von Chemie- und Biowaffen. Deshalb müsse man diesen Despoten Saddam Hussein stürzen. Es war erstunken und erlogen. Es war die CIA, die in trüben Quellen gefischt hatte. Sie hatten nebeneinander auf dem Sofa gesessen in ihrem kleinen Haus am Kents Garden Park in Langley. Und Betty hatte ungläubig das Fernsehgerät beglotzt. »Alles Lügen! Alles Lügen!«, hatte sie gesagt. Und sich in einen Wutanfall gesteigert. »Steckst du mit drin in der Sache?«

»Nein. Nein. Das sind keine Lügen.«

Es waren welche. Seitdem brauchte er ihr in CIA-Dingen nichts mehr zu erzählen. Verglichen mit ihm waren russische Agenten fast schon Heilige.

Er war schnell aufgestiegen. Obwohl oder weil er in die Lügengeschichte verwickelt war. Es reichte für ein Haus im Grünen, mit großem Garten. Aber ihrer Meinung nach reichte es nicht für einen Gärtner.

Er saß in seinem Büro im dritten Stock und missachtete den Ausblick, der sich ihm vor dem Fenster bot. Dachte an seine Eltern, die aus Stalins Polen abgehauen waren, weil sie nicht mehr mit dem gepackten Koffer unterm Bett schlafen konnten. Dachte an seine Schwiegereltern, die sich in Stanford kennengelernt hatten und übersahen, dass es Menschen gab, die unter weniger glücklichen Umständen aufwuchsen, weil ihre Eltern kein Vermögen geerbt hatten. Solche Leute kannten keinen Feind, der einen vernichten wollte. Solche Leute hielten Ärgernisse für den Gipfel des Unglücks. Und dieser Präsident mit seinem elenden Krieg, was hatte er ihnen getan? Die Steuern gesenkt.

Hass staute sich, wenn er nicht gelebt werden konnte. Als die Amerikaner den Krieg gewonnen hatten, wurden aus Hunnen und Nazis beste Freunde. Alle Vernichtungsfantasien lösten sich auf wie Nebel im Sonnenschein.

McFinn platzte herein, sein Stellvertreter. »Die haben die Filipina aus der Berliner Botschaft geholt. Frag mich nicht, wie.«

Brauchte er nicht. Gott hatte eine verschlüsselte Mail geschickt. Hätte er nicht geheim halten müssen. Dieser freche Bulle hatte eine PK gegeben. Sich neben die junge Frau gesetzt und erzählt. Die Mitschrift hatte er am Morgen gelesen. Kein Wort, wie sie aus der Botschaft rausgekommen war. Gott hatte Woronski auch einen Film geschickt. Von einer Überwachungskamera. Zwei schwarz gekleidete Gestalten. Ein Mann, eine Frau.

McFinn fläzte sich aufs Sofa. »Die haben sich für Paris revanchiert.«

»Wer? Der philippinische Dienst?« Woronski lachte.

»Ich weiß nicht. Jedenfalls hängt dieser Cop mit drin. Über den haben wir eine Akte. Der hat uns mal aufs Kreuz gelegt. Hat einen von uns den Russen geschenkt. Wir mussten ihn austauschen. Und dann hat er unseren Präsidenten gerettet und den Maulwurf im Weißen Haus entlarvt.«

»Weiß doch jeder. Der Typ arbeitet mit Russen zusammen …«

»Und mit Franzosen. Die DGSI ist auch dabei. Wie der Bulle das macht? Keine Ahnung. Verstößt gegen ein Dutzend Gesetze und Vorschriften. Mindestens.«

»Gott hat angedeutet, dass wir den loswerden müssen«, sagte Woronksi.

»Wenn wir ihn liquidieren und jemand spitzkriegt, dass wir was damit zu tun haben, können wir unsere Pensionen vergessen. Und im Knast sind ehemalige CIA-Leute auch nicht nur von Freunden umgeben. Soll Gott das erledigen«, erwiderte McFinn.

»Das macht er nicht. Der will keinen Stress mit Berlin. Stell dir die Schlagzeile vor: Berliner Polizist vom Mossad ermordet… mit oder ohne Fragezeichen. Dann kann Gott froh sein, wenn sie ihn nur in die Wüste schicken.«

»Mein Großvater hatte es einfacher. Der hat ein halbes Dutzend Engländer umgelegt und ist dann ganz schnell aufs Schiff gehüpft. Nach Amerika, wo sich für solche Lappalien keine Sau interessierte. Dann hat er sich ein paar Orden anhängen lassen im Krieg gegen die Japsen. Und schon wurde aus einem irischen Terroristen ein Kriegsheld. Ich würde den Scheißkerl in Berlin ja gern umlegen. Aber es gibt kein Schiff, auf das ich hüpfen könnte«, sagte McFinn.

»Soll das doch MbS erledigen. Bei dem kommt es auf einen mehr oder weniger nicht an. Und die Deutschen werden ihm nach einer Anstandspause ihre Waffen immer noch gern verkaufen«, sagte Woronski. »Die sind immer in irgendwas Weltmeister. Beim Fußball, beim Massenmord oder bei der Heuchelei.«

152.

Das Telefon vibrierte. De Bodt hielt es ans Ohr. Laura: »Deiner Elizabeth Santos, die in der iranischen Botschaft arbeitet, geht es gut. Sie hat sich brav in der Konsularabteilung gemeldet. Frei von blauen Augen, gebrochenen Gliedmaßen und gut gelaunt.«

»Ich Idiot«, sagte de Bodt.

»Die Wahrheit braucht manchmal länger. Aber immerhin hat sie dich erreicht.«

»Du musst sie noch mal vorladen. Du hast doch ihre Telefonnummer?«

»Natürlich, mein Prinz.«

»Dann, wenn sie Feierabend hat oder ihren freien Tag.«

»Der ist heute. Am Abend bist du mit ihr verabredet. *Good Friends*, Kantstraße, kennst du. Ich habe einen Tisch unter deinem Namen reserviert und ihr gesagt, sie solle alles bestellen, was teuer ist. Zwanzig Uhr. Sei pünktlich.«

»Perfekt. Du kennst alle meine Wünsche.«

Salinger warf ihm einen neugierigen Blick zu.

»Leider«, sagte Laura.

Hellblaues Sommerkleid, Pferdeschwanz, dezent geschminkt. Elizabeth fragte einen Kellner. Der wies zum Tisch, an dem de Bodt wartete. In der Ecke, wo man von draußen nicht gesehen werden konnte.

De Bodt stand auf. Zeigte auf den Stuhl ihm gegenüber. Sie setzte sich. Legte eine winzige Handtasche in den Schoß. Die Hände darauf. »Sie sind Polizist?«

Er schob seinen Dienstausweis über den Tisch. Sie nahm ihn und betrachtete ihn gründlich. »Ich habe Sie auch im Internet gefunden. Und im Fernsehen …« Sie lächelte, als wollte sie sich entschuldigen. »Sie sind ein gefährlicher Mann.«

De Bodt lächelte zurück. »Für Sie nicht.«

»Ich weiß. Ich werde Ihnen nichts verraten über meine Arbeitsstelle und meinen Arbeitgeber.«

Vor de Bodts innerem Auge hing sie an einen Baukran, der sie langsam emporzog, während sie um ihr Leben strampelte.

»Ich will zuerst nur wissen, wie es Ihnen geht. Nicht Ihrem Arbeitgeber.«

»Mir geht es gut. Im Vergleich zu einigen Kolleginnen habe ich Glück. Ich werde gut behandelt und habe auch freie Tage. Und niemand fragt mich, wo ich war, wenn ich heute Abend nach Hause zurückkehre. Im Internet werden schlimme … Geschichten verbreitet. Das wird schon so sein. Aber mich betrifft es nicht.«

Nun hatte sie gleich über Arbeitsstelle und Arbeitgeber gesprochen. Als müsste sie ihn und sich verteidigen.

»Ich freue mich, das zu hören.« Er schob ihr seine Visitenkarte zu. »Falls sich etwas ändert. Auf der Rückseite finden Sie meine Privatnummer. Nachts kann es länger dauern. Wenn Sie sich bedroht fühlen, von wem und was auch immer ...«

Sie steckte die Karte ein. »Sie haben Sophia befreit. Das rechne ich Ihnen hoch an.« Sie sprach makellos Englisch.

»Ich möchte nicht die iranische Botschaft ausspionieren. Sondern wissen, ob Ihnen Ihre Freundinnen etwas über ... Beobachtungen erzählt haben. Über die Saudis.«

Sie überlegte. »Chloe hat mir auf WhatsApp geschrieben, dass Ihr Chef ein Schwein sei, wenn er getrunken habe. Nach außen habe er den besten Muslim der Welt gespielt. Aber glücklicherweise habe der nicht jeden Tag getrunken. Und manchmal habe sich seine Frau vor Chloe gestellt.«

»Die Frau des Pariser Militärattachés ...«

Elizabeth nickte. »Die hatte Dauerstress mit ihrem Mann.«

»Haben Sie eine Ahnung, warum Ala und Chloe ermordet wurden? Und warum die es auch bei Sophia versucht haben?«

»Was, glauben Sie, habe ich in letzter Zeit getan? Ich habe alle Nachrichten noch einmal gelesen. Ob vielleicht ein Hinweis versteckt ist. Es sind nur private Nachrichten. Über den Alltag und die Familien in Manila ... Wir stammen alle aus Manila.«

»Ich glaube, die Saudis haben sie verdächtigt, weil sie was vorhaben. Und weil sie glaubten, eine Ihrer Freundinnen habe etwas aufgeschnappt. Vielleicht glaubten die auch, eine arbeitete für einen Geheimdienst. Sophia hatte sich mit einem französischen Polizisten getroffen und wurde beobachtet, bevor sie entführt wurde. Da waren Ala und Chloe aber schon tot. Insofern überzeugt mich das nicht als Grund.«

»Die haben es vielleicht als Bestätigung betrachtet?«

»Ja, natürlich.« Er zögerte. »Wenn ich Ihnen Vertraulichkeit zusichere, dass nur drei Leute, meine Mitarbeiter und ich, das lesen. Dürfte ich den WhatsApp-Thread mit Ihren Freundinnen kopieren?«

Sie überlegte eine Weile. Bedachte, ob sie etwas geschrieben hatte, worauf sie nicht mehr stolz sein könnte. Nickte. Schob ihm ihr Telefon zu.

»Warten Sie bitte.« Er rief Yussuf an. Erklärte ihm, er müsse einen WhatsApp-Thread kopieren. Ob er das hinkriege?

»Einfach abfotografieren.«

»Der ist lang. Kannst du zu *Good Friends* kommen und den Thread kopieren, wie auch immer?«

»Bis vor Kurzem konnte man den exportieren. In Deutschland. Deutsches Handy?«

»Philippinisches …«

»Tipp auf den jeweiligen Chat, dann findest du rechts oben ein Menü. Tipp dich durch, bis du *Chat exportieren* findest. Schick die Threads an meine Mail-Adresse. Ich leite sie an dich und Silvia weiter. Sonst noch was?«

»Niemand außer uns darf wissen, dass es die Threads gibt.«

»Klar.«

Er schickte Yussuf die Threads.

Wandte sich an Elizabeth. »Danke.«

»Sie werden nichts finden außer Peinlichkeiten.« Sie lächelte unsicher. »Aber ich will, dass die Mörder gefasst werden.«

»Das haben wir wahrscheinlich schon. Wenigstens drei. Zwei sind tot. Ein dritter sitzt.« Er dachte an Bassir im Atombunker. »Ob der jemals vor Gericht gestellt wird, weiß ich nicht. Obwohl er lebenslang verdient hätte. Aber er hat ausgepackt … Es liegt nicht in meiner Macht.«

»Warum sprechen wir dann hier?«

»Ich dachte, Sie hätten es in der Zeitung gelesen, dass die Mörder entweder tot oder verhaftet sind. Es geht nun um die Drahtzieher. Genauer: Was planen die Saudis, dass sie einen solchen Aufwand betreiben, um irgendein Geheimnis zu wahren? Oder sie betreiben diesen Aufwand, um uns auf eine falsche Fährte zu locken. Oder wir befassen uns mit den Kollateralschäden eines Machtkampfs im saudischen Königshaus.« Dieser Gedanke war ihm in der Nacht in den Sinn gekommen. »Davon abgesehen, hat jemand die große Moschee in Kreuzberg in die Luft gejagt. Seitdem suchen wir einen Mann namens Ahmed Abdulrahman. Der vielleicht von der eigenen Bombe zerfetzt wurde oder in Riad ein geheimes Heldenleben genießt. Wir wissen nicht mal, ob der wirklich so heißt. Gleiches gilt für den Mörder der beiden Männer, die vermutlich Ala Quirino umgebracht haben. Genauso wenig kennen wir die Entführer von Sophia Canares.«

»Mein Gott, ist das ein Chaos.«

»Ich kann Ihnen nur raten, möglichst zu Hause zu bleiben. Die Saudis haben Sie vermutlich im Visier. Weil sie glauben, Sie hätten mit Ihren Freundinnen aus Manila Nachrichten ausgetauscht.«

Sie deutete auf ihr Telefon. »Ja, haben wir. Aber rein privat. Sie werden es dann ja lesen.«

»Das Üble an Geheimdiensten ist, dass sie allen anderen das zutrauen, was sie sich selbst zutrauen. Für die kann die Frage, wie es Ihrer Mutter geht, eine verschlüsselte Nachricht sein.«

Elizabeth nickte.

Er brachte sie zur Villa des Botschafters, hielt aber außerhalb der Sichtweite der Überwachungskameras. Wartete fünf Minuten.

Dann fuhr er ins LKA. Der Kollege an der Pforte grüßte verschlafen. De Bodt stieg die Treppe hoch und betrat das Büro. Schaltete das Licht ein. Setzte sich an seinen Schreibtisch.

Er holte die Akte aus dem Schrank im Vorzimmer. Legte sie auf den Tisch, begann zu blättern. Sah Bilder von toten Filipinas. Ala und Chloe. Las die Berichte der KT. Chloe vergewaltigt, Ala nicht. Ala wurde mit einer Garotte erdrosselt, Chloe mit den Händen. In Handschuhen. Sie hatten die Täter trotzdem gefasst. Vielleicht nicht alle. Wenn es noch welche gab, veranstalteten die längst Kamelrennen oder rasten in ihren Luxus-SUV durch die Wüste.

Er lehnte sich zurück. In den Akten steckte kriminologische Kompetenz. Aber es ging nicht um Kriminaltaten. Es ging um einen Plan. Anders gesagt: Das dicke Ende kam noch.

Er fühlte sich entnervt, hilflos. Sie hatten es mit besonderen Mördern zu tun. Die einen besaßen diplomatische Immunität. Die anderen reisten ein. Alles wäre beendet, könnte jemand MbS ausschalten. De Bodt hatte kein schlechtes Gefühl bei dem Gedanken. Vielleicht fiel das Königshaus mit dem Kronprinzen. Tyrannenmord, nichts Neues. In mancher Augen legitim, sofern es nicht Unbeteiligte traf. Wenn die Lage nicht anders zu verbessern war. Wenn es keine demokratischen Mittel gab. Die griechische Demokratie verdankte ihre Geburt einem Tyrannenmord. Brutus, Cäsars Mörder, fand viel Unterstützung im Volk. Sicher war, dass MbS' mörderische Umtriebe beendet wären, fände jemand im Königshaus den Mut, ihn auszuschalten, notfalls zu töten. Beendet wäre auch die Bedrohung durch einen Atomschlag. MbS hatte genug im Blut anderer gebadet, um jedes Mitleid zu ersticken, sollte Gewalt ihn treffen. De Bodt wusste aber, dass der Mann nicht zu erreichen wäre. Jedenfalls nicht mit seinen Mitteln. Ungern fand er sich damit ab, dass manche Mörder weiter mordeten und doch als Staatsmänner begrüßt wurden. In Berlin, Paris, Brüssel und so weiter.

Er hätte fast den Zettel übersehen, der am Rand des Schreibtischs lag. Yussuf hatte ihn geschrieben.

Wir haben das Kennzeichen des Benz, in dem Sophia verschleppt wurde. Wir haben auch gute Standbilder von Fahrer und Beifahrer. Fahndung läuft!!! Ali

Sein Telefon vibrierte in der Tasche. Er beachtete es nicht. Blickte auf die Uhr. Nach Mitternacht. Immerhin ein Funke Hoffnung. Und doch stand da ein Elefant im Büro, und niemand sah ihn.

Er musste rennen, um die U-Bahn zu erwischen. Die U1 fuhr durch bis zum Schlesischen Tor. Die Oberbaumbrücke war immer noch nicht repariert. Der Senat wollte sie originalgetreu wiederaufbauen. Als wäre das möglich. Nur das Original ist getreu. Alles andere war wie Neuschwanstein in Disneyland. Oder das Stadtschloss, das schon Preußens Könige für einen Klotz hielten.

Am Schlesischen Tor stieg er langsam die Treppe hinunter. Umgeben von halb- oder volltrunkenen jungen Leuten. Die johlten und schrien, wenn sie sprechen wollten. Er überquerte den Zebrastreifen und wurde noch langsamer. Er erhielt einen Stoß von hinten. Ein Schrank von einem Mann überholte ihn. »Sorry, Mac!«, und zog weiter. Nächster Club, nächste Bar. Er ging nach Hause. Als er die Haustür aufschloss, hörte er, wie ein Automotor gestartet wurde.

Der Lichtkegel erhellte die Straße für ein paar Sekunden. Dann war der Wagen verschwunden. De Bodt legte seine Aktentasche auf den Küchentisch. Stand eine Weile herum. Und verließ die Wohnung. Marschierte los. Wälzte die Einwände im Kopf, die dagegensprachen. Er war der Chef, er durfte das nicht. Es würde ihr Kommissariat sprengen, wenn Yussuf eifersüchtig würde. Doch es hatte ihn immer zu ihr hingezogen. Er wusste, dass sie wartete. Er hatte auch gewartet. Und nun waren sie weggewischt, lächerlich: die Bedenken.

Dann stand er vor der Haustür. Des Hauses, in dem Salinger wohnte. In ihrem Fenster funzelte noch ein Licht. Wenn sie nicht allein war? Eine Panikwelle schüttelte ihn.

153.

Gott war mies drauf. Ein gutes Zeichen. Solange Gott herumpolterte, liefen die Dinge. Obwohl niemand wusste, was lief. Auffällig waren nur die häufigen Besuche des Import-und-Export-Typen. Niemand kannte seinen Namen. An der Pforte sagte er nur: »Gott erwartet mich.« Der das bestätigte, woraufhin ein junger Mitarbeiter den Besucher ins Allerheiligste führte.

Bevor der Mann sich setzen konnte, herrschte Gott ihn an: »Und Sie sind sicher, dass Harun al-Rashid lieber stirbt, als ein Wort zu verraten? Ich will Sie in ein Geheimnis einweihen. Wenn wir wollen, dass einer redet, dann redet der. Das ist nur eine Frage der Zeit.«

»Al-Rashid wird mit Allahs Hilfe jede Prüfung bestehen, die ihm der Satan stellt.«

»Solange ihr so blumig herumquatscht, wird aus euch nichts. Wir haben unser Land aufgebaut ohne einen Tropfen Öl unter unserem Arsch. Wir bauen Flugzeuge und Computer, die besten Waffen der Welt. Und was macht ihr? Ihr geht bei den Amerikanern einkaufen. Oder bei den Deutschen.«

Der Besucher nahm die Beleidigungen schweigend hin. Er ahnte, was Gott bewegte. So, wie der aussah, hatte er keine halbe Stunde geschlafen in den letzten Nächten. Al-Rashids Operationen in Europa hatte Gott von Anfang an bescheuert gefunden. Unnötig. Aber die Saudis wollten ihren Anteil am Spiel erhöhen. Auf Juniorpartner spielen hatten sie keine Lust. Und bisher hatten sie recht behalten. Aber Gotts Aufgabe war es nicht, sich mit dem Bisher zu befassen.

»Die Franzosen foltern nicht. Oder selten«, sagte der Besucher.

»Dann hat also Ihr Freund Bassir die Kunst der freien Rede in einem französischen Gefängniskrankenhaus entdeckt.«

»Die werden ihm das Blaue vom Himmel versprochen haben«, sagte der Besucher.

»Ja, ja.« Gott wischte es unwillig vom Tisch. »Mir ist es egal, ob der gesungen hat. Er weiß nichts, wie Sie mir versichert haben.«

»Nein, er weiß nichts. Aber wenn er etwas wüsste, niemand würde ihm glauben. Nicht einmal ich«, sagte der Besucher.

Gott musterte ihn. Nickte. Der Mann hatte recht. »Wir müssen den Kommissar in Berlin loswerden. Haben Sie das schon vorbereitet?«

»Wir arbeiten daran. Ich habe alle Akten über den Mann studiert. Er hat einen sechsten Sinn. Er wittert die Gefahr, bevor sie im Anzug ist. Dann, wenn er es logisch findet. Mir ist der Mann unheimlich.«

»Bestimmt ist er mit Satan im Bund, wogegen Allah unsere Wege vorzeichnet«, sagte Gott.

»Spotten Sie nur.«

»Ist das Kommando unterwegs? Stellen sich Ihre Leute diesmal schlauer an als bei Khashoggi?«, fragte Gott.

»Dummheit bedeutet nicht, Fehler zu machen. Dummheit bedeutet, Fehler zu wiederholen.«

154.

Salinger hatte lang im Büro gearbeitet. In Wahrheit hatte sie gehofft, dass de Bodt noch auftauchen würde. Aber das Leben ist keine Musikbox. Jüngst hatte sie eine gesehen in einer auf alt getrimmten Kneipe in Neukölln. Die Perfektion des Digitalen schuf eine Sehnsucht nach einer Vergangenheit, die es so nie gegeben hatte. Wo Platten noch knisterten und knackten. Filme noch Korn zeigten. In einer solchen Vergangenheit hätte sie längst ein verstohlenes Verhältnis mit ihrem Chef gehabt. Was verboten gewesen, aber nie bestraft worden wäre. Sie blätterte lustlos in der Akte, in der sie nichts fand. Sogar wenn sie diese aufmerksam gelesen hätte. Sie hatten den Fall gegen die Wand gefahren. Das war nicht das erste Mal. Aber bisher hatte Eugen eine Idee aus seinem Hirn gezogen, wenn es eng wurde. Die alle für schwachsinnig hielten außer ihm selbst. Salinger und Yussuf hatten es sich angewöhnt, seinen Eingebungen zu folgen. Obwohl auch sie oft nichts verstanden. Die Wege dieses Kommissars waren unergründlich, endeten aber am Ziel.

Nur diesmal würde auch er scheitern. Frauen wurden ermordet und entführt. Ein Killerkommando überfiel die Pariser Polizei, angeführt vom saudischen Geheimdienstchef. Wenn man das vorher für möglich gehalten hätte, wäre man in den Zwangsurlaub geschickt worden. Im besten Fall. Erholen Sie sich mal. Machen Sie was anderes. Vergessen Sie den Mist hier. Fliegen Sie auf eine Südseeinsel. Aber nun wurde niemand auf die Insel geschickt. Schade.

Sie schlug den Deckel zu, legte sie in den Aktenschrank im Vorzimmer. Schloss ihn ab. Verließ das Büro. Vielleicht würde er ihr hier begegnen. Aber da war niemand. In Krügers Büro wurde noch gearbeitet. Licht drang durch den unteren Türspalt in den Flur. Bestimmt die Baumann, die ihnen gern half. Weil sie Krüger leid war und seine Feindseligkeit gegen sie für das einzig Ehrliche hielt, was ihr in seinem Büro begegnete. Seine Großkotzigkeit fand sie unerträglich. In der Krüger seinen Hass auf de Bodt an seinen Untergebenen auslebte.

Zu Hause setzte sie einen Tee auf. Blätterte im *Tagesspiegel*. Las, aber verstand nichts. Sie blickte auf die Uhr. Nach Mitternacht. Zeit, ins Bett zu gehen.

Es klingelte. Sie erschrak. Es klingelte wieder. Ungeduldig sagte die Klingel: Nun mach auf.

155.

Jamal Mubarak hielt seinen längst verscharrten ägyptischen Namensvetter für einen faulen Drecksack. Macht verführt zur Bequemlichkeit. Alle Gelegenheiten nutzen, die sie einem bot. Er wäre nicht gestürzt worden, hätte er jeden Tag um seine Macht gekämpft. Wie MbS es tat. Der Feindseligkeit auf hundert Meilen Entfernung roch. Der jedes Aufmucken im Königreich erstickte. Der Aufsässigkeit als Verrat bestrafte. Der jeden einsperrte, der am Glauben oder am Thron rüttelte. Er hatte zwar die Religionspolizei ermahnt, es nicht zu übertreiben, aber es gab sie noch. Und sie konnte jeden Augenblick wieder ausrücken mit Knüppeln. Ein Wort von MbS genügte. Und sein Dienst jagte jeden, der sich gegen den Kronprinzen stellte. Egal, warum und in wessen Auftrag. Ein paar falsche Worte im Internet, und schon rückte die Polizei an. Zwar war die Prügelstrafe abgeschafft, aber Menschenrechtler saßen immer noch im Knast.

Was Mubarak in Ägypten geschehen war, würde Mubarak in Saudi-Arabien im Keim ersticken. Niemand wagte einen Aufstand in Saudi-Arabien. Im Nachbarland Bahrain hatten saudische Panzer deutscher Produktion Demonstranten niedergewalzt. Das war ein Signal, das jeder gehört hatte.

Es klopfte, ein Leutnant trat ein. Legte die Hand an den Mützenschirm, stand stramm, bis Mubarak nickte. Der Leutnant legte ihm eine entschlüsselte Mail auf den Tisch, die über das VPN aus Berlin geschickt worden war.

Mission erfüllt.

156.

Salinger überlegte, ob sie ihre Dienstwaffe mitnehmen sollte. Quatsch. Sie ahnte, wer es wagte, um diese Zeit zu klingeln. Ein Besoffener oder de Bodt.

Es stand kein Besoffener vor der Tür.

»Komm rein«, sagte sie. Sie musste nicht fragen, warum er hier war.

157.

Sie erwachte als Erste. Schaltete das Handy ein. Sie hatten ihre Telefone auf stumm gestellt, bevor sie sich geliebt hatten. Dann waren sie erschöpft eingeschlafen. Es war so viel nachzuholen, das schafften sie nicht in einer Nacht. Ihr Handy erwachte und fing an zu piepen. Wie ein Stall ausgehungerter Küken, bevor sie geschreddert wurden.

Er wachte auf. Fuhr sich mit der Hand über die Augen. »Was ist los?«

»Warte.« Salinger las. Dann: »Deine Wohnung ist in die Luft gesprengt worden. Das Haus ist fast vollständig abgebrannt. Tilly, Becker und Co. fragen, wo du steckst und warum du dein Telefon ausgeschaltet hast. Sie saß auf der Bettkante, ihren nackten Oberkörper ihm zugewandt. Selbst in diesem Chaos genoss er ihre Schönheit. Die Welt war da draußen. Und hatte Mord und Terror zu bieten. Dann griff die Realität doch nach ihm. Er verstand. »Ist klar.«

»Wärst du nicht zu mir gekommen, wärst du tot.« Sie blickte ihn an.

Sie versuchte den Gedanken aus dem Kopf zu schütteln. Aber der krallte sich in ihrem Hirn fest. »Sie sind in den Hof eingedrungen, haben dein Schlafzimmerfenster eingeschlagen und Eierhandgranaten hineingeworfen. Uhlenhorst tippt auf mindestens drei. Dann haben sie zwei Mollis hinterhergeschickt.«

»Gründlich«, sagte de Bodt. »Die Feiglinge haben die Konfrontation gescheut.« Er erhob sich. Stand eine Weile. »Früher haben Sie mir Killer auf den Hals geschickt, die mich erschießen sollten.«

»Die neue Variante hast du dir selbst eingebrockt. Wer sich nicht erschießen lässt, lässt sich vielleicht in die Luft sprengen.«

»Mal gespannt, was sie versuchen, wenn sie mitkriegen, dass es nicht geklappt hat… Vielleicht tun wir so, als hätte es geklappt. Und ich komme über meine Feinde wie ein Dschinn.«

»Die Rolle als böser Geist würde dir perfekt stehen.« Sie umarmte ihn. »Ich fahr hin und erklär dich für tot. Und du bleibst hier. Aber erwarte kein Staatsbegräbnis.«

»Die Kanzlerin wird darauf bestehen.«

»Großmaul.«

»Ich liebe dich auch.«

158.

»Wir haben ihn nicht gefunden«, sagte die Zander. Tränen in den Augen. Yussuf stürmte auf Salinger zu und umarmte sie. So standen sie. Uhlenhorst näherte sich, machte aber kehrt.

»Lass dir nichts anmerken«, sagte Salinger.

»Red keinen Quatsch«, erwiderte Yussuf.

»Ich möchte, dass du trauriger als traurig bist.« Sie rieb sich die Augen mit dem Ärmel trocken. »Du musst jetzt versprechen, dass du der beste Schauspieler der Welt sein wirst.«

Er linste sie an. Verharrte. »Sag bloß…«

»Kein Wort! Er will tot sein. Kapiert?«

Yussuf heulte auf. Kollegen blickten ihn an. Ängstlich. Vielleicht drehte der gleich durch. War ja Türke. Dieser Gedanke steckte in der Hirnfalte, wo sich auch der Hass verbarg.

Dabei heulte Yussuf vor Freude. Er hatte sich gleich wieder im Griff. »Wo ist er?«, flüsterte er Salinger ins Ohr.

»In meiner Wohnung.«

»Wurde ja Zeit«, sagte Yussuf. »Und wann will er wiederauferstehen? So heißt es bei euch doch.«

»Mal sehen. Jetzt stellt er sich erst mal tot. Wenn du was von ihm willst, ruf diese Nummer an.« Nannte sie, während er sie im Handy speicherte. »Ich habe ihm ein Prepaidhandy besorgt. Kriegt er später, wenn ich nach Hause komme. Im Notfall kannst du es auf der Festnetznummer versuchen. Er kennt deine Nummer ja.«

»Mannomann«, sagte Yussuf. Lehnte seine Stirn an eine Hauswand gegenüber dem Tatort.

Uhlenhorst blickte Salinger an. Sie nickte. Er kam, legte die Hand auf ihre Schulter. »Wenn er in seiner Wohnung war, ist er … tot.« Zögerte, als könnte er es sich nicht vorstellen.

Salinger dachte an die Mieter, die beim Anschlag gestorben waren. Kollateralschäden.

»Mit ihm sind vier Menschen umgekommen, Dutzende wurden verletzt. Handgranaten haben die Decke zerrissen, die Molotowcocktails haben die Deckenbalken entzündet. Die waren ausgetrocknet. Das Feuer hat gleich die Treppe erfasst. Der Lack hat den Brand beschleunigt. Natürlich war die Treppe alt, aus trockenem Holz. Das war weniger ein Brand als eine gebremste Explosion. Die Flammen schossen die Treppe hoch und entzündeten den Dachstuhl. Niemand konnte sich retten. Im Hinterhof ist eine Mutter mit zwei Kindern gesprungen. Alle drei tot, vierter Stock.«

Tilly stand plötzlich vor Salinger. »Man soll … so was ja nicht verfrüht … Sie wissen … aber ich bin unendlich traurig. Ich habe keinen Zweifel, dass der Anschlag dem Kollegen de Bodt galt.«

Das ist natürlich eine geniale Eingebung, nachdem Uhlenhorst von den Handgranaten und den Mollis in de Bodts Wohnung berichtet hat, dachte Salinger.

»Wir werden ihm ein würdiges Begräbnis verschaffen. Der Polizeipräsident will ihn befördern. Postum. Zum Kriminalrat.«

Salinger musste sich zusammenreißen, um nicht laut zu lachen.

»Das hätte ihn sicherlich sehr gefreut«, sagte sie. »Darf ich heute bitte freinehmen?«

»Ja, natürlich. Und der Kollege Yussuf auch.«

159.

Sie fuhren zur Wohnung. Wo Salinger de Bodt in den Arm nahm und küsste. Sie blieben eine Weile so stehen. Salinger sagte: »Die Nervensäge musste ich leider mitbringen.«

»Du wirst zum Kriminalrat befördert«, sagte Yussuf. »Jetzt, wo du tot bist, kann man sich dankbar zeigen.«

»Das unmittelbare Dasein der Wirklichkeit hat aufgehört, ein ihm Fremdes oder Äußerliches zu sein, indem es Aufgehobenes, Allgemeines ist; dieser Tod ist daher sein Erstehen als Geist«, deklamierte de Bodt.

Salinger lachte.

»Ich wünsche, nur noch als Kriminalrat angesprochen zu werden«, sagte er.

»Werd nicht größenwahnsinnig. Tilly wollte wissen, wem er die Beförderungsurkunde schicken soll. Und deine sonstige Habe im Büro. Deinem Vater?«

Er gab ihr ein Papier, das auf dem Küchentisch gewartet hatte. Überschrieben *Mein letzter Wille.* »Du bist als Alleinerbin eingesetzt, ausgenommen der Pflichtteil. Sorg dafür, dass die das in der Schublade meines Schreibtischs finden. Ich hab's rückdatiert, es gilt.«

»Ich fahr gleich ins Büro und pack es in die Schublade. Ich finde es aber gemein, dass du mir nichts vermacht hast«, sagte Yussuf.

»Doch, meine Bibliothek. Steht drin. Kannst du lesen üben.«

»Übler geht's nicht.«

»Solche Feinheiten hast du an deiner Eliteschule in Neukölln gelernt?«, fragte Salinger.

Er zeigte ihr den Mittelfinger und verschwand mitsamt Testament.

Sie setzte sich auf den Küchentisch und zog ihn an sich. »Und was machen wir jetzt, Herr Kriminalrat?«

»Jetzt überlegen wir, wie wir meinen Tod nutzen. Lebhaft nutzen. Und dann kommt die Entdeckung, Uhlenhorst und die Zander sind nicht blöd. Die werden wochenlang DNS-Tests machen und von mir keine finden. Dann müssen wir sehen, wie wir aus dem Schlamassel kommen.«

»Wie du aus dem Schlamassel kommst. Ich lebe noch und habe keine Absicht, an diesem zweifellos erfreulichen Zustand etwas zu ändern.«

»Schade, im Paradies lebt es sich ewig.«

160.

»Endlich klappt mal was, mit Allahs Hilfe«, sagte Mubarak. »Den Scheißkerl sind wir los. Und die Sicherheitsorgane sind beschäftigt.« Er las Presseberichte. Die deutschsprachigen Berichte ließ er sich laufend übersetzen. Er grinste breit. »Von den Tätern keine Spur. Keine Zeugen, nur Leichen«, sagte er. »Und dieser Kommissar als Zellenfetzen über den Tatort verteilt. Mann, regen die sich auf. *Berlins bester Kriminalist! Heute schon eine Legende der Polizei. Kanzlerin verneigt sich vor einem, der sein Leben dem Kampf gegen das Verbrechen gewidmet hat. Ohne den ich nicht mehr leben würde. Wie viele andere Menschen auch.* Wenn Pathos stinken würde, wir würden es noch hier riechen.« Andere Zeitungen spekulierten, dass de Bodt die richtige Spur gefunden habe und deshalb umgebracht worden sei. Natürlich gehe es um die jüngste Anschlagserie. *Dreht MbS durch?*, fragte *BILD*. *Nachdem ein Terrorkommando die Pariser Polizeipräfektur angriff, wird der Hauptkommissar Opfer eines Mordanschlags. Jener Polizist, der in Paris half, Harun al-Rashid festzunehmen. Der Hauptkommissar, der sich für einen Mörder ausgab, um einen Mörder in die Falle zu locken.*

Ihm gegenüber saß sein frisch ernannter Stellvertreter Hossam El Badry und nickte, bis ihm der Kopf abfiel. Fast. Mubarak konnte seiner Frau und den Kindern am Abend erzählen, dass er eine Operation geleitet habe, die in die Heldengeschichte des Königreichs eingehen werde. Er hatte diesen Polizisten seit Jahren analysiert. Er war so anders als alle anderen. Man musste zugeben, dass er originelle Wege ging. Dass er immer für eine Überraschung gut war.

»Dann steht uns ja nicht mehr viel im Weg. Wer sollte sonst draufkommen?« Er blickte El Badry an. Es wurde Zeit, ihn einzuweihen und zu vergattern.

161.

Salinger war gegangen. Sie kaufte Klamotten für de Bodt. Er musste sich verkleiden. De Bodt hatte gewusst, dass Fotos von ihm in den Zeitungen auftauchen würden. Am nächsten Tag schon vergessen. Aber dass sie Bilder von ihm auch im Fernsehen zeigen würden: Er hatte gehofft, sie brächten in den Nachrichtensendungen ein Bild in einem Kästchen, irgendwo in einer Ecke. Stattdessen veranstalteten sie ein Spektakel. Sogar die Kanzlerin äußerte sich. Und immer ein Foto von ihm. Glücklicherweise gab es keine aktuellen Aufnahmen. Sie hatten die Fotos von seinem Personalausweis und Pass, dazu das aus der Personalakte.

Es haute ihn um, als er Elvira im Fernsehen sah. Nur dass er schon auf dem Bett lag. *Wir hatten auch nach der Scheidung immer ein freundschaftliches Verhältnis. Er war ein liebevoller Vater.* Und dann de Bodt senior: *Er wollte die Welt ein bisschen besser machen. Wie viele von uns können behaupten, ihr Lebensziel erreicht zu haben?*

Verlogener ging es nicht. De Bodt lernte manche Leute neu kennen. Dass der Polizeipräsident, der Innensenator, der Generalstaatsanwalt, der Kriminalrat Krokodilstränen weinten, stand in deren Arbeitsvertrag. Aber Elvira. Und als Höhepunkt sein Vater. Der ihn für so was wie einen Klomann hielt.

De Bodt begann zu lachen, bis er merkte, dass er weinte. Und zitterte. Nicht wegen der Heuchelei. Weil er tot wäre, hätte er nicht den verrückten Einfall gehabt, Salinger zu besuchen. Mitten in der Nacht. Etwas, das er all die Jahre zuvor für unmöglich gehalten hatte. Ein Vorgesetzter pennte nicht mit einer Untergebenen. Weil es sein Kommissariat sprengen würde. Weil Ali eifersüchtig werden würde. Noch überwog die Freude, dass sein Chef lebte. Aber es würde vielleicht nicht so bleiben.

Er trocknete die Tränen. Aber seine Hände zitterten weiter. Trotzdem versuchte das Hirn die Kontrolle zurückzugewinnen. Er hatte sich spontan entschieden, in den Tod abzutauchen. Wie er aus der Nummer wieder rauskäme, stand in den Sternen. Die ihn vorher beweint hatten, würden ihn hassen, sobald er wieder auftauchte. Mehr noch als zuvor. Er hatte sie alle getäuscht. Mit dem verwerflichsten Manöver, das es gab. Aber was ihn spontan dazu getrieben hatte, musste einen Sinn haben. Er musste ihn finden. Er mühte sich, die Vorteile aufzulisten. Der Gegner rechnete nicht mehr mit ihm. Offenbar hatte er Angst vor ihm gehabt. Warum? Hatte er was gefunden, das dem Feind gefährlich erschien? War es Rache für die Verhaftung von al-Rashid? Der wäre auch ohne ihn überwältigt worden. Der wollte sich opfern. Verrückt. Oder ein Ablenkungsmanöver erster Klasse? Was für ein merkwürdiger Fall. Sie wussten, wer hinter den Verbrechen steckte. Sie hatten die meisten Gangster samt ihrem Chef al-Rashid erwischt. Und dann der Anschlag auf seine Wohnung. Die Saudis schlugen wild um sich. Und Israel steckte mit drin. Was de Bodt nur auf den ersten Blick erstaunlich fand. Sie hatten gemeinsame Interessen, gemeinsame Feinde: die schiitische Allianz. Gemeinsame Verbündete: die USA. Und Deutschland. Das Israel Atomraketen-U-Boote lieferte und den Saudis Waffen verkaufte. Nur beim Leopard-II-Panzer zierten sie sich. Um das Gesicht zu wahren. Weil das eine Sauerei zu viel wäre. Panzer sind Symbole. Gewehre, Kanonen nicht.

Aber was für einen Sinn hatten diese Operationen? Sprengung einer Moschee, seiner Wohnung? Überfall auf die Polizeipräfektur? Die Morde an den Frauen aus Manila? Er suchte schon lange nach dem Element, das die Ereignisse miteinander verband. Es musste dieses Element geben. Daran zweifelte er nicht. Vielleicht sollte er seinen Tod nutzen, darüber nachzudenken. Und mit Silvia reden. Mit kriminalistischen Ermittlungen kamen sie nicht weiter.

162.

»Fred«, sagte Bolden. Sie saßen im Riesenbüro des Chefs. »Fred«, wiederholte er. »Sie hören jetzt zu. Dann dürfen Sie fragen. Alles, was wir hier besprechen, bleibt unter uns. Niemand sonst darf es wissen. Der Präsident, Sie und ich. Sie, weil Sie die betreffende Abteilung leiten. Und weil wir Vertrauen zu Ihnen haben. Der Präsident und ich. Ich habe es mit ihm abgesprochen.«

Woronski ahnte Übles. Als der CIA-Chef seinen Vortrag beendet hatte, schien Woronski dieses Wort schwach. Das Übelste vom Üblen. Er hatte gefragt. Seinen Widerspruch in Fragen verpackt. Hatte gewarnt. War pathetisch geworden. Es hatte nichts geändert. Er war bald fünfunddreißig Jahre bei der *Agency*. Er war Resident in Kairo gewesen, in Riad, in Katar. War Feldagent gewesen. Hatte getötet und war um sein Leben gerannt. War verletzt worden. Kannte alles, was einem im Geheimdienst geschehen konnte. Aber so etwas Wahnsinniges hatte er noch nie gehört. Einen Augenblick überlegte er, ob die ihn auf den Arm nahmen. Aber nein, sie meinten es ernst.

»Wir werden als Auslöser des Dritten Weltkriegs in die Geschichte eingehen. Sofern es nach uns noch eine Geschichte geben sollte«, sagte Woronski.

»Ich wusste gar nicht, dass Sie so ein Pessimist sind. Oder Pazifist, das ist ja nur eine Steigerung des Pessimismus. Glauben Sie ernsthaft, dass irgendwer es wagt, einen Krieg gegen die USA zu führen? Und doch rechnen wir mit dieser Möglichkeit und sind vorbereitet.«

»Und Israel?«

»Die sind auch vorbereitet.«

»Und die Saudis?«

»Die sind die schärfsten Antreiber in der Geschichte.«

»Ja, die verlassen ihre Paläste und errichten Zelte in der Wüste«, erwiderte Woronski. Er hatte schon viel Wahnsinn erlebt in der *Agency*, aber das übertraf alles. Die Schweinebucht, den Mord an Kennedy, die Tonkin-Lüge, die Rüstungslücke, den Iran-Contra-Deal, Powells Märchenstunde: Kinkerlitzchen gegen die *Operation Mahdi*. Schon der Name war Schwachsinn. Im Vergleich damit hatte Bush junior mit Puppen gespielt, als er den Irak angriff. Er überlegte, ob er seinen Dienstausweis auf den Tisch pfeffern sollte. Das wäre die einzig vernünftige Antwort gewesen. Aber Vernunft musste man sich leisten können. Oder den Mut haben, vom Dach eines Wolkenkratzers zu springen.

Woronski gestand sich ein, dass ihm für beides der Mumm fehlte.

»Nun regen Sie sich wieder ab, Fred. Wir werden das Pferd schon schaukeln.«

»Natürlich.« Nickte und murmelte: »Wäre es doch nur ein Pferd.«

163.

Tilly stand im Büro und guckte traurig. Er musste es geübt haben. Salinger hatte verweinte Augen. Es sah gut aus, dafür hatte sie lange rubbeln müssen. Yussuf verbarg sein Gesicht hinterm Bildschirm.

Uhlenhorst kam dazu.

»Danke, dass Sie gekommen sind. Haben Sie Spuren gefunden?«

Blöde Frage. Bei einem Handgranatenanschlag fand man Tausende von Spuren, auch wenn der Brand viele zerstört hatte.

»Nichts von de Bodt«, sagte er. »Das wäre auch ein Zufall. Die haben das Feuer gelegt, um die eigenen Spuren, mögliche Beweisstücke und de Bodt ein für alle Mal auszulöschen. Sie wussten, dass er ihnen gefährlich werden konnte. Hätten wir draufkommen können. Wenn die schon Hausmädchen ermorden, weil die vielleicht, vielleicht was aufgeschnappt haben …«

Salinger dachte: Vielleicht war es kein Zufall, dass er in dieser Nacht zu ihr gekommen war. Vielleicht hatte er die Gefahr gespürt. Bei ihm wusste man selten, was ihn trieb, dies oder jenes zu tun.

»Wir werden ihm einen würdigen Abschied bereiten. Die Kanzlerin hat angekündigt, sie lasse einen Kranz vorbeibringen.«

Als hätte die Versammlung in de Bodts Büro eine magnetische Anziehungskraft, trat Krüger ein. Ernster Blick. Noch ernster. Seine Fähigkeiten waren begrenzt, aber er konnte seinen Triumph verbergen. Hinter einem Gesicht, das nur aus Trauer bestand. Die Arme wussten nicht, wo sie sich festhalten sollten und verschwanden hinterm Rücken. »Wenn ihr Unterstützung braucht«, sagte er. »Ich stehe bereit.« Auf Deutsch: Unterstellt mir wenigstens Salinger.

»Ich beantrage Urlaub«, sagte Salinger.

»Ich auch. Zwei Wochen«, sagte Yussuf.

»Hatte ich Ihnen ja vorgeschlagen«, sagte Tilly.

Yussuf ging ins Vorzimmer. Hörte, wie die Engel gerade den Tod ihres Chefs am Telefon verhackstückte. »Zerfetzt, nichts zu finden …«

»Zwei Urlaubsanträge, bitte«, sagte Yussuf.

164.

Die Leiche saß fast vergnügt auf dem Küchentisch, Trainingsanzug und Basecap, Turnschuhe. Neukölln am Sonntag.

»Steht dir gut, Chef«, sagte Yussuf.

»Wenn du glaubst, dass ich mich mit so einem Typen öffentlich blamiere …«, sagte Salinger.

»Du hast Festtagskleidung bestellt«, erwiderte Yussuf. »Besser als der Spießerfummel, den du sonst gekauft hast.«

»Ich hatte einen Stapel Klamotten bestellt, in denen ich mich verstecken kann«, sagte de Bodt. »Und so sieht das schon gut aus.«

»Du sollst die Trainingsjacke zur Jeans tragen. Außerdem habe ich dir eine Perücke besorgt«, sagte Salinger.

»Am liebsten wäre mir eine Tilly-Maske«, sagte de Bodt.

Setzte sich auf einen Stuhl. Legte Sonnenbrille und Basecap auf den Tisch.

»Wir haben zwei Wochen Urlaub«, sagte Salinger.

»Nicht mal als Leiche hat man seine Ruhe vor euch.«

»Bevor du es vergisst«, erwiderte Salinger. »Wir haben einen Fall, den wir aufklären müssen.«

Schweigen.

De Bodt hatte über nichts anderes gegrübelt. »Wenn ich nur wüsste, wie wir es anstellen sollen. Wir können davon ausgehen, dass unsere Saudi-Freunde mich umgebracht haben. Wir brauchen jemanden, der uns das bestätigen kann.«

»Wenn wir Beweise produzieren und MbS erpressen«, sagte Yussuf.

»Womit sollten wir den zwingen, die Wüste zu verlassen? Der

streitet alles ab. Und es ist ihm egal, ob die Leute ihm glauben oder nicht.«

»Wenn wir einen aus der Botschaft erfinden, der ihn erpresst?«, fragte de Bodt. »Beziehungsweise einen entführen, der wichtig ist?«

»Den Botschafter«, sagte Salinger.

»Den werden die beschützen. Wir sind zu dritt.«

»Wir brauchen Verstärkung. Merkow und Katt«, sagte Yussuf.

»Pfff«, erwiderte Salinger.

»Der Feind meines Feindes ist mein Freund«, sagte de Bodt. Die Idee reifte im Zeitlupentempo. Noch waren erst Umrisse erkennbar. »Wir müssen herausfinden, was die planen. Wir haben es falsch herum gemacht. Wir haben Bauernopfer als Erfolge betrachtet. Dabei sollen sie uns irreführen. Es gehörte zum Plan, dass wir diese Leute gefangen nahmen. Bassir, Hadschi Halef und so weiter haben unser Vorurteil bestätigt, es handele sich um einen großen Friedensplan. Bassir hat uns erzählt, was er wusste. Er wusste nichts anderes. Natürlich glaubt man solchen dubiosen Leuten angesichts der Morde und Sprengstoffanschläge. Ja, so beseitigt man Verräter. Die ihre Rolle auch dann noch spielten, als wir sie verhafteten. Deren Bedeutung noch wuchs, indem sie bedroht wurden. Die Drahtzieher dieses Spiels haben mit Geschick und Hinterlist Idiotien in unsere Hirne gepflanzt. Es ist eine Fata Morgana aus dem Morgenland.«

»Aha«, sagte Salinger.

»Wir rufen Merkow und Katt und dringen noch einmal in die Botschaft ein.«

»Du spinnst«, sagte Salinger.

»Die haben die Botschaft seit dem letzten Mal aufgerüstet. Bestimmt sind doppelt so viele Spezialkräfte drin als vorher«, sagte Yussuf.

»Wir könnten natürlich auch nach Riad fliegen und MbS fragen«, sagte de Bodt.

»Idiot«, schnappte Salinger.

Yussuf rief Merkow an. Gab ihm die Adresse von Salingers Wohnung.

»Und gleich weiß halb Moskau, dass du lebst«, sagte Salinger.

»Meine Existenz als Leiche überlebt ohnehin nicht lang. Außerdem bin ich Kriminalrat und dulde keinen Widerspruch.« Er grinste Salinger frech an.

»Du bist die erste Leiche, die sich für Stalin hält.«

165.

»Was ist das für eine Nummer?«, fragte Katt. »Wir sollen bei meiner Freundin Salinger antanzen. Wenn die was wollen, können sie doch zu uns kommen.«

»In die Botschaft?«, fragte Merkow. »Und danach all die Fragen und Berichte? Nein, danke.«

Das Navi fand Straße und Hausnummer. »Nicht weit weg von de Bodt«, sagte sie. »Wie praktisch.«

»Das finde ich makaber, inzwischen.«

»Dort ist es.« Sie kurvte noch ein bisschen rum. Dann hatte sie einen Parkplatz gefunden. Sie mussten vielleicht dreihundert Meter gehen. Es reichte, um zu schwitzen. Merkow hängte sein Jackett über die Schulter. Das Hemd war auf dem Rücken durchnässt.

Katt klingelte. Der Türöffner summte. In der Wohnungstür stand de Bodt.

Merkow stutzte. Katt schlug sich die Hand vor den Mund.

»Willkommen in meinem Grab.«

166.

Lebranc saß schwer auf seinem Schreibtischstuhl. Er hatte zugenommen. Der Frust, der Rotwein und der *traiteur*. Floire saß ihm gegenüber. Auf dem Schreibtisch lag eine Karte. Überschrieben:

Der Polizeipräsident von Berlin lädt ein.

»Mein Gott, dass diese Schweine sich das trauen«, sagte Floire.

Lebranc nickte. Das erste Mal seit einem gefühlten Jahrzehnt, dass er mit Floire einig war.

»Fahren wir hin, Chef?«, fragte Floire.

»Sie fahren hin. Legen Sie einen Kranz für den Polizeipräfekten und mich ab. Die Botschaft bestellt einen. Dann kommen Sie zurück. Der Staatsakt ist übermorgen, fahren Sie am besten morgen früh los. Tragen Sie angemessene Kleidung.«

Floire erhob sich. »Natürlich, Chef.«

Im Vorzimmer rief er Yussuf an. »Ich komme morgen Abend an.«

»Das ist gut. Hast du Lust, deinen Job zu riskieren?«

»Nichts schöner als das.«

Nach dem Gespräch saß er auf seinem Stuhl. Drehte ihn hin und her. Und fragte sich, was Yussuf vorhatte. Seit wann trauten die sich illegale Operationen zu ohne de Bodt? Es gab darauf zwei Antworten.

167.

Gott blickte auf die Autoschlange in beiden Richtungen. Es konnte nur ein Mossad-Hasser gewesen sein, der den Sitz des Nachrichtendienstes, diesen weißen Klotz, neben der Autobahn gebaut hatte. Sie hatten Schallschutzfenster. Und nur ein Idiot konnte auf die Idee kommen, sein Fenster offen stehen zu lassen. »Danke schön«, hätte der Wüstensand gesagt und den Raum mit seiner Ockerschicht überzogen. »Danke schön«, hätten die Abgase der Autos gesagt und der Sandschicht eine schwarzgraue Tönung verpasst.

Jeder Tag fing mit einem Ärgernis an. Aber diesmal wich der Zorn binnen weniger Sekunden der Freude. De Bodt war tot. Gott fand immer, dass Einzelne überschätzt wurden. Außer ihm selbst. Erfolg war die Kombination aus Perfektion in Planung und Ausführung. Ein Einzelner riss gar nichts. Aber dieser war eine Ausnahme. Er hatte dem US-Präsidenten den Arsch gerettet, hatte die Kanzlerin zweimal beschützt, ihren Mann befreit. Und was sonst noch gewesen war.

So jemanden warb man für die eigene Seite. Oder brachte ihn um. Gott hatte noch gezögert. Nun hatten ihm andere die Entscheidung abgenommen. Er war dankbar.

Wie hätte der Ministerpräsident es der Kanzlerin erklären sollen, dass der Mossad einen deutschen Polizisten getötet hatte? Nun waren es die Deppen aus dem Morgenland gewesen mit ihrem obersten Märchenerzähler. Dem man sowieso alles zutraute. Gott ging auf die Toilette und wusch sich seine Hände in Unschuld. Benutzte auch das Antivirusgel, dessen Flasche da immer noch hing. Sauberer konnten Hände nicht sein.

168.

»Wo waren Sie, als Ihre Wohnung hochging?«, fragte Merkow.

»Nicht darin.« De Bodt lächelte ihn freundlich an.

Merkow nickte. »Ihr Tod hat nichts an Ihnen geändert. Ich hatte schon gehofft.«

»Tut mir leid«, sagte de Bodt.

»Was haben Sie jetzt vor? Wofür brauchen Sie unsere Hilfe?«

De Bodt erklärte seinen Plan.

Merkow hörte zu. Nickte. Schüttelte den Kopf, nickte.

»Ihr SWR hat nicht zufällig den Tresorschlüssel?«, fragte de Bodt.

Merkow schüttelte wieder den Kopf. »Eher nicht. Wenn es ein Zahlenkombinationsschloss ist, ändern die die Kombination ohnehin regelmäßig. Wenn sie nicht völlig verblödet sind.«

»Darauf kann man nur hoffen, nicht zählen«, sagte de Bodt. »Bleibt uns nur, den Schlüsselträger zu zwingen, uns den Tresor aufzuschließen. Und uns auch sonst alle Akten auszuhändigen, die wichtig sein könnten.«

»Wie sollen wir das machen? Wir sind fünf.«

»Bald sechs, Floire kommt noch.«

»Immerhin«, sagte Katt.

»Wir müssen eine hässliche Operation ausführen. Eine sehr hässliche.«

169.

»Können Sie mir einen Entwurf für eine Rede schicken? Für das Begräbnis? Der Polizeipräsident hat mich gebeten.« Tilly am Telefon.

»Tut mir leid«, sagte Salinger. »Ich bin in Urlaub.«

»Aber im Büro. Oder haben Sie die Büronummer auf Ihr Handy umgeleitet?«

»Nein. Ich bin im Urlaub und im Büro.«

»Offenbar treten Sie die geistige Nachfolge Ihres Chefs an.«

»Ich habe mit Hegel leider erst begonnen.«

»Haben Sie eine Spur?«

»Viele. Und das ist das Problem«, erwiderte Salinger.

»Uhlenhorst sagte, es gebe keine.«

»Das ist eine Frage der Sichtweise. Wir arbeiten, wie unser Chef« – schluchz, schluchz – »es uns beigebracht hat. Kümmern uns also um Spuren, die sich kriminaltechnisch nicht bewerten lassen.«

»Ach so«, sagte Tilly, als hätte er auch nur ein Wort verstanden.

»Genau«, sagte Salinger. »Da würde es uns nur ablenken, wenn wir eine Rede schreiben müssten. Sie können das doch viel besser.«

»Ja, ja«, sagte Tilly. »Aber Sie lesen das Manuskript, bevor ich es dem Polizeipräsidenten schicke.«

»Klar«, sagte Salinger.

»Wir müssen uns bald einmal zusammensetzen. Nach Ihrem Urlaub. Ich will Sie auf einen Lehrgang schicken und bald zur Hauptkommissarin befördern.«

»Was heißt, dass unsere Abteilung bestehen bleibt.«

»Das sind wir doch unserem Kollegen schuldig. Ich gebe zu, ich kam mit seinem Stil schwer klar. Aber er war ein verdammt guter Kriminalist.«

»Das war er«, sagte Salinger. »Danke.« Legte auf.

Yussuf hielt sich die Hand vor den Mund und lachte los, als Salinger aufgelegt hatte. »Wenn der wüsste …«

»Die werden uns schlachten, sobald es rauskommt. Eine heftigere Behinderung polizeilicher Ermittlungen gibt's nicht. Und das im Dienst. Kann uns Knast einbringen. Wenn die schlecht gelaunt sind. Und die werden schlecht gelaunt sein. Wir haben sie alle verarscht, von der Kanzlerin bis zum LKA-Pförtner. Sie köpfen uns, sogar wenn unsere Superoperation klappt«, sagte Salinger. »Guck dich schon mal nach einem neuen Job um.«

»Wir könnten ja eine Wach-und-Schließ-Gesellschaft aufmachen.«

»Dass du solche Wörter kennst«, sagte Salinger. »Heute heißt das Security.«

»Der Türke aus dem Morgenland rettet die deutsche Sprache. So weit ist es gekommen.« Mit der letzten Silbe traf ihn der Radiergummi am Ohr, das frech neben dem Bildschirm hervorlugte.

»Au«, rief Yussuf. »Mensch, bin ich froh, wenn die dich endlich rausgeschmissen haben.«

»Dich doch auch.«

»Ich werde sagen, dass ich dagegen war. Ihr hättet mich mit Psychoterror gezwungen mitzumachen.«

170.

»Wo brechen wir ein?«, fragte Floire. Eine Minute, nachdem er Salingers Wohnung betreten hatte.

De Bodt holte ihm ein Glas Wasser.

»Schnaps wäre vielleicht besser«, sagte Floire.

»Damit können Sie sich nach der Operation beschäftigen«, sagte de Bodt. »Wenn nicht mal unsere Russen sich betrinken.«

Merkow lächelte. »Wer begleitet ihn?«

»Ich«, sagte de Bodt. »Schließlich bin ich tot.«

»Aber er wird Sie erkennen.«

»Dann wird er eben von Gespenstern gejagt und landet in der Anstalt für gestresste Diplomaten.«

Salinger grinste. Dabei war ihr nicht danach zumute. Der Plan war gut. Eine Alternative gab es nicht. Und dennoch war sie enttäuscht. Der Drahtzieher würde davonkommen. Der saß im Wüstensand, bewacht von einer Armee.

»Es sind zwei Polizisten am Eingang?«, fragte Merkow.

»Denen verpassen wir einen guten Schlaf.«

»Und wenn Yussuf und ich denen erzählen, dass wir sie ablösen? Die fahren gern nach Hause«, sagte Salinger.

»Dann besteht die Gefahr, dass einer von denen seinen Chef anruft und fragt, ob das stimmt, was du ihm erzählst«, sagte de Bodt. »Das Beste wäre, wir gehen rein und wieder raus, und niemand sagt etwas. Macht euch keine Sorgen. Das kriegen wir hin.«

»Du als Leiche kannst gut reden«, sagte Yussuf.

»Es gibt einen besseren Weg«, sagte Merkow. »Wir gehen übers Nachbargrundstück rein. Hinten gibt's nur eine Alarmanlage und Bewegungsmelder auf der Terrasse.« Er zog ein Stück Papier aus der Tasche, legte es auf den Tisch. »Das ist Haus A.« Er tippte auf ein schematisch gezeichnetes Haus. »Da wollen wir hin. Das ist Haus B, der rechte Nachbar. Die haben eine Alarmanlage gegen Einbruch. Die kann uns egal sein. Wir schneiden ein Loch in den Zaun zwischen A und B, der durch eine Hecke verdeckt wird. Die Bewegungsmelder sind« – er tippte auf die Stellen – »hier, hier und hier vergraben. Wie Minen. Es gibt aber einen Weg hindurch. Dann gibt es Nachtsichtgeräte, die aber einen toten Winkel haben. Es gibt eine einzige Stelle, die weder von Bewegungsmeldern noch von einer Kamera überwacht wird. Vermutlich haben die diesen Weg extra freigehalten. Als Fluchtweg. Falls sie abhauen müssen, ohne dass es jemand im Haus merkt. Zumal man das System von außen anzapfen kann. Es ist fernsteuerbar.«

»Können wir den ganzen Kram dann nicht per Fernsteuerung ausschalten?«, fragte Yussuf.

»Schön wär's«, sagte Merkow. »Es geht, aber dann springt im Haus die Alarmanlage an. Das ist ziemlich raffiniert geschaltet. Erst muss die Alarmanlage ausgeschaltet werden, dann Bewegungsmelder und Kameras.«

»Verdammte Scheiße«, sagte Yussuf.

Sein Telefon klingelte. Die Oberkommissarin Baumann. Offenbar war Krüger gerade nicht im Büro. »Bevor es weiter hier liegen bleibt. Der Benz, mit dem die Canares entführt wurde … also, die Kennzeichen sind gefälscht.«

171.

Jetzt brach die Zeit an, die Mubarak hasste. Bald würde der Mahdi zurückkehren. Der in der Endzeit alles Übel auslöschen würde. Warten war furchtbar. Es fielen einem all die Dinge ein, welche die Operation scheitern lassen konnten. Jene Unwägbarkeiten, die alles zunichtemachten. Die Absprachen waren vernünftig, die Abstimmung minutengenau. Die Überraschung garantiert. Es würde einen großen Frieden geben. Auf einen Schlag. Aber anders, als die Welt dachte. Er las die Liste, die er aufgeschrieben hatte. Der Bulle war erledigt. Er hatte auf Platz eins gestanden. Es gab weitere Punkte. Alle Risiken ausschalten. Jetzt die Mitwisser.

172.

»Ich hol mal Zigaretten«, sagte Yussuf. »Und bring Kuchen mit. Von Anne.«

»Grüß schön«, sagte Salinger.

»Von mir nicht, bitte«, sagte de Bodt.

»Vielleicht ist die nach dem Ende deines Scheintods so sauer, dass sie dich dorthin befördert, wo du vorgibst, gerade zu sein.«

»Seit wann kannst du so komplizierte Sätze aufsagen? Auswendig gelernt? Muss gedauert haben.«

»So was schaffst du nicht mal nach zwanzigmal aufsagen. Jetzt geht euch nicht an die Wäsche, wenn ich weg bin. Bin gleich wieder da.«

»Schade«, sagte Salinger.

»Wie lang ich diese morbide Veranstaltung noch mitmache … Nekrophilie nennt man das. Aber das Wort kennst du bestimmt nicht«, sagte Yussuf und verschwand wie ein Blitz.

Jetzt waren sie allein. Merkow und Katt waren gegangen, nachdem alles besprochen war. Sie setzte sich auf seinen Schoß und küsste ihn.

»Wir müssen hier weg«, sagte er. »Besorg bitte zwei Hotelzimmer … oder wir fragen Ali, ob einer seiner unzähligen Kumpel gerade in der Türkei ist und wir die Wohnung haben können. Dann machen wir eine WG auf.«

»Du befürchtest, die haben es auch auf Ali und mich abgesehen?«

»Alles andere wäre unlogisch.«

Salinger blickte sich um. »Ich seh schon die Handgranaten und Mollis fliegen.«

»Ob sie wieder so einen Aufwand …«

»Du meinst, du bist wichtiger als das Fußvolk.«

»So kann man es sagen. Aber immerhin hat Engels festgestellt: ›Mit der Entwicklung des Bürgertums wurden Fußvolk und Geschütz mehr und mehr die entscheidenden Waffengattungen.‹ Wenn du deine Dienstwaffe als Geschütz …«

Sie legte ihm die Hand auf den Mund. »Ich werde bei nächster Gelegenheit einen Knebel kaufen, mit Fernbedienung.«

»Hinterher dasselbe tiefe Schweigen wie vorher: und oft ein Schweigen vor sich selber, ein Augen-Zuschließen vor sich selber. – Die jungen Frauen bemühen sich sehr darum, oberflächlich und gedankenlos zu erscheinen; die feinsten unter ihnen erheucheln eine Art Frechheit.«

»Noch als Leiche in Bestform …«

»Das war Nietzsche, und der ist noch toter als ich.«

»Aber du hast die Scheiße zitiert. Mein Gott, wie soll ich es mit dir aushalten? Vorher war es so schön. Da konnte ich mir das Paradies ausmalen. Alles weg. Und nun dumme Sprüche ohne Ende.«

»Sprüche sollen Gipfel sein: und die, zu denen gesprochen wird, Große und Hochwüchsige.«

Sie schüttelte den Kopf und brach in Lachen aus. »So ist es also, wenn man mit einer Leiche zusammenlebt, die an Logorrhö leidet.«

173.

Yussuf hatte es nicht eilig. Er rief Jasmin an. Aber die war unwirsch. Das Übliche. Er kam sie kaum noch besuchen. Dass sein Chef tot war, war ihr egal. Jasmin lebte im Umkreis ihrer Nase, außerhalb zählte nichts.

Er hatte die Sache schon länger abgeschrieben. Nur gab es hin und wieder Augenblicke, die er genoss. Und er fand sie sexy, sie zog ihn an. Yussuf staunte, dass er hin und wieder ein Privatleben hatte. Nicht dass er sich danach gesehnt hätte. Seine Mutter war gestorben, aber bis dahin hieß Privatleben, stundenlang neben ihr zu sitzen. Sie lag, seit ihr Mann bei einem Betriebsunfall umgekommen war. Sie erhielt eine Rente, die knapp reichte. Weil sie nicht die geringsten Ansprüche gehabt hatte. Sie erhob sich von ihrem Bett, um auf die Toilette zu gehen und sich zu waschen. Letzteres ließ nach, Ersteres schaffte sie irgendwann nicht mehr ohne Hilfe. Lange Zeit war Yussuf überzeugt gewesen, seine Mutter wäre seit dem Tod ihres Mannes einer geheimnisvollen Lähmung erlegen. Nur hatte sie keine Lust weiterzuleben und nicht den Mut, sich umzubringen. Seit sie tot war, empfand Yussuf die Leere und blieb lieber im Büro. Seine Schwester war mit ihrem neuen Freund nach London gezogen, wo sie bei einer Bank rasch aufstieg. Seine wirkliche Familie waren Eugen und Silvia.

Er schlenderte zum *Café Eliza* in der Sorauer Straße. Wo er erst einmal einen Cappuccino trinken wollte, um dann einen Berg Kuchen zu Silvias Wohnung zu schleppen.

»Dass man dich …« Anne stockte. »Wann ist die Beerdigung?«

»Morgen Nachmittag, sechzehn Uhr, aber in Hamburg. Sein Vater hat darauf bestanden. Im kleinsten Familienkreis. Bei den Bullen gibt's auch eine Zeremonie. Im Präsidium, Tempelhof. Nur Bullen zugelassen.«

»So verschwindet er einfach«, sagte sie. »Ich bin an dem Haus … sieht schrecklich aus.«

»Ich setz mich hier draußen hin und rauch eine. Wir haben ein paar Kollegen, die haben von deinem Kuchen gehört. So sieben Stück, such selber aus.«

Yussuf sog den Rauch tief ein und atmete ihn langsam aus. Er versuchte sich sein Leben ohne die beiden anderen vorzustellen. Die Angst meldete sich, dass sie sich abkapseln würden. Jetzt, wo sie sich endlich gefunden hatten. Mein Gott, war das ein Gezicke gewesen.

Anne brachte eine Papiertüte mit Kuchen und Keksen. »Plus Bruchstücke. Ohne grünen Tee, dritter Aufguss …« Sie wischte sich die Augen, drehte sich um und eilte zurück ins Café.

Yussuf betrat das Café, sah sie nicht. Aber eine junge Frau hinterm Tresen. »Ich kann das bei dir bezahlen?«

»Lass fallen. Geschenk des Hauses.«

»Danke«, sagte Yussuf und verließ das Café. Zündete sich noch eine an. Er rauchte viel zu viel. Schlenderte.

»Danke für den Kuchen«, sagte eine Stimme. Dann war nichts mehr.

174.

Gott stand vor dem Schreibtisch. Dem riesigen Schreibtisch im Riesenbüro des Ministerpräsidenten. Der wies auf den Stuhl vor sich.

»Ich habe Ihren Bericht gelesen«, sagte der Ministerpräsident. »Beeindruckend.«

»Hinzuzufügen wäre, dass unsere Freunde sich nun seine Mitarbeiter vornehmen. Sie sind die Einzigen, die uns erzählen können, ob de Bodt etwas herausgefunden hatte, bevor er starb.«

»Warum glauben Sie das? Was sollte er herausbekommen haben, wenn alle Spuren in die falsche Richtung zeigen?«

»Der hat sich nicht mit Spuren abgefunden. Wenn man will, hat er seine Fälle mit Hegel und einem Haufen Glück gelöst. Beides kommt in der Kriminalistik nicht vor.«

»Mit diesem verstaubten Philosophen?«

»Er ist nicht verstaubt. Es ist erhellend, ihn zu lesen. Wenn man ihn versteht.«

Der Ministerpräsident musterte ihn. »Jetzt fangen Sie auch damit an.«

»Ja, mit Hegel lernt man das Denken neu.« Er erwiderte den Blick. »Könnte Ihnen vielleicht helfen«, rutschte ihm heraus. Aber Gott duckte sich nicht.

»Aha.«

»Wenn alles, was existiert, Ausdruck der Idee ist, wäre es nicht sinnvoll, vom Ausdruck auf die Idee zu schließen?«

Der Ministerpräsident lehnte sich zurück. »Nicht dumm. Ich weiß, dass Leute wie Sie manchmal auf merkwürdige Gedanken kommen. Wie die alten Generäle und Geheimdienstchefs, die uns in den Rücken fallen, sobald sie sich die Pension verdient haben.«

»Diese Leute glauben vielleicht, dass ein Staat nicht lange besteht, wenn er sich auf Gewalt gründet. Wir haben zu viele Soldaten auf den Straßen. Das drückt die Idee aus, auf der unser Staat seit Jahrzehnten beruht. Seit wir keinen Frieden mehr wollen.«

»Sie wissen schon, dass ich Sie für diese Haltung feuern könnte?«

»Ja, tun Sie es. Dann hätten Sie einen mehr, der Ihnen nicht mehr zur Loyalität verpflichtet ist, sondern seine Pension verzehrt und merkwürdige Gedanken hat. Hegel lesen kann.«

»Wenn Sie gehen wollen, bitte. Aber erst nach Abschluss der *Operation Mahdi*. Wir können im Orkan nicht den Steuermann wechseln. Kriegen Sie das hin?«

»Ich bin Diener meines Staates.«

»Ja, Kamerad Gott … ich darf es sagen, auch ich habe im Feld gedient … wir haben wohl unterschiedliche Auffassungen, was unserem Staat nutzt oder schadet.«

»Ja«, sagte Gott.

Er kehrte zur Mossad-Zentrale zurück. Sein Chauffeur beobachtete ihn im Spiegel. Sie kannten sich so lange. Da entging dem Fahrer nichts. Heute war ein beschissener Tag. Gott sagte kein Wort auf der Fahrt. Hing trüben Gedanken nach. Dass die Nachkommen im Glauben an die Stärke ihrer Waffen ihr Erbe verspielten.

Als er an seinen Schreibtisch zurückkehrte, lag eine Nachricht darauf.

Kollegen haben Nummer 3 erwischt. Haben wir Wünsche?

Gott überlegte. Kritzelte was auf einen Zettel. Las es. Schüttelte den Kopf. Kratzte sich am Hals.

Die sollen ihn fragen, was Hegel gebracht hat. Und was er über den Ermittlungsstand weiß. Danach das Übliche.

Er hasste diesen Verbündeten. Er hasste die Umstände, die den dazu gemacht hatten. Und er hasste sich dafür, dass er mitmachte.

175.

Der Kopfschmerz. Scharf wie ein Rasiermesser. Ihm war übel. Es stank nach Krankenhaus. Als er die Augen öffnete, blendete es ihn. Er schloss sie. Linste. Es war eine Glühbirne an der Decke. Über seinem Kopf. Er hörte Schritte.

»Guten Morgen«, sagte ein Mann. Er trug eine Sturmhaube. Dunkle Pupillen blickten Yussuf an.

»Wo bin ich?«, fragte der.

»Im Paradies.«

»Du bist aber keine Jungfrau, sondern ein Drecksack, dem Allah den Schwanz abschneiden sollte.«

»Das ist nicht nett von dir.«

»Höflichkeiten können wir austauschen, wenn du tot bist«, sagte Yussuf.

»Oder du.«

»Das fände ich zu einseitig.«

Der Maskentyp lachte.

»Was ihr nur dem Geringsten meiner Brüder antut, das tut ihr der ganzen Menschheit an. Das hab ich so gelernt.« Er merkte erst jetzt, dass Knöchel und Handgelenke an je einen Pfosten des Stahlrahmens gefesselt waren. Mit Handschellen. »Ihr steht offenbar auf Sadomaso. Ihr seid mir schöne Muslime.«

»Woher weißt du, dass ich Muslim bin?«

»Die Frage ist gut. Du willst ein Muslim sein. Aber du verhöhnst Allah und den Propheten. Und du hast Komplizen. Die auch furchtbar fromm sind. Die Allah aber dem Satan schenken wird. Mit den besten Wünschen.«

Er hatte nie eine Koranschule besucht. Kratzte zusammen, was er über den Glauben seiner Mutter wusste. Und das war vermutlich mehr, als diese Gestalten ahnten, die ihn entführt hatten.

Ein zweiter Mann betrat den Raum. Breit, mittelgroß, Haube überm Gesicht.

»Na, er ist ja erwacht.« Auf Englisch wie der andere, aber mit arabischem Akzent.

»Ich habe im Internet gesucht. Dieser Hegel, der hat deinem Chef geholfen, Fälle aufzuklären.«

»Da müsstet ihr ihn selbst fragen. Aber ihr habt ihn ja in die Luft gesprengt. Zu spät«, sagte Yussuf mit einer Stimme, wie sie aus der Tiefkühltruhe tönte. »Hättet ihr euch besser überlegen müssen.«

»Du meinst, wir hätten zuerst dich umbringen müssen?«

»Du bist ein Schnellmerker«, sagte Yussuf.

Der Typ schlug ihm ins Gesicht.

Yussuf spürte, dass seine Nase blutete.

»Wenn euch sonst nichts einfällt, ihr heiligen Krieger.«

»Du arbeitest für die Ungläubigen. Bist selbst einer. Du hast den Tod verdient.«

»Ach Allahchen …«

Der nächste Schlag. An die Schläfe. Yussuf spürte nichts mehr. Schwarz, alles schwarz.

176.

Woronski hasste es, in Langley spazieren zu gehen. Man traf immer die gleichen Fressen im Grünen. Er bildete sich ein, dass der Beruf Physiognomien formte. Obwohl er wusste, dass es Quatsch war. Er sah, was sich in seinem Hirn festgesetzt hatte. Nun hatten sie einen Polizisten in Berlin entführt. Und der CIA-Präsident war begeistert. Wie wirksam die Verbündeten waren. Es überraschte alle. Sie beschäftigten die Kollegen in Deutschland. Die gar nicht mehr wussten, wo ihnen der Kopf stand. Wo sie ansetzen sollten. Sie würden nie auf die richtige Spur stoßen. Es gab überall Spuren, wie die richtigen finden? Und sogar, wenn sie die fanden, es änderte nichts mehr. Aber es war ein Verbrechen. Viele Verbrechen addierten sich zu einem Großverbrechen. Für Bolden und die gesamte CIA-Führung war es ein Krieg. Da waren Opfer unvermeidlich. Zumal es nicht die eigenen Leute waren, die es ausbadeten. Sogar wenn einmal ein Untersuchungsausschuss die CIA-Leute ins Kreuzverhör nahm. Na und, keine eigenen Verluste außer denen, die man investieren musste. Dafür den Superdupergewinn. Von dem Geheimdienstler träumten. Man würde ein paar Senatoren zur Seite nehmen. *Sie wollen doch nicht die erfolgreichste CIA-Operation der Geschichte in den Dreck ziehen? Zumal es keine Verluste gab.* An den Patriotismus appellieren, die Hand aufs Herz legen. Das klappte immer. Zumal die CIA zur Abwechslung keine eigenen Gesetze gebrochen hatte.

Aber Woronski fühlte sich elend. Es würde die erfolgreichste Operation der CIA werden. Und die übelste.

Großartig, außer dass Woronski es zum Kotzen fand. Hinschmeißen würde, wenn es ginge. Einfach abtauchen. Sie würden ihn finden.

177.

»Er ist vor fast zwei Stunden losgegangen und wollte Kuchen holen. Hast du ihn gesehen?«, fragte Salinger am Telefon.

»Kommt hin«, sagte Anne. »Er hat eine geraucht. Dann ist er mit dem Kuchen losgezogen. Müsste längst bei dir sein.«

»Scheiße«, sagte Salinger.

»Wenn ich helfen kann«, erwiderte Anne.

»Wir sind die Polizei«, sagte Salinger. Es klang wie: Wir sind die Polizei und können uns nicht mal selbst schützen. Legte auf.

»Was nun?« Blickte sich um. »Yussuf ist verschwunden.«

»Scheiße«, sagte Floire. Auf Deutsch.

»Jasmin?«, fragte Salinger. »Vielleicht gibt's mal wieder eine Versöhnung? Kann dauern. Ich rufe ihn an.«

Sie ließ es klingeln. Legte auf, ließ es noch mal klingeln. Beim dritten Mal sprach sie auf die Mobilbox, dass er sich sofort melden solle. »Wenn der sich mit jemandem getroffen hat, zufällig oder nicht, hätte ich mindestens eine SMS auf dem Telefon.« Sie scrollte noch einmal. Umsonst.

»Dass kann ja nur heißen, dass er einen Unfall hatte, entführt oder ermordet wurde«, sagte Merkow.

»Wenn er entführt wurde, können wir unseren Plan in der Pfeife rauchen«, sagte Katt. Ihr Englisch klang mehr nach Moskau denn nach Oxford.

»Oder wir finden ihn.«

»Das können wir vergessen«, erwiderte de Bodt. »Aber ich weiß, wie wir ihn retten. Wir besuchen den Botschafter, heute Abend noch.« Er blickte auf die Uhr. »Genauer gesagt, morgen früh um zwei Uhr.« Er blickte in die Runde. »Wir treffen uns vor dem Haus Musäusstraße 6a.« Blickte zu Merkow und Katt. »Sie parken dort als Erste und schauen sich um. Dann schicken Sie mir eine SMS mit dem Text ›Alles Gute!‹. Dann parken wir. Nicht direkt hinter Ihnen. Salinger, Floire und ich. Besorgt euch Macheten, Gartenscheren oder so was. Wir müssen uns durch Hecken durcharbeiten. Das sonstige Werkzeug haben wir.«

»Und wir haben die Pläne mitsamt den Sicherungsanlagen.« Merkow zeigte auf das Tablet mit der Karte. Vergrößerte die Villa des Botschafters. »Wir haben es mit zwei Kameras und einer Alarmanlage zu tun. Die Kameras klemmen wir ab, bevor wir aufs Grundstück eindringen. Das dauert ein paar Sekunden. Es folgen die Möglichkeiten eins bis drei«, sagte Merkow. »Eins: Die merken es nicht. Zwei: Die merken es und gucken nach, ob irgendein Viech die Leitungen angefressen hat. Marder, Ratten. Drei: Sie rufen die Polizei.«

»So seh ich das auch. Drei wäre Mist. Aber sie werden es nicht tun. Sie wollen keine Fremden auf dem Grundstück. Sie planen eine

Operation, sind wohl schon mittendrin. Zwei wäre perfekt. Wir schnappen uns die und kommen so ins Haus. Eins halte ich für unwahrscheinlich. Zu normalen Zeiten würde ich darauf tippen. Aber die sind im Krieg, gegen wen auch immer. Der Überwachungsraum wird besetzt sein. Und der oder die darin werden nicht schlafen.«

»Ein toter Hellseher, wo gibt's denn so was?«, sagte Merkow. »Aber selbst Tote können recht haben. Wir stellen uns auf Fall zwei ein. Bei Fall eins machen wir ein bisschen Krach, bis einer rauskommt. Wer rauskommt, kommt auch wieder rein.«

178.

Ahmed Zaki Fahd trank Tee. Er streichelte seine Wampe und blickte ins Leere.

Seine Frau Fatima saß ihm gegenüber. Mit gestrecktem Rücken und ernstem Blick. »Erst verschwindet Ala. Wird ermordet. Das schert dich nicht. Und dann versteckt ihr diese Sophia Canares in der Botschaft. Und seid zu dumm, sie zu bewachen.«

Fahd trank wieder einen Schluck.

Sie war wütend, hatte allen Grund dazu. Sie würde sich beruhigen. Und sich über was anderes aufregen. MbS war ein nie versiegender Quell ihres Hasses. »Dieser Mann bringt Unglück über uns.« Seit der das Sagen hatte, wiederholte sie es in verschiedenen Fassungen. »Wir haben genug fähige Prinzen«, sagte sie. »Warum musste der König den Verstand verlieren und diesen Idioten als Nachfolger bestimmen.« Sie gehörte über siebenundzwanzigeinhalb Ecken zum königlichen Clan. »Du gäbst doch einen würdigen Herrscher ab.«

Ahmed Zaki Fahd lächelte mild. »Vor mir stehen mindestens zwanzig andere Kandidaten. Willst du die alle umbringen?«

»Bevor die sich an den Hals gehen, wärst du doch der Kompromisskandidat. Ausgleichend und gerecht. Du würdest den einen wichtige Posten geben, den anderen Geld. Die meisten wissen, dass sie nicht zum König taugen. Und jenen, die es nicht wissen, kann man es erklären. Sie kaufen. Gibt's ein paar Generäle mehr, die fürs Nichtstun mit Geld überschüttet werden. Im schlimmsten Fall müsste die Palastwache helfen. Auch die kann man kaufen.«

»Mit Geld, das wir nicht haben«, sagte er lächelnd. Sie war schön, wenn sie zornig war.

»Ja, aber wir zahlen auch nur, wenn wir siegen. Die müssen sich das Geld verdienen. Gibt es einen besseren Ansporn?«

Er lächelte. Für sie war das alles ganz einfach. Aber in seinen Träumen stand hinter jeder Ecke ein Mörder, den Dolch in der Hand.

»Lass uns schlafen gehen«, sagte er. »Morgen sieht die Welt besser aus. Ich werde zwar nicht König, aber ein zufriedener Botschafter Seiner Majestät.«

Sie nickte. Ihm fehlte der Ehrgeiz. Trotzdem hatte er viel erreicht. Vielleicht sollte sie sich damit zufriedengeben. Ihren Ehrgeiz den Kindern widmen.

179.

Gott war sauer. Was für einen Sinn hatte es, einen Gefangenen bewusstlos zu prügeln? Der spürte nicht mal mehr die Schmerzen. So hatte er doch nicht befragt werden können. Ihm war es egal, wie sie den Mann später beseitigten. Er musste wissen, was die Ermittler wussten. Und dafür brauchte ihr Gefangener einen klaren Kopf und unendlich viel Angst. Man musste einen Gefangenen einschüchtern, beeindrucken, ihm aber immer einen Rest Hoffnung lassen. Wenn er sowieso sterben müsste, warum sollte er die Wahrheit sagen? Dass diese Idioten es nicht begriffen.

Einen Augenblick überlegte Gott, ob er sich einmischen sollte. Ein Kommandounternehmen nach Berlin schicken. Den Bullen befreien. Ihn einsperren und richtig befragen. Aber das gäbe Ärger mit den Verbündeten. Hoffentlich machten sie nicht noch mehr Fehler. Auf sie kam es an. Sie hatten bisher funktioniert. Ein riesiges Gebiet an der irakischen Grenze frei gekämpft. Die Schiitenmiliz vertrieben. Alles vorbereitet. Die Satelliten hatten die Anlage längst erfasst. Eine Anlage im Irak. Und niemand wusste, wem sie gehörte.

180.

Katt sicherte sie von hinten ab. Sie folgte ihnen langsam, während die anderen sich durch die Hecke arbeiteten. Sie benutzten die Heckenschere kaum. Eine Machete hatten sie nicht auftreiben können. Sie hätte sowieso nicht viel genutzt. Die Hecke bot einen perfekten Sichtschutz. Sie zogen sich an den Stämmen zwischen den beiden Grundstücken in der Musäusstraße weiter in Richtung des Grundstücks Bachstelzenweg 14c. Nach zwanzig Minuten sahen sie den Zaun. Merkow deutete auf die Kameras, die den Zaun absicherten. Es war stockfinster. Im Überwachungsraum dürfte vor allem Bildrauschen ankommen.

Merkow zog sich im Zeitlupentempo zum Zaun. Zuerst kappte er die Leitungen der Bewegungsmelder. Die nun vermutlich Alarm schlugen, obwohl man draußen nichts hörte. Dann durchtrennte er die Kabel der beiden Kameras auf den Pfosten. Jetzt kamen die anderen. Sie verkrochen sich unter den Büschen rechts und links und warteten.

Es dauerte vielleicht zwei Minuten, bis sich im Gebäude eine Tür öffnete. Zwei Männer, Pistolen in der einen Hand, in der anderen Taschenlampen. Sie leuchteten den Garten aus. Sahen aber nichts. Dann näherten sie sich dem Zaun.

Worte auf Arabisch. Der eine griff zum Handy. Und erhielt einen Schlag mit einem Knüppel. Der andere blickte in den Lauf einer Maschinenpistole HK MP5. Fünf schwarz gekleidete Gestalten. Masken versteckten die Gesichter.

»Sprichst du Englisch?«, fragte ihn de Bodt.

Der Mann nickte. Während ihm Salinger die Pistole abnahm.

»Jetzt hilf mit, deinen Kollegen ins Haus zu tragen«, sagte de Bodt.

Floire nahm die Beine, der Wächter packte seinen Kollegen unter den Achseln. Sie bewegten sich schnell zum Haus. Der Wächter schloss auf, Katt packte seinen Arm und führte ihn in den nächsten Raum. Ein Vorratskeller. Der Schlüssel steckte.

Floire und der Araber trugen dessen Kollegen in den Raum. Legten ihn auf den Boden. Merkow deutete dem anderen, sich neben den Kollegen zu legen. »Du willst überleben?«

Der Mann nickte.

»Wie viele passen oben auf?«

»Zwei im Überwachungsraum.«

»Wo ist der?«

»Erster Stock, erste Tür links.«

»Wenn es nicht stimmt, komm ich wieder«, sagte er.

»Es stimmt.«

»Haben die einen Hund?«

»Nein, seine Frau ist allergisch. So gegen ziemlich alles.«

»Kinder?«

»Drei. Alle noch klein. Im Zimmer gegenüber … also dem Schlafzimmer des Botschafters.«

Floire und Katt verpackten die beiden Araber mit einer Halbjahresproduktion von Paketbändern.

Die anderen sicherten. Nachdem die Saudis geknebelt waren, schlichen de Bodt und seine Leute die Treppe hoch. De Bodt blickte sich nach Kameras um. Sah keine. Nur waren die inzwischen so klein, dass sie gut versteckt werden konnten. Aber wenn es eine gab, würde sie schwarz verkleidete Gestalten erkennen. Vorneweg einen Schlaks mit einer Taschenlampe. Sie betraten den Flur im ersten Stock. De Bodt schaltete die Lampe aus. Deutete auf das Zimmer. Sie stellten sich auf. Auf beiden Seiten der Tür. De Bodt öffnete, die Pistole im Anschlag.

Der eine lag auf einem Sofa an der Wand. Der andere war am Schreibtisch eingeschlafen. Sein Kopf lag auf einer Zeitung. Er schnarchte. Merkow und Katt knebelten den Mann auf dem Sofa. De Bodt und Salinger den anderen. Sie zogen ihn auf den Boden.

Salinger und Floire sicherten sie ab. Floire schloss die Tür. Sie richteten ihre MP5 auf sie.

In ihrem Rücken legte Merkow den Finger an die Lippen. »Okay?«

Der Gefangene nickte. Merkow löste die Knebel und setzte dem Mann seine Pistole auf die Stirn.

»Wo ist das Schlafzimmer? Oder schlafen die getrennt?«

Der Mann schüttelte den Kopf. »Dritter Stock. Letztes Zimmer rechts.«

»Gibt es eine Alarmanlage oben?«

Der Mann nickte wieder. »Wir können die hier ausschalten.«

»Wo?«

Der Blick des Manns zeigte auf einen Kasten an der Wand. Der Schlüssel steckte. Katt öffnete den Kasten mit einem Finger. Tasten.

»Kombination?«

»Zwei–sieben–sechs–eins.«

»Wenn die nicht stimmt …« Merkow drückte den Pistolenlauf fester auf die Stirn.

De Bodt beugte sich über den anderen Mann, seine Pistole zielte auf dessen Bauch. »Zwei–sieben–sechs–eins?«

Der Mann nickte.

Katt tippte die Ziffern ein. Ein LED wechselte von Rot auf Grün.

»Ist der Botschafter bewaffnet?«

»Pistole, im Nachttisch.«

»Sie?«

Kopfschütteln.

Merkow stopfte seinem Gefangenen ein Taschentuch in den Mund und klebte Paketband darüber.

Sie folgten de Bodt in den dritten Stock. Und standen vor einem Jungen, der sie mit aufgerissenen Augen anstarrte.

181.

Woronski hatte sich längst einen Reim gemacht auf den großen Friedensplan. Die übelste Heuchelei seit Hochlinden, Kreuzburg und Gleiwitz. Als SS-Leute, verkleidet in polnischen Uniformen, unter anderen eine deutsche Radiostation an der polnischen Grenze überfielen. Herumschossen und KZ-Leichen zurückließen, um Opfer des polnischen Überfalls vorzeigen zu können. »Seit 5 Uhr 45 wird jetzt zurückgeschossen.« Als die Wehrmacht längst schoss und bombardierte. »Es gibt nichts Neues unter der Sonne«, murmelte Woronski.

Den Spruch hatte er irgendwo aufgeschnappt. Er benutzte ihn gern. Aus der einen Sicht stolperten die Menschen von Krieg zu Krieg, aus der anderen von Frieden zu Frieden. Aus Woronskis Sicht stolperten sie von einer Dummheit zur nächsten. Die Operation Mahdi, wer hatte sich diesen Schwachsinn ausgedacht? Der Name verriet schon, dass es darum ging, die Sunniten und die Schiiten aufeinanderzuhetzen. Und danach gab es den großen Frieden der arabischen Staaten mit Israel. Für Woronski klang es lächerlich. Alle Friedensversuche waren gescheitert. An israelischer Sturheit, seinen gern archäologisch begründeten Besitzansprüchen. Woronski hatte dereinst einen israelischen Kollegen gefragt, ob er bereit wäre, das gleiche Prinzip auf die Italiener anzuwenden. Das sich nach dieser Logik Frankreich, England, die deutschen Rheingebiete, Osteuropa und Teile Asiens unter den Nagel reißen müsste. »Betrachten Sie die Grenzen des Römischen Reichs, dann die von Westrom und von Ostrom. Da finden Sie heute noch Becher, Ringe und Waffen der Römer. Einschließlich in Israel.«

Der Mann hatte ihn verständnislos angeguckt.

»Oder betrachten Sie das Frankenreich, das fast ganz Europa beherrschte. Sollen die Franzosen oder die Franken in Nordbayern nun alles zurückfordern, weil ihre Vorfahren dort gewesen sind?«

»Sie verstehen mich nicht.«

»Ich verstehe Sie genau«, hatte Woronski gesagt. »Sie glauben, dass Ihnen ganz Palästina gehört, weil ihre Vorfahren dort mal Häuser und Tempel errichtet haben. Vor zweitausendundwieviel Jahren. Und Griechenland, dem gehört noch viel mehr. Bedenken Sie, was Alexander der Große alles erobert hat.«

Da hatte sein Gast weniger als nichts verstanden. Aber natürlich arbeiteten Sie weiter zusammen gegen den palästinensischen Terrorismus. Nachdem sie alle Friedenslösungen zurückgewiesen hatten, war ihren Gegnern nicht viel mehr geblieben als Unterwerfung oder Terror. Man schaffte sich keine Freunde, wenn man anderen Leuten ihren Besitz raubte, Felder verwüstete und Trinkwasser abzapfte.

Trotzdem war der Terrorismus grässlich. Man durfte ihn sich nicht austoben lassen. Zumal die Terroristen nichts schufen als immer neue Opfer. Jeder Anschlag tötete unterschiedslos Zivilisten, rechtfertigte Israels Politik und schwächte die Palästinenser. Als wäre es vernünftig, sich fortwährend ins Knie zu schießen.

Woronskis Quellen meldeten, dass es im Westjordanland und im Gazastreifen brodelte. Die Israelis kontrollierten noch schärfer an den Übergängen. Sie bombardierten Raketenstellungen. Jagten die Führer der Hamas im Gazastreifen und die der Hisbollah im Libanon und in Syrien. Wenn man keinen Frieden findet, hat man am Ende nur noch Feinde und muss endlos Krieg führen. Und nun der große Plan, der große Frieden? Wie oft schon hatten gerade amerikanische Politiker den großen Wurf versprochen? Von Carter bis Obama, der den Nobelpreis für den Nahostfrieden schon erhielt, bevor er einen Finger gekrümmt hatte. Über den Nachfolger musste man nicht mal nachdenken.

»Ein neuer Plan für den ewigen Frieden?«, hatte Woronski seinen Chef Bolden gefragt.

Und der hatte erwidert: »Ja.«

Woronski hatte dessen Gesicht gemustert. Keine Regung. Kein Lächeln, mit dem die Mimik zurücknahm, was der Mund gesprochen hatte.

»Und Sie lassen sich von Ihren Quellen berichten, was immer sich tut. Irgendwas Auffälliges?«

»Jeden Tag der gleiche Mist«, sagte Woronski. »Und es wird ewig so weitergehen. Die Terroristen der nächsten Generation gehen schon in die Lehre. Wenn man ihnen Ausbildung und Arbeit vorenthält, lernen sie zu kämpfen.«

182.

Salinger machte einen weiten Satz. Nahm den Jungen in den Arm und presste ihre Hand auf seinen Mund. »Beeilt euch.«

De Bodt trat leise auf und war gleich an der Tür. Er öffnete sie. Fand den Lichtschalter. War am Nachttisch, bevor der Botschafter die Augen öffnete. Fand die Pistole in der Schublade. Neben dem Koran. Dazu ein Ersatzmagazin. De Bodt nahm beides an sich. Während die anderen den Botschafter knebelten und ihm die Hände auf dem Rücken fesselten. Mit Handschellen. Seiner Frau erging es ebenso.

Kein Wort fiel.

Sie standen am Fußende des Doppelbetts. Floire verließ den Raum und holte Salinger und die Kinder. Man wusste nie.

Die Kinder durften zu ihren Eltern ins Bett. Der Junge trotzte sie an. Seine jüngeren Schwestern weinten.

»Wir unterhalten uns jetzt«, sagte de Bodt. Er lächelte. Wie soll man sich mit jemandem unterhalten, der geknebelt ist? Genau wäre gewesen: Ich sage euch was. Ihr denkt nach. Dann sehen wir weiter.

»Sie haben einen Mann entführt. Einen Türken, also einen Berliner, dessen Eltern aus der Türkei nach Deutschland kamen ...«

Der Botschafter starrte de Bodt an.

Der wies auf den Jungen. Salinger nahm ihn mit raus. Dann fiel ein Schuss.

Die Frau des Botschafters wollte schreien. Erstickte fast. Weinte und krümmte sich.

Es war ein unwürdiges Spiel, dass de Bodt und Kollegen veranstalteten. Aber sie würden alles tun, um Yussuf rauszuholen.

De Bodt wandte sich an Floire. »Hol bitte den Wächter, der auf dem Stuhl eingeschlafen war ... oder meinetwegen den anderen. Denjenigen, der gut Englisch spricht.«

Keine fünf Minuten später kehrte Floire mit dem Mann vom Schreibtisch zurück. »Der spricht sogar ganz gut Deutsch. Musstet ihr den Jungen wirklich umbringen?«

»Ja«, sagte de Bodt. »Es bleiben ja noch zwei übrig.«

Der Botschafter schrie Unverständliches. Katt löste den Knebel.

»Ich lass ihn frei, aber bitte ...«

»Halt's Maul«, schnauzte Merkow. »Du rufst jetzt den an, der Yussuf gefangen hält und befiehlst seine Freilassung. Sofort.«

Floire hielt dem Mann aus dem Überwachungsraum die Pistole an den Kopf. »Wenn dein Botschafter etwas anderes sagt, als wir ihm auftragen, verrätst du uns das. Wir haben einen unter uns, der versteht genug Arabisch, um dich der Lüge zu überführen. Vier Ohren hören mehr als zwei. Kapiert?« Der Mann nickte. Die Hände auf dem Rücken in Handschellen. »Du willst doch überleben.«

Der Schuss hatte die Lage verändert. Jeden Widerstand gebrochen. Der Botschafter, seine Frau, der Wachmann dachten nur an eines: überleben. Egal, wie.

»Du rufst an. Sagst, sie sollen den Gefangenen freilassen. Der soll danach seinem Chef eine SMS schicken. In der nur der Vorname von dessen Freundin steht. »Kapiert? Soll ich es wiederholen?«

Ahmed Zaki Fahd war ein kluger Mann. Belesen, viel gereist. Er verstand sofort, worum es ging: um das nächste Kind. In seinem Kopf jagten sich die Fragen. Diese Typen, wer konnten die sein? Die hatten keinerlei Respekt vor dem Leben. Und arbeiteten professionell, soweit er es beurteilen konnte.

Er griff nach dem Telefon auf dem Nachttisch.

Seine Frau krümmte sich. Sie hielt ihre Töchter in den Armen. Sie stöhnte in den Knebel.

Merkow legte die Finger auf die Lippen und deutete auf seine Waffe. Blickte sie an. Sie nickte.

Fahd tippte auf einen gelben Knopf. Die direkte Verbindung mit dem Geschäftsträger, wie sich herausstellte. »Tut mir leid, dass ich Sie wecken muss. Ich habe die dringende Anweisung bekommen, diesen Polizisten unverzüglich freizulassen … Nein, das kann nicht warten. Ziehen Sie sich an und erledigen das vor Ort. Dass dem Mann bloß kein Haar gekrümmt wird. Haben Sie das verstanden?« Der Wächter dolmetschte flüsternd in de Bodts Ohr.

»Ja, Exzellenz.«

So viel Arabisch verstand sogar de Bodt.

Der Botschafter legte auf. »Es dauert ein bisschen.«

»Zeit für eine Unterhaltung«, sagte de Bodt. »Was ist das für ein Plan, den Ihre Regierung verfolgt? Der große Frieden mit den Kinderfressern, den Juden?« So geschah es in manchen Filmen, die in der arabischen Welt gezeigt wurden. Juden als Blutsauger.

Merkow tippte wieder auf seine Waffe, deren Lauf sich auf die Kinder richtete, dann weiterwanderte.

»Ja, ein großer Frieden.« Der Botschafter nickte unterwürfig.

»Aber der muss im Geheimen vorbereitet werden. Sonst gibt es Aufstände und unser König hat sämtliche Dschihadisten am Hals. Er kann sich nicht mal auf seine Palastwache verlassen, wenn das vorher durchsickert.«

»Und deshalb bringen Ihre Leute Dienstmädchen um?« Unglauben in der Stimme.

»Unser Abwehrchef hielt sie für eine feindliche Zelle. Das Dienstmädchen in Paris hatte sein Telefon im Zimmer vergessen. Der Resident dort hat ihre Threads kopiert und übersetzen lassen. Danach war allen klar, dass die Frauen sich über den Friedensplan austauschten. Kurz davor waren, es durchsickern zu lassen. Die in Paris hatte sich mit einem Polizisten getroffen, dessen Onkel bei der französischen Spionageabwehr arbeitet.«

De Bodt stellte sich Floires breites Grinsen unter der *cagoule* vor. Aber der Botschafter schien zu glauben, was sein Herr ihn glauben ließ.

»Vielleicht haben die Frauen das Friedensprojekt nur … bewundert. Dass Ihre Regierung dieses Wagnis eingeht. Oder jemand hat einen Verdacht zur Gewissheit aufgeblasen«, sagte de Bodt. »Wir haben nichts entdeckt, das darauf schließen ließe, dass die Filipinas Spioninnen waren.«

Der Botschafter setzte sich auf die Bettkante. »Ich weiß nichts davon. Ich weiß nur, dass der al-Muchabarat al-'Amma as-Sa'udiyya aktiv wurde. Und der hatte den Auftrag, jedes Risiko auszuschalten.«

»Sie sind jetzt auch ein Risiko. Sie haben den gefangenen Polizisten befreien lassen«, sagte de Bodt. »Ich würde an Ihrer Stelle politisches Asyl beantragen und auspacken, was Sie wissen. ›Meidet Gräuel von den Götzenbildern und meidet lügnerisches Wort‹, heißt es im Koran. Wenn Sie den deutschen Behörden nützlich sind, werden Sie überleben. Wenn Sie es nicht sind, jagen Ihre Geheimdienstfreunde Sie, bis Ihre Familie tot ist. Aber das wissen Sie ja.«

Der Botschafter bedeckte seine Augen mit den Händen. Die Tränen glitten die Wangen hinunter. »Allah, hilf.«

»Der hilft Ihnen auch nicht.« Er klopfte dem Mann auf die Schulter.

Der aber brach vollends in Tränen aus. Nannte immer wieder den Namen seines Sohnes. »Sie sind Verbrecher«, sagte er.

»Da haben Sie recht. Aber wir halten unsere Versprechen.«

»Was folgt jetzt?«

»Jetzt warten wir auf die Bestätigung, dass der Mann frei ist.«

»Sie sind von der Polizei?«

»Nein«, sagte de Bodt. »Ein Polizist würde so etwas nicht anfangen.«

»Na ja …!

»Stimmt, außer in Saudi-Arabien.«

»Dann sind Sie von einem Geheimdienst?«

»Wenn es so wäre, dürften wir es Ihnen nicht sagen. Am Ende kann es Ihnen egal sein, wer Ihre Familie getötet hat.«

De Bodts Handy vibrierte.

Silvia. Schweinkram mit Untergebenen.

De Bodt grinste. Jetzt würde Yussuf mögliche Verfolger abhängen. Niemand kannte sich so gut in Neukölln aus wie er. Niemand konnte ihm folgen, wenn er es nicht wollte. Und sie würden es versuchen.

Sie schwiegen lange. Der Botschafter weinte lautlos, seine Frau schluchzte, die Kinder weinten mit. Sie taten de Bodt leid. Der Botschafter war ein Drecksack, der einem Mörder und Kriegsverbrecher diente. Seine Frau wusste, wen sie geheiratet hatte. Die Kinder waren unschuldig. De Bodt aber würde alles wagen, wenn einer seiner Mitarbeiter in Gefahr war. Er sah sie als seine Schützlinge. Sie waren seine Familie. Wenn auch auf verschrobene Weise.

Endlich kam die zweite SMS.

Musste erst einen Verfolger ausknocken. Bin in der Höhle. Danke!

»So, jetzt bleibt dir nur noch eine Kleinigkeit zu tun, bevor du deinen Sohn beerdigen kannst«, sagte Merkow. »Wer ist der Geheimdienstresident in der Botschaft?«

»Der stellvertretende Militärattaché.«

»Wie heißt die Operation?«

»Mahdi.«

»Welch Intelligenz Allah dir verliehen hat.«

»Der Name stammt nicht von mir.«

»Du rufst jetzt den Residenten an und befiehlst ihm, dich sofort in deiner Villa zu besuchen.«

»Sind Sie verrückt?«

»Vorher soll er in die Botschaft gehen und alle Unterlagen zur *Operation Mahdi* mitbringen.«

»Sie verstehen nicht. Ich kann dem befehlen, was ich will. Sein Vorgesetzter sitzt in Riad. Ich bin ohnmächtig.«

»Zitieren Sie ihn her, ohne Unterlagen«, sagte Merkow. »Sofort.« Er blickte auf die Uhr. Vier Uhr dreißig. Sie mussten sich beeilen.

183.

Mubarak ging spazieren. Zusammen mit einem Mann in Generalsuniform. In einem gigantischen Einkaufszentrum, wo sie Schutz vor der Sonne fanden. Die Passanten wichen dem General ehrfürchtig aus. Sie wussten, dass der König am liebsten Verwandte auf hohe Positionen berief. Sie waren loyal, sofern sie nicht den Aufstand gegen den Kronprinzen probten. Aber den im Dauersterben liegenden König achteten alle. Er bezeugte mit seiner Persönlichkeit die Autorität im Saudireich, das ohne die Königsfamilie nicht existierte. Seine Aura verblasste nur langsam.

»General, die Amerikaner haben uns informiert, wann die nächste Satellitenlücke der Russen sein wird. Die haben gerade Probleme mit einem ihrer Satelliten und keinen Ersatz.« Er blickte auf die Uhr. »In zwei Tagen, einer Stunde und zweiundvierzig Minuten. Dann haben wir acht Stunden, um das Gefährt in seine getarnte Position zu bringen.«

»Wir brauchen zwei Etappen. Wann ist die nächste Lücke?«

»Ich erkundige mich.«

»Wir müssen den Hafen sperren. Die Geräte entladen, sie zusammenbauen. Das dauert mindestens sechs Stunden. Dann bringen wir das Ganze in eine Halle am Hafen. Wenn die Russen das nächste Mal blind sind, fahren wir das Gerät zur Endposition.«

»Jawohl, General. Das sollte funktionieren.«

Was hätten sie für einen Umstand betreiben müssen, wäre der Satellit nicht erblindet. Allah schenkte ihnen Glück für ihr heiliges Werk.

184.

Der stellvertretende Militärattaché Dschamal al-Qabandi brauchte fünfundzwanzig Minuten. Der Wächter diente nun als Türöffner. Im Haus empfingen Merkow, Katt und Floire den Geschäftsträger. Fesselten ihm die Hände auf den Rücken.

Sie führten ihn ins Schlafzimmer. Al-Qabandi blickte sich um und begriff. Er war mittelgroß, drahtig, seine Augen blickten aus einem hageren Gesicht. »Sie überfallen Diplomaten!«

»Und Sie zersägen Landsleute«, sagte Katt und trat ihm in die Eier. Er sackte zusammen. De Bodt blickte sie an und schüttelte den Kopf. Dass nun gerade Katt irgendjemandem Brutalität vorwarf.

Al-Qabandi kniete, die Hände zwischen den Beinen.

»Erstens: Das hier kann unter uns bleiben. Es sei denn, Sie wollen, dass Ihr König Sie als Verräter köpft. Kapiert?«

Al-Qabandi nickte.

»Sie wollen auch nicht, dass es Ihnen so ergeht wie dem Sohn Ihrer Exzellenz, nehme ich an.«

Al-Qabandi blickte den Botschafter an. Erhob sich, um ihn besser zu sehen. Der letzte Rest von Farbe wich aus seinem Gesicht.

»Wer sind Sie?«, fragte er und fing sich eine Ohrfeige von Katt ein.

»Wir fragen hier«, sagte de Bodt. »Es hängt von Ihnen ab, wie Sie aus dem Schlamassel kommen. Wenn Sie lügen, hoffe ich für Ihre Familie, dass Sie Ihren Sarg schnell genug nach Riad schicken können. Für eine korrekte Beerdigung. Verstanden?«

»Verstanden«, flüsterte al-Qabandi.

»Operation Mahdi, was ist das?«

»Der große Friedensplan, im Namen unseres Königs. Er möchte Frieden machen mit seinen Feinden, bevor er stirbt.«

»Da kommt es auf ein paar Morde nicht an.«

»Sie waren unvermeidlich«, sagte er. »Sie ... die Frauen ... waren kurz davor, alles zu verraten. Sie hatten schon Kontakt zum französischen Geheimdienst aufgenommen.«

»So ein Blödsinn«, sagte de Bodt. »Aber egal. Den Friedensplan kennen wir schon. Sonst noch was?«

»Es gibt direkte Verhandlungen ... zwischen den Geheimdiensten. Dem Mossad und uns. Gott, ich meine den Mossad-Chef, Gott berichtet dem israelischen Ministerpräsidenten.«

»Gehört zum Friedensplan eine Lösung für die Palästinenser?«

»Weiß ich nicht.«

Katt schlug wieder zu.

»Nein. Ja. Sie werden mit Geld abgefunden. Und einem Tunnel zwischen dem Gazastreifen und dem Westjordanland. Zig Kilometer ... kostet Milliarden.«

»Und die israelischen Annexionen?«

»Was sollen wir daran ändern?«

»Fürchten Sie nicht den Aufstand im Gazastreifen und im Westjordanland? Die werden den Entscheidungskampf suchen. Und überall zuschlagen, wo sie können.«

»Es gibt immer Verlierer. Die Wirklichkeit ist, wie sie ist. Wir müssen unsere Länder entwickeln. Die Zeit des Öls geht zu Ende. Unser Kronprinz hat das begriffen und greift durch. Binnen weniger Jahre müssen wir und die anderen Wüstenstaaten uns neu erfinden. Wir müssen Wissenschaftler ausbilden. Das Internet ...«

»Da sind Sie ja früh dran«, sagte de Bodt.

»Ersparen Sie mir die Ironie. Das wissen wir selbst. Aber noch haben wir die Mittel, um Unmögliches zu ermöglichen. Noch können wir der Welt den Ölhahn zudrehen, wenn unsere Freunde von der OPEC mitmachen.«

»Davon können Sie nur noch träumen«, sagte Merkow. »Aber

verlassen wir die Märchenwelt und kehren in die Wirklichkeit zurück.«

De Bodt tippte auf seinem Telefon. »Wir verschwinden gleich. Wir haben das Gespräch aufgezeichnet. Wenn Sie verhindern wollen, dass das durchs Internet geht, schweigen Sie. Uns hat es nie gegeben. So wenig wie Ihre freundlichen Auskünfte. Verstanden?«

»Ja«, sagte al-Qabandi.

Der Botschafter nickte.

Seine Frau schluchzte.

Die Tür öffnete sich. Der Sohn sprang zu seiner Mutter ins Bett. Sie nahm ihn in den Arm. »Danke«, sagte sie. »Danke. Ich werde meinem Mann helfen zu schweigen.«

»Wenn einer Ihrer Wächter …«, sagte Merkow.

»Dann besuchen wir Sie wieder«, sagte Katt. »Und Sie wissen nicht mal, wann und wo.«

185.

»Immerhin das haben wir hingekriegt«, sagte Salinger.

Sie umarmten Yussuf. Fragten ihn aus.

Aber der hob die Hände. »Ich weiß nichts. Die Typen trugen Sturmhauben und haben kaum gesprochen. Es waren Araber, da bin ich sicher. Mehr weiß ich nicht. In Arabisch habe ich immer gefehlt auf meiner Eliteschule in Neukölln.«

»Hast du etwas gerochen?«

»Tee. Und für Körperhygiene sollten die beiden lieber keine Werbung machen. Aber sie haben sich korrekt verhalten, wenn man das so sagen kann. Haben mir Wasser zu trinken gegeben.«

»War das kalt und mit Kohlensäure?«, fragte de Bodt.

»Beides.«

»Du warst also in einer Wohnung mit Kühlschrank eingesperrt. Als du frei gelassen wurdest …«

»Die haben mich in einem Aufzug in eine Tiefgarage gefahren. Dann in ein Auto. Mich im Park an der Baumschulenbrücke auf eine

Bank gesetzt. Einer rechts, einer links. Haben gewartet. Wahrscheinlich, bis die Luft rein war. Haben die Fessel gelockert und sind abgehauen. Ich habe trotzdem noch kämpfen müssen wie Houdini … Aber da waren die längst verschwunden. Das Handy hatten sie mir in die Hosentasche gesteckt. Ich musste es nur noch einschalten. Und ihr, habt ihr was rausgekriegt?«

Salinger lehnte an de Bodt, der saß auf ihrem Küchentisch. Merkow und Katt waren verschwunden, als alle die Villa verlassen hatten. Floire saß auf einem Stuhl. Er blickte de Bodt, dann Salinger an. »Nein. Gar nichts. Das wussten wir alles schon.«

»Sorry, Ali. Aber wenn die wirklich an so einem Friedensplan arbeiten, hätten die dich eher nicht freigelassen.«

»Aber wir wissen es doch auch«, sagte Salinger. »Mir ist noch ganz flau wegen des Kleinen. Ich hab ihm erzählt, dass ich ihm zeige, wie man schießt.«

»So züchtet man Terroristen heran«, sagte Yussuf. »Er wird sich immer an die schießwütige Blondine in Berlin erinnern. Du hast den zweiten bin Laden an deinem Natternbusen gesäugt. Glückwunsch.«

»Wie schön, dass dir der kleine Ferienaufenthalt nicht geschadet hat«, sagte de Bodt.

»Merkst du nicht, dass der vollkommen durchgeknallt ist?«, fragte Salinger. »Okay, wie immer.«

»Und jetzt?«, fragte Yussuf.

»Keine Ahnung«, sagte de Bodt.

»Schöner kann man Scheitern nicht ausdrücken. Wir beginnen jetzt eine kollektive Depression. Als gruppenstiftende Meditation«, sagte Salinger.

»Sag bloß, du hast was gelesen«, sagte Yussuf.

»›Die Menschen, deren Seele nichts von Schwermut weiß, sind diejenigen, die keine Ahnung von einer innern Metamorphose haben‹«, sagte de Bodt. »Weil das sowieso niemand errät: Kierkegaard.«

»Womit schon mal bewiesen wäre, dass Depressionen deiner Arroganz nichts anhaben können«, sagte Salinger.

»Am Nachmittag müssen wir dich beerdigen. Ihr habt mich gerade noch rechtzeitig rausgeholt. Ich schlafe jetzt noch eine Runde.« Yussuf blickte auf die Uhr. »Zwei Stunden, üppig.«

186.

Die Frage schwebte zusammen mit Millionen von Bakterien und Viren im großen Saal des Polizeipräsidiums. Wie soll man Moleküle beerdigen? Wobei das schon übertrieben war. Sie hatten zwei Schaufeln Geröll in den Sarg geschippt. Es vorher gesiebt, damit es sich mit der Asche des Sargs vermischen konnte. Salinger und Yussuf hatten sich in die zweite Reihe gesetzt. Vorne, nahe dem Podest mit de Bodts Porträt samt Trauerflor saßen Elvira und de Bodts Vater. Er drückte ihre Hand.

»Immerhin«, flüsterte Salinger in Yussufs Ohr, »immerhin ist das Foto nicht übel.«

»Ich reiß es mir unter den Nagel. Wann hattest du noch mal Geburtstag?«

Sie verkniff sich ein Lächeln.

Natürlich waren de Bodt senior und Elvira furchtbar traurig. Die Kinder hatten sie in Hamburg gelassen. Damit ihnen das traumatische Erlebnis erspart bliebe. In Wahrheit lasen die manchmal in der Zeitung, wer ihr Vater war. Gewesen war. Ein Held, zweifellos.

Der Generalstaatsanwalt Zecher begann. Er sparte nicht mit Superlativen. Berlins bester Kriminalist und so weiter. Der Polizeipräsident und dann der Innensenator wiederholten den Schmus. Es hörte sich so an, als wäre Berlin seit de Bodts Tod dem Verbrechen ausgeliefert.

Sogar Krüger guckte traurig, aber Salinger sah dessen Herz Twist tanzen. Die Oberkommissarin Baumann und die Zander weinten. Beide mit Taschentuch in der Hand.

187.

»War schön, deine Beerdigung«, sagte Salinger. »Bei der nächsten gucken sie genauer in den Sarg.«

»Jetzt hat das Verbrechen freie Bahn«, sagte Yussuf.

Sie tranken Tee und Kaffee in der Küche. Eine merkwürdige Stille.

»Wir haben nichts, gar nichts«, sagte de Bodt.

»Dass dir nichts einfällt, hatten wir schon lange nicht mehr«, sagte Salinger.

»Nie«, sagte Yussuf.

»Tiefer kannst du deinem Chef aber nicht in den Besagten kriechen.«

»Vielleicht fällt mir noch was ein«, sagte Yussuf.

»Was wir halbwegs sicher wissen: Die Saudis haben was vor«, sagte de Bodt. »Die Israelis sind mit von der Partie. Und wenn es um was Wichtiges geht, sind die Amerikaner nicht weit. Wenn es tatsächlich der große Frieden wird, gibt es einen Krieg zwischen den Palästinensern und Israel. Die Saudis hassen die Palästinenser, und das beruht auf Gegenseitigkeit. Die einen sind für die anderen wahlweise Terroristen oder Ungläubige. Die mit dem dekadenten Westen kungeln. Der Friedensplan bedeutet in Wahrheit Krieg. Also werden Amerikaner, Israelis und Saudis sich vorbereiten. Die Israelis werden ihre Reservisten einberufen. Die Amerikaner Truppen nach Israel und Saudi-Arabien verlegen. Dazu Flugzeugträger und anderes, was Raketen und Marschflugkörper verschießen kann. Die Amerikaner sind darauf erpicht, sich an Einfluss zurückzuholen, was Präsident Dump verschenkt hat an seine Russenfreunde. Die werden wiederum nicht einverstanden sein mit dem Überraschungscoup, von dem unsere beiden Freunde natürlich längst nach Moskau berichtet haben. Was heißt, dass Russland seine Truppenpräsenz in Syrien verstärken wird. Dass der Iran seine Unterstützung für die Hisbollah ausweitet und weitere Truppen nach Syrien schickt. Vielleicht schließt Syrien auf russischen Wunsch den Luftraum, und dann werden sie israelische Flugzeuge abschießen. Auf den Golanhöhen werden syrische Truppen vorrücken. Geschützt von russischer Artillerie und Luftwaffe. Um Druck auf Israel auszuüben.«

»Danke für den Vortrag«, sagte Yussuf. »Warum stand nichts davon in den Medien? Keine Truppenverschiebungen, gar nichts?«

»Weil nichts davon passiert ist«, sagte de Bodt. »Nichts von dem. Ich weiß viel weniger als die Planer in Tel Aviv, Washington und Riad. Aber ich ahne, was die tun müssten, wollten sie diesen sogenannten Friedensplan durchsetzen. Und sie tun nichts davon. Was heißt das?«

»Dass alle gelogen haben. Obwohl wir sämtliche Gesetze gebrochen haben, um an Informationen zu kommen. Bedeutet: Entweder das sind alles Übermenschen, die dem Tod freudig ins Auge blicken. Oder sie wissen nichts. Außer dem, was ihnen ihre Chefs eingetrichtert haben.«

»Na, danke«, sagte Salinger. »Wir sollten also MbS anmailen.«

»Die beste Idee der Polizeigeschichte«, erwiderte Yussuf. »Mit Abstand.«

»Einen Fehler hat mein Tod. Ich kann die Kanzlerin nicht mehr anrufen.«

»Sie hat übrigens ein Beileidstelegramm geschickt, das der Kanzleramtsminister vorgelesen hat. Lang und hymnisch. Am Ende hab ich gar nicht mehr verstanden, für wen es war«, sagte Yussuf.

»So schlimm?«, fragte de Bodt.

»So schlimm«, sagte Salinger. »Sogar mir sind Tränen der Rührung gekommen. Sei froh, dass du ihren Mann gerettet hast und jetzt tot bist.«

»Könnt ihr beiden nicht Becker auf die Pelle rücken?«

»Der war auch furchtbar traurig. War sogar echt«, sagte Yussuf.

»Wie schön. Fragt mal, ob mein Gemälde nicht Quatsch ist. Ob nicht alles anders ist. Ihr könnt ja behaupten, kurz vor meinem Tod hätte ich euch meine Gedanken mitgeteilt, die Zweifel eingeschlossen.« Er überlegte. »Und dann besucht Bob.«

188.

Mubarak machte sich auf den Weg. Sie hatten knapp acht Stunden Zeit. Noch hatten die Russen den Satelliten nicht repariert oder ersetzt. Sie konnten es sich sogar leisten, mit Baustrahlern zu arbeiten, als sie das Gefährt aus der Halle rangierten. Es wendete vorsichtig auf dem Vorplatz. Dann dröhnte der Diesel auf, und der Lindwurm ächzte zur Straße hin, wo bereits Armeefahrzeuge mit Blaulicht warteten. Die Eskorte. Die Straßen des Lindwurms waren gesperrt. Fehlte noch, dass ein Tourist das Gerät knipste und auf Facebook teilte. Die Polizei bewachte den Transport rundum, aber in weitem Abstand. Zu Fuß, auf Motorrädern, in Geländewagen. Am Himmel drei Hubschrauber.

Vorsicht! Kranteile!

Auf gelben Schildern vorn, seitlich und hinten am Fahrzeug. Der Fahrer schaltete in den zweiten Gang. Das Biest ruckelte, wehrte sich, quietschte und ratterte. Aber dann wurde es schneller. Ein guter Läufer hätte mitgehalten. Sie hatten auch die besten Polizisten und Soldaten ausgewählt und sie zum Stillschweigen verdonnert. Der Kran im Kasten solle ihnen helfen, die Grenze mit neuartigen Bunkern zu befestigen. Man musste mit allem rechnen, wenn man es mit ungläubigen Ratten zu tun hatte, deren einziges Ziel darin bestand, das ruhmreiche Heimatland zu verwüsten. Mubarak wusste es. Solche Ansprache packte die Leute. Sie hassten die Iraner und überhaupt alle Schiiten. Sie waren nur eine Stufe hinter den jüdischen Blutsaugern auf dem Weg in die Hölle.

189.

»Es geht um Frieden?«, fragte Salinger. Sie waren in Beckers provisorischem Büro im Polizeipräsidium. Der saß blass hinterm Schreibtisch und kaute auf einem Zigarettenfilter. Yussuf öffnete das Fenster und gab ihm Feuer. Zündete sich auch eine an.

Normalerweise hätte Salinger jetzt einen Affentanz aufgeführt. Normalerweise.

»Ich habe nie einen besseren Polizisten erlebt«, sagte Becker. »Er war schwierig, aber das sagt man vielen Genies nach.«

»Er war nicht schwierig, er war eigen«, erwiderte Salinger. »Man musste sich auf ihn einlassen, und dann ging es voran.«

Becker nickte. »Außer in diesem Scheißfall. Wir suchen das verbindende Element der Verbrechen.«

»Ich dachte, das hätten wir«, sagte Yussuf.

Becker hob die Brauen. »In meinem letzten Telefonat mit de Bodt klang es nicht so eindeutig. Vielleicht wollen die uns einen Bären aufbinden. So einen Supergrizzly. Vielleicht wissen wir nicht einmal, wer uns den Bären aufbinden will.« Becker blickte sie an. »Vielleicht haben wir gar nichts verstanden. Hat Ihr Chef gesagt. Wir waren verabredet …«

Salinger und Yussuf wechselten einen Blick.

»Ja«, sagte Salinger. »Es ist … war nicht ungewöhnlich, dass Eugen eine steile These verteidigte und über Nacht mit was Neuem kam. Er hatte pausenlos Argumente dafür und dagegen gesucht. Hatte keine Hemmung, etwas als widerlegt in den Papierkorb zu werfen. Schneller, als wir mitdenken konnten. Er saß oft auf dem Stuhl neben dem Eingang und blickte ins Nirgendwo. Aber so löste er Fälle.«

»Er hatte auch Verbündete, außer Ihnen natürlich.«

»Ja, Lebranc und Floire. Lebranc hat stark abgebaut, ist längst pensionsreif. Aber er hat immer geholfen. Floire dagegen ist ein Energiebündel und schlau.«

»Mindestens«, sagte Yussuf.

»Sie werden wohl über kurz oder lang Hauptkommissar Krüger unterstellt. Wenn Sie wollen, fordere ich Sie für das BKA an. Sie könnten in Berlin bleiben, nach einem Anstandsjahr in Wiesbaden. Überlegen Sie es sich. Wir können Kollegen wie Sie immer gebrauchen.«

»Danke«, sagte Salinger. »Das ist wirklich sehr freundlich. Aber wir sind noch etwas … benommen« – Yussuf nickte – »und überlegen, wie wir weitermachen wollen. Zurzeit haben wir sowieso Urlaub. Vielleicht verlängern wir den. Und der Kriminalrat hat da was angedeutet.« Sie legte den Finger auf die Lippen.

»Oh, wollte Ihnen nicht den Urlaub vermiesen.«

190.

Während Salinger und Yussuf bei Becker waren, lag de Bodt in Salingers Bett. Er hatte sich Kissen unter den Kopf geschoben und betrachtete die Wand, die Decke, nichts.

Irgendwer nahm sie auf den Arm. Verkürzte man den Fall auf die Morde, war er gelöst. Sophia Canares lebte in einer Wohnung in Neukölln. Wer sie der Spionage verdächtigte, konnte sie in Ruhe lassen. Sie hätte längst alles verraten. Dazu die Pressekonferenz. Warum durch einen Mord ein Risiko eingehen? Der Botschafter Ahmed Zaki Fahd hielt offenbar die Klappe. Er hatte keine Lust auf eine öffentliche Enthauptung. Ahmed Abdulrahman hatte sich offenbar mit der Moschee in die Luft gesprengt. Von ihm war nichts geblieben, was Uhlenhorst und seine Leute auswerten konnten. Oder nicht? Aber sogar, wenn er entkommen war: Warum sollte er mehr wissen als Bassir und die anderen Laufburschen? Nicht mal der Geheimdienstchef al-Rashid wusste etwas. Der große Frieden. Plausibel, wenn man das Bedürfnis von MbS unterstellte, Friedensheld zu spielen. Nach Khashoggi-Mord und Jemenkrieg. Aber diese These unterstellte des Kronprinzen Hirn humanitäre Überbleibsel. Wenn man aber annahm, die gäbe es nicht? Wenn man annahm, der hätte eine andere Absicht. Der plane den Endsieg im Jemen. Und die Ausrottung des Bösen. Des Irans. Den MbS und mit ihm die Amerikaner und Israel für die Quelle allen Übels in der Region hielten. Die USA hatten schon mal geglaubt, mit der Ausschaltung eines zum Ersatz-Hitler aufgeblasenen Dutzenddiktators Ruhe zu schaffen. Und das Gegenteil erreicht. Es war schlimmer geworden im Nahen Osten als zuvor. Der IS, der Krieg in Syrien, der Zerfall des Irak.

Saudi-Arabien, Israel, die USA. Was verband die drei? Der Hass auf die Gottesdiktatur im Iran. Nicht weil die Mullahs ihre Bürger unterdrückten. Sondern weil sich die Interessen widersprachen. Teheran unterstützte den syrischen Diktator Assad, gemeinsam mit Moskau. Die USA hatten sich seit der Besetzung ihrer Botschaft in Teheran zum Erzfeind gemausert. Nationale Demütigung, die in die DNS der US-Politik eingedrungen war. Als hätte die CIA den Schah nicht installiert und die demokratische Regierung davor gestürzt. Das war das Unverständliche: Die USA verstanden als *auserwählte Nation* nie, dass es Gründe geben könnte, sie zu hassen. Sie hatten die Palästinenser verraten, die Kurden, die ihnen als Fußvolk gegen den IS gedient hatten. Und wollten doch immer nur geliebt werden. Die Israelis hatten sich an die USA angelehnt. Sie taten nichts ohne Zustimmung aus Washington. Und forderten für Unterwerfung Schutz ein. Die Saudis begriffen, dass sie ohne die USA schneller vor dem Untergang stehen konnten, als sie glaubten. MbS war ein Mörder, aber er war ein intelligenter Mörder.

De Bodt schlief ein. Auch Tote werden müde.

191.

Die Kolonne schleppte sich über die Autobahn. Blinklichter überall. Als würden Brückenteile oder Windräder befördert. Hubschrauber aber waren ungewöhnlich. Ebenso, dass die Luftabwehr der Saudis in Alarmbereitschaft war. Die Patriots würden jede Rakete vom Himmel holen.

Mubarak saß in einem Hubschrauber. Der mal der Kolonne vorausflog, mal die Flanken sicherte, mal beobachtete, ob die Nachhut Schritt hielt.

Es lief alles wie geölt. Sie würden das Gerät in eine einsame Halle bringen, die seit Jahren im Irak nahe der saudischen Grenze stand und in den russischen Satellitenbildern gewiss als bedeutungslos eingestuft wurde. Ab und zu hatten Lastwagen oder Kleinflugzeuge die Halle verlassen oder waren in ihr geparkt worden. Zum Schutz gegen den ewigen Wüstenwind, dessen Sandkörner alle Mechanik verschlissen.

Von oben sah die Kolonne aus wie eine bauchige Schlange. In spätestens zwei Stunden würde nichts mehr von ihr zu erblicken sein.

Und dann bestimmte MbS, wie es weiterging. Wann immer es losging. Es war eine Teufelei, welche die Ungläubigen zugrunde richten würde. Für alle Zeiten. Wenn der blinde Satellit über die große Wüste flog.

192.

Woronski schüttelte den Kopf. Der Plan funktionierte. Nur wer würde es glauben? Aber das war ja auch egal. Sie würden Satellitenbilder montieren. Die nicht vom Himmel kamen. Sondern von Photoshop, das es jedem Idioten erlaubte, sich seine Lieblingswelt zu erschaffen. Woronski sah schon den Auftritt des Außenministers mit den Bildern in der Hand. Mit denen er alle Anwürfe und Beschimpfungen zurückweisen würde. Wir haben Beweise, und die anderen haben nur den Hass auf die USA und Israel. Sie hatten gelernt seit Powells' Blamage. Ihr werdet es schon sehen. Der große Frieden brauchte einen Schub. Oder besser: einen Schubs.

193.

Als de Bodt aufwachte, lag Salinger neben ihm. »Ali ist zu Hause«, flüsterte sie. »Falls dich das interessiert.«

Es interessierte ihn. Danach, als sie verschwitzt nebeneinanderlagen, sagte sie: »Ich bin nekrophil, das ist zwar schlimm. Aber es weiß ja sonst keiner.«

»Was sagt Becker?«

»Nix Neues.«

»Ich glaube, dass ich mich geirrt habe«, sagte er.

»Erstaunlich, das dir.«

Er klatschte ihr auf die Pobacke.

»Das melde ich Tilly. Sexuelle Belästigung im Dienst.«

»Tu das. Dann hast du noch länger Urlaub. Allerdings in einer geschlossenen Einrichtung. Wegen Nekrophilie.«

»Das wäre vielleicht besser als hier. Ne Leiche im Bett, wer auf so was steht…«

»Krieg«, sagte de Bodt. »Es geht um Krieg.« Er erklärte, was er sich zurechtgelegt hatte. »MbS und seine Verbündeten haben ein Täuschungsmanöver veranstaltet. Mit Erfolg. Niemand außer der Führung weiß etwas. Und die anderen werden mit Erklärungen versorgt, die sie als Staatsgeheimnisse für sich bewahren sollen. Aber MbS ist nicht so blöd, dass er glaubt, dieses Geheimnis würde geheim bleiben, wenn er reihenweise Leute umbringt. Also hat er die Operation in einen Friedensplan umgetauft. Das ist nicht schwer. Man vereint sich im heiligsten Frieden, um einen Krieg anzuzetteln.«

»Gegen wen? Den Jemen hat er ja schon am Hals.«

»Gegen den Iran«, sagte de Bodt.

»Das überlebt er nicht.«

»Doch. Wenn er sich mit Leuten zusammentut, die Atomwaffen besitzen und bereit sind, sie einzusetzen. Wenn sie die Flugbahn der Rakete tarnen können, kann ihnen niemand was. Die Saudis hätten gern Atomwaffen, aber sie haben keine. Doch die USA und Israel haben welche. Die Israelis werden keine einsetzen. Erstens haben sie nie bestätigt, Atomwaffen zu besitzen. Zweitens wären sie wahnsinnig, sie einzusetzen. Sie müssten mit einem Gegenschlag rechnen. Der Israel vernichten würde.«

»Wer sollte den Schlag führen? Die Russen? Die Pakistanis?«

»Man stelle sich vor, die Hisbollah käme in den Besitz von schmutzigen Bomben. Die das Land verstrahlen. So was könnte der Iran liefern. Hat er vielleicht schon. Die Russen würden sich einen Atomschlag gegen ihren wichtigsten Verbündeten in der Region nicht gefallen lassen. Dürften sie nicht, wenn sie ihr Ansehen bewahren wollen. Könnte sein, dass sie einen Schlag auf Teheran mit einem Schlag auf Riad beantworteten. Selbstverständlich würden sie jede

Urheberschaft abstreiten. Und die USA würden die Russen so wenig angreifen wie die Russen die USA. Sie könnten sich gegenseitig die Verbündeten wegbomben. Sie wüssten zwar, wer was verbrochen hat, aber offiziell würden die den Fall vor die UNO bringen und tausend Kommissionen gründen, um herauszufinden, was ohnehin jeder weiß. Sie haben mit dem Verwirrspiel schon begonnen. Wahr ist, dass sich die Richtigen gefunden haben. Dass sie miteinander eine Art Pakt geschlossen haben. Der aber genauso dem Frieden dienen wird wie dereinst der Hitler-Stalin-Pakt.«

»Mann, deine Gedankensprünge machen mich schwindlig.«

»Nur die Gedankensprünge?«

»Angeber.«

»Wenn ich dich ärgern wollte, müsste ich jetzt sagen: Frieden ist Krieg und Krieg ist Frieden. Hängt allein vom Standpunkt ab.«

Sie legte sich auf ihn und begann ihn zu würgen. »Tot bist du ja schon. Kommt es darauf auch nicht mehr an.«

194.

»Sie wurden postum zum Kriminalrat befördert. Wir kommen, um zu gratulieren. Und das Bundesverdienstkreuz hat die Kanzlerin dazuspendiert.«

»Wie nett«, sagte de Bodt. »Die Medien wissen das aber noch nicht.«

»Morgen«, sagte Merkow und lächelte.

»Na, das wird ein Spaß bei der Wiederauferstehung«, sagte Salinger. »Leider bist du zu früh gestorben für die Witwenrente. Aber wir finden schon was für dich. BSR oder Fahrkartenkontrolleur bei den BVG. Können die dir den Kriminalrat wieder wegnehmen?«

»Weiß ich nicht«, sagte de Bodt. »Wiederauferstehung ist keine Straftat, sonst müsste man alle Kirchen dichtmachen.« Er grinste. »Aber kommen wir zu den einfacheren Dingen.«

Sie saßen am Küchentisch. Tee und Kaffee. »Es geht um einen Atomkrieg«, sagte de Bodt. »Gegen den Iran. Dann um die Vernichtung der Hisbollah im Libanon und der Huthi im Jemen. Die Besetzung Katars als Verbündeten des Iran. Den Sturz Assads in Syrien. Und dann kommt der große Frieden.«

Merkow blickte ihn aus großen Augen an. Er hatte von de Bodt so manches Erstaunliche gehört, aber das war der Gipfel. Er überlegte. Nickte. Bedächtig.

»Die Vernichtung der Schiiten als Machtfaktor. Liegt im Interesse der Saudis, der Amerikaner und der Israelis. Aber fürchten die keinen Gegenschlag von uns?«

»Wird Russland für seine Verbündeten sterben?«, fragte Salinger.

»Außerdem mag es eine amerikanische Rakete mit mehreren Sprengköpfen sein … oder ein Stealthbomber. Aber die Amerikaner werden die Satellitenkarten fälschen. Gibt es ein Gebiet in Saudi-Arabien oder in Bahrain, das zu einem bestimmten Zeitpunkt nicht von Ihrer Aufklärung erfasst wird?«

»Keine Ahnung. Ich werde mich erkundigen.«

»Könnten Sie das gleich tun?«, fragte de Bodt.

Merkow blickte ihn erstaunt an. Nickte, erhob sich, zog das Telefon aus der Tasche und verließ die Wohnung. Es dauerte fast eine Stunde, bis er zurückkehrte.

»Die Kurzfassung: Wir haben ein Satellitenproblem. Es betrifft den Aufklärungssatelliten, der den Nahen Osten überwacht.«

»Wissen die anderen das?«

»Eine Pressemitteilung gibt's dafür nicht. Vermutlich wissen sie es. Es wird eine Weile dauern, bis wir Ersatz haben. Es gibt einen weiteren russischen Satelliten in der Nähe, der das Gebiet zu bestimmten Zeiten erfasst. Aber es gibt stundenlange Lücken. Alle Staaten, die Aufklärungssysteme haben, versuchen wenigstens die sie interessierenden Gebiete vierundzwanzig Stunden am Tag zu erfassen. Bei uns klappt das zurzeit nicht.«

»Was bedeutet, dass man einen Bomber oder eine Rakete beziehungsweise mehrere transportieren kann, wenn Ihre Aufklärung gerade blind ist«, sagte de Bodt.

»Genau das heißt es. Amerikaner, Saudis, Israelis werden nur dann zuschlagen, wenn sie keine eindeutigen Beweise hinterlassen. Die würden sonst den Gegenschlag erzwingen. Wenn man aber nicht weiß oder nicht überzeugt ist, wer es war, gibt's auch keinen Gegenschlag. Ein Revanchefoul irgendwann und irgendwo, klar. Aber das war es.«

195.

Gott protestierte. So, wie es seine Art war. Leise, aber deutlich. »Wir können Damaskus konventionell angreifen, aber nicht mit Atomraketen. Auch nicht die Amerikaner. Ein Weltkrieg wegen einer Wüstenstadt, in der sich ein paar Bekloppte verlaufen haben. In einem Land, das sich selbst auslöscht. Man schießt einer Leiche keine Kugel in den Kopf.«

»Obwohl es in manchen Fällen meinem Schlaf nutzte«, sagte der Ministerpräsident. »Die Frage ist, ob die Russen wegen eines Haufens Sand sterben wollen.«

»Kriege haben schon wegen geringeren Gründen angefangen«, sagte Gott.

»Vor der Atombombe.«

»Gewiss«, sagte Gott. »Aber wen kümmert unser Haufen Sand, in dem ein paar Städte stehen und ein paar Juden leben? Werden die Amerikaner für uns sterben?«

»Aber wir sind doch gar nicht beteiligt. Glauben Sie, ich würde unser Land aufs Spiel setzen?«

»Ich finde radioaktiven Niederschlag gefährlich.«

»Wir warten auf den günstigen Zeitpunkt. Der Präsident hat es mir versprochen. Wenn die Wolken Richtung Golf, Georgien oder die Türkei schweben. Kollateralschäden wird es trotzdem geben. Aber für dieses Ziel finde ich sie angemessen. Ja, geradezu lächerlich gering.«

Auf dem Rückweg zum Dienst überfiel Gott die Niedergeschlagenheit. Sie fühlte sich an wie eine Lähmung. Nur ein Gedanke bewegte sein Hirn: Das macht dieser Scheißkerl doch nur, weil er sonst die nächsten Wahlen verlieren würde. Dieser Scheißkerl. Er würde lieber sein Land opfern als seine Macht.

»Ist was, Chef?«, fragte der Chauffeur.

»Helfen Sie mir nachher aus dem Wagen. Mir sind die Beine eingeschlafen.«

Gott sah die Sorgenmiene im Rückspiegel.

»Natürlich, Chef. Vielleicht sollten wir besser zum Krankenhaus …«

»Nein«, sagte Gott. »Ich bin kerngesund. Aber selbst Gott altert.«

196.

»Ich müsste mit der Kanzlerin reden«, sagte de Bodt. Er drehte seine tausendste Runde in der Küche.

»Pass auf, dieses Holzparkett ist aus echtem Plastik. Bald hast du einen Kreis reingelatscht.«

Er setzte sich zu ihr an den Küchentisch.

»Soll ich Sie anrufen?«

De Bodt nickte.

197.

Sie hatte ihn vor der Haustür ihrer Wohnung in Mitte erwartet. Salinger hatte ihm eine Maske aufgesetzt, die erstaunlich echt aussah. Typ Geschäftsmann, eher seriös.

De Bodt bemerkte, dass die Personenschützer nervös wurden. Einer quasselte in sein Mikro am Jackettrevers. Die Kanzlerin stand starr. Sie erkannte seinen Schritt, dann seine Stimme. Salinger hielt sich im Hintergrund. Die Kanzlerin kannte sie nicht.

»De Bodt«, stellte er sich leise vor.

»So sieht man also aus, wenn man tot ist.«

»So sehe ich aus, wenn ich tot bin. Andere sind weniger …«

»Dann erzählen Sie mir mal, was passiert ist. Ihre Kollegin kann gern mitkommen, wenn Sie das wollen.«

Er winkte Salinger zu sich und folgte der Kanzlerin.

Die scheuchte die Personenschützer weg, die de Bodts Ausweis sehen wollten. »Diesen Besuch hat es nie gegeben, verstanden?« Wie eine strenge Lehrerin mit dem Klassenrüpel.

»Selbstverständlich, Frau Bundeskanzlerin.«

Im Wohnzimmer wies sie ihren Besuchern das Sofa zu.

»Das ist Frau Salinger. Meine Mitarbeiterin und Freundin.«

»Das dürfen Sie sich aber erst erlauben, seit Sie gestorben sind.«

De Bodt nickte. »Allerdings: Kein Grund zwingt mich zu behaupten, dass der menschliche Körper erst dann stirbt, wenn er in eine Leiche verwandelt wird. Sagt Spinoza, und der hat fast immer recht.«

Die Kanzlerin lachte, Salinger auch. Unsichtbar für die Kanzlerin stieß sie ihm den Ellbogen in die Rippen.

»Ich werde die Ministerpräsidenten bitten, ihre Gesetze entsprechend zu novellieren.«

»Mir reichte Berlin«, sagte de Bodt.

»Sind Sie so egoistisch, seit Sie sich in eine Leiche verwandelt haben …?«

»Er war schon immer so«, sagte Salinger.

»Wundert mich nicht«, erwiderte die Kanzlerin. »So, jetzt Schluss mit dem Gerede. Worum geht's?«

»Um einen Atomkrieg.«

198.

Woronski war zu lange im Geschäft, um sich keinen Reim darauf zu machen. Entweder die NSA oder ein Maulwurf hatte es durchgestochen. Die Russen hatten einen blinden Satelliten und einen schwarzen Fleck auf ihrer Karte. Die Lücke konnten die Amerikaner berechnen. Das Geheimdienstgeschäft bestand daraus, Schlüsse zu ziehen. Aus dem, was man nicht wusste. Und dem bisschen, was man zu wissen glaubte. Wenn einem Informationen fehlten, war es lästig. Oder man erschuf sie. War nicht unsere Wirklichkeit eine Konstruktion, ein Produkt unserer Fantasie? Auf das die Menschen sich verständigt hatten. Die Sicht auf die Welt wandelte sich in den Köpfen. Wenn eine ungeheure Gefahr bekämpft werden musste, waren da nicht ungeheure Mittel erlaubt? Notwendig? Konnte man einen Teil der Welt einer Verbrecherbande überlassen? Hatte man den IS fast zerstört, damit nach ihm eine noch größere Bedrohung entstand? Teheran hatte die Bombe. Oder hatte sie bald. Noch war Zeit. Die Bombe mit der Bombe ausrotten. Folgte man dieser Sicht, blieb kaum eine Alternative als Kapitulation oder Sieg. Wer entschiede sich nicht für den Sieg?

Es gab auch andere Sichtweisen. Eine erklärte, dass die Iraner keine Bombe hatten und nie haben wollten. Dass sie sich wie andere Länder – China! – mit Atomkraftwerken auf die Zeit nach dem Öl vorbereiteten. Andere sagten, dass Teheran die Bombe brauche, um die Amerikaner abzuschrecken. Wie es dieser KZ-Verwalter in Nordkorea vorführte. Dann gab es auch die, welche den Verzicht auf die Bombe im Tausch gegen das Ende der Sanktionen als Ziel Teherans erklärten. Dass dies von Anfang an der Versuch der Mullahs war, auf dem Schulhof nicht immer in der Ecke stehen zu müssen.

Woronski hatte alles durchgekaut und sich für die letzte Variante entschieden. Er wusste, dass seine Vorgesetzten bis hinauf zum Präsidenten die Argumente je nach Lage hin und her sortierten. Gerade fanden sie es offensichtlich, dass der Iran zwei Sekunden vor der Bombe stand und drei Sekunden vor der Auslöschung Israels. Für dieses Ziel ließen sich tonnenweise Zitate aus den Mündern diverser Oberhäupter heranziehen. Wie man überhaupt das Gefühl haben konnte, für Schiiten gäbe es nur noch ein Lebensziel neben dem Haddsch: die Vernichtung Israels. Aber dafür musste man das Dauergewäsch der Oberheiligen ernst nehmen. Was Woronski nicht gelang. Sie benutzten den Hass auf die Juden, um abzulenken. Von dem Mist, den sie tagtäglich bauten. Von ihrer ganz und gar nicht frommen Korruption. Von ihrer Machtbesessenheit. Von ihrer Angst vor dem eigenen Volk.

Woronski überlegte, ob er was durchstechen sollte. Geriete die *Operation Mahdi* in die Medien, war sie geplatzt. Wenn es sie überhaupt gab. Nachher war er auf einen Popanz reingefallen. Weil sie einen suchten, der darauf reinfiel. Vielleicht suchten seine Chefs einen, der der *Washington Post* steckte, dass die Regierung einen

Atomschlag gegen den Iran vorbereite. Vielleicht war das die *Operation Mahdi.* Dass die Mullahs die Hosen voll hatten, sofern sie welche trugen. Und den Amerikanern aus der Hand fraßen. Von einem konnte man sicher ausgehen: dass die Mullahs keine Lust hatten, eine Weltreise als radioaktiver Niederschlag anzutreten. Vielleicht hatten seine Chefs ihn deswegen eingeweiht. Weil sie Woronski für den Letzten hielten, der mit dieser Krankheit befallen war, die Gewissen hieß.

So viele Vielleicht. Woronski überlegte, ob er sich in einer Höhle verkriechen sollte. Aber dann wäre er vielleicht der Einzige, der die Operation überlebte. Während die Welt nur noch Asche und Sand war. Vielleicht.

Er nahm sein Privathandy. Suchte nach der Berichterstatterin der *Washington Post* im Weißen Haus, Susan Mandon. Spielte mit dem Gedanken, sie am Abend anzurufen. Nicht von zu Hause natürlich. Mit einem Prepaidhandy, das er nach einem Anruf wegwerfen würde. Der FBI-Whistleblower *Deep Throat* hatte es leichter gehabt, als er Woodward und Bernstein auf Nixons Spur setzte.

199.

»Ach, wenn es nur das ist«, sagte die Kanzlerin. »Ich hoffe, Ihr Verstand ist nicht mit gestorben.«

»Keine Sorge. Der Verstand ist das Denken, das reine Ich überhaupt. Es braucht mich nicht. Sagt Hegel. Der ist auch schon tot und sagt trotzdem noch Gescheites.«

»Ich habe gelernt, es zu überhören«, sagte Salinger.

Die Kanzlerin lachte. Auf die letzten Tage, nach Viruskrise und Wirtschaftskrise mal was anderes. Die Wiederauferstehung ihres Lieblingspolizisten. Sie freute sich. »Die Geschichte beginnt mit der Ermordung philippinischer Dienstmädchen und endet beim Atomkrieg. Sie nehmen es mir hoffentlich nicht übel, wenn ich das für verrückt halte.«

»Das *ist* verrückt.«

De Bodt berichtete, was ihn auf die Idee brachte, dass es um einen Frieden ging. Aber erst nach der Vernichtung des Feindes.

»Der BND hätte mir das berichten müssen. Hat er aber nicht«, sagte sie. »Offen gesagt, seit Sie tot sind, kommen mir Ihre Eingebungen noch verrückter vor als zu Ihren Lebzeiten. Allerdings haben Sie sich selten geirrt… als Sie noch lebten.« Sie blickte ihn eine Weile an. Genauer gesagt, seine Maske. Unter der er schwitzte wie in der Sauna.

»Dieses Gespräch hat nie stattgefunden«, sagte sie in Richtung Salinger. Vielleicht fand die Kanzlerin mal einen Grund, de Bodt zu hassen. Und ging den Weg an die Öffentlichkeit. Die Kanzlerin hatte zu viel verletzte Eitelkeit erlebt. Und alle anderen Gründe, die Rachsucht erzeugten.

»Stellen wir uns vor, dass Sie recht haben. Ich zweifle, aber gut… Was soll ich tun? Soll ich den US-Präsidenten anrufen und sagen: Ich weiß, was ihr plant. Lasst es. Glauben Sie, der neue Präsident ist weniger auf seine Interessen beschränkt als der Vorgänger? Sieht man davon ab, dass der Vorgänger nur beschränkt war.«

»Halten Sie es für normal, dass der Chef eines wichtigen Geheimdienstes sich an die Spitze eines Kommandos stellt, das in einem anderen Land die Polizei angreift? Wissend, dass es nur schiefgehen kann. Die Saudis investieren auch sonst einiges, um die Nachrichtendienste auf die Idee zu bringen, sie planten den großen Coup.«

»So ein Frieden wäre der große Coup«, sagte die Kanzlerin.

»Auch wenn die Palästinenser in den Wüstensand beißen müssten? Die Israelis bräuchten mindestens die stille Zustimmung von Jordanien und Ägypten«, erwiderte de Bodt.

»Solange MbS die ägyptische Diktatur schmiert. Und Jordanien. Die wollen keinen Krieg gegen Israel. Damit haben sie schlechte Erfahrungen gemacht, zumal sie alleinstünden. Syrien wäre nicht dabei außer mit Solidaritätsbekundungen. Wenn die Russen nichts unternehmen, ist auch der Iran hilflos. Damit die Hisbollah und so weiter.«

»Und die Russen? Wenn die Washington warnten?«

»Der Warnung müsste eine Tat folgen, sonst machten die sich

lächerlich. Dann würde sie niemand mehr ernst nehmen«, sagte die Kanzlerin.

»Vielleicht ... wenn Sie mit dem russischen Präsidenten telefonierten?«

»Ich soll den über etwas unterrichten, was unsere Verbündeten vorhaben? Wenigstens in Ihrer Fantasie. Außerdem sähe das doch aus, als würde ich das Terrain für Washington und seine Freunde in Moskau sondieren. Als wäre das Teil des Plans. Nein, schlimmer könnte ich mich nicht in die Nesseln setzen. Ich verspreche, alles noch einmal zu durchdenken und auch mit meinem Mann zu besprechen.«

200.

Sie gingen zu Fuß zu Salingers Wohnung. De Bodt genoss die frische Brise. »Wir sind auf uns allein gestellt. Mehr denn je.«

»Aber du hast ja deine russischen Freunde ...«

»Was sollen sie tun?«, fragte de Bodt.

»Tja«, sagte Salinger.

»Wir brauchen mehr Information. So genau wie möglich. Erstens. Zweitens müssen wir einen Weg finden, sie einzusetzen.«

»Wenn es dann nicht zu spät ist.«

201.

»Woher weißt du das?«, fragte der General.

»Quellenschutz«, sagte Merkow. »Es sind Vermutungen eines Menschen, der in den Sicherheitsorganen Deutschlands arbeitet.« So konnte man es sagen. Der General würde glauben, sie hätten eine Quelle im BND oder bei der Bundeswehr aufgetan. Obwohl die Leitung sicher war, besprach man so etwas nicht am Telefon.

»Auf was stützen sich diese Vermutungen?«, fragte der General.

»Insiderwissen.«

»Mischen die Deutschen etwa mit?«

»Nein«, sagte Merkow. »Sie können mit den Informationen nicht viel anfangen. Befürchten, es sei eine Falle. Ich hatte gehofft, Sie könnten die... Vermutungen überprüfen. Die Kollegen von SWR und GRU fragen, ob da was dran ist. Wenn ja, müsste unser Präsident unterrichtet werden. Damit er Zeit hat, eine Position zu finden. Gegenmaßnahmen zu bedenken.«

»Du glaubst, der Präsident müsste die Bomber und U-Boote in Alarm versetzen und die Raketen in den Silos scharf stellen?«

»Man könnte die Raketensilos öffnen. Das verstehen die Amerikaner als Warnung, Herr General.«

»Mein Gott, ihr seid doch alle verrückt«, sagte der. Jetzt war er in der Rolle des Sowjetoffiziers im Dezember 1983, der auf seinem Radarschirm US-Atomraketen im Anflug sah. Aber die Beobachtung nicht weitermeldete. Weil er wusste, dass er damit einen Atomkrieg auslösen würde. Auch wenn das Radargerät nur Phantome gesehen hatte, wie sich dann herausstellte. »Unser Präsident hat dem Westen in den letzten Jahren klargemacht, dass wir Ultraschallwaffen besitzen, gegen die es keine Abwehr gibt. Entsprechend nervös sind die Amis. Auch wenn sie es nicht zeigen wollen. Willst du den Dritten Weltkrieg beginnen?«

202.

De Bodt empfing die beiden Russen in Salingers Wohnung. Die und Yussuf suchten die Spur des Benz mit dem gefälschten Kennzeichen. Urlaub hin, Urlaub her.

»Völlig aussichtslos«, sagte Yussuf. »Es sei denn, die kommen her und stellen sich.«

»Hauptsache, Sophia geht es gut.«

»Tut es. Sie läuft verschleiert in Neukölln rum.«

»Die Frau von deinem Kumpel, warum hat die so was?«, fragte Salinger.

»Keine Ahnung, Schwiegereltern. Vielleicht brauchen die den Schleier als Fetisch. Sex, falls du verstehst, was ich meine.«

»Dass du pervers bist, überrascht mich nicht.«

»Dann ist ja alles gut«, sagte Yussuf.

»Wo ist Floire?«

»Zu Hause. Kommt auch nicht weiter.«

»Man müsste schon auf MbS' Schoß sitzen, um rauszukriegen, was die vorhaben«, sagte Salinger.

»Nenn du mich noch mal pervers!«

Krüger marschierte ins Büro ein wie eine Besatzungsmacht. Stellte sich in die Mitte des Raumes. »Na, alles geklärt. Habt ihr nicht noch Urlaub?«

»Klar«, sagte Yussuf. »Aber ich musste mit meinem Boss im Himmel eine Séance einlegen. Das klappt nicht überall. Da braucht es schon diese besondere Büro-Aura. Da, wo der Meister gesessen hat.« Blickte zu de Bodts Schreibtisch.

Krüger glotzte ihn an.

»Bleibt aber geheim, ja?«, sagte Yussuf.

»Nehmen wir an, es liegt an der Hitze. Wenn ich Urlaub hätte, ich wüsste, was ich täte.« Jeden Abend seiner Barkeeperin in den Ausschnitt glotzen und sich tagsüber davon und vom Wodka erholen. Aber nicht jeder wusste mit seinem Leben so viel anzufangen. Sah er gerade im Büro. Zwei Bekloppte, die im Urlaub schufteten.

»Wir überlegen gerade, wie wir MbS verhaften können. Seinen Geheimdienstchef haben die Franzosen ja schon.«

203.

»Frau Canares wurde befreit«, sagte Floire.

Ihm gegenüber saß Harun al-Rashid. Schon blasser. Heldentum lässt sich leichter denken als leben.

»Sie kriegen lebenslänglich. Und wir schicken Sie in einen Knast, in dem Leute wie Sie keine Freunde finden. Das hat unsere Justiz inzwischen gelernt. Wir könnten Sie zu Nazis sperren. Wir haben auch ein paar militante Juden anzubieten. Vier-Mann-Zelle mit drei Zionisten.«

Al-Rashid blickte ihn müde an. »Was soll das Gerede? Ich sage Ihnen nichts. Ich weiß nichts.«

»Klar«, sagte Floire. »Stellen Sie sich vor, morgen steht im *Figaro*, Sie hätten ausgepackt. Was ist dann? Das verringert Ihr Haltbarkeitsdatum drastisch. Ihr toller MbS wird Leute finden, die Sie im Knast in passende Stückchen zersägen. Eine Frage des Preises.«

Al-Rashid starrte ihn an.

»Sie haben sich für ein Täuschungsmanöver geopfert. Hat nicht geklappt. Wir wissen längst, was Ihre feinen Herren planen.«

»Dann wissen Sie mehr als ich.«

»Sollen wir dafür sorgen, dass Ihre Frau und Ihre Kinder Sie besuchen dürfen?«

Dieser Schwenk überrumpelte al-Rashid. Die Schweißperlen auf der Stirn verrieten ihn, die Hände zitterten, bis er sie übereinanderlegte.

»Die sind in Riad. Aber wir hätten nichts dagegen, wenn sie nach Paris kämen. Sie haben nichts verbrochen. Sie können ausreisen, wann sie wollen. Wir haben einen Knast mit Besuchszimmer für Sie. Dort gibt es keine Trennscheiben. Ist wie ein Wohnzimmer oder Schlafzimmer. Wir könnten Ihnen die Besuchserlaubnis erteilen, wie wir es für richtig halten. Nur werden wir Frau und Kinder jedes Mal durchsuchen müssen. Ich hoffe, Sie verstehen das.«

Al-Rashid schien abwesend zu sein. Nickte wie ein Wackeldackel.

»Bedenken Sie, Sie kommen vor zwanzig Jahren nicht raus. Wir können die Besuchserlaubnis gewähren oder nicht. Niemand braucht etwas mitzukriegen. Ich meine: von den anderen Gefangenen. Wir haben auch Wohnungen aus dem Zeugenschutzprogramm. Wir könnten Ihrer Familie eine zuteilen. Auf Staatskosten. Wenn Ihre Frau will, bekommt sie eine unbegrenzte Aufenthaltserlaubnis. Wenn Sie sich nichts zuschulden kommen lässt.«

Harun Al-Rashid war es gewöhnt, dass in Gefängnissen gefoltert wurde. Er hatte es selbst getan. Dass man Leute tagelang vernahm. Sie in dauerbeleuchtete Zellen sperrte. Ihnen das Wasser entzog. Sie verprügelte. Sie in ihrer Scheiße verrecken ließ.

Floire blickte ihn an. Legte seine Hand auf al-Rashids Schulter.

»Überlegen Sie es sich gut. Sie entscheiden noch in dieser Woche, wie Sie die kommenden zwanzig Jahre leben werden.«

Al-Rashid lächelte. »Irgendwo in Arabien gibt es französische Touristen. Befreundete Stämme werden welche gefangen nehmen, und ich werde ausgetauscht. Ist es am Ende nicht immer so?«

»Ich verspreche Ihnen, Sie werden nicht ausgetauscht. Wenn Sie vor Gericht stehen, werden die Medien einen Riesenzirkus veranstalten. Die werden alle Ihre Verbrechen aufzählen. Ihre Rolle als Geheimdienstchef beleuchten. Wenn irgendeine Regierung auch nur die Möglichkeit der Begnadigung erwähnt, wird der Volkszorn sie wegspülen wie einen Haufen Scheiße im Klo.«

Floire zog seine Hand zurück. Nickte dem Beamten neben der Tür zu und ging.

»Ein harter Brocken«, sagte Floire. »Ich hab ihm das Blaue vom Himmel versprochen. Das hat ihn kaum beeindruckt. Er hofft auf einen Austausch gegen französische Geiseln. Aber es ist mir gelungen, ihm diese Hoffnung auszureden. Hoffentlich.«

»Lügen können Sie immerhin«, sagte Lebranc.

»Gehört zu den wichtigsten Fähigkeiten eines Flic. Wussten Sie das nicht?«

Lebrancs Laseraugen verglühten ihn, bis er nur noch ein Häufchen Kohlenstoff war. Nur dass Floire es nicht merkte. Den Blick kannte er.

»Ja, ja«, sagte Lebranc. »Und wie geht es weiter?«

»Wir warten. Das gehört auch zu den wichtigen Eigenschaften eines Flic.«

»Bis wir als *poulets* im Topf landen, wie es Heinrich IV. allen Franzosen versprochen hat.«

»Nein, wir grillen al-Rashid«, sagte Floire.

Am Abend im neuen *resto* seines Freundes. Besser als die alte Brasserie. Und er war sein eigener Chef. Wo es immer einen Tisch für Floire gab. Und die Ruhe seines Geliebten. Nur so ließ sich Lebranc ertragen.

»Er hält es nicht mehr lange aus«, sagte Floire. »Wird Zeit, dass den jemand rausgrault aus seiner Höhle. Die er nur noch verlässt, um sich vollaufen zu lassen.«

»Und der Fall?«, fragte David.

»Wir beißen uns die Zähne aus. Man kann nicht immer gewinnen. Hauptsache, ich bin diesen Idioten im Büro bald los.«

204.

»Sie haben offenbar recht«, sagte Merkow. »Ausnahmsweise.« Ließ ein Lächeln folgen. »Saudi-Arabien, Israel und die USA bereiten sich auf einen Krieg vor. Oder auf eine Krise. Jedenfalls haben sie Urlaubssperren verhängt. Angeblich wegen eines gemeinsamen Manövers mit den Israelis. An dem dieses Mal Saudi-Arabien teilnehmen wird. So steht es in einer noch nicht veröffentlichten Pressemitteilung, die Kollegen einsehen konnten. Es gibt aber kaum Truppenbewegungen. Normalerweise haben Einheiten Bereitstellungsräume. Die beziehen sie, wenn ein Krieg droht. Sie wissen, was sie zu tun haben. Offenbar beziehen aber weder Israelis noch Saudis Bereitstellungsräume. «

»Woher haben Sie diese Information?«, fragte de Bodt.

»Ich weiß es.«

»Was heißt, wenn die PM raus ist, geht's los. Was immer losgeht.«

Merkow nickte. »Vermutlich.« Guckte trübselig. »Dass die sich das trauen …«

»Und wenn Ihre Leute eine Division und irgendwas nach Teheran verlegen? Manöver …«, sagte de Bodt.

»Weil die Koalition der Irren es nicht wagte, russische Streitkräfte anzugreifen?«, fragte Merkow.

De Bodt nickte.

»Dazu müsste ich meinen Präsidenten überreden. Und der die Mullahs, falls es mir gelingt. Das wird nichts. Niemals werden die russische Truppen auf ihrem Boden dulden. Wir sind am Ende auch nur Ungläubige. Und mit dem Schah haben die die Amis und alle anderen Ausländer aus dem Land gejagt. Die Lage im Iran sieht stabil aus, ist sie aber nicht. Die Unterstützung für das Regime schwächelt. Was auch an den Sanktionen liegt. Das Volk sieht nicht mehr ein, warum die Mullahs sich in alle möglichen Kriege einmischen müssen. Es begreift auch, wer trotzdem reich ist und wer arm bleibt. Aber wenn russische Soldaten dort auftauchen, werden die Leute glauben, dass die bleiben. Brüderliche Hilfe …«

»Sie haben sich diesen Ruf ehrlich erarbeitet«, erwiderte de Bodt.

»Schicken Sie doch eine Bundeswehr-Division hin«, sagte Merkow und winkte ab.

»Die angebliche Koalition des Friedens wird eine Provokation brauchen, auf die sie reagiert«, sagte de Bodt.

Salinger und Yussuf betraten die Wohnung. Es wurde eng in der Küche. Katt erhob sich vom Stuhl, lehnte sich neben Merkow an die Wand. »Fehlen noch Lebranc und ein paar Tropfen Öl für die Konservenbüchse«, sagte Yussuf.

Aber niemand lachte.

»Wir kommen nicht voran. Floire legt al-Rashid gerade Daumenschrauben an. Ist aber nicht optimistisch. Er glaubt, dass der wirklich nichts weiß. Die werden den schlecht mit dem Operationsplan im Kopf losgeschickt haben.«

»Ein gutes Ablenkungsmanöver«, sagte Merkow. »Offenbar brauchen die ihren Geheimdienstchef nicht für die Operation.«

»Was wäre, wenn wir eine Pressekonferenz veranstalteten? Und erklärten, wir kennten den Plan. Um den Medien das vorzulegen, was wir uns ausgedacht haben. Das könnte wenigstens die Amerikaner und die Israelis in Not bringen. Sie werden es abstreiten, müssen ihre Operation aber erst mal anhalten. Sonst würde ihnen kein Mensch mehr irgendwas glauben. Sie müssten sich vielleicht sogar was Neues einfallen lassen«, sagte de Bodt.

»Du bist doch tot«, sagte Salinger.

»Das gäbe ein Presseecho der Sonderklasse. Meine Wiederauferstehung …«

»Du solltest dir Nagelnarben an Händen und Füßen verpassen lassen. Dann glauben sie, Jesus wäre auf die Erde zurückgekehrt. Kurz vor Armageddon.«

Yussuf rief Floire an. Schaltete den Lautsprecher ein. »Wir bestätigen uns gerade gegenseitig unsere Ahnungslosigkeit.«

»Nicht mal eurer Leiche fällt was ein?«

»Nein«, sagte Yussuf. »Und deinem heroischen Geheimdienstchef?«

»Der wird über kurz und lang auspacken. Aber er weiß eher wenig. Die haben den als Trottel vom Dienst auf Abenteuerreise geschickt. Man sollte die Atombombe auf den Königspalast in Riad werfen, wenn MbS gerade Hof hält.«

»Könnte es sein, dass du schlecht gelaunt bist?«

»Ich werde darüber nachdenken, wenn ich Zeit habe.«

»Wie geht's deinem Chef?«

»Kommt mir vor wie eine Riesenkröte, die jeden Tag fetter wird und am Feierabend pünktlich nach Hause kriecht, um um in Bordeaux zu baden … *Merde* …« Tot war sie, die Leitung.

205.

»Nein«, sagte de Bodt. »Wir stehen auf dem Schlauch. Wir haben noch drei Chancen. Erstens: das Glück. Zweitens: Harun al-Rashid weiß doch mehr. Drittens: die Typen, die Sophia entführt haben.«

»Die sind doch längst in Riad«, sagte Salinger.

»Kann sein. Aber das sind keine Laufburschen. Sonst hätte ihnen MbS nicht diese Aufgabe gegeben. Es waren vier. Vielleicht sind nicht alle nach Riad abgehauen. Ich stelle mich vor die Botschaft, zusammen mit Sophia. Die wird die wiedererkennen.«

»Das machst du nicht«, sagte Salinger.

Yussuf schüttelte den Kopf. »Die Kollegen lassen dich auffliegen. Da stehen immer welche rum. Jetzt eher mehr. Ich mach das.«

»Und ich gebe euch Rückendeckung«, sagte de Bodt.

»Gut, ich fahre zu Sophia«, sagte Yussuf.

»Vorher besorgt ihr einen Gartenstuhl. Zwei Stangen, ein Tuch, ein Meter breit, zwei Meter lang«, sagte de Bodt.

»Was wird das?«, fragte Salinger.

»Fahrt ins Bauhaus. Für das Tuch kannst du ein Bettlaken zurechtschneiden. Besorgt euch gelbe und schwarze Textilfarbe. Kopiert das Logo von Amnesty International. Vorlagen gibt's im Internet. Befestigt das Tuch an den beiden Stangen, spitzt die an und rammt sie in den Boden. Darunter setzt sich Ali auf einen Gartenstuhl. Wenn Kollegen kommen, hält Ali ihnen den Dienstausweis unter die Nase und schickt sie zu Silvia. Sie sitzt in einem Dienstwagen, außer Sichtweite der Überwachungskameras am Straßenrand. Die wird den Kollegen eine tolle Geschichte erzählen. Denk dir was aus.«

»Zu Befehl! Geschichte ausdenken!« Salinger stand stramm. »Wo ist Sophia?«

»Die sitzt mit dir im Auto«, sagte de Bodt. »Yussuf knipst jeden, der aus der Botschaft kommt oder sie betritt. Mit dem Teleobjektiv. Er schickt Silvia und mir jedes Bild von den Männern. Sophia betrachtet sie. Wenn die Typen sich hier herumtreiben, finden wir sie so. Vielleicht.«

»Ich werde die Kollegen, die für die Botschaft zuständig sind, nachher besuchen«, sagte Salinger. »Erspart uns Reibereien.«

»So hatte ich mir das gedacht. Wenn die eingeweiht sind, hilfst du Yussuf. Lasst die Kamera nicht sehen. Packt sie auf ein Stativ. Stellt das ins Gestrüpp. Bedient die Kamera per Handy.«

»Kriegen wir hin«, sagte Yussuf.

»Was machen wir, wenn Sophia jemanden erkennt?«, fragte Salinger.

»Dann ruft mich an. Ich folge ihm. Und ihr räumt alles ab und folgt mir«, sagte de Bodt.

»Ich kleb dir ein GPS unter deinen Wagen. Dann verlieren wir dich nicht«, sagte Yussuf. »Und ich ruf Floire an. Wir könnten ihn gebrauchen.«

De Bodt nickte.

206.

»Nein, vielleicht später«, sagte Floire. Er schien bedrückt zu sein. »Glaub mir, ich wär lieber in Berlin.«

Lebranc hatte eine Meldung an den Polizeipräfekten geschickt. Von wegen Riesenkröte. Beleidigung. Beschädigung des Ansehens der französischen Polizei. Überhaupt war Floire ein aufsässiger Kollege. Mindestens indirekt mitverantwortlich für die Entführung von Sophia Canares, die er durch seinen Leichtsinn in Todesgefahr gebracht hatte.

Der Polizeipräfekt hatte Floire zu einem Croque Monsieur geröstet. Niemand würde bestreiten, dass die herausragende Fähigkeit des Präfekten darin bestand, seine Untergebenen fertigzumachen. Aber Floire hatte immer die Hand der Präsidentengattin über sich gespürt. Wie einen Schutzschirm, den sie über ihn hielt. Mit der Hand, die ihr geblieben war. Und dass im Notfall der Präsident ein Machtwort sprechen würde.

Floire hatte vor der Abreibung mit dem Onkel telefoniert. Der sagte: »Die Wortwahl war nicht geschickt. Aber ich unterschreibe das. Dein Chef hat abgebaut. Vielleicht hättest du ihn Schildkröte nennen sollen. Die in ihrem Panzer herumlungert, bis sie hundert Jahre alt wird.«

»Warum hast du mir das nicht vorher gesagt?«, fragte Floire.

Der Onkel hatte gelacht. »Ich geb der Frau unseres Präsidenten einen Tipp. Dann musst du beim Präfekten alles über dich ergehen lassen. Zur Strafe wirst du zur *Brigade criminelle* abgestellt. Und nach einem halben Jahr befördert. Für die *Operation Mahdi* bist du freigestellt und kannst auf Ressourcen der *Crim* zurückgreifen. Passt dir das als Strafe?«

»Auch wer in den Himmel kommt, muss durchs Jüngste Gericht.«

»Nenn mich Manon«, sagte die Chefin der *Crim*. Sie ersparte ihm das *Commissaire divisionnaire*. Überhaupt redeten sich alle mit Vornamen an. Statt in die Polizeipräfektur fuhr Floire am Morgen in die Rue du

Bastion, gegenüber der *Opéra national*. Hier Drama, dort Drama. Nur wurde bei der *Crim* eher geschrien als gesungen. »Du kriegst ein Einzelbüro, damit du in Ruhe weiter an deinem Fall arbeiten kannst. Wenn du Verstärkung brauchst oder reden willst…« Sie war klein und drahtig. Er hatte von ihr gehört, auch in den Medien. Sie hatte fünfzehn Jahre *Crim* in Paris durchgehalten. War nicht zur Zynikerin geworden. Manon musste Stahlnerven haben oder keine.

Lebranc hatte ihn gleichmütig verabschiedet. Im Innern freute er sich. Auch seinen letzten Assistenten hatte er kleingekriegt. Allerdings war der nicht in die Provinz geflohen oder hatte sich einen anderen Beruf gesucht. Die *Crim* genoss einen ausgezeichneten Ruf. Floire würde dort Karriere machen. Lebranc war nicht dumm. Für ihn war es nur eine halbe Erleichterung. Er hätte diesem unverschämten Großmaul gern die Karriere versaut. Stattdessen hatte er ihn unwillentlich auf die Startrampe geschoben. Wenn die den Fall lösten, würde nicht mehr Lebranc den Triumph verkünden, sondern Floire.

Er holte das Papier aus dem Schreibtischschubfach. Seit ein paar Tagen arbeitete er daran.

Monsieur Le Préfet,
nachdem Sie mir die Ehre verliehen hatten, auch noch nach Erreichen der Altersgrenze zu arbeiten, konnte ich einige bedeutende Fälle aufklären. Nun aber spüre ich, dass das Alter seinen Tribut fordert. Ich bitte Sie daher, mich baldmöglichst in den Ruhestand zu versetzen.

Er überlegte, ob er eine Beförderung als Belohnung erwähnen sollte. Aber es fiel ihm keine Formulierung ein. Entweder konnte sie als dreiste Forderung gelesen werden. Oder überlesen werden. Er vertröstete sich. Der Präfekt würde ihm diesen Gefallen eher gewähren, wenn er in aller Bescheidenheit abtrat. Er grübelte, bis er überzeugt war, dass der Präfekt bei der Lektüre seines knappen und bescheidenen Briefs gar nicht anders konnte, als ihn zu befördern. Schließlich würden die Medien Notiz nehmen von Lebrancs Abgang. An seine Verdienste erinnern. Und den Staat als undankbar beschimpfen, der Lebranc nicht die längst überfällige Beförderung verlieh. Sie wussten ja nicht, dass de Bodt ihn in Berlin gern aufs Podium der Pressekonferenz setzte, wenn ein Fall gelöst war. Und Lebranc die Bescheidenheit fehlte, es abzulehnen.

Jetzt war er immerhin Floire losgeworden. Und er saß in seinem Riesenbüro ohne einen Mitarbeiter. Gewiss konnte er auf Kräfte der Polizeipräfektur zugreifen. Den Untersuchungsrichter Carlo bitten, ihm einen Fall samt Personal zu übertragen.

Aber er hatte keine Lust zu scheitern. Sie würden sich fragen, warum er de Bodt im Stich ließ. Warum er nicht nach Berlin fuhr, um zu helfen. Warum er nicht wenigstens Harun al-Rashid in die Mangel nahm. Er saß lustlos auf seinem Stuhl. Las die Post, den *Figaro*, blickte nachmittags immer öfter auf die Uhr. Um pünktlich seine Aktentasche zu greifen und in der Métro nach Hause zu fahren. Auf den letzten Metern beim *traiteur* vorbeischauen. Etwas zu essen und zwei Flaschen Wein kaufen.

Lebranc war am Ende. Er war einverstanden damit.

207.

Freiheit für Raif Badawi!, stand auf dem gelben Transparent mit der Amnesty-Kerze in schwarzer Schrift. Es hing an zwei Stangen, die Yussuf in den Boden gerammt hatte. Er hatte sich die Phantombilder der Entführer eingeprägt.

Salinger hatte sich den *Tagesspiegel* mitgebracht. Sophia saß neben ihr im Auto und hatte Angst. Vor Salinger lag ein Fernglas. Sie warteten gerade eine Viertelstunde, als ein Kollege anrief. »Ein Typ von der Botschaft hat sich über Ali beschwert. Wir sollen den abräumen. Ich habe dem Mann am Telefon gesagt: Wir sind nicht in Riad, sondern in Berlin. Ali hätte die Demonstration angemeldet. Wer ist eigentlich dieser Badaffi?«

»Badawi. Der ist ein Blogger, der Glaubensfreiheit gefordert hat. Im Internet. Hat Glück, dass er nur zu Auspeitschung und zwanzig Jahren verknackt wurde. Normalerweise steht auf so was Kopf ab. Aber weil der Kronprinz unter weltweiten Druck geriet … Amnesty & Co.«

»Also, wenn du Verstärkung brauchst, komm ich vorbei. Versteh nur noch nicht, was das mit Polizeiarbeit zu tun hat.«

»Erklär ich dir später mal.«

Der A-Klasse-Benz war schwarz und hatte getönte Scheiben. Ein Mietwagen, den Salinger besorgt hatte. Die hinteren Scheiben waren offen. De Bodt las Lukrez.

Wenn zu den Dächern der Häuser das lodernde Feuer hinaufspringt
Und mit rasender Flamme beleckt das Gebälk und die Sparren,
Denke nur nicht, dies wäre sein eig'ner natürlicher Auftrieb.
Ähnlich springt auch das Blut aus geöffneter Ader im Bogen
Hoch aufschießend und spritzt nach allen Seiten den Blutstrahl.
Siehst du nicht auch, wie des Wassers Natur die Balken und Latten
Immer nach oben hin speit? Je mehr du zur Tiefe sie drückest
Senkrecht hinab und mit aller Gewalt sie mühsam hinabtauchst,
Umso begieriger speit es sie aus und schnellt sie nach oben,
Dass sie sich mehr als zur Hälfte im Schuss aus dem Wasser erheben.

De Bodt sah die Botschaft schemenhaft. Er war müde, zerschlagen. Die Ermittlungen schienen ihm hoffnungslos. Wen hatten sie nicht alles verhaftet? Vor allem zusammen mit Floire, der aus al-Rashid nicht mehr herausbekam als Gewäsch. Wenn es ihnen gelänge, ihm jede Hoffnung zu nehmen … vielleicht …

Er rief Yussuf an. »Hast du iranische Freunde?«

Der überlegte. »Ja, einen, der kickt bei einer Tresenmannschaft. Studiert Architektur, glaube ich. Freund würde ich den nicht nennen. Aber er ist in Ordnung. Warum fragst du?«

De Bodt erklärte es ihm.

»Völlig verrückt«, sagte er. »Wie soll das gehen?«

»Frag Floire, ob der nicht auch ein paar Iraner kennt.«

»Ich frage zuerst mal dich, ob du durchgeknallt bist.«

»Das merkst du jetzt erst? Aber es war doch immer unterhaltsam, oder?«

208.

Sie fesselten al-Rashid die Hände hinter dem Rücken. Verbanden die Augen, führten ihn zu einem fensterlosen Transporter und fuhren los. Floire auf dem Beifahrersitz. Er hatte drei Kollegen gefunden, deren Eltern während der Diktatur des Schahs nach Paris geflüchtet waren. Sie sprachen noch halbwegs Persisch. Es würde reichen, wenn Yussuf auch jemanden gefunden hatte. Sie fuhren nach Orly und wurden durch ein Seitentor in den Flughafen gelassen. Floire spürte, dass al-Rashid nervös wurde. »Ich habe Ihnen doch gesagt, dass Sie mich ausliefern werden.«

»Halt's Maul«, sagte Floire. »Wirst schon sehen. Das wird eine große Sache. Wie das Zuckerfest. Wir werden dich überraschen, da kommst du aus dem Staunen gar nicht mehr heraus.«

Sie fuhren einen weiten Weg. Mussten oft die Vorfahrt anderer Fahrzeuge beachten. Ihr Flugzeug war abseits geparkt. Von außerhalb des Flugplatzes konnten sie nicht beobachtet werden. Als sie endlich anhielten, öffnete ein Kollege die Tür. Sie trugen alle Anzüge, aber ohne Schlips. Sie führten den Gefangenen zu einem französischen Militärflugzeug. Sie hatten viele Stunden gebraucht, es innen auszustatten. Einer packte al-Rashid am Ellbogen und zog ihn die Treppe hoch.

Die Maschine hatte keine Sitzreihen wie Passagierflugzeuge. An den beiden Wänden waren Bänke auf voller Länge befestigt. Der Polizist setzte al-Rashid hinten ins Flugzeug. Als die Tür geschlossen war, nahm er ihm die Augenbinde ab. Al-Rashid blinzelte. Schloss die Augen, öffnete sie, schloss sie. Nein, er wollte es nicht sehen. Das Bild von Chomeini schräg gegenüber. Er sah sich um. Hörte zwei Männer sich unterhalten. Klang wie Farsi. Blickte noch einmal zum Chomeini-Bild. Es schüttelte ihn. Der französische Polizist war nicht zu sehen. Einer schnallte ihn an. Tätschelte ihm die Wange. »Du weißt gar nicht, wie lange wir auf dich gewartet haben. Du hast unsere Brüder getreten, geschlagen und ermordet. Du wirst bald lernen, dass das keine gute Idee war.«

209.

Während Salinger alle Fenster geöffnet hatte und zur Botschaft starrte, begann Sophia zu zittern. Aber nicht, weil es abkühlte.

Es war so gut wie nichts los. Kaum Besucher. Kaum Leute, die das Gelände betraten oder verließen. Jedes Mal riss Salinger das Fernglas hoch und ließ es enttäuscht sinken. Sie sah weit weg einen Zipfel von Yussufs Transparent. Auffälliger unauffällig konnte man jemanden nicht beschatten.

210.

Salinger rief Krüger an, wie abgesprochen. Er sollte sich weit hinter ihnen in Bereitschaft halten. Falls was passierte. Seit de Bodt tot war, fraß ihr Krüger aus der Hand.

Die Kanzlerin rief den Flughafenchef und den Polizeipräsidenten an. Was nichts anderes bedeutete, als ihnen Aufträge zu geben. Da komme ein Flugzeug der französischen Armee nach Tegel. Das »Aber da gibt es doch keinen…«, würgte sie ihn ab mit der Bemerkung: »Genau deswegen wird er dort landen. Die von der Flugbereitschaft der Bundeswehr sollen sich bedeckt halten. Meine Gäste brauchen im ehemaligen Flughafengebäude einen fensterlosen Raum, etwa zwanzig Quadratmeter. Der Generalinspekteur schickt zwei Kompanien Feldjäger, die das Gebäude abschirmen. Der Berliner Innensenator hat einen Umbaustopp für zwei Wochen verhängt.«

Der Flughafenchef setzte ein paarmal mit »Aber« an, kam jedoch nicht zu Wort. Er ergab sich und nuschelte am Ende nur noch: »Natürlich, Frau Bundeskanzlerin.« Und dachte: Was die sich rausnimmt in ihren letzten Tagen.

De Bodt zog die Maske übers Gesicht. Sie war dünn, doch begann er sofort zu schwitzen. Sie zeigte ein Dutzendgesicht, glattrasiert, ausdruckslos, ein bisschen arrogant. Sie passte gut zu der Uniform eines französischen Luftwaffenhauptmanns, die gestern per Kurier aus Paris bei Salinger abgeliefert worden war. Sie saß wie angegossen. Die Stiefel waren eine Nummer zu groß, und das Barett hätte weiter sein können. Er musterte sich im Spiegel und war zufrieden. In der Nacht hatte de Bodt auf YouTube gesehen, wie französische Offiziere sich bewegten und grüßten.

Bevor er losfuhr, simste er Salinger.

Krüger steht als Reserve bereit. Im Notfall wende dich an die Kollegen, die die Botschaft bewachen. Und pass auf Ali auf.

Er sah im Geist Salinger grinsen: Der hält alle anderen für blöd, mich eingeschlossen. Welch Ehre.

De Bodt parkte seinen Wagen vor dem Haupteingang des Tegeler Flughafens. Stieg aus. Zog den französischen Dienstausweis aus der Brusttasche, den wohl Floires Onkel organisiert hatte. Selfie in Maske an Floire mailen. Ausweis mit Uniform am Abend in Berlin empfangen. Er passierte die Postenreihe der Feldjäger mit seinem Ausweis. Am Eingang langweilten sich drei Männer eines Wachdienstes. Offenbar wussten auch sie Bescheid, dass die Franzosen was vorhatten. Sie legten die Finger an den Mützenschirm, als wären sie so was wie Soldaten. De Bodt grüßte lässig zurück. Und suchte sich einen Ort, von dem aus er das einstige Flugfeld überblicken konnte.

Noch zehn Minuten.

SMS von Floire. Als wäre das Spektakel ein Kinderspiel.

211.

Sophia riss das Fernglas hoch, blickte durch. Tippte Salinger auf den Oberschenkel. »Du, da. Ali soll uns sofort das Foto von dem schicken.«

Salinger sah einen Mann in Lederweste. Weißes Hemd, schwarze Hose. Die Weste sollte vermutlich die Pistole verdecken. Die Waffe eines Agenten des saudischen Geheimdienstes. Der Mann stand am Tor. Das öffnete sich. Ein schwarzer E-Klasse-Benz erschien. Der Mann stieg auf der Beifahrerseite ein.

Sie tippte die Nachricht und hatte gleich das Foto. Zeigte es Sophia.

Die nickte heftig. »Ja, das war der Chef von denen.« Sie betrachtete das Auto. »Der Mann am Steuer gehört auch zu denen.« Nach einer Sekunde. »Wahrscheinlich haben die mich in diesem Auto hergebracht.«

Tatsächlich hatte der Wagen ein Pariser Kennzeichen.

Sie schickte eine SMS an de Bodt:

Wir haben sie. Hängen uns dran.

An Yussuf:

Wir holen dich ab. Nimm nur die Kamera mit.

An Krüger:

Räum bitte das Transparent und den Gartenstuhl weg. Danke! Dann folge uns. Wir sagen dir die Richtung durch. Funkstille! Nur Handys.

Funkstille schon deshalb, weil die Mobilfunkgeräte der Polizei immer dann versagten, wenn man gerade am Brückengeländer hing oder mit gebrochenen Beinen auf einem S-Bahn-Gleis lag. Oder so.

212.

Vier Mann brachten al-Rashid in den Raum. Entfernten die Binde vor den Augen. Er schlief nach einer Elefantendosis Dormicum immer noch halb. War aus der Zeit gefallen. Die große Uhr an der

Wand zeigte einen Donnerstag an, zwei Tage nach dem Abflug aus Paris. Unter der Uhr hingen Bilder von Chomeini, Chamenei. Auf dem Tisch lag ein Koran. Vor dem Tisch stand eine Videokamera. An der Wand hingen ein Säbel und ein Krummdolch. Die Bewacher trugen Uniformen der Revolutionsgarden.

De Bodt betrat den Raum. Die Wächter nahmen Haltung an. De Bodt grüßte Floire lässig. Gab dann jedem die Hand. Sprach Englisch. Beglückwünschte die Revolutionsgardisten zu ihrem Fang. »Wenn er nichts sagt, gehört er Ihnen«, sagte de Bodt. »Wenn er auspackt, nehmen wir ihn wieder mit nach Paris. Das ist der Deal.«

Ein Gardist hatte mehr Brimborium auf den Schultern. Er sagte: »So hatten wir es vereinbart, Capitaine.«

Der Capitaine richtete sich an al-Rashid. »Wir sind in Teheran. Sie haben zwei Möglichkeiten. Sie bleiben hier. Sie kehren zurück ins Pariser Gefängnis. Sie haben fünf Minuten Zeit.«

De Bodt verließ mit Floire den Raum.

213.

»Wohin fahren die nur?«, sagte Yussuf auf dem Rücksitz.

Tatsächlich gurkten die Typen im Benz ziellos umher. »Das Navi«, sagte Salinger. »Hatte ich auch schon. Erst schickt das einen in die falsche Richtung, dann zurück. Ich hatte immer gedacht, die Zeit von *Bitte wenden Sie! Bitte wenden Sie!* wären vorbei. Denkste. Ich hab mir zuletzt so ein Ding ans Rad geklemmt. Seitdem hat sich meine Oberschenkelmuskulatur verdoppelt.«

»Hoffentlich steht Eugen auf so was«, sagte Yussuf.

Die Faust traf ihn am Ohr. »Au! Und das vor einer Zeugin. Du sagst bestimmt gern gegen die aus, Sophia?«

»Worüber?«, fragte sie.

»Der Lkw blockt uns gerade. Yussuf nach vorn, Sophia nach hinten. Du legst dich bitte auf die Rückbank. Nicht dass die dich noch erkennen.« Salinger zwängte den Wagen neben den Laster, nachdem das Turnen im Auto vollbracht war.

Die Ampel war rot. Die Tür des Lasters öffnete sich. Salinger hupte. Der Mann blickte sie an und zeigte ihr den Vogel. Stieg aus. Salinger öffnete die Tür. »Komm her, du Arsch!«

Der Mann schaltete auf hundertachtzig und rannte in Salingers Dienstausweis. »Du behinderst eine Ermittlung. Mach dich dünne.«

Der Typ starrte sie an. Machte kehrt wie ein Spielzeugsoldat. Kletterte in seine Kabine, startete den Motor und drängte sich auf die rechte Spur. Ein Hupkonzert.

Salinger sah, dass der Daimler Grün hatte, und gab Gas. Bei Hellrot raste sie über die Kreuzung, etwa dreihundert Meter hinter ihrem Zielobjekt.

214.

Gott beglotzte trübsinnig die Tür. Als könnte er so gute Nachrichten herbeizaubern. Die Saudis führten ein Stück auf, dessen Sinn er nicht begriff. Vermutlich weil es Unsinn war. *Mediapart*, die französische Enthüllungs-Website, meldete, dass al-Rashid aus dem Knast verschwunden war. Die Journalisten hatten hier und da herumgefragt. DGSI, DGSE, saudische Botschaftsmitarbeiter. Quellen in der Pariser Regierung. *Möglicherweise plant die französische Regierung ein Tauschgeschäft mit Teheran.* Es war von französischen Häftlingen in iranischen Knästen die Rede. Und davon, dass man sich ausbedungen habe, al-Rashid nicht zu foltern und nicht zum Tod zu verurteilen. Gerüchte. Seit wann hielten sich die Mullahs an Gerüchte, wenn der wahre Glaube den Einsatz von Baumaschinen befahl? Warum hatten die Saudis ihren Geheimdienstchef für diese Wahnsinnsaktion nach Paris geschickt? Allerdings musste Gott zugeben, dass er lange keine bessere Ablenkungsoperation erlebt hatte. Kamikaze zwar, aber mit Wirkung. Nun, wenn man seinen Feind mit geringen eigenen Verlusten vernichten wollte, war das nicht zu teuer. Vielleicht wollte MbS Harun al-Rashid loswerden. Denn der war so oder so Zeuge des Khashoggi-Mordes. Aber wäre es dann nicht sicherer, ihm in Riad den Kopf abzuschlagen? Verstehe einer diesen Kronprinzen.

Vielleicht war er noch blöder als machthungrig. Am gefährlichsten waren die Dummen, die so dumm waren, dass sie die eigene Dummheit nicht erkannten. Und sich für großartig hielten. So jemand hatte die USA regiert. Und dessen Busenfreund in Riad war womöglich vom gleichen Kaliber.

Auf wen haben wir uns eingelassen? Nein, Gott hatte keinen Grund für gute Laune. Er griff zum Telefonhörer. »Was ist denn nun mit dem Arschloch? Wisst ihr immer noch nicht, wo al-Rashid sich rumtreibt?« Rumgetrieben wird, wäre korrekt gewesen, dachte er. Aber seine Leute begriffen ihn auch so.

»Der wurde in einen französischen Airbus A400M gepackt. In Orly. Mehr weiß hier niemand. Ein Reiseziel ist nicht bekannt. Mit zwanzig Tonnen Last fliegt das Ding sechstausendsechshundert Kilometer. Nur mit einem Idioten samt Bewachern beladen, schafft der Flieger vielleicht achttausend. Da braucht man keinen Kreis auf die Karte zu zirkeln.«

»Von einer Landung …«

»Wissen wir nichts. Wen sollen wir fragen? Alle Regierungen in achttausend Kilometer Umkreis, von denen uns drei Viertel belügen würden?«

Gott legte auf. Bei allen Operationen gibt es miese Zeiten. Oft gewann man die Kontrolle wieder. Manchmal aber auch nicht. Das waren die Operationen, denen sich Parlamentsausschüsse widmeten. Und deren Führungspersonal in die Wüste geschickt wurde. Die war ja nicht weit.

215.

Jetzt hing Krüger an dem Benz. Salinger hatte sich zurückfallen lassen und hoffte, dass Krüger nicht zu viel geschluckt hatte. Die Typen kurvten durch die Stadt. Wie man es machte, wenn man Verfolger erkennen und abschütteln wollte. Wurde Zeit, dass Eugen ihnen half.

216.

De Bodt war mit Floire in den Raum zurückgekehrt und lehnte sich neben Chomeini an die Wand. Beobachtete al-Rashid. Dessen Lage war mies, zurückhaltend gesagt. Vom französischen Knast konnte man viel Schlechtes hören. Aber man überlebte ihn. Vom iranischen Gefängnis hörte man nur Schreckliches.

Die Revolutionsgardisten bewegten sich gelassen. Wie Leute, die alles im Griff und einen Plan hatten.

De Bodt staunte immer noch, in welch kurzer Zeit Yussuf und Floire die Inszenierung erschaffen hatten. Eine Inszenierung, die jeden erschrecken musste.

Harun al-Rashid begriff seine Lage sofort. Er verstand, dass er keine Zeit mehr hatte. Mit Flics konnte man spielen, mit Revolutionsgardisten nicht. Sie würden seinen Tod filmen. Wie sie ihn enthaupteten. Mit dem Säbel.

De Bodt überließ Floire die Vernehmung. Die Revolutionswächter lehnten mit gekreuzten Armen an der Wand. Sie betrachteten ihr Opfer und schwiegen.

De Bodt simste Merkow:

Wir verfolgen gerade die Entführer von S. Canares. Machen Sie mit?

Floire schaltete die Videokamera ein. Ein Revolutionswächter zog den Säbel aus der Scheide. Berührte mit der Spitze al-Rashids Wange. Auf Farsi: »Jetzt musst du auspacken. Wir warten nicht wie die Franzosen.«

Währenddessen massierte die stumpfe Seite des Säbels al-Rashids Genick. Als suchte er schon die Stelle.

Al-Rashid blickte ängstlich zu Floire. Der den Blick nicht erwiderte. Der Revolutionswächter spielte weiter mit seiner Waffe. Er piekte al-Rashid in die Rippen. Der wich zur Seite aus. Wäre fast mitsamt dem Stuhl umgefallen.

»Ihr lasst mich gehen, wenn ich alles erzähle, was ich weiß?«

»Natürlich. Wir schwören das im Namen Allahs und des Propheten«, sagte der Wächter.

Al-Rashid blickte sich um. Zuckte die Achseln. Wenn das Pack auf Allah und den Propheten schwor, was bedeutete es schon?

»Es geht um den großen Frieden. Und darum, dass Saudi-Arabien die Atombombe will. Von den Amerikanern. Dafür akzeptiert Seine Königliche Hoheit, dass Israel gut dreißig Prozent der Westbank behält. Unser Kronprinz bietet der Palästinenserführung an, bei der Gründung eines eigenen Staates zu helfen. Mit fünf Milliarden Dollar. Vor allem für einen Tunnel zum Gazastreifen. Außerdem werden Israel und Saudi-Arabien einen Friedensvertrag schließen. Saudi-Arabien wird andere Staaten dazu bewegen. Nachdem schon die Vereinigten Arabischen Emirate, Bahrain, Ägypten und Jordanien Friedensverträge mit Israel geschlossen haben. Die USA garantieren für die Verträge. Und rüsten Saudi-Arabien zur Atommacht auf. Als Gegenpol zum … Iran.« Er hob die Schultern.

»Das ist alles?«, fragte Floire.

»Die Palästinenser kriegen ihren Staat, sagte ich doch schon.«

»Und der Staat, wird der souverän sein?«

Al-Rashid überlegte. »Ja. Aber nicht in Sicherheitsfragen.«

»Sie kriegen also nur einen Tunnel.«

»Auf jeden Fall kriegen sie einen Tunnel.«

»Aber die Juden besetzen noch mehr palästinensisches Land. Wie kann man sich als Moslem dafür hergeben? Heiliges Land. Ihr habt euch an die Amerikaner verkauft.«

»Die Amerikaner haben sich an uns verkauft«, sagte al-Rashid.

»Wie kann man so dumm sein, die Polizei in Frankreich anzugreifen? Als wolltest du dich festnehmen lassen.«

»Das war mein Auftrag. Ich sollte den Verräter Bassir umbringen und mich dann verhaften lassen. Das beschäftigt die Medien und Regierungen in aller Welt.« Stolz. »Wir gewinnen Zeit. Es lenkt vom Plan ab. Wir müssen sie überraschen. Alles am großen Tag: den Friedensvertrag, die Hilfe für die Palästinenser und die Bombe für unseren König. Und wir werden weitere Regierungen gewinnen, die einsteigen. Es wird uns eine Ehre sein, sie zu schützen. Als Atommacht.«

»Indem ihr die erste Rakete auf Teheran schießt …«

Al-Rashid schluckte. Der Säbel massierte seine Halswirbel.

»Ich weiß es nicht«, flüsterte er. »Aber ich fürchte … Es wird eine Provokation geben. Einen Angriff auf einen Tanker. Oder auf ein amerikanisches Kriegsschiff. Angeblich vom Iran.«

»Der Gegenschlag ist vorbereitet?«

»Ja.«

»Die Provokation auch?«

»Noch nicht ganz. Mein Herrscher überlegt, ob er ein Kriegsschiff in den Persischen Golf schickt. Das uns die Deutschen geliefert haben. Das dann angegriffen wird.«

217.

Woronskis Großvater hieß Wronski. Die Deutschen hatten ihn in einem KZ ermordet. Seine Großmutter hatte sich mit seinem Vater polnischen Partisanen angeschlossen. Sie waren geflohen, als die Russen Polen besetzt hatten. Nachdem die Mutter unterwegs gestorben war, schaffte Woronskis Vater es bis Lissabon und dort auf ein Schiff nach Amerika. Er war ein guter Handwerker. Seine größte Sorge war, seinem Sohn eine gute Ausbildung zu verschaffen. Ihm half, dass der Auslandsnachrichtendienst OSS Leute wie ihn suchte. Womöglich, um ihn nach Polen einzuschleusen. Wo noch nach dem Krieg Partisanen im Untergrund gegen die Sowjets und ihre Verbündeten kämpften. Spät begriffen die Amerikaner, dass sie die Leute in Gefangenschaft oder Tod schickten. Manche benutzten die Sowjets als Doppelagenten. Gewalt und Desinformation ließ die Operation gegen die polnische Regierung scheitern. Freds Vater hatte Glück, dass er noch in der Ausbildung war. Vielleicht hatten die Chefs ein schlechtes Gewissen. Jedenfalls stellten sie Freds Vater ein. Und verschafften Fred ein Stipendium für eine kleine Universität im mittleren Westen. Danach Langley. Das OSS hieß längst CIA.

Solange es gegen die Sowjetunion und China ging, war Woronski mit Eifer dabei. Er stieg rasch auf. Als die Sowjetunion zusammenbrach, verlor Woronski mehr und mehr den Halt. Feindschaft ist der beste Freund. Seinem Vater hatten Watergate und der Vietnamkrieg zugesetzt. Aber es ging ja um eine größere Sache. Worum ging es jetzt? Seit der Konferenz am Morgen wusste er es endlich. Um die Bombe für die Saudis. Für den Preis, dass sie den Iran auslöschten. Um eine Provokation und ein Ablenkungsmanöver. Die große Kunst der Täuschung. Wenn die Saudis den Iran ausschalteten, waren die USA fein raus und die Saudis unter dem Schutz der amerikanischen Atommacht. Die Provokationen des Iran hörten auf. Der ewige Krieg im Nahen Osten auch. Ein paar Guerilla-Anschläge würde es kosten. Solang es keine Amerikaner traf. So sagten es die Oberen. Aber Woronski glaubte ihnen kein Wort. Die redeten sich schwindelig. Sie würden den Dritten Weltkrieg anzetteln. Natürlich ohne es zu wollen. Aber das war am Ende egal.

Aber jetzt ging dieses Video um. Woronski war zufrieden. Auf so etwas hatte er gewartet. Er packte die Kopien in einen Umschlag und verließ die CIA-Zentrale. Er fuhr nach Washington. In der Nähe des Weißen Hauses, die US-Flagge flatterte, steckte er den Umschlag in einen Briefkasten. Adressiert an Susan Mandon, die Berichterstatterin der *Post* im Weißen Haus.

218.

De Bodt hatte genug gehört. Floires Videokamera lief weiter. Floire brachte auch al-Rashid zurück in den Pariser Knast. Während das Video durchs Internet raste. Vielleicht konnten sie so den Atomschlag verhindern, wenigstens verzögern. Wenn der überhaupt drohte. Bis andere Mächte eingriffen. Bis die Russen doch eine Division nach Teheran schickten. Oder so was.

Al-Rashid war der Trumpf im Verwirrspiel von Saudis und Amerikanern gewesen. Jetzt hatte er die Pläne enttarnt. Und sie wurden veröffentlicht. Der Überraschungseffekt war weggeblasen.

Inzwischen fuhren die Entführer kreuz und quer in Moabit umher. Sie ließen sich Zeit. De Bodt übernahm eine Strecke nach Nordosten, Richtung Buch und Bernau. Die Klimaanlage lieferte Kühlhausgrade, aber die Maske blieb unerträglich. Er verfluchte seine Idee. Verweigerte sich aber dem Impuls, sie runterzureißen. Bestimmt würde er dann irgendwo halten müssen. Und ein *Bild*-Leser würde ihn knipsen. Die Schlagzeile wollte er sich nicht vorstellen. Und den Affentanz danach auch nicht. Also weiter, immer weiter.

Er dachte an die Vernehmung al-Rashids. Der hatte erzählt, was Revolutionsgardisten hatten hören wollen. Sie hatten ihn unterschätzt. De Bodt glaubte ihm kein Wort. Und die Aktion war ein Reinfall.

Es war Nacht geworden.

219.

Die Stadtrundfahrt endete am Spandauer Damm, nahe dem S-Bahnhof Westend. Ein Mietshaus der Nachkriegszeit mit grau gewordener Fassade. De Bodt beobachtete, wie die beiden Männer die Haustür aufschlossen. Die Treppenhausbeleuchtung ging an. Kurz darauf brannte in der Wohnung im zweiten Stock rechts das Licht. De Bodt erkannte die beiden schemenhaft, bevor sie die Gardinen zuzogen.

Er lehnte sich zurück. Alle Fenster geöffnet. Jetzt war es finster. Das Funzellicht der Laterne gegenüber würde ihn nicht sichtbar machen. Er zog die Maske ab. Griff zu dem Handtuch auf der Rückbank, das er für diesen Fall mitgenommen hatte. Wischte sich das Gesicht trocken.

Rief Salinger an. »Wo seid ihr?«

»Vielleicht fünfhundert Meter hinter dir.«

»Bringt Sophia nach Hause. Dann greifen wir zu.«

»Du nicht«, sagte Salinger.

»Doch«, sagte de Bodt.

220.

Woronski schlief ohnehin schlecht. Immer wieder plagte ihn die Idee, er habe etwas falsch gemacht. Dann klingelte das Telefon. Es war Bolden persönlich. »Ich erwarte Sie in einer Dreiviertelstunde in meinem Büro.« Legte auf.

Woronski duschte im schnellsten Waschgang. Dann raste er los. Hunger hatte er sowieso nicht. Er brauchte zweiundvierzig Minuten. Unterwegs hatte ein Radar geblitzt. Er hatte zwei Ampeln bei Dunkelrot überquert und hätte fast einen Unfall verursacht, als er mit achtzig Meilen über eine Kreuzung raste. Glücklicherweise trat der Pickup-Fahrer die Bremse bis zum Asphalt durch. Und schickte ihm ein Hupen hinterher.

Bolden war allein. Niemand kam dazu.

»Tut mir leid, das ich Sie aus dem Bett geholt habe. Sie haben es bestimmt schon gesehen. Ich leider erst vorhin und habe Sie dann gleich angerufen.« Bolden blickte ihn fragend an unter buschigen Brauen.

»Hab's gesehen«, sagte Woronski. Die Angst kroch aus dem Hirn in den Brustkorb. Dort wurde es eng.

»Wer hat den Dreck fabriziert? Revolutionsgarden? War das wirklich im Iran?«

»Ich weiß es nicht.« Er schlug die Beine übereinander. Nahm einen Schluck aus seinem Glas. »Auch einen?« Der Daumen wies zur Bürobar im Aktenschrank.

»Danke, nein. Sollen wir auf das Video reagieren? Immerhin schieben dessen Macher uns unter, dass wir einen Atomschlag gegen den Iran unterstützen.«

»Wenn's nur so wäre«, sagte Bolden. »Der Präsident hat vor gut zwei Stunden angerufen und mich gefragt, was der Scheiß soll. Ob wir was damit zu tun hätten? Der neue Präsident ist auch nicht heller als der Vorgänger. Nur nicht ganz so verrückt.«

»Womit sollen wir zu tun haben? Mit der Aufnahme oder der Verbreitung?«

»Mit nichts haben wir zu tun. Nicht mit dem Atomschlag. Wer würde die Scheißmullahs nicht gern in radioaktiv verseuchtes Knochenmehl verwandeln … diese Mistkerle? Auch nicht mit der Verbreitung. Wir reden gerade mit Alpha alias Google. Wir wollen wissen, wer den Blödsinn hochgeladen hat. Wie immer geht's nur mit Richter. Und den muss man erst mal wecken und ihm gute Laune einimpfen. Wahrscheinlich steht der Server irgendwo in Moskau, und die Scheißtrolls haben sich was Neues ausgedacht.«

Woronski hatte Blei im Magen. Er dachte an seinen anonymen Brief an Susan Mandon. Doch irgendwie befreite ihn dieses Video, wollte er sich einreden. Auf seinen Brief kam es nicht mehr an. Doch sie würde es als Bestätigung verstehen. *Deep Throat* in der CIA. Bestätigte, was dieses Video behauptete. Um Himmels willen. Er war kurz davor zu gestehen. Ohne gefragt worden zu sein. Bolden würde ihn suspendieren. Der Rausschmiss käme nächste Woche. Spätestens. Dann das Geheimverfahren wegen Landesverrats. Das ihn in den Knast bringen würde. Obwohl er nichts verraten hatte.

»Was ist?«, fragte Bolden.

»Ich denke nach.«

»Das soll ja nützlich sein.« Leerte sein Glas.

Woronski überlegte, wie er seinen Fehler ausbügeln konnte. Ungeschehen machen. Vielleicht wenn er die Typen jagte, die das Video … Wenn es wirklich im Iran gedreht worden war, konnte er es vergessen. »Ich grüble, ob man einen von den Typen kriegen könnte, die das Video gedreht oder hochgeladen haben. Wir werden doch den Film analysieren. Gründlichkeit vor Zeit.«

Bolden: »Der vernünftigste Vorschlag seit Jahren.« Schickte ein Grinsen hinterher. Eines der finsteren Sorte.

221.

De Bodt rief Merkow an. Unter der Nummer, die der ihm zuletzt gegeben hatte. »Wo sind Sie?«

»In der Botschaft, Berlin.«

»Lust auf eine Schießerei?«

»Im Prinzip ja. Mit wem?«

»Leuten vom saudischen Geheimdienst. Zwei Typen, Bahnhof Westend.«

»Mit denen jederzeit. Wir schaffen es in einer Stunde. Wir brauchen Zeit für die Artillerie.«

»Ich brauche die in einem Stück. Lebend.«

»Klar. Ohne Handicap wäre es zu leicht. Wie viele sind wir?«

»Fünf mit Ihnen und Katt.«

»Gefällt mir.«

222.

Woronski saß müde am Schreibtisch, als seine Leute eintrudelten. Sunny mit dem obligatorischen Kaffeebecher. Schimpfte, ohne die Lippen zu bewegen. Schließlich Henry, den die anderen »Zwerg« nannten. Vermutlich, weil er ihnen intellektuell turmhoch überlegen war. Woronski hatte auch Eddy dazugerufen, von der Analyseabteilung. Niemand kannte sich mit Videos und Fotos besser aus. Nebenbei veröffentlichte er auf seiner Website Landschafts- und Tierfotos. Sie setzten sich an den Tisch und blickten auf den großen Monitor im Konferenzraum. *Please don't disturb* hing an der Tür.

Woronski ließ das Video in Normalgeschwindigkeit laufen. Dreimal.

Eddy stützte seine Ellbogen auf den Tisch und das Kinn auf die Hände.

Jetzt halbe Geschwindigkeit. Zweimal.

»Halt mal an«, sagte Eddy. Nahm sein Tablet, suchte, fand nichts. Rief jemanden an. »Einfach hochgeschnürt und Schluss?«, fragte er. »Du bist dir sicher? … Nein, ich halte dich nicht für einen Idioten, heute nicht. Kannst du mir ein Foto mailen?«

Sie saßen und warteten, bis Eddys Tablet vibrierte. Er stöpselte es an den Wandbildschirm. Soldaten im Paradeschritt.

»Das sind Revolutionswächter im Iran. Irgendeine Scheißparade. Seht euch die Stiefel an.«

»Langer Schaft, hochgeschnürt, gutes Sohlenprofil. Stechschritt«, sagte Woronski.

Eddy ließ das Video laufen. Normalgeschwindigkeit.

»Ich fress 'nen Besen«, sagte Sunny. »Die Typen beim Verhör tragen die falschen Stiefel. Was für welche sind das?«

Eddy schickte einen Videoausschnitt an seinen Kollegen.

Der antwortete prompt:

Das sind französische Kampfstiefel. Sieht man leicht daran, dass über der Verschnürung zwei Schnallen sitzen.

223.

De Bodt setzte die Maske wieder auf. Er sah, wie sich ein 5er BMW Kombi auf der anderen Straßenseite näherte. Erkannte Merkow und Katt. Sie am Steuer. De Bodt winkte.

Merkow hielt den gereckten Daumen aus dem Fenster. Fuhr ein Stück weiter, fand einen Parkplatz. Sie stiegen aus, holten aus dem Kofferraum zwei große Rollkoffer. De Bodt grinste. Salinger und Yussuf kamen zu Fuß. Merkow und Katt wollten die Koffer in de Bodts Kofferraum packen. Sie passten nicht hinein. Also packten sie die Koffer aus und den Kofferraum voll. Hand- und Blendgranaten, drei Maschinenpistolen vom Typ PP-19 Bison. Makarow-PM-Pistolen, Schutzwesten für alle. Kampfmesser und Klebeband. Rammbock für die Wohnungstür.

»Fragen wir jetzt lieber nicht, ob sie mit dem Zeug in Berlin rumfahren dürfen«, sagte Salinger.

»Ihr seid die Polizei …«, schnappte Katt.

»Schick sehen Sie aus mit Ihrer Maske. Sie sollten sie vielleicht immer tragen«, sagte Merkow.

»Danke«, erwiderte de Bodt. Während er eine Schutzweste anzog und eine Pistole in den Gürtel steckte.

»Was'n das?«, rief einer. Der Mann torkelte. Eine Kampfstoffmischung aus Alkohol und Schweiß strömte ihm voraus.

Yussuf packte den Mann am Kragen. »Das ist ein Polizeieinsatz. Du haust ab und hältst die Klappe. Sonst sacken wir dich gleich mit ein.«

»Is ja jut.« Der Duftspender trollte sich. »Is ja jut.«

Yussuf reichte Salinger die dritte MP. Sie ließ sich von Merkow kurz einweisen. Keine Rätsel. De Bodt steckte sich eine Blendgranate in die eine Jacketttasche, eine Reizgasgranate in die andere. Und eine Makarow in den Gürtel.

Merkow nahm eine Makarow und den Rammbock. Ebenfalls Granaten.

Katt legte den Riemen einer Bison über ihre Schulter, steckte eine Makarow in den Hosengürtel.

»Normalerweise sollte das für die ganze Russenmafia in Berlin reichen«, sagte Salinger.

»Oder den nächsten Nazi-Parteitag«, erwiderte Katt.

Merkow lachte leise.

»Also los«, sagte de Bodt. »Zweiter Stock, rechte Wohnung. Silvia leitet den Einsatz. Mich gibt's nicht.«

De Bodt betrat als Letzter den Hausflur. Die Tür war nicht abgeschlossen gewesen. Eine Kreditkarte hatte die Schließzunge zurückgedrückt. Sie stiegen die Treppe hoch. Ein junger Mann kam ihnen entgegen.

Salinger hielt ihm ihren Dienstausweis vor die Augen. »Sie kehren jetzt in Ihre Wohnung zurück. Schließen ab. Wenn Sie die Tür verriegeln könnten, umso besser. Sie verziehen sich in den hintersten Raum. Sorgen Sie dafür, dass sich eine Wand zwischen Ihnen und der Haustür befindet. Es könnte einen Schusswechsel geben. Verursachen Sie keine Geräusche. Kapiert?«

Der Mann glotzte sie an. Nickte wie in Zeitlupe und rannte dann die Treppe hoch. Leise.

Dann standen sie vor der Tür. Kein Klingelschild. Vermutlich eine der unzähligen Ferienwohnungen.

»Wartet«, sagte Salinger. Stieg die Treppe hoch und klingelte dort an einer Wohnungstür. Eine Frau öffnete. Salinger zeigte ihren Dienstausweis, drängte die Frau zurück und betrat den Flur. Schloss die Wohnungstür.

»Was erlauben Sie sich?«, fragte die Frau. »Ist das die neue Bullenmasche? Sind Sie überhaupt von der Polizei?«

Salinger legte den Finger auf die Lippen. »Guten Abend. Erstens: In der Wohnung unter Ihnen befinden sich zwei Männer, die wir verhaften müssen. Zweitens gehe ich davon aus, dass die Wohnungen auf dieser Hausseite alle gleich geschnitten sind.« Sie blickte die Frau fragend an.

Die nickte. »Glaub ich auch …«

»Deswegen möchte ich kurz Ihre Wohnung besichtigen, damit ich weiß, womit wir es zu tun haben. Verstehen Sie das?«

»Ja, ja …«

Am Ende des Flurs lag das Wohnzimmer. Die Tür links führte in eine kleine Küche mit Vorratskammer. Hinter der ersten Tür rechts befand sich das Badezimmer. Hinter der zweiten ein Schlafzimmer.

»Verstecken Sie sich im Schlafzimmer, bis der Einsatz vorbei ist.«

»Woran merk ich das?«

»Wenn sie unten auf der Straße Blaulichter sehen und Sirenen hören.«

Salinger verließ die Wohnung und stieg die Treppe hinunter. Sie drängten sich zusammen. Salinger flüsterte. »Die sitzen wahrscheinlich im Wohnzimmer. Die Tür am Ende vom Flur.«

Yussuf klingelte. Salinger zog die Makarow und legte an. De Bodt drückte sich neben der Tür an die Wand, die Granaten in der Hand.

»Yes?«, rief jemand. Durch die verschlossene Tür.

»Der Hauswart. In Ihrem Badezimmer ist was undicht. Die Decke unter Ihnen ist schon durchnässt. Ihr Nachbar hat sich beschwert«, rief Salinger auf Englisch.

»Warten Sie!«, rief die Stimme. Nach ein paar Sekunden. »Hier ist alles dicht. Gute Nacht.«

De Bodt legte die Finger auf die Lippen. Sie gingen die Treppe hinunter, schlichen wieder hoch. De Bodt hatte die Blendgranate in der Hand.

Merkow brauchte nur einen Stoß mit dem Rammbock. De Bodt sah, dass die Wohnzimmertür geöffnet war, und rollte die Granate hinein wie auf der Kegelbahn. Sie explodierte und schockte durch den Lichtblitz, der die beiden Männer blendete. Salinger und Yussuf rannten in den Flur. In das Feuer einer MP. Salinger schrie auf. Yussuf fing sie auf, bevor sie fiel. Während die anderen feuerten. Yussuf zog sie hinaus auf den Flur. De Bodt stürmte wütend vor, warf die Reizgasgranate ins Zimmer. Riss die Tür zu. Alle Läufe richteten sich auf die Tür.

»Zwei Treffer auf die Schutzweste«, rief Yussuf. »Die ist gleich wieder auf den Beinen. Zwei Blutflecken, ich hoffe, das beeinträchtigt nicht dein ästhetisches Empfinden.«

De Bodt grinste unter seiner Maske und verpasste Yussuf eine linke Gerade auf die Schulter.

Sie hörten das Husten. Aber niemand öffnete die Tür.

»Sie haben die Fenster aufgerissen.«

»Ach, du Scheiße«, sagte de Bodt. »Bleibt hier.« Und hörte Schüsse. Draußen.

Als er den Treppenabsatz erreichte, war Salinger verschwunden. »Stürmt das Wohnzimmer!«, brüllte er. Rannte die Treppe runter. Wäre fast gestürzt. Zog die Pistole. Lud sie durch. Rannte hinaus. Sah Salinger hinter einem Auto. Sie schoss einen Feuerstoß Richtung Hauswand. Die Antwort erfolgte prompt. Die beiden hangelten das Regenrohr runter. De Bodt blieb an der Wand. Ihn sahen sie noch nicht. Er zielte. Schoss dem oberen ins Gesäß. Der stürzte und nahm den anderen mit. Sie fielen auf den Boden. De Bodt trat dem Unverletzten eine HK MP5 aus der Hand. Während er die Pistole auf den anderen richtete. Aber der hatte seine Waffe verloren und schrie vor Schmerzen.

De Bodt rief den Notruf an. »Hoffmann, Spandauer Damm 65c, fast direkt am Bahnhof Westend. Hier gab's eine Schießerei. Mindestens ein Verletzter. Beeilen Sie sich.«

»Was glauben Sie, was wir hier machen?«, sagte der Mann vom Notruf.

»Sie haben einen Grand ouvert ohne vier auf der Hand und wollen den schnell noch durchziehen.« Legte auf.

Merkow und Katt waren schon am Wagen. Der Kofferraumdeckel war offen. Salinger legte die Bison und die Makarow in den Kofferraum, de Bodt seine MP..

Salinger zog ihre Weste aus. Zwei Treffer. »Tut ziemlich weh«, sagte sie. Legte den Finger zwischen die Brüste und dann auf den Bauch.

Yussuf hielt die beiden Saudis in Schach. Der Unverletzte lag auf dem Bauch und grimmte vor sich hin. Die Hände auf dem Rücken gefesselt. Der andere wimmerte. Yussuf hatte sie durchsucht und nichts gefunden. Er würde später die Wohnung filzen. Mit Uhlenhorst, den er aus dem Bett geklingelt hatte.

»Hau ab«, sagte Salinger.

De Bodt küsste sie, legte seine Weste und die Pistole in Merkows Kofferraum. Setzte sich in sein Auto und fuhr zu Salingers Wohnung. Sah im Rückspiegel, dass auch Merkow und Katt eilig verschwanden. Blau- und Rotlichter begegneten ihm. Er versuchte, sich von dem Schreck zu erholen. Die Schüsse auf Silvia. Sie hätte im Kopf getroffen werden können. Wie oft wollte er noch das Glück versuchen? Er war es leid. Nicht um seinetwillen. Aber wenn Salinger oder Yussuf draufgingen bei seinen Eskapaden, er könnte es sich nicht verzeihen. Das war die einzige Gefahr, die ihn bewegte. Ob es ihn erwischte oder nicht, war ihm egal. Ewig Polizist spielen oder tot sein. Ein gradueller Unterschied. Obwohl er nie wirklich ausgelöscht werden könnte. Er würde weiterleben, solang seine Freunde und Feinde sich seiner erinnerten. Für ihn war der Tod nur ein Übergang in einen anderen Zustand, ohne dass er verloren ging. »Der Tod wird von dem, was er unmittelbar bedeutet, von dem Nichtsein dieses Einzelnen verklärt zur Allgemeinheit des Geistes, der in seiner Gemeine lebt, in ihr täglich stirbt und aufersteht«, murmelte er, während er an einer Kreuzung auf Grün wartete.

224.

Französische Kampfstiefel. Woronski starrte das Standbild an. Verdammte Scheiße, dachte er. »Verdammte Scheiße, wer ist das?«

Sie blickten ihn an. Im Geist sah er sie alle die Achseln zucken. Du bist der Chef. Du musst es wissen.

»Heißt das, dass es Franzosen sind? Dass die DGSI oder die DGSE uns verarschen? Wenn ja, warum sollten die das tun?«, fragte Woronski. »Der Typ ist zweifelsfrei Harun al-Rashid. Die Franzosen haben ihn festgenommen, als der Irre deren Polizeipräfektur überfiel, um diesen Bassir zu befreien oder umzubringen. Ich tippe auf Letzteres.« Er blickte den Zwerg an. »Was meinst du?«

Henry nickte, als spräche er lautlos mit sich selbst. Er beendete seinen Dialog. Blickte Woronski an. »Das ist eine französische Geheimdienstoperation. Was sonst?«

»Und was ist das Ziel dieser Operation?«

»Die Saudis davon abzuhalten, die Iraner mit Atomraketen anzugreifen. Das Video enthüllt, dass die Saudis einen Krieg provozieren wollen. Ihr Gleiwitz wird eine tatsächliche oder vermeintliche Attacke auf ein saudisches Schiff im Persischen Golf sein. Ruf doch mal im Pentagon an, ob die was von einer saudischen Marineoperation im Golf wissen.«

Woronski überlegte kurz, dann zog er sein Telefon aus der Tasche. »Ja, wir müssen bald wieder angeln gehen. Vor dem Dritten Weltkrieg? Da müssen wir uns aber beeilen.«

Die anderen sahen es Woronski an, dass am anderen Ende geschwiegen wurde.

»So ernst, Fred?«

»Noch ernster, Wlad. Irgendwer will im Nahen Osten aufräumen. Und es deutet alles darauf hin, dass es die Saudis sind. Die machen das aber niemals ohne das Okay vom Präsidenten, dem die Hirnzellen im Eiltempo wegschmelzen, und dem Premier in Israel, der sich schon seit Jahren vor allem damit beschäftigt, wie man die Mullahs zum Teufel jagen kann. Schick mir die Satellitenkarten vom Golf.«

»Klar. Und dieses Video im Internet?«

»Keine Ahnung«, sagte Woronski. »Irgendwo in Teheran.«

Eddy kicherte lautlos in seine Hand.

»Okay, in fünf Minuten hast du das Zeug auf deinem Rechner. Mit Legende. Weil wir von der Navy höflich sind und unsere besten Freunde nicht bescheißen.«

Sunny wedelte mit der Hand. »Au Backe«, nuschelte sie. »Du

kommst mit deiner Schwindelei überall durch. Obwohl die anderen wissen, dass du ihnen einen Bären aufbindest.«

»Das hat einen einfachen Grund: Wenn die was von mir wollen und ich hab es, kriegen die es auch. Aber ich bin nicht so blöd, nach dem Zweck zu fragen.«

225.

»Fass mich nicht an«, fauchte Salinger. »Das schmerzt höllisch. Trotz Pillen.«

»Das werden ja freudlose Nächte«, sagte de Bodt.

»Triebtäter«, erwiderte Salinger. Setzte sich auf seinen Schoß und küsste ihn. »Finger weg, jedenfalls da, wo es blau ist.«

Er öffnete vorsichtig ihre Bluse. »Schönheitsflecken. Wir lassen das so.«

Er erntete eine Kopfnuss.

»Bevor das in eine Schlägerei ausartet, könntest du mir erzählen, was die beiden Saudis gebeichtet haben.«

»Wenn du damit aufhörst… entweder oder.« Sie setzte sich auf den Stuhl gegenüber.

Die Verletzung am Gesäß war schmerzhaft, aber nicht lebensgefährlich. Nur sollte der Mann sich in den kommenden Wochen besser nicht setzen. Der andere war unverletzt und unverschämt.

»Wir sind Diplomaten!«, schimpfte er.

Yussuf hatte Laura Zorn am Morgen gleich erwischt. Sie weinte am Telefon. »Können Sie mir eine Liste der in Berlin ansässigen saudischen Diplomaten schicken, mit Fotos?«

Er hatte sie nach zehn Minuten als PDF an einer Mail.

»Ihre Namen, meine Herren Diplomaten«, sagte Salinger.

Die schwiegen. »Damit hat sich das ja erledigt«, sagte Salinger. Sie schluckte eine Paracetamol mit Kodein. »Auch Ihre Gesichter findet man hier nicht.« Wedelte mit dem Papier. »Den Rest erledigen wir in den Vernehmungsräumen.«

Yussuf nahm den einen, sie den anderen.

Sie trafen Tilly im Gang. »Haben Sie nicht noch Urlaub? Können Sie mir erklären, was in der Nacht passiert ist?«

»Gern, nach den Vernehmungen. Frau Engel schickt Ihnen einen Bericht. Noch heute Abend.«

Sie grinste innerlich. Hatte sie dem Kriminalrat den Feierabend vermiest. Sie musste jetzt nur noch eine Erklärung finden, wie sie zu zweit die beiden Entführer verhaftet hatten. Wogegen die Gefangenen ein paar Bullen mehr gezählt haben dürften. Was aber sah man mit Blei im Hintern nachts im Vorgarten?

Salinger blickte den Mann an. Er hatte sich auf einer Liege ausgestreckt, weil er nicht sitzen konnte. Der Arzt hatte es empfohlen und gleich zwei Sanis zum LKA 1 geschickt, um eine Trage mit ausklappbaren Füßen abzuliefern.

»Ihr Name?«

Der Typ stierte sie an. Klar, von einer Frau ließ er sich nicht gern vernehmen. »Sie sollten keine Verbrechen in Ländern planen, wo es Polizistinnen gibt.«

Verachtung in seinem Blick.

»Wenn Sie eine Schmerzpille brauchen, sagen Sie Bescheid«, erwiderte Salinger. Und schwieg. Eugen hatte das oft als erstes Mittel versucht. Aber der hier liebte das Schweigen. Er schloss die Augen. Schien bereits zu schlafen.

»Wer hat Ihnen den Auftrag gegeben, Sophia Canares zu entführen? Oder sind Sie allein auf die Idee gekommen? Übrigens könnte es strafmildernd wirken, wenn Sie einem Befehl gefolgt sind.«

Der Mann öffnete die Augen. Blickte sie an, grinste.

»Sie wissen schon, dass wir nicht auf Ihr Geständnis angewiesen sind? Wir haben mehr als genug Beweise, um Sie als Entführer zu überführen. Vielleicht sogar als Mörder von Chloe Flores.«

Die Augen starrten sie an. »Sind Sie bescheuert? Ich habe die … nicht umgebracht.«

»Immerhin kennen Sie ihren Namen. Und Ihr Kumpel, war er es?«

»Nein.«

»Sehr überzeugend. Sie könnten hinzufügen, dass Ihr Kumpel gerade einen Knochensägekurs bei MbS in Riad besucht hat, als Frau Flores ermordet wurde. Das wäre doch mal ein Alibi!«

Der Mann schüttelte den Kopf auf seinem Kissen. »Ich will eine Tablette.«

Salinger schob ihm eine Kodein-Paracetamol rüber und goss Wasser in einen Plastikbecher.

Der Mann schluckte die Pille und trank. Verschüttete die Hälfte auf dem Boden.

Er überlegte. Mit den Gedanken schlich sich die Angst in sein Hirn, wie die Augen verrieten. »Ich habe niemanden umgebracht.«

»Seit gestern. Das könnte ich bestätigen«, erwiderte Salinger. »Aber davor? Was halten Sie von einer Arbeitsplatzbeschreibung? Was ist Ihre Aufgabe in der Botschaft? In Paris? In Berlin? Ihr Auto hat jedenfalls ein Pariser Kennzeichen.«

»Das verstehen Sie sowieso nicht.«

»Ich habe in der Tat Verständnisprobleme, wenn ich mir Sie anschaue. Finden Sie es nicht auch feige, zu viert über eine junge Frau herzufallen und sie zu entführen?«

»Sie lügt. Sie wollte von Paris nach Berlin reisen. Und da traf es sich gut, dass wir das auch wollten.«

»Wie schön, ich liebe harmonische Geschichten. Fast romantisch. Die edlen Ritter, die eine junge Frau auf einer Reise beschützen. Gegen welche Gefahr?«

»Entführt oder ermordet zu werden?«, fragte der Mann zurück.

»Was für einen Status haben Sie in der Pariser Botschaft?«

»Ich bin Diplomat.«

»Sind Sie nicht. Wir haben DNS-Proben vom Tatort. Sie erinnern sich? Dalida …« Ein Schuss ins Blaue. »Wir werden Ihre DNS mit der vom Tatort vergleichen. Wenn Sie Pech haben, gibt es eine Anklage wegen Vergewaltigung und Mord.« Sie schaltete das Aufnahmegerät aus. »Und das in einem französischen Knast. Die sind so richtig mies. Ich bin sicher, meine französischen Kollegen werden das richtige Gefängnis für Sie finden. Lebenslänglich dauert da manchmal nicht so lang. Wenn Sie verstehen, was ich meine.« Sie drückte auf die Aufnahmetaste.

Der Blick verriet alles. Der Schuss ins Blaue hatte getroffen.

»Wir könnten Sie hier verurteilen. Dann kommen Sie in einen deutschen Knast.« Schaltete das Aufnahmegerät aus. »Das ist zwar nicht schön. Aber hundertmal besser als in Frankreich.«

Schaltete wieder ein. Blickte ihn lange an. Sah, wie sein Hirn arbeitete. »Wenn Sie helfen, die Taten aufzuklären, wird der Staatsanwalt großzügig sein. Und der Richter auch. Wir werden Sie im Gegenzug unterstützen. Ihnen helfen, nach der Entlassung abzutauchen. Mein Kollege macht Ihrem Kumpel gerade den gleichen Vorschlag. Wer zuerst auspackt, zieht das große Los.«

Es klopfte. Ein Kollege führte einen Herrn in Zivil in den Vernehmungsraum. »Ist der Anwalt«, sagte der Uniformierte.

»Wer schickt Sie?«, fragte Salinger.

»Ich heiße Dr. Nikolaus Lehmann.« Legte eine Visitenkarte mit seinem Konterfei auf den Tisch. »Mein Mandant hat das Recht auf einen Anwalt. Paragraf 68 b Absatz 1 StPO.«

Was, verdammt, würde Eugen jetzt machen?

Salinger wandte sich an den Gefangenen. »Bisher haben Sie nicht nach einem Anwalt verlangt. Wie ich Ihnen bei der Verhaftung erklärt habe, können Sie einen hinzuziehen. Wünschen Sie das?«

Der Mann schwieg. Es war klar, seine Chefs hatten ihm den Anwalt geschickt. Vermutlich saß im anderen Vernehmungsraum auch schon einer. Was mochte in ihrem Gegenüber vorgehen? Dass seine Leute einen Weg finden würden, ihn umzubringen? Vielleicht. »Haben Sie Frau und Kinder?«, fragte sie.

Der Gefangene blickte sie lange an. Schüttelte den Kopf. »Ich möchte zum Arzt. Ich habe unerträgliche Schmerzen.«

Sie hatte die erste Runde gewonnen. Nicht mehr, aber auch nicht weniger. Sie rief den Notarzt an. »Der Arzt ist gleich hier. Er wird Sie zur Krankenstation in Tempelhof begleiten.«

Der Mann nickte.

Der Anwalt nickte. Musterte den Gefangenen. Ging.

Salinger rief die Kollegin Baumann an. Schickte ihr das Foto vom Anwalt, das sie beim Telefonieren geschossen hatte.

226.

Yussuf saß ihm gegenüber. Stützte das Kinn auf seine Fäuste. Der Gefangene spielte gelangweilt.

»Ich würde Sie gern mit Ihrem Namen ansprechen«, sagte Yussuf. »Ich bin Kommissar Ali Yussuf.«

Ein überraschter Blick traf ihn.

»Ich bin Muslim wie Sie.«

»Das glaube ich nicht. Da könntest du nicht für die Ungläubigen arbeiten.«

»Das sagt ein Angestellter von MbS, der in Saus und Braus lebt. Der nur einen Freund hat: den Chef aller Ungläubigen, den amerikanischen Präsidenten.«

Wieder dieser Blick zwischen Neugier und Ablehnung.

Die Tür öffnete sich. Ein Kollege, im Schlepptau einen Mann mit Schmiss auf der Wange. »Otto Rührer«, stellte sich der Mann vor. »Ich bin sein Anwalt.« Deutete auf den Gefangenen.

»Dann kennen Sie bestimmt seinen Namen.«

»Da müssen Sie ihn schon selbst fragen. Natürlich empfehle ich meinem Mandanten, Ihnen Name und Anschrift zu nennen.«

»Haben Sie eine Vollmacht?«

Rührer zog ein Formular aus der Aktentasche und legte es auf den Tisch. Tippte auf die Stelle, wo der Gefangene unterschreiben sollte. Gab ihm einen Kugelschreiber. Der Gefangene unterschrieb. Der Anwalt schob die Vollmacht über den Tisch.

»Erfahre ich immerhin Ihren Namen. Schwer zu lesen.« Nach einer Pause sagte Yussuf: »Gar nicht zu lesen. Solange ich den Namen Ihres Mandanten nicht entziffern kann, gilt diese Vollmacht nicht. Die kann jeder ausgefüllt haben. Ob Sie bitte den Vernehmungsraum verlassen.« Nickte dem uniformierten Kollegen neben der Tür zu.

»Ibrahim Sanquor«, sagte der Gefangene.

Yussuf schob ihm die Vollmacht zu. Dazu einen Stift. »Der Name, der da steht, heißt alles, nur nicht Ibrahim Sanquor. Ich gehe davon aus, dass Sie einen falschen Namen genannt haben. Der Staatsanwalt wird nachher entscheiden, ob wir die Vollmacht akzeptieren.« Und hoffte, dass die Kollegen die beiden in den Einreiselisten irgendwelcher europäischen Flughäfen fanden. Yussuf deutete auf den Stuhl neben Sanquor. »Bis dahin tun wir so, als hätte alles seine Ordnung.«

»Ich rate meinem Mandanten, kein Wort zu sagen.«

»Das können Sie gern tun. Ich hoffe, Sie verraten Ihrem Mandanten auch, dass sich ein Mangel an Mitwirkung in verlorenen Lebensjahren hinter Gittern auszahlt.«

»Darf ich Sie bitten, Deutsch zu sprechen.«

»Ihr Mandant spricht kein Wort Deutsch. Nicht mal ›Sauerkraut‹. Da bleiben wir besser bei Englisch.«

Der Anwalt schwieg.

»Kurz bevor Sie hier auftauchten, ohne dass Herr Sanquor Sie darum gebeten hatte, wollte ich Ihren Mandanten von den Vorzügen eines Geständnisses überzeugen.«

»Niemals!«, sagte Rührer.

»Lassen Sie mich bitte aussprechen. Bisher wird er der Entführung beschuldigt. Aber Herr Sanquor kam aus Paris in einem Auto mit einem französischen Kennzeichen. Das können wir beweisen. In Paris wurde Frau Canares' Freundin Chloe Flores vergewaltigt und ermordet. Die Täter dort haben DNS-Spuren hinterlassen«, log Yussuf. Er konnte sich ja mal irren. »Jetzt stellen Sie sich vor, die DNS-Probe von Herrn Sanquor … Ich muss das nicht aussprechen.«

»Mein Mandant weigert sich, eine Probe abzugeben.«

»Machen Sie sich nicht lächerlich. Immerhin gehen Sie selbst von der Möglichkeit aus, dass Ihr Herr Sanquor mit dem Verbrechen in Paris etwas zu tun hat. Warum haben Sie sonst was gegen eine DNS-Probe? Die wir im schlimmsten Fall gegen seinen Willen kriegen. Mit richterlicher Genehmigung. Ich vermute, Sie kennen die Rechtslage.«

Der Anwalt blickte ihn streng an. »Ich protestiere entschieden gegen dieses Vorgehen.«

»Dabei könnte es Ihren Mandanten auch entlasten, Herr Anwalt. So, jetzt haben Sie Sendepause, und ich befrage Ihren Mandanten.«

Der Anwalt blickte böse, schwieg aber. Alles Theater, das wusste er selbst. Aber er verdiente Geld damit.

»Sie haben in Paris gearbeitet? In der Botschaft?«

»Nein.«

»Die französische Polizei hat uns vorhin informiert, dass Sie vor exakt drei Wochen um siebzehn Uhr fünfundvierzig in Paris-Roissy gelandet sind, Flughafen Charles de Gaulle. Dass Ihr Name auf dem Visum Faisal al-Shamari lautet und als Pariser Wohnanschrift die Adresse der saudischen Botschaft angegeben ist. Ihr Entführerkollege heißt Mahdi Husian.«

Er blickte al-Shamari an und wusste, dass er recht hatte.

»Ich bitte, dieses Verhör kurz zu unterbrechen. Ich habe ein menschliches Bedürfnis«, sagte der Anwalt.

»Natürlich, grüßen Sie die saudische Botschaft von mir.«

»Unverschämtheit.«

»Ja, die Wahrheit ist manchmal unverschämt.«

Rührer knallte die Tür zu. Öffnete sie gleich wieder. »Schalten Sie das Aufnahmegerät aus und warten Sie auf meine Rückkehr.«

»Also, das Türknallen ist noch drauf«, sagte Yussuf.

Diesmal knallte sie nicht.

Yussuf schaltete den Rekorder aus. »Wenn Sie mir die private Anmerkung gestatten: Dieser Anwalt reißt Sie erst richtig in die Scheiße. Er bestätigt unsere Annahme, dass er für Riad arbeitet, genauso wie Sie. Die haben von der Polizeiaktion in Spandau gehört und sich gleich gesagt: Das können nur unsere Leute sein. Die müssen wir unter Kontrolle bekommen, bevor sie auspacken. Zum Schweigen bringen. Sie können den Anwalt ablehnen. Vorausgesetzt, Sie haben nichts mit dem Mord in Paris zu tun. Die Entführung, die können wir nicht übergehen. Aber wenn Sie hilfreiche Angaben dazu machen, kommen Sie mit einer geringen Strafe davon und dürfen bald nach Hause fliegen. Es gelingt mir bestimmt, Frau Canares davon zu überzeugen, dass Sie immer freundlich zu ihr gewesen sind. Vor Gericht können Sie dann gern auf halsstarrig machen. Der Staatsanwalt wird Sie aber nicht wegen Mordes anklagen. Frau Canares wird ein Loblied auf Sie singen. Und nach ein paar Monaten Anstandsknast geht's nach Hause. Sie verstehen? Das ist Ihr einziger Ausweg, wenn Ihnen Ihr Leben lieb ist.«

Al-Shamari grübelte. Schloss die Augen. Er hatte die Idee verstanden. Die Deutschen würden ihn verurteilen und nach ein paar Knastmonaten in ein Flugzeug nach Riad setzen. Und im Prozess würde er keine Aussage machen. Nachdem er vorher alles gesagt hatte, was er wusste. Fast alles.

Rührer kehrte zurück. Er war nervös. Noch während er sich setzte: »Sie verweigern die Aussage. Sie sind niemand, Sie waren nirgendwo, und Sie haben kein Verbrechen begangen. Ich verlange, dass man mir Beweise vorlegt und meinen Mandanten sofort dem Untersuchungsrichter vorstellt.«

»Wir werden den Sack voller Waffen, die Herr al-Shamari in seiner Wohnung hortete, zum Haftrichter mitnehmen. Verbotener Waffenbesitz. Bewaffneter Widerstand. Er hat auf Polizisten geschossen. Flucht vor der Polizei. Das sind genug Haftgründe. Finden Sie nicht auch?«

»Das entscheiden weder Sie noch ich.«

»Aber wenn Sie im Jurastudium aufgepasst haben sollten …«

»Werden Sie nicht unverschämt!«

»Hat Ihr Anruf in der Botschaft nicht mehr gebracht?«

Rührer widmete Yussuf einen kalten Blick. »Mein Mandant wünscht, in seine Zelle gebracht zu werden. Keine Vernehmung ohne meine Anwesenheit. Das halten wir auf der Aufnahme fest.«

»Sie haben mich verstanden, Herr al-Shamari?«

»Natürlich. Ich möchte in meine Zelle zurück.«

227.

Sie betrachteten die Satellitenaufnahmen am Großbildschirm. Im Golf erkannten sie leicht Tanker, Frachter und Kriegsschiffe. Die Aufnahmeserien zeigten, in welche Richtungen sich die Schiffe bewegten. Die Kriegsschiffe fuhren quasi im Kreis. Eine französische Korvette, die Tanker schützen wollte. Amerikanische Zerstörer, insgesamt drei. Saudische Kriegsschiffe, insgesamt sieben Minenjäger und Patrouillenboote mit Flugkörpern.

»Da summen bestimmt noch ein paar U-Boote rum. Vielleicht auch die supermodernen, unhörbaren israelischen, welche die Deutschen ihnen geliefert haben. Für Atomraketen«, sagte Woronski.

»Da trinkt einer ein Glas Wodka zu viel, drückt auf den falschen Knopf, und wir haben einen heiteren Dritten Weltkrieg«, sagte Eddy.

»Sieht so aus, als fürchteten unsere Herren und Ihro Majestät eine iranische Provokation«, sagte Woronski.

»Oder sie bereiten eine vor und gehen auf Nummer sicher«, sagte Sunny. »Wenn man einen Krieg anzetteln will, ist natürlich der böse Feind der Angreifer. Sollten die Iraner ein saudisches Kriegsschiff angreifen … sollte überhaupt ein saudisches Kriegsschiff angegriffen werden, können es nur die Mullahs gewesen sein. Die Saudis werden Teile iranischer Raketen vorzeigen. Die sie im Zweifelsfall von uns haben. Auf denen man noch ein paar Buchstaben erkennen kann, auf Persisch natürlich, und wenn sie das selbst draufpinseln.«

»Du bist ja wieder gut drauf«, sagte Woronski. »Als Abteilungsleiter dieser Behörde halte ich diese Version für ausgeschlossen.« Todernst. Und alle lachten.

228.

Sie saßen in Salingers Küche. Yussuf hatte im *Café Eliza* Kuchen gekauft. Sich von Anne die Bemerkung eingehandelt, dass er immer verfressener werde. Salinger hatte sich einen Kaffee gebraut, de Bodt seinen grünen Tee, dritter Aufguss, zubereitet. Salinger versorgte auch Yussuf mit Kaffee. Der blickte in de Bodts Becher. »Vielleicht noch ein bisschen Biospüli reinkippen? Dann hat die Brühe wenigstens einen Geschmack.«

»Wenn du das zuerst in deinem Kaffee versuchst …«

»Typisch für ältere Bullen. Riskieren nichts mehr und schicken die jungen vor, wenn es ernst wird. So kurz vor der Pensionsgrenze lässt man sich ungern erschießen.«

»Du vergisst, dass ich schon tot bin. Mich kann keiner mehr erschießen.«

»Es gibt immer ein erstes Mal.«

De Bodt lachte.

»Ich besuche morgen al-Shamari. Ohne Anwalt. Ich glaube, der will seine Haut retten«, sagte Salinger.

»Wir werden vielleicht die Entführung aufklären«, sagte de Bodt. »Aber in der Hauptsache sind wir keinen Millimeter weitergekommen. Wer hat die Moschee in die Luft gejagt? Meine Wohnung? Die JVA Moabit? Sogar wenn wir das wüssten, haben wir immer noch keine Ahnung, wie diese Verbrechen zusammenhängen, wenn sie denn zusammenhängen.«

»Wäre das nicht der Zeitpunkt für eine de Bodt'sche Eingebung?«, fragte Salinger.

»Tote haben keine Eingebung.«

»Du machst es dir richtig bequem als Kadaver«, sagte Salinger.

»Ich genieße diesen Zustand. Wenn man die lieben Kollegen und Vorgesetzten sieht und hört. All die schönen Reden. Die Tränen müssen literweise vergossen worden sein. Der arme Putzdienst.« Nach einer Pause: »Aber wir können ja noch mal alles zusammenfassen. Dabei kommen uns bestimmt Eingebungen.«

»O Gott, ich nehm's auf mich. Ich hätte es nicht ansprechen sollen. Jetzt fangen wir wieder beim ersten Sündenfall an.«

»Ach, die hieß gar nicht Eva. Adam und Silvia«, sagte de Bodt.

Sie reckte ihm den Mittelfinger entgegen.

»Wenn du glaubst, du könntest eine Leiche mit derlei Kinderkram beeindrucken.«

»Als Kadaver bist du noch schlimmer als zu Lebzeiten«, sagte Salinger.

»Wir haben also drei Mädchen aus Manila …«

»Junge Frauen heißt das«, erwiderte sie.

»Klingt aber nicht so gut.«

»Frauenfeindliche Geschmäcklerei …«

»Drei Frauen aus Manila«, sagte de Bodt. »Zwei wurden ermordet, eine in Berlin, eine in Paris. Die dritte wurde von Paris nach Berlin entführt. Entweder um sie hier umzubringen oder um sie als Diplomatenpost nach Riad zu schicken. Was für die Frau keinen großen Unterschied gemacht hätte. Es wird eine Moschee gesprengt. Angriff auf die Polizeipräfektur von Paris. Die Franzosen und wir können einige Leute festnehmen. Aber Malawi und Gassama werden umgebracht. Bassir sollte entführt werden, dazu erschien der saudische Geheimdienstchef persönlich. Bassir sitzt jetzt in einem alten Bunker und hat ausgesagt. Das Üble daran ist, dass ich glaube, dass er uns die Wahrheit erzählt hat. Also das, was die Leute in Riad ihm als Wahrheit eingetrichtert haben. Dann wird der Erste Hauptkommissar …«

»Kriminalrat«, sagte Salinger.

»Kriminalrat mitsamt seiner Wohnung in die Luft gesprengt. Es gelingt uns, zwei von den Canares-Entführern zu verhaften. Husian wird eher schweigen, aber al-Shamari ist reif. Silvia besucht ihn morgen in der U-Haft.«

»Kann aber auch sein, dass er sich inzwischen vorgenommen hat, den Helden zu spielen«, sagte Yussuf.

»Ich hab die Baumann gebeten, dem Lehmann hinterherzufahren, Husians Anwalt. Er fuhr auf direktem Weg zur saudischen Botschaft. Unterwegs hat er telefoniert. Es war auch davor wie bei Alis Vernehmung.«

»Da ich meine Kollegen nicht als Laufburschen oder -maiden betrachte, bin ich meinem Herrn Rührer höchstpersönlich gefolgt. Das Gleiche. Er hat im Auto telefoniert, und seine Fahrt endete in der Botschaft.«

»Während der Kollege in Berlin umhergegondelt ist, habe ich nach meinem Nikolaus Lehmann geforscht. Der ist Spezialist für organisiertes Verbrechen. Er hat russische und italienische Mafiosi verteidigt. Dazu Finanzbetrüger aller Arten. Alles Leute, deren Honorare sich nicht nach der Anwaltsgebührenordnung richten. Und dein Herr Rührer arbeitet regelmäßig für die Saudis. Haut sie raus, wenn es Stress gibt. Besorgt ihnen Krankenhausbetten erster Klasse. Und verteidigt gern Leute, die wegen Spionage angeklagt sind. Seine Erfolgsbilanz vor Gericht ist eher mäßig, aber das dürfte an den hoffnungslosen Fällen liegen. Zuletzt hat er einen Scheich vor dem Landgericht vertreten. Der glaubte, dass die Mordanklage fallen gelassen würde, wenn er der Familie des Opfers eine Million Dollar gäbe. Merkwürdigerweise wollte sich der Staatsanwalt nicht an dieser rührenden Versöhnungsgeste erfreuen.«

»Es gibt einfach zu viele Bürokraten in der Justiz«, sagte Salinger. »Wenn ich Ali den Hals umdrehe, muss ich in den Knast. In anderen Ländern würde das zwanzig Euro kosten.«

»So ein Mist«, sagte de Bodt. »Wir finden so viel heraus. Und wissen nichts. Wir müssen zur Ausgangsfrage zurückkehren. Worum geht es? Um einen Angriffsplan von Saudis, Amis und Israelis gegen den Iran. Vermutlich, oder? Und darum, dass die Führung in Riad fürchtet, der Plan sei durchgesickert. Oder die drei Filipinas seien eine Spionagezelle. Ich weiß ja nicht, was in den Hirnen von MbS und seinen wahren Gläubigen passiert. Vielleicht ist alles ganz anders.«

»Du kannst ja aus dem Grab deine Freunde in der US-Botschaft fragen.«

»Geht nicht. Die haben sich noch nicht erholt von der Fete zu Ehren meines Ablebens. Wenn mich jemand nicht mag …«

»Was sagen deine Russen?«, fragte Salinger.

»Nichts. Sie helfen. Daher glaube ich, dass sie das Ganze auch bedrohlich finden. Vielleicht richtet sich die Operation gegen die Russen. Oder *auch* gegen die.«

»Wenn die Saudis und die Amerikaner Öl auf den Markt pumpen, gehen die Russen am Stock. Für die braucht man keine Atomraketen. Auch die Chinesen kaufen kein Öl über dem Marktpreis. Nur wenn man gleichzeitig Unruhe schafft, verstärkt das die Unsicherheit. Dann steigt der Ölpreis. Eigentlich. Zurzeit fällt er. Das Einzige, was steigt, ist der Goldpreis. Wie immer, wenn Angst aufkommt. Und Silber auch.«

»Cui bono?«, fragte de Bodt.

229.

Woronski las in der *Post.* Überschrift: *Krieg gegen den Iran?*

Eddy blickte ihn an. Er saß an seinem Rechner. Das Video, jetzt die *Washington Post.* Morgen kämen CNN und die *New York Times.* Dann die Magazine. Alle Kanäle. In den rechten *Fox News* würden sie für den Krieg trommeln. Auf anderen Kanälen würden Kommentatoren auf den Irak verweisen und das Chaos, das der Krieg gegen ihn hinterlassen hatte. Und Libyen, wo jeder sehen konnte, wie segensreich von außen erzwungene Regimewechsel für Warlords und ähnliche Gestalten wirkten.

»Wir haben nichts gelernt«, sagte Eddy. »Also wenn da was dran ist. Wer hat der *Post* das gesteckt?«

»Die haben das Video gesehen, recherchiert, spekuliert, und schon hatten die eine Story, um dem Präsidenten in den Arsch zu treten«, sagte Sunny. »Dieser Ministerpräsident in Israel redet seit Jahren den Krieg gegen den Iran herbei. Und jetzt haben wir einen Nachfolger des Irren im Weißen Haus, der all die Trübsal, die er verbreitet, seit er im Amt ist, mit einem flotten Krieg wegblasen will. Dann gibt es endlich wieder genug Terroristen, um uns bedroht zu fühlen. Und was heißt das? Mehr Geld fürs Pentagon, die NSA-Brüder und für uns. Wer will da meckern? Zumal die Bomben nicht hier fallen, sondern dort. Dass die Israelis was abkriegen, geschenkt. Nicht unser Problem. Sie wollten den Krieg, sie haben ihn. Da dürfen sie wegen ein paar Opfern nicht flennen.«

»Das war jetzt aber eine richtige Rede. Respekt«, sagte Woronski. »Da jetzt aber alles in der Öffentlichkeit ist, trauen die sich dann noch? Sogar wenn die Revolutionswächter ein paar Schiffe im Golf versenken, glaubt doch die Hälfte der Menschheit, das wären wir gewesen. Und die Medien werden die alte Tonkin-Geschichte ausgraben, die Schweinebucht, Colin Powells Massenvernichtungswaffen und so weiter. Die Leute trauen uns alles zu. Das Schlimme ist, sie haben manchmal recht.«

»Mein Gott, was bist du für ein Schwarzseher.« McFinn, Woronskis Stellvertreter, stand in der Tür. War zurück von einem Kurzurlaub. Seine einzige Tochter hatte einen Immobilienmakler geheiratet. Einen von den Idioten, die den Leuten Hauskredite aufgeschwatzt hatten und nach der Krise die Hände in Unschuld wuschen. Wenn sie nicht gerade dabei waren, in ihrem Geld zu baden.

»Setz dich an deinen Schreibtisch und arbeite die Mails ab«, sagte Woronski. »Die Hochzeit mit dem Blutsauger war unfallfrei?«

»Ich kann den Kerl nicht ab«, sagte McFinn. »Ich musste ihn aber auch nicht heiraten. Wie steht's mit dem nächsten Weltkrieg?«

»Immerhin müssen wir nicht in der Normandie landen«, sagte Woronski.

230.

Al-Shamari hielt den Kaffeebecher in beiden Händen, obwohl der heiß war. Er blickte Salinger aus geröteten Augen an. Er hatte nicht geschlafen.

»Die haben mich in die Hölle geschickt, diese Hunde«, sagte er.

Salinger machte es wie de Bodt. Sie sagte nichts. Wenn es an der Zeit war, würde sie das Gespräch lenken. Aber sie wusste noch nicht wohin. Sie hatte auch wenig geschlafen. Zum einen aus Gründen, die einem Film einen FSK-Vermerk von achtzehn Jahren einbringen würde. Zum anderen, weil sie danach diskutiert hatten. Wie konnte sie al-Shamari knacken? Wenn er seinen Anwalt nicht rief, wäre das schon ein Erfolg. »Lass ihn einfach reden«, hörte sie de Bodt sagen. »Zeig ihm, dass du ihm glaubst. Obwohl das eine Lüge ist.«

Salinger nickte.

»Ich wollte eigentlich studieren, in Amerika. Aber dann kamen diese Flugzeuganschläge. Wie wir gehasst wurden. Araber. Mein Vater hat mir verboten, das Land zu verlassen. ›Nachher landest du in Guantanamo, weil du einen amerikanischen Polizisten angeguckt hast.‹ Wir waren nicht weniger hysterisch als die Amerikaner. Nur andersherum. Sie verstehen das?«

»Das verstehe ich sehr gut. Hier in Deutschland gab's das auch.«

»Und dann Afghanistan. Bin Laden. Wir Saudis waren in … wie soll ich es sagen? … Verschiss. Niemand traute uns. Dann kam heraus, dass ein paar Scheichs bin Laden Geld gespendet hatten. Es hat lange gedauert, bis das Vertrauen zurückkehrte. Es war dieser Präsident Dump, als er uns besuchte. Der Säbeltanz, Sie erinnern sich? Wurde überall übertragen …«

Salinger nickte.

»Ich habe in Riad studiert. Jura. Aber so ein Studium taugt nichts. Nicht mal in Saudi-Arabien. Da gibt es Leute, die haben in Harvard, Stanford, in Oxford oder Cambridge studiert. Jura in Riad. Ich konnte froh sein, wenn ein Arbeitgeber mich nicht auslachte.«

Salinger nickte. Versuchte, Betrübnis zu zeigen.

»Am Ende landete ich beim Geheimdienst. Wir arbeiten eng mit der CIA zusammen. Das ist schön gesagt. In Wahrheit sind wir von denen abhängig. Sie füttern uns mit Informationen über Terroristen und Regimegegner. Khashoggi zum Beispiel. Dschihadisten, die weltweit Rekruten für den Krieg in Afghanistan und im Irak suchen. Gegen die Ungläubigen. Als der Irak zusammenbrach, kam der IS. Für unsere Herren war der eine Bedrohung. Die legten den Koran ziemlich genauso aus wie unsere Religionslehrer. Handelten aber auch danach. Während unser König und MbS mit den Amerikanern kungelten. Sie schlugen den Aufstand in Bahrain nieder. Sie hatten Angst vor dem, was die Leute im Westen ›arabischen Frühling‹ nannten. Wir verfolgten jeden, dem wir misstrauten. Nannten das ›Abfall vom Glauben‹ oder ähnlich. Dafür gab es Kopf ab in aller Öffentlichkeit. Das sollte die Leute warnen. Wenn sich viele Leute im Westen für einen Gefangenen einsetzten, machten meine Herren auf gnädig. Jahrzehntelang in den Knast, Peitschenhiebe. Die haben sie mit lautem Getöse abgeschafft. In den Gefängnissen aber passiert *was*? Was glauben Sie?«

»Ich glaube, dass Sie keine Lust darauf haben, als Verräter denunziert zu werden. Ich werde verhindern, dass Ihr Anwalt etwas von unserem Gespräch erfährt. Sie wissen, für wen der in Wahrheit arbeitet?«

»Für die Botschaft. Ich habe ihn nicht gerufen. Er soll aufpassen, dass ich nicht auspacke.« Er lachte bitter. »Die kaufen alles. Sogar Anwälte in Berlin.«

Salinger lächelte ihn an. Nickte. Bestätigen, bestätigen.

»Meine Eltern leben noch. Sie glauben an den König. Er hat Saudi-Arabien groß gemacht. Ohne ihn gäbe es das Land nicht mehr. Wissen Sie, wir stammen aus Zelten. Meine Großeltern … Aber jetzt leben wir in Häusern. Fahren Mercedes und Ferrari, jedenfalls die Reichen. Meine Eltern haben ein schönes Haus. Mein Vater lebte bislang von einer guten Pension. Er ist Lehrer gewesen. Inzwischen ist es schwieriger mit dem Geld. Der Staat kürzt, erhöht Preise und Steuern. Benzin kostet was. Das Volk murrt. Sogar mein Vater.«

Salinger interessierte sich nicht für die Befindlichkeit des Mannes. Das Gelaber langweilte sie. Außerdem hatte sie es eilig. Sie brauchte seine Aussage. Irgendeinen Hinweis. Der sie auf eine Spur bringen konnte, die sie noch nicht kannte.

Al-Shamari blickte sie an. »Und Sie halten Ihre Versprechen?«

»Immer.«

»Warum soll ich das glauben?«

»Warten Sie.« Sie klopfte an der Tür. Die öffnete sich. »Ich muss zum Direktor«, sagte sie zum Schließer.

Eine halbe Stunde später kehrte Salinger zurück. Hinter ihr schob ein Schließer einen Rollstuhl. Darin Bob.

»Hello«, sagte Bob.

Al-Shamari glotzte ihn fragend an.

»Ich war mit ihrem Chef … befreundet. Der hat mich verhaftet. Ich kenne die Polizistin seit vielen Jahren. Sie fragen sich, ob Sie ihr vertrauen sollen. Kennen Sie mich?«

Al-Shamari schüttelte den Kopf. Salinger nahm ihr Tablet, tippte darauf. Legte es vor al-Shamari. »Lesen Sie. Wollen Sie noch einen Kaffee?«

Al-Shamari hörte nicht zu. Las. Salinger hatte in Vorbereitung auf ihren Besuch englischsprachige Seiten gespeichert. De Bodt hatte gesagt: »Überrasch ihn mit Wedenstein. Der kann sehr überzeugend sein. Einen Versuch ist es wert.«

»Aber ich, ich will einen Kaffee«, sagte Wedenstein. Salinger klopfte an die Tür und bestellte drei. »Aber bitte kein Automatengift.« Der Schließer grinste. »Ich bitte die Kollegen in der Küche, einen kräftigen für Sie aufzusetzen. Sie sterben dann nicht am Gift, sondern am Herzschlag.«

Al-Shamari las, las.

Sie setzte sich auf den Stuhl neben Bob.

»Ich war richtig sauer und … traurig. Bin es immer noch. Habt ihr das Dreckschwein, das seine Wohnung in die Luft gesprengt hat?«

Sie schüttelte den Kopf. »Wir möchten gern, dass der Typ hier hilft, die Täter zu ermitteln.«

»Dann ist das heute wohl das letzte Mal, dass wir uns sehen.«

»Wenn Sie Ihre Sache gut machen, komme ich noch mal. Extra wegen Ihnen. Wenn Sie versprechen, sich zu benehmen. Sie haben diese eklige Machotour doch nur benutzt, um meinen Chef zu ärgern.«

Bob lächelte. »So blöd sind Sie gar nicht. Ich dachte …« Er siezte Salinger seit de Bodts Tod.

Jetzt musste Salinger lachen. »Sie sind ein hoffnungsloser Fall.«

Al-Shamari blickte sie verwirrt an. Erst Salinger, dann Wedenstein. Dann las er weiter.

»Alle Ihre Heldentaten«, sagte sie und blickte zum Tablet auf dem Tisch.

»Dann liest er ja die ganze Woche.«

Sie grinste.

»Habt ihr eine Spur?«, fragte Bob.

»Offen gesagt: tausend, also keine.«

»Scheiße. Ich will, dass ihr den fasst. Unbedingt.«

»Tun Sie was dafür. Vielleicht weiß unser Freund etwas.«

Der las immer noch. Hin und wieder warf er einen Blick auf Wedenstein.

»Haben Sie was gehabt mit ihm … de Bodt?«, fragte Bob.

»Nie«, sagte Salinger.

»Aber Sie hätten gern.«

»Immer wenn es gerade nicht ging.« Das war nicht nur gelogen.

Al-Shamari blickte auf. Schob das Tablet Salinger zu. Musterte

Wedenstein. »Nachdem ich das gelesen habe, ist mir eingefallen, dass ich Ihren Namen schon gehört habe. Warum hat sie Sie hergebracht?«

»Er kann bestätigen, dass mein verstorbener Chef und ich unsere Zusagen immer gehalten haben.«

»Das stimmt«, sagte Bob. »Die einzigen Bullen, denen ich mein Kind anvertrauen würde. Das ich nicht habe.«

Al-Shamari lächelte kurz.

»Ich habe verfolgt, was Sie und Ihre Leute da draußen treiben. Was soll das? Ich habe bei meinen Operationen immer gewusst, warum ich etwas tat. Ich kannte das Ziel. Kennen Sie das Ziel?«

Al-Shamari schüttelte den Kopf.

»Aber Sie machen sich Gedanken. Sie kennen Ihre Chefs.«

Al-Shamari nickte. »Die wollen keinen Krieg. Das Volk würde revoltieren. Der Jemenkrieg zeigt, das wir unfähig sind, auch nur eine Miliz zu besiegen. Wie sollten wir dann den Iran, die Hisbollah und die Syrer mitsamt ihren Verbündeten im Irak besiegen? Wenn wir Katar besetzen, bricht der Weltmarkt für Öl zusammen. Und die Amerikaner, die wegen Kuwait gegen Saddam Krieg geführt haben? Dürfen die zugucken, wenn nun Saudi-Arabien das Gleiche macht? Sie gerieten gehörig unter Druck. Katar mag mit dem Iran verbündet sein, aber es würde sich wehren. Mit amerikanischen Waffen. Was würde passieren, wenn Patriot-Raketen saudische F-18 vom Himmel holten? Das Königshaus würde diesen Krieg und den Aufstand nicht überleben. Die Wirtschaft stagniert, der Ölkrieg gegen die Russen wird die Lage nicht verbessern. Was haben wir davon, wenn Putin pleitegeht und wir eine Revolution im eigenen Land provozieren?«

»Ist das Ihre Meinung? Immerhin kennen Sie den Geheimdienst und vielleicht ein paar hochrangige Herren«, sagte Salinger.

»Das ist meine Meinung. Und die Meinung vieler, auch in der königlichen Familie.«

»Also kein Krieg. Warum töten und entführen Sie dann diese Mädchen?«, fragte Bob. »Als ich davon hörte, hab ich mir an den Kopf getippt. Die Leute, die so was machen, müssen bekloppt sein. Aber Sie sind offenbar nicht hirnamputiert. Warum also?«

»Ich sage Ihnen meine Meinung. Mein Chef…«

»Harun al-Rashid«, sagte Salinger.

Al-Shamari nickte. »Der hat mir erklärt, dass wir uns der Entscheidungsschlacht nähern. Nicht im militärischen Sinn. Wir… so hat er gesagt… sollen ein Klima der Kriegsangst erzeugen. Er hatte in Erinnerung, dass das Dienstmädchen des Botschafters in Berlin ziemlich neugierig war. Dass es zwei Freundinnen hatte. In Paris. Dass die feindlichen Dienste und die Polizei stutzig werden mussten, wenn wir die umbringen. Die werden glauben, dass wir eine feindliche Spionagezelle ausgehoben haben. Und wir wollen, dass sie das glauben. Wir wollen, dass sie glauben, dass wir einen Krieg gegen die gottlosen Schweinehunde in Teheran anzetteln, zusammen mit den Amerikanern und Israelis, den zionistischen Kindermördern. Wir haben ihnen Satellitenbilder ermöglicht. Und unser Gefährt so gut getarnt, dass es auffallen musste. Angeblich steht im Irak in irgendeiner Halle eine abschussbereite Atomrakete. Die Teheran auslöschen soll mitsamt dem Mullahpack. Verstehen Sie?«

»Ja, kein schlechter Plan, hätte er ein vernünftiges Ziel. Kennen Sie es?«, fragte Wedenstein.

»Nein. Ich glaube aber, dass unsere Herrscher das Volk auf ihre Seite ziehen wollen. Ist ja eine uralte Methode. Funktioniert immer.«

»Außer die Schiiten in Saudi-Arabien und im Irak stehen auf gegen den König und MbS. Dazu Kuwait, die Hisbollah und das, was vom Iran übriggeblieben ist. Sie halsen sich alle Schiiten der Welt auf.«

»Aber wenn die Rakete im Irak startet…«

»Das glaubt doch keiner. Jeder weiß, dass der Irak ein Trümmerhaufen ist, in dem jeder macht, was er will.« Salinger dachte wieder an ihr Gespräch mit de Bodt und wiederholte, was er gesagt hatte: »Ein Angriff auf Teheran wäre der Anfang vom Ende Saudi-Arabiens. So dumm kann MbS gar nicht sein, es nicht zu wissen… gut, er hat auch geglaubt, dass er den Jemenkrieg in drei, vier Wochen gewinnen könnte. Was er jetzt schon geschafft hat: die Staatsreserven aufzuzehren. Er hat sich mit seinen Verbündeten in der arabischen Welt zerstritten. Und nicht nur mit denen. Wenn ihm der Westen weniger Munition, Raketen, Bomben und Ersatzteile schickt, muss er sich wie ein getretener Hund aus dem Jemen zurückziehen. Besiegt von einer Miliz. Wie erbärmlich. Und der will den Iran angreifen? Ich glaube es nicht. Dann kann er gleich ins Exil gehen.«

Al-Shamari nickte. »Ich habe es nicht so weit durchdacht. Aber Sie haben vermutlich recht. Der Kronprinz ist grausam, aber nicht dumm. Er wittert die Gefahren für den Thron.«

»Er lässt die Weltwirtschaft abstürzen. Der Ölpreis sinkt und sinkt. Die Russen gehen als Erste pleite. Was hat er davon?«, fragte Salinger.

»Die Ölpreise sinken, aber das Angebot ist schon zu groß. Der Absatz hat schon vorher stagniert. Das Öl hat seine Stellung als Hauptenergiequelle verloren. Bald werden die Industriestaaten es nicht mehr brauchen. Jedenfalls nicht mehr in den heutigen Mengen«, sagte Bob. »Warum sollte Saudi-Arabien sein Öl unter Preis verkaufen? Vielleicht weil das Königshaus weiß, dass es nicht mehr viel wert ist? Nur noch gut, Chaos anzurichten. Die Börsen auf Talfahrt zu schicken. Wir bewegen uns auf den totalen Crash zu. Auch das Königshaus hat einen Berg von Aktien. Die abstürzen. Vielleicht wetten die auf den Crash, den sie selbst herbeiführen?«

»Die Versöhnung mit Israel und der Crash, wie passt das zusammen?«, fragte Salinger.

»Der gemeinsame Hauptfeind, der Iran, kriegt die volle Ladung ab. Die Mullahs können in ihrem Öl baden«, warf Wedenstein ein.

»Das wär eine Erklärung. Ich glaube aber nicht, dass MbS auf einen Crash gewettet hat. Das flöge auf, und dann hätte er alle Industriestaaten am Hals. Er ist brutal, aber nicht blöd«, sagte al-Shamari.

»Sie wiederholen sich«, sagte Salinger.

»Ihr Chef wüsste es«, sagte Wedenstein.

»Denken Sie noch mal nach, Herr al-Shamari. Haben Sie nicht doch etwas gehört? Andeutungen, die Sie vielleicht vergessen haben, weil sie für Sie keinen Sinn hatten?«

Al-Shamari dachte nach. »Fragen Sie meinen Kollegen. Vielleicht weiß der was.«

231.

Harun al-Rashid schwieg. Floire saß ihm gegenüber.

»Ich habe Sie getäuscht. Nun ist Ihr Ruf im Eimer. Haben Sie das Video schon gesehen?« Klappte das Notebook auf. Startete den Film.

»Sie sind ein Arschloch«, sagte al-Rashid.

»Danke für das Kompliment. Wenn Sie jetzt nach Hause wollen, ich setz Sie gern ins nächste Flugzeug. Übrigens sind meine deutschen Kollegen auf einem guten Weg. Wenn Ihnen das was sagt.«

Al-Rashid schwieg. Er hatte mit allem gerechnet, aber nicht mit diesem Trick.

Das Telefon klingelte. Lebranc: »Kommen Sie ins Büro. Sofort.«

Floire legte auf und grinste. Befahl dem Uniformierten, zwei Kollegen als Verstärkung anzufordern. Als die erschienen waren, fesselte er al-Rashid die Hände auf den Rücken. »Passen Sie auf den auf. Ist ein ganz schlaues Kerlchen.«

Lebranc saß hinter seinem Schreibtisch. Wäre sein Schädel etwas platter gewesen, hätte man eine Bouillabaisse darauf garen können. Sein Gesicht war hochrot.

Sein Finger wollte den Monitor durchbohren. Der fiel vom Tisch. Floire fing ihn auf. Und stellte ihn übervorsichtig auf seinen Platz.

»Was haben Sie mit diesem Video zu tun?«, fragte Lebranc. Wie ein Dampfkessel leise zischt, bevor er platzt.

»Das war doch eine gute Idee! Al-Rashid wird singen wie eine Nachtigall. Er traut sich nicht mehr nach Hause. Er gilt in seinen Kreisen als Weichei, als Verräter. Den Iranern wird die Sache auch stinken. Eine lächerliche Inszenierung.« Er ging um den Schreibtisch herum. »Schon anderthalb Millionen Klicks. Wenn das kein Erfolg ist.«

»Sie haben so ziemlich alle Vorschriften verletzt, die jemals existiert haben.«

»Meine Missetaten verdammt seit Kurzem meine Chefin bei der *Crim.* Sie haben mich dahin versetzt. Ich glaube aber, dass Manon mir verzeihen wird.«

232.

»Sie sollten Ihren guten Willen beweisen«, sagte Salinger. »Wie hießen die beiden anderen Kavaliere im Mercedes vom Begleitkommando für Canares?«

Al-Shamari stand am Graben. Wenn er sprang, gab es kein Zurück mehr.

»Das ist das Mindeste«, sagte Bob.

»Sie behalten es für sich, dass ich die Namen genannt habe?«

»Wir behalten alles für uns. Die Adressen in Berlin bitte auch.«

233.

Yussuf legte die Fotos auf den Tisch. Er und Salinger hatten sie während der Vernehmungen geschossen.

Sophia saß klein auf dem Sofa. Nahm jedes Foto in die Hand. »Ja, das sind sie. Zwei von ihnen.« Ihre Stimme zitterte. »Das sind die beiden Männer, die ich auch vor der Botschaft erkannt habe. Wo sind die anderen beiden?«

Yussuf versuchte sich vorzustellen, wie man sich fühlte. Klein und schmal, wie sie war, eingezwängt zwischen zwei kräftigen Typen. Ihnen ausgeliefert. Wehrlos. Er setzte sich neben sie und umfasste ihre Schulter. Zog sie an sich. Sie sträubte sich nicht. Sondern lehnte sich an seine Seite. Er roch ihre Haare.

»Diese Fotos stammen aus Visaunterlagen für die Pariser und die Berliner Botschaft. Such die beiden anderen Entführer.« Deutete auf eine Akte auf dem Tisch.

»Es ist gut, dass es dich gibt«, sagte sie. Küsste ihn flüchtig auf den Mund. »Entschuldigung.« Legte die Hand auf die Lippen.

Er nahm die andere Hand. »Das war gut. Könntest du öfter machen.«

Sie errötete und lachte verlegen. Drückte seine Hand, zog ihre weg. »Ja«, sagte sie.

Sie blätterte. Zuerst in den Fotos, die Floire geschickt hatte. Schon beim zweiten sagte Sophia: »Der. Auf jeden Fall.«

Es dauerte weitere fünf Fotos. »Und das ist der andere.«

234.

»Wir brauchen Sie«, sagte de Bodt.

»Ist ja mal was Neues. Welche Gesetze sollen wir brechen?«, fragte Merkow.

»Das weiß ich noch nicht. Wir haben die Namen der beiden anderen Entführer von Sophia Canares. Zwei haben wir verhaftet, zwei noch nicht.«

»Wo wohnen die?«

»Keine Ahnung. Vielleicht in der Villa des Botschafters. Vielleicht in der Botschaft. Vielleicht in irgendeiner Wohnung. Ich schicke Ihnen Fotos und Namen.«

»Warum schickt Frau Salinger nicht jemanden vom LKA auf die Verfolgung?«

»Denken Sie an Ihre erste Frage. Wenn Sie die kriegen, sollten Sie die Herren sicher aufbewahren. Bei der Polizei werden zufällig Anwälte herbeieilen und ihren Mandanten verbieten, auch nur ihre Namen zu nennen. Wir sind gerade in einer Art Vernehmungsphase.«

»Danke. Das Video zuletzt, übrigens, war ziemlich gut. Es macht Furore. Nur werden die Geheimdienste bald herausfinden, dass es ein Theaterstück war. Wenn sie es nicht schon gemerkt haben.«

»Der FSB hat es also rausgekriegt … oder die GRU.«

»Na klar. Aber Harun al-Rashid braucht sich in Riad nicht mehr sehen zu lassen, wenn er an seinem Leben hängt. War es die DGSI?«

»Ich habe keine Ahnung. Bekanntlich bin ich tot.«

»Ich vergaß.«

235.

»Wir werden es zunächst vor der Botschaft versuchen. Präg dir die Bilder ein. Wenn es dort nicht klappt, beobachten wir den Eingang der Botschaftervilla.«

»Wir dürfen also wieder die Drecksarbeit für die machen«, sagte Katt.

»Dafür versorgen die uns mit Informationen, die wir sonst nicht erhielten.«

»Und wir wandeln stets auf dem Drahtseil zwischen Heldentum und Landesverrat«, sagte Katt.

»Macht das Leben aufregend.«

Sie verzog das Gesicht. Aber Merkow kannte sie lang genug. Sie suchte die Gefahr. Die Konfrontation. Und gehörte zu den Leute, die immer durchkamen. Sie konnte glatt sein wie eine Forelle im Wasser und hart, als trüge sie eine Rüstung. Es war nur nicht geklärt, ob sie Merkow mitnahm, wenn es drauf ankam.

Sie verbrachten zwei Tage nahe der Botschaft. Mit Ferngläsern. Sie erkannten jeden, der herauskam und hineinging. Es gab allerdings einen Benz, dessen Fondscheiben getönt waren. Die Leute auf der Rückbank waren nicht erkennbar. Katt schoss trotzdem ein paar Fotos. Nachts bearbeitete sie die Kontraste in Photoshop, aber mehr als Konturen wurden nicht sichtbar. Immerhin war die Rückbank nicht leer.

Es blieb die Villa des Botschafters. »Da sind wir ja schon fast zu Hause«, sagte Katt.

236.

Gott rieb sich die Hände. Das Beste, was einem passieren kann: wenn die Feinde sich gegenseitig erledigten. Er hatte das Video gesehen. Das begann mit den schönen Worten:

Allahu Akbar. Ich bin Harun al-Rashid und erwarte meine gerechte Strafe. Bis zu meiner Gefangennahme durch Kämpfer der Rechtgläubigen war ich Direktor des saudi-arabischen Geheimdienstes. In dieser Funktion, aber schon während meiner gesamten Geheimdienstlaufbahn, habe ich unzählige Verbrechen begangen. Ich war direkt beteiligt an der Ermordung Khashoggis auf persönlichen Befehl des Kronprinzen Mohammed bin Salman. Ich habe Geheimdienstoperationen gegen den Iran und die Hisbollah befohlen.

Und so weiter und so fort. So war es, wenn ein Mann um sein Leben redete. Immerhin hatte der den Angriff auf die Pariser Polizeipräfektur angeführt. Aber es ist ein Unterschied, ob man für seinen Herrscher sterben will oder stirbt. Wille oder Wirklichkeit. Wenn es darauf ankam, starb bei vielen zuerst der Wille.

Gott war auch für das Bündnis mit den Saudis. Aber es war immer besser, sich mit Leuten zusammenzutun, die knieten. Gott sah die Saudis genau dort. Sie waren in das Moor gesprungen und staunten, dass es sie in die Tiefe zog. Harun al-Rashid war ein Geschenk Jehovas. Nach ihrer Niederlage würden die Saudis umso härter arbeiten. Um den gemeinsamen Feind zu vernichten. Um zu beweisen, dass es ohne sie nicht ging.

237.

Sie standen nicht immer am selben Platz. Sie benutzten jedes Mal ein anderes Auto. Mal saß sie vorn und er auf der Rückbank. Manchmal legte sie sich auf die Rückbank und Merkow saß mit einer Kappe hinterm Lenkrad. Er gab sich keine großen Chancen bei der Operation. Ein Botschafter, der so blöd war, Entführer in der Dienstvilla zu verstecken. Nachdem sie Sophia befreit hatten.

238.

»Schön, dass Sie auch im Urlaub arbeiten. So ganz nach Vorschrift ist das nicht.«

Keine Antwort.

»Was ist mit dem Anschlag auf die Moschee?«, fragte Tilly. Und fühlte sich merkwürdig ohne de Bodt. Von dem er die nächste Demütigung hätte erwarten müssen. Es fehlte etwas.

»Generalbundesanwalt«, sagte Salinger. »Die folgen der Spur Ahmed Abdulrahman, wenn es denn eine gibt. Und wir helfen, wo es möglich ist.«

»Was heißt, es gibt keine Spur bei der Moscheesprengung?«

»Das heißt es«, sagte Salinger. »Unser Chef hätte bestimmt eine Idee gehabt.«

Tilly nickte. »Vermutlich.« Er entsann sich ungern, wie de Bodt ihn immer wieder vorgeführt hatte. Lächerlich gemacht hatte, ohne es zu wollen. Es war dem egal gewesen.

»Wir stecken fest«, sagte Tilly.

»Offenbar.« Salinger blickte ihn an. »Ich nehme an, Abdulrahman hat die Moschee gesprengt und ging dabei drauf. Oder wurde danach beseitigt. Spurlos. Ist nicht einfach. Aber wenn man nicht allzu blöd ist. Mafia-Bücher lesen bildet.«

Tilly blickte sie an. Fragte sich, ob Salinger die Rolle de Bodts übernommen hatte. Ihn auf die Schippe nahm, ohne sich eine Blöße zu geben.

Was er sich aber vor allem fragte, war, warum Salinger und Yussuf nicht mehr die geringste Spur von Trauer zeigten.

239.

Am Abend in Salingers Küche. De Bodt lehnte sich an die Wand. Katt, Salinger und Merkow saßen. Yussuf bastelte an Salingers Kaffeemaschine. Die er als Schrott eines vergangenen Jahrtausends verachtete. »Wenn die Zander das Ding sieht, fällt sie tot um. Und obduziert sich selbst.«

»Wir versuchen es morgen noch einmal, aber dann geben wir auf«, sagte Merkow. »Vielleicht sind die längst über die grüne Grenze abgehauen. Wär ich an deren Stelle.«

»Ich glaube, die brauchen die Typen noch als Reserve. Sonst hätten wir die beiden anderen nicht erwischt. Jetzt hoffen die Schlaumeier, dass wir annehmen, die beiden anderen seien verschwunden.«

»Das ist mir eine Ecke zu viel«, sagte Katt. »Wie gesagt …«

»Fassen wir zusammen, ja?«, sagte de Bodt.

»O Gott!«, sagte Salinger. Griff sich in gespielter Verzweiflung in die Haare.

»Nee, ist gut. Ich blick nicht mehr durch«, sagte Yussuf. »Und du in Wahrheit auch nicht.«

»Bringen wir es hinter uns.«

»Der Fall beginnt mit der Ermordung zweier Filipinas, einer in Berlin, einer in Paris. Eine dritte wird entführt, Sophia. Eine vierte arbeitet in einem iranischen Haushalt und sieht keinen Grund, Angst zu haben: Elizabeth Santos. Sophia Canares hatte Kontakt mit Floire und wurde spätestens seitdem überwacht. Die Saudis glaubten vielleicht, es mit einer Spionagezelle zu tun zu haben. Der lächerlichste Fall der Spionagegeschichte. Mata Haris waren sie jedenfalls nicht.«

»Im Unbedeutenden mag sich Wichtiges verstecken«, sagte Yussuf.

Alle blickten ihn an und begannen zu lachen. »Lass den Quatsch. Das kann unser Vertreter Hegels auf Erden besser«, sagte Salinger.

De Bodt grinste. »So wird ein Haar, ein Korn weggenommen und dies so wiederholt, dass jedes Mal nach dem, was zugegeben worden, nur eines weggenommen wird; zuletzt zeigt sich die qualitative Veränderung, dass der Kopf, der Schweif kahl, der Haufe verschwunden ist.« Wandte sich an Yussuf. »Falls du das meintest.«

»Ich wollte euch nur nicht mit dem Original überfordern. Sondern habe eine Art Übersetzung geliefert, die eurem geistigen Horizont entspricht.«

»Wir sind dir sehr dankbar«, sagte Salinger.

»Wenn wir davon ausgehen, dass die drei jungen Frauen tatsächlich Informationen sammelten, die jede für sich genommen unwichtig waren«, sagte Merkow.

»Glaube ich nicht«, sagte Yussuf.

»Weißt du's?«, fragte Salinger.

»Nein. Ich werde Sophia noch mal fragen«, sagte Yussuf.

»Machen wir weiter. Bei den Ermittlungen schnappen die französischen Kollegen Bassir. Die Saudis schicken ein Killerkommando, angeführt von Harun al-Rashid selbst. Dem Geheimdienstchef. Der ziert mittlerweile ein Video, das angeblich iranische Revolutionsgarden gedreht haben. In Wahrheit waren es unsere französischen Kollegen. Ich habe ein bisschen geholfen. Zwar ist die Tarnung der Franzosen aufgeflogen. Das entwertet al-Rashids Aussage aber nicht. Er ist nun zum sprudelnden Quell von Informationen geworden.«

»Welch blumiger Unsinn«, sagte Salinger.

»Gut, ist schiefgegangen. Aber ihr versteht, was ich meine. Weiter: Wir setzen die Herren Malawi und Gassama fest. Die werden aber im LKA erschossen. Offenbar sollten sie die Spuren der Moscheesprengung verwischen, erwiesen sich aber in den Augen der Saudis nicht als druckresistent.«

»Was ist mit Bassir?«, fragte Katt.

»Habe ich Ihnen das nicht gesagt? Der sitzt in einem französischen Atombunker und plaudert. Aber er weiß nichts über das Motiv. Haben wir das Motiv, haben wir die Täter. Mit ein bisschen Glück.«

»Bisher gehen wir von einem Angriff auf den Iran aus«, sagte Merkow. »Vermutlich mit einer Atomrakete, die sie an die Startposition gefahren haben, als wir einen Satellitenschaden hatten«, sagte Merkow.

»Woher wussten die das?«, fragte Salinger.

»Ich nehme an, die NSA hat sich in unsere Übertragungswege gehängt. Oder die haben einen Spion in unserem System.«

»Aber stellen wir uns mal vor, die Saudis tun nur so, als wollten sie den Iran angreifen«, sagte de Bodt. »Und bauen uns die Theaterbühne auf. Könnte sein, die führen uns an der Nase rum. Und die Leute, die wir einfangen, erzählen uns, was sie für wahr halten. Weil sie es nicht besser wissen. Womöglich hat MbS gehofft, dass sein Geheimdienstchef draufgeht in Paris. Weil er ein falsches Wort gesagt hat. Egal, wenn er überlebte, würde er uns erzählen, was ihm der Kronprinz unter dem Siegel der Verschwiegenheit verraten hat. Atomrakete und so weiter. Bündnis mit den USA und Israel. Den Iran in die Steinzeit zurückbomben. Das glaubt dann jeder. Weil jeder weiß, dass diese geheime Koalition die Mullahs hasst. Die nehmen sich nichts. Was aber nicht ins Bild passt: Die Saudis fluten den Ölmarkt, was am Ende ihnen am meisten schaden wird. Jetzt schon schadet, zusammen mit dem Krieg. Seine Protz-Roboter-Zukunftsstadt kann sich MbS abschminken. Wer hätte jemals gedacht, dass denen für irgendwas das Geld fehlt.«

»Und es geht gegen uns«, sagte Merkow. »Unsere Wirtschaft hängt vom Ölverkauf ab. Wir können aber nicht so billig produzieren wie die Saudis. Wenn die einen Finger in den Sand stecken …«

»Ja, vielleicht ist das alles ein Ablenkungsmanöver, um Russlands Wirtschaft zu zerstören. Dessen Finanzreserven reichen nicht mehr lang. Nicht so lang wie die der Saudis, obwohl die auch schon Angst haben. Die Amerikaner produzieren Öl derzeit unter Verlusten, die ihnen aber der Staat ausgleicht. Und es lockt die Aussicht, einen Konkurrenten aus dem Markt zu schießen. Zumal Russland. Wir starren auf die Atomrakete, die sie im irakischen Sand versteckt haben. Dabei ist das vielleicht nur eine Attrappe.«

240.

Jasmin hatte angerufen. Aber Yussuf hatte sie weggedrückt. Er hatte die Nase voll von on/off. Wie das heutzutage hieß, wenn man sich nicht auf seinen Partner einlassen wollte. Der eine Beschäftigung neben anderen war.

Er rief Sophia an. Sie freute sich. »Es geht um die Ermittlungen«, sagte er.

»Klar.«

Yussuf lachte und legte auf. »Ich ermittle bei Frau Canares«, sagte er.

»Beeil dich. Du musst deinen Schreibtisch noch aufräumen.« Salinger spielte die strenge Chefin eines Untergebenen in der Spätpubertät. Schickte ihm ein »Viel Spaß!« hinterher. Yussuf fand Zeit, sich in der Tür umzudrehen und ihr den Mittelfinger zu zeigen. Vogel 2.0.

Er hätte fast Krüger umgerannt. »Wohin des Wegs, junger Kollege?«

»Ermittlungen, was sonst. Für Barbesuche wär's zu früh.«

Bevor Krüger was einfiel, war Yussuf davongetrabt.

Er nahm sie in den Arm. Küsste sie vorsichtig. Er spürte ihre Unsicherheit. »Krieg ich einen deutschen Pass, wenn ich bleibe?«

»Zuerst kriegst du eine Aufenthaltserlaubnis, unbegrenzt. Dann lernst du Deutsch und machst den bescheuerten Test und kriegst die Staatsbürgerschaft. Wenn du das willst.«

»Auch wenn du mich nicht mehr … magst.«

»Ja, versprochen. Die Aufenthaltserlaubnis kläre ich, wenn ich zurück im Büro bin. Ich brauche deinen Pass und dein Visum …«

»Ich habe nur ein französisches.«

»Egal.«

Sie öffnete einen kleinen Rucksack und gab ihm den Pass. Er blätterte. Das Visum war eingestempelt.

»Keine Angst, das klappt. Sogar wenn du mich zum Teufel jagst.«

Sie lachte. »Habt ihr auch einen Teufel?«

»Der ist schlimmer als dein Katholikensatan.«

»Wie schön.«

»Ich habe noch eine Frage: Wenn du noch einmal nachdenkst. Wenn du auch an das Unwichtigste denkst, das du in letzter Zeit erfahren hast. Wenn es dir vielleicht peinlich ist. Weißt du irgendwas von einem saudischen Geheimnis, das du oder eine deiner Freundinnen aufgeschnappt haben könntet? Etwas, das dir nebensächlich oder abseitig erscheint. Das du fast vergessen hast. Ein Wort, ein Halbsatz …«

»Ich weiß nichts. Und wenn Chloe was gewusst hätte … Sie hätte es mir verraten.«

»Warum haben die deine Freundinnen ermordet und dich entführt?«

»Ich weiß es wirklich nicht.«

»Könnte es sein, dass die eine Spionagegeschichte erfinden wollten? Oder sie haben euch verdächtigt, mit Elizabeth Santos Infos auszutauschen? Wobei die nie auch nur bedroht wurde.«

Sie schüttelte den Kopf. »Bevor du mich weiter mit Fragen löcherst: Willst du einen Tee? Dazu müsstest du aber wenigstens in die Küche kommen.«

»Was heißt ›wenigstens‹?«

»Mein Englisch ist leider nicht perfekt.«

Natürlich war es perfekt.

241.

Am Abend bei Salinger. Nur sie, de Bodt und Yussuf. Der noch fröhlicher schien als sonst.

»Um die Zusammenfassung zusammenzufassen …«

»Welch geglückte Formulierung«, sagte Salinger. Zu de Bodt: »Nicht eifersüchtig werden. Das sind die Hormone.«

»Die philippinischen Frauen wissen wirklich nichts. Ich hatte vermutet, dass die Saudis befürchten, sie könnten Elizabeth Santos etwas verraten haben. Sophia sagt, dass sie selbst nichts verraten hat. Auch nicht konnte, da sie nichts wusste. Ihre Freundinnen Chloe und Ala haben nicht die geringste Andeutung gemacht.«

»Um diese umwerfenden Neuigkeiten einzuholen, hast du den halben Tag gebraucht?«, fragte Salinger.

»Die Zeit ist der Begriff selbst, der da ist und als leere Anschauung sich dem Bewusstsein vorstellt«, sagte de Bodt. »Man kann in sie jede schmutzige Fantasie füllen.«

»Du meinst doch nicht etwa dich. Du hast bestimmt gemerkt, dass ich beim Thema Hormone taktvoll geschwiegen habe. Als Dank krieg ich einen Kalenderspruch. Willst du den wenigstens erklären?«, fragte Salinger.

»Nee, selbst nachlesen, Hegel, Werke, Band 3, Seite 584.«

»Wenn wir vielleicht wieder über Ermittlungen sprechen könnten«, sagte Yussuf.

»Ich tue die ganze Zeit nichts anderes«, sagte de Bodt. »Wenn wir alle unsere Erkenntnisse zusammenfassen: Die Saudis und wer noch wollen, dass es nach Krieg gegen den Iran aussieht. In Wahrheit führen sie einen Wirtschaftskrieg. Sollte Teheran unter einem Atombombenpilz verschwinden, erklär ich das Gegenteil.«

242.

Die Geschichte in der *Post*. Der weitere Geschichten und Kommentare folgten. Das Video mit den falschen Revolutionsgardisten. Woronski fühlte sich verarscht. Er hatte sich selbst verarscht. Hatte ihn jemand dazu getrieben, *Deep Throat* zu spielen? Und ihn benutzt? Gewusst, dass er allergisch reagieren würde, wenn er was über einen neuen Krieg hörte? Nachdem die letzten die Lage nur verschlechtert hatten? Man siegte und stand blöder da als vorher.

Hatte Bolden ihn bei der letzten Konferenz nicht angegrinst? *Gut so, mein Junge. Du weißt zwar nicht, was du tust. Aber du tust das Richtige.*

Woronski starrte auf den Bildschirm. Verfolgte die Nachrichten. Kriegsgerüchte. Von *1914* war die Rede. Wenn es nach ihm ging, sollten sie besser über *1939* munkeln. Die Wirtschaft kriselte. Bereit zum Absturz. *1929* blickte einen an in den Wirtschaftskommentaren. An der Wallstreet gab es nur eine Richtung. Nach unten, immer tiefer. Fünfzehn Prozent heute, neun gestern. Der Supercrash.

Wer auf ihn gewettet hatte, zog das große Los.

243.

Kommt. Ruft Verstärkung.

Merkow simste Bilder von zwei Männern in einem 7er BMW. Yussuf schickte die Bilder an Sophia. Sie antwortete sofort.

Ja. Das sind die beiden anderen.

Wohin?, simste Yussuf.

Kreuzung Klingelhöfer-/Tiergartenstraße. Da gibt's gleich einen Unfall. Beeilt euch.

Sie rasten los. Krüger folgte. Strefenwagen. Krankenwagen.

»Wie viele Fahrzeuge sind verwickelt?«, fragte Krüger per Funk.

»Wissen wir noch nicht. Vielleicht zwei.«

»Wenn der wüsste, dass der Unfall erst stattfinden wird«, lachte Yussuf. Und gab Gas.

Sie fuhren durch Stau, teilweise über Bürgersteig. Sahen einen 7er BMW und einen Passat. Der dem anderen mit Vollgas ins Heck gefahren sein musste. Die beiden Fahrer des BMW lagen gefesselt auf dem Bürgersteig. Von den Insassen des anderen Autos nichts zu sehen.

»Fahrerflucht, na klar. Mietwagen, Papiere und Scheckkarte gefälscht. Den Verursacher finden wir nie. Wie schade«, sagte Salinger.

Zwei Streifenwagen waren mit Geheul und Blaulicht hinter ihnen. Die Beamten stiegen aus. »Nehmen Sie die beiden mit zum LKA 1. Jedem steht ein eigenes Vernehmungszimmer zu.« Zu den beiden anderen Uniformierten: »Bitte sorgen Sie dafür, dass der BWM zur KTU kommt. Komplett auseinandernehmen. Gruß an Uhlenhorst.«

»Klar«, sagte der Streifenführer und rief den Abschleppdienst an.

Yussuf schickte eine Nachricht über Signal an Merkow.

Danke.

Der Streifenführer zu einem Kollegen: »So schnell waren wir noch nie am Unfallort.«

244.

Gott lächelte. Es war ein Plan, den niemand mehr durchkreuzen konnte. Sogar wenn die Feinde ihn kannten, würde er klappen. Sie würden alle ihre Feinde auf einen Schlag treffen. Vernichten. Und die hatten keine Gegenwehr. Kurz bevor es zu Ende war, würden sie die iranischen Atomanlagen in Stücke bomben. Vollenden, was sie im Cyberkrieg begonnen hatten. Gott war klar, dass die iranische Atombombe ein Popanz war. Die Mullahs waren zwar nicht von dieser Welt, aber nicht dumm. Sie wussten, dass sie ab dem Tag Freiwild waren, da sie eine Bombe herstellten. Oder nur behaupteten, eine zu bauen. Wenn irgendetwas sie dazu gebracht hätte, dann der Druck, die Sanktionen. Und das Beispiel Nordkorea, dessen Herrscher sich jede Frechheit herausnehmen konnte. Weil die Welt glaubte, dass sie mit Atomsprengköpfen antworteten, würden sie angegriffen.

Gott war zufrieden. Es hatten sich alle in die Lage manövriert, in die sie gehörten. Das Spiel konnte beginnen. Warum fair spielen, wenn es sich unfair umso besser siegte?

245.

Salinger tat so, als suche sie was in ihrem Handy und knipste ihr Gegenüber. Schickte das Foto an Sophia. Sicher ist sicher.

»Ja, das ist der eine. Ohne jeden Zweifel.«

Sie identifizierte auch den Mann, der Yussuf im Vernehmungsraum gegenübersaß. »Youssef« hätten ihn die anderen genannt. Er sei der Chef der Gruppe. Youssef al-Tunayan.

»Sie haben das Entführungskommando geleitet«, sagte Yussuf. Blickte den Mann kaum an. Suchte auf dem Handy nach dem Namen. Ein Fußballspieler hieß so. »Mögen Sie Fußball?«

Al-Tunayan blickte ihn an. »Ja, warum nicht?«

»Ich bin Schiedsrichter«, sagte Yussuf. »Nichts Bedeutendes, nicht in der Bundesliga, weit darunter. Aber es gelten überall die gleichen Regeln. In unseren Ländern gelten auch gleiche Regeln. Zum Beispiel bei Entführungen. Die sind verboten. Ich weiß nicht, was Ihnen in Saudi-Arabien passiert, wenn Sie jemanden entführen. Vielleicht beide Hände ab.«

»Unsinn«, sagte der Mann. »Wir sind ein zivilisierter, sittlicher Staat.«

»Deswegen verlegen Sie Verbrechen woandershin?«

»Verbrechen?«

»Entführung. Das Opfer hat Sie zweifelsfrei identifiziert. Das reicht für ein paar Jahre Knast.« Er schob ihm die Fotos von der Tankstelle zu.

»Meine Regierung wird mich austauschen.«

»Wird sie nicht. Sie wird Ihre Existenz leugnen. Sich von Ihnen distanzieren.«

»Aber Sie brauchen unser Öl.«

»Ich glaube, unsere Industrie kauft gerade viel Saudi-Öl und bunkert es. Ist so schön billig. Aber wir kämen auch ohne aus. Die Zeiten haben sich gewandelt. Nett übrigens, dass Sie nicht die Diplomatenmasche versuchen. Hat bei den anderen beiden Kollegen nicht geklappt.«

Der Mann schwieg ihn an. Er hatte die beiden oberen Knöpfe seines Hemdes geöffnet. Haare ragten heraus. Er hatte einen starken Brustkorb und kräftige Oberarme.

»Mir wird es langweilig, Leuten wie Ihnen immer das Gleiche erklären zu müssen. Sie können Ihre Zeit im Gefängnis verkürzen, wenn Sie aussagen. Und wenn Ihre Aussage hilft, gehe ich zum Staatsanwalt und hole noch mehr raus. Dann sind Sie bald wieder bei Frau und Kindern in Riad.«

Al-Tunayan legte den Kopf schief. »Ich möchte einen Anwalt.«

»Kein Problem«, sagte Yussuf. »Der wird Ihnen raten, nichts zu sagen. Dazu brauchen Sie keinen Anwalt.«

Al-Tunayan überlegte.

»Wir werden in ein paar Tagen den Plan enthüllen. Der hinter allem steckt. Dabei kommen Sie schlecht weg. Der große Frieden ist es nicht. Das darf ich Ihnen jetzt schon verraten.«

Yussuf schaltete das Aufnahmegerät aus.

»Überlegen Sie es sich gut. Vielleicht gibt es in zwei Wochen Ihren Kronprinzen nicht mehr.«

Al-Tunayan lachte. Aber es klang falsch.

»Der glaubt, wenn er mit der Khashoggi-Sache durchkommt, kommt er mit allem durch. Stimmt aber nicht. Er überzieht. Und viele Länder haben die Nase voll von diesem Herrn. Sie wollen die Russen abschmieren lassen. Aber davon wissen Sie natürlich nichts. Sie sind ja nur der Laufbursche Ihrer Majestät.«

Al-Tunayan kniff die Augen zusammen.

»Was glauben Sie, wie lange sich die Russen das angucken? Die gehen fröhlichen Lächelns unter? Glauben Sie das wirklich?«

Al-Tunayan hob die Brauen.

»Die werden ihr letztes Geld jeder Dschihadistenbande schenken und Saudi-Arabien in ein Bombengürtelparadies verwandeln. Die Erben bin Ladens. Und grüne Männchen schicken. Tschetschenen auf sie loslassen.«

Al-Tunayan starrte ein Loch in die Tischplatte.

»Sind Sie verheiratet? Das ist kein Staatsgeheimnis.«

Al-Tunayan nickte, als fiele es ihm schwer.

»Sie haben Kinder?«

Nicken.

»Wie viele?« Wann redet der Kerl endlich? Yussuf erinnerte sich mancher Vernehmungen seines Chefs. Die dauerten vielleicht fünf Stunden. Während viereinhalb herrschte Schweigen.

»Drei.«

»Söhne? Töchter?«

»Zwei Söhne, eine Tochter.«

»Sie werden sie nicht aufwachsen sehen. Sie werden nicht mit ihnen sprechen können. Auch nicht mit Ihrer Frau. Sie werden in einer Zelle sitzen. Vielleicht allein, vielleicht zusammen mit einem Arschloch, das Kinder gefickt hat.«

Al-Tunayan blickte ihn an.

Yussuf erkannte Traurigkeit in den Augen. Vielleicht. Er schwieg.

Nach einer Stunde bat der Gefangene um einen Kaffee und Wasser. Der Uniformierte neben der Tür fesselte al-Tunayans Hände an den Tisch. Und verließ den Raum.

Yussuf ging in den Nebenraum, wo er auf einem Bildschirm verfolgte, wie Salinger genauso verzweifelte wie er.

Er kehrte in seinen Vernehmungsraum zurück. Inzwischen standen Wasser und Kaffee auf dem Tisch. Auch für Yussuf. Der nickte dem Kollegen zu. »Danke.«

Während der nächsten zwei Stunden geschah nichts. Aber al-Tunayan verlangte nicht mehr nach einem Anwalt. Er blickte zur Tür und grübelte.

246.

Floire hatte mit Yussuf telefoniert. In der Tat, mieser konnte die Lage nicht sein. Sie waren so gut wie sicher, wer der Auftraggeber der Anschläge war. MbS. Dem Paris am liebsten alle Waffen verkaufen würde. Panzer, Flugzeuge, Gewehre, Kanonen, U-Boote. Vielleicht ja mal einen Flugzeugträger?

Harun al-Rashid war redselig geworden. Er hatte den Videoschock überwunden. Niemand konnte ihm helfen. Außer denen, die ihn reingelegt hatten.

»Ich glaube nicht, dass Ihr Land eine Atomrakete in Stellung gebracht hat«, sagte Floire.

Es standen sogar Leckereien einer Patisserie auf dem Tisch. Kaffee, Wasser, Tee.

»Ich weiß es nicht besser«, sagte al-Rashid.

»Was heißt, dass der Geheimdienstchef eines Landes nicht weiß, was seine Regierung vorhat.«

»Das heißt es. Ich habe vor meiner … Reise nach Paris an mehreren Sitzungen teilgenommen. Mehrere Minister waren anwesend, immer der für Verteidigung, zweimal sogar MbS. Sie haben unumwunden erklärt, dass sie Teheran vernichten würden. Dass der Mossad helfe.

Der würde mit einer Cyberattacke die iranische Raketenabwehr ausschalten. Dass die Amerikaner helfen würden. Sie hätten die Rakete in Teilen ins Land gebracht. Sie würden Saudi-Arabien Atomwaffen verkaufen, sobald der Friedensvertrag mit Israel unterschrieben sei. Sonst gebe es Ärger im Kongress und mit den Medien. Es herrsche die Doktrin, dass niemand im Nahen Osten stärker werden darf als Israel. Das eröffnet den USA die Chance, den Israelis noch mehr Waffen zu verkaufen. Jeder profitiert. Nur die Russen und die Iraner verlieren. Wir hoffen, dass es einen Aufstand in Russland gibt, wenn die Wirtschaft dort zusammenbricht. Mohammed bin Salman hat das klargemacht: Eine Operation, bei der es auf der einen Seite nur Gewinner und auf der anderen nur Verlierer gibt.«

»Nun waren die Unternehmungen Ihres Kronprinzen bisher unglücklich. Mir kommt es so vor, als wären Ihre Leute pleite.«

Al-Rashid blickte ihn lange an. »Da haben Sie vermutlich recht.«

»Das war lange abzusehen, auch wenn die Coronakrise es beschleunigt hat.«

»Dennoch hat MbS vorgesorgt.«

»Durch Krieg sorgt man nicht vor.«

»Ich weiß nicht, wie. Das letzte Mal, als er anwesend war, hat er alle beruhigt. Vor allem der Verwalter der königlichen Kasse, der sogenannte Finanzminister war nervös. ›Macht euch keine Sorgen. Wir werden jeden Tag reicher.‹ Da der Prinz keinen Unterschied zwischen dem Staatshaushalt und seiner Privatkasse kennt, habe ich das nicht ganz verstanden. Wird er reicher? Wird das Land reicher? Werden beide reicher?«

»Wie?«

Harun al-Rashid blickte ihn ratlos an. »Ich habe keine Ahnung.«

»Der Finanzminister offenbar auch nicht.«

Al-Rashid nickte.

»Und warum haben Sie sich dann für ihn geopfert?«

Harun al-Rashid überlegte. »Fast hätte ich gesagt, ich weiß es nicht mehr. Aber wenn man direkt unter MbS arbeitet, ist klar, was der von einem erwartet. Und dass man Befehle erfüllt, ohne zu fragen. Sogar wenn sie nicht ausgesprochen werden. Der Kronprinz hat mich aufgesucht … eine Ehre … und mir sein Leid mit Bassir geklagt. Am Ende hatte ich keine Wahl. Ich musste mich freiwillig melden, um den Verräter zu töten.« Blickte Floire unsicher an. »Das verstehen Sie nicht?«

»Doch. Ich habe mich während meines Studiums mit Diktaturen, Polizeistaaten und so weiter beschäftigt. Bedingungsloser Einsatz. Die Herrscher glauben, dass sie alles verlangen können. Ob sie die Macht erobert oder geerbt haben, das bleibt ihre letzte Heldentat. Die ihnen das Recht gibt, andere in den Tod zu schicken. Denken Sie nur an Chomeini, der im Krieg gegen den Irak Kinder in die Minenfelder des Feindes getrieben hat.«

Al-Rashid blickte ihn erstaunt an. Er erwartete in einem Vernehmungszimmer keine historischen Belehrungen. Nein, dieser Polizist war etwas Besonderes. Er hatte das Video inszeniert. Ein raffiniertes Mittel, um al-Rashid den Rückweg zu verbauen. Niemand würde ihn mehr austauschen. Sogar wenn MbS gestürzt würde. Die Iraner würden ihn auch nicht haben wollen außer für Folter und Todesstrafe. In ihren Augen hatte al-Rashid geholfen, sie lächerlich zu machen. Dieses Video war inszeniert, und er hatte seine Rolle gespielt. Überhaupt, warum sollte man für einen Ungläubigen, Verräter am wahren Glauben, einen Finger krumm machen? Die Amerikaner würden MbS nicht in den Rücken fallen. Die Russen ihn im günstigsten Fall auf der Folterbank strecken und dann wegwerfen

Floire sollte zufrieden sein. Er hatte den Mann in der Ecke. Floire versuchte, den Schatten in seinem Hirn wegzuwischen. Bevor der sich zu Mitleid entwickelte. Genau betrachtet saß er vor seinem Opfer. Das war kein gutes Gefühl. Die Einsicht in die Notwendigkeit bedeutet nach Hegel Freiheit. Aber nicht Trost.

»Ich habe den Eindruck, Ihr Kronprinz verarscht uns alle.«

»Ich auch«, sagte al-Rashid. »Wenn ich wüsste, wie und warum, ich würde es Ihnen sagen.«

»Glauben Sie, dass Ihr Nachfolger Hossam El Badry in die Operation einbezogen wird? Wie beurteilen Sie ihn?«

»Es kann sein, dass MbS mich … veranlasst hat, die Operation in Paris anzuführen, damit El Badry mir nachfolgen kann. Wäre ich abgesetzt worden, es hätten sich unweigerlich Gerüchte verbreitet. Er hat ja schon Teile der eigenen Familie hinter Gitter gebracht. Das hat ihm Feinde beschert. Die wetzen die Messer. Ich hatte einige Gönner unter den Verhafteten. Man braucht in Riad Rückhalt in der königlichen Familie, sonst ist man gleich weg oder kommt nie auf einen hohen Posten. El Badry ist ehrgeizig, intrigant und intelligent. Gut möglich, dass der Kronprinz ihn beauftragt hat, die Operation zu leiten. Und eine seiner ersten Maßnahmen war, mich nach Paris zu schicken, um Bassir zu töten.«

»Warum? Wir haben bisher nichts aus ihm herausgekriegt. Er weiß offenbar nichts.«

»Er hat diese Filipina ermordet. Vorher vergewaltigt. Eine Schande! Aber er weiß sonst wirklich nichts. Stellen Sie ihn vor Gericht.«

»Sagen Sie gegen ihn aus?«

»Ja, wenn es Ihnen gelingt, mich zu beschützen.«

247.

»Laut Floire hat Harun al-Rashid bestätigt, dass Bassir Chloe Flores vergewaltigt und ermordet hat. Und wahrscheinlich noch ein anderer. Mindestens bei der Beseitigung der Leiche muss er einen Helfer gehabt haben«, sagte Yussuf.

»Muss er?«, fragte Salinger. »Die Frau wog keine fünfzig Kilo. Das kann er allein schaffen. Nur, warum hat er sie vor der Dalida-Büste abgelegt?«

»Ablenkungsmanöver. Hat vielleicht zu viele Serienkillerfilme gesehen. Wollte uns auf ein sexuelles Motiv führen«, erwiderte de Bodt. »Ich habe das Gefühl, wir wissen alles und doch nichts. Vielleicht sollten wir das, was wir wissen, neu ordnen. Wir müssen alle unsere Annahmen überprüfen. Fangen wir mit dem Motiv an. Wollen die Saudis wirklich einen Atomschlag auf Teheran? Zusammen mit ihren Alliierten, den USA und Israel? Von der israelischen Regierung wissen wir, dass sie fanatisch in Washington agitiert hat, um die iranischen Atomanlagen zu bombardieren. Die Amerikaner überziehen den Iran mit Sanktionen. Die anderen Teilnehmer des Atomvertrags haben sich lächerlich gemacht. Daran hat der Präsidentenwechsel nichts geändert.«

Es war nach Mitternacht, doch immer noch heiß und schwül.

»Die brauchen keinen Krieg, um den Iran fertigzumachen. Man kann jemanden mit einer Granate totsprengen oder genüsslich erdrosseln«, sagte Salinger. »Warum sollten sie die Garotte nicht enger ziehen? Risiko gleich null, Erfolgschancen über neunzig Prozent. Die brauchen keine Rakete. Ein Atomangriff auf den Iran könnte den Dritten Weltkrieg auslösen.«

»Mach's kurz. Wir haben nicht den Hauch einer Ahnung, worum es geht.« Yussuf stand am geöffneten Fenster und qualmte eine Selbstgedrehte.

»Von vorn anfangen heißt nicht wiederholen, was wir annehmen«, sagte de Bodt.

»Danke, Herr Oberlehrer«, sagte Yussuf.

»Es heißt, alle Fragen noch einmal zu stellen und nach neuen Antworten zu suchen. Wir haben die Ermittlungen gegen die Wand gefahren und drehen uns seitdem im Kreis. Wir hatten noch nie so viele Indizien, Beweise, Zeugen, überführte Täter. Und so wenig Ahnung, wie das alles zusammenpasst. Fangen wir bei den Morden an den Frauen aus Manila an. Was für einen Sinn hatten die? Wir haben die Täter. Sie haben geredet, wenn sie nicht umgebracht wurden.«

»Die haben nicht gelogen. Die wissen nichts«, sagte Yussuf.

»Ich fürchte, die Figuren in Riad, Tel Aviv und Washington haben auf unseren Vorurteilen gespielt wie auf einem Klavier. Natürlich halten viele einen Angriff auf Teheran oder auf die Atomanlagen für wenig überraschend. Und auf dieser Überzeugung haben die Konsorten ihren Plan gestrickt. Wo liegen die Nöte der Amis?«

»Sie haben ein irrationales Verhältnis zum Iran, seitdem Chomeini die US-Botschaft besetzen ließ. Jeder in den USA kann sich vorstellen, warum man die Mullahs hassen muss. Aber niemand dort will sich vorstellen, dass die Iraner die USA hassen. Geschichtsvergessenheit. Blindheit.«

»Ja, ja«, sagte Salinger.

»Nee, ist wichtig, das Motiv in dem Gestrüpp zu suchen«, erwiderte Yussuf. »Kommen wir zu den Saudis. Welches Motiv haben die?«

»Da ist erstens die Rivalität um die Herrschaft in der Region. Zweitens der Streit zwischen Schiiten und Sunniten«, sagte de Bodt. »Wobei der Wahhabismus der Saudis den Sunniten zuneigt. Es geht nicht zuletzt darum, wer im zerstörten Irak das Sagen hat. Teheran oder Riad und/oder Washington.« Er kratzte sich am Kopf. »Wir hatten reichlich verrückte Fälle. Aber in diesem hier sollen philippinische Dienstmädchen was zu tun haben mit dem Dritten Weltkrieg.«

Sein Telefon klingelte. »Ja, ich komme.« Kramte die Maske heraus und bat Salinger, ihn zur Kanzlerin zu fahren.

Schicken Sie mir eine SMS, wenn Sie vor der Tür stehen.

Salinger fuhr ihn hin. »Wenn das mal gut geht.«

248.

Die Kanzlerin erwartete ihn wieder vor der Tür. Nicht dass ein übereifriger Bulle eine Personenkontrolle wagte.

»Herr Meier, seien Sie willkommen«, begrüßte ihn die Kanzlerin laut.

De Bodt leise: »Meine Freundin und Nachfolgerin kennen Sie ja bereits.«

Salinger deutete eine Verbeugung an. »Ich kann auch im Auto warten.«

»Nein, nein. Wenn der Herr Meier Sie mitbringt, hat das einen guten Grund. Ich werde meinen Mann dazubitten, wenn er nicht schon schläft.«

Er schlief noch nicht. Süß begrüßte de Bodt mit dem Maximum an hanseatischer Freude. Die gab es auch außerhalb Hamburgs, doch leider selten.

Er schien das Schlimmste überwunden zu haben. Hantierte mit der einen Hand so natürlich, als hätte die andere nie gefehlt. Bereitete grünen Tee, dritter Aufguss, und einen Espresso für Salinger. Er trank Wein und weigerte sich, de Bodts Hilfe anzunehmen. Klemmte sich die Flasche unter den handlosen Arm und zog mit der Hand routiniert den Korken heraus. Roch am Flaschenrand. Nickte zufrieden. Goss ein.

»Wie steht's mit den Ermittlungen?«, fragte die Kanzlerin. »Erstaunlich, für mich jedenfalls sind Sie die erste Leiche, die ermittelt.«

»Ich verlange von meinen Mitarbeitern natürlich Kadavergehorsam.«

Salinger lachte, hielt sich die Hand vor den Mund.

»Ist er wirklich so schrecklich als Chef?«

»Schrecklicher«, sagte Salinger.

»Hab ich mir gedacht. Glauben Sie bloß nicht, ich sei besser. Also, die Ermittlungen.«

»Das Labyrinth in komprimierter Fassung. Es sterben reihenweise Araber, oder sie werden geschnappt. Ich glaube, dass MbS und seine Verbündeten uns an der Nase herumführen. Sie ermorden und entführen zuerst Filipinas, dann gibt's einen Auftrieb von saudischen Schlagetots. Sie schicken sogar ihren Geheimdienstchef mitten hinein ins feindliche Lager, angeblich um eine minderbemittelte Figur zu ermorden. Als wüsste diese Figur etwas. Nicht mal der Geheimdienstchef … Dem geht gerade auf, dass MbS sein unausgesprochenes Rücktrittsangebot angenommen hat. MbS hat wohl gehofft, dass die Franzosen al-Rashid umbringen …«

»Aber da spielte ein deutscher Hauptkommissar den Bassir, und die französischen Polizisten nahmen den Angreifer gefangen«, sagte die Kanzlerin.

»So ungefähr«, sagte de Bodt.

Süß servierte. Setzte sich in seinen Sessel. Nippte am Wein. »Warum sind Sie immer genau da, wo es brennt?«, fragte er.

»Wenn ich immer da wäre, würde es nicht so oft brennen.«

Süß lächelte. »Schade, dass Sie tot sind. Vergessen Sie die Wiederauferstehung nicht.«

»Im Augenblick fühle ich mich gut so. Mal sehen, vielleicht ziehe ich es vor, tot zu bleiben.«

Süß hob die Brauen. Trank einen Schluck. Schloss die Augen.

»Was sollen wir machen?«, fragte die Kanzlerin.

»Ich weiß es nicht.«

»Das macht Sie menschlich …«

»Und ausgerechnet jetzt ist er tot«, sagte Süß. Der Aussprache nach zu urteilen, war es nicht sein erstes Glas Wein.

Was würde ich an seiner Stelle nach dieser Entführung und Verstümmelung tun? De Bodt schloss kurz die Augen, verdrängte den Gedanken. »Ich hatte Ihnen von der Gefahr einer saudischen Rakete berichtet.«

»Wir haben die Bilder. Der BND weiß, wo die Rampe steht. Die Amerikaner könnten sie ausschalten«, sagte die Kanzlerin.

»Seit wann schalten die eigene Raketen aus?«

»Ich habe mehrfach mit dem US-Präsidenten telefoniert. Der tut so, als wüsste er nichts. Dabei handelt es sich zweifellos um eine amerikanische Rakete, die Washington an die Saudis geliefert hat. Womöglich mit Atomsprengköpfen.«

»Ich glaube nicht mehr, dass es die Rakete gibt, geschweige denn Atomsprengköpfe. Die Saudis wollen uns glauben machen, dass sie Teheran und jeden anderen Ort im Iran jederzeit auslöschen können. Vielleicht glauben sie, dass das die einzige Sprache ist, welche die Mullahs verstehen. Das ist eine Attrappe, die der Drohung dient.«

»Aha. Sie können als Phantom ja ungesehen reisen, wohin Sie wollen.« Sie lächelte. »Warum bringen die den Nahen Osten und nicht nur den an den Rand des Kriegs, wenn sie nur drohen wollen? Die machten sich doch lächerlich, wenn irgendwem in den Sinn käme, das Ding bestehe aus Pappmaschee.«

»Das ist das Risiko. Auch die Operationen in Europa sind riskant. Erstaunlicherweise gibt es keine Operation in den USA. Der US-Präsident glaubt vermutlich, dass dies seine Autorität untergrabe.«

»Wenn Sie recht haben sollten, was dann? Warum veranstaltet MbS dieses Spektakel?«, fragte die Kanzlerin.

»MbS hat gleichzeitig den Ölhahn aufgedreht. Das kann der russischen Wirtschaft den Rest geben. Die US-Ölindustrie leidet auch darunter, auch die Iraner, Engländer, Norweger, Venezolaner. Dort könnten die Russen versuchen, die Ölindustrie aufzukaufen. Gibt's gerade zum Schnäppchenpreis. Allerdings würde es Jahre dauern, bis die wieder richtig läuft. Und wer weiß, wie sich die politischen Verhältnisse dort entwickeln. Am Ende haben sie die letzten Rubel dort investiert und werden enteignet. In Moskau würde ich gerade ungern regieren.«

»Gefiele es Ihnen in Berlin besser?«

»Als Toter kann ich schwer antreten.«

»Also, warum veranstaltet der Mann dieses Theater?«

»Wir brauchen jemanden, der die Finanzströme der letzten Monate kennt. Die Saudis haben am Anfang vermutlich immer noch verdient. Wenn auch weniger Dollar pro Barrel, aber da sie mehr produzieren, könnte es gereicht haben. Es könnte ihnen darum gehen, die Konkurrenz auszuschalten. Indem sie die zwingen, unter Wert oder gar nicht zu verkaufen. Das wäre ein Motiv für die Ölhahnöffnung. Aber keines für die Anschläge und Morde. Die haben den Preis weiter gedrückt und auch die Saudis in die Verlustzone gebracht. Früher war das anders, bei jeder Krise stieg der Ölpreis. Aber die Nachfrage ist eingebrochen. Und die OPEC hat ihr Monopol verloren. Die Amerikaner können sich selbst versorgen. Elektromobilität, erneuerbare Energiequellen graben den Ölproduzenten das Wasser ab. Und deswegen ist die Politik der Saudis derzeit unverständlich. Das sind aber keine Masochisten. Was sind sie dann?«

Die Kanzlerin blickte ihn an, dann Salinger, dann ihren Mann. Dessen Augen waren halb geschlossen.

»Sie werden keine Rakete abfeuern. Sie haben einen anderen Plan. Ich weiß aber noch nicht, welchen, sofern sie keinen kollektiven Selbstmord begehen wollen«, sagte de Bodt.

»Was kann es sein?«, fragte Süß, ohne die Augen zu öffnen.

»Fällt Ihnen jemand ein, der sich auskennt?«, wiederholte de Bodt die Frage.

»Natürlich«, sagte die Kanzlerin. »Zum Beispiel der Chef der Deutschen Bank. Der Nachfolger des Herrn, der wegen Ihrer Ermittlungen vom Hochhaus sprang.«

»Sind die nicht gerade damit beschäftigt, nicht unterzugehen in einer Lawine von Anzeigen und Anklagen?«

»Wenn ich den Herrn Fromm anrufe, wird er schon antworten.«

Die Kanzlerin stellte ihr Telefon laut. »Hab ich Sie geweckt? … Dann geht es Ihnen ja wie mir. Ich habe eine kurze Frage, die Sie mir bitte gleich beantworten … natürlich nur, wenn Sie können …« – sie blinzelte de Bodt an –, »und die kurze Frage ist, ob es in jüngster Zeit auf dem Finanzmarkt auffällige Bewegungen gab.«

»In Kürze lässt sich das schwer beantworten«, sagte Fromm mit dünner Stimme. »Wir beobachten Umschichtungen in den Depots. Die internationale Krise, und das noch in den Nachwehen von Corona, verängstigt die Anleger. Edelmetalle, vor allem Gold, ziehen kräftig an. Wie immer, wenn die Angst aufkommt. Mit dem Ölpreis sinken die Börsenkurse. Das ist auch nichts Neues. Ein geringerer Ölverbrauch gilt nach wie vor als Indikator für eine schwächer werdende Konjunktur. Das zieht den Aktienmarkt in den Keller. Man kann als Anleger jetzt sein Glück mit Aktien der Verteidigungsindustrie versuchen, vor allem der amerikanischen, oder, wie gesagt, mit Edelmetallen. Platin, Gold, Silber.«

De Bodt schrieb eine Frage auf einen Zettel und schob ihn der Kanzlerin zu.

»Kann man Hauptakteure benennen? Anleger, die im großen Stil kaufen oder verkaufen?«

»Ja, vor allem arabische Staaten und der Iran. Der kauft über Mittelsmänner derzeit Ölaktien, auch amerikanische, saudische, VAR und so weiter. Gibt's im Sonderangebot. Ist irrwitzig, aber der Markt ist verrückt.«

»Und Saudi-Arabien?«

»Die machen es vielleicht geschickter als die Iraner. Sie hinterlassen kaum Spuren.«

»Ihre Meinung?«

»Ich hab das nie gesagt.«

»Gut. Sie haben das nie gesagt.«

»Die füllen ihre Finanzreserven auf. Haben Sie auch bitter nötig. Sie sind auf dem besten Weg, von den Ratingagenturen herabgestuft zu werden. Das wäre für die ein Tiefschlag. Ihre Reputation beruht auf ihrem angeblich unermesslichen Reichtum. Aber Hochrüstung, Krieg und Ölpreisverfall sind eine üble Mischung. Mohammed bin Salmans Position steht und fällt mit der Überwindung der Krise. Und wenn Sie immer noch an meiner Meinung interessiert sind, dann ist ein Zusammenbruch Saudi-Arabiens nicht nah, aber in Sichtweite gerückt. Wenn das Königshaus seine Kritiker und das Volk nicht mehr kaufen kann, fehlt der Kitt, der den Laden zusammenhält. Es gibt da Kräfte, die in entgegengesetzten Richtungen ziehen …«

»Ich weiß«, sagte die Kanzlerin. »Ich erhalte die Berichte der Botschaft. Und wir haben ja noch den BND. Sunniten gegen Schiiten, Modernisierer in den Städten, Rückständige auf dem Land, religiöse Fanatiker und eher weltlich Aufgeschlossene. Manche sympathisieren mit den Mullahs, andere mit den USA. Das Königshaus setzte auf soziale Wohltaten und Strenge. Aber seit Frauen Auto fahren dürfen, gibt es einen Widerstand aus den Moscheen. Saudi-Arabien, auf dessen Gebiet Mekka und Medina liegen, verletzt die Regeln der Strenggläubigen. Wir fürchten, dass es früher oder später zu Unruhen kommt.«

»Wenn es dem Königshaus nicht gelingt, in kurzer Zeit viel Geld zu verdienen, kann das passieren. Das sagen die Experten, die uns beraten, auch.«

»Mein Mitarbeiter, Herr …« Sie blickte sich um, als stünde ein Name an der Wand. »Der Herr Schmidt … Hohenstein, Schmidt-Hohenstein, wird Sie besuchen oder anrufen. Seien Sie bitte so freundlich, einen Experten Ihrer Bank eine Analyse der Finanzströme des Jahres anfertigen zu lassen. Und wenn dem noch was auffällt, nicht zurückhalten.«

»Schmidt-Hohenstein, ich notiere den Namen. Der Herr kann mich jederzeit anrufen.«

Nach dem Gespräch schwiegen sie eine Weile. Süß schenkte sich nach. »Ganz schöne Scheiße«, murmelte er.

»Das ist das Mindeste, was man sagen kann. Die inszenieren Kriegsangst, öffnen den Ölhahn, lassen die Börsenkurse abstürzen. Vielleicht haben sie sich bei Leerverkäufen gesundgestoßen. Bei Wetten auf die eigene Pleite. So was hat noch keiner versucht. Haben wir keine Mittel, die Rakete im Irak aufzuklären?«, fragte de Bodt.

Die Kanzlerin rief wieder jemanden an. Wiederholte de Bodts Frage. »Haben wir jemanden vor Ort, V-Leute, die uns was über die Rakete erzählen können?«

»Ich ruf zurück«, sagte der BND.

»Dann erklären Sie mir bitte auch, ob die Saudis auf den eigenen Untergang wetten. An der Börse. Ölaktien.«

»Fast könnte man denken, der Herr de Bodt säße bei Ihnen am Tisch. War nur ein Scherz, ein schlechter. Es ist spät ...« Legte auf.

Salinger blickte sich im Wohnzimmer um. Sah überall winzige Kameraobjektive blitzen, Mikrofone.

»Keine Sorge, die Wohnung wird regelmäßig überprüft. Nach jedem Besuch. Morgen kommen also wieder Experten vom BKA.«

Salinger nickte.

»Was halten Sie von der Saudi-Geschichte?«, fragte die Kanzlerin.

»Ich seh das genauso«, sagte de Bodt. »Ich frage mich aber, wie wir je die Leute kriegen könnten, die sich diese Operation ausgedacht und sie ausgeführt haben. Mich frustriert das. Wir kennen die Täter ja schon. Gut, nicht gemäß der Strafprozessordnung. Und was können wir gegen die machen? Nichts.«

Die Kanzlerin nickte. »Hinzu kommt, dass wir kein Interesse am Untergang Saudi-Arabiens haben. Dann gibt's das nächste Schlachtfeld. Und wir können nicht ausschließen, dass das übergreift. Auf Bahrain. Die VAR. Den Oman, bisher ein Stabilitätsanker. Und so weiter. Überall Bürgerkrieg, nachdem der Westen eingegriffen hat. Irak, Libyen. In Syrien haben wir die Demokratiebewegung unterstützt. Natürlich nicht sichtbar. Die Franzosen und Briten auch. Die Amerikaner, die Assad nicht ausstehen können. Die Israelis, die eine Grenze mit Syrien teilen und wissen, dass die die Golanhöhen zurückhaben wollen. Der Nahe Osten ist nicht das viel zitierte Pulverfass. Er ist ein Krater unter Hochdruck, den man nur anpieken muss, damit er ausbricht. Und unsere Freunde haben den Bohrer schon eingeschaltet. Lernen nichts daraus. In Afghanistan verhandeln die Amerikaner, wie sie auf dem elegantesten Weg die Taliban an die Macht zurückbringen können. Nachdem sie uns praktisch gezwungen haben, dort einzugreifen. Um die Taliban zu vertreiben. Damit die Afghanen lernen, Brunnen zu bohren.«

»Reg dich nicht auf«, sagte Süß. Öffnete die Augen. »Du hast dich freiwillig auf den Irrsinn eingelassen. Wolltest es besser machen als der korrupte Biedermann aus der Pfalz. Nun siehst du, was du erreicht hast.«

»Die Kleinen fängt man, die Großen lässt man laufen. Mit Belohnung, wenn's geht«, sagte de Bodt.

249.

Gott las die Berichte. Das üble Gefühl hatte ihn in der Nacht geweckt. Und jetzt versaute es ihm den Tag. Das Gefühl sagte: Deine Regierung hat dich verarscht. Die wollen gar nichts gegen den Iran unternehmen. Nicht dass Gott darüber unglücklich gewesen wäre. Aber er verlor in jeder Minute mehr Vertrauen in seine Vorgesetzten

Er griff zum Telefonhörer. VPN. »Ja«, sagte Woronski. »Normalerweise reden Sie doch nur mit meinem Chef. Von Gott zu Gott.«

»Ich glaube, Ihr Chef und noch ein paar andere verarschen uns.«

Nicht dass Woronski das nicht schon gewusst hätte. »Wär nicht das erste Mal«, sagte er. »Ich glaube, es gehört zur Grundeignung von Chefs, perfekt lügen zu können. Ich hoffe, ich trete Ihnen nicht zu nah.«

»Nein, nein … Das bleibt unter uns?«

»Ich werde unser Gespräch morgen Wikileaks zum Frühstück spendieren.«

»Dann ist es ja gut«, sagte Gott. »Ich glaube, es geht nicht um Krieg. Sondern um die Schaffung einer Kriegsstimmung.«

»Ja«, sagte Woronski.

»Aber das ist fast so gefährlich wie eine Kriegserklärung. Es fehlt ein Missverständnis, und schon geht alles hoch. Wobei ich nicht weiß, was *alles* ist.«

»Wir müssen das beenden. Natürlich schadet die Ölschwemme dem Iran und noch mehr den Russen. Dagegen habe ich nichts. Aber das Kriegsszenario, das verbreitet wird …«

Gott schüttelte den Kopf. Er würde seine Regierung nicht verraten. Aber ihr einen Rat geben. Wie es seine Aufgabe war. »Ich werde meiner Regierung eine Nachricht schicken. Oder besser den Premierminister um einen Termin bitten. Den schlägt er mir nicht ab.«

»Aber Ihr Ministerpräsident erklärt doch alle zwei Wochen, dass man die Atomanlagen im Iran bombardieren müsse. Wir beide wissen, dass es nicht dabei bliebe. Wenn man schon mal anfängt. Und wenn der Gegner antwortet. Wozu er gezwungen wäre, um nicht die Unterstützung seiner Anhänger zu verlieren.«

»Ja«, sagte Gott. »Es ist vielleicht seine Art, auf die Atombedrohung hinzuweisen. Er weiß, dass er ohne Zustimmung der USA nicht mal eine Handgranatenattrappe werfen dürfte. Er versteht offenbar nicht, dass er so die Lage hier verschärft. Oder es ist ihm egal. Wenn es nicht Berechnung ist. Er ist schon immer gut gefahren, wenn er den Untergang Israels beschworen hat. Dann hat die Öffentlichkeit nicht mehr auf die Palästinenser geachtet, denen wir das Land rauben. Ohne Rücksicht auf Verluste, wenn die nicht bei uns liegen. Umso größer der Druck, Frieden mit den Saudis und den anderen arabischen Staaten zu machen. Wenn es den großen Frieden gibt, wen kratzen die Palästinenser? Ich würde mich nicht wundern, wenn unseres Premierministers Freunde sich gerade mit saudischen Ölaktien eindecken. Und andere Leerverkäufe im großen Stil durchziehen.«

»Was können wir tun, um diesen Wahnsinn zu beenden?«, fragte Woronski.

»Wir zwei? Nichts«, erwiderte Gott.

»Da habe ich zu viel von Gott erwartet.«

»Den Fehler begingen schon viele in den letzten Jahrtausenden.«

250.

Floire war nach Berlin gekommen. Yussuf besuchen, der ihn zu Salingers Wohnung mitnahm. Er schluckte zwei Kaffee mit zwei Gläsern Cognac. »Ich mag den Anblick von lebenden Leichen immer noch nicht«, sagte er. Zwinkerte de Bodt zu.

»Vielleicht sollten Sie Ihre Berufswahl überdenken«, antwortete de Bodt.

»Hab ich in den letzten Jahren, nicht nur einmal. Aber jetzt, da Frankreichs größter Polizist aller Zeiten in den Ruhestand geht, werde ich auch den Anblick von Leichen besser ertragen. Bei Ihnen fang ich an.«

De Bodt lachte. »Ich bin das nie losgeworden. Übelkeit, nasser Schweiß. Es soll Kollegen geben, die sich daran gewöhnt haben. Die beneide ich. Wie geht es Harun al-Rashid und Bassir?«

»Letzteren haben wir nach Kanada geschafft. Neuer Name und so weiter. Al-Rashid stellen wir vor Gericht. Das weiß er allerdings noch nicht. Unser Problem ist nur, dass er nichts über die Hintergründe der Operation weiß. Wir kriegen ihn dran wegen Mordversuchs und so weiter. Vielleicht können wir ihm noch einen Mord anhängen.«

»Er wird sich getäuscht fühlen.«

»Das ist mir egal. Mein Mitleid mit Folterknechten hält sich in Grenzen.«

»›Der fernsten Welt gehört dein Schein: Mitleid soll Sünde für dich sein!‹, sagt Nietzsche. Den mag ich zwar nicht, aber in diesem Fall hat er recht.«

»Du fändest auch eine Rechtfertigung fürs Gegenteil«, mischte Salinger sich ein.

»Wenn …«

»Stopp!«, sagte sie. »Wir haben hier nebenbei einen Fall zu besprechen.«

Es klingelte. Yussuf zog seine Waffe und ging zur Tür. Kehrte zurück mit Merkow und Katt. »Fast hätte ich Sie erschossen«, sagte Yussuf. »Aber eine Leiche macht schon genug Scherereien.«

»Ich schätze Ihren pragmatischen Sinn.«

»Auch einen Cognac?«, fragte Salinger.

Merkow ja. Katt nein.

Salinger holte einen Stuhl aus dem Schlafzimmer. De Bodt erhob sich und lehnte sich an die Wand. »Wir müssen eine Lösung finden, die es nach Lage der Dinge nicht gibt. Außer wir spielen mit dem Teufel Schach.«

Yussuf öffnete das Fenster zum Hof und steckte sich eine an. Salinger hielt sich die Nase zu. »Raus!«

Yussuf verschwand.

»Wir haben gerade überlegt, wie man mit dem Teufel Schach spielen könnte. Ohne zu verlieren«, sagte de Bodt. »Fällt Ihnen was dazu ein? Schach hat in Russland ja Tradition.«

»Stimmt. Ich habe Schach in der Schule gelernt. Und du?«, fragte Merkow an Katt gewandt.

»Ich auch. Später habe ich in einem Klub gespielt. Dynamo irgendwas«, erwiderte sie. Also KGB.

»Ich habe nie ein Verhältnis zu Schach gefunden. Ich entsinne mich dunkel einer Meisterpartie, in der Weiß Dame und Türme geopfert hat, um den schwarzen König im nächsten Zug mit einem Springer oder Läufer mattzusetzen. Hat mich beeindruckt. Vielleicht sollten wir auch so krumm denken, wenn wir geradeaus nicht zum Ziel kommen«, sagte de Bodt.

Merkow nickte. »Wenn ich wüsste, was das Ziel ist, könnte ich vielleicht helfen.«

»Die Partie hat 1851 in London stattgefunden, Adolf Anderssen gegen Lionel Kieseritzky. Bekannt wurde sie, weil Kieseritzky, der Verlierer, sie weltweit bekannt gemacht hat«, sagte Katt. »Aber ich sehe nicht den Bezug zu unserer Geschichte.«

»Wahrscheinlich gibt es keinen. Vielleicht sollte uns das Beispiel anregen, um die Ecke zu denken. Vermutlich hält sich MbS für Anderssen. Er opfert wichtige Figuren, um seinen Plan durchzusetzen.«

»So sieht also Ratlosigkeit aus«, sagte Salinger.

Yussuf kam zurück. Umhüllt von Zigarettengestank. Salinger rümpfte die Nase. »Da hättest du gleich hier paffen können.«

»Danke, nehme die Einladung an.«

Sie drohte mit der Faust.

Und de Bodt sah im Augenwinkel, dass sich zumindest eine Befürchtung nicht zu bewahrheiten schien: dass Yussuf sich an den Rand gedrängt fühlte, wenn er mit Salinger eine Beziehung wagte.

»Noch einen?«, fragte Salinger. Deutete auf Merkows Cognacglas.

Der nickte. »Danke. Vielleicht sollte ich die Flasche leeren. Nüchtern fällt mir jedenfalls nichts ein.«

Floire zeigte auf sein Glas. »Auf Ihre Wiederauferstehung!«, sagte er, als es gefüllt war.

»Das Ziel kann nur MbS sein. Wenn wir den ausschalten könnten …«

»Wir haben leider keinen Scharfschützen vor Ort«, sagte Merkow.

»Nein, politisch oder sonst wie ausschalten. So was wie das Video mit al-Rashid vielleicht. Das hat ihm geschadet«, sagte Salinger.

»Wir bräuchten Fotos oder ein Video. MbS säuft Champagner, vergnügt sich mit Nutten. Schimpft über seine Mutter. Macht Witze über den König. Verspottet Allah, hält stattdessen sich selbst für den Größten. Hält Mohammed für einen Kameltreiber, den irgendwelche Idioten zum Propheten ausriefen, als sie zu viel gesoffen hatten. Im Video erklärt er das Sunnitentum für den Höhepunkt des Wahnsinns und preist die Mullahs als die einzig Rechtgläubigen. Vielleicht ließe sich so was herstellen?«, fragte Yussuf.

»Zweimal fallen die nicht auf die Masche rein. Und wenn doch, ließen wir den Geist aus der Flasche. Ohne zu wissen, was er tut.« De Bodt wechselte einen Blick mit Merkow. »Wissen Sie was über die angebliche Rakete in der Halle an der irakischen Grenze?«

»Offiziell hatten wir einen Satellitenausfall. Aber wir hatten zwei SU-57 in der Luft. Testphase. Ausgerüstet mit Kameras. Sie überwachten den Irak. Eher zufällig haben sie den Raketentransport auf dem Film«, sagte Merkow.

»Zufällig, Testphase, wie schön«, erwiderte de Bodt. »Sie wussten, dass der Satellit einen Schaden hat.«

»Aufklärungssatelliten sind so programmiert, dass sie ihren technischen Zustand regelmäßig melden. Meistens wissen wir schon vorher, wenn einer ausfällt«, sagte Merkow. »Ich erzähle Ihnen kein Geheimnis. Alle halbwegs modernen Satelliten kontrollieren sich selbst, nehme ich an.«

»Sie könnten also den Aufklärungsfilm veröffentlichen?«, fragte Salinger.

»Ich nicht. Da müsste ich den Oberkommandierenden der Luftstreitkräfte fragen.«

»Und der müsste sich überlegen, ob es dem Präsidenten passt. Und wenn er ihn fragt?«

»Der Präsident möchte nicht gefragt werden. Außer es geht um einen Krieg«, sagte Merkow.

»Kennen Sie den Oberkommandierenden?«, fragte de Bodt.

»Ich kenne jemanden, der ihn kennt.«

251.

Als alle gegangen waren, lagen sie allein im Bett. Sie waren beide erschöpft. Auch Leichen haben Stress, Lebende umso mehr.

»Diesmal kriegen wir sie nicht, die Hintermänner«, sagte de Bodt.

»Diesen Pessimismus kenne ich gar nicht von dir.«

»Ein Pessimismus der Stärke, wie Nietzsche sagen würde. Au!«

Der Schlag traf ihn an der Schulter. »Wenn du in diesem Bett noch mal was zitierst, kannst du in der Badewanne schlafen.«

»Sagte die Frau, die nur eine Stehdusche für Zwerge hat.«

»Dann eben in deiner … Mist, die gibt es ja nicht mehr. Und Leichen müssen nicht mehr baden.«

»Pessimismus ist nichts anderes als Realismus, befreit von Illusionen. Illusionen sind Trugbilder.«

»Ist das ein Zitat?«

»Nein, stammt von mir.«

»Das hält auch keiner aus. Wir finden was. Wir müssen denen eine Falle stellen. Wenn wir al-Rashid auf ein Podium setzen, Floire und dich dazu. Das wär doch ein Spaß.«

»Das wäre was, hätte ich den Film von den Russen.«

»Woran willst du den Unterschied zwischen einer Attrappe und einer echten Rakete erkennen?«

»Mal sehen. Es gibt ja Fachleute für so was. Die identifizieren Raketentypen aller Arten. Vielleicht ist das eine Scud aus Sowjetzeiten, die gar nichts anrichtet, weil sie nicht mehr funktioniert. Oder beim Start auseinanderfällt. Aus Saddams Erbe. Oder jemand hat sich als Modellbauer versucht. Wir brauchen diesen Film.«

»Und wenn der Film deine Vermutung bestätigt?«

»Dann brauchen wir eine Analyse der Finanzströme des letzten Jahres. Passt beides zusammen, hätten wir einen Hebel. Ob der lang genug ist, weiß ich nicht… glaub ich nicht. Der Täter sitzt in Riad, wie willst du an den rankommen?«

»Schön, du kannst ja sogar reden wie ein Normalsterblicher.«

»Unmöglich, ich bin schon tot.«

»Was ich mich gerade frage: Haben die Russen noch ein bisschen Nowitschok übrig?«

252.

Kommentare über Kommentare unter dem Video, das al-Rashids Verhör zeigte. Die meisten waren Müll. Leute, die sich in ihren Vorurteilen bestätigt sahen. Daher fanden sie es unmöglich, dass es eine Fälschung war. Wie die Nachrichten behaupteten. YouTube versuchte es zu löschen, aber sofort tauchte es woanders mehrfach wieder auf. Die von Juden beherrschten USA wollten die Rechtgläubigen vernichten. Im Bunde mit dem Satan Israel und den Verrätern in Riad. Die verkommen waren. Denen die Rechtgläubigen die Kontrolle über Mekka und Medina entreißen müssten. Täglich würden die heiligen Stätten entweiht. Die wahhabitischen Prediger seien Verräter.

Floire las jeden Kommentar in dieser Nacht im Hotel. Er konnte sowieso nicht schlafen. Die erste Ermittlung ohne Lebranc vor der Nase. Ausgerechnet die scheiterte. Lebranc würde zu Hause vor der Glotze sitzen, sich vollfressen und saufen. Er würde immer lauter lachen. Seit er hingeschmissen hatte, ging alles schief.

Bald verschwammen die Zeilen vor Floires Augen. Er drehte eine Runde ums Hotel. Hörte, wie die Leute am Kanal feierten. Es war immer noch warm.

Zurück im Zimmer las er weiter. Bis er auf den Kommentar stieß:

Wenn Sie das Video gedreht haben, schreiben Sie an 123456789@yahoo.com. Nennen Sie etwas, das man nicht im Video sieht.

Floire erstellte eine Mailadresse auf GMX. Nahm auf seinem Notebook seine Stimme auf.

Sie sind Harun al-Rashid, der Chef des saudischen Nachrichtendienstes. Bitte bestätigen Sie das.

Hängte die MP3-Datei an seine Mail. Schrieb lediglich:

Mein Gesicht hat man nicht gesehen. Aber meine Stimme gehört. Machen Sie einen Stimmenvergleich und melden Sie sich wieder.

Vielleicht hatte er einen Fehler gemacht. Vielleicht aber war am anderen Ende des Drahtes auch jemand, der ihm helfen wollte. Konnte man einen Fehler machen, wenn ohnehin alles verfahren war?

253.

»Pass auf, Joby.« Woronski drückte dem Kollegen eine Speicherkarte in die Hand. »Du findest dieses berühmte Video drauf. Das wohl die Frenchies gefälscht haben. Und eine Stimmprobe. Vergleich die Stimme. Und das bleibt unter uns, klar?«

»Kostet …«

»… eine Einladung in Helen's Steak House, ich weiß.«

Joby rieb sich den Bauch und zog ab.

254.

Merkow und Katt saßen im Verschlüsselungsraum der Botschaft. Der Leutnant hielt Katts Hand eine Sekunde länger.

Als die Nachricht an den General durch war, sagte Merkow: »Wir warten im Büro auf die Antwort. Bitte bringen Sie die sofort.«

»Zu Befehl, Herr Oberst.«

Katt zwinkerte ihm zu. Winkte lässig, während sie die Tür schloss.

»Das kann dauern. Der General erbittet einen Termin beim Chef der Luftwaffe. Hoffentlich ist der in Moskau. Und wenn ja, hält der Rücksprache. Sichert sich ab. Er will seine Pension nicht gefährden«, sagte Merkow.

»Wenn wir einen Schlag gegen die Saudis führen, nützt uns das. Die wollen uns wirtschaftlich vernichten. Natürlich wiegeln die Politiker ab, unser Präsident eingeschlossen. Ich habe aber den Eindruck, dass unsere Reserven wegschmelzen wie die Permafrostböden in Sibirien. Und dass die Schulden steigen, bis wir bankrott sind. Die Ratingagenturen stufen uns auf Ramschniveau runter. Was heißt, dass wir für Kredite Wucherzinsen zahlen müssen. Es geht nicht um diese Scheißrakete in der Wüste. Es geht um einen Ölkrieg. Und jetzt stell dir vor, die Europäer kaufen uns kein Gas mehr ab. Weil sie keine Lust mehr haben auf grüne Männchen, giftverschmierte Türklinken, ermordete Journalisten und Oppositionelle, den Dauerkrieg in der Ukraine und sonstige Heldentaten.«

Merkow war baff. Katts längste Rede, seit er sie kannte. Und sie hatte in jedem Punkt recht.

»Unsere Regierung hat uns in eine Lage gebracht, wo wir bei jedem Schaden, der uns entsteht, nur mit einem rechnen können: Schadenfreude. Man hätte früher draufkommen können. Die Chinesen werden uns auch nicht helfen. Es sei denn, wir schenken ihnen Sibirien oder so was«, sagte Katt.

255.

Joby rieb sich den Bauch. »Neunundneunzig Prozent. Das ist ein Franzose, der Englisch spricht. Für einen Froschfresser gar nicht mal schlecht. Das ist dein Mann. Die gleiche Intonation. Wenn du willst, komm ins Labor. Ich führ dir das Zauberwerk vor. Ich bin mir sicher. Für ein fettes Steak reicht es locker.«

Woronski hob beide Hände, um Joby zu beruhigen. Der kam schwer wieder runter. Aber in der Stimmenanalyse machte ihm keiner was vor. Woronski graute schon vor dem Abend. Joby würde ihn totschwätzen. Und wieder mal beweisen, dass man auch ohne Tischmanieren satt wurde. »Nächste Woche, Mittwochabend, zwanzig Uhr. Du reservierst und zahlst dein Taxi für die Heimkehr selbst.« Beim letzten Mal hatte Joby auf pleite gemacht.

»Okay, okay«, sagte Joby.

»Und jetzt haben wir dieses Gespräch vergessen. Und du löschst die Stimmprobe bitte.«

»Klar«, sagte er. Drückte die Tür von außen zu. Woronski hörte noch sein Gelächter. Woronski würde einen Abend seines Lebens opfern. Aber er war zufrieden.

Er überlegte, dann schrieb er:

Danke für die Stimmprobe. Was haben Sie dagegen, dass Russland pleitegeht?

Woronski zögerte. Schickte die Mail doch ab.

Die Antwort kam binnen zwei Minuten:

Eigentlich nichts. Aber wir haben genug Kriege und Bürgerkriege.

Rückfrage:

Was können Sie beitragen gegen die Saudis und ihre Regierung?

Woronski spürte ein Zittern. Von den Händen bis in den Unterleib. Er begann zu spielen. Um seine Freiheit. Vielleicht sein Leben.

Ich melde mich morgen.

Trotzdem blieb er sitzen. Die Antwort kam prompt.

Wenn man Kriegsgerüchte verbreitet, sollte man sich nicht wundern, wenn der Gegner zuerst zuschlägt. Wir haben es also eilig.

256.

Gott knetete seine Hände. Schöne Scheiße. So eine richtig schöne Scheiße. Er las die Meldung noch einmal. Die Quelle saß im iranischen Oberkommando. Das gerade die geheime Mobilmachung befohlen hatte. Auf den Befehl des Obermullahs. Wo würden sie zuerst angreifen? An der syrischen Grenze? Vom Libanon aus? Mit Raketen auf Israel? Oder alles zugleich? Die Quelle würde es melden. Vielleicht wenn es schon geschehen war.

257.

Merkow betrachtete die Videos. Zwei russische Tarnkappen-Jagdflugzeuge hatten die Halle während des Satellitenausfalls mehrfach überflogen. Die Filme zeigten, wie eine Rakete in eine Halle gezogen wurde. Das war keine Scud. *Typ nicht identifiziert* stand in der Begleitmail. Das Oberkommando hatte hinzugefügt:

Nicht auszuschließen, dass mindestens ein Atomsprengkopf auf der Rakete sitzt. Aus amerikanischer oder aus israelischer Produktion.

Wenn die einem so offen antworteten und so eilig, dann war der Notstand ausgebrochen. Dann bereiteten die sich vor.

Merkow erinnerte sich an die Erzählungen vom Juni 1941. Als der Krieg ausbrach. Aus heiterem Himmel. Weil die Führung keinen Krieg wollte, konnte es keinen geben. Spätestens seitdem waren Russlands Machthaber paranoid. Fühlten sich eingekreist. Wollten sich nie mehr überraschen lassen.

Und jetzt?

»Und wenn wir vorschlagen, die Halle zu bombardieren? Könnte die syrische Luftwaffe machen. Oder einen Piloten der irakischen Luftwaffe bestechen. Asyl in Russland anbieten«, sagte Katt.

»Hat die überhaupt noch was, das fliegt?«, fragte Merkow.

»Keine Ahnung. Eine alte MiG würde reichen«, sagte Katt.

»Die werden da auch Luftabwehrraketen haben. Da reicht eine alte MiG nicht.«

Katt nickte. »Haben wir Agenten vor Ort?«

»Offenbar. Aber es gibt nichts zu berichten. Die kommen wohl nicht mal in die Nähe der Halle.«

»Was für Personal kontrolliert die Halle?«, fragte Katt.

»Den Uniformen nach könnte das jeder sein zwischen Australien und Südafrika. Ich glaube, Saudis und Amerikaner.«

»Wenn wir ein Flugzeug abstürzen lassen. Zufälle gibt's. Und uns danach anständig entschuldigen?«, fragte Katt.

»Hm. Die anderen könnten schwerlich sagen, wir hätten eine Rakete vernichtet, die Teheran oder die iranischen Atomanlagen angreifen sollte. Sie würden also die Klappe halten und sich rächen. Irgendwo, irgendwie, irgendwann«, erwiderte Merkow. »Aber die Leiche sagt, es gehe gar nicht um Krieg. Die Rakete gehörte zum Horrorszenario, um die Börsen abstürzen zu lassen. Und uns zu ruinieren.«

»Niemand will diese Rakete abfeuern, sagt also dein toter Kumpel. Zumal die Iraner uns Abwehrraketen abgekauft haben. Sie käme vielleicht gar nicht durch.«

»Sie haben nie geglaubt, dass wir blind sind, weil ein Satellit gesponnen hat. Sie wussten, dass wir die Lücke stopfen würden. Wie es unsere Luftwaffe getan hat. Mit noch genaueren Bildern als die vom Satelliten«, sagte Merkow. »Davon abgesehen, hat unser Präsident dem US-Kollegen gewiss mitgeteilt, dass wir den Iran als Bündnispartner betrachten.«

»Das riecht nicht nach Juni 1941, sondern nach Juli 1914.«

258.

»Ich unterhalte mich mit der CIA. Ich vermute wenigstens, dass die es ist«, sagte Floire und berichtete.

»Dann haben Sie dort jemanden gefunden, der auch keine Lust auf den nächsten Krieg hat«, sagte de Bodt.

»Könnte sein, dass es der Maulwurf ist, welcher der Presse die Sache gesteckt hat. Oder auch nicht.«

»Vielleicht ist es eine Falle?«, fragte Salinger.

»Ja, vielleicht«, erwiderte Floire. »Aber ich lass es drauf ankommen.«

»Die Lage ist völlig verrückt«, sagte de Bodt. »Vielleicht stehen wir einen halben Schritt vor dem Dritten Weltkrieg, vielleicht ist alles Lug und Trug. Die Urheber des Ganzen erzeugen diese Stimmung bewusst. Wir haben einen der größten Börsencrashs der Geschichte. Und die Saudis pumpen weiter Öl in die Pipelines und Tanker.«

Der Finanzexperte hieß Heidrich, glücklicherweise ohne y. Er hatte seine Analyse bereits geschickt. *Vorneweg eine Zusammenfassung.* Offenbar hatte er bereits daran gearbeitet, ohne dass die Kanzlerin ihn aufgefordert hätte. Sein Vorstand verstand ja auch nichts mehr. De Bodt zitierte:

Es ist nicht herauszufinden, ob es sich tatsächlich um Kriegsvorbereitungen handelt. Wenn man davon abstrahiert, ergibt eine Analyse des Finanzmarkts zusammengefasst folgendes Bild: Der Markt wird diktiert von Leerverkäufen und Wetten auf noch niedrigere Ölpreise. Vor allem von Saudi-Arabien gelenkte oder beeinflusste Finanzinstitute und ihre Filialen an der Wallstreet, in London, Paris, Mailand und Frankfurt wetten gegen das eigene Land. Das ist vermutlich ille-

gal, weil sich die Operation auf Insiderwissen stützt. Man könnte die entsprechenden Werte von den Börsen ausschließen. Aber eine solche Maßnahme würde die Panik weiter anheizen und vor allem das geplante Ziel nicht erreichen. Diese Aktien und Derivate werden großteils im informellen Finanzmarkt gehandelt. Ich schließe die Möglichkeit nicht aus, dass bei den Leerverkäufen und Optionen Verkäufer und Käufer Organe des saudischen Finanzsystems sind. Im Ergebnis des Crash, der alle Anteilsscheine mitgezogen hat, steigen die Preise von Rohstoffen und Edelmetall in einem bislang unbekannten Ausmaß, nachdem sie in den letzten Jahren einen starken Preisverfall erlebt hatten. Wenn man den oben beschriebenen Fakten folgt, sind die Gewinner der Börsenpanik die Rohstoff- und Edelmetalleigner, ausgenommen Öl und Erdgas. Wir gehen davon aus, dass Saudi-Arabien inzwischen seine Finanzreserven mit Gold, Silber, Platin und Rohstoffoptionen gefüllt hat. Was bedeuten kann, dass Saudi-Arabien seine das Königshaus bedrohende Finanzkrise durch einen Börsencrash sanieren will oder schon saniert hat. Verlierer sind alle Öl exportierenden Staaten wie Russland und die Mitglieder der OPEC außer Riad.

Man kann das Geschehen in Kürze vielleicht so zusammenfassen: Riad hat gegen sich selbst gewettet und den Ölpreis in historische Tiefen fallen lassen, um sich zulasten anderer Staaten zu sanieren.

Schweigen.

Dann sagte de Bodt: »Ich habe mit Heidrich telefoniert. Da hat er sich festgelegt. Die Saudis haben den Rest der Welt an den Rand des Ruins gebracht, weil ihnen die Reserven ausgehen und das Königshaus um seine Macht fürchtet.«

»Dann war diese Raketengeschichte definitiv ein Bluff«, sagte Salinger.

»Mein Kontakt in den USA, wie gesagt wohl ein CIA-Mitarbeiter, will die Sache an die Presse durchstechen. Kann ich den Bericht haben?«, fragte Floire.

»Wenn Sie ihn ins Englische übersetzen lassen und keine Namen nennen, können wir es versuchen«, sagte de Bodt.

»Mir kommt es vor wie Zocken in Monte Carlo. Wie in einem Bond-Film«, sagte Salinger.

Es klingelte an der Tür. Merkow und Katt.

Yussuf bot Katt seinen Stuhl an. Aber sie stand lieber neben Merkow an der Tür.

»Wir haben Filme, die beweisen, dass eine Rakete in eine Halle rangiert wurde. Auf irakischem Gebiet, direkt an der saudischen Grenze. Die Filme zeigen einen Haufen Soldaten in Uniformen, die wir nicht erkennen.«

»Schicken die jetzt auch grüne Männchen los?«, fragte Salinger.

De Bodt kniff sie in den Arm.

»Unsere Aufklärer meinen, dass es sich um Saudis und vielleicht CIA-Leute handelt.«

»Woran machen die das fest?«

»Ich weiß es nicht«, erwiderte Merkow. »Der Transport kommt auf jeden Fall aus Saudi-Arabien. Man kann gut den Spuren im Sand folgen. Wir wissen sogar, wo sie auf unbefestigtes Gelände abgebogen sind. Es war fast windstill an diesem Tag. Seitdem hat unser Satellit immer wieder Aufnahmen gemacht. Wir, Katt und ich, vermuten auch, dass unsere Luftstreitkräfte regelmäßig Aufklärungsflugzeuge und Drohnen schicken. Auf deren Bildern sieht man deutlich, dass zwei Soldaten Schwarze sind. Das stützt die Vermutung, es könnten Amerikaner sein.«

259.

Floire ließ DeepL den Finanzbericht übersetzen. Korrigierte ein bisschen. War noch verwirrt vom Gespräch mit den anderen. Die Rakete war denen plötzlich egal. Aber sie hatten recht. Sie konnten nicht überall ermitteln. Sie gingen jetzt davon aus, dass die Rakete eine Attrappe war. Irrtum eingeschlossen. Es wäre ein übler Irrtum.

In ihrem Beisein hatte de Bodt diesen Heidrich ohne y noch einmal angerufen. »Was wäre die Gegenstrategie? Aufwertung des Dollars, an den der Riyal gebunden ist? Schwächung des Riyal, bis die Bindung an den Dollar platzt? Wie es dereinst Soros mit dem Pfund gemacht hat? Vielleicht geht so was heute auch. Zumal der Riyal schon unter der Kamikaze-Strategie der Saudis leidet. Ich bin in Wahrheit de Bodt. Ist geheim. Die Kanzlerin hat gesagt, Sie könnten Geheimnisse bewahren. Jedenfalls wäre sie sauer, wenn Sie's nicht täten. Nicht mal Ihre Ehefrau darf wissen, dass ich noch lebe.«

Im Lautsprecher hörten sie nur Heidrichs Atmen. Endlich: »Vermutlich haben Sie recht. Man könnte das inszenieren. Wenn die *Financial Times* meldet, dass Investoren gegen den Riyal wetten. Vielleicht reicht es auch schon, die Falschmeldung in einschlägigen Newsletters unterzubringen.«

»Sie schulden mir noch was«, sagte de Bodt.

»Oh! Bisher dachte ich, Sie schulden uns was. Immerhin haben Sie uns an den Rand des Ruins gebracht.«

»Das war Ihr damaliger Vorstand. Man sollte als Bank nie etwas unternehmen, das einen in den Abgrund ziehen könnte.«

Wieder Schweigen am anderen Ende.

»Ohne mich säßen Sie nicht im Vorstand, sondern wären Filialleiter in Frankfurt-Süd.«

Heidrich lachte. »Okay. Egal. Die Kanzlerin wünscht, dass wir Ihnen helfen. Dann haben wir was gut bei ihr. Wir müssen uns nur bald was einfallen lassen.«

»Verdoppelung der Boni aus dem Staatshaushalt. Würde Sie das reizen?«

»Herr de Bodt, bei Ihnen weiß man nie, ob das ernst... Gut, ich werde das als Gegenleistung fordern.« Und lachte.

»Wir müssen den Riyal versenken. Dann werden die Saudis gegenhalten. Riyal aufkaufen, um den Kurs zu stützen, bevor sie ihr Öl verschenken müssen, weil ihre Währung nichts mehr wert ist. Es ist für die auch eine Frage der nationalen Ehre. Dazu käme eine Inflation, weil sich die Importe verteuerten. Importe werden in Dollar bezahlt, und Saudi-Arabien muss eine Menge importieren, weil sie außer Öl kaum was produzieren. Das alles würde das Regime gefährden. Wir brauchen keinen Krieg, um die Bande zu stürzen«, sagte de Bodt.

»Da seien Sie mal nicht so sicher.«

»Bin ich auch nicht. Ich rede es mir ein. Wir fühlen uns hilflos. MbS macht, was er will, und wir lächeln freundlich, um ihm weiter Kanonen verkaufen zu können. Auch Rüstungsimporte würden teurer.«

»Die US-Notenbank könnte den Riyal stützen«, sagte Heidrich. »Und Druck auf uns machen, es auch zu tun. Aber wenn die wichtigsten Investoren mal Lunte gerochen haben, hilft das so viel wie ein Gartenzaun gegen eine Lawine. Zumal diese Gerüchte geglaubt werden. Und das, wo die Börsen sowieso schon spinnen.«

»Ich weiß. Es bedeutet, Sie streuen Gerüchte, dass Sie einen Haufen Riyal auf den Markt werfen. Und es auch wirklich tun. Sie könnten dabei sogar verdienen.«

»Sie meinen das ja richtig ernst.«

»Noch ernster«, sagte de Bodt.

»Und die Kanzlerin macht wirklich mit?«

»Sie schenkt sich zum Abschied vom Amt ein Feuerwerk an der Börse.«

»Na, Feuerwerk würde ich das nicht nennen. Das ist die Bazooka gegen den Finanzmarkt. Die Saudis werden andere mitreißen, auch bei uns im Westen. Das könnte die nächste Bankenkrise geben«, sagte Heidrich.

»Dann schnallen Sie den Gürtel schon mal enger. Ich dachte bis gerade eben, so was wie 2008 könne sich nicht wiederholen.«

»Sie lesen zu viel Zeitung.«

260.

»Wir kriegen das Schwein nicht«, sagte Katt. »MbS sitzt in seinem Palast und lässt sich die Füße kraulen. Gibt sich als Friedensfürst. Stell dir vor, die Huthis feuern zum richtigen Zeitpunkt ein paar Raketen auf den Palast. Den Flugplatz haben sie schon getroffen. Vielleicht könnte unser Präsident denen was Passendes liefern?«

»In Teheran denken die Mullahs bestimmt auch über Maßnahmen nach. Wie sie die Saudis ein für alle Mal auf Normalmaß stutzen können.«

261.

Am Nachmittag saßen sie wieder an Salingers Küchentisch. In der Mitte Kuchen und Kekse aus dem *Café Eliza*, die Yussuf unter Androhung polizeilicher Gewalt besorgt hatte.

»Wir wissen alles und haben nichts. Keine Chance, die Haupttäter zu erwischen. Und einen Währungskrieg werden Heidrich und Freunde am Ende auch nicht riskieren«, sagte de Bodt. »Wir können doch nicht wegen der Rachsucht einer Leiche unsere Wirtschaft versenken. So oder ähnlich werden sie entscheiden.«

Floire nahm sich ein Stück Kuchen. »Wir könnten al-Rashid in eine Talkshow setzen. CNN oder so.«

De Bodt nickte. »So eine Idee hatten wir schon. Das wäre wenigstens ein Schlag. Aber sofort setzte die Gegenpropaganda ein. Die Amerikaner dementierten lautstark. Die Israelis hätten mit solchen Machenschaft genauso wenig zu tun. Dieser al-Rashid sei ein Verräter. Wer glaubt schon einem Verräter?«

»Er wird gestehen, dass er befohlen hat, die beiden Filipinas zu töten. Die dritte hat er entführen lassen, um sie in Riad zu ermorden. Die Morde hat MbS angeordnet, weil er glaubte, die Frauen würden etwas verraten. Das kann al-Rashid bezeugen. Auch dass er im Auftrag von MbS die Pariser Polizeipräfektur gestürmt hat. Dafür könnten wir den Herrn de Bodt als Zeugen nennen. Der leider tot ist.«

»In einem vernünftigen Krimi wird am Ende der Täter gefangen, und alles ist gut«, sagte Salinger. »Aber MbS lässt man laufen. Man wird ihn nach einer Schampause wieder Waffen verkaufen und die Koalition gegen den Iran zusammenhalten. Man bekämpft die einen Drecksäcke mithilfe anderer Drecksäcke. Und keiner wird je vor Gericht stehen.«

»Also müssen wir uns was einfallen lassen«, sagte de Bodt und blickte Salinger an.

262.

Salinger und Yussuf saßen in ihrem Büro. LKA 1, Keithstraße. Die Tür knallte auf. Krüger.

»Der Kriminalrat wird's euch gleich persönlich mitteilen. Ich möchte nicht, dass er euch überrascht und ihr dann wieder ... rotzig werdet. Ihr werdet meiner Mordkommission zugeteilt. Moschee, dazu die Entführung dieser Sophia Canares ... Wo steckt die eigentlich?«

»Ich fürchte, die hat sich abgesetzt«, sagte Yussuf. Der am Morgen mit ihr gefrühstückt hatte nach einer langen Nacht.

Laura hatte die Papiere geschickt. Alles war im Lot.

Schon war Tilly da. Als hätten sie es abgesprochen, Krüger und er. »Der Kollege Krüger hat Ihnen vielleicht schon ...«

»Hat er«, sagte Salinger. »Wenn er uns nicht bei unseren Ermittlungen stört, ist mir das egal.«

»Er leitet die Ermittlung, Frau Salinger.«

»Wir haben eine Spur, und der müssen wir weiter folgen.«

»Was für eine Spur?«, fragte Krüger. »Das hättet ihr mir ja mal ...«

»Wir müssen Wedenstein vernehmen«, sagte Salinger.

»Weeedenstein?«, fragten Tilly und Krüger im Duett.

»Wie soll der uns helfen? So eine Idee hätte ich Ihrem verstorbenen Chef zugetraut. Aber Sie, Frau Kollegin ...«

»Wedenstein hat gestern Abend ein paar Andeutungen gemacht. Ich bin einer spontanen Idee gefolgt und nach Moabit gefahren. Erstaunlich, dass die Justiz die JVA noch nicht geräumt hat. Die wissen wohl nicht, wohin. Sei's drum. Er hat wohl mal für die Saudis gearbeitet. Behauptet, dass er al-Rashid kennt, sogar schon mit Mohammed bin Salman gesprochen hat. Erinnern Sie sich an die Schießereien in Riad 2003? Sieht so aus, als hätte er die Sache für das Königshaus bereinigt.«

»Wedenstein?«, fragte Tilly.

»Ja. Und den will ich im Vernehmungsraum haben. Wenn der

Oberstaatsanwalt zusehen will. Wenn nicht, schicke ich ihm gern das Video.«

»Und Sie glauben, der erzählt uns was über unseren Fall ... unsere Fälle?«

»Ich will auch, dass der Kollege Floire mit im Vernehmungsraum ist. Er hat al-Rashid und Bassir verhaftet und vernommen. Die Chance, dass wir so weiterkommen, ist gering. Aber größer als null. Haben Sie eine bessere Idee?«

Tilly und Krüger blickten sich an. Tilly zuckte die Achseln. »Tun Sie, was Sie nicht lassen können.«

Salinger nickte. »Und Yussuf fährt im Gefangenenkraftwagen mit.«

263.

Es musste blitzschnell gehen. Schon die Organisation. Yussuf musste Kumpel anrufen. Deren Abenteuerlust mit ihrer Angst wetteiferte. Aber niemand wollte kneifen. Und ein paar Elfer und Abseitspfiffe auf Vorrat: unwiderstehlich.

Yussuf holte Wedenstein ab. Im Gefolge zwei uniformierte Kollegen. »Lasst es gemütlich angehen, der rollt uns nicht weg«, sagte Yussuf.

Die Kollegen grinsten.

Als sie in der Zelle des Knasts waren, maulte Yussuf Wedenstein an. »Sie haben sich hier wegen jedem Scheiß beschwert. Vom Menschenrecht auf einen Elektrorollstuhl haben Sie noch nie gehört? Sie enttäuschen mich. Ich wäre bis zum Europäischen Gerichtshof gegangen.«

»Mist«, sagte Wedenstein. »Wenn ich zurückkomme in meinen Luxussalon, werde ich sofort loslegen. Die können was erleben.« Yussuf schob ihn. »Draußen schön langsam. Landschaft ohne Gitter hab ich nicht alle Tage.«

Der Transporter hatte eine Hebebühne. Sie brachte den Rollstuhl auf Fahrzeugbodenniveau. Dann schob Yussuf den Rollstuhl ein

Stück nach vorn. Dort klemmte ihn ein Kollege in eine Transportsperre für Reifen und Armlehnen. Er fesselte Bobs Hände.

»Handschellen im Rollstuhl. Du spinnst doch.«

»Vorschrift«, sagte der Polizist. »Bei Ihnen zählt die doppelt.«

»Danke für die Wertschätzung.«

»Wollen Sie bei Ihrem Freund bleiben?«, fragte der Polizist Yussuf.

»Wenn ich so jemanden als Freund hätte, müsste ich mich erschießen.«

»Na, ist ja gut.«

»Kollege, gehen Sie nach vorn«, sagte Yussuf.

»Wenn Sie es wünschen, Herr Kommissar.«

Er schloss die Tür von außen.

Yussuf blinzelte Bob zu. »So, jetzt machen Sie keinen Quatsch. Klar?«

»Klar.«

Über einen Lautsprecher meldete sich ein Kollege aus der Fahrerkabine. »Die Moabiter Brücke ist gesperrt. Unfall. Kommt gerade durch. Wir machen einen kleinen Umweg. Der Kollege am Steuer kennt sich aus.«

Der Wagen machte eine scharfe Kurve. Fuhr ein, zwei Minuten. Dann bremste er scharf. »Scheiße!«, schrie es aus dem Lautsprecher. »Da steht ein Auto quer. Hinter uns sind auch Autos. Jetzt kommen Typen. Bewaffnet. Einer mit 'ner Bazooka. Scheiße! Lass die Waffe stecken. Die jagen uns in die Luft. Die wollen Wedenstein. So ein Scheißdreck!«

Die hintere Türe wurde aufgerissen. Zwei Mann mit Kapuze. Einer knallte Yussuf die Faust ans Kinn. Ihm wurde schwarz vor Augen.

264.

Er wachte im Krankenhaus wieder auf. Rieb sich das Kinn.

Salinger saß neben dem Bett.

»Musste dieses Arschloch so fest zuschlagen? Wer war das? Merkow?«

»Schnauze, Fury!«, sagte Salinger.

»Ich dachte, mir hätten sie das Kinn zu Brei geprügelt. Ich heiße Ali. Hat alles geklappt?«

Sie nickte. »Ich muss zurück. Verhandeln.« Deutete einen Faustschlag aufs Kinn an und verschwand mit einem Grinsen.

265.

»Ein Glas Wein hätte ich gern«, sagte Wedenstein.

Salinger schenkte ihm ein. Schob den Teller mit den Kuchenresten über den Tisch.

Er hatte de Bodt eine Weile angestarrt. Gelächelt. Klar, was sonst?

»Sie haben die Wahl. Sie erledigen den Auftrag, den ich Ihnen gegeben habe. Sie werden anschließend …«

»Wenn ich es überlebe«, warf Bob ein.

»Wenn Sie es überleben, werden Sie sich zur Ruhe setzen. Wenn nicht, finde ich Sie, und Sie haben ein hässliches Loch im Schädel.«

Wedenstein nickte.

»Wenn Sie den Auftrag nicht annehmen, bringe ich Sie persönlich in den Knast zurück.«

»Sie sind doch tot.«

»Nach meiner Wiederauferstehung.«

266.

Gott hatte ein Scheißgefühl. Und sein Gefühl irrte sich nicht. Er hatte die Operation von Anfang an für wenigstens riskant gehalten. Je länger er nachts wach lag, desto sicherer war er, dass irgendwas schiefging. Es ging immer was schief. Wie bei ihrer Terroristenjagd. Als sie Leute verwechselten und umbrachten, die nichts mit Flugzeugentführungen, Geiselnahmen, den Olympischen Spielen in

München oder was auch immer zu tun hatten. Neuerdings jagten sie Hamas-Führer. Immer wieder trafen sie die Falschen. Töteten sie Kinder, Ehefrauen, Großmütter. Gott glaubte schon lang, dass Rache einen den Verbrechern nur ähnlicher machte. Bis man sich nicht mehr von denen unterschied. Bis der Kampf jeden Sinn verlor. Sofern es um Gut und Böse ging. Gott dachte in solchen Fragen prinzipiell. Freute sich, dass seine Frau und seine drei Kinder noch lebten, wenn er heimkam. Weil sich Raketen aus dem Gazastreifen andere Ziele gesucht hatten. Und Israel sie abwehren konnte.

Er betrachtete eher gelangweilt den Flachbildschirm an der Wand. Zappte von Al Jazeera zu CNN, die anderen amerikanischen Kanäle. Dann die eigenen. Dann die französischen, italienischen, belgischen, deutschen. Seit Jahren beobachtete er den Niedergang des Fernsehens, als saugte ein Wirbel es immer tiefer in den Morast. Wo die Italiener schon seit Berlusconi erwartet wurden.

Irgendetwas Rotes veranlasste ihn zurückzuzappen. Bis er bei *Phönix* war. Laufband:

+++ 20 Uhr Pressekonferenz im Hotel Adlon. Enthüllungen über Kriegsvorbereitungen im Nahen Osten angekündigt. +++

Was war das? Er blickte auf seine MEZ-Uhr unter dem Fernseher. Noch gut zwei Stunden. Er rief zu Hause an. »Es wird spät.«

»Solange es nur spät wird«, sagte Esther trocken.

Gott zappte weiter. Eine Pressekonferenz in Washington. Ein Sprecher des Außenministeriums kündigte neue, scharfe Sanktionen gegen Venezuelas Ölindustrie an. Mit Sanktionen belegt würden weiterhin alle Staaten, die Öl aus Venezuela bezögen. Gott sah, wie die Börsennotierungen für US-Ölproduzenten in die Höhe schossen. Und dann abstürzten, als die OPEC eine weitere Preissenkung bekannt gab. Die Mitgliedsländer hatten sich insgeheim geeinigt. Ein Kommentator sprach von einer koordinierten Aktion gegen die russische und iranische Konkurrenz. Die US-Ölwerte erholten sich, als aus dem Weißen Haus durchdrang, dass man die einheimische Ölindustrie durch Ankäufe für die Staatsreserve stützen werde.

267.

De Bodt gab kaum Geld aus. Und verdiente zu Lebzeiten nicht schlecht. Seine Rücklagen reichten locker für die Saalmiete im *Adlon*. Darunter ging es nicht, eine Wiederauferstehung im Kapitalismus brauchte einen Luxusrahmen. Salinger hob das Geld für ihn ab. Und hatte das Glück, dass niemand aus der Familie de Bodt Eugen gegenüber der Bank für tot erklärt hatte. Elvira hielt sich raus und wusste ohnehin, dass sie nichts erben würde. Die Kinder natürlich. Aber die würde de Bodts Vater versorgen bis an ihr Lebensende. Er hatte es nicht eilig mit dem Nachlass. Was verdiente schon so eine Art Straßenkehrer? Schulden vermutete er auf dem Konto. Ein menschenwürdiges Leben war nur ab einer bestimmten Einkommensklasse möglich. Oder mit Schulden, welche die Zeit des Glücks begrenzten. Jedenfalls hob Salinger seit de Bodts Tod täglich tausend Euro ab. Bisher hatte sich die Bank nicht gerührt. Salinger vermied Bankautomaten mit Kameras. Oder sie bedeckte die Kameras mit ihrem Rucksack.

Als Salinger wieder einmal auf einem verschlungenen Weg nach Hause kam, saßen de Bodt und Yussuf vor dem Fernseher.

»Oh, hat das Kinderprogramm schon angefangen?«

Sie stellte sich hinter de Bodt, stützte ihre Hände auf seine Schultern. Küsste ihn auf den Kopf.

»Binnen einer Stunde sind die Ölaktien weltweit abgestürzt und haben sich wieder erholt. Börsenleute sprechen gern von Fantasie, wo es nur um Profitgeilheit geht. Aber ich glaube, ich beginne zu begreifen, dass sich diese Fantasie verselbstständigen kann. Dass sie Dinge einschließt, die deren Träger noch gar nicht verstanden haben.«

»Außer dir natürlich«, sagte Salinger.

»Wenn der Ausdruck objektivierendes Tun des Ich an andere Produktionen des Geistes, zum Beispiel die der Fantasie erinnern kann, so ist zu bemerken, dass von einem Bestimmen eines Gegenstandes die Rede ist, insofern dessen Inhaltsmomente nicht dem Gefühl und der Anschauung angehören. Solcher Gegenstand ist ein Gedanke, und ihn bestimmen heißt teils, ihn erst produzieren, teils, insofern er ein Vorausgesetztes ist, weitere Gedanken über ihn haben, ihn denkend weiterentwickeln«, sagte de Bodt.

»Hegel?«

Er nickte.

»Das ist das schlimmste Zitat, das du uns jemals an den Kopf geworfen hast. Du denkst nicht nach, du bist eine Zitiermaschine. Wiederhol das.«

»Ich bin eine Zitiermaschine.«

Salingers Faust schoss nach vorn.

268.

Die Einladung zur PK lag auf Gottes Tisch.

Kriminalrat Eugen de Bodt vom Berliner Landeskriminalamt 1 lädt zur Pressekonferenz. Themen:
1. die Morde an philippinischen Dienstmädchen;
2. Operationen des saudi-arabischen Geheimdienstes in Europa;
3. Krieg im Nahen Osten;
4. Zusammenfassung der bisherigen polizeilichen Ermittlungen;
5. Wedensteins Flucht.

Das war verrückt. Das stank nicht. Das pestete.

269.

Was sich so nüchtern las wie aus der Kladde eines gelangweilten Kommissaranwärters, verursachte Chaos. Alle Telefone Berlins klingelten gleichzeitig. Jedenfalls im Polizeipräsidium und im LKA 1. Salinger und Yussuf saßen trotz ihres Urlaubs wieder im Büro und taten so, als müssten sie Aktenberge abarbeiten. In Wahrheit sondierten sie die Lage und würzten sie noch mit ein paar Lügen. *Desinformationen*, darauf hatte Yussuf bestanden. Lügen in bester Absicht.

Sie waren hundemüde. Fast die ganze Nacht hatten sie mit de Bodt alles noch einmal durchdiskutiert.

De Bodt hatte lang mit Merkow telefoniert. »Wir brauchen zweiundvierzig Dollar pro Barrel«, hatte der gesagt. »Wenn die Saudis den Preis unter diese Marke drücken, haben wir Verluste. Außerdem ist der Rubel an den Ölpreis gebunden. Wenn der Ölpreis abstürzt, stürzt auch der Rubel ab. Importe werden teurer, das bedeutet Inflation. Die trifft die Armen, auch die Mittelschicht. Die Arbeitslosenzahl wird steigen, wenn wir unser Öl nicht loswerden. Es ist eine Kettenreaktion, die das politische System bedroht.«

»Derzeit steht der Ölpreis bei fünfunddreißig Dollar. Sie machen also schon Verluste.«

»Noch hat die Zentralbank Reserven. Aber ewig hält kein Staat so was durch. Jedenfalls keiner, der alles auf Öl und andere Rohstoffe gesetzt hat.«

»Und sich eine Rüstung leistet …«

»Das auch. Aber die Märkte dafür sind begrenzt, und es gibt Konkurrenz«, sagte Merkow.

»Trotz der Wunderwaffen-Propaganda Ihres Präsidenten, die außer der Protzerei der Verkaufsförderung dient.«

»Wie es auch sei, die Saudis werden keinen Krieg führen, sie schicken den Ölpreis in den Keller. Damit schaden sie auch der amerikanischen Frackingindustrie, aber dafür gibt's die Droge billiger. Sie schaden den Iranern, die ohnehin schon gebeutelt sind. Der Persische Golf wird überquellen vor westlichen Kriegsschiffen. Die Iraner wissen, dass die Kriegsvorbereitungen kein Spiel sind. Sie sind eine lebensgefährliche Drohung. Der nächste Tanker, der einen Kratzer an der Außenhülle verpasst kriegt, wird mit einem Raketenangriff vergolten. Mitten im Vorkriegszustand könnten sich die Israelis die Erdgasvorkommen im Levantischen Meer unter den Nagel reißen. Unter dem Schutz der Amerikaner und Saudis. Es soll ja keiner zu kurz kommen. Gleichzeitig verkündet diese Koalition der Habsüchtigen den Frieden. Das ist so, als würde der Räuber seinem Opfer auf die Schulter klopfen: Lass uns Freundschaft schließen. Und Russland endet in der Staatspleite. Wer gibt einer Leiche Kredite? Obwohl es Geld im Überfluss gibt, Anleihen, Aktien. Öl. Die Amerikaner werden ihre Frackingindustrie stützen. Aber wer stützt Russland?«

270.

Wer wollte die Wiederauferstehung eines toten Polizisten verpassen? Aber ohne Presseausweis kam niemand rein. Trotzdem war der größte Konferenzraum des *Adlon* überfüllt. Salinger und Yussuf ließen auch Kollegen durch. Merkow und Katt stellten sich in eine Ecke, wo sie einen Überblick hatten. Auf den letzten Drücker erschien die Meute des LKA 1. Tilly, Krüger und so weiter. Uhlenhorst war so bleich, dass die Tapete sein Gesicht fast schluckte. Haare, Lippen, Augen wie eine Wandmalerei.

Dann Laura. Die ein Hotelfritze abweisen wollte. Bis Salinger eingriff.

»Er lebt? Oder wollt ihr alle verarschen?«

»Beides«, rutschte es Salinger raus.

Laura lachte. »Typisch für ihn.« Sie umarmte Salinger. Dann eilte sie zum Saal.

De Bodt erschien aus einer Seitentür. Das Raunen mündete im Lärminferno. Noch bevor er sich setzte, überrollten ihn die Fragen und Zurufe.

Er wartete, bis das Geschrei abebbte. Hände reckten sich.

»Wie Sie sehen, habe ich die Explosion unversehrt überstanden. Mein erster Gruß gilt den Agenten des saudischen Geheimdienstes, die sich in Riad als Helden feiern ließen. Sie sollten die großzügigen Geschenke an MbS zurückgeben. Mission gescheitert.«

»Wieso haben Sie sich tot gestellt?«

»Wie kommen Sie darauf, dass es saudische Agenten waren, die Ihre Wohnung gesprengt haben?«

»Welchen Grund sollte der saudische Geheimdienst haben, Sie umzubringen?«

»Verzichten Sie auf Beförderung und Orden?«

Diese und weitere Fragen prasselten auf ihn ein.

»Wenn Sie an Antworten interessiert sind, eine nach der anderen. Ich fange mit der leichtesten Frage an. Beförderung und Orden galten meiner Leiche. Ich werde auf beides gern verzichten. Meine Vorgesetzten hatten in den vergangenen Jahren hin und wieder Gelegenheit, mich zu befördern. Es hat nur für den Ersten Hauptkommissar gereicht. Für Auszeichnungen nicht. Bei der Polizei wird Gefolgschaft belohnt, nicht Leistung. Vielleicht gibt es irgendwann einen Polizeipräsidenten oder eine Präsidentin, die über diese Praxis nachdenkt. Aber zu viel Worte über Nebensachen.«

»Und der saudische Geheimdienst …?«

»Der wollte mich umbringen, weil ich ihm auf die Spur gekommen bin. Es fing mit jungen Frauen aus Manila an, die bei saudischen Diplomaten als Dienstmädchen arbeiteten, wenn man das heute noch so nennt. Es handelte sich um drei. Zwei sind ermordet worden. Die dritte wurde von jemandem befreit. Aus der saudischen Botschaft in Berlin. Sie sollte ermordet werden. Wir haben ihr eine sichere Bleibe besorgt.«

»Wo?«, fragte ein scharf frisierter Typ eines Privatsenders, dessen Name rot auf dem Mikro grellte.

»Für wie blöd halten Sie sich?«

Der Typ verwandelte sich in eine Tomate. Leider nur farblich.

»Was steckt hinter den Morden und der Entführung?«

»Das Gleiche, was hinter dem Angriff des saudischen Geheimdienstes auf die Pariser Polizeipräfektur steckt. Unter Führung des Chefs dieses Dienstes. Um das zu verstehen, muss man um ein paar Ecken denken. Sofern man nicht unterstellt, dass MbS und seine Bande geistig minderbemittelt sind. Sie haben schon einmal den Versuch gemacht, die Konkurrenz aus dem Ölmarkt zu schießen. Indem sie den Hahn aufgedreht und die Preise in den Keller geschickt haben. Damit wollten sie das Fracking in den USA unrentabel machen. Tatsächlich gerieten die US-Ölerzeuger unter Druck. Manche Ölfirma ging pleite. Aber es traf auch die Russen. Dann kam die Coronakrise, und die Saudis begriffen, dass Sie zusammen mit ihren Verbündeten auf einen Schlag mehrere Ziele gleichzeitig erreichen können. Vielleicht war das Ganze auch eine amerikanische Idee.

Die USA opfern Teile Ihrer Frackingindustrie und sehen vergnügt zu, wie Russland untergeht. Russland ist pleite. Irgendwann crasht nicht nur die Wirtschaft, sondern auch die Politik. Es gibt Hungerrevolten, und der Staat hat nichts, um sie zu befrieden. Billiger als ein Atomkrieg, um den alten Rivalen abzuschießen.«

»Was haben die Saudis davon?«

»Die USA kicken Venezuela endgültig aus dem Markt. Sanktionen und die CIA werden helfen. Auch dieses Land versinkt endgültig im Chaos. Es hat die größten Ölreserven der Welt und trotzdem eine Hungerkrise. Die Russen könnten bei der Ölförderung dort technisch helfen, wollen sich aber aus dem latenten Bürgerkrieg raushalten. Davon abgesehen wären sie die ersten Opfer, wenn auch Venezuela mehr Öl auf dem Markt anböte. Die Saudis sind die größten Gewinner. Die USA sorgen dafür, dass der Iran und Venezuela vom Markt verschwinden, für lange Zeit. Wenn es mit dem Iran wirtschaftlich und politisch nicht klappt, würden sie auch einen Krieg provozieren. Die Israelis erobern das Levantische Meer. Vermutlich finden sie auf dessen Grund ein paar Vasen mit hebräischer Inschrift aus dem Jahr 150 vor unserer Zeitrechnung. Was ihr Recht auf dieses Gebiet nur unterstreicht.«

»Sind Sie Antisemit?«

»Warum soll ich beantworten, was Sie längst zu wissen glauben?«

»Warum haben Sie sich tot gestellt?«

»Um in Ruhe nachzudenken. Zum Beispiel, warum die Saudis mich loswerden wollten.«

»Warum also?«

»Weil ich auf der falschen Spur war, deswegen.«

Schweigen, dann Gemurmel.

»Das verstehen Sie nicht? Wenn Sie eine falsche Spur legen und den umbringen, der ihr folgt, dann erklären sie auf diese Weise: Es ist die richtige Spur. Der Ermittler ist uns zu nah gekommen. Wir mussten ihn deshalb beseitigen.«

»Was ist jetzt richtig, was ist falsch?«, fragte eine Journalistin der *Tagesschau.*

»Falsch ist die Idee vom großen Frieden. Richtig ist das Gegenteil. Angeblich geschahen all die Verbrechen, um zu verhindern, dass der Friedensplan vorzeitig enthüllt wurde. Angeblich aus Angst vor Aufständen in Saudi-Arabien und in den Palästinensergebieten. In Wahrheit geht es um Krieg, mindestens einen Wirtschaftskrieg. Die Saudis führen ihn unter dem Schutz amerikanischer Atomraketen. Gewiss werden die irgendwann mit einem Friedensangebot kommen und uns das als welthistorisches Meisterwerk verkaufen. Aber erst dann, wenn sie alle Ziele erreicht haben.«

»Was hat das mit Ihrem Beruf zu tun? Sie sind Kriminalist.« Natürlich musste er den Schlenker anhängen: »Soweit ich mich erinnere, waren Sie das vor Ihrem Tod.«

»Ich gratuliere Ihnen zu Ihrer Erinnerungsgabe.«

»Wie konnte Wedenstein entkommen?«

»Keine Ahnung. Er hat Beziehungen zu kriminellen Organisationen. Vermutlich auch zu Geheimdiensten. Er hat seine Flucht gewiss schon lange geplant. Wir fahnden nach ihm und werden ihn finden. Ist ja nicht das erste Mal.« Er wurde nicht mal rot.

»Wie stellen Sie sich Ihr Leben nach dem Tod vor?«

Gelächter.

»Wie im Paradies.« Er warf Salinger einen kurzen Blick zu. »Erst mach ich Urlaub. Sie können sich gar nicht vorstellen, wie anstrengend der Tod sein kann.«

Lachen.

De Bodt sah, wie Tilly Krüger etwas ins Ohr flüsterte.

»Aber Sie haben den Fall nicht gelöst. Der Drahtzieher sitzt nicht hinter Gittern, sondern grinst uns aus seiner Luxusherberge an«, sagte eine Journalistin.

»Er war schon seit dem Mord an Khashoggi in Verruf geraten. Und jetzt bleibt er dort. Wer dem Mann Waffen oder sonst was verkauft, befleckt sich mit dem Blut, das MbS vergossen hat. Wir haben wohl alle gekriegt, die er nach Europa geschickt hat. Wir haben eine Geisel befreit. Mehr konnten wir nicht tun.«

»Und die Moschee?«

»Solange wir keine andere Spur haben, ist Ahmed Abdulrahman der Täter. Er hat sich selbst mit in die Luft gesprengt. Ich bin optimistisch, dass das BKA und unsere Kriminaltechnik am Ende Spuren von ihm finden. Falls Proben von ihm irgendwo gelagert sind …«

»Sie haben alle Ihre Fälle gelöst. In den letzten Jahren wenigstens«, sagte ein weißhaariger Journalist, der sich als Mitarbeiter der *Süddeutschen Zeitung* vorstellte. »Diesmal nicht.«

»Ich glaube in diesem Fall, nur in diesem Fall an eine höhere Gerechtigkeit. MbS hat mehr Feinde, als wir uns es vorstellen können. Es gibt irgendwo jemanden. Der wartet, bis die Gelegenheit kommt, die Rechnung zu begleichen. Welcher Art die Rechnung auch sei.«

»Glauben Sie an Rache? Fordern Sie die Todesstrafe?«, fragte ein Mann.

»Natürlich nicht. Ich glaube nur, dass die Gerechtigkeit manchmal krumme Wege geht. MbS hat jederzeit die Möglichkeit, sich dem Den Haager Gericht zu stellen. Dann wird sein Fall nach dem Völkerrecht beurteilt.«

Gelächter.

»Ja, das kann ich mir auch nicht vorstellen. Also wird er eines grausamen Todes sterben.«

271.

Gott stellte sich eine Anklagebank vor. Neben MbS Israels Ministerpräsident. Verdient hätte er es. Weil er den Ruf seines Staates zerstört hatte. Weil er einen Frieden mit den Palästinensern nie gewollt hatte. Weil der Dauerkrieg Landgewinn und die Unterstützung der USA garantierte. Es würde so bleiben bis in alle Ewigkeit. Der Ministerpräsident hatte nie begriffen, dass der Krieg den eigenen Staat ruinierte. Nicht nur moralisch. Ein Land, in dem überall Soldaten und Polizisten wachen mussten, drohte als Polizei- oder Militärstaat zu enden. Man kann nicht ewig Krieg führen, ohne zum Kriegerstaat zu werden.

Er zog das Papier aus der Schublade. Ganz altmodisch. Unterschrieb es. Steckte es in einen Umschlag. Klebte ihn zu. Schrieb eine Adresse darauf. Nahm seine Aktentasche und verließ das Gebäude.

Vorher gab er den Brief an der Pforte ab. Adressiert an den Ministerpräsidenten. Draußen blickte er sich um. Sterne in einer klaren Nacht. Von der Wüste her wehte ein kühler Wind.

272.

»Noch nie hat es jemand gewagt …« Weiter kam er nicht. Die eigene Wut erstickte ihn fast. Er sammelte alle Kraft, atmete ein. »Sie haben uns alle lächerlich gemacht. Die Medien verspotten uns. *Ein toter Kommissar stiehlt den lebenden Kollegen die Show.* Stand im *Tagesspiegel.* In den *Tagesthemen* hat man der Polizeiführung einen Kommentar gewidmet. *Bevor jemand Mohammed bin Salman aus der Wüste holt, sollte jemand die Berliner Polizeiführung dorthin schicken.* Der Innensenator hat mich vorgeladen. Morgen. Freiflug in die Wüste …«

»So was hat mir noch keiner geschenkt«, flüsterte Yussuf.

Salinger versuchte das Grinsen zu unterdrücken.

»Was sagen Sie da?« Das Kinn zu Yussuf gestreckt.

»Ich bin eigentlich noch krankgeschrieben.«

»Was treiben Sie sich dann hier herum?«

»Ich wollte das … nicht verpassen.«

»Was nicht verpassen?«, schrie Tilly.

»Wie man meinen Chef preist und auszeichnet. Aber das kommt bestimmt noch. Hat er schließlich verdient.«

De Bodts Handy vibrierte.

Wollen Sie in unsere Dienste treten? M.

De Bodt lachte. Merkow hatte einen rabenschwarzen Humor. De Bodt blickte sich im Büro um. Ob die da eine Wanze versteckt hatten? Zuzutrauen wäre es ihnen.

»Haben Sie was zu lachen? Lassen Sie uns doch bitte mitlachen!«

»Das geht Sie nichts an«, sagte de Bodt.

»Ich habe einen Antrag auf Urlaubsverlängerung in Ihrem Vorzimmer hinterlegt«, sagte Yussuf. *Hinterlegt.*

Tilly blickte ihn verdattert an.

»Das ist nicht unser Thema.«

»Ich wollte nur nicht, dass es unter den Tisch fällt.«

»Wollen Sie damit andeuten …?«

»Nein, Allah bewahre.«

Die Tür öffnete sich. »Guten Tag, Herr Kriminalrat. Ich soll Ihnen herzliche Grüße von meinem ehemaligen Chef, Herrn Lebranc, ausrichten«, sagte Floire.

»Ja, ja, vielen Dank. Grüßen Sie ihn zurück.« Machte kehrt. Marschierte in eiligen Trippelschritten hinaus und knallte die Tür zu.

»Ist das bei euch normal? Der Kollege de Bodt lebt. Der Fall ist gelöst, so weit er gelöst werden konnte. Die Medien weltweit machen Druck auf MbS. Sogar die US-Regierung geht auf Distanz. Obwohl sie mit drinsteckt. Mehr konnten wir nicht erreichen. Niemand schießt eine Rakete ab. Die Saudis drehen den Ölhahn ein bisschen zu. Die Russen verdienen wieder Geld mit Öl. Zeit für einen Freudentanz.«

»Bist du blind?«, fragte Yussuf. »Das ganze Büro twistet. Bin schon außer Atem.«

»Ach so«, sagte Floire. »Geile Pressekonferenz. So einen Affentanz hab ich noch nicht erlebt. Ich fürchte, Sie fliegen raus.«

273.

Woronski verstand zwar nicht in allen Einzelheiten, warum die Operation gescheitert war. Aber sie war gescheitert. Und er hatte dazu beigetragen. Im Fernsehen hatte er die Pressekonferenz in Berlin verfolgt und aufgezeichnet. Sie war den Tag lang angekündigt worden. *Die Wiederauferstehung*. Da hatte dieser Kommissar mit dem merkwürdigen Namen ein Feuerwerk gezündet. Ganz cool. Als wäre es normal, den Toten zu spielen, seine Chefs zu foppen. Gleichzeitig ärgerte sich Woronski über die Befreiung Wedensteins. Einer der gefährlichsten Verbrecher. War es Zufall, dass beides fast gleichzeitig geschah? Ein Kommissar kehrt zurück aus dem Reich der Toten. Ein Supergangster verschwindet spurlos.

Woronski tippte den Namen des Kommissars ins Suchfeld. Las die Einträge. Und erinnerte sich. Also der war das. Der die Agency gefickt hatte. Einen Kollegen an die Russen verkauft hatte. Seltsam, dass er den Scheißkerl trotzdem interessant fand. Der Mann hatte merkwürdige Ideen. Aber Erfolg. Woronski beschloss, Feierabend zu machen. Immerhin hatte er die Welt gerettet. Ein bisschen.

274.

Das Dokument enthielt das, wonach der Umschlag aussah. Disziplinarverfahren. Alle Missetaten der letzten Jahre waren aufgezählt. Tilly hatte sich alles aufgeschrieben. Damit er am Tag der Götterdämmerung nichts vergaß. De Bodt grinste.

»Was amüsiert dich so?«, fragte Salinger.

»Der Herr Kriminalrat sucht ein Messer, in das er rennen kann. Jeder, der den Quatsch liest, wird sich fragen, warum er mich nicht schon vor Jahren rausgeschmissen hat. Wenn er das Verfahren einleitet, kann er sich mit Glück in die Frühpensionierung retten. Oder in gar nichts.«

Krüger betrat das Büro. Stellte sich in der Mitte auf. Vor de Bodts Schreibtisch. »Hab es schon gehört.«

»Von Tilly«, sagte Yussuf.

Krüger erwiderte nichts.

»Du darfst dich freuen«, sagte Salinger.

»Raus«, sagte de Bodt. Mit einer Stimme aus der Tiefkühltruhe.

Salinger blickte ihn erstaunt an. Normalerweise hätte er ihn mit Hegel-Zitaten überschüttet und zur Flucht gezwungen.

»Ich werde hier gar nichts ausfüllen«, sagte de Bodt. »Meinen Namen und meine Kontonummer kennen sie. Mehr brauchen sie nicht zu wissen.«

»Bevor du abhaust«, sagte Yussuf. Legte ihm ein Urlaubsformular vor. De Bodt unterschrieb, ohne es zu lesen.

»Schon wieder? Wo willst du hin?«, fragte Salinger.

»Ich bring Sophia nach Manila.« Wurde rot.

»Hoffentlich kommst du zurück und lässt dich nicht von Herrn Duterte anheuern. Junkies und Dealer abknallen.«

»Wir kommen zurück. Wir wollen nur ihre Eltern besuchen. Die haben Angst um sie. Kein Wunder. Wo finde ich dich?«, fragte er de Bodt.

»Auf Tahiti.«

275.

Wedenstein schickte eine SMS an John, seinen einzigen Freund. Der nicht John hieß. Dem er in Afrika das Leben gerettet hatte. Eine SMS, wie sie harmloser nicht sein konnte. Ein Lebenszeichen. John musste ihn aus Europa rausholen. Nach einer halben Stunde kam die Antwort.

Ich komme.

Er empfing die SMS in Salingers Küche. Salinger und de Bodt waren auf ein Hotelschiff auf der Spree gezogen. Sie hielt diesen Typen nicht aus. Sie versorgte ihn immerhin. De Bodt ließ sich nicht in der Öffentlichkeit blicken. Sein Bild war überall gezeigt worden. An der Hotelrezeption hatte ihn die Frau angeschaut, als wäre er ein Urzeitmonster.

»Wenn bekannt wird, dass ich hier wohne, wimmelt es hier vor Journalisten. Sie wollen das nicht, ich will das nicht. Wenn hier auch nur ein Journalist auftaucht, sind Sie verantwortlich.«

Die Frau blickte ihm bleich in die Augen unter der Schirmmütze, die Sonnenbrille lag auf dem Tresen. Die albernste Tarnung der Welt. Aber in Berlins Hochsommer verschwand er so in den Touristenmassen. Er war gekleidet wie ein Klischee und tauchte unter inmitten all der anderen Klischees.

»Ich befinde mich in einer polizeilichen Ermittlung. Deren Behinderung Sie ein paar Jahre Knast kosten kann. Kapiert?«

Sie nickte ängstlich.

Im Zimmer war Salingers erste Frage: »Wann verschwindet er?«

»Übermorgen, vielleicht noch ein Tag später. Wär nur blöd, die Kollegen fänden ihn in deiner Wohnung.«

»Schön, dass du dir darüber Sorgen machst. Je länger ich nachdenke, desto wahnsinniger finde ich die Aktion. In Wahrheit geht es darum, dass du nicht verlieren kannst.«

»Ja«, sagte de Bodt. »Ich verlier ungern gegen Verbrecher. Zumal solche.«

»Dafür lässt du einen Massenmörder laufen.«

»Er wird keiner Fliege was zuleide tun.«

»Wir reden nicht über Fliegen.«

»Ich finde, Wedenstein hat genug abgekriegt für den Rest seines Lebens. Er hat mir in die Hand versprochen, niemanden mehr …«

»Außer …«, sagte Salinger.

»Genau, außer … Aber du hast damit nichts zu tun. Diese Sache ist allein auf meinem Mist gewachsen. Du darfst mich gern beschimpfen.«

Sie stand vor ihm. Er küsste sie und zog sie aufs Bett.

276.

Bin da.

Bob rollte zur Wohnungstür. Öffnete sie einen Schlitz. Erkannte John und ließ ihn eintreten. Niemand im Treppenhaus. John war schlau.

»Hast du schon einen Plan?«, fragte John. Er saß auf Salingers Sofa.

»Ja. Du mietest ein Auto. Wir fahren nach Gdynia. Mieten oder klauen eine hochseetaugliche Motorjacht. Packen die mit Proviant und Sprit voll. Unterwegs wechseln wir die Jacht. Mal sehen, wer uns begegnet. Motorbootführerschein dabei?«

John nickte. »Alle Scheine, die wir brauchen.«

»Eine Bedingung. Wir verpissen uns ohne Leiche. Hab ich dem Bullen versprochen.«

John musterte ihn. In den Medien hatte er anderes gelesen. »Okay, wenn du es willst. Wird schwierig.«

»Umso spannender.«

»Wenn du meinst.« Johns Begeisterung verbarg sich tief unter seiner Haut. Er hasste es, wenn die Dinge unnötig kompliziert wurden. Statt den Leuten ein Loch in den Schädel zu schießen, sollten sie in Watte verpackt werden. Sie würden sich wehren.

Aber Bobs Wort galt. Solange keine Notlage entstand. »Bevor ich in den Knast gehe, schieße ich«, sagte John.

»Das ist in Ordnung«, sagte Wedenstein.

277.

»Sie sind suspendiert«, sagte Tilly. »Das Disziplinarverfahren gegen Sie ist eröffnet. Mit dem Ziel, Sie aus dem Dienst zu entfernen.«

»Ersparen Sie mir diese lächerliche Übung.« Legte seinen Dienstausweis auf den Schreibtisch des Kriminalrats. »Habe ich endlich Zeit, meine Erlebnisse als Polizist im LKA 1 aufzuschreiben. *Ein Bulle packt aus.* Was halten Sie von dem Titel?«

»Sie müssen sich auch nach Ihrem Ausscheiden aus dem Dienst an das Dienstgeheimnis halten.«

»Ich muss kein Dienstgeheimnis verletzen. Was ich weiß, reicht locker, um Sie und diese Behörde zu zeigen, wie sie ist. Als Irrenstall. Ich hab mich erkundigt, wie man so was macht. Der Verlag liefert das Buch in großer Auflage aus. Dann können Sie gerne klagen. Die Bücher sind beim Buchhändler, und niemand sammelt sie mehr ein. Sie können für die zweite Auflage so viel schwärzen lassen, wie Sie wollen. In einem Vorwort werde ich erklären, was warum und von wem …«

»Ich hab's verstanden«, sagte Tilly.

»Wir können das aber auch verhindern. Ich kann alles vergessen. Dass Sie und Ihr Kompagnon Krüger Versager sind. Duckmäuser. Dass Sie keinen meiner Fälle gelöst hätten. Fragen Sie mal Becker vom BKA, was der von meiner Unterstützung hält. Er hätte keine Hemmung, meine Arbeit so zu beschreiben, wie sie war. Und jedes Lob für mich ist ein Fußtritt an Ihr Schienbein.«

»Okay, wir können über das Verfahren reden. Es kann vielleicht mit einer Rüge enden. Irgend so was.«

»Es gibt einen einfachen Weg, all das zu vermeiden. Sie befördern Salinger zur Hauptkommissarin. Nach dem Lehrgang natürlich. Und geben ihr meinen Job. Sie befördern Yussuf zum Oberkommissar. Und versetzen die Baumann in Salingers Büro. Wenn meine beiden Mitarbeiter auch nur eine halbe Stunde unter Krüger oder sonst jemandem arbeiten müssen, werde ich Schriftsteller und gehe in jede Talkshow, gebe jedes Interview …«

De Bodt wusste aufs Komma genau, was der Kriminalrat dachte. Er kannte ihn lang genug. Haupteigenschaft: Feigheit. Aber intelligent. Eine Sonderform des Karrieristen. Fähig, sich Folgen auszumalen. Wenn er dies oder das tat.

»Darüber habe ich schon länger nachgedacht«, sagte der Kriminalrat. »Die beiden hätten eine Beförderung wirklich verdient. Ich werde Sie als Kriminalrat in den vorläufigen Ruhestand versetzen lassen. Mit vollen Bezügen. Ich klär das mit dem Innensenator.«

So viel Angst konnte einer haben.

278.

Wedenstein saß im Kleinbus, wo die erste Bankreihe entfernt worden war. Er blickte auf die Autobahn. Das Radio lief.

»Mach mal lauter!«, verlangte Bob.

… aus gut informierten Kreisen im Innensenat erfahren haben, ist der Kriminalrat Eugen de Bodt aus Gesundheitsgründen in den vorläufigen Ruhestand versetzt worden. Er hat in den letzten Jahren einige

der schwierigsten Fälle der Berliner Kriminalgeschichte spektakulär gelöst. Mindestens einmal hat er die Bundeskanzlerin vor Attentätern gerettet. Seine Mitarbeiterin Silvia Salinger wird an seine Stelle treten. Als Grund werden andauernde Streitigkeiten mit seinen Vorgesetzten vermutet.

»Tritt er Ihnen zum Abschied noch einmal in den Arsch. Aber er ist kein Nachtreter, er hat immer getreten«, sagte Bob.

»Aha«, sagte John.

279.

»Stimmt das, was in den Medien verbreitet wird? Dass Sie in den Ruhestand versetzt wurden?«, fragte die Kanzlerin.

»Ich habe das nur gemacht, um gleichzeitig mit Ihnen abzutreten.«

»Jetzt werden Sie nicht noch zum Schleimer. Davon gibt es hier genug. Wäre auch nicht mehr nötig. In ein paar Wochen bin ich Geschichte.«

De Bodt lachte. »Ich hoffe, Ihnen fällt der Abschied vom Amt so leicht wie mir.«

»Das verrate ich Ihnen in ein paar Jahren. Jetzt ja, aber bestimmt werde ich irgendwas vermissen. Ich weiß nur noch nicht, was. Übrigens lädt mein Mann Sie zum Essen ein. Ihre Kollegin dürfen Sie gern mitbringen.«

»Danke, aber erst nach meinem Urlaub.«

280.

»Hast du schon eine Idee?«, fragte John.

Sie hatten wie geplant in Gdynia eine Motorjacht gemietet. Sie hieß *Erica*. Hochseetauglich. John hatte Sprit bunkern lassen und Proviant samt Notrationen.

»Ja«, sagte Bob. »Wir haben eine weite Reise vor uns. Zuerst müssen wir nach Karatschi. Dann warten wir.«

»Worauf?«

281.

»Tahiti«, sagte sie. »Da warst du doch schon mal.«

»Ja.«

»Kennst du da jemanden?«, fragte Salinger.

»Ja.«

»Okay«, sagte Salinger. Sie freute sich auf den Urlaub. Zum ersten Mal gemeinsam. Aber sie fürchtete sich vor sich. Sie spürte die Eifersucht. Sie griff nach ihr. Sie spürte die Angst vor der Enge. Wenn sie allein sein musste mit ihm. Es aber nicht konnte. Und sich fühlte wie eingeschnürt.

282.

Yussuf nahm ihre Hand. Von Berlin nach Frankfurt am Main, mit der Bahn. Dann über Singapur nach Manila.

Im Flieger lehnte sie ihren Kopf an seine Schulter.

»Ob deine Eltern mich mögen?«, fragte Yussuf.

»Bestimmt nicht.«

283.

»Ali hat gesimst. Er bleibt noch eine Woche länger in Manila.«

»Klingt gut.«

»Wurde Zeit.«

De Bodt hob die Hand. Der Barkeeper kam sofort. Sie waren fast allein. Nur eine Frau saß ein paar Tische weiter. Sie hatte de Bodt begrüßt, als würde sie ihn kennen. Sich aber gleich zurückgezogen.

»Wer ist das?«

»Roswitha, ein Mensch aus meiner Vergangenheit. Ich habe sie kennengelernt, als ich das letzte Mal hier war. Offenbar ist sie geblieben.«

»Vielleicht hat sie auf dich gewartet.«

»Das änderte auch nichts. Du musst nicht mir glauben, sondern dir.«

»Ich versuch's.«

»Vertrauen ist aber der Glaube, weil sein Bewusstsein sich unmittelbar auf seinen Gegenstand bezieht und also auch dies anschaut, dass es eins mit ihm, in ihm ist.«

»Endlich wieder ein Hegel-Zitat. Hast du auf dem Flug auswendig gelernt, stimmt's?«

»Weil ich wusste, dass dieses Thema aufkäme.«

»Und du weißt auch, wie es ausgeht.«

»Natürlich.«

Sie lachte laut auf. Bestellte einen Tahiti-Punsch. Alkohol mit Farbe, Ananas als Tarnung.

Am Morgen hatte sie einen Kater. Das Schlafzimmer sah aus, als wäre ein tropischer Wirbelsturm durchgezogen. »Waren wir das?«

Er stützte sein Gesicht mit der Hand. »Klar.«

»Ich kann mich an nichts erinnern. Du hast mich missbraucht.«

»Stimmt. Du hast dich mit Händen und Füßen gewehrt.«

Sie verbrachten vier Wochen auf Tahiti. Manchmal setzte sich die andere Frau zu ihnen. Als hätte sie begriffen, dass Salinger sie nicht mehr als Bedrohung empfand.

Am Abend vor der Abreise legte Roswitha ihr Tablet auf den Tisch. »Das interessiert euch vielleicht.«

284.

In Karatschi kannte Bob jemanden. Wie überall auf der Welt ehemalige Söldner und Waffenschieber Wedenstein kannten. Wedenstein verließ das Boot nicht. Er schickte John zum Einkauf. Wedenstein verlangte ein Barrett M82 A3 mit dem Kaliber 12,7 x 99 und einem Zielfernrohr von Zeiss. John brauchte eine Weile und viel Geld, um die Waffe aufzutreiben. Außerdem benötigten sie Werkzeug, vor allem einen Bohrer. In einem Heimwerkermarkt kaufte John einen Makita DDF482RFEB. Ein hohes Drehmoment trotz Akkus. Zwei Leica-Fernrohre vom Typ Geovid 8x42 HD-B. Sie füllten ihre Bestände auf. Genug Sprit und Proviant. John mühte sich, das Boot umzutaufen. Sein Talent als Maler war beschränkt, aber es reichte. Das Boot hieß nun *Swordfish.*

Dann ging es weiter. Sie verließen den Golf von Oman und erreichten den Persischen Golf. Bevor John in Dammam anlegte, hatte Bob Löcher auf beiden Seiten der Kabine gebohrt. Dazu Aussparungen, in denen er die Stütze des Gewehrs verankern konnte. Er hatte geübt. Angelegt, gezielt. Verbessert. Mit Plastikfolien verdeckte er die Löcher für den Lauf. Die Löcher für das Zielfernrohr verdeckte er mit Spiegelfolie. Sie funktionierte wie Spiegelsonnenbrillen. Er erschoss unterwegs ein paar Möwen, um das Glass zu justieren. Dann bohrte er die Spitzen einiger Kugeln an. Er musste beim ersten Mal treffen. Sein Ziel würde zerfetzt wie die Möwen. Er konnte in schneller Folge bis zu zehn Patronen abfeuern. Aber es kam auf die erste an. Dann noch drei weitere. Mindestens.

Bob blieb im Boot, während John den Hafen inspizierte. Tanker, Tanker. Frachtschiffe. Die See war spiegelglatt. Nach zwei Stunden hatte er die *Serene* gefunden. Einhundertvierunddreißig Meter Luxus. Zwei Hubschrauber. Und alles, was man auf einer Luxusjacht vermutete. Er beobachtete das Boot eine Weile.

»Beeindruckend, was?«, fragte ein Mann hinter ihm.

Ein Polizist.

»Ja, Sir. Sehr beeindruckend. Wem gehört sie?«

»Das wissen Sie nicht? Unserem Kronprinzen, Seiner Hoheit Mohammed bin Salman. Allah möge ihm ein langes Leben schenken.«

John deutete eine Verbeugung an. »Ich bin Amerikaner. Ich bewundere Ihren Herrscher. Der seinem Land einen bedeutenden Platz in der Geschichte erkämpft.«

»Das haben Sie gut gesagt. Aber ohne Amerika wären wir schutzlos den schiitischen Teufeln ausgeliefert.«

John lächelte ihn an. »Wir werden sie gemeinsam ausrotten. Der Tag wird kommen.«

»So Allah will.« Reichte John die Hand und setzte gemächlich seinen Weg fort.

Auf dem Boot identifizierten sie die Jacht leicht auf dem Radarschirm. Sie war klein zwischen den Tankern und Frachtern. John markierte den Punkt. Am Abend verließen sie den Hafen. John steuerte das Boot nach Osten, Richtung iranische Küste. Sie wichen zwei Tankern aus. Begleitet von einem US-Zerstörer.

Verließen die Hauptfahrrinne und ankerten. Sie lösten sich am Radargerät ab. Tagsüber kurvte John durch die Gegend, wie das reiche Leute gern tun. Sprit verbrauchen für nichts.

Nachts gingen sie vor Anker.

Nach sechzehn Tagen bewegte sich der markierte Punkt. Mitten in der Nacht. John startete die Ankerwinde. Sie verfolgten den Kurs auf dem Radarschirm. Wedenstein spürte das Jagdfieber. Hoffentlich war der Typ an Bord. Wenn sie ihn nicht sahen, würden sie dem Boot in weiter Entfernung folgen. Bis das Ziel an Bord war.

Als die Sonne aufging, sahen sie die Jacht. John blickte durchs Fernglas und winkte. Von drüben wurde zurückgewinkt. Sie waren vielleicht tausend Meter voneinander entfernt. Sie mochten noch so sehr nach drüben starren, das Ziel zeigte sich nicht. Wäre auch merkwürdig gewesen, wenn der Kronprinz vor den Augen des Feindes umhergeschippert wäre.

»Die fahren vermutlich nach Dschidda«, sagte Bob. »Wir werden jetzt Gas geben und vor der *Serene* ins Rote Meer fahren. Über

Dschidda hinaus. Wenn die *Serene* dort an- und bald wieder ablegt, haben wir das Ziel vor Augen.«

»Dein Optimismus in Allahs Ohr.« John lachte und gab Gas.

Natürlich hatte Wedenstein recht. Als die *Serene* Dschidda verließ, setzte sich John hinter sie. Sie warteten, bis die Jacht das Rote Meer verließ. Sie passierten den Golf von Aden. Steuerten zwischen den Inseln Socotra und Kilmia in den Indischen Ozean. Im Radio hörten Bob und John, dass Unruhen in Riad ausgebrochen seien. Die Polizei schieße scharf.

»Das hat mein Bulle vorausgesehen.«

Sie folgten dem Schiff in weitem Abstand noch zwei Tage und zwei Nächte. Bis ein Blick auf den Radarschirm zeigte, dass sie weit und breit niemanden zu befürchten hatten. John erhöhte das Tempo. Bloß nicht zu schnell. »Wir lassen es wie einen Zufall aussehen«, sagte John. »Wenn wir auf die zurasen, haben wir gleich die Hubschrauber über uns. Und die werfen keine Ostereier.«

»Seit wann gibt es in dieser heidnischen Gegend Ostereier?«, fragte Bob.

Es war ein Morgen fürs Fotoalbum. Die Sonne spiegelte sich rot im Meer. Die *Serene* erschien aus der Ferne wie ein schwimmendes Paradies. Bob beobachtete, wie sie ankerte. »Damit Ihro Majestät den Anblick bei größtmöglicher Ruhe bewundern kann.«

> *Hier* Swordfish *an* Serene. *Wir wünschen Ihrer Majestät einen guten Morgen!*

Nach einer Weile:

> Swordfish *an* Serene. *Ihre Majestät bedankt sich und erwidert die Grüße!*

Bob sah im Zielfernrohr, wie das bärtige Gesicht freundlich blickte und winkte. Er zielte auf den Körper und drückte langsam den Abzug über den Druckpunkt. Das Gewehr hatte einen gewaltigen Rückstoß.

Er visierte noch einmal, während die erste Kugel den Kronprinzen zerfetzte. Drückte ab. Schoß ihm den Kopf ab. Visierte auf den ersten Hubschrauber. Zwei Treffer in den Motor. Das Gleiche beim zweiten. Die restlichen vier Patronen jagte er ins Heck, knapp unter der Wasserlinie.

Und steckte das zweite Magazin ins Gewehr. Traf die Funkantenne und die Radarschüssel mit mehreren Schüssen. »Wir hauen ab!«, rief er.

John blickte zurück, während er die Motoren aufjaulen ließ. Eine Qualmsäule stieg auf. Aus dem Heck schlug eine Flamme. Rettungsboote wurden heruntergelassen.

»Sobald wir sicher sind, dass niemand uns verfolgt, brauchen wir einen neuen Bootsnamen«, sagte John.

»Nennen wir es doch *Eugen.*«

285.

De Bodt warf einen Blick auf die Nachricht, dass Saudi-Arabiens Thronfolger einem Attentat zum Opfer gefallen sei. Es habe keine weiteren Opfer gegeben. Die *Serene* sei gesunken, nachdem sich die Mannschaft auf Rettungsboote habe flüchten können.

»Interessant«, sagte de Bodt. Eher gelangweilt. »So richtig traurig bin ich nicht.«

Salinger lächelte. »Nicht die feine Art«, sagte sie. Drückte seine Hand und bestellte noch ein Stück Ananas, das in Alkohol badete.

»Aber beschwer dich morgen früh nicht«, sagte er.

Dank

dem Historikerkollegen *Dr. Alexander Ruoff* (Berlin), der schöne Fehler gefunden hat und seine überragenden Recherchekünste auf www.history-house.de besser – wenn auch zu bescheiden – vorstellt, als ich es könnte;
an *Klaus Viehmann* (Berlin), der sich glücklicherweise über jeden Fehler freut, den er mir unter die Nase reiben kann;
Dr. Elfriede Müller (Berlin) fürs Korrekturlesen;
Maren Arzt (München), die nicht zuletzt mit kritischen Fragen zum Gelingen dieses Buchs beigetragen hat;
Claudia Alt (Berlin) für ihre auch diesmal tolle Redaktionsarbeit. Sie findet wirklich alle Fehler, die großen wie die kleinen;
meiner Süßstoffvollversorgerin *Anne Hinkel*, deren Café Eliza (Sorauer Straße 6, 10997 Berlin-Kreuzberg, www.elizaberlin.de) die fast tägliche Rettung vor dem Schreibtisch ist. Nur montags nicht;
meiner Pilates-Tante *Ulli Zacherl*, deren Folterstudio (Cuvrystr. 35, 10997 Berlin, www.breathe-berlin.de) die beste Adresse für Masochisten und Eliza Opfer (s. o.) ist, mindestens weltweit;
Ulrike Zecher (Rechtsanwältin in Berlin), der dieses Buch einen Berliner Generalstaatsanwalt verdankt und ich unerwartete Hilfe bei äußerst lästigen bürokratischen Verrichtungen.

Die De-Bodt-Serie, die »Krimi-Reihe ...

»*Heldenfabrik* ist sehr actionreich, aber es ist auch der Kampf eines mehr als außergewöhnlichen Kommissars gegen die Machenschaften aus Politik, Geheimdienst und Pharmawirtschaft.« hr Info

Der erste Fall des außergewöhnlichen Hauptkommissars de Bodt

Die Täter hinterlassen nichts außer den Kugeln ihrer Maschinenpistolen in den Leichen ihrer Opfer. Und einem Gedicht über den Tod. Nach dem Mordanschlag auf den Vorstand eines Berliner Chemiekonzerns zieht ein Killer eine Blutspur durch das Land. Hauptkommissar Eugen de Bodt steht vor einem scheinbar unlösbaren Fall. Verlassen kann er sich nur auf seine Mitarbeiter: Silvia Salinger, die ihn stärker anzieht, als es seiner Ehe guttut. Und Ali Yussuf, der unter dem Zappelphilipp-Syndrom leidet.

PENGUIN VERLAG